로 이사했다가 1809년 오빠 에드워드가 마련해 준 초턴의 집으로 옮긴다. 1810년 토머스 에저턴과 『이성과 감성』 출판 계약을 맺었고, 이듬해 이 작품이 제인 오스틴의 첫 책으로 세상에 나왔다. 이어 1813년에는 『오만과 편견』을 같은 출판사에서 출판했다. 1814년에는 『맨스필드 파크』가 출판되어 역시 초판이 매진되었다. 1815년 제인 오스틴은 『에마』를 탈고하고, 당시 런던에서 가장 영향력이 컸던 출판업자 존 머리와 계약을 맺는다. 훗날 조지 4세가 되는 섭정 왕자의 개인 도서관장이 제인 오스틴에게 작품의 헌정을 요구하여 『에마』를 왕자에게 헌정했다. 곧이어 『엘리엇가의 사람들』을 쓰기 시작하는데, 이 작품은 『설득』의 모태가 된다. 1816년 벤저민 크로스비에게서 『수전』의 판권을 되찾았다. 1817년 『샌디턴』을 쓰기 시작했으나 건강이 급격히 악화되어 침대를 벗어나지 못하는 생활이 이어지고, 7월 18일 마흔한 살의 나이로 숨을 거두었다. 그녀가 세상을 떠난 후 존 머리가 『노생거 사원』과 『설득』을 출판했다. 이때 처음으로 그녀의 작품이 '제인 오스틴'이라는 본명으로 출판되었다.

제인 오스틴

Jane Austen, 1775~1817

“그럭저럭 봐 줄 만은 하군.” 다아시가 엘리자베스에 대해 말했다.

—『오만과 편견』

한 곡 더 해 달라는 몇 사람의 요청에 답하기도 전에
그녀의 동생 메리가 얼른 나서서 피아노 자리를 이어받았다.

—『오만과 편견』

그녀는 손님들 하나하나의 마음을 헤아리고, 자신의 감정을 가라앉히고,
모두에게 살갑게 대하고 싶었다.

—『오만과 편견』

"당신을 만나 뵐 수 있을까 하고 한참 동안 숲속을 찾아다녔습니다.
이 편지를 읽어 주시면 영광이겠습니다."

—『오만과 편견』

“어머, 아니에요. 계속 그쪽으로 가세요.” 엘리자베스가 그들에게 말했다.

—『오만과 편견』

“일 년에 오백 파운드! 그 반이라도 대체 어떻게 다 쓰겠어요?”

—『이성과 감성』

그가 부대에 들어간 것도 런던에서 우연히 한두 번 만난
젊은이의 소개에 따른 것이라는 설명 외에는 들은 게 없었다.

—『오만과 편견』

그러나 제인이 주위를 둘러보며 미소 짓는 모습을 보았고, 그것으로 상황은 종료되었다.
그는 그녀의 옆자리에 앉았다.

—『오만과 편견』

그는 승마 복장을 한 악당 셋을 사주하여 그녀를 사두마차에 강제로 태워서
쏜살같이 달려 나가게 할 그런 인물은 아니었다.

—『노생거 사원』

“이렇게 빨리 가시다니!” 메리앤이 말했다. “아이, 에드워드, 이러면 안 되지요.”
그리고 그를 살짝 옆으로 끌면서 루시가 그리 오래 있지는 못할 거라고 속삭였다.

—『이성과 감성』

"여기 그의 재산, 영지, 저택, 모든 것이 이렇게 품위 있고
훌륭한 조건을 갖추고 있으니 말이다!"

—『이성과 감성』

잠시 후에 어머니가 이 가엾은 것 하는 표정으로 말없이 그녀의 손을 지그시 누르자,
그만 감정이 북받쳐 올라서 울음을 터뜨리며 방을 나가 버렸다.

—『이성과 감성』

“이상하게 생긴 여자가 있네! 걸치고 있는 드레스도 정말 이상하고! 정말 구식이야!”

—『노생거 사원』

"언니가 와서 정말 잘됐어. 우리 집에서 지금 정말 재미있는 일이 벌어지고 있거든!"

—『오만과 편견』

휴 톰슨

Hugh Thomson, 1860~1920

"제인 오스틴의 영혼을 담아낸 삽화가"로 알려진 휴 톰슨은
섬세하고 재치 넘치는 필치로 당대의 사회상을 포착하여
영국의 고전 작품들에 특별한 생기를 불어넣은 뛰어난 화가이다.
휴 톰슨은 제인 오스틴의 거의 모든 소설들의 삽화를 맡아 작업했고,
오늘날 후대의 일러스트레이터들에게도 지속적인 영감을 주며
가장 사랑받는 오스틴 삽화의 고전으로 남았다.

맨스필드 파크

Jane Austen

맨스필드 파크

제인 오스틴 | 김영희 옮김

Mansfield Park

민음사

일러두기

본문의 모든 각주는 옮긴이 주이다. 원문에서 이탤릭체로 강조된 부분은 문맥에 따라 문장 속에 소화하거나 고딕체로 표기했다. 이 책의 번역은 이 작품의 정본으로 인정되는 1816년 2판본을 사용한 노턴 비평본(Claudia L. Johnson, *Mansfield Park*, New York: W. W. Norton & Company, 1998)을 저본으로 삼았다. 본문의 삽화는 맥밀란 출판사(Macmillan and Co.)가 펴낸 『맨스필드 파크』(1897)에 실렸던 휴 톰슨의 작품들이다.

차례

1부

I

삼십 년쯤 전, 가진 재산이라고는 고작 7000파운드가 전부였던 헌팅던의 마리아 워드 양이 노샘프턴 카운티*에 위치한 맨스필드 파크의 주인인 토머스 버트럼 경의 마음을 사로잡고, 그 덕분에 남작 부인 반열에 올라 근사한 저택과 대단한 수입으로 얻어지는 온갖 안락과 위엄을 누리게 된 것은 대단한 행운이었다. 헌팅던에서는 다들 대단한 혼사라고 입을 모았고, 변호사인 삼촌까지도 이런 혼처라면 조카딸의 지참금이 적어도 3000파운드는 더 있어야 했다고 인정할 정도였다. 이런 신분 상승으로 덕을 볼 자매가 둘 있었는데, 워드 양과 프랜시스 양의 용모가 마리아 양에 전혀 뒤지지 않는다고 생각하는 일부 친지들은 이들 두 자매도 거의 이에 준하는 훌륭한 혼처가 나설 것이라고 주저 없이 예언했다. 그러나 세상에는 재산이 많은 남자가 그들에게 어울리는 아리따운 처자보다 분명 적은 모양이니, 여섯 해가 지난 후 워드 양은 제부의 친구이자 이렇다 할 개인 자산이 없는 노리스 목사와 약혼할 수밖에 없는 처지에 놓였고, 프랜시스 양은 이만도 못했다. 사실 따지고

* 노샘프턴 주 노샘프턴셔 카운티의 옛 이름.

보면 워드 양의 경우는 한심한 혼처라고만 할 수도 없었다. 다행히도 토머스 경한테는 맨스필드 교구 성직록*으로 친구의 수입을 보장해 줄 능력이 있었던 덕분에 노리스 부부는 거의 1000파운드에 육박하는 연봉으로 행복한 결혼 생활을 시작했다. 그러나 프랜시스 양은 시쳇말로 가문에 먹칠을 하는 결혼을 했으니, 교육도 재산도 배경도 없는 해병대 대위를 골라잡아 집안의 기대를 헌신짝처럼 저버린 것이다. 이보다 더 형편없는 선택을 하기도 어려웠을 것이다. 토머스 버트럼 경은 영향력을 지닌 인사로, 도리상으로도 그렇고 자존심 때문에라도, 다시 말해 바르게 처신하고 싶은 마음도 있고 자신과 연고가 있는 사람들이 모두 버젓한 신분을 갖추기를 바라는 마음도 있어, 레이디 버트럼의 동생에게 도움이 된다면 기꺼이 영향력을 행사했을 것이다. 그러나 그 남편의 직업은 그가 행사할 수 있는 영향력의 범위 밖에 있었고, 달리 도와줄 방법을 찾아낼 사이도 없이 자매들끼리 사이가 완전히 틀어져 버렸다. 이는 세 당사자의 처신에서 비롯된 자연스러운 결과로, 대단히 경솔한 혼사에는 항용 이런 일이 따르게 마련이다. 쓸데없는 잔소리를 피하고 싶었던 프라이스 부인은 언니들한테 편지를 보내면서도 이 문제에 대해서는 실제로 결혼을 감행할 때까지 한마디도 하지 않았다. 레이디 버트럼은 대단히 평온한 감정과 놀랄 만큼 느긋하고 태평한 기질을 지닌 여성이니만큼

---

* 교구 목사 영년직으로, 십일조로 걷은 수입이 부여되는 시골 교회에서 성직록 수여권은 대개 그 교구의 대지주에게 있었으며, 이들은 보통 지차(之次), 즉 맏이가 아닌 아들들이나 여타 친척에게 성직록을 수여했다.

그냥 동생을 포기하고 이 일을 잊어버리는 정도로 족했을 것이다. 그러나 적극적인 성격의 노리스 부인은 동생 패니에게 분노에 찬 장문의 편지를 보내, 동생이 얼마나 어리석은 짓을 저질렀는지 지적하고 거기서 초래될 수 있는 온갖 불행한 결과를 들먹이며 으름장을 놓고서야 직성이 풀렸다. 그러자 프라이스 부인도 속이 상하고 화가 났다. 그래서 두 언니를 싸잡아 원망할 뿐 아니라 토머스 경의 자존심에 대단히 결례가 되는 언사를 쏟아 내는 답장을 보냈고, 이는 노리스 부인의 입장에서는 도저히 혼자 삭일 수 없는 일이었던지라, 자매간에 상당히 오랜 기간 관계가 두절되고 말았다.

사는 곳도 너무 멀고 만나는 사람도 너무 달라서, 이후 십일 년 동안 두 자매와 프라이스 부인은 상대방의 소식을 들을 방법이 거의 없었으니, 적어도 토머스 경으로서는 노리스 부인이 이따금 분개한 목소리로 패니가 또 아이를 가졌다는 소식을 전할 수 있다는 게 놀라울 만큼 사이가 소원했다. 그러나 이렇게 지낸 지 십일 년째 해가 끝나 갈 무렵 프라이스 부인은 자존심이든 원망이든 더 이상 그것만 끌어안고 있을 여유가, 혹은 도움을 줄지도 모를 유일한 혈연을 몰라라 할 여유가 없어졌다. 가뜩이나 많은 식구가 지금도 불어나고 있고, 남편은 부상으로 현역 근무가 불가능해졌으나 그렇다고 친구들과 어울리며 비싼 술을 마셔 대는 일까지 못하게 된 것은 아니었으며, 살림을 꾸릴 수입이라곤 쥐꼬리만 하니, 그렇게 경솔하게 내쳤던 친지들을 되찾고 싶은 생각이 굴뚝같았다. 그래서 레이디 버트럼에게 편지를 보내, 자기가 얼마나 지난날을 뉘

우치며 애태우는지, 차고 넘치는 것은 자식뿐이며 거의 모든 면에서 얼마나 부족한지 구구절절 늘어놓았으니, 다들 화해하지 않고는 배길 수 없을 정도였다. 그녀는 아홉 번째 해산을 앞두고 있었는데, 그런 처지를 한탄하며 언니들한테 태어날 아이의 후원자가 되어 달라고 간청하고, 이미 세상에 나온 여덟 명의 자식들을 부양하는 데도 언니들의 많은 도움을 바란다는 생각을 숨기지 못했다. 맏이는 열 살짜리 사내아이인데 장한 기개로 세상에 나가고 싶어 하지만, 어미라고 무슨 뒷바라지를 해 줄 수가 있겠는가? 토머스 경의 서인도 제도* 자산과 관련하여 장차 아들이 유용하게 쓰일 가능성은 없겠는가? 아무리 낮은 자리라도 마다하지 않겠는데, 토머스 경 생각에 울위치**는 어떤가? 아니면 인도로 내보낼 어떤 방법이 있겠는가?

편지의 성과가 없지 않았다. 평화와 우정이 다시 찾아왔다. 토머스 경은 친절한 조언과 언질을, 레이디 버트럼은 아기 용품과 돈을 보냈고, 노리스 부인은 편지를 여러 통 썼다.

편지의 즉각적인 효과는 이러했고, 그로부터 열두 달 안에 프라이스 부인한테 더 큰 이득이 잇따랐다. 노리스 부인은 가엾은 막내와 그 식구들 생각이 머리에서 떠나지 않는다, 우리 모두 막내에게 이미 많이 베풀었지만 그래도 더 해 주고 싶

---

* 사탕수수 농업이 발달한 카리브해 연안의 제도로, 이 제도에 속하는 많은 섬이 영국의 식민지였다.

** 런던 남동부 템스 강가에 위치한 군대 주둔지로 육군 장교를 양성하는 왕립 군사 학교가 있었다.

은 생각이 자꾸 들기도 한다고 동생 부부 앞에서 수시로 되뇌었다. 그리고 마침내 가엾은 프라이스 부인한테서 그 많은 자식 중 한 아이의 부담과 비용이라도 완전히 덜어 주자는 게 자신의 소망임을 인정하지 않을 수 없었다. '우리가 힘을 합쳐 막내네 맏딸을 데려다 키우면 어떨까? 이제 아홉 살이 되었으니 관심이 필요할 나이인데, 가엾은 제 어미가 제대로 감당할 수 있겠는가? 그러자면 힘도 들고 비용도 들겠지만, 막내에게 도움이 될 것을 생각하면 아무것도 아닐 것이다.'라는 것이었다. 레이디 버트럼은 즉각 찬성했다. "그러는 게 최선이겠네. 그럼 사람을 보내서 아이를 데려오지 뭐."

토머스 경은 그렇게 즉각적이고 무조건적으로 동의할 수는 없었다. 그는 심사숙고하며 망설였다. 이것은 무거운 책임이 따르는 일이었다. 아이를 데려다 키운다면 제대로 뒷받침을 해 주어야지 그러지 않으면 아이를 가족한테서 떼어 놓는 것은 친절이 아니라 잔인한 짓이 될 터였다. 그는 자신의 네 자식들을, 두 아들을 생각했고, 사촌 간의 사랑 등등을 떠올렸다. 그러나 조심스럽게 이견을 제기하기가 무섭게 노리스 부인이 말을 가로막으며, 그가 거론했든 안 했든 모든 이견에 답했다.

"친애하는 토머스 경, 무슨 말씀인지 잘 알겠어요. 평소 제부의 처신에 부합하는 관대하고 세심한 고려라는 것도 이해하고요. 그리고 아이를 맡아 키울 요량이라면 뒷받침을 아끼지 말아야 한다는 말씀에도 전적으로 동감해요. 그리고 그런 경우에는 나야말로 미력이나마 아낌없이 베풀 사람이라고 자신해요. 자식도 없는 내가 조금이나마 물려줄 게 있다면 조카들 말고 누구를 생각하겠어요? 노리스 씨도 대단히 공정한 분이고요. 다만 난 말부터 앞세우는 사람은 아니에요. 우리 사소한 문제에 지레 겁먹고 선행을 포기하지는 말자고요. 여자아이야 교육만 좀 시켜서 적절히 세상에 내보내면 더 이상 남한테 손 벌리지 않고 알아서 제자리를 찾아갈 수 있잖아요. 게다가 우리 조카딸이라면요, 토머스 경, 아니 최소한 제부의 조카딸로 큰다면, 이 지역에서는 여러모로 유리하지 않겠어요? 물론 제 사촌 언니들만큼 용모가 빼어나리라고는 말하지 못하겠어요. 그럴 리야 없겠죠. 그렇지만 그렇게 유리한 입장에서 이 지역 사교계에 나가면 세상 인심으로 볼 때 십중팔구 버젓한 혼처가 나설 거예요. 아들들 때문에 걱정이라지만, 그야말로 세상에서 가장 가능성이 없는 일 아니겠어요? 내내 함께 오누이처럼 자랄 텐데요. 도덕적으로 불가능한 일이죠. 그런 이야기는 여태 들어 본 적도 없고요. 오히려 불행한 사태를 미연에 확실히 방지하는 유일한 방법이죠. 그 애가 얼굴이라도 예쁘장한데 칠 년쯤 있다가 톰이나 에드먼드와 처음으로 만나게 된다면, 오히려 불미스러운 일이 벌어지고 말걸요. 그 애가 먼 곳에서 보살핌도 받지 못하고 가난하게 지내 왔다는 생각만으로도 인정 많은 우리 두 조카 중 누구 하나는 그 애를 사랑하게 될 테니까요. 그렇지만 지금부터 함께 키운다면, 설령 천사처럼 아름답다고 해도 그저 누이동생일 뿐이잖아요."

"상당히 지당한 말씀이고, 저 또한 공연히 없는 문제를 만들어 찬물을 끼얹을 생각은 없습니다." 토머스 경이 대답했다. "각자 처한 상황을 감안하면 매우 적절한 계획이니까요. 다만 제 말은 가볍게 정할 일이 아니라는 거지요. 프라이스 부인한테 정말 도움이 되고 우리의 명예도 지키려면, 만일 그 애한테 처형이 그렇게 낙관하는 그런 혼처가 나서지 않을 경우에는 양갓집 규수답게 살아갈 마련을 해 주어야 한다, 혹은 향후 그렇게 해 주기로 약속하는 거나 진배없다는 말입니다."

"무슨 말씀인지 잘 알아요." 노리스 부인이 큰 소리로 말했다. "정말이지 관대하고 사려 깊으시네요. 그 점에서라면 제부와 내가 무슨 이견이 있겠어요. 잘 아시겠지만, 나는 사랑하는 사람들에게 득이 된다면 언제나 최선을 다할 자세가 되어 있으니까요. 물론 여기 조카들에 비하면 이 아이한테는 그 백분의 일도 마음이 안 갈 거고, 어느 모로 보나 내 친자식이나 진배없이 여기지도 않겠지만, 그렇다고 이 애를 소홀히 대한다면 스스로가 미워질 거예요. 뭐니 뭐니 해도 동생 딸이잖아요? 그 애한테 나누어 줄 빵이 있다면야 배를 주리는 꼴을 어찌 보고만 있겠어요? 친애하는 토머스 경, 난 단점이 많을지 몰라도 마음은 따뜻한 사람이에요. 그리고 비록 내 형편도 안 좋긴 하지만, 차라리 내가 덜 먹고 덜 입고 말지 인색하게 굴지는 않을 거예요. 그러니 경만 반대하지 않으면, 불쌍한 동생에게 내일 편지를 써서 이야기를 꺼내 볼게요. 그리고 확정되는 대로 아이를 맨스필드로 데려오는 일은 내가 맡지요. 제부는 아무 수고 안 해도 돼요. 나야 수고를 마다하지 않는 사람인 걸 잘 알잖아요. 내니를 런던으로 보낼게요. 런던에 마구(馬俱)장이인 사촌이 있다니까 거기 묵다가 아이를 만나 데려오면 되겠지요. 포츠머스에서 런던까지야 마차 편으로 쉽게 올려 보낼 수 있을 거예요. 런던으로 오는 사람 중 믿을 만한 이한테 부탁하면 되니까요. 점잖은 상인 아내라든가 상경하는 사람은 항상 있잖아요."

내니의 사촌 집에 불쑥 쳐들어가는 것을 제외하고 토머스 경은 더 이상 이의를 제기하지 않았고, 경제성은 덜하더라도 더 점잖게 만나는 방식으로 바꾸고 나자, 모든 것이 이미 기정사실처럼 되어 이렇게 관대한 계획에 벌써 흐뭇해지기 시작했다. 엄밀히 따지자면 만족감의 몫이 같아서는 곤란했다. 토머스 경은 선택된 아이한테 진실하고 일관된 후원자가 되기로 단단히 결심한 반면, 노리스 부인은 양육비를 한 푼도 부담할 의사가 없었으니 말이다. 찾아다니고 떠들고 일을 꾸미는 한에서 그녀는 한없이 자애로웠고, 남에게 후하게 베풀라고 명하는 데는 누구보다도 능했다. 그렇지만 이래라저래라 지시하기를 좋아하는 만큼이나 돈을 좋아했고, 친지들의 돈을 쓰는 법만큼이나 자기 돈 아끼는 법을 잘 알았다. 평소 기대했던 것에 못 미치는 수입으로 결혼 생활을 시작한 그녀는 결혼 초부터 엄격한 절약 노선을 취하기로 마음먹었다. 그리고 알뜰한 살림을 꾸리려고 시작된 일은 곧 선택이 되고, 보통은 자식 때문에 노심초사하게 마련인데 자식이 없다 보니 그 대신 돈에 온 신경을 쏟게 되었다. 부양할 자녀가 있었다면 돈을 모으지 못했겠지만, 그런 부담이 없으니 근검절약을 못 할 연유도, 수입을 몽땅 써 버리지 않고 해마다 얼마씩 이월금을 보태는 낙이 줄어들 연유도 없었다. 이런 방침에 젖어 있는 데다 이를 상쇄할 만큼 동생에 대한 진실된 애정도 없는지라, 그렇게 돈이 많이 드는 자선에 대해서는 계획하고 추진하는 영예 이상은 꿈도 꾸지 않았다. 물론 스스로도 자신을 잘 모르니만큼, 이 대화를 마치고 목사관으로 돌아가면서 자기야말로 세상에서 가장 후한 언니이자 이모라고 행복하게 믿었을지도 모르지만 말이다.

이 이야기가 다시 나왔을 때 그녀는 자신의 입장을 더 상세히 설명했다. 그리고 레이디 버트럼이 차분한 목소리로 "언니, 아이가 오면 어디로 먼저 보낼까? 언니네? 아님 우리 집?" 하고 묻자 자기는 아이를 맡을 능력이 전혀 없노라고 대답했고, 이 말을 들은 토머스 경은 적잖이 놀랐다. 그는 그 아이가 자식이 없는 이모한테 좋은 말벗이 될 테니 목사관에서 특히 반길 거라고 여긴 자신의 생각이 완전한 오산이었음을 깨달았다. 노리스 부인은 자기도 유감이지만 적어도 지금 형편으로는 아이를 데리고 있는 것은 생각할 수도 없는 일이라고 말했다. 가엾은 노리스 씨의 건강이 별로 좋지 않아 도저히 그럴 수가 없다, 남편한테 시끄러운 아이 소리를 참아 달라는 것은 하늘을 날라는 거나 마찬가지다, 물론 남편의 통풍이 깨끗이 낫기라도 한다면 얘기는 달라질 것이고, 그때는 불편쯤은 얼마든지 감수하고 기꺼이 교대로 아이를 맡을 것이다, 그렇지만 지금 당장은 가엾은 노리스 씨 시중에 하루가 다 가는 형편이고, 또한 이런 이야기만 전해도 남편이 틀림없이 매우 힘들어할 거라는 것이었다.

"그렇다면 우리 집으로 오는 게 좋겠네." 레이디 버트럼은 지극히 평온하게 말했다. 잠시 침묵하던 토머스 경이 점잖게 덧붙였다. "그래요, 여기 있는 것으로 합시다. 우리는 그 애를 위해 의무를 다하려고 노력할 것이고, 어쨌든 또래 사촌들도 있고 정식 가정 교사도 있으니 아이한테도 도움이 되겠지요."

"지당한 말씀이에요." 노리스 부인이 외쳤다. "두 가지 다 아주 중요하죠. 게다가 리 양이야 가르치는 아이가 둘이나 셋이나 마찬가지일 테고요. 무슨 차이가 있겠어요. 나도 더 도움이 될 수 있다면 좋겠지만, 지금도 힘닿는 만큼 최선을 다하고 있어요. 내가 어디 힘든 일에 몸을 사리던가요? 내니를 보내서 아이를 데려올 거고요. 사흘씩이나 중요한 의논 상대 없이 지내자면 대단히 불편하겠지만요. 그나저나 동생, 아이가 묵을 방은 전에 육아실로 쓰던 방들 옆에 있는 조그만 흰 고미다락으로 할 거지? 그 방이 가장 적당할 거야. 리 양 방하고도 아주 가깝고, 사촌 언니들 방에서도 멀지 않고, 하녀들 방도 바로 붙어 있으니까 누군가 옷 입는 것을 도와주고 옷가지도 챙겨 줄 수 있겠지. 엘리스한테 다른 애들에다 그 애 시중까지 들라고 시키는 건 동생도 곤란하다고 생각할 거 아냐. 정말이지, 다른 방을 주는 건 말도 안 돼."

레이디 버트럼은 아무런 반대도 하지 않았다.

"착한 성품이면 좋겠네." 노리스 부인이 말을 이었다. "이런 친척이 있다는 게 얼마나 드문 행운인지도 잘 알고."

"만약 성품이 정말 안 좋다면, 우리 아이들 때문에라도 계속 데리고 있지 못할 겁니다." 토머스 경이 말했다. "그렇지만 벌써부터 그런 생각을 할 필요는 없지요. 우리가 보기에는 달라졌으면 하는 점도 아마 많을 것이고, 엄청난 무지나 좁은 소견, 곤혹스러울 만큼 격이 떨어지는 매너 등은 각오해 두는 게 좋을 겁니다. 그렇지만 이런 결함들이야 고칠 수 없는 것도 아니고, 같이 지내는 아이들한테도 위험할 리 없지요. 딸애들이 그 애보다 더 어리다면 그런 동무를 집에 들이는 건 대단히 심각한 문제라고 여겼겠지만, 그런 것도 아니니 서로 친해진다고 해도 딸애들 걱정을 할 필요는 전혀 없을 테고, 그 애 편에서는 이로운 점만 있겠지요."

"내 생각도 바로 그래요." 노리스 부인이 외쳤다. "오늘 아침에도 그이한테 그렇게 말한걸요. 사촌들하고 같이 있는 것만으로도 그 애한테는 좋은 교육이 될 거라고요. 설령 리 양이 아무것도 안 가르쳐 줘도, 사촌들을 본받아 착하고 똑똑한 아이가 될 수 있을 거예요."

"그 애가 우리 가엾은 퍼그*나 괴롭히지 않으면 좋겠어." 레이디 버트럼이 말했다. "이제 겨우 줄리아가 가만 두기 시작했는데."

"앞으로 좀 어려운 문제가 생길 겁니다, 처형." 토머스 경이 지적했다. "자라나는 아이들 사이에 적절한 구별을 유지하는 문제 말입니다. 딸아이들한테는 사촌을 너무 내려다보지 않으면서도 자기 신분을 잊지 않도록 가르쳐야 하고, 또한 그 애한테는 너무 기를 꺾지 않으면서도 자기가 버트럼 가문의 딸이 아니라는 점을 명심하도록 가르쳐야 할 테니까요. 나는 아이들이 아주 친하게 지내길 바라고 딸아이들이 사촌 동생한테

* 넓적한 얼굴과 쭈글쭈글한 주름이 특징인 작은 개.

조금이라도 오만하게 구는 건 절대 용인하지 않을 겁니다. 그렇지만 서로 대등하지 않은 것도 엄연한 사실이지요. 신분이나 재산이나 권리나 물려받을 유산에서 늘 차이가 날 겁니다. 이건 대단한 섬세함이 요구되는 문제니, 우리가 아주 올바른 방침을 취할 수 있도록 처형도 협조해 주셔야 합니다."

노리스 부인은 당연히 협조하겠다며, 대단히 어려운 일이라는 그의 말에 전적으로 동의를 표하면서도 서로 힘을 합치면 쉽게 해낼 수 있으리라는 점을 생각하라고 그를 격려했다.

노리스 부인이 동생에게 보낸 편지가 헛수고에 그치지 않았음은 여러분도 쉽게 믿으실 수 있을 것이다. 프라이스 부인으로서는 훌륭한 사내아이들도 많은데 굳이 계집아이를 점찍은 것이 좀 의아스러운 모양이었다. 그러나 언니의 제안을 대단히 고맙게 받아들이고, 딸이 매우 착하고 양순한 아이라고 안심시키면서 내쳐야 할 일은 절대 없으리라 믿는다고 했다. 나아가 그녀는 딸이 좀 약하고 왜소한 편이라면서도, 공기가 달라지면 몸도 좋아질 거라고 매우 낙관적인 희망을 표했다. 가련한 여인! 아마도 그녀는 다른 여러 자식들한테도 새 공기가 도움이 될 텐데 하는 생각을 했을 것이다.

2

어린 소녀는 긴 여행을 안전하게 마치고 노샘프턴에서 노리스 부인의 마중을 받았는데, 부인은 자기가 이렇게 가장 먼저 아이를 맞이하니 생색이 나는 데다 아이를 동생 부부한테 데려가 그들의 친절한 손에 넘겨주는 중책을 맡게 되어 대단히 뿌듯했다.

패니 프라이스는 이때 막 열 살이 되었는데, 첫인상에서 친척들을 사로잡을 점은 별로 없을지 몰라도 적어도 크게 거슬리는 점 또한 없었다. 아이는 나이에 비해 작은 편으로, 환한 안색이라든가 기타 빼어나게 예쁜 구석이라곤 찾아볼 수도 없었고, 매우 쭈뼛거리며 수줍어하고 눈길 앞에서는 움츠러들었다. 그렇지만 행동거지가 어색하기는 해도 상스럽지 않고, 목소리도 곱고, 말하는 표정이 귀여웠다. 토머스 경과 레이디 버트럼은 아이를 매우 다정하게 맞이했고, 아이의 기운을 북돋아 주어야 할 필요가 있겠다고 여긴 토머스 경은 마음을 달래 주려고 온갖 노력을 기울였다. 그러나 몸에 밴 근엄함 탓에 여의치가 않았고, 레이디 버트럼은 그의 절반도 공을 들이지 않고 그가 열 마디 할 때 겨우 한 마디 하는 정도였지만 부드러운 미소만으로도 곧바로 둘 중 덜 무서운 사람이 되었다.

토머스 경의 자녀들도 모두 집에 있다가 이 첫 만남 장면에서 대단히 훌륭하고 기분 좋게 그리고 전혀 당황하지 않고 제 역할을 해냈는데, 적어도 두 아들은 그러했으니, 각기 열일곱 살과 열여섯 살로 나이에 비해 키가 큰 이들이 어린 사촌의 눈에는 매우 위엄 있는 어른처럼 보였다. 두 딸은 더 어리기도 하고 아버지를 더 무서워하는 데다 아버지가 하필이면 자신들을 지목해서 말씀하시는 바람에 더욱 어쩔 줄을 몰랐다. 그러나 사람들 앞에 나서고 칭찬을 받는 데 익숙했던지라 자연스러운 수줍음 같은 것은 알지 못했으니, 자신감 없는 사촌의 모습에 자신감을 얻으며 금방 사촌의 얼굴과 옷차림을 무심하고 무람없는 태도로 찬찬히 뜯어볼 수 있었다.

대단히 빼어난 식구들이었다. 아들들도 대단히 잘생기고 딸들도 단연 용모가 빼어난 데다, 모두 나이에 비해 심신의 발육 상태가 좋았으니, 사촌 자매들은 그간의 교육에서 비롯된 응대 솜씨의 차이만큼이나 외모도 두드러지게 차이가 났고, 실제로 세 아이를 엇비슷한 나이로 볼 사람이 없을 정도였다. 사실 막내딸과 패니는 겨우 두 살 차이였다. 줄리아 버트럼은 이제 열두 살이고, 마리아도 한 살 위일 뿐이었다. 한편 꼬마 손님은 더없이 슬펐다. 모두가 무섭기만 하고, 자신이 부끄럽고, 떠나온 집 생각만 나서 고개를 제대로 들지도 못하고 목소리는 자꾸 기어들어 가고 입을 열면 울음이 터질 것만 같았다. 노샘프턴에서 이곳으로 오는 내내 노리스 부인은 아이에게 정말 기막힌 행운을 잡은 것이라며 그러니 지극히 감사해하며 착하게 굴어야 한다고 계속 잔소리를 했고, 그래서 행복해하지 않는 자기가 잘못이라는 생각에 아이는 더욱 슬퍼졌다. 거기다 기나긴 여정에서 비롯된 피로 또한 곧 무시 못 할 문제가 되었다. 토머스 경이 선의로 베푸는 이런저런 친절도, 틀림없이 착한 아이가 될 것이라는 노리스 부인의 예언적인 말추렴도 효과가 없고, 레이디 버트럼이 웃음 띤 얼굴로 패니를 소파 위 자기와 퍼그 곁에 앉혀 주어도, 구스베리 타르트가 나와도 아이의 마음을 달래기에는 역부족이었다. 아이가 타르트를 두 입도 채 삼키지 못한 채 눈물을 터뜨리자, 지금 가장 좋은 벗은 잠이겠다고 생각한 식구들은 잠자리에서 슬픔을 달래도록 아이를 내보냈다.

"가히 희망적인 출발은 아니네요." 패니가 방에서 나가자 노리스 부인이 말했다. "오면서 귀가 닳도록 타일렀으니 좀 얌전하게 굴 줄 알았는데. 네가 처음에 얼마나 잘 처신하느냐에 따라 많은 게 달라질 거라고 누누이 이야기했건만. 뚱한 성격은 아니었으면 좋겠네요. 가엾은 제 어미는 꽤 그랬거든요. 하지만 아직 어린애니까 그 점은 감안해야겠지요. 그리고 집을 떠나 슬퍼하는 것도 꼭 나쁜 건 아닐지도 모르죠. 아무리 부족해도 제 집은 제 집이니까. 거기다 제 처지가 얼마나 좋아졌는지 아직은 잘 모를 수도 있고요. 그래도 매사에 절제라는 게 있는 법인데."

그러나 패니가 함께 살던 식구들과의 이별과 맨스필드 파크의 새로운 환경에 익숙해지기까지는 노리스 부인이 용납하기 어려울 만큼 오랜 시간이 필요했다. 아이는 마음의 상처가 컸지만, 사람들은 이를 잘 이해하지 못해 제대로 달래 줄 수도

레이디 버트럼이 웃음 띤 얼굴로 패니를 소파 위 자기와
퍼그 곁에 앉혀 주어도, 역부족이었다.

없었다. 물론 일부러 불친절하게 대하는 사람은 없었지만 아이가 편하게 지내도록 굳이 애쓰는 사람도 없었다.

사촌과 함께 놀면서 친해질 시간을 가지라고 다음 날 버트럼가의 딸들에게 모처럼 휴일이 주어졌지만, 단합은 거의 이루어지지 않았다. 그들은 장식 띠도 두 개밖에 없고 프랑스어를 배운 적도 없는 사촌을 깔보지 않을 수 없었다. 그리고 기껏 이중주까지 해 주어도 사촌이 그다지 감탄하지 않자, 가장 덜 아끼는 장난감 몇 개를 너그럽게 선사하고는 혼자 놀라고 내버려 둔 채, 자기들끼리 꽃을 만드는 놀이든 금색 종이를 낭비하는 놀이든 그때그때 마음 가는 대로 휴일 놀이에 열중했다.

패니는 사촌 언니들이 옆에 있으나 없으나, 공부방에서나 거실에서나 관목 숲에서나, 늘 버림받은 기분이었고, 누구를 만나든 어디에 있든 그저 무섭기만 했다. 아이는 레이디 버트럼의 침묵에 상심하고, 토머스 경의 근엄한 표정에 겁먹고, 노리스 부인의 훈계에 기가 완전히 죽었다. 사촌 언니들은 아이의 작은 키를 들먹여 상처를 주고, 수줍은 태도를 지적하여 무안을 주었다. 리 양은 아이의 무지에 놀라워했고, 하녀들은 아이의 옷가지를 보고 비웃었다. 이런 슬픔에 더해 자기를 놀이 친구이자 선생이자 보모로 언제나 귀하게 여기던 형제자매 생각이 날 때면, 아이의 작은 가슴을 짓누르는 낙심은 더욱 커졌다.

웅장한 저택 역시 아이한테 놀라울지언정 위안은 되지 못했다. 방들은 마음 편히 돌아다니기에는 너무 크고, 손 닿는 것마다 깨뜨릴까 봐 겁이 난 아이는 이런저런 끊임없는 두려움에 휩싸인 채 조심조심 걸어 다니다가, 수시로 제 방으로 물러나 눈물을 흘리곤 했다. 식구들은 이 어린애가 자신의 유별난 행운을 잘 알고 있는 것 같아 정말 다행이라고들 했지만, 정작 아이는 밤에 거실에서 물러나면 흐느끼다 잠드는 것으로 나날의 슬픔을 마감했다. 이런 식으로 일주일이 지났으나, 아이의 조용하고 삼가는 태도 탓에 아무도 아이의 슬픔을 짐작하지 못했는데, 그러던 어느 날 아침 둘째 아들인 에드먼드가 다락방 계단에 앉아 우는 아이를 보게 되었다.

"아니 우리 사촌, 무슨 일이야?" 그는 빼어난 품성답게 더없이 부드럽게 말했다. 그러고는 곁에 앉아 울다가 들켜 부끄러워하는 패니의 마음을 달래 주고 무슨 일인지 털어놓으라고 설득하느라 무진 애를 썼다. '어디 아픈가? 아니면 누구한테 야단을 맞았나? 아니면 마리아나 줄리아와 싸웠나? 수업하다 모르는 거라도 있나? 그건 내가 설명해 줄 수 있다. 요컨대 필요한 게 있으면 가져다주거나 대신해 줄 수도 있다.' 한참이 지나도 "아녜요, 아녜요, 아무것도 아니에요, 아녜요, 고맙습니다."라는 답변밖에 듣지 못했으나, 그는 노력을 그치지 않았고, 패니의 본가 쪽으로 화제를 돌리자 더 심하게 흐느끼는 패니를 보고 슬퍼하는 이유를 짐작할 수 있었다. 그는 아이를 달래려고 애썼다.

"우리 패니가 엄마와 떨어져서 슬픈 거구나." 그는 말했다. "아주 착하네. 그렇지만 네 곁에는 너를 사랑하고 행복하게 해 주고 싶어 하는 친척과 친구들이 있잖니. 우리 같이 파크*

* 시골 대저택에 딸린, 숲과 호수, 목초지 등이 있는 사유지.

에 산책하러 갈래? 거기서 네 형제자매들 이야기를 해 주렴."

이야기를 듣다가 그는 패니가 모든 형제자매를 그리워하지만 유독 많이 떠올리는 사람이 하나 있다는 것을 알게 되었다. 패니가 가장 이야기하고 보고 싶어 하는 사람은 맏이인 윌리엄이었다. 힘든 일이 있을 때마다 어머니 앞에서 패니 편을 들어 주던 (어머니가 가장 귀애하는) 오빠. "윌리엄 오빠는 내가 떠나지 않았으면 했어요. 내가 아주 많이 보고 싶을 거라고요." "그럼 윌리엄 오빠가 너한테 편지를 보내지 않을까?" "예, 그러겠다고 약속했지만, 나보고 먼저 쓰라고 했어요." "그럼 넌 언제 쓸 건데?" 아이는 고개를 떨구고 머뭇거리며 '모르겠다, 종이가 없다'고 대답했다.

"그 문제라면, 종이든 뭐든 내가 다 구해 줄게. 그러면 생각날 때마다 편지를 쓸 수 있을 거야. 윌리엄한테 편지를 쓰면 기분이 좀 좋아질까?"

"예, 많이요."

"그럼 당장 하지 뭐. 같이 조찬실로 가자. 필요한 게 거기 다 있을 거야. 지금은 아무도 없을 테고."

"하지만…… 편지를 부칠 수 있을까요?"

"그럼, 그건 나한테 맡겨. 다른 편지들하고 함께 보내면 돼. 그리고 네 이모부가 요금 면제 서명*을 해 주실 테니 윌리엄한테 우편 요금을 물릴 일도 없을 거야."

"이모부가요!" 패니는 겁먹은 표정으로 되뇌었다.

---

* 이는 상하원 의원의 특권이었으며 귀족이 아닌 토머스 경은 하원 의원으로 추정된다. 이런 서명이 없는 경우는 수신인이 요금을 부담하도록 되어 있었다.

“그래, 네가 편지를 다 쓰고 나면 내가 아버지한테 들고 가서 서명을 해 주십사 부탁할게.”

패니는 버릇없는 짓이 될까 염려되었지만 더 이상 마다하지는 않았다. 그리고 둘이 함께 조찬실로 들어가, 에드먼드가 종이를 꺼내 줄을 쳐 주었는데, 친오라비 못지않게 다정했으며 정확성은 아마도 더했을 것이다. 그는 패니가 편지를 쓰는 내내 곁을 지키며, 필요하면 자기 펜 나이프나 철자법 책도 빌려주었고, 이런 배려만 해도 고맙기 짝이 없는데 제 오빠한테까지 친절을 다하니, 패니는 무엇보다도 이것이 기뻤다. 그는 직접 제 손으로 사촌인 윌리엄에게 사랑을 보낸다고 쓰고 반 기니짜리 금화를 인장을 찍은 봉투에 동봉했다.* 이때 패니의 느낌은 도저히 말로 표현할 수 없겠다 싶을 정도였지만, 표정과 꾸밈없는 몇 마디 말로도 얼마나 고맙고 기뻐하는지 충분히 전해졌고, 이 일로 사촌 오빠는 패니에게 관심을 갖기 시작했다. 그는 패니와 좀 더 이야기를 나누면서 패니가 하는 모든 말에서 따뜻한 마음씨에 바르게 처신하겠다는 소망이 강한 아이임을 확인했다. 그리고 제 처지를 십분 의식하고 있고 주눅도 많이 들어서 그만큼 더 신경을 써 주어야 한다는 것을 느낄 수 있었다. 물론 전에도 패니를 일부러 괴롭힌 적은 없지만, 패니한테 좀 더 적극적인 친절을 베풀어 주어야겠다는 생각이 들었고, 그런 생각에서 우선 모든 식구들에 대한 두려움을 덜

* 기니(guinea)는 17세기에서 18세기 초까지 쓰인 금화로 당시 1기니는 21실링에 해당했다. 봉투에 밀랍 인장을 찍어 보내면 인장을 뜯기 전에는 내용물을 볼 수 없어 안전을 기할 수 있었다.

어 주려 애쓰고, 특히 마리아나 줄리아와 자주 어울리고 가급적 명랑하게 지낼 수 있도록 많은 조언을 해 주었다.

이날 이후로 패니는 마음이 한결 편안해졌다. 자기한테도 친한 사람이 생긴 느낌이었고, 사촌 오빠 에드먼드의 친절 덕분에 다른 사람들 앞에서도 좀 더 용기를 낼 수 있었다. 집도 덜 낯설고 사람들도 덜 무서워졌다. 물론 도저히 두려움을 떨치기 어려운 사람들도 있었지만, 적어도 이제는 그들의 습성을 알고 그들에게 맞추려면 어떻게 해야 가장 좋을지 알게 되기 시작했다. 처음에는 모든 사람들의 그리고 무엇보다 스스로의 평안에 심각한 지장을 초래했던 이런저런 촌스럽고 어색한 티가 자연히 줄고, 이제는 이모부 앞에 서게 되어도 벌벌 떨지 않았으며, 노리스 이모의 목소리가 들려도 심하게 놀라지는 않았다. 사촌 언니들도 가끔은 패니를 동무로 받아 주었다. 패니는 나이도 어리고 기운도 딸리는 만큼 항상 함께 어울리지는 못했지만, 언니들의 놀이나 계획에 세 번째 참여자가, 특히 성격이 유순하고 고분고분한 아이가 매우 유용할 때도 있었다. 그래서 그들은 이모가 패니의 결점을 캐묻거나 에드먼드 오빠가 패니에게 잘해 주라고 당부할 때면 "그만하면 착한 애"라고 인정할 수밖에 없었다.

에드먼드 본인이야 패니에게 변함없이 잘해 주었고, 톰의 장난을 견뎌야 할 때도 있었지만 열일곱 살 된 청년이 열 살짜리 아이한테 할 법한 장난 이상은 아니었다. 톰은 왕성한 원기와 오로지 쓰고 즐기기 위해 태어난 줄 아는 맏아들 특유의 자유분방한 성향을 맘껏 과시하며 막 인생에 첫발을 내딛는 참이었다. 사촌에 대한 친절도 그의 위치와 권한에 걸맞은 수준이었으니, 아주 예쁜 선물을 해 놓고도 놀려 대는 식이었다.

패니의 외모가 나아지고 기분도 밝아지면서, 토머스 경과 노리스 부인은 자신들의 자비로운 결정에 더 흡족해했다. 그리고 얼마 지나지 않아 아이가 결코 영리하지는 않지만 온순한 성격이라 크게 애를 먹이지는 않을 것 같다고 결론을 내렸다. 아이의 능력을 낮추보는 것은 비단 이 두 사람만이 아니었다. 패니는 수를 놓거나 읽고 쓸 줄은 알았지만, 그 이상은 배운 적이 없었다. 그래서 사촌 언니들은 자기들이 이미 오래전에 익힌 많은 것을 패니가 모르는 것을 보고는 패니를 엄청난 바보로 여겼고, 처음 두세 주 동안은 그런 점이 새로 발견될 때마다 거실로 달려가 일러바치곤 했다. "엄마, 있잖아요, 사촌은 유럽 지도 퍼즐도 못 맞추는 거 있죠.(고자질거리는 '러시아의 주요 강 이름도 못 댄다'라거나 '소아시아*라는 건 들어 본 적도 없다네요. 수채화 물감과 크레용의 차이도 모른다'라거나 그때그때 달랐다.) 말도 안 돼요! 세상에 이렇게 바보 같은 이야기가 어디 있어요?" 하는 식이었다.

"어이구," 사려 깊은 이모가 대답하곤 했다. "참 문제구나. 하지만 누구나 너희처럼 열심히 금방금방 깨칠 거라고 기대할 수는 없지."

"그렇지만 이모, 어떻게 그렇게 무식할 수가 있어요! 글쎄, 어젯밤엔 우리가 그 애한테 아일랜드로 가려면 어떤 길로

* 현재 튀르키예의 일부인 아나톨리아의 옛 이름.

가겠냐고 물어봤거든요. 그랬더니 와이트섬으로 건너가겠다는 거예요. 와이트섬밖에 모르나 봐요. 세상에 섬이라고는 거기 하나밖에 없는 것처럼 그냥 '섬'이라고 부르는 거예요.* 저 같으면 개보다 훨씬 어렸을 때도 제가 그렇게 무식하다면 창피해서 죽었을 거예요. 그 나이가 되도록 그렇게 모르는 게 많다니. 전 처음 알게 된 때가 언제인지 기억도 안 나는데요. 이모, 우리가 영국 왕 이름과 즉위 연도, 재위 중 주요 사건들을 연대순으로 암송하던 게 정말 까마득한 옛날이잖아요!"

"맞아요." 다른 딸이 덧붙였다. "로마 황제 이름도 세베루스 황제**까지 외우고. 거기다 고대 신화에 나오는 무수한 신들이나, 온갖 금속과 준금속 이름, 행성 이름, 유명한 철학자 이름도 외웠잖아요."

"그래, 그랬지, 얘들아. 그렇지만 너희는 뛰어난 기억력을 타고났지만 너희 사촌은 딱하게도 그런 축복을 받지 못한 모양이다. 다른 것도 다 마찬가지지만 기억력이란 사람마다 천차만별이거든. 그러니 너희가 부족한 점을 가엾게 여기며 너그럽게 봐줘야지. 그리고 너희야 워낙 올되고 똑똑한 아이들이지만, 그래도 매사에 겸손해야 한다는 걸 잊지 마라. 이미 많이 배웠지만, 아직 배울 것이 아주 많으니까."

"예, 열일곱 살이 될 때까지는 많이 배워야지요. 그렇지만

---

* 영국 남쪽 해안의 섬으로 패니의 고향인 포츠머스와 사우샘프턴 사이에 있다. 지금도 섬사람들은 이 섬을 그냥 '섬'이라고 부른다. 사촌 언니들이 물은 것은 '아일랜드(Ireland)'라는 지역인데, 패니는 '섬(island)'으로 착각한 것이다.

** 로마 세베루스 왕조(Severan dynasty)의 첫 황제로 서기 193년부터 211년까지 재위. 고대 로마 제국은 기원전 44년에서 기원후 476년까지 존속했다.

패니 이야기 하나만 더 하고요. 너무나 이상하고 바보 같아서요. 글쎄, 음악도 그림도 배울 생각이 없대요."

"저런, 정말 바보 같은 소리구나. 재능도 경쟁심도 얼마나 부족한지가 확연히 드러나네. 그런데 전체적으로 볼 때 오히려 잘된 것이 아닌가 싶구나. 알다시피 너희 부모님이 자비를 베풀어 그 애를 너희와 함께 키우기로 하셨잖니. (그것도 다 내 덕이다만.) 그렇다고 해서 그 애가 너희처럼 재능과 기예를 갖추어야 하는 것은 아니지. 오히려 차이가 나는 편이 훨씬 나을 거야."

노리스 부인이 이런 조언들로 조카딸들의 생각을 바르게 이끌어 주었으니, 이 아이들이 뛰어난 재능과 올된 지식은 갖추었으되 자기 인식과 관용, 겸손함이라는 보기 드문 배움을 완전히 결여하게 된 것도 그리 놀라운 일이 아니었다. 그들은 품성을 제외한 모든 분야에서 훌륭한 교육을 받았다. 토머스 경은 무엇이 부족한지 알지 못했다. 그는 아버지로서 진심으로 자식을 염려하긴 했지만 애정을 겉으로 나타내지는 않았고, 이런 과묵한 태도에 압도된 딸들은 아버지 앞에서는 자신의 기질을 있는 그대로 드러내지 못했기 때문이다.

레이디 버트럼은 딸들의 교육에 추호의 관심도 없었다. 그런 데 신경 쓸 시간이 없었다. 그녀는 근사하게 차려입고 소파에 앉아 쓸모도 미적 가치도 별로 없는 기다란 자수 감이나 들고 하루하루를 보내는 여성이었다. 그녀는 자식들보다는 애완견을 더 많이 생각했지만, 자기에게 불편을 끼치지 않는 한 자식들을 오냐오냐 받아 주고 중요한 모든 일에서는 토머스 경이, 그리고 소소한 문제에서는 언니가 하라는 대로 했다. 딸들을 보살필 여유 시간이 더 있었다 해도 그럴 필요가 없다고 생각했을 것이다. 가정 교사가 돌봐 주고 훌륭한 선생들까지 붙여 주었으니 딸들에게 부족한 점이 있을 리 없다고 믿었던 것이다. 패니가 배움에 둔하다는 점에 대해서는 '참으로 안타깝기는 하지만, 정말 둔한 사람들도 있게 마련이니, 패니가 더 노력하는 수밖에 달리 무슨 방도가 있겠는가. 게다가 머리가 둔한 점 말고는 그 가엾은 아이한테 아무 문제도 없어 보이더라. 말 심부름을 시키거나 뭘 좀 가져오라 시키면 언제나 재바르게 움직여서 도움이 많이 된다'는 식이었다.

아는 게 없고 소심하다는 결함에도 불구하고 패니는 맨스필드 파크에 자리를 잡았고, 전에 살던 집에 대한 애착의 많은 부분을 새집으로 돌리는 법을 배우면서 그곳에서 사촌들과 함께 불행하지 않게 성장했다. 마리아나 줄리아도 내놓고 심술궂은 성정은 아니었고, 패니는 자신을 대하는 그들의 태도에 속상할 때도 많았지만, 스스로도 별로 잘난 점이 없다고 생각했으므로 속상해하지 않았다.

패니가 이 집에 들어올 무렵부터 레이디 버트럼은 건강 문제도 좀 있었지만 주로 게으른 성격 탓에, 봄마다 머무르던 런던 집을 포기하고 내내 시골에서 지냈다. 그리고 런던에서 의회 일을 봐야 하는 토머스 경이야 편하면 편한 대로 불편하면 불편한 대로 아내 없이 지내도록 내버려 두었다. 그리하여 버트럼가의 딸들은 시골 저택에서 암기 공부와 이중주 연습을 계속하며 키도 커지고 여인의 모습을 갖추어 갔다. 그리고 아버지는 외모와 예절과 재예에서 한시름 놓을 만큼 훌륭하게 성장해 가는 딸들의 모습을 지켜보았다. 장남은 무사태평에 낭비벽이 심해 일찍부터 무던히도 속을 썩였지만, 다른 아이들은 모두 전도유망해 보였다. 그는 딸들이 버트럼이라는 성을 갖고 있는 동안에는 그 성에 새로운 기품을 더해 주리라 여겼고, 그 성을 버릴 때가 되면 점잖은 인맥을 넓혀 주리라 믿었다. 그리고 뛰어난 분별력과 올곧은 마음을 지닌 에드먼드의 성품은 본인은 물론이고 모든 가족에게 도움이 되고 명예와 행복을 안겨 줄 것으로 기대되었다. 에드먼드는 성직자가 될 것이었다.

걱정도 하고 보람도 느끼며 자식들을 키우는 와중에도 토머스 경은 프라이스 부인의 자식들에게도 힘닿는 대로 도움을 주는 것을 잊지 않았다. 그는 진로를 정할 나이가 된 처조카들의 교육과 일자리 마련을 위해 지원을 아끼지 않았고, 그래서 패니는 식구들과 거의 완전히 단절된 채 지내면서도 토머스 경이 그들에게 도움을 주었다든가 그들의 상황이나 처신에 조금이라도 장래성이 보인다는 소식이 들려오면 진심으로 기뻐했다. 여러 해가 지나는 동안 한 번, 딱 한 번, 패니는 윌리엄과 함께 지내는 행복을 맛보았다. 다른 식구는 얼굴도 보지 못했다. 패니를 집으로 돌려보내는 것은 고사하고 잠깐 다녀오도록 해야겠다는 생각조차 하는 사람이 없었고, 집에서도 패니를 진심으로 기다리는 사람이 없는 모양이었다. 그렇지만 패니가 집을 떠나고 얼마 지나지 않아 윌리엄은 해군에 들어가기로 결심했고, 그래서 바다로 나가기 전 노샘프턴셔에서 동생과 한 주 지내다 가라는 초대를 받았다. 남매가 재회하면서 보여 준 뜨거운 우애나 함께 지낼 때의 강렬한 기쁨, 행복하고 즐겁게 보낸 시간들, 진지한 의논을 나누던 순간들은 가히 짐작할 만하실 것이다. 마지막 순간까지 낙천적인 생각과 기분을 잃지 않은 오빠와 오빠가 떠난 후 슬퍼하던 여동생의 모습 역시 마찬가지다. 윌리엄의 방문이 마침 크리스마스 휴일과 겹친 덕분에 패니는 곧바로 사촌 에드먼드의 위로를 받을 수 있었다. 에드먼드는 윌리엄이 이 직업에 종사하게 되면 장차 어떤 일을 할 수 있고 어떤 인물이 될 수 있는지에 관해 대단히 근사한 이야기를 해 주었고, 그래서 패니도 잠시 헤어지는 것이 어떤 면에서는 잘된 일이라는 점을 점차 인정하게 되었다. 에드먼드는 패니에게 언제나 변함없는 우애를 보여 주었다. 이튼 기숙 학교를 졸업하고 옥스퍼드 대학교에 간 후에도 그의 자상한 성품은 전혀 달라지지 않았고 오히려 행동으로 입증되는 기회가 많아졌다. 다른 식구들보다 잘해 주는 티를 내지도 않고 너무 과하다 싶지도 않게, 그는 언제나 패니를 도와주고 감정을 배려해 주었으며, 패니가 식구들한테 훌륭한 자질을 인정받고 그런 자질을 제대로 표출되지 못하게 막는 소심함을 극복할 수 있도록 조언과 위로와 격려를 아끼지 않았다.

다른 식구들이 모두 패니를 뒷전으로 밀쳐 두는 상황에서 에드먼드의 지원만으로는 패니를 앞으로 나서게 하기에 한계가 있었지만, 패니의 정신이 함양되고 정신적 즐거움들이 확장되는 데 그의 관심이 무엇보다 중요한 몫을 했다. 그는 패니가 영리하며 분별력과 이해력이 뛰어나고 독서를 좋아하니, 잘만 이끌어 주면 독서만으로도 훌륭한 교육이 되리라 생각했다. 리 양이 패니에게 프랑스어도 가르치고 날마다 정해진 분량의 역사책을 낭독하게 했다. 그러나 패니가 남는 시간에 빠져들어 읽은 것들은 에드먼드가 추천한 책들이었고, 패니의 독서 취향을 격려하고 판단력을 바로잡아 준 사람 역시 에드먼드였다. 그는 패니가 읽은 책에 대해 함께 이야기를 나누며 유익한 독서가 되도록 이끌면서 사려 깊은 칭찬으로 독서의 매력을 배가시켰다. 이러한 도움에 패니는 윌리엄을 제외하고는 이 세상에서 에드먼드를 가장 사랑하게 되었다. 이 두 사람이 패니의 마음을 나누어 가졌다.

3

맨스필드 파크에 일어난 중대하다고 할 만한 첫 번째 사건은 노리스 씨의 사망이었다. 패니가 열다섯 살쯤 되었을 때 일어난 이 사건으로 자연히 이런저런 변화와 새로운 사태가 전개되었다. 목사관을 비워 준 노리스 부인은 처음에는 맨스필드 파크로 옮겼다가 이후 토머스 경이 마을에 소유하고 있던 작은 주택으로 옮겼다. 남편을 잃은 것에 대해서는 남편 없이도 얼마든지 잘해 나갈 수 있다는 생각으로, 줄어든 수입에 대해서는 더 엄격하게 근검절약하면 된다는 생각으로 마음을 달랬다.

성직록은 장차 에드먼드의 몫이었고, 그의 이모부가 몇 해만 일찍 사망했더라도 에드먼드가 성직 서품을 받을 나이가 될 때까지 당연히 지인한테 맡겨 두었을 것이다. 그렇지만 이모부가 사망하기 전부터 이미 톰의 낭비벽이 너무 심했던 나머지 새로 난 서품권을 달리 처분할 필요가 있었으니, 형이 누린 쾌락의 대가를 동생이 나누어 지게 된 것이다. 이 집안에서 관장하는 또 다른 성직록은 실질적으로 에드먼드 몫으로 남아 있었다. 덕분에 토머스 경은 양심의 가책을 그나마 덜 수 있었지만, 부당한 처사라는 느낌은 지울 수 없었고, 그래서 장남에게도 같은 생각을 불어넣으려 진심으로 노력하며, 여태껏 자기가 했던 어떤 말이나 행동보다도 효과가 있기를 내심 기대했다.

"너 때문에 내가 얼굴을 들 수가 없구나, 톰." 지극히 엄숙한 말투로 그는 말했다. "어쩔 수 없었지만 이런 편법은 부끄러운 일이다. 이렇게 되었으니 너도 형으로서 마음이 말이 아니리라 믿는다. 너 때문에 에드먼드 몫으로 돌아갈 수입이 절반 이상 줄었으니 에드먼드는 앞으로 십 년, 이십 년, 삼십 년, 아니 어쩌면 평생 동안 그 손해를 감수해야 할 거다. 물론 나중에 내 권한으로든 아니면 네 권한으로든 (그러기를 바란다만) 네 동생한테 더 나은 자리를 마련해 줄 수도 있겠지. 그렇지만 잊어서는 안 된다. 그런 보상이야 우리가 그 아이에게 마땅히 주어야 할 몫 이상은 되지 못할 것이고, 당장 급한 너의 부채 때문에 지금 그 애가 포기하게 된 확실한 이권을 상쇄할 만한 것은 사실상 없다는 걸 말이다."

톰은 이 말을 들으며 얼마간 수치스럽기도 하고 얼마간 서글프기도 했다. 하지만 그런 감정을 최대한 빨리 떨쳐 버리고, 금방 명랑한 이기심을 발휘하여 이렇게 생각할 수 있었다. 첫째, 빚을 졌다고 하지만 어떤 친구들에 비하면 절반도 안 된다. 둘째, 아버지가 이 일을 가지고 지나치게 구신다. 셋째, 새로 성직록을 넘겨 받는 사람이 누구든 십중팔구 금방 사망할 것이다.

노리스 씨가 사망하자 성직 추천권은 그랜트 박사에게 넘어갔고, 그에 따라 박사가 맨스필드로 이사를 왔는데, 모습을 나타낸 박사를 보니 마흔다섯 살의 원기 왕성한 남자여서 버트럼 씨의 계산은 빗나가는 듯했다. 그러나 여전히 그는 '아니, 목이 짧은 게 딱 중풍에 걸리기 쉬운 체형이고, 기름진 음식을 맘껏 먹다 보면 머지않아 세상을 뜰 것'이라고 생각했다.

박사한테는 열다섯 살가량 연하의 아내가 있지만 자식은 없었고, 이 부부는 늘 그렇듯 아주 점잖고 괜찮은 사람들이라는 우호적인 소문과 함께 동네에 입성했다.

이제 토머스 경은 처형이 조카딸에 대한 지분을 주장할 때가 되었다고 생각했다. 노리스 부인의 처지도 달라졌고 패니도 제법 나이를 먹었으니, 둘이 함께 살기 곤란한 이유도 사라졌고 오히려 함께 사는 게 매우 바람직해 보이기까지 했다. 그리고 근자에 서인도 제도 농장에서 얼마간 손실을 본 데다 장남의 낭비벽까지 겹쳐 전보다 재정 상태가 안 좋아진 만큼, 패니의 부양비나 훗날의 뒷받침이라는 책임에서 벗어날 수 있다면 그의 입장에서도 바람직하지 않은 일은 아니었다. 일이 그렇게 되리라 굳게 믿은 그는 그 가능성을 아내에게 슬쩍 귀띔해 주었다. 그리고 레이디 버트럼의 머리에 처음으로 다시 떠올랐을 때 마침 패니와 함께 있었던지라, 그녀는 차분한 목소리로 패니에게 이렇게 말했다. "그래, 패니, 너 이제 여기를 떠나 언니네서 살게 되었다던데, 넌 어떻게 생각하니?"

패니는 너무 놀라 이모의 말만 되풀이할 뿐이었다. "여기서 떠난다고요?"

"그렇단다, 뭘 그렇게 놀라니? 우리 집에 온 지도 벌써 오 년이 되었잖니. 큰이모도 이모부가 세상을 뜨면 너를 데려가겠다고 누누이 이야기했어. 하지만 집을 옮기더라도 여기 올라와서 패턴 시침질*은 해 줘야 한다."

패니에게는 뜻밖인 만큼이나 괴로운 소식이었다. 노리스 이모가 잘해 준 적이 한 번도 없었으니 이모를 좋아할 수가 없었다.

"떠난다면 너무 슬플 거예요." 패니는 더듬거렸다.

"그래, 물론 그럴 거야. 그야 너무나 당연한 일이겠지. 우리 집에 오고 나서 마음 상할 일은 거의 없었잖아. 누가 그런 대접을 받겠니."

"저도 은혜를 모르는 아이가 되고 싶지는 않아요, 이모." 패니가 공손히 말했다.

"그래 얘야, 나 역시 그러길 바란다. 난 늘 네가 아주 착한 아이라고 생각했으니까."

"그럼 이제 다시는 여기서 살 수 없나요?"

"그렇겠지. 하지만 큰이모님 댁도 편할 거야. 여기서 지내나 거기서 지내나 별 차이 없을 거야."

패니는 가슴이 미어지는 슬픔을 안고 방을 나왔다. 그 차이가 그렇게 작을 리 없었고, 아무리 생각해도 큰이모와 사는 것을 좋게 받아들일 수가 없었다. 에드먼드를 만나자 그녀는 걱정을 털어놓았다.

"오빠," 그녀가 말했다. "정말 속상한 일이 생길 것 같아요. 처음에는 싫어했다가도 오빠 말을 듣고 좋아하게 된 적도

---

* 정확하게 재단하기 위해 패턴이 그려진 종이를 천에 시침질해 붙이는 일.

많았지만, 이번만큼은 그럴 수가 없네요. 나, 이제 영영 노리스 이모하고 살게 된대요."

"정말!"

"예, 작은이모가 방금 알려 주셨어요. 이미 다 정해졌대요. 큰이모가 화이트하우스로 이사하는 대로 나도 맨스필드 파크를 떠나 그리로 가기로요."

"그렇구나, 패니. 글쎄, 너만 싫지 않다면 아주 잘된 일 같은데."

"어머, 오빠!"

"모든 면에서 좋은 일이잖아. 너를 데려가겠다니 이모가 잘 생각하신 거야. 말벗을 제대로 고르셨구나. 돈 때문에 포기하시지 않아 다행이네. 너라면 이모한테 본분을 다할 테니까. 너도 너무 속상해하지 않았으면 좋겠다, 패니."

"하지만 속이 상하는걸요. 어떻게 좋아해요. 난 이 집과 이 집의 모든 걸 사랑하는데. 그 집에서는 아무것도 사랑하지 못할 거예요. 내가 큰이모하고 있으면 얼마나 불편해하는지 오빠도 알잖아요."

"어린 너한테 이모가 한 걸 생각하면 나도 할 말이 없어. 하지만 우리한테도 마찬가지였어. 아니 거의 비슷했지. 어떻게 해야 아이들이 좋아하는지 이모는 전혀 모르셨으니까. 그렇지만 너도 이제 좀 더 대접받을 나이가 되었잖아. 이미 너를 대하시는 게 전보다 나아진 것 같던데. 그리고 네가 유일한 말벗이 된다면 이모한테는 소중한 존재가 되는 거잖아."

"난 누구한테도 소중한 존재는 되지 못할 거예요."

"어째서?"

"모든 면에서요. 내 처지도, 어리석고 서툰 내 모습도요."

"어리석고 서툴다니, 패니, 내 말 잘 들어. 넌 조금도 어리석거나 서툴지 않아. 그런 단어를 그렇게 엉뚱하게 쓰는 거 말고는 말이야. 네가 너를 아는 곳에서 소중한 존재가 되지 못할 이유는 하나도 없어. 넌 분별력도 뛰어나고 성품도 상냥하잖아. 게다가 감사할 줄도 알고. 누가 친절을 베풀면 꼭 보답하고 싶어 하잖아. 친한 말벗으로 이보다 좋은 자격이 어디 있겠어."

"오빠는 너무나 친절해요." 그런 칭찬에 얼굴을 붉히며 패니가 말했다. "날 그렇게 좋게 봐주다니, 고마운 마음을 어떻게 표현해야 좋을지 모르겠어요. 아! 오빠, 이 집을 떠나더라도 난 오빠가 얼마나 잘해 줬는지 죽을 때까지 기억할 거예요."

"아이고, 패니야, 화이트하우스처럼 가까운 곳에서야 기억해 주는 게 당연하지 않을까? 바로 파크만 건너면 되는 곳인데, 넌 마치 200마일은 떨어진 곳으로 가는 것처럼 말하네. 그렇지만 넌 거의 지금처럼 우리하고 함께 지내게 될걸. 두 집이 매일 만날 테니까. 한 가지 달라질 게 있다면, 이모하고 살면서는 필히 앞으로 나서게 될 거라는 거야. 진작 그랬어야 했는데. 여기서는 식구가 많으니 뒤에 숨을 수 있었지만, 이모하고 살면 네 생각을 드러내서 말해야 할 거야."

"어머! 그런 말 말아요."

"난 말해야겠는데, 그것도 즐거운 마음으로. 지금 너를 맡을 적임자는 분명 어머니보다는 이모가 맞아. 정말 관심이 있는 사람을 위해서라면 수고를 아끼지 않는 성격이니까, 어떻게든 너의 타고난 능력을 발휘할 수 있게 해 주실 거야."

패니는 한숨지으며 말했다. "난 오빠처럼 생각할 수는 없지만, 나보다는 오빠 생각이 옳을 거라고 믿어야겠지요. 어쨌든 피할 수 없는 일을 받아들일 수 있게 애써 줘서 대단히 고마워요. 이모가 정말로 날 좋아한다고 생각할 수만 있다면, 누구한테든 내가 소중한 존재라는 걸 느낄 수 있다면 얼마나 좋을까요! 여기서는 내가 그러지 못했던 거 잘 알아요. 그래도 난 이곳을 너무나 사랑해요."

"다른 데 가더라도 아주 떠나는 것은 아니잖아, 패니. 지금처럼 파크와 정원에 자유롭게 드나들 수 있을 테니까. 걱정이 되는 건 알겠다만 실제로 달라지는 건 얼마 없으니 너무 두려워할 필요 없어. 여전히 같은 산책로에서 산책을 하고, 같은 서재에서 책을 고르고, 같은 사람들을 만나고, 같은 말을 탈 테니까."

"맞아요, 그 귀여운 회색 조랑말! 아! 오빠, 내가 얼마나 말타기를 무서워했어요. 승마가 내게 도움이 될 거라고들 하는 바람에 얼마나 겁이 나던지. (아! 이모부가 입만 떼셔도 혹시라도 말 이야기를 꺼내시면 어쩌나 얼마나 마음 졸였는지.) 무서워하는 날 오빠가 달래고 설득하며, 조금만 지나면 타게 될 테니 믿어 보라고 했었지요. 실제로 오빠 말이 맞았고요. 그걸 보면 오빠의 예언은 언제나 맞을 거라고 기대해 보고도 싶네요."

"그래, 나는 승마가 네 건강에 도움이 된 것처럼 노리스 이모하고 지내는 것 역시 너의 정신과 궁극적인 행복에 도움이 될 거라고 확신한단다."

'내가 얼마나 말타기를 무서워했는지.'

두 사람의 이야기는 이렇게 끝이 났는데, 이 대화가 패니에게 매우 적절한 도움을 줄 수도 있었지만 결국에는 소용없는 대화가 되고 말았다. 노리스 부인에게는 패니를 데려갈 의사가 전혀 없었던 것이다. 이번 사태로 이 문제를 떠올린 적이 있다면 오로지 어떻게든 면해 보려는 생각에서였다. 그런 기대를 미연에 방지하기 위해 그녀는 맨스필드 교구의 점잖은 주택 가운데 가장 작은 집을 골랐는데, 화이트하우스는 그녀와 하인들 방을 빼면 손님용 침실 하나를 꾸밀 정도의 크기였고, 그녀는 이 방을 특히 강조했다. 목사관에서 남는 방들이 쓰인 적은 한 번도 없었지만, 이제는 손님용 침실의 절대적 필요성을 절대 잊지 않았다. 그렇지만 이 모든 예방 조치에도 불구하고 그녀는 뭔가 더 나은 계획을 갖고 있지 않겠냐는 의혹에서 벗어날 수가 없었다. 아니, 여분의 방이 꼭 필요하다고 강조한 바람에 패니 방을 꾸미려는 심산인가 보다 하는 토머스 경의 오해만 불러왔는지도 몰랐다. 그러나 얼마 안 가 레이디 버트럼이 노리스 부인에게 무심히 한마디 던지면서 모든 게 확실해졌다. "언니, 이제 패니가 언니네서 살게 되면 우리도 더 이상 리 양을 데리고 있을 필요가 없겠어."

노리스 부인은 펄쩍 뛰다시피 했다. "우리 집에서 산다니, 레이디 버트럼! 그게 무슨 소리야?"

"언니네서 사는 거 아냐? 토머스 경하고 그렇게 정한 줄 알았는데."

"내가! 말도 안 돼. 토머스 경한테 그런 말 한 적도 들은 적도 없어. 패니를 내가 데리고 산다고! 그런 일은 생각도 안 해 봤고, 패니와 나를 아는 사람이라면 생각도 할 수 없는 일이잖아. 세상에! 내가 패니를 맡아서 어쩌라는 거지? 희망도 없고 의지까지 없는 가난한 과부에다 기력이 없어서 아무것도 할 수 없는 나보고, 그 나이의 여자아이를 맡아서 어쩌라고? 열다섯 살의 여자아이를! 그 어느 때보다 관심과 보살핌이 필요한 나이라 기운이 넘치는 사람도 감당하기가 힘들 텐데. 설마 토머스 경이 내가 패니를 데려가길 진심으로 바라겠어! 평소에 얼마나 날 생각해 주는데. 내가 잘되기를 바라는 사람이라면 아무도 그런 제안은 못 할 거야. 어쩌다가 토머스 경이 동생한테 그런 말을 하게 된 거지?"

"글쎄, 나도 몰라. 그게 최선이라고 봤나 보지."

"도대체 뭐라고 하던? 내가 패니를 데려가길 바란다고 하지는 않았을 텐데. 제부가 진심으로 그런 생각을 했을 리가 없잖아. 그건 내가 잘 알지."

"아니야. 그냥 그이가 십중팔구 그리되지 않겠냐고 하기에 그런 줄 안 거지. 그이나 나나 그렇게 되면 언니한테도 위로가 될 거라고 생각했어. 하지만 언니가 싫다면 그만이지 뭐. 패니가 우리한테 짐이 되는 것도 아니고."

"동생, 불행한 내 처지를 한번 생각해 봐. 그 애가 어떻게 나한테 위로가 되겠어? 세상에 둘도 없는 훌륭한 남편을 여읜 가난한 혈혈단신 과부에다, 남편 시중에 병구완까지 하느라 건강도 망가지고 마음은 더 망가졌는데. 이승에서의 평화는 이제 다 무너졌고, 재산이라고 해 봐야 양갓집 부인으로 내 한 몸 간수하며 고인의 기억에 누가 되지 않을 만큼 살림을 꾸려가기도 빠듯한 형편인데, 패니 같은 짐까지 떠맡는 게 나한테 무슨 위로가 되겠어? 설령 내 입장만 생각하면 그게 낫다 해도, 그 가엾은 아이한테 어찌 그렇게 부당한 짓을 하겠나. 지금 훌륭한 집에서 잘 크고 있는 아이를. 아무리 슬프고 힘들어도 내 자력으로 헤쳐 나가야지."

"그럼 아무도 없이 언니 혼자 지내도 괜찮겠어?"

"아이고, 레이디 버트럼! 이제 혼자 사는 데 익숙해져야지 어쩌겠어? 내 조그만 오두막에 이따금 친구나 찾아와 주면 좋겠지만 (그러니 친구 잘 곳은 하나 늘 남겨 두려고.) 어쨌든 앞으로는 거의 모든 나날을 완전히 혼자서 지내겠지. 그저 연말에 적자만 안 나기를 바랄 뿐이야."

"언니, 언니 형편이 그 정도로 안 좋은 건 아니잖아. 토머스 경 말로는 연 수입이 600파운드는 될 거라던대."

"레이디 버트럼, 나도 불평은 안 해. 이제까지처럼 생활할 수는 없겠지만 줄일 수 있는 건 줄이고 살림을 더 잘 꾸려 나가야겠지. 여태까지야 주부로서 손이 꽤 큰 편이었지만, 이제는 절약하는 걸 부끄러워하지 말아야지. 수입만큼 처지도 달라졌잖아. 가엾은 노리스 씨야 교구 목사니까 많은 일을 감당해야 했지만, 나한테 그런 기대를 하지는 않을 거고. 불쑥불쑥 드나드는 사람들 때문에 주방에 먹을거리가 얼마나 축이 났는지 그 사정을 누가 알아주겠어. 화이트하우스에서는 살림을 더 잘해야지. 수입 한도 내에서 생활해야지, 안 그랬다간 비참한 신세가 되지 않겠어. 물론 좀 더 가능하다면, 가령 연말에 얼마간 저축이라도 할 수 있다면 정말 뿌듯하겠지만."

"그렇게 되겠지. 저축은 언제나 하고 있잖아."

"그게 다, 레이디 버트럼, 후손에게 도움이 될까 해서지. 내가 돈이 더 많았으면 하는 것도 다 우리 조카들을 위해서라고. 나한테는 달리 재산을 물려줄 자식도 없잖아. 작은 금액이라도 조카들한테 섭섭하지 않을 만큼 물려줄 수 있다면 얼마나 좋겠어."

"고마워, 언니. 하지만 우리 애들 걱정은 하지 마. 얼마든지 넉넉하게 살 텐데 뭐. 토머스 경이 다 알아서 할 거야."

"글쎄, 안티과* 농장 수익이 아주 안 좋아지면 토머스 경의 경제 사정도 좀 빡빡해지지 않겠어."

"아, 그거야 금방 해결될 거야. 요즘 그 일로 토머스 경이 편지를 주고받는 것 같더라고."

"아무튼, 레이디 버트럼." 갈 채비를 하며 노리스 부인이 말했다. "내 바람은 오로지 동생네한테 도움이 되는 것뿐이야. 그러니 혹시라도 패니를 우리 집으로 데려간다느니 하는 말을 토머스 경이 다시 꺼내면, 지금 내 건강이나 마음 상태로 볼 때 생각할 수도 없는 일이라고 말해 주면 좋겠어. 게다가 우리 집에는 사실 그 애한테 내줄 방도 없잖아. 사람들이 와서 묵을 방은 하나 남겨 두어야지."

레이디 버트럼에게서 이 대화를 충분히 전해 들은 토머스 경은 자기가 처형의 생각을 완전히 잘못 짚었다는 것을 깨달았다. 그리고 그 순간부터 노리스 부인은 토머스 경이 자신에

* 사탕수수 농업이 발달한 영국 식민지였던 서인도 제도의 섬.

게 가졌던 모든 기대에서도, 그가 그런 이야기를 다시 입 밖에 내는 불상사에서도 완전히 벗어났다. 토머스 경으로서는 조카딸을 데려올 때는 그렇게 앞장서던 처형이 정작 그 애를 위해서는 아무것도 하지 않으려는 것을 보고 의아하지 않을 수 없었다. 그러나 그녀가 진작부터 레이디 버트럼만이 아니라 그에게도 자기가 가진 것은 모두 이 집 식구들에게 돌아갈 것이라고 여기도록 일러두었기 때문에, 얼마 안 가 그는 이런 특별대우에 만족하게 되었다. 자신들에게도 유리하고 기분 좋은 일이지만 덕분에 패니의 뒷바라지도 더 잘할 수 있으리라 여긴 것이다.

패니는 집을 떠날 걱정을 할 필요가 전혀 없었음을 곧 알게 되었다. 그리고 이걸 알게 된 패니가 옆에서 거들지 않아도 절로 행복해하는 것을 보며, 패니를 위해 꼭 이루어지길 바랐던 일이 무산된 것에 실망했던 에드먼드도 얼마간 마음을 달랠 수 있었다. 노리스 부인이 화이트하우스에 입주하고, 그랜트 부부가 목사관에 도착했다. 이사가 일단락되고 얼마간 맨스필드에서는 모든 것이 평소대로 굴러갔다.

그랜트 부부는 대단히 친절하고 사교적인 성향을 드러냄으로써 새로 만난 이웃들로부터 대체로 큰 호감을 샀다. 물론 이 부부에게도 나름의 단점은 있었으니 노리스 부인이 이를 금방 알아냈다. 박사는 먹는 걸 무척 좋아해서 날마다 거창한 정찬을 원했다. 그리고 그랜트 부인은 적은 비용으로 남편의 요구에 부응하려 노력하기는커녕 요리사에게 맨스필드 파크만큼 높은 급여를 주고는 부엌 쪽으로는 거의 발걸음도 하지 않았다. 노리스 부인은 이런 트집거리를 전하거나 그 집에서 정기적으로 소비하는 버터와 달걀의 양을 이야기할 때면 도무지 화를 누르지 못했다. '나만큼 손님을 융숭하게 대접하기 좋아하는 사람은 없다. 나만큼 인색하게 구는 것을 싫어하는 사람이 어디 있나. 내가 거기에서 살 때도 아무 부족함 없이 안락하게 지냈고 안 좋은 평판의 대상이 된 적도 없었다고 믿지만, 이런 식의 행태는 도저히 이해할 수가 없다. 시골 목사관에 귀부인이라니, 병아리 우장 쓴 격 아닌가. 내 식품 저장실이라면 그랜트 부인이 그대로 물려받아 쓸 정도는 되는 줄 알았다. 어디다 물어봐도 결혼 당시 그랜트 부인의 재산이 5000파운드 이상이었다는 소리는 듣지 못했다.'

레이디 버트럼은 이런 험담을 별 관심 없이 듣고 넘겼다. 그녀로서는 절약가의 권리 침해에 대해서는 크게 공감하지 않았지만, 별로 예쁘지도 않은 그랜트 부인이 결혼을 잘해 미인의 권리를 침해한 점에 대해서는 전적으로 공감했다. 그래서 노리스 부인이 전자를 들먹이는 것만큼이나 거의 같은 빈도로, 그만큼 장황하게는 아니지만, 후자에 대해 놀라움을 표명했다.

이런 의견들을 거의 일 년쯤 주고받았을 때, 부인들의 생각과 대화에 상당한 자리를 차지할 또 다른 중대사가 집안에 발생했다. 토머스 경은 사업을 더 잘 관리하기 위해서는 직접 안티과로 가는 것이 상책이라고 생각했고, 떠날 때 맏아들을 데리고 간 것이다. 이 나라에서 맺은 안 좋은 교분에서 떼어 놓으려는 생각에서였다. 두 사람은 열두 달 가까이 집을 비울 요량으로 영국을 떠났다.

재정상 조치를 취할 필요가 있는 데다 장남에게도 도움이 되리라고 생각한 토머스 경은 다른 식구들과 이별하고 이제 가장 흥미로운 연령대에 이른 딸들을 다른 사람들 손에 맡기는 고충을 감수했다. 그는 레이디 버트럼이 딸들에 대해 자신의 빈자리를 채워 주거나, 애당초 응분의 몫이던 어머니 역할을 제대로 수행하리라고는 기대하지 않았다. 그렇지만 노리스 부인의 빈틈없는 보살핌과 에드먼드의 판단을 신뢰했으므로 딸들의 행실에 대한 걱정을 내려놓고 떠날 수 있었다.

레이디 버트럼은 남편이 자기를 두고 떠나는 게 도무지 탐탁지 않았으나, 남편의 안전을 걱정하거나 편안을 염려하는 마음은 전혀 없었다. 그녀는 자기가 아닌 남도 위험하거나 어렵거나 피곤한 일을 겪을 수 있다고는 생각조차 못 하는 유형이었던 것이다.

아버지가 집을 비웠을 때 버트럼가의 딸들이 보여 준 모습은 보기 딱할 정도였는데, 슬픔에 빠져서가 아니라 슬퍼하지 않아서였다. 아버지는 딸들에게 애정의 대상이 아니었다. 그들은 아버지가 자신들의 즐거움을 지지해 준 적이 없다고 생각했던 터라, 아버지의 부재는 불행히도 대단히 반가운 일이었다. 덕분에 모든 속박에서 해방되었고, 토머스 경이 금했을 법한 쾌락을 꾀하는 일은 없었지만, 당장 기분 내키는 대로 하고 뭐든 맘껏 누릴 수 있겠구나 하는 생각이 들었다. 패니도 한숨 돌리게 되었고 그런 안도감에서는 사촌 언니들에 뒤지지 않았다. 하지만 그들보다는 정이 많은 성정인지라, 이런 느낌 자체가 배은망덕이라 생각되어 슬픔을 느끼지 못하는 자신이 진심으로 슬펐다. '나하고 우리 오빠들한테 그렇게 많이 베풀어 주신 토머스 경이 어쩌면 영원히 돌아오지 못할지도 모를 길에 오르셨는데! 떠나는 모습을 보면서 눈물 한 방울 안 흘리다니! 부끄럽고 무정한 짓이야.' 더욱이 바로 마지막 날 아침에 그는 패니한테 올겨울에 윌리엄을 다시 만나게 되기를 바란다면서 윌리엄 소속 함대가 영국에 돌아왔다는 소식이 들리는 대로 편지를 보내 맨스필드로 초대하라고 시키기까지 했다. '정말 사려 깊고 친절한 말씀이었어!' 그리고 그가 패니에게 그 말을 할 때 미소를 지으면서 살갑게 패니 이름을 불러 주기만 했다면, 패니는 예전에 그에게서 보았던 찡그린 얼굴이나 차가운 말투 따윈 전부 잊었을 것이다. 그러나 그는 말을 마치면서 패니를 서글픈 수치심에 몰아넣고야 말았으니 "윌리엄이 정말로 맨스필드에 오게 된다면, 너희가 헤어진 후 몇 해 동안 네가 아무 발전 없이 허송세월을 한 건 아니라고 생각할 수 있으면 좋겠구나. 열여섯 살 먹은 누이동생이 어떤 면에서는 열 살 때나 마찬가지라고 생각하게 될까 봐 걱정은 된다만."이라고 덧붙인 것이다. 이모부가 떠난 후 패니는 그 말을 떠올리며 쓰라린 눈물을 흘렸는데, 패니의 충혈된 눈을 본 사촌 언니들은 패니를 위선자로 낙인찍었다.

4

톰 버트럼은 최근 집에서 지낸 시간이 별로 없었기 때문에, 그가 떠나서 아쉽다는 소리는 말뿐이었다. 그리고 그의 아버지의 부재도 마찬가지였으니 얼마 안 가 레이디 버트럼은 가장이 없는데도 모두들 잘해 나가는 것을 보고 놀랐다. 식탁에서 고기를 자르고, 집사에게 지시를 하고, 변호사에게 편지를 보내고, 하인들 문제를 처리하는 등, 그녀가 쓴 편지를 발송해 주는 심부름을 빼고는 모든 소소한 일에서 에드먼드가 부친의 자리를 훌륭하게 채우며 그녀를 모든 수고와 노력에서 면해 준 것이다.

길 떠난 사람들이 순조로운 항해 끝에 무사히 안티과에 도착했다는 소식이 득달같이 전해져 왔다. 물론 그전에 이미 노리스 부인은 끔찍하기 짝이 없는 걱정을 잔뜩 늘어놓았고, 에드먼드와 단둘이 있을 기회만 생기면 에드먼드까지 걱정에 끌어들이려고 애썼다. 또 어떤 치명적인 파국이든 맨 처음 알게 될 사람은 바로 자기라고 믿었던 만큼 다른 식구들 모두에게 그 소식을 어떻게 전할지 이미 생각을 다 해 놓았는데, 토머스 경이 두 사람 다 무사히 살아 있다는 소식을 주는 바람에 그녀는 모든 걱정과 애정 어린 모두 발언을 잠시 미뤄 두어야 했다.

겨울이 왔다 가는 동안 그런 발언을 입 밖에 낼 일은 없었다. 계속 완벽하게 좋은 소식만 이어진 것이다. 그리고 노리스 부인도 조카딸들의 놀이를 장려하고 몸단장을 돕고 그들의 재예를 내보이고 미래의 남편감을 물색하느라 공사다망했고, 거기에 자기 살림 챙기랴 동생네 살림에도 좀 간섭하랴 그랜트 부인의 흥청망청한 씀씀이도 감시하랴 할 일이 많았으므로, 얼마 동안은 눈앞에 없는 두 사람 걱정을 할 틈이 거의 없었다.

버트럼가의 두 딸은 이제 부근의 미인 반열에 확실히 이름을 올렸다. 예쁘고 재예도 뛰어난 데다 자연스럽고 소탈하며 전반적으로 예의 바르고 공손한 태도를 주의 깊게 몸에 익혔으므로, 온 마을 사람들의 찬사와 인기를 한 몸에 누렸다. 허영심은 잘 관리되어 오히려 허영심이 전혀 없는 것처럼 보였고, 실제로 굳이 거드름 피우며 뽐내지도 않았다. 이러한 품행에 대한 칭찬을 이모가 앞장서서 얻어 내고 퍼뜨린 결과, 자신한테는 아무런 결점도 없다는 그들의 생각은 더욱 굳어졌다.

레이디 버트럼은 공적인 자리에 딸들을 대동하고 나타나는 일을 하지 않았다. 그녀는 성가신 것은 딱 질색하는 성격인지라 어머니로서 개인적인 번거로움을 무릅쓰고 딸들의 성공과 즐거움을 목격하는 기쁨을 받아들일 생각이 없었다. 그래서 언니에게 그 책무를 넘겼는데, 언니야 그런 영예로운 대표 노릇을 바라 마지않던 차라 돈을 써 가며 말을 빌리지 않고도 사람들과 어울릴 수 있는 이 기회를 철저히 누렸다.

패니는 사교 시즌 행사들에 참석하지는 않았지만, 다른 식구들이 모두 행사에 불려 나갈 때면 즐겨 이모의 공인된 유용한 말벗이 되어 주었다. 그리고 리 양이 맨스필드를 떠난 후로는 무도회나 파티가 있는 밤이면 레이디 버트럼이 의지할 사람은 자연히 패니뿐이었다. 그녀는 이모와 이야기를 주고받고 책을 읽어 주었는데, 몰인정한 소리를 들을 걱정 없이 정담을 나누는 고요한 저녁 시간은 불안과 당혹감에서 벗어날 틈이 거의 없던 패니의 마음에 이루 말할 수 없이 반가운 시간이었다. 사촌 언니들이 다녀온 즐거운 모임에 대해서는 그 이야기를 듣는 것만으로도 좋았고, 특히 무도회 이야기나 에드먼드가 누구와 춤을 추었는가 하는 이야기를 듣는 것을 좋아했다. 그렇지만 자신은 그럴 신분이 못 된다고 생각했기 때문에 그런 자리에 참석한다는 것은 꿈도 꾸지 않았고, 따라서 그런 이야기를 들으면서도 자기 일로는 전혀 여기지 않았다. 전체적으로 이번 겨울은 그녀에게 편안한 계절이었다. 아직 윌리엄이 영국에 돌아오지는 않았지만 곧 오리라는 생각만으로도 늘 큰 위안이 되었다.

이어 찾아온 봄에 그녀는 소중한 벗으로 삼아 온 늙은 회색 조랑말을 잃어, 얼마 동안 정붙일 곳뿐 아니라 건강에서도 손실을 감수해야 하는 위험에 놓였다. 패니에게 승마가 꼭 필요하다는 점은 다들 인정했지만 다시 말을 탈 수 있게끔 하는 조치는 취해지지 않았으니, 두 이모의 말대로 "사촌 언니들한테 말이 필요 없을 때 아무 때나 타면 되기" 때문이었다. 그런데 화창한 날이면 버트럼 양들은 꼬박꼬박 말을 타려고 했고, 자신들의 실질적 즐거움을 희생해 가면서까지 타인을 배려해 줄 생각은 없었으므로, 당연히 그런 시간은 한 번도 오지 않았다. 4월과 5월의 화창한 아침이면 둘이서 즐겁게 승마를 나가고, 패니는 하루 종일 이모 한 분과 함께 집 안에 앉아 있거나, 아니면 다른 이모의 성화에 못 이겨 진이 빠지도록 산책을 해야 했다. 레이디 버트럼은 본인이 운동을 싫어하는 만큼 남들에게도 운동이 필요 없다고 생각했고, 온종일 분주히 돌아다니는 노리스 부인은 누구나 그만큼은 걸어야 한다고 생각했다. 마침 에드먼드가 집에 없을 때였는데, 그렇지만 않았다면 이런 불행한 사태는 더 일찍 바로잡혔을 것이다. 드디어 그가 돌아와 패니가 처한 상황을 알게 되고, 그 해로운 효과를 목도한 그는 방법이 하나밖에 없다고 생각했다. 그래서 "패니한테도 말이 있어야 한다."라고 단호히 선언하며, 그건 별로 중요한 일이 아니라는 어머니의 무심함이나 이모의 절약 정신에서 비롯된 모든 주장에 맞섰다. 노리스 부인은 맨스필드 파크 소유의 수많은 말 가운데 찾아보면 아주 괜찮은 얌전한 늙은 말이 한 마리쯤은 있을 터이며, 아니면 집사의 말을 빌려 타거나 그랜트 박사가 우체국 심부름에 쓰는 조랑말을 이따금 빌릴 수도 있지 않겠냐는 생각을 떨칠 수 없었다. 제 사촌들처럼 패니한테 정식으로 자기 말을 갖춰 주는 것은 절대 불필요하고 심지어 부적절한 일이라고 생각할 수밖에 없었던 것이다. 부인은 토머스 경도 절대 그럴 생각이 없었을 거라면서, 부친이 안 계신 사이에 말을 구입해서, 그렇지 않아도 그분 수입의 대부분이 불안정해진 지금, 가뜩이나 엄청나게 들어가는 마구간 비용에 이것까지 더하는 것은 대단히 부적절하다고 본다는 말을 하고야 말았다. 에드먼드는 "패니한테도 말이 있어야 해요."라고만 대답했다. 노리스 부인은 도저히 같은 견지에서 볼 수가 없었다. 레이디 버트럼은 달라서, 그럴 필요가 있다는 점에는 아들과 전적으로 생각이 같았다. 그렇지만 그의 부친도 그렇게 생각할 것인가 하는 문제에 대해서는 서두를 필요가 없으며 기다리면 토머스 경이 돌아와서 직접 해결할 것이라고만 했다. 어차피 9월이면 돌아오실 텐데, 9월까지 기다린다고 무슨 문제가 있겠냐는 것이었다.

에드먼드는 어머니보다 이모에게 더 화가 났다. 조카딸에 대한 배려라고는 찾아보기 힘들었기 때문이다. 그렇지만 이모가 한 말에는 신경이 쓰일 수밖에 없었다. 그렇다고 패니가 운동 수단 없이 지내는 것을 참고 볼 수도 없었으니 그는 마침내 패니에게 즉각 그것을 마련해 주되 아버지가 월권이라고 여길 위험도 피하는 해결책을 취하기로 결심했다. 그에게는 말이 세 마리 있었지만, 그중 여성이 탈 만한 말은 없었다. 두 마리는 사냥용이고 한 마리는 여행용 말이었다. 그는 이 세 번째 말을 사촌이 탈 만한 말과 교환하기로 마음먹었다. 어디 가면 그런 말을 만날 수 있는지 잘 아는 그는 결심이 서자마자 일사천리로 모든 일을 마무리했다. 새 암말은 훌륭한 말이었으니, 별로 애먹지 않고도 목적에 맞게 길들일 수 있었고, 길들인 후에는 거의 전적으로 패니가 독차지하게 되었다. 그때까지 패니는 자기한테는 늙은 회색 조랑말만 한 말이 없을 거라고 생각했지만, 에드먼드의 암말이 주는 즐거움은 그 어떤 말에도 비할 수 없었다. 게다가 자기한테 그런 즐거움을 베풀어 준 에드먼드의 배려를 생각할 때 더욱 커지는 기쁨은 이루 말할 수가 없었다. 패니는 에드먼드야말로 모든 선량함과 훌륭함의 본보기며, 그 진가를 제대로 알아보는 사람은 자기밖에 없지만, 감사를 받아 마땅하고 아무리 고마워해도 부족한 사람이라고 여겼다. 그에 대한 패니의 감정은 존경과 감사, 신뢰와 애틋함으로 가득했다.

에드먼드가 패니에게 준 말은 사실상으로나 명목상으로나 여전히 에드먼드의 소유로 되어 있었으므로, 노리스 부인도 패니가 그 말을 타는 것을 참아 줄 수 있었다. 레이디 버트럼은 설령 자기가 제기했던 이의를 다시 떠올린 적이 있었다 해도 토머스 경이 돌아오기로 한 9월까지 기다리지 않은 아들을 탓할 생각은 없었을 것이다. 9월이 되어도 토머스 경은 여전히 해외에 머물렀고, 가까운 미래에 용무를 끝낼 전망도 보이지 않았기 때문이다. 영국으로 돌아가야겠다고 생각하기 시작하던 차에 갑자기 상황이 불리해지고 모든 것이 대단히 불투명해지자, 그는 아들만 집으로 돌려보내고 자신은 일이 완전히 마무리될 때까지 혼자 남기로 했다. 무사히 돌아온 톰은 부친의 건강이 매우 좋다는 소식을 들고 왔지만, 노리스 부인만큼은 이 말을 곧이곧대로 믿지 않았다. 토머스 경이 아들을 떠나보내기로 한 것은 자신이 잘못될지도 모른다는 육감에서 나온 아버지다운 배려라고만 여긴 그녀는 불길한 예감을 지울 수 없었고, 기나긴 가을밤이 찾아와 혼자 쓸쓸히 오두막집에 있을라치면 너무나 끔찍하게도 이런 생각이 떠나지 않는지라, 날마다 맨스필드 파크의 정찬실로 피난을 와야 했다. 그러나 다시 돌아온 겨울철의 사교 모임의 효과가 없지 않았다. 여러 모임에 나가면서 큰 조카딸의 앞날을 도모하는 일에 신바람을 내다 보니 불안감도 웬만큼 가라앉았다. 부인은 '가엾은 토머스 경이 끝내 돌아오지 못할 운명이라면, 우리의 사랑하는 마리아가 근사한 결혼을 하는 모습을 보는 게 더더욱 위안이 될 것'이라는 생각을 매우 자주 했고, 재산가들과 자리를 같이할 때나, 특히 그 지역에서 손꼽힐 만큼 넓은 영지와 근사한 저택을 최근에 물려받은 청년이 새로 등장할 때면, 어김없이 그런 생각을 떠올렸다.

러시워스 씨는 처음부터 버트럼 양의 미모에 반했고, 결혼 생각이 있는 만큼, 곧 자기가 사랑에 빠졌다고 상상했다. 그는 체구가 육중한 청년으로 두뇌는 평범한 수준 이상은 아니었지만 용모나 언행에 거슬리는 구석도 없었으므로, 이 젊은 숙녀는 그의 마음을 사로잡게 된 것을 꽤 흐뭇하게 여겼다. 방년 스물한 살인 마리아 버트럼은 결혼을 의무로 생각하기 시작했고, 러시워스 씨와 결혼하면 현재의 최대 목표인 런던 저택도 갖게 될뿐더러 아버지를 능가하는 수입을 누리게 될 것이므로, 바로 이 도덕적 책무의 규칙에 따라, 될 수 있으면 러시워스 씨와 결혼하는 것이 그녀의 명백한 의무가 되었다. 노리스 부인은 이 결혼을 성사시키려고 열을 올리며 양가 모두에 바람직한 결혼이라는 점을 부각시키려고 온갖 암시와 꼼수를 동원하고, 특히 현재 이 신사와 함께 살고 있는 모친과 친분을 쌓으려 애썼으니, 심지어 레이디 버트럼까지 아침부터 험한 길을 10마일이나 달려 그 댁을 방문하고 오게 만들었다. 노리스 부인이 이 부인과 돈독한 사이가 되기까지는 그리 오랜 시간이 걸리지 않았다. 러시워스 부인은 자기도 아들의 결혼을 앙망하고 있다고 토로하며, 여태껏 봤던 젊은 처자 중 붙임성 있는 성격에 뛰어난 재예를 갖춘 버트럼 양이야말로 아들을 행복하게 해 줄 가장 훌륭한 적임자인 것 같다는 입장을 밝혔다. 노리스 부인은 이런 칭찬에 수긍하며 그렇게 진가를 알아주시니 역시 사람 보는 안목이 뛰어나시다고 감탄했다. 실로 마리아는 온 가족의 자랑이자 기쁨이니, 한 점 흠결도 없는 천사다, 그리고 수많은 찬미자에 둘러싸여 있다 보니 당연히 눈이 높아지기는 했으나, 알고 지낸 지 얼마 안 되긴 했지만 자신의 판단으로는 러시워스 씨야말로 마리아의 마음을 살 만한, 마리아한테 어울리는 청년이라고 생각한다는 것이었다.

이 젊은 남녀는 적당한 횟수의 무도회에서 춤 파트너가 된 끝에 이게 옳은 판단이었음을 입증해 주었고, 토머스 경의 부재를 고려하여 우선 약혼을 함으로써 양가 식구들과 지켜보던 이웃들에게 큰 만족감을 주었다. 이미 몇 주 전부터 이웃에서는 러시워스 씨가 버트럼 양과 결혼하는 것이 상책이라고 여겼던 것이다.

토머스 경의 동의를 얻으려면 몇 달 더 기다려야 했지만, 그 역시 이 연분을 진심으로 기뻐할 것을 아무도 의심하지 않았으므로, 그사이 두 집안은 거리낌 없이 왕래했고, 약혼을 비밀로 해 두려고 하지도 않았다. 오로지 노리스 부인만 아직은 이 일을 입 밖에 내서는 안 된다고 가는 곳마다 떠들고 다녔다.

식구들 가운데 이번 일에 문제가 있다고 생각한 사람은 에드먼드뿐이었다. 아무리 이모가 러시워스 씨의 역성을 들어도 에드먼드는 그가 바람직한 배필로 보이지 않았다. 본인의 행복은 본인이 가장 잘 판단할 문제임은 그도 인정하는 바이지만, 여동생이 높은 수입을 행복의 잣대로 삼는 점도 영 탐탁지 않았고, 러시워스 씨와 자리를 함께할 때면 절로 혼잣말이 나오는 것은 어쩔 수 없었다. "1만 2000파운드의 연 수입만 없었다면, 대단히 우둔한 위인으로 통했을 친구로군."

그러나 토머스 경은 이렇게 의문의 여지없이 이득이 되고 지극히 듣기 좋고 흡족한 소리만 들려오는 혼담에 진심으로 기뻐했다. 사는 곳도 같은 주(州)고 생활 기반도 같은, 그야말로 천생연분이었으므로 그는 충심으로 동의한다는 의사를 최대한 신속히 전했다. 다만 돌아갈 날만 다시 고대하는 참이니 그때까지는 결혼식을 치르지 말라는 조건을 달았다. 편지를 쓴 시점은 4월인데, 그는 여름이 가기 전에 모든 일을 완전히 만족스럽게 마무리하고 안티과를 떠나게 되리라 굳게 믿었다.

7월에는 이런 일들이 있었고, 패니는 막 열여덟 살이 되었다. 그 무렵 마을에 사교계 인원이 새로 늘었으니, 그랜트 부인의 어머니가 재혼해서 낳은 동생들인 크로퍼드 남매가 등장한 것이다. 이들은 젊은 나이에 재산이 많았다. 남동생은 노퍽 군에 훌륭한 농장을, 여동생은 2만 파운드의 재산을 소유하고 있었다. 그랜트 부인은 어린 동생들을 항상 귀여워했지만, 그랜트 부인이 결혼하고 곧이어 세 남매 모두의 어머니가 사망하면서, 동생들은 그랜트 부인이 전혀 알지 못하는 그들의 숙부한테 맡겨졌고, 그 후 두 동생을 거의 만나지 못했다. 남매는 숙부 댁에서 따뜻한 보살핌을 받으며 자라났다. 크로퍼드 제독 부부는 사사건건 의견이 같은 적이 없었지만, 이 아이들에 대한 애정에서만큼은 한마음이었다. 감정상 알력이 있다 해도 총애하는 아이가 서로 달라 그 애한테 온통 애정을 쏟아붓는 정도였다. 제독은 사내아이로 인해 즐거웠고, 크로퍼드 부인은 여자아이를 싸고돌았다. 그러나 다름 아닌 크로퍼드 부인의 사망으로 말미암아 부인의 피후견인은 숙부 댁에서 몇 달 더 마음고생을 하다가 다른 집으로 옮겨야 했다. 크로퍼드 제독은 부도덕한 행실도 거리낌 없이 자행하는 위인으로, 계속 조카딸을 데리고 있는 대신 정부를 집에 들이는 쪽을 택했고, 여동생이 그랜트 부인한테 언니네서 지내볼까 한다는 제안을 하게 된 것도 이 덕분이었으니, 한쪽에서는 형편상 필요한 조치였다면 다른 쪽에서는 대환영이었다. 마침 그랜트 부인은 자녀도 없이 시골에 거주하는 부인네들의 통상적인 소일거리도 다 동이 난지라, 즉 가장 좋아하는 거실을 예쁘장한 가구로 채우고 키울 화초며 가금류를 번듯하게 갖추는 일을 넘칠 정도로 완수한지라, 이제 집안에 뭔가 변화가 생기기를 절실히 바라던 참이었다. 그러므로 여동생이 찾아온다니 매우 기뻤다. 언제나 사랑하던 여동생을 이제는 결혼할 때까지 데리고 있었으면 싶었던 것이다. 가장 걱정이 되는 점은 이제까지 주로 런던에서 살아온 젊은 아가씨의 습성에 맨스필드가 성에 찰까 하는 점이었다.

주로 언니의 생활 방식이나 교제 범위에 대한 의구심에서 비롯된 것이지만, 크로퍼드 양 역시 비슷한 우려가 아주 없지는 않았다. 그래서 그녀는 오빠한테 오빠 소유의 시골 저택에서 함께 지내자고 설득하다가 수포로 돌아가자 그제야 언니네서 한번 지내보기로 결심한 것이다. 헨리 크로퍼드는 불행히도 한군데 영구히 자리를 잡는다든가 사교에 제한을 받는 것은 딱 질색하는 위인이었다. 그래서 이 중대한 문제에 관해서는 동생 말을 들어줄 수 없었으나, 노샘프턴셔까지 동생을 바래다주는 극진한 자상함을 보여 주고 언제든 싫증이 나면 삼십 분만 미리 알려 달라, 그러면 와서 다시 데리고 가겠노라고 흔쾌히 약속했다.

세 남매의 만남은 양쪽 모두에게 대단히 만족스러웠다. 크로퍼드 양이 보니, 언니는 깐깐하거나 촌스럽지 않고 형부는 풍채도 신사답고 집도 널찍하니 잘 꾸며져 있었다. 그랜트 부인 편에서도 전보다 더 사랑스러우리라 기대하며 동생들을 맞이했고 그들은 실제로 대단히 매력적인 외모의 청춘 남녀였다. 메리 크로퍼드는 미모가 뛰어났고, 헨리는 미남은 아니지만 인상적인 풍모를 지니고 있었다. 둘 다 행동거지가 발랄하고 유쾌해서 그랜트 부인은 다른 장점들도 모두 갖추었을 거라고 곧장 믿어 버렸다. 그녀는 둘 다 마음에 들었지만 특히 메리를 좋아했고, 스스로 미모를 뽐내 본 적이 없었던만큼 동생의 미모를 자랑할 기회를 철저히 즐겼다. 그녀는 동생이 도착하기도 전부터 적당한 신랑감을 물색한 끝에 톰 버트럼을 점찍어 두었다. 자기 동생이라면 모든 기품과 재예를 갖추었을 것이고 거기다 2만 파운드의 재산까지 있으니 준남작의 장남 정도는 과분한 상대가 아니라고 본 것이다. 워낙 정이 넘치고 소탈한 부인은 메리가 도착한 지 세 시간도 안 돼 이런 계획을 털어놓았다.

크로퍼드 양은 그만큼 대단한 집안이 지근거리에 있어 내심 기뻤고, 일찌감치 알아보고 다니며 상대를 점찍어 둔 언니의 행동도 전혀 불쾌하지 않았다. 좋은 집안에 시집가는 것이 그녀의 목표였다. 게다가 런던에서 버트럼 씨를 본 적도 있어서 그가 훌륭한 입지만큼 인물 됨됨이도 흠잡을 데 없다는 것을 알고 있었다. 그래서 언니의 말을 농담으로 치부하면서도, 속으로는 진지하게 고려해 보기를 잊지 않았다. 얼마 안 가 그랜트 부인은 이 계획을 헨리한테도 되풀이했다.

"이제 한 가지만 더 이루어지면 완벽할 거야." 하고 그랜트 부인은 덧붙였다. "동생들 둘 다 여기 정착하면 얼마나 좋겠어. 그러니까 헨리, 동생은 버트럼가의 작은딸하고 결혼하는 거야. 착하고 예쁜 데다 상냥하고 교양 있는 아가씨야. 그 아가씨라면 동생도 아주 행복할 거야."

헨리는 고개 숙여 감사를 표했다.

"언니," 메리가 말했다. "언니가 오빠를 설득할 수만 있다면, 엄청나게 똑똑한 혈육이 생긴 셈이니 나도 정말 신기하고 신날 거예요. 그리고 언니한테 시집보낼 딸이 반 다스쯤 없는 게 애석할 뿐이겠지요. 헨리 오빠를 설득해서 결혼을 시킬 수만 있다면, 언니는 정말 프랑스 여자만큼 언변이 뛰어난 셈이에요. 영국인의 능력으로 할 수 있는 건 이미 다 해 봤거든요. 나하고 아주 각별한 친구들이 셋이나 번갈아 오빠와 결혼하고 싶어 난리였어요. 숙모님하고 나뿐만 아니라 그 친구들과 개네 어머니들까지 (아주 똑똑한 분들인데요.) 나서서 오빠를 설득하고 달래고 수를 쓰고 얼마나 공을 들였는지 이루 말할 수도 없어요. 정말 헨리 오빠는 상상도 못 할 만큼 지독한 바람둥이예요. 방금 말한 버트럼 자매도 가슴 아픈 일을 당하고 싶지 않으면 오빠를 피하는 게 상책일걸요."

"헨리, 설마 아니겠지. 도무지 믿기지가 않네."

"그럼요, 누님처럼 선량한 분이 허튼소리를 믿을 리 없지요. 누님은 메리보다 너그럽겠지요. 아직 젊고 미숙해서 망설이는 것도 이해해 주실 거고요. 나는 신중한 성격이라 괜히 급하게 서두르다가 행복을 망칠 생각은 없어요. 사실 나만큼 결혼 생활을 중요하게 여기는 사람도 없을 겁이다. 아내라는 존재가 얼마나 귀한 축복인지는 우리의 시인이 사려 깊은 시구에서 가장 잘 표현한 것 같네요. '천국이 보내 준 마지막 최고의 선물'*이라고요."

"저 봐요, 언니, 말 한마디를 두고 장광설을 펼쳐요. 게다가 저 웃는 표정은 어떻고요. 정말 밉다니까. 제독님을 본받았는지 순 자기 멋대로야."

"젊은 사람들이 결혼에 대해 하는 소리에는 별로 신경 안 써." 그랜트 부인이 말했다. "결혼하지 않겠다는 소리를 들으면 아직 임자를 못 만나서 저러지 할 뿐이야."

그랜트 박사가 웃으며 크로퍼드 양에게 결혼을 안 하겠다고 하지 않아서 천만다행이라고 축하했다.

"어머, 그럼요, 전 결혼 생각을 하는 게 부끄럽다고는 전

* 존 밀턴, 『실낙원』 5권 1장 18~20행.

혀 생각하지 않아요. 버젓한 결혼을 할 수만 있다면 누구나 결혼하는 게 당연하지 않겠어요? 아무하고나 결혼하는 것은 안 된다고 생각하지만, 좋은 혼처가 나타나면 얼른 해 버리는 게 좋지요."

5

두 집안의 청춘 남녀는 처음부터 서로에게 호감을 느꼈다. 양쪽 모두 매력이 많았고, 예의상 시간은 좀 걸리겠지만 조속한 시일 내에 친한 사이가 되리라는 것은 일찍부터 예견된 사실이었다. 크로퍼드 양의 미모가 버트럼 자매와의 관계에 해가 되지는 않았다. 버트럼 자매도 용모가 빼어난 만큼 예쁜 여자를 경계할 이유는 없었던 것이다. 자매는 크로퍼드 양의 생기 있는 검은 눈동자와 깨끗한 다갈색 피부, 그리고 전체적으로 예쁘장한 용모에 거의 오빠들 못지않게 매료되었다. 크로퍼드 양이 키가 더 크거나 풍만하거나 피부가 흰 금발 미인이었다면 신경이 좀 쓰였겠지만, 그렇지도 않으니 자신들과는 비교가 되지 않았고, 그래서 크로퍼드 양이 귀엽고 예쁘장한 아가씨라는 점에는 전적으로 동감하면서도 이 지역 최고의 미인은 역시 자신들이라고 생각했다.

오빠 쪽은 미남은 아니었다. 아니, 자매가 처음 봤을 때는 전혀 잘생기지 않은, 가무잡잡하고 평범한 외모의 남자였다. 하지만 어쨌든 신사에다 태도도 붙임성이 있었다. 두 번째 만나 보니 그렇게 못생긴 건 아니었다. 아니, 못생긴 것은 맞지만, 풍부한 표정과 매우 고른 치아, 균형 잡힌 체격 덕분에 못

생긴 외모는 금방 잊혔다. 목사관에서 정찬을 함께한 세 번째 만남이 있고 나서는 누구 입에서도 못생겼다는 소리가 나오지 않았다. 오히려 여태껏 자매들이 만나 본 청년 가운데 가장 유쾌한 사람으로, 두 자매 모두 그를 좋아하게 되었다. 그러나 버트럼 양은 약혼한 몸이니 그는 당연히 줄리아의 몫이 될 테고 이는 줄리아도 잘 알았다. 그래서 그가 맨스필드에 온 지 일주일도 채 안 돼 이미 줄리아는 언제든 사랑에 빠질 마음의 준비가 되었다.

이 문제에 대한 마리아의 생각은 더 혼란스럽고 불분명했다. 그녀는 상황을 직시하거나 이해하려고 하지 않았다. '괜찮은 사람한테 관심 좀 갖는다고 무슨 큰일이 있겠어? 내가 약혼한 몸이라는 건 세상 사람이 다 아는 사실인데. 크로퍼드 씨도 스스로 알아서 챙길 테고.' 크로퍼드 씨는 위험에 뛰어들 생각이 없었다. 버트럼 자매 정도라면 호감을 보낼 만하고 그들 편에서도 호감을 받아들일 준비가 되어 있었다. 애당초 그에게는 자매가 자기를 좋아하게 만들겠다는 생각 말고는 다른 속셈이 없었다. 자기를 죽도록 사랑하기를 바라는 것은 아니었다. 그러나 그만한 분별력과 신중함이라면 좀 더 나은 판단과 생각을 할 수도 있으련만, 그는 이런 문제에서는 스스로에게 대단히 너그러웠다.

"누님 말씀처럼 버트럼 자매가 아주 마음에 드는데요." 앞서 말한 정찬이 끝나고 두 자매를 마차까지 배웅하고 돌아오면서 그가 말했다. "대단히 우아하고 상냥한 아가씨들이에요."

"그럼, 그렇고말고. 동생이 그렇게 말해 주니 기분이 좋네. 그렇지만 실은 줄리아가 더 마음에 드는 거지?"

"아, 그럼요! 줄리아가 더 마음에 들어요."

"정말? 대체로 언니가 더 미인으로 통하는데."

"그럴 테지요. 이목구비가 더 뛰어나고 안색도 더 보기 좋더군요. 그렇지만 난 줄리아가 더 마음에 들어요. 버트럼 양이 더 미인이고 호감 가는 타입이지만, 난 언제나 줄리아를 더 좋아할 거예요. 누님 명령이니까요."

"이래라저래라 할 생각은 없네. 하지만 동생도 결국은 줄리아를 더 좋아하게 될걸."

"아니, 지금 말했잖아요, 처음부터 줄리아가 더 좋았다고."

"게다가 버트럼 양은 이미 약혼을 했잖아. 명심해, 동생. 그 아가씨는 결혼할 사람이 있다고."

"압니다, 그래서 더 마음에 드는걸요. 약혼한 여자가 약혼하지 않은 여자보다 더 상냥한 법이거든요. 자신감도 있고. 이제 마음 졸일 일도 없으니, 마음껏 매력을 발산해도 의심을 살 위험이 없을 거라고 생각하지요. 약혼한 여자하고라면 만사형통이라니까요. 잘못될 일도 없고요."

"글쎄, 그건……. 아무튼 러시워스 씨는 아주 착한 청년이고, 버트럼 양한테 아주 잘 맞는 신랑감이야."

"그렇지만 버트럼 양은 약혼자한테 손톱만큼도 관심이 없다, 바로 이게 그 절친한 친구에 대한 누님의 생각이지요. 나야 물론 동의하지 않지만요. 버트럼 양은 러시워스 씨를 아주 많이 좋아하는 게 분명해요. 그 사람 이야기가 나올 때 눈빛을 보니 알겠던데요. 버트럼 양만 한 사람이 마음에도 없는 약혼을

크로퍼드 씨가 버트럼 자매를 마차까지 배웅하다.

수락할 리가 있겠어요?"

"메리, 네 오빠를 어쩌면 좋니?"

"내버려 둬요. 뭐라고 해 봤자 소용없으니까. 저래도 결국에는 걸려들겠지요."

"걸려들다니, 그건 안 되지. 속아서 결혼하게 놔둘 수는 없지. 내 반드시 공명정대하고 명예로운 결혼을 성사시키고 말 거야."

"아이고, 언니! 걸려들든 말든 그냥 오빠 운에 맡겨 두세요. 설령 걸려든다고 해도 결국은 잘될 거예요. 언제냐가 문제지, 누구나 한 번은 속게 마련이잖아요."

"결혼 문제에서는 꼭 그런 건 아냐, 메리."

"결혼 문제에서는 더더욱 그렇지요. 이미 결혼한 분들을 두고 하는 말은 아니지만, 언니, 여자든 남자든 속지 않고 결혼하는 사람은 백에 하나도 안 될걸요. 어디를 보나 온통 그런 사람들뿐인걸요. 사실 생각하면 그럴 수밖에 없겠다 싶어요. 세상의 온갖 거래 중 상대방한테는 가장 많은 것을 기대하면서 자기는 가장 부정직하게 나오는 게 결혼이니까요."

"세상에! 힐가(街)*에서 결혼에 대해 아주 안 좋은 것만 배웠구나."

"예, 불쌍한 숙모님은 기혼 상태를 좋아할 이유가 별로 없었어요. 그렇지만 내가 직접 관찰한 바로도 결혼은 책략이에요. 어느 집안과 혼사를 맺으며 특정한 이득을 기대하거나 아

* 런던의 거리로, 크로퍼드 부부의 집을 가리킨다.

니면 사람 자체가 대단히 뛰어나고 훌륭하다고 굳게 믿고 결혼했지만, 결국은 완전히 속았다는 것을 깨달으며 기대와는 전혀 다른 상황을 참고 견뎌야 하는 경우를 얼마나 많이 봤는데요! 이게 속은 게 아니고 뭐예요?"

"세상에, 우리 철없는 동생, 여기에는 상상도 좀 끼어 있지 싶군. 미안하지만, 나는 그 말을 받아들일 수가 없네. 자네는 반쪽만 본 거야. 나쁜 면만 보고 결혼이 주는 위안은 못 본 거야. 어떤 결혼이든 사소한 갈등이나 실망이야 물론 있겠지. 결혼하면서 상대방에게 너무 많은 것을 기대하기도 쉽고. 그렇지만 사람은 행복해지려는 계획 하나가 실패로 돌아가면 또 다른 계획을 도모하는 법이야. 첫 번째 계산을 잘못했다면 두 번째 계산은 더 잘하게 되고. 결국 우리는 어딘가에서 위안을 찾아내는 거야. 그러니 공연히 못된 심보로 남의 일을 두고 침소봉대하는 사람들이야말로, 메리, 당사자들보다 오히려 더 속아 넘어가는 셈이지."

"멋져요, 언니! 언니가 기혼자로서 보여 주는 '에스프리 뒤 코르'*가 참 존경스럽네요. 나도 아내가 되면 꼭 언니처럼 충성을 다할 생각이에요. 내 지인들도 다 그랬으면 좋겠어요. 그러면 나도 골치 아플 일이 줄겠죠."

"너도 네 오빠 못지않게 상태가 심각하구나, 메리. 그렇지만 둘 다 우리가 고쳐 줄게. 맨스필드에서 지내다 보면 자연히 고쳐질 거야. 그러면서도 걸려드는 일 따윈 없을 거고. 우리하

* esprit du corps. 단결심, 집단 충성심의 뜻을 지닌 프랑스어.

고 함께 지내자. 그러면 우리가 고쳐 줄게."

크로퍼드 남매는 고치고 싶은 생각은 없었지만, 함께 지내자는 청은 기쁘게 수락했다. 메리는 목사관이 당장 지내기에 괜찮다 싶었고, 헨리 역시 방문 기간을 늘리는 데 아무 이의가 없었다. 원래는 이삼 일만 있을 생각이었지만, 맨스필드도 괜찮아 보이고 딱히 다른 데 볼일도 없었다. 그랜트 부인은 동생들을 다 데리고 있게 되어서 기뻤고, 그랜트 박사도 이런 상황 전개가 흐뭇하기만 했다. 크로퍼드 양처럼 말솜씨 있는 아리따운 젊은 아가씨란 되도록 집에 있자는 주의의 게으른 남자에겐 언제나 반가운 말벗인 데다, 크로퍼드 씨가 손님으로 있으면 날마다 클라레*를 마실 구실이 생겼다.

버트럼 자매가 크로퍼드 씨에게 보내는 열렬한 칭송은 크로퍼드 양 같은 사람은 흉내도 내기 힘들 정도였다. 그렇지만 버트럼 형제가 아주 훌륭한 청년들이고 그런 청년을 한자리에서 둘씩 보기란 런던에서도 흔치 않은 일이며, 형제들, 특히 형 쪽의 매너가 대단히 뛰어나다는 점은 크로퍼드 양도 인정했다. 형은 런던 물을 먹은 덕분인지 에드먼드보다 활달하고 사근사근해서 더 호감이 가는 데다, 장남이라는 조건 또한 부정할 수 없는 강점이었다. 그녀는 일찍부터 형을 더 좋아하게 될 것만 같은 예감이 들었다. 그게 자기한테 어울린다는 것을 잘 알았다.

어쨌든 톰 버트럼은 사실 유쾌한 사람으로 보일 수밖에 없

---

* 프랑스 보르도산 적포도주.

는 청년이었다. 그는 많은 사람에게 호감을 주는 유형으로, 소탈한 매너와 씩씩한 기상, 폭넓은 인간관계에 화젯거리도 풍부했으니, 이런 자질들은 더 고차원의 자질보다 유쾌하게 여겨지는 법이다. 그리고 맨스필드와 준남작 지위를 물려받으리라는 점도 이 모든 장점에 득이 되면 되었지 해가 될 리 없었다. 크로퍼드 양은 곧 이만한 인물에 이만한 위상이면 괜찮지 않나 생각하게 되었다. 곰곰이 주변을 둘러봐도 거의 모든 면에서 그가 나았다. 파크, 그것도 둘레가 5마일이나 되는 진짜 파크에다, 널찍한 현대식 저택도 마음에 들었다. 입지도 좋고 나무들로 잘 가려져 있어 국내 저택 판화집에 수록될 만한 저택으로 가구만 몽땅 갈아 치우면 될 터이고, 여동생들은 싹싹하고 모친은 얌전한 데다 당사자의 됨됨이도 좋았다. 거기다 지금은 부친과 약속했기 때문에 도박을 자제하고 있고, 장차 토머스 경이 된다는 이점도 있었다. 이만하면 아주 괜찮았다. 그녀는 그를 받아들여야 한다고 믿었다. 따라서 B 경마*에서 그가 탈 말에 살짝 관심을 기울이기 시작했다.

젊은 층의 교제가 시작된 지 얼마 지나지 않아 톰은 이 경마에 가기로 되어 있었다. 그리고 식구들은 그의 평소 습관으로 볼 때 몇 주는 출타하리라고 예상하는 듯했다. 따라서 그가 메리에게 마음이 있다면 이를 일찌감치 보여 줄 길이 열린 셈이었다. 톰 편에서는 그녀에게 경마에 같이 가자고 여러 차례 설득했고, 몰두하는 성격답게 여럿이 함께 가는 계획도 열심

* 바스, 비벌리, 브라이튼에서 지금도 경마가 열리고 있는데, 당시에는 B로 시작하는 다른 지역에서도 열렸을 가능성도 있다.

히 짰지만, 결국은 죄다 말로 그치고 말았다.

그나저나 패니는, 그동안 패니는 무엇을 하고 무슨 생각을 했을까? 새로 등장한 사람들에 대해 과연 어떤 의견을 가지고 있었을까? 열여덟 살 먹은 아가씨치고 패니만큼 의견 표명 요청을 안 받아 본 사람도 드물 것이다. 들어 주는 사람은 별로 없어도 패니는 요란하지 않게 크로퍼드 양의 미모를 칭찬했지만, 크로퍼드 씨 이야기는 한 번도 입에 올리지 않았다. 두 사촌 언니가 아니라고 거듭 역설해도, 아주 평범하게 생긴 사람이라는 생각을 지울 수 없었기 때문이다. 그들이 패니에게 보인 관심은 다음과 같은 정도였다. "이제 어떤 분들인지 알 것 같아요. 프라이스 양은 예외지만요." 버트럼 형제와 산책을 하다가 크로퍼드 양이 말했다. "정식으로 사교계 데뷔를 했나요 안 했나요? 헷갈리던데요. 저번 목사관 정찬 모임에 함께 온 걸 보면 데뷔를 한 것 같지만, 거의 말이 없는 걸 보면 아닌가 싶기도 하고요."

주로 에드먼드한테 한 말이어서 그가 대답했다. "무슨 말씀인지 알 것 같습니다만, 뭐라고 답을 드릴 수가 없군요. 패니는 이제 성인이지요. 나이도 그렇고 분별력 면에서도 그렇고요. 그렇지만 사교계 데뷔 여부는 저도 잘 모르는 일이라서요."

"하지만 보통은 이 문제만큼 쉽게 확인할 수 있는 일도 없잖아요. 확연하게 차이가 나지요. 행동거지나 차림새나 보통은 완전히 다르거든요. 누가 데뷔를 했는지 안 했는지를 두고 내가 잘못 보는 일이 있을 줄은 몰랐어요. 데뷔하기 전에는 가령 딱 맞는 보닛을 쓴다든가 언제나 똑같은 옷차림새로 새침

하니 앉아서 한마디도 안 하지요. 웃으셔도 좋아요, 정말 그런 걸요. 좀 지나치다 싶을 때도 있지만, 사실 적절한 행동이죠. 어린 아가씨는 얌전하고 겸손하게 굴어야지요. 가장 못마땅한 건, 사교계에 정식으로 데뷔하고 나서 너무나 급격하게 행동거지가 달라지는 경우가 많다는 점이에요. 겸손하던 소녀가 순식간에 180도 돌변해 자신만만 나댄단 말예요! 이거야말로 현 제도의 결함 아니겠어요? 열여덟, 열아홉밖에 안 된 아가씨가 갑자기 마구 나대는 건 보기 흉하잖아요. 일 년 전만 해도 거의 입도 떼지 않던 모습을 뻔히 본 경우라면 더 그렇고요. 버트럼 씨, 당신 같은 분은 이렇게 달라지는 사람들을 가끔 보셨겠죠."

"보긴 했지요. 그런데 좀 불공정한데요. 무슨 뜻인지 저도 알아요. 저와 앤더슨 양을 놀리시는 거지요."

"천만에요, 앤더슨 양이라니요! 그게 누구인지, 무슨 말씀인지 모르겠는데요. 정말 모르겠어요. 그렇지만 털어놓으시면 기꺼이 놀려 드리지요."

"와! 멋지게 빠져나가시네요. 그렇지만 저도 그렇게 쉽게 넘어갈 사람은 아닙니다. 달라진 어린 숙녀를 묘사하실 때 앤더슨 양을 염두에 두었던 것 아닌가요? 아니라 하기에는 너무나 정확하네요. 딱 들어맞아요. 베이커가의 앤더슨 남매 말입니다. 바로 지난번에 이 남매 이야기를 같이 했잖습니까? 에드먼드, 내가 찰스 앤더슨 이야기하는 거 너도 들었지? 모두 이 숙녀분께서 묘사하신 그대로였어. 한 이 년 전쯤 앤더슨이 처음 나를 자기 집에 소개했을 때만 해도 여동생은 아직 데뷔 전이었는데도 아무리 애를 써도 나하고는 말도 안 섞더라고. 어느 날 아침 앤더슨을 기다리느라 한 시간쯤 그 집에 앉아 있는데, 마침 방 안에는 여동생하고 어린 여자아이 한둘밖에 없었지. 가정교사는 병이 났다던가 도망쳤다던가 그랬고, 그 친구 모친이 사무적인 편지들을 들고 쉴 새 없이 들락거렸지. 그런데 그 어린 아가씨가 나한테 말 한 마디, 눈길 한 번 안 주는 거야. 공손한 대답은커녕 그냥 입을 꽉 다물고 티 나게 내외를 하더라고! 그러고는 일 년쯤 못 봤지. 그러다 그 아가씨가 데뷔를 한 거야. 홀포드 부인 댁에서 만났는데, 처음에는 누군지 생각이 안 났어. 그런데 그 아가씨가 다가와서 친한 척하며 무안할 정도로 빤히 쳐다보고 웃고 떠들어 대는 바람에 오히려 내가 시선을 어디에 둘지 난감하더라고. 좌중의 놀림감이 된 기분이었어. 이건 크로퍼드 양도 틀림없이 들어 본 이야기겠지요."

"그리고 아주 재미있는 이야기고요. 앤더슨 양한테는 좀 안됐지만 많은 진실이 담겨 있지요. 이런 흠결이 너무 흔해요. 어머니들이 딸을 단속하는 법을 잘 모르나 봐요. 어느 쪽 잘못인지는 나도 모르죠. 주제넘게 나서서 가르칠 생각은 없지만, 잘못이 빤히 보이니 어쩌겠어요."

"여성다운 행동거지의 모범을 몸소 보여 주는 것만으로도 훌륭한 가르침이 아니겠습니까." 버트럼 씨가 기사도를 발휘해 치켜세웠다.

"어느 쪽 잘못인지야 분명하지 않나요?" 기사도 정신이 덜한 에드먼드가 말했다. "잘못 키운 겁니다. 처음부터 그릇된 생각을 심어 준 거죠. 그런 아가씨들은 언제나 허영심에 따르

'내가 시선을 어디에 둘지 난감하더라고.'

니, 사교계에 데뷔한 후는 물론이고 그전에도 이미 참된 겸손함은 없었던 셈이지요."

"글쎄요, 잘 모르겠네요." 크로퍼드 양이 조심스럽게 대꾸했다. "아니, 그 말씀에는 동의할 수 없어요. 데뷔 전이야말로 가장 겸손할 때 아녜요? 오히려 데뷔도 안 한 아가씨들이 마치 데뷔한 것처럼 도도하게 굴며 자유를 누리도록 내버려 두는 게 훨씬 안 좋잖아요. 실제로 봤어요. 그게 가장 문제지요. 정말 꼴불견이에요!"

"맞습니다. 그렇게 나오면 대단히 불편해지지요." 버트럼 씨가 말했다. "혼란스러워서 어떻게 해야 할지 알 수 없거든요. 대단히 훌륭하게 묘사하신 대로 (이렇게 정확한 묘사는 처음이네요.) 딱 맞는 보닛과 새침한 태도라면 어디까지 기대해도 되는지 알 수 있거든요. 그렇지만 이런 게 없는 바람에 작년에 전 끔찍한 곤경에 처했었답니다. 서인도 제도에서 돌아오고 얼마 안 된 지난 9월에 친구와 함께 일주일 지낼 겸 램스게이트*로 내려갔거든요. 스니드라는 친구 말이야, 내가 스니드에 대해 이야기하는 것 들었지, 에드먼드. 그 친구 부모님과 누이들도 거기 와 있었는데, 모두 처음 만난 거였지요. 친구하고 앨비언 플레이스 호텔에 도착했는데 다들 출타하고 없기에 뒤쫓아가 보니 부두에 있는 거예요. 스니드 부인과 두 따님이 지인들과 같이 있더군요. 저는 예의를 갖춰 고개 숙여 인사를 드리고, 스니드 부인이 남자들에 둘러싸여 있기에, 따님 한 분에

* 켄트주에 위치한 항구로 19세기에 인기 있는 휴양지였다.

게 다가가 돌아오는 내내 함께 걸으면서 최대한 친절하게 대해 주었지요. 그 어린 숙녀분도 대단히 격의 없이 대해 주고 제가 하는 말을 열심히 들을 뿐 아니라 본인도 꽤 이야기를 했고요. 그게 실수일 줄은 꿈에도 몰랐어요. 두 아가씨 차림새가 같았거든요. 둘 다 근사하게 차려입고, 다른 아가씨들처럼 베일을 걸치고 양산을 들었으니까요. 그런데 나중에 안 거지만, 제가 오로지 상대했던 사람은 아직 데뷔를 안 한 동생이었고 그래서 언니가 기분이 매우 상했던 모양이에요. 오거스타 양은 아직 여섯 달 동안은 관심을 보여서는 안 될 사람이었던 거예요. 스니드 양은 절대로 저를 용서하지 않을 겁니다."

"어쩌다 그런 일이! 가엾은 스니드 양! 저는 동생이 없지만, 그 아가씨 마음을 알 것 같아요. 벌써부터 동생 때문에 무시를 당하다니 얼마나 속상했겠어요. 그렇지만 그건 전적으로 그 어머니 잘못이에요. 오거스타 양은 가정 교사와 함께 다니게 했어야죠. 그렇게 어정쩡하게 처리하니 불상사가 생기는 거죠. 그렇지만 이제 프라이스 양 이야기 좀 해 보세요. 프라이스 양도 무도회에 가나요? 우리 언니네 말고 다른 정찬 모임에도 참석하나요?"

"아니요." 에드먼드가 대답했다. "무도회에 가 본 적은 없을 겁니다. 저희 어머니부터 사람들 많은 자리에 잘 안 가시고, 그랜트 부인 댁 말고는 밖에서 정찬을 드시는 법도 없어서, 패니는 어머니하고 함께 집에 있지요."

"아, 그렇다면 분명하네요. 프라이스 양은 아직 데뷔하지 않은 거예요."

6

버트럼 씨가 모처로 떠났다. 크로퍼드 양은 그의 빈자리가 크게 느껴질 것이며 이제는 거의 매일 양가가 모이는데 그때마다 그가 그리워질 거라고 미리 각오를 해 두었다. 그리고 그가 떠난 직후 파크에서 다 함께 정찬을 드는 날, 그녀는 주인 역이 교체되었으니 매우 우울한 변화를 실감하게 되리라고 확신하면서 식탁 맨 아래쪽 가까이 늘 앉던 자리에 착석했다. 정말이지 무미건조한 자리가 될 것이 확실했다. 형에 비하면 에드먼드는 할 말도 없을 터였다. 별로 내키지 않는 태도로 수프를 돌릴 것이며, 포도주를 마실 때도 미소나 즐거운 농담을 던질 줄 모를 것이며, 사슴 고기를 자를 때도 넓적다리 살에 얽힌 즐거운 일화라든가 '제가 아는 친구 누구누구'에 관한 재미있는 이야기 한 토막을 들려주지도 않을 터였다. 이제 그녀는 식탁 저 위쪽에서 오가는 대화를 듣거나 그들 남매가 이곳에 온 이후 처음으로 맨스필드에 모습을 나타낸 러시워스 씨를 지켜보는 데서나 즐거움을 찾아야 할 터였다. 러시워스 씨는 인근 주에 사는 친구 집에 다녀왔는데, 그 친구가 최근 조경사한테 부지 개량 작업을 맡겼기 때문에, 그것을 보고 나니 머릿속에 온통 그 생각뿐으로 자기 집도 친구 집처럼 개량하고 싶은 마음이 굴뚝같은지라, 말하는 품이 요령부득이긴 하지만 입만 열었다 하면 그 이야기였다. 이는 이미 응접실에서도 나온 이야기였는데, 정찬실에서 또다시 화제에 올랐다. 그의 주된 목적은 버트럼 양의 관심을 끌고 의견을 구하는 것임이 분명했는데, 그녀의 거동을 보면 그의 원을 들어주려고 하기보다 우월감에 우쭐해하는 기색이 역력했지만, 소더턴 코트 이야기라든가 그곳과 관련한 은근한 언질들에 기분이 좋아 아주 무례하게 굴지는 않았다.

"버트럼 양도 콤프턴에 가 보시면 정말 좋겠습니다." 그가 말했다. "아주 완벽하거든요! 그렇게 확 달라진 곳은 처음 봤습니다. 스미스한테도 전혀 몰라보겠다고 말했을 정도니까요. 새 진입로는 그 지역 최고일 겁니다. 저택이 시야에 드러나는 방식이 아주 놀라워요. 정말이지 어제 소더턴으로 돌아와 보니 우리 집이 마치 감옥 같아 보이더군요. 아주 충충하고 낡은 감옥 말입니다."

"아니! 이게 무슨 소린가!" 노리스 부인이 외쳤다. "감옥이라니, 세상에! 소더턴 코트야말로 세상에서 가장 품위 있고 유서 깊은 곳인데."

"무엇보다도 개량이 시급한 집입니다, 부인. 개량할 데가 그렇게 많은 곳은 평생 처음 봤습니다. 그렇지만 너무나 형편없어서 어떻게 손을 댈지 모르겠어요."

"지금 러시워스 씨가 저런 생각을 하는 건 당연하지요." 그랜트 부인이 노리스 부인에게 미소 지으며 말했다. "두고 보세요. 원하는 대로 마음껏 뜯어고치게 될 날이 올 테니까요."

"어떻게 손을 보기는 해야 할 텐데, 어찌해야 할지 모르겠습니다. 누군가 좋은 사람이 도와주면 좋겠어요." 러시워스 씨가 말했다.

"그런 일이라면 아마 렙턴* 씨가 가장 도움이 될 거예요." 버트럼 양이 차분하게 말했다.

"저도 같은 생각을 했습니다. 스미스네도 그렇게 멋지게 개조해 낸 사람이니, 당장 부르는 게 좋겠네요. 일당 5기니라 하더군요."

"잘 생각했네." 노리스 부인이 큰 소리로 말했다. "그리고 일당이 설령 10기니라 한들 자네 같은 사람한테야 무슨 문제겠나. 비용에 구애받을 일이 없잖나. 내가 자네라면 비용 따위는 신경 쓰지 않을 거야. 죄다 최고의 스타일로 최대한 멋있게 꾸미라고 시키지. 소더턴 코트만 한 곳이라면 안목과 금전을 총동원해 한번 제대로 해볼 만하잖아? 대지가 넓으니 새로 꾸밀 여지도 많고 꾸미고 난 보람도 클 테고. 내 집이 소더턴의 50분의 1만 돼도, 계속 나무도 심고 개량도 할 텐데. 원래 그런 일을 아주 좋아하거든. 지금 사는 집은 대지라고 해야 반 에이커**밖에 안 되니 뭘 한다는 게 우스운 일이지만. 그야말로 웃음거리만 될 거야. 그렇지만 땅만 더 넓었어도 개량도 하고 나무도 심으면서 엄청 즐거워했을 텐데. 목사관에 살 때만 해도

---

* 험프리 렙턴(Humphry Repton, 1752~1818)은 당시 유명했던 조경사로 『조경의 이론과 실천에 관한 관찰들』(1816)이라는 책을 냈다.

** 1에이커는 약 4000제곱미터로 평수로는 1224평에 해당하는 면적. 큰 저택은 보통 대지가 몇백 에이커에 이른다.

그런 공사를 아주 많이 했거든. 처음 들어갈 때하고는 완전히 다른 곳으로 바꿔 놓았으니까. 자네들은 젊어서 잘 기억이 안 나겠지만, 토머스 경이 이 자리에 계셨다면, 우리가 어디를 어떻게 개량했는지 전부 이야기해 주셨을 거야. 우리 집 양반의 건강만 그렇게 나쁘지 않았어도 훨씬 많이 했겠지. 아이고, 가엾은 양반, 거의 바깥 출입을 못 했으니 달라진 정원을 제대로 즐기지도 못했지. 그래서 토머스 경하고 나하고 몇 가지 개조 공사를 여러 차례 구상해 보았지만 실행에 옮길 기운이 도무지 나야 말이지. 그러지만 않았다면, 정원 담장 공사를 마무리해 재배장에서 교회 묘지가 보이지 않게 가려 놓았을 텐데. 바로 그랜트 박사님이 하신 것처럼. 우린 언제나 뭔가 한다 한다 말만 하다 말았지. 헛간 담 옆에 살구나무도 우리 집 양반이 세상을 뜨기 일 년 전 봄에야 겨우 심었거든. 그게 지금은 저렇게 당당하게 자라 흠잡을 데 없는 훌륭한 나무가 되었네요, 박사님." 그러면서 그녀는 그랜트 박사를 쳐다봤다.

"예, 지금도 물론 아주 잘 자라고 있습니다, 부인." 그랜트 박사가 대답했다. "토질이 원체 좋은가 봅니다. 그런데 그 나무 곁을 지날 때마다 여간 안타까운 게 아닙니다. 열매가 영 신통찮아 수확할 것도 없네요."

"박사님, 그건 무어파크 종(種)인데요. 일부러 무어파크 종으로 구입한걸요. 그러느라 얼마나 큰돈을 우리가…… 그러니까 토머스 경이 선물로 보내 준 거지만, 저도 청구서를 봐서 무어파크 종이라고 7실링이 청구되었던 걸 알아요."

"그렇다면 속은 겁니다, 부인." 그랜트 박사가 대답했다.

"무어파크 살구 맛이 안 나기로는 그 살구나무 열매나 여기 이 감자나 마찬가지거든요. 맛이라고 잘 봐 줘야 밍밍한 정도니까요. 좋은 살구는 먹을 만하죠. 그런데 우리 집 정원에서 딴 살구는 하나같이 맛이 시원찮아요."

"사실은요, 부인." 그랜트 부인이 식탁 너머로 노리스 부인에게 속삭이는 시늉을 하며 말했다. "그랜트 박사님은 우리 집 살구맛이 원래 어떤지 잘 모른답니다. 조금만 손길을 가하면 아주 유용한 과일인지라 실은 드린 적이 거의 없거든요. 우리 집 살구는 원체 알이 굵고 훌륭한 품종이라 요리사가 타르트와 잼 따위를 만들 요량으로 어떻게든 일찌감치 죄다 챙겨 놓으니까요."

화가 나서 얼굴이 붉어지던 노리스 부인은 이 말에 마음이 좀 누그러졌고, 소더턴 개량 작업에 관한 다른 화제가 얼마간 이어졌다. 그랜트 박사와 노리스 부인은 사이가 좋을 때가 거의 없었다. 처음 만날 때부터 수리비 정산 문제로 삐걱거렸고,* 생활 습관도 완전히 딴판이었다.

잠시 말이 끊겼던 러시워스 씨가 다시 이야기를 꺼냈다. "스미스네 집은 그 지역 전체의 명소가 되었지요. 렙턴이 손대기 전만 해도 영 볼품없는 곳이었는데요. 아무래도 렙턴을 불러야 할까 봅니다."

"러시워스 씨," 레이디 버트럼이 말했다. "나 같으면 아주 아름다운 관목 숲을 만들겠어. 날씨가 좋은 날에는 관목 숲에

---

* 교회법에 따르면, 목사가 다른 목사에게 목사관을 물려줄 때 거주 중에 생긴 가옥 및 대지 손상에 대한 수리비는 전임 목사나 그 상속자가 부담하도록 되어 있다.

서 산책하고 싶어지니까."

러시워스 씨는 분부대로 따르겠다는 의사를 표현하고 싶어 뭔가 치사를 보내려고 했지만 말의 갈피를 잡지 못했다. 영부인의 안목에 따르겠다는 취지와 자기도 이미 똑같은 생각을 하고 있었다는 취지가 충돌하고, 게다가 모든 숙녀들의 평안을 살피는 마음도 전해야겠지만 자기가 정말 기쁘게 해 주고 싶은 사람은 오직 한 사람뿐이라는 점도 넌지시 비쳐야 했던 것이다. 그래서 에드먼드가 포도주를 들자는 제안으로 그의 장광설을 끝내려 했다. 그러나 러시워스 씨는 보통은 말이 많지 않았지만 지금은 중차대한 문제로 고심 중인지라 아직 할 말이 남아 있었다. "스미스네 집은 부지라고 다 합쳐 봐야 100에이커를 조금 넘는 정도로 넓은 편이 아닌데도 그렇게 대폭 개량해 놓았으니 더더욱 놀라운 일이지요. 그에 비해 소더턴 부지는 물가 목초지*를 제외해도 족히 700에이커는 되니, 콤프턴에서 그렇게 큰 성과를 봤다면 우리는 크게 걱정할 필요가 없을 겁니다. 콤프턴의 저택에 너무 바싹 붙어 있는 실한 고목 두세 그루를 베어 내니 시야가 확 트여 장관이 펼쳐지던데요. 그걸 보니 렙턴이든 누구든 그 방면의 전문가라면 틀림없이 소더턴의 가로수 길도 나무를 베어 내려 들겠다 싶더군요. 서쪽 정면에서 언덕 정상까지 이어진 가로수 길 말입니다."** 이렇게 말하

---

* 물가에 있어서 범람도 되고 습하기 때문에 곡물을 경작하기보다 가축을 풀어 풀 먹이는 데 사용하는 들판.

** 저택 진입로 양편에 심은 가로수를 베어 내 전망을 확보하여 '현대화'하는 '개량' 작업이 당시 유행이었다.

면서 그는 각별히 버트럼 양한테 눈길을 보냈다. 그러나 버트럼 양은 이런 대답이 가장 어울린다고 생각했다.

"가로수 길요! 어머! 생각이 안 나네요. 소더턴에 대해서는 사실 별로 아는 게 없어서요."

에드먼드의 다른 쪽 옆자리이자 크로퍼드 양과 바로 마주 보는 자리에서 귀 기울여 듣고 있던 패니가 에드먼드를 쳐다보며 소리 죽여 말했다.

"가로수를 베어 내다니요! 참 안타깝네요! 쿠퍼의 시구가 생각나지 않아요? '쓰러진 가로수들이여, 그대들의 억울한 운명을 다시금 애도하노라.'"*

그는 웃는 얼굴로 대답했다. "가로수가 살아남을 가능성이 별로 없어 보이는데 어쩌지, 패니?"

"가로수를 베어 내기 전에 소더턴에 가서 지금 그대로의 모습을 보고 싶지만 안 되겠죠."

"아직 한 번도 안 가 본 거야? 그래, 그랬겠구나. 그런데 불행히도 말을 타고 갈 거리가 아니야. 어떻게 방법을 찾아보면 좋겠다만."

"어머, 괜찮아요. 나중에라도 가게 되면 어디가 어떻게 변했는지 오빠가 알려 주면 되지요."

"듣자 하니 소더턴은 고풍스럽고 꽤 웅장하다 하던대요. 특정 건축 양식으로 지은 건가요?" 크로퍼드 양이 말했다.

---

* 윌리엄 쿠퍼(William Cowper, 1731~1800)는 자연을 노래한 영국의 시인으로, 인용된 시구는 『과업』 1권, 「소파」, 338~340행.

"저택은 엘리자베스 시대*에 지은 것으로 널찍하고 반듯한 벽돌 건물인데, 육중하면서도 품위가 있고, 훌륭한 방이 많습니다. 그런데 입지가 안 좋아요. 파크의 가장 낮은 곳에 있거든요. 개량에는 불리한 점이지요. 그렇지만 숲이 훌륭하고 개울도 있으니, 아마도 그 점을 많이 활용할 수 있을 겁니다. 러시워스 씨가 현대적으로 개조하고 싶어 하는 것도 지당하다고 생각합니다. 개조 작업 역시 대단히 훌륭하게 이루어지리라 믿고요."

크로퍼드 양은 얌전히 경청하며 속으로 혼잣말을 했다. '반듯하게 자란 사람이라 최대한 좋게 말해 주네.'

"러시워스 씨 일에 이래라저래라 할 생각은 없습니다만," 그가 말을 이었다. "만일 저한테 새로 꾸밀 집이 있다면 조경사 손에 맡기지는 않을 겁니다. 미관은 좀 떨어지더라도 내가 원하는 대로 하나씩 하나씩 해 나가고 싶거든요. 조경사의 실수보다는 자신의 실수를 감수하는 편이 낫지요."

"당신 같은 분이야 잘 알아서 하겠지만 제 경우는 곤란해요. 그런 쪽으로는 감각도 소질도 없어서 그냥 눈앞에 뭐가 있으면 그런가 보다 하니까요. 그래서 만일 시골에 제 집이 있다면, 돈만 지불하면 맡아서 최대한 아름답게 꾸며 줄 렙턴 씨 같은 사람이 있다면 정말 고마울 거예요. 전 공사가 끝날 때까지 보지도 않을래요."

"글쎄요, 저 같으면 진행되는 과정을 하나하나 지켜보는

* 엘리자베스 1세는 1558년에서 1603년까지 통치했다.

게 즐거울 것 같은데요." 패니가 말했다.

"그래요. 그런 걸 잘 배웠나 보네요. 그런데 전 그런 교육을 받은 일도 없고 딱 한 번 경험해 본 것도 제가 세상에서 가장 좋아하는 분이 주관한 게 아니라서 그런지, 개조 공사를 지켜보는 것은 지극히 골치 아픈 일이라고 생각하게 되었어요. 삼 년 전에 존경하는 숙부님인 제독께서 트위크넘*에 식구들이 함께 여름을 날 별장을 사들였어요. 별장으로 내려갈 때만 해도 숙모님과 전 좋아서 어쩔 줄 몰랐죠. 그런데 잠깐 지내 보니 아주 예쁜 별장이기는 하지만 개조를 좀 해야겠더라고요. 그 후 석 달 동안은 온통 먼지투성이에 난리도 아니었어요. 거닐 만한 자갈길도 없고 쓸 만한 벤치도 없고요. 시골에는 관목 숲이니 화원이니 수많은 통나무 의자니 모든 걸 완벽하게 갖춰 놓고 싶지만, 제가 모르게 이루어지는 게 좋죠. 헨리 오빠는 달라요. 오빠는 뭔가 하는 걸 좋아하거든요."

에드먼드는 상당한 호감을 갖기 시작한 크로퍼드 양이 자기 숙부에 대해 그렇게 거침없는 말을 하는 것을 보자 마음이 안 좋았다. 그것은 그의 예절 관념에 어긋나는 행동이었다. 그래서 그는 입을 다물었지만, 이어진 그녀의 미소와 발랄한 재담에 당장은 이 문제를 접어 두기로 했다.

"버트럼 씨." 그녀가 말했다. "마침내 제 하프의 행방을 알게 됐어요. 무사히 노샘프턴에 도착했다네요. 한 열흘 전에 도착했나 봐요. 맨날 물어봐도 아직 안 왔다고 정색을 하더니 말

---

* 런던 남서쪽 템스 강변에 있는 마을로 당시 부자들에게 인기 있는 주거지였다.

예요." 에드먼드는 기쁘고 놀라운 마음을 표시했다. "사실은 우리가 너무 노골적으로 알아본 게 탈이었어요. 하인도 보내고 직접 가 보기도 했으니까요. 런던에서 70마일이나 떨어진 이곳에선 그런 방식은 안 통하는 줄도 모르고요. 그러다 오늘 아침 드디어 소식을 입수하게 되었죠. 이곳다운 방식으로 말예요. 어떤 농부가 하프를 보고 방앗간 주인한테 전했고, 방앗간 주인이 다시 푸줏간 주인에게 전하자 그 집 사위가 가게에 전갈을 남긴 모양이에요."

"어떻게 알게 되셨든 참으로 다행입니다. 더는 지체되지 않기를 바랍니다."

"내일 찾아올 거예요. 그런데 무엇으로 실어 올 것 같으세요? 이륜이든 사륜이든 짐마차가 아니랍니다. 아니, 아니에요! 여기서는 도무지 짐마차를 구할 수가 없더군요. 차라리 짐꾼을 불러 손수레로 실어다 달라고 할 걸 그랬어요."

"마침 늦은 건초 수확이 한창이라 짐마차를 빌리기는 어려울 겁니다."

"이깟 일에 이렇게 애를 먹다니 깜짝 놀랐어요! 시골에 짐마차가 부족할 리 없다는 생각에 하녀한테 얼른 하나 알아보라고 했지요. 윗방에서 바로 농가 마당이 보이고 관목 숲을 산책할 때마다 또 농가 마당을 만나니 그냥 알아보기만 하면 될 줄 알았거든요. 오히려 한 집에만 이런 혜택을 줘야 하는 게 유감이었지요. 그러니 얼마나 놀랐겠어요. 알고 보니 도저히 있을 수 없는 말도 안 되는 부탁이어서, 그만 이 교구의 농부와 일꾼은 물론이고 건초들까지 죄다 화가 났던 거예요. 전 그랜트 박사의 마름 같은 사람 눈에는 띄지 않는 게 상책일 거예요. 평소 친절하기 그지없던 형부마저도 제가 저지른 짓을 알고는 저를 보는 눈이 좀 험해지더라고요."

"당연히 미리 짐작하지는 못하셨겠지만, 한번 생각해 보시면 건초 수확이 얼마나 중요한지 금방 아실 겁니다. 짐마차를 빌리는 일은 언제가 되었든 생각만큼 쉽지 않을 테고요. 여기 농부들은 돈을 받고 짐마차를 빌려주는 일이 없거든요. 하물며 수확철에 말을 내주다니 있을 수 없는 일이지요."

"저도 차차 이곳 풍습에 익숙해지겠지만, 돈이면 다 된다는 런던의 격언에 물든지라, 이곳만의 완고한 시골 관습에 처음엔 좀 당황했어요. 아무튼 내일은 하프를 실어 올 거예요. 마음씨 좋은 헨리 오빠가 자기 버루슈*로 실어다 주겠다네요. 그만하면 하프에도 누가 되지는 않겠지요?"

에드먼드는 자기도 하프를 좋아한다면서 곧 연주를 들려주기 바란다고 말했다. 패니는 하프 연주를 들은 적이 없어서 꼭 듣고 싶어 했다.

"두 분께야 기꺼이 연주해 드리지요." 크로퍼드 양이 말했다. "적어도 원하시는 만큼은요. 아니 어쩌면 그 이상으로요. 전 음악을 무척 좋아하는 데다, 타고난 취향이 같을 때는 연주하는 사람이 아무래도 유리하잖아요. 한 가지 이상의 만족을 얻을 수 있으니까요. 아무튼 버트럼 씨, 혹시 형님한테 편지를 보낸다면 제 하프가 드디어 도착했다고 전해 주세요. 하프 때

---

* 19세기에 유행하던 개폐형 덮개가 있는 사륜 쌍두마차로 마부석이 밖에 따로 있고 이인용 좌석 두 개가 마주 보고 있다.

문에 속상하다는 하소연을 그분한테 엄청 했거든요. 그리고 괜찮으시면 이 말도 전해 주세요. 그분이 돌아오실 때를 대비해 제가 연주할 수 있는 가장 구슬픈 곡을 연습해 놓겠다고요. 상한 기분을 달래 드릴 겸 말예요. 보나마나 그분 말이 질 테니까요."

"혹시 편지를 쓰게 되면 뭐든 분부대로 쓰겠습니다만, 지금으로선 그럴 용건이 생길 것 같지 않네요."

"물론 없겠죠. 그리고 그분이 일 년 열두 달 집을 비운다 해도 당신이나 그분이나 가급적 편지를 주고받지 않겠지요. 그러니 용건이 생길 거란 생각이 들겠어요? 남자 형제들은 참 이상해요! 세상에 없는 시급한 경우만 아니면 편지를 절대 쓰려 하지 않으니까요. 말 한 마리가 병이 났다거나 친척 한 분이 사망했다든가 하는 말을 전하려고 어쩔 수 없이 펜을 들 때도 최대한 말을 줄이고요. 남자들 문체는 하나뿐이에요. 저도 그 문체를 잘 알죠. 헨리 오빠만 해도, 다른 면에서는 언제나 아주 모범적인 오라버니로 저를 아끼고 속을 털어놓고 상의도 해 오고, 앉은 자리에서 한 시간씩 이야기를 나누기도 하지만, 여태껏 편지지 앞면을 넘긴 적이 없답니다. 대개는 고작해야 '사랑하는 메리, 방금 도착했다. 바스*는 만원이고 모두 여전하다. 그럼 안녕.' 하는 수준이라고요. 이게 진짜 남성적인 문체고, 완벽한 오라비의 편지인 거죠."

"식구들 모두와 멀리 떨어져 있을 때는 장문의 편지도 보

* 온천장이자 상류 사회의 사교장으로 유명했던 영국 남서부 도시.

내잖아요." 윌리엄 생각에 얼굴을 붉히며 패니가 말했다.

"프라이스 양의 오빠가 바다에 나갔는데 편지를 잘 쓰는 친구라, 프라이스 양 생각에는 우리 남자들한테 너무 박한 말씀이다 싶은가 봅니다." 에드먼드가 말했다.

"바다에 나간 오빠가 있다고요? 물론 해군에 복무 중이겠지요?"

패니는 에드먼드가 대신 말해 주기를 바랐지만 그가 고집스레 입을 다물었으므로, 자기 입으로 오빠의 신상을 전할 수밖에 없었다. 오빠가 하는 일과 머물렀던 해외 주둔지들 이야기를 할 때는 목소리에 생기가 돌았지만, 오빠가 떠난 지 몇 해가 되었는지 말하면서는 눈에 눈물이 글썽였다. 크로퍼드 양은 오빠가 빨리 승진하기를 바란다고 예의 바르게 말했다.

"혹시 우리 사촌이 탄 함선의 함장을 아시나요?" 에드먼드가 말했다. "마셜 대령이라는 사람입니다. 아무래도 해군에 아는 사람이 꽤 있으시지요?"

"장성급은 꽤 아는 편이에요. 그렇지만 (거만한 말투로) 그 밑으로는 아는 사람이 거의 없어요. 대령급 함장들도 매우 훌륭한 분들이겠지만, 우리하고는 신분이 달라서요. 장성급이라면 들려드릴 이야기가 정말 많아요. 어떤 분들인지부터 사령기(司令旗)니 급여 수준이니 그리고 서로 헐뜯고 시샘하는 작태까지요. 그렇지만 일반적으로는 대접도 못 받고 무시당하는 형편이에요. 숙부님 댁에서 장성급을 많이 만나 봤거든요. 해군 소장이나 중장분들요. 어머, 비꼬는 말은 아니니 부디 오해는 마시고요."*

에드먼드는 다시 마음이 무거워져 이렇게만 말했다. "숭고한 직업이지요."

"예, 두 가지 조건만 갖추어지면 아주 훌륭한 직업이에요. 한 재산 모을 수 있고, 지출을 신중하게 한다면 말예요. 그렇지만 간단히 말해 제가 좋아하는 직업은 아니에요. 별로 좋은 모습을 본 적이 없거든요."

에드먼드는 화제를 하프 이야기로 되돌리며 연주를 듣게 되어 매우 기쁘다고 다시 말했다.

그사이 다른 사람들은 여전히 부지 개량 이야기를 하고 있었다. 남동생과 줄리아 버트럼 양의 대화를 훼방 놓는 셈이 되었지만 그랜트 부인은 남동생에게 말을 걸지 않을 수 없었다. "헨리, 동생은 할 말이 없나? 직접 개량 공사를 해 본 적도 있고, 내가 듣기로는 에버링엄은 이 나라 어느 저택에도 뒤지지 않는다던데. 틀림없이 자연미가 대단할 게야. 개량 전 에버링엄도 내가 보기에는 이미 완벽한 곳이었으니까. 지대의 경사가 아주 완만한 데다 수목은 또 어떻고! 천금을 주고라도 다시 가 봤으면 좋겠네만!"

그의 대답은 이랬다. "누님이 그렇게 말해 주니 더없이 기쁘네요. 그렇지만 좀 실망하실까 봐 걱정도 됩니다. 실제로 보면 지금 생각하시는 것만 못할 거예요. 일단 면적이 아주 작아서 그 초라함에 아마 놀랄 겁니다. 그리고 개량 공사만 해도 할 수 있는 게 별로 없었어요. 너무 없었지요. 공사에 더 시간을

* 해군 중장(vice admiral)이라는 말에서 vice는 '부'라는 뜻 외에 '악덕'이라는 뜻도 있어서, 이들의 병폐를 지적한 바 있는 메리가 비꼴 의도가 없음을 밝히는 것이다.

해군 장성급의 모임.

쓰고 싶었는데요."

"그런 일을 좋아하시나 봐요?" 줄리아가 물었다.

"예, 과할 정도로요. 그렇지만 에버링엄은 워낙 자연조건이 뛰어나서 당시 미숙했던 제 눈에도 어디만 손보면 될지 금방 보이더군요. 그래서 마음을 먹고 있다가, 성년이 되는 대로 석 달 만에 지금처럼 바꾸어 놓았지요. 웨스트민스터 학생일 때부터 계획을 세워 놨다가 아마도 케임브리지 시절에 조금 수정했을 거예요. 그러다 스물한 살 때 실행에 옮긴 겁니다. 그렇게 많은 행복을 앞두고 있는 러시워스 씨가 부러워지네요. 제 행복은 이미 다 맛봤거든요."

"눈썰미가 민첩한 사람은 결단도 민첩하고 행동도 민첩한 법이지요." 줄리아가 말했다. "하실 일이 없을 리 있겠어요. 부러워할 게 아니라 조언도 하면서 러시워스 씨를 도와주시면 되잖아요."

줄리아의 마지막 말을 들은 그랜트 부인은 동생의 판단만 한 게 어디 있겠냐며 함께 종용하고 나섰다. 버트럼 양 역시 줄리아의 제안을 듣고는 전폭적으로 지지하며, 바로 전문가 손에 맡기느니 지인들이나 사심 없는 조언자와 상의하는 편이 훨씬 나을 거라고 하자, 러시워스 씨도 흔쾌히 크로퍼드 씨에게 도움을 요청했다. 그리고 크로퍼드 씨는 자신의 능력에 대해 적절한 겸양을 보인 후 그래도 도움이 된다면 얼마든지 도와드리겠다고 했다. 그러자 러시워스 씨는 크로퍼드 씨한테 소더턴에 와서 며칠 지내다 가는 영광을 베풀어 달라고 제안했다. 크로퍼드 씨가 다른 곳으로 떠나는 게 영 탐탁지 않은 조카딸들의 마음을 읽기라도 한 듯, 노리스 부인이 끼어들어 수정안을 내놓았다. "크로퍼드 씨야 당연히 내려가 도와주시겠지. 그렇지만 좀 더 많은 사람이 가는 게 좋지 않을까? 아예 작은 원정대를 꾸리는 건 어때? 러시워스 씨, 다들 소더턴의 개량 계획에 관심이 있고 현장에서 크로퍼드 씨의 의견을 들어 보고 싶은 모양이야. 또 저마다 의견을 내다 보면 자네에게도 조금이나마 도움이 될 테고. 안 그래도 난 오래전부터 훌륭하신 자당 어른을 한번 더 찾아 뵐까 하던 참이었어. 나한테 말 한 마리만 있었어도 결코 이런 결례를 범하지는 않았을 텐데. 그렇지만 이제 소더턴에 가서 다들 주변을 둘러보며 결정을 내리는 동안 나는 잠시 러시워스 부인을 만나면 되겠어. 그런 다음 다 함께 다시 돌아와 늦은 정찬을 들어도 좋고, 아니면 자당께서 그 편이 낫다 하시면 소더턴에서 정찬을 들고 달빛을 받으며 기분 좋게 돌아와도 좋고. 나와 두 조카딸은 크로퍼드 씨가 버루슈에 태우고 가 줄 테고, 에드먼드는 말을 타고 가면 되잖아, 동생. 동생은 패니하고 함께 있으면 되지."

레이디 버트럼은 이의가 없었고 소더턴으로 가기로 한 사람들은 저마다 앞다투어 찬성을 표했다. 에드먼드만 예외였으니, 그는 듣고만 있을 뿐 아무 말도 하지 않았다.

7

"저기 패니, 크로퍼드 양 말야, 지금 네가 보기에는 어떻든?" 이튿날, 혼자 얼마간 생각해 본 끝에 에드먼드가 물었다. "어제 만나 보니 어땠어?"

"아주 괜찮던데요, 아주 많이요. 이야기하는 게 듣기 좋아요. 재미있고요. 그리고 굉장히 예뻐서 보는 것만으로도 정말 즐거워요."

"정말 매력적인 얼굴이지. 표정이 참 다채로워! 그렇지만 어제 하는 말에 걸리는 구석은 없든?"

"아, 하긴 자기 숙부님을 두고 그런 말을 하다니요. 정말 놀랐어요. 그 밑에서 그렇게 오래 지냈으면서 말예요. 게다가 무슨 단점이 있건 간에 자기 오빠한테 그렇게 친아들처럼 잘해 주신다잖아요. 그런 말을 할 줄은 상상도 못 했어요!"

"놀랐을 줄 알았어. 아주 잘못한 일이지. 많이 무례했어."

"대단히 배은망덕하고요."

"그건 좀 지나친 말 아닐까? 크로퍼드 양이 그 숙부한테 고마워해야 하는지도 모르겠고. 숙모한테야 물론 그렇겠지만. 크로퍼드 양이 그런 실수를 한 것도 숙모와의 기억을 소중히 여기기 때문이지. 사실 꽤 난감한 상황이잖아. 그렇게 감정이 풍부하고 성정이 발랄하니 제독을 깎아내리지 않고서는 크로퍼드 부인에 대한 애정을 제대로 표현하기 힘들었을 거야. 지금 제독의 처사를 보면 부인 편을 들고 싶기도 하지만, 두 분의 불화에 누구 책임이 더 큰지는 모르는 일이지. 하지만 정 많은 크로퍼드 양 입장에서야 당연히 숙모한테는 전혀 책임이 없다고 생각하겠지. 그러니 크로퍼드 양의 생각 자체를 탓할 생각은 없어. 그렇지만 사람들 앞에서 그렇게 말하는 것은 확실히 부적절한 행동이야."

잠시 생각하던 패니가 말했다. "전적으로 크로퍼드 부인 손에 큰 조카딸이 부적절한 행동을 한다면, 크로퍼드 부인에게도 문제가 있지 않을까요? 제독님을 어떻게 대접해야 하는지 제대로 가르쳤으면 그럴 리가 없잖아요."

"일리가 있는 말이네. 그래, 조카딸의 결점은 곧 숙모의 결점이었다고 보는 게 맞겠지. 그래서 크로퍼드 양이 자란 환경이 얼마나 불리한 것이었는지도 더 생각하게 되고. 그렇지만 이제 그랜트 부인 댁에서 살다 보면 좋은 감화를 받겠지. 그랜트 부인은 처신이 매우 바른 분이잖아. 아무튼 크로퍼드 양이 오빠 이야기를 할 때는 애정이 담뿍 담겨 있어서 아주 보기가 좋더라."

"예, 편지를 아주 짧게 쓴다는 것만 빼고요. 그 이야기를 듣다가 나도 모르게 웃음이 터질 뻔했어요. 하지만 떨어져 지내면서 누이한테 읽을 만한 편지를 쓰는 것도 귀찮아한다면 그런 오라버니의 애정이나 마음씨를 썩 높이 보기는 어렵겠네요. 윌리엄 오빠라면 무슨 일이 있어도 나한테 그렇게 야박하게 굴지는 않을 거예요. 게다가 오빠도 출타했을 때 긴 편지를 보내지 않을 거라고 단정하다니, 도대체 그럴 권리가 어디 있어요?"

"재기발랄한 자의 권리겠지, 패니. 자기 생각에도 그렇고 남한테도 재미있겠다 싶으면 기회를 놓치지 않는 거야. 악의가 있다거나 험한 말만 아니라면 얼마든지 넘어갈 수 있는 거고. 그런데 크로퍼드 양의 표정이나 태도는 전혀 그렇지 않잖아. 날카롭거나 요란하거나 조야한 구석이 전혀 없어. 정말 여성스러운 사람이야. 물론 방금 말한 경우는 제외하고. 그것까지 옳다고는 할 수 없지. 아무튼 너도 모든 면에서 나하고 같은 생각이라니 다행이구나."

패니의 생각을 이끌어 주고 패니의 사랑을 받아 온 에드먼드이니 패니가 자기하고 생각이 같으리라고 여기는 것도 무리는 아니었다. 그러나 이즈음 바로 이 문제를 두고 얼마간 이견의 소지가 생겨나기 시작했다. 그는 크로퍼드 양에게 탄복하고 있었는데, 자칫하면 탄복이 지나쳐 패니로서는 따라가기 힘든 지경이 되는 수도 있었다. 크로퍼드 양의 매력은 줄어들 줄을 몰랐다. 하프가 도착하면서 미모와 재치와 발랄함이 더욱 빛을 발했으니, 아주 어울리는 표정과 안목으로 더없이 흔쾌히 연주를 들려주고, 곡을 끝낼 때마다 재치 있는 말을 빠트리지 않았다. 에드먼드는 날마다 오전에 목사관으로 가서 그가 좋아하는 악기 연주를 맘껏 즐겼다. 하루 방문은 다음 날 아침 초대로 이어졌으니, 아가씨 편에서도 청중을 마다할 이유가 없었던 것이다. 이렇게 모든 일이 곧 착착 진행되었다.

젊고 예쁘고 발랄한 여인이 자기만큼 우아한 하프를 켜는 정경, 여름의 무성한 녹음을 뽐내는 관목 숲에 둘러싸인 작은 잔디밭이 내다보이는, 바닥까지 난 통창문가에 자리한 젊은 여인과 하프의 정경은 어떤 남자라도 마음을 뺏길 만했다. 계절과 풍경, 선율, 이 모두가 부드럽고 애틋한 정감을 자아냈다. 그랜트 부인과 그녀의 둥근 자수틀도 나름 기여하는 바가 없지 않았으니, 모두 한데 어우러져 조화를 이루었다. 그리고 일단 사랑이 싹트기 시작하면 모든 것이 사랑을 부추기게 마련이니, 심지어 샌드위치 쟁반과 샌드위치를 대접하는 그랜트 박사조차 근사해 보일 지경이었다. 그렇지만 이런 정황을 곰곰이 따져 보거나 자신의 감정을 깨닫지 못한 에드먼드는 두 사람의 교제가 이어진 지 일주일이 지났을 무렵에는 연모의 감정이 꽤 깊어지게 되었다. 그리고 이 숙녀의 명예에 도움이 될 이야기를 덧붙이자면, 세정에 밝지도 않고 장남도 아닌데다 상대를 치켜세우는 기술도 없고 유쾌한 잡담에도 능하지 못한 에드먼드에게 그녀는 호감을 느끼기 시작했다. 그녀는 이런 마음의 움직임을 느꼈지만, 전혀 예상하지도 못했고 이해도 안 됐다. 상식적인 잣대로 보자면 그는 유쾌한 상대는 아니었다. 허튼소리나 입에 발린 칭찬을 하는 법이 없고, 생각을 굽히지 않고, 보여 주는 관심도 차분하고 담백했으니 말이다. 아마도 진지하고 견실한 한결같은 자세가 그의 매력이었을 터인데, 크로퍼드 양은 그의 이런 면모를 스스로 성찰해 볼 정도는 못 돼도 가슴으로 느낄 정도의 인물은 되었던 모양이다. 그렇지만 그녀는 이 일을 깊이 생각해 보지 않았다. 지금은 그가 마음에 들고 가까이 있는 게 좋으니, 그것으로 족했다.

에드먼드가 아침마다 목사관으로 가는 것을 패니도 이상히 여기지는 않았다. 초대까지는 바라지 않았지만, 그래도 눈에 띄지 않게 조용히 가서 하프 연주를 들을 수만 있다면 그녀 또한 기쁘게 갔을 테니까. 또한 저녁 산책을 마치고 양가 식구들이 다시 헤어질 때, 크로퍼드 씨는 맨스필드 파크의 숙녀들 시중에 여념이 없는 반면 에드먼드는 그랜트 부인과 그 여동생을 집까지 배웅해 주어야 한다고 생각하는 것 역시 이상한 일은 아니었다. 그렇지만 이렇게 뒤바뀐 것이 참 속상했고, 에드먼드가 있어서 포도주에 물을 타 주지 않는다면 차라리 안 마시는 편이 나았다. 패니가 좀 놀란 점은 그가 크로퍼드 양과 그렇게 많은 시간을 보내면서도, 이미 스스로도 지적한 바 있는 그런 결점을 보지 못한다는 사실이었다. 패니 자신은 그녀와 같이 있노라면 거의 언제나 동일한 단점을 보고 그 일을 상기하게 되곤 했는데 말이다. 하지만 그랬다. 에드먼드는 패니에게 크로퍼드 양 이야기를 즐겨 했지만, 크로퍼드 양이 두 번 다시 제독 이야기를 꺼내지 않은 것으로 충분하다고 여기는 것 같았다. 그래서 패니도 심술처럼 보일까 봐 자신의 생각을 입 밖에 내지 않았다. 크로퍼드 양으로 말미암아 패니가 실제로 입은 첫 상처는 크로퍼드 양이 승마를 배우려 한 데서 비롯되었다. 맨스필드에서 지낸 지 얼마 안 돼 그녀는 파크의 젊은 숙녀들이 승마하는 모습을 보며 그런 생각을 갖게 되었는데, 그 사이 친분이 두터워진 에드먼드는 좋은 생각이라고 부추기면서, 양가 마구간의 말 중 초심자가 타기에는 얌전한 자기 암말이 최고라며 우선 이 말을 타 보라고 제안했다. 이런 제안을 했지만 사촌에게 상처를 주거나 피해를 입히려는 의도는 전혀 없었다. 이렇게 하더라도 사촌이 운동을 못 할 일은 절대 없을 터였다. 패니가 말을 타기 삼십 분 전에 말을 목사관에 보내자는 것뿐이었으니까. 패니도 처음 이런 제안을 들었을 때는 무시당했다는 생각이 들기는커녕 오히려 자기한테까지 양해를 구하는 그가 그저 고마울 따름이었다.

크로퍼드 양의 첫 승마 연습은 본인에게는 대단한 칭찬거리가 되었고 패니에게도 아무 불편이 없었다. 에드먼드는 말을 끌고 가 전 과정을 주관한 다음, 사촌 언니들 없이 패니 혼자 말을 탈 때면 언제나 곁을 지켜 주는 착실한 늙은 마부와 패니가 출발 준비를 마치기 한참 전에 말을 다시 데려왔다. 두 번째 승마 연습은 그렇게 무해하지는 않았다. 크로퍼드 양이 승마에 재미를 붙인 나머지 말에서 내려올 생각을 하지 않은 것이다. 활동적이고 겁 없는 성격에 자그마하지만 탄탄한 체격을 가진 그녀는 마치 타고난 기수 같았다. 운동의 순수한 즐거움도 즐거움이거니와, 에드먼드가 동행하면서 하나하나 가르쳐 주는 것이 좋았고, 거기다 여느 여성보다 훨씬 빨리 승마를 익힐 수 있다는 자신감도 있었으니, 그녀는 말에서 내릴 생각이 없었다. 패니는 준비를 마치고 기다리고 노리스 부인은 얼른 출발하지 않고 꾸물거린다고 패니를 꾸짖기 시작했지만, 말이 도착했다는 소리도 없고 에드먼드의 모습도 보이지 않았다. 이모의 잔소리도 피하고 에드먼드도 찾아볼 생각으로 그녀는 밖으로 나왔다.

두 저택의 거리는 반 마일도 안 되지만 서로 보일 정도는 아니었다. 그러나 현관에서 50야드*쯤 걸어 나와 파크 아래쪽을 내려다보니 마을 길 너머 완만한 오르막으로 이어진 목사관 건물과 부지가 한눈에 들어왔다. 그리고 그랜트 박사의 목초지에 있는 사람들 모습이 금방 눈에 띄었다. 에드먼드와 크로퍼드 양이 나란히 말을 달리고 있고, 그랜트 부부와 크로퍼드 씨가 두세 명의 말구종과 함께 근처에 서서 구경하고 있었다. 모두 행복해 보였다. 모두의 관심이 한 사람한테 쏠려 있고, 흥겨운 소리가 패니 있는 데까지 올라오는 것을 보니 다들 즐거운 시간을 보내고 있는 게 분명했다. 그러나 패니한테만큼은 전혀 즐거운 소리가 아니었다. 에드먼드가 자기를 까맣게 잊어버리다니 믿기지 않았고 가슴이 아팠다. 패니는 목초지에서 눈을 뗄 수가 없었고, 거기서 일어나는 일을 모두 지켜볼 수밖에 없었다. 처음에 크로퍼드 양과 동반자는 꽤 넓은 목초지를 보통 걸음으로 한 바퀴 돌았다. 그러다 느린 구보로 속력을 높였는데, 그녀 쪽에서 그러자고 한 것이 분명했다. 겁이 많은 패니로서는 크로퍼드 양의 훌륭한 솜씨가 놀라울 뿐이었다. 몇 분 후 두 사람은 완전히 멈추었고, 에드먼드가 고삐 다루는 법을 가르쳐 주는지 그녀 가까이 붙어 서서는 말을 건네고, 그리고 그녀의 손을 잡았다. 패니는 이 모습을 똑똑히 보았다. 아니, 다 본 것은 아니지만 충분히 상상할 수 있었다. 그렇다고 이상하게 볼 일도 아니었다. 도움을 주고 친절을 베푸는

* 1야드는 0.91미터 되는 거리.

것이 에드먼드에겐 너무나 자연스러운 일 아닌가? 하지만 그러면서도 크로퍼드 씨가 에드먼드의 수고를 덜어 주면 더 좋지 않았을까, 친오빠가 하는 게 당연하고 보기도 좋지 않았을까 하는 생각은 금할 수 없었다. 그러나 자신의 친절한 성품이나 말 다루는 빼어난 솜씨를 누누이 자랑하던 크로퍼드 씨는 정작 말에 대해 아는 바가 전혀 없고 에드먼드에 비해 적극적인 자상함이 없는 모양이었다. 패니는 하루에 두 차례나 사람을 태워야 하다니 암말한테 좀 심한 것 아닌가 하는 생각이 들기 시작했다. 나는 잊어도 불쌍한 암말 생각은 해 줘야 하는 것 아닌가?

얼마 후 목초지에 모인 사람들이 흩어지는 것을 보면서 패니는 자신과 암말 때문에 속상했던 마음이 조금 가라앉았다. 크로퍼드 양이 여전히 말을 탄 채, 말에서 내린 에드먼드를 대동하고, 목사관 정문을 나와 좁은 길을 지나 파크로 접어들어 패니 있는 데로 다가왔다. 패니는 나와서 기다리고 있는 자신의 모습이 참을성 없고 무례해 보일까 봐 걱정이 됐고, 어떻게든 그런 오해는 피해야겠다 싶어 부지런히 그들 쪽으로 걸음을 옮겼다.

"어머, 프라이스 양." 말을 주고받을 수 있을 만큼 가까워지자 크로퍼드 양이 말했다. "기다리게 만들어 사과하러 왔지만 도무지 변명할 말이 없네요. 시간을 많이 넘겼고 큰 잘못이라는 것을 뻔히 알면서도 그랬으니 말예요. 그러니 부디 용서해 주셔야 해요. 이기심은 언제나 용서하는 수밖에 도리가 없잖아요. 고칠 가망이 없으니까요."

패니가 지극히 예의 바르게 답하자, 에드먼드가 패니도 서둘 필요 없을 거라고 덧붙였다. "평소보다 곱절은 더 달리고도 남을 시간인걸요." 그는 이렇게 말했다. "그리고 삼십 분 더 일찍 출발하지 못하게 해 주셔서 결과적으로 패니도 더 편해졌어요. 그때 출발했다면 더워서 애를 먹었을 텐데 지금은 구름이 몰려오기 시작하니 그럴 일이 없잖아요. 크로퍼드 양이야말로 그렇게 오래 말을 탔으니 피곤하지는 않은지요. 게다가 이렇게 다시 걸어서 돌아가셔야 하니 걱정입니다."

"말에서 내리는 것 말고는 승마 때문에 피곤할 일은 없으니 염려 마세요." 그의 도움을 받아 말에서 가볍게 내려오면서 그녀가 말했다. "전 아주 튼튼하거든요. 내키지 않는 일이 아니라면 피곤이란 걸 모른답니다. 프라이스 양, 참으로 아름답지 못하게 말을 돌려드리네요. 그렇지만 진심으로 바랍니다. 멋진 승마를 즐기시기를, 그리고 이 사랑스럽고 매력적이고 아름다운 동물에 대해 좋은 소식만 듣게 되기를요."

멀찌감치에서 자기 말을 붙잡고 기다리던 늙은 마부가 다가와 패니가 말에 오르는 것을 도와주었고, 두 사람은 반대편 파크를 가로지르는 길로 출발했다. 잠시 후 돌아보니 마을 쪽으로 다 함께 언덕을 걸어 내려가는 모습이 보였다. 그 광경에 패니는 불편한 마음이 가라앉지 않았고, 패니 못지않게 관심 있게 지켜보고 있었던 마부가 크로퍼드 양이 여자치고는 말 다루는 솜씨가 아주 뛰어나다고 칭찬하는 소리는 불편한 심사에 별로 도움이 되지 않았다.

"숙녀분이 그렇게 용감하게 말을 타는 것을 보니 참 흐뭇하구먼요!" 그가 말했다. "저렇게 잘 타는 분은 처음 봤네요. 하나도 겁을 안 내더라고요. 아가씨가 처음 말을 탔을 때하고는 완전히 딴판입죠. 오는 부활절이면 벌써 육 년인뎁쇼. 에그! 토머스 경이 아가씨를 처음으로 말에 앉혀 주자 얼마나 떠시던지!"

응접실에서도 크로퍼드 양에 대한 칭송이 끊이질 않았다. 버트럼 자매는 힘과 용기에서 천부적인 재능을 타고난 사람이라고 칭찬을 아끼지 않았다. 승마를 좋아하는 것도 자기들과 똑같고 금방 배우는 것도 자기들과 똑같다며, 마냥 즐거워 하며 칭찬을 늘어놓았다.

"잘 탈 줄 알았어." 줄리아가 말했다. "체격이 승마에 딱이야. 자기 오빠처럼 탄탄하잖아."

"그러게 말이야." 마리아가 덧붙였다. "자기 오빠처럼 기백도 대단하고. 둘 다 활기가 넘쳐. 승마는 확실히 정신력 문제인 모양이야."

밤에 헤어질 때 에드먼드가 패니에게 내일 말을 탈 거냐고 물었다.

"글쎄요, 오빠가 쓸 일이 있다면 안 타고요." 그녀는 이렇게 대답했다.

"내가 필요한 건 아니고." 그가 말했다. "네가 그냥 집에 있고 싶을 때가 있다면 그때 크로퍼드 양이 더 길게 말을 타 봤으면 하는 모양이야. 오전 내내 말이지. 그랜트 부인한테서 맨스필드 공유지의 경치가 아름답다는 말을 듣고 꼭 한번 거기까지 달려 보고 싶은가 봐. 물론 그만한 실력도 되고. 그렇지만 꼭 내일일 필요는 없고. 크로퍼드 양도 너한테 방해가 되는 건 정말 싫을 거야. 그건 정말 안 될 일이지. 크로퍼드 양이야 순전히 재미로 타는 거지만 너는 건강 때문이잖아."

"내일은 분명 안 탈 거예요." 패니가 말했다. "요즘 아주 자주 나갔으니까 내일은 집에 있는 게 낫겠어요. 이제 몸이 많이 튼튼해져서 산책도 잘하잖아요."

에드먼드가 기뻐 보여 패니는 그것으로 위안을 삼아야 했고, 다음 날 아침 맨스필드 공유지로 승마 행차가 벌어졌다. 패니를 제외한 젊은 세대 모두가 참여한 이 행차는 할 때도 매우 즐거웠고 저녁 담소거리로 다시 한번 즐거움을 안겨 주었다. 이런 계획이 한 차례 성공하면 다시 시도되게 마련이니, 맨스필드 공유지를 다녀온 덕분에 다른 곳에 가 보자는 의견이 모아졌다. 볼만한 경치는 얼마든지 있고, 좀 더운 철이지만 어디를 가든 그늘진 길은 있는 법이었다. 젊은 사람들이 소풍을 갈 때는 언제나 그늘진 길이 있으니까. 날씨도 좋아서, 크로퍼드 남매에게 그 일대를 보여 주고 명소를 소개하는 데만 오전이 지나갔다. 모든 게 순조로웠다. 온통 즐겁고 기분 좋은 일뿐이고, 더위에 고생을 했다고 한들 즐거운 이야깃거리 정도에 불과했다. 계속 이런 분위기였으나, 넷째 날에는 일행 중 한 사람의 행복에 어두운 먹구름이 드리웠으니, 바로 버트럼 양이었다. 에드먼드와 줄리아가 목사관 정찬에 초대되었는데 그녀만 제외된 것이다. 그랜트 부인이 선의로 한 일이니, 그날 파크에 올 가능성이 꽤 있던 러시워스 씨를 배려해서였다. 그러나 버트럼 양은 대단히 심각한 모욕으로 받아들였고 집에 돌아올

볼만한 경치는 얼마든지 있었다.

때까지 분하고 속상한 심사를 억누르며 품위를 지키느라 무진 애를 먹었다. 게다가 러시워스 씨까지 결국 오지 않자 모욕감은 더해졌다. 그를 꽉 잡고 있다는 것을 과시하며 마음을 달랠 기회마저 사라진 것이다. 할 수 있는 것이라곤 고작 어머니와 이모와 사촌한테 불퉁거리며 식사와 디저트 자리에 최대한 어두운 그늘을 드리우는 것뿐이었다.

10시에서 11시 사이에 에드먼드와 줄리아가 신선한 밤공기를 몰고 응접실로 들어왔는데, 쾌활하고 화색이 도는 것이 응접실에 앉아 있던 세 숙녀와는 영 딴판이었다. 마리아는 책에서 눈도 떼지 않으려 들고, 레이디 버트럼은 꾸벅꾸벅 졸고 있고, 노리스 부인조차 뚱한 조카딸 때문에 심기가 불편했다. 더욱이 정찬을 마친 후에도 한두 차례 뭘 물어보았지만 조카딸이 들은 척도 않자 자기도 입을 다물기로 결심이라도 한 듯했다. 몇 분 동안 두 남매는 정말 멋진 밤이라는 둥 별들이 어떻다는 둥 둘이서 이야기를 나누느라 정신이 팔려 다른 데 신경 쓸 여유가 없었지만, 잠시 침묵이 흐르자 에드먼드가 주위를 둘러보며 물었다. "그런데 패니는 어디 있습니까? 벌써 자러 간 건가요?"

"아니, 그렇진 않을 텐데." 노리스 부인이 대답했다. "방금 전만 해도 여기 있었는걸."

꽤 긴 응접실 저쪽 끝에서 패니 본인의 부드러운 목소리가 들리며 소파에 앉아 있노라고 전해 왔다. 노리스 부인이 나무라기 시작했다.

"저녁 내내 소파에서 빈둥거리다니, 패니, 너 생각이 있는 거니? 여기 앉아 우리처럼 일 좀 하면 안 돼? 정 할 일이 없으면, 자선 바구니*에서 일감을 꺼내 주마. 지난주에 새 옥양목이 들어왔는데 아직 손도 안 댄 채 그대로잖아. 나는 저걸 마름질하느라 허리가 휠 지경인데. 다른 사람 생각도 좀 할 줄 알아야지. 정말이지 젊은 애가 맨날 소파에만 있으려 하니, 어쩜 그러니."

잔소리가 시작되자마자 패니는 얼른 탁자의 자기 자리로 돌아와 다시 일감을 손에 들었고, 즐거운 하루를 보내고 와서 기분이 한껏 좋았던 줄리아가 패니를 편들고 나섰다. "어머 이모, 우리 집에서 소파에 앉아 있는 시간이 제일 적은 사람이 패니잖아요."

"패니," 그녀를 유심히 바라보던 에드먼드가 말했다. "너 두통이 있는 것 아냐?"

그녀는 아니라고는 하지 못하고 많이 심하지는 않다고만 했다.

"무슨 소리야?" 그가 대꾸했다. "얼굴빛만 봐도 알겠는데. 언제부터 그런 거야?"

"정찬을 들기 조금 전부터요. 더위를 조금 먹은 것뿐이에요."

"이렇게 뜨거운 날에 밖에 나갔단 말이야?"

"나갔느냐고! 물론 나갔지." 노리스 부인이 말했다. "그럼 오늘처럼 화창한 날에 패니가 집에만 있으면 좋겠나? 우리 모

* 교구 빈민에게 줄 자선 용품들을 만들 재료를 담은 바구니.

두 밖으로 나갔는데. 자네 어머니도 한 시간 넘게 바깥에 계셨는걸."

"그래, 에드먼드, 그랬단다." 패니를 꾸짖는 노리스 부인의 날카로운 소리에 잠에서 확 깨어난 영부인이 말을 보탰다. "한 시간도 넘게 바깥에 있었지. 패니가 장미를 자르는 동안 사십오 분이나 화원에 앉아 있었는데, 아주 상쾌하더구나. 너무 더워서 그렇지. 정자 안은 그늘이 시원해서 괜찮았지만, 집으로 돌아올 일을 생각하니 정말 끔찍하더라."

"장미 자르는 일을 패니가 했단 말입니까?"

"그래, 그나저나 유감스럽게도 올해 장미는 이걸로 끝인 모양이다. 에구, 딱한 것! 패니가 꽤 더워했다만 장미가 활짝 펴서 더 미룰 수가 있어야지."

"그래, 당장 거둬들이지 않으면 안 되겠더라고." 좀 누그러든 목소리로 노리스 부인이 맞장구를 쳤다. "두통은 아무래도 그때 생겼지 싶네, 동생. 땡볕에 허리를 수그리고 서 있는 것만큼 두통을 유발하는 것도 없잖아. 그렇지만 틀림없이 내일이면 다 나을 거야. 동생이 패니한테 방향식초*를 좀 주면 되겠네. 내 건 맨날 채워 놓는다면서 자꾸 잊어버려서 말야."

"벌써 줬어." 레이디 버트럼이 말했다. "언니 집에서 두 번째 돌아왔을 때 줬지."

"뭐라고요!" 에드먼드가 소리쳤다. "장미를 자르고 거기다 걷기까지 했다는 겁니까? 뜨거운 정원을 가로질러 이모님

* 졸도를 하거나 두통이 날 때 사용하기 위해 여성들이 작은 병에 넣어 지참하고 다닌 자극적인 향을 지닌 식초.

댁까지 걸어가는 것을 두 번씩이나 했다는 겁니까, 이모님? 머리가 아픈 게 당연하네요."

노리스 부인은 줄리아와 이야기하느라 이 말을 못 들었다.

"패니에게 무리가 되지 않을까 나도 걱정은 됐지." 레이디 버트럼이 말했다. "하지만 장미를 다 거둬들이자 네 이모가 나누어 달라고 해서. 그다음엔 또 집으로 가져와야 하잖니?"

"아니, 두 번씩 갈 만큼 장미가 그렇게 많았나요?"

"아니, 그건 아니고. 그렇지만 잘 마르게 손님방에 두고 오기로 했거든. 그런데 하필이면 패니가 방문을 잠그고 열쇠를 가져오는 것을 깜빡한 거야. 그래서 한 번 더 다녀오게 된 거지."

에드먼드는 벌떡 일어나 방 안을 서성거리며 말했다. "그런데 그런 심부름을 시킬 사람이 정말 패니밖에 없었단 말인가요? 세상에, 이모님, 이번 일은 이모님이 대단히 잘못하신 겁니다."

"글쎄, 더 좋은 방법이 있었을지 난 모르겠는데." 더 이상 귀머거리 놀음만 할 수는 없는지라 노리스 부인이 큰 소리로 말했다. "내가 손수 갔다 올 수도 있었겠지. 그렇지만 내가 몸이 둘도 아니고, 동시에 두 곳에 어떻게 있어. 그때 난 자네 어머니가 부탁하는 바람에 이 집 착유부 일로 그린 씨하고 의논을 하고 있었거든. 게다가 존 그룸의 그 아들 일로 제프리스 부인한테 편지를 써 주기로 전부터 약속을 해 놓아서, 그 가엾은 위인이 삼십 분 전부터 기다리고 있었거든. 나야 일하기 싫어서 몸을 사린다는 소리는 절대 들을 사람이 아니지만, 그렇다고 그 많은 일을 동시에 챙길 재주는 없지 않나. 그리고 나 대신 패니가 집에 다녀온 일만 해도 그래. 기껏해야 4분의 1마일 남짓한 거리인데 심부름 좀 시켰다고 그게 그렇게 무리한 일인가. 나는 아침이나 밤이나, 날씨가 좋으나 궂으나, 군소리 한마디 없이 하루에 세 번씩 오간 날이 셀 수도 없구만."

"패니가 이모님 체력의 절반이라도 되었으면 좋겠네요, 이모님."

"좀 더 정기적으로 운동을 하면 저렇게 금방 지치지는 않겠지. 말을 안 탄 지도 벌써 오래되었잖아. 말을 안 탄 날에는 걷기라도 해야지. 패니가 아침에 승마를 했다면 나도 그런 심부름은 시키지 않았을 거야. 그렇지만 장미꽃 사이에서 허리를 수그리고 있었으니 좀 걷는 게 몸에 좋을 거라고 생각했지. 그런 작업으로 지쳤을 때는 걷는 것만큼 상쾌한 운동도 없으니까. 햇볕이 뜨겁기는 했지만 지독하게 더운 것도 아니었고. 우리끼리 얘기지만, 에드먼드, (그의 어머니 쪽으로 의미심장한 고갯짓을 하며) 두통이 생긴 건 바로 장미를 자르며 화원에서 노닥거린 탓이야."

"맞아, 그런 것 같네." 그 말을 듣고 더 솔직한 편인 레이디 버트럼이 말했다. "아무래도 그 때문에 두통이 생겼나 봐. 너무나 더워서 다들 죽을 지경이었는데. 나도 간신히 견뎠는걸. 가만히 앉아서 퍼그한테 꽃밭에 들어가지 말라고 소리만 지르는데도 진이 빠지더라니까."

에드먼드는 두 부인에게 더 이상 아무 말도 하지 않고, 저녁 요깃거리를 담은 쟁반이 그대로 놓여 있는 다른 탁자로 조용히 다가가 마데이라 포도주* 한 잔을 가져와 패니에게 거의 다 마시게 했다. 그녀는 웬만하면 거절하고 싶었지만, 온갖 휘몰아치는 감정에 눈물이 왈칵 쏟아질 것 같아 말을 하기보다는 포도주를 삼키는 편이 더 쉬웠다.

에드먼드는 어머니와 이모한테도 기분이 상했지만 자기 자신에게 더 화가 났다. 패니에게 그렇게 무심했다니, 그건 두 분이 한 어떤 행동보다도 나빴다. 자기만이라도 패니를 제대로 살펴줬다면 이런 일은 절대 없었을 것이다. 꼬박 나흘을 이렇다 할 말동무도 없이 하고 싶은 운동도 못한 채, 이모들이 어떤 터무니없는 심부름을 시켜도 피할 구실 하나 없는 지경으로 패니를 몰아넣은 것이다. 패니가 꼬박 나흘이나 말을 탈 수 없었던 것을 생각하니 그는 부끄러웠고, 아무리 크로퍼드 양의 즐거움에 찬물을 끼얹기 싫어도 두 번 다시는 이런 일이 없게 하겠다고 굳게 결심했다.

패니는 맨스필드 파크에 온 첫날 밤처럼 벅찬 가슴을 안고 잠자리에 들었다. 오늘 기운이 영 없었던 데는 기분 탓도 있었을 것이다. 며칠 전부터 무시당하는 기분이 들었고, 불만과 질투를 억누르려 씨름해야 했다. 사람들 눈을 피해 구석진 소파에 몸을 파묻을 때도 머리의 물리적 고통보다는 마음의 고통이 훨씬 더했다. 그런데 그 순간 에드먼드의 친절 덕분에 상황이 돌변하다 보니 그녀는 마음을 가누기 힘들었다.

---

* 포르투갈령인 대서양 위의 군도 마데이라(Madeira)에서 생산되는 도수가 높은 백포도주.

8

패니의 승마는 바로 다음 날부터 다시 시작되었다. 상쾌한 느낌의 기분 좋은 아침인 데다 최근 날씨에 비하면 더위도 덜했기 때문에 에드먼드는 그녀가 그동안 입었던 건강과 즐거움의 손실을 곧 벌충할 수 있으리라 믿었다. 패니가 말을 타러 나간 사이 러시워스 씨가 모친을 대동하고 찾아왔다. 모친의 방문은 인사차 이루어진 것으로, 두 주 전부터 거론되었으나 자신이 집을 비우는 바람에 유야무야된 소더턴 방문 계획을 시행해 줄 것을 촉구함으로써 예의를 다하기 위한 것이었다. 되살아난 이 계획에 노리스 부인과 두 조카딸은 매우 기뻐했고, 가까운 날짜가 지목되자 다들 좋다고 했다. 크로퍼드 씨만 그날 다른 약속이 없다면 말이다. 젊은 숙녀들은 이런 조건을 다는 것을 잊지 않고, 노리스 부인이 나서서 그건 자기가 보장하겠다고 했지만 그런 권한을 인정해 줄 생각도 위험을 감수할 생각도 없었다. 그리고 버트럼 양이 눈치를 준 끝에 러시워스 씨도 결국 자기가 곧장 목사관으로 내려가 크로퍼드 씨를 만나 수요일에 시간이 되는지 물어보는 것이 최선책임을 깨달았다.

그가 다시 돌아오기 전에 그랜트 부인과 크로퍼드 양이 들어왔다. 그들은 잠시 외출했다가 다른 길로 오는 바람에 그와 길이 엇갈렸지만, 목사관에서 크로퍼드 씨를 만날 수 있을 거라는 반가운 소식으로 사람들을 안심시켜 주었다. 당연히 소더턴 방문 건이 화제에 올랐다. 사실 다른 이야기를 하는 것부터가 거의 불가능했다. 노리스 부인이 그 계획으로 인해 들떠 있는 데다, 예의와 선의는 갖고 있지만 언사가 장황하고 젠체하기를 좋아하며 자신과 아들 일 말고는 중요한 일이 없는 러시워스 부인이 레이디 버트럼에게 같이 오시라고 끈질기게 강권했기 때문이다. 레이디 버트럼은 한사코 사양했으나, 말투가 하도 차분한 탓에 러시워스 부인은 실은 오고 싶은가 보다 오해를 했고, 노리스 부인이 더 큰 목소리로 길게 설명을 하고 나서야 납득을 했다.

"동생한테는 좀 무리한 여정일 거예요. 상당히요, 러시워스 부인. 가는 데 10마일, 오는 데 10마일이잖습니까. 이번에는 동생은 면해 주시고 동생 말고 우리 두 사랑스러운 아가씨들과 저만 가도록 양해해 주시지요. 물론 동생이 거리가 멀어도 꼭 가 보고 싶어 하는 곳이 하나 있다면 바로 소더턴이지만, 정말 이번에는 안 되겠네요. 아시다시피 동생 곁에는 패니라는 말벗이 있을 테니 그건 염려하지 않으셔도 되고요. 그리고 에드먼드는, 지금 자리에 없어서 본인 입으로 말은 못 하지만, 제가 장담하지요, 아주 기쁜 마음으로 함께 갈 겁니다. 아시다시피 우리 조카는 말을 타고 가면 되니까요."

러시워스 부인은 레이디 버트럼이 집에 남는 것을 양해할 수밖에 없었지만 그저 유감스러울 뿐이었다. '영부인이 함께 오시지 못한다니 참 아쉬운 일이다. 프라이스 양이라는 그 젊은 숙녀분도 함께 볼 수 있으면 훨씬 좋았겠다. 프라이스 양은 아직 소더턴에 와 본 적이 없는데, 이번에도 못 온다니 참으로 섭섭하다.'는 것이었다.

"자상하기도 하셔라. 정말 자상하시네요, 부인." 노리스 부인이 외쳤다. "하지만 패니가 소더턴을 볼 기회는 많을 거예요. 아직 창창한 나이잖아요. 그리고 지금은 생각할 수도 없는 일이에요. 패니까지 없으면 레이디 버트럼이 곤란하죠."

"맞아, 그건 안 되지! 패니가 없으면 난 어떻게 하라고."

그러자 누구나 소더턴에 와 보고 싶으리라 믿어 마지않았던 러시워스 부인은 이번에는 크로퍼드 양을 초대 손님에 포함시키려고 했다. 이 동네로 이사 온 후 아직 러시워스 부인을 찾아뵙는 수고를 이행하지 못한 그랜트 부인은, 자기는 예의 바르게 사양하면서도 동생에 대해서는 즐거운 일로 기쁘게 받아들였다. 그리고 메리 역시 적당한 권유와 설득 끝에 금방 예의 바르게 초대를 수락했다. 러시워스 씨가 목사관에서 좋은 소식을 들고 돌아왔다. 그리고 헤어지기 직전 나타난 에드먼드도 수요일의 계획을 듣게 되었고, 마차까지 러시워스 부인을 배웅한 다음 다른 두 여성분이 파크를 따라 내려가는 길을 절반쯤 바래다주었다.

에드먼드가 조찬실로 돌아와 보니, 노리스 부인은 크로퍼드 양도 같이 가게 된 것이 잘된 일인지 아닌지, 크로퍼드 양이 아니어도 그 오빠의 버루슈가 이미 만석이 아닐지 하는 문제로 고심 중이었다. 버트럼 자매는 왜 그렇게 쓸데없는 걱정을 하느냐고 비웃으며, 그 마차에는 마부석 외에도 네 명은 더 탈 수 있고 또 한 명은 크로퍼드 씨와 함께 마부석에 타고 가면 된다고 안심시켰다.

"그런데 도대체 왜 크로퍼드의 마차를 쓰는 거지? 왜 꼭 그 마차를 써야 하는 거야?" 에드먼드가 말했다. "어머니 마차로 가면 되지 않나? 이 이야기가 처음 나왔을 때부터 난 우리 집 행차에 왜 우리 마차를 안 쓰는지 이해가 안 되던데."

"어머!" 줄리아가 외쳤다. "버루슈의 넉넉한 자리를 두고 이런 날씨에 상자갑 같은 사륜 역마차*에 셋이 끼어 앉아 가라고요! 그건 싫어요, 에드먼드 오빠. 절대 안 돼요."

"게다가 크로퍼드 씨도 당연히 우리를 태우고 가는 것으로 알고 있을걸요. 처음부터 나눈 이야기가 있으니까, 이미 약속한 일 아니냐고 할 거예요." 마리아가 말했다.

"그리고 에드먼드," 노리스 부인이 덧붙였다. "마차 한 대로도 충분한데 두 대씩 동원하는 건 공연히 일만 키우는 짓 아닐까? 그리고 우리끼리 얘기지만, 마부도 여기서 소더턴으로 가는 길들을 별로 탐탁해하지 않아. 길이 좁아서 마차에 흠집이 생긴다고 맨날 불평이 하늘을 찌르잖아. 그리고 알다시피 토머스 경이 돌아왔을 때 니스 칠이 다 벗겨진 꼴을 보여 드릴 수는 없지 않니."

"크로퍼드 씨 마차를 쓰는 이유로는 별로 떳떳하지가 않네요." 마리아가 말했다. "사실은 윌콕스가 나이가 들고 둔해

* 원래는 역참에서 말을 갈아타던 마차로, 버루슈보다 작은 크기의 2~4인승의 폐쇄형 마차.

서 말을 제대로 몰 줄 모르는 것뿐이에요. 수요일에 길이 좁아 불편을 겪는 일은 없을걸요. 제가 장담하죠."

"버루슈 마부석에 앉아 가는 건 전혀 힘들지도 불편하지도 않은 모양이다." 에드먼드가 말했다.

"불편하다니요!" 마리아가 외쳤다. "어머나, 세상에! 다들 가장 선호하는 자리일걸요. 전원 풍경을 즐기기에는 그만한 자리도 없죠. 아마 크로퍼드 양부터 마부석에 앉겠다고 할걸요."

"그렇다면 패니를 데려가도 문제가 없겠네. 앉을 자리도 있을 테니."

"패니라니!" 노리스 부인이 말을 받았다. "에드먼드, 패니를 데려간다니 웬 뜬금없는 말이야? 그 애는 자네 어머니 곁에 있어야지. 러시워스 부인한테도 그렇게 말씀드렸잖아. 그 애가 올 줄 모르실 텐데."

"어머니, 패니가 안 갔으면 하시는 것은 순전히 어머니 곁에 누군가 있어야 하기 때문이잖아요." 그는 어머니에게 이렇게 말했다. "패니 없이 지낼 수만 있다면, 굳이 집에 붙들어 두실 생각은 없지요?"

"물론이지. 하지만 패니가 없으면 곤란하니까 문제지."

"제가 어머니하고 집에 있으면 되겠네요. 어차피 그럴 생각이고요."

이 말에 다들 야단이 났다. "예," 그가 말을 계속했다. "전꼭 가야 할 이유도 없으니 그냥 집에 있겠습니다. 패니는 소더턴을 몹시 보고 싶어 해요. 얼마나 보고 싶어 하는지 제가 잘 압니다. 패니한테는 이런 즐거움을 누릴 기회가 별로 없었는데, 이번에 기회가 생겼으니 어머니도 기쁜 마음으로 허락해 주시겠지요."

"그럼, 나야 기쁘지. 네 이모도 반대가 없다면 말이다."

이제 반대할 구실은 하나밖에 남지 않은 셈인데, 노리스 부인이 바로 이것을 들고 나왔다. 러시워스 부인한테 패니는 못 간다고 분명히 말씀드렸는데 이제 와서 데리고 가면 모양새가 아주 이상해진다는 것이었고, 그녀가 보기에 이는 도저히 극복할 수 없는 난관이었다. 모양새가 지극히 우스워질 터였다! 그리고 완전히 예절에서 벗어난 짓으로 자칫하면 러시워스 부인에게 결례가 될 수도 있는데, 예의범절의 귀감이 될 만큼 매사 반듯하게 처신하는 부인에게 그런 짓을 하다니, 자기는 도저히 못 하겠다는 것이었다. 노리스 부인은 패니에게 애정이 전혀 없었고 즐거운 일을 만들어 주고 싶은 생각도 없었다. 하지만 이번에 에드먼드의 말에 반대하는 가장 큰 이유는 다름 아닌 자기가 세운 것이니만큼 자신의 계획이야말로 최상책이라고 믿기 때문이었다. 모든 걸 자기가 아주 훌륭하게 계획해 놓았으니 어떤 변경도 개선이 아니라 개악이 될 거라고 믿은 것이다. 따라서 드디어 발언 기회를 잡은 에드먼드가 러시워스 부인 때문에 걱정하실 필요는 없다, 그분을 모시고 홀을 지나는 기회에 프라이스 양도 같이 갈지 모른다고 말씀드렸더니 즉석에서 함께 데리고 오라고 흔쾌히 초대해 주셨다고 답하자, 노리스 부인은 순순히 받아들이기에는 너무나 화가 나 한마디 쏘아붙였다. "알았네, 알았어. 정 그렇다면 마음대로 해야겠지. 나야 무슨 상관인가."

"패니 대신 오빠가 집에 남다니 너무 모양새가 이상해요." 마리아가 말했다.

"걔, 오빠한테 무지 고마워해야겠네요." 줄리아가 덧붙이고는, 자기가 집에 남겠다고 자청해야 옳지 않을까 하는 찜찜한 생각에 서둘러 방을 나갔다.

"고마워할 일이 있다면 당연히 고마워할 애다." 에드먼드는 이렇게만 대답했고, 그것으로 일은 일단락되었다.

이 계획을 전해 들은 패니는 실제로 기쁨보다 고마움이 훨씬 컸다. 자신을 향한 그녀의 애틋한 마음을 짐작도 못 하는 에드먼드로서는 전혀 알지 못했지만 그녀는 그의 친절이 가슴에 사무쳤다. 그러나 자기 때문에 그가 즐거움을 포기해야 하는 것이 마음 아팠다. 그가 없으면 소더턴을 본들 즐거울 리가 없었다.

맨스필드의 두 집안이 다시 회동했을 때 계획에 또 하나의 수정이 가해졌고, 이번에는 다들 찬성했다. 그랜트 부인이 아드님 대신 레이디 버트럼의 말벗이 되어 드리겠다고 나섰고, 정찬 때는 그랜트 박사도 합류하기로 했다. 레이디 버트럼은 이 제안을 매우 반겼고 젊은 숙녀들도 생기를 되찾았다. 에드먼드 또한 원래 계획대로 자기도 함께 갈 수 있도록 배려해 준 것에 대단히 고마워했다. 노리스 부인은 탁월한 방안이라며, 실은 자기도 말할까 말까 망설이다가 막 이야기를 꺼내려던 참에 그랜트 부인이 먼저 말을 하더라고 했다.

수요일은 날씨가 화창했다. 아침 식사가 끝나고 조금 지나자 두 누이를 태운 크로퍼드 씨의 버루슈가 도착했다. 이미 모두 떠날 준비를 마쳤기 때문에, 그랜트 부인이 마차에서 내리고 다른 사람들이 자리에 앉기만 하면 되었다. 모든 자리 중 최고의 자리, 모두가 탐내는 영광스러운 자리는 비어 있었다. 과연 누가 이 영광을 차지하게 될까? 버트럼 자매가 제가끔 남을 먼저 배려해 주는 모양새를 갖추면서 그 자리를 차지할 수 있는 최선의 방안을 궁리하고 있는데, 마차에서 내리면서 그랜트 부인이 던진 한마디로 그 문제는 결말이 났다. "모두 다섯 명이니 한 사람은 헨리 옆에 타는 게 좋을 것 같군요. 줄리아, 얼마 전에 마차를 몰아 보고 싶다고 하던데, 이번 기회에 한번 배워 보는 것도 좋겠네요."

행복한 줄리아! 불행한 마리아! 한 아가씨는 쏜살같이 마부석에 오르고, 다른 아가씨는 우울하고 속상한 마음으로 마차 안에 자리를 잡았다. 그리고 뒤에 남은 두 부인이 잘 다녀오라는 인사를 보내고 퍼그가 주인 품 안에서 짖어 대는 가운데 마차는 출발했다.

소더턴으로 가는 길은 아름다운 들판을 가로질러 길게 이어졌다. 그리고 말을 타고 멀리 나가 본 적 없는 패니는 곧 낯선 곳으로 접어들자 처음 보는 것들을 놓치지 않고 눈여겨보았고, 아름다운 것들 하나하나에 감탄하며 행복에 젖어 들었다. 일행의 대화에 함께하자는 권유도 별로 없었고, 패니 역시도 바라지 않았다. 혼자만의 생각과 상념을 최고의 벗 삼아 지내는 것이 습관이 되어 있었던 것이다. 그리고 들판 풍경과 도로의 방향과 토양의 차이와 수확 상태, 그리고 초가집들과 소

소더턴으로 가는 길은 아름다운 들판을 가로질러 길게 이어졌다.

떼와 아이들을 관찰하는 것만으로도 재미가 있었다. 에드먼드가 곁에 있어 이런 느낌들을 전할 수 있다면 더 재미있었겠지만. 패니와 옆자리 숙녀 사이에 닮은 점이 딱 하나 있다면 바로 이 점이었다. 에드먼드를 소중하게 생각한다는 점을 제외하고는 크로퍼드 양은 모든 면에서 패니와 딴판이었다. 그녀는 패니처럼 섬세한 취향이나 정신이나 감정이 전혀 없었다. 자연을 봐도 아무런 감흥이 없었다. 그녀의 관심은 온통 남자와 여자 들에게 가 있었고, 재능은 가볍고 발랄한 쪽으로만 발달해 있었다. 그렇지만 마차 뒤로 쭉 뻗은 길이 이어질 때나 꽤 높은 언덕바지를 오르며 에드먼드가 마차를 따라잡을 때면 그를 돌아보는 것은 패니와 마찬가지였고, 두 사람 입에서 동시에 "저기 있네."라는 말이 터져 나온 것도 한두 번이 아니었다.

처음 7마일 동안 버트럼 양의 마음은 도무지 편치 않았다. 바깥 경치를 내다보다가도, 나란히 앉아 재미있는 대화에 여념이 없는 크로퍼드 씨와 동생의 모습에 결국 눈길이 가고 말았다. 웃음 띤 얼굴로 줄리아를 바라보는 그의 의미심장한 옆모습을 보거나 줄리아의 웃음소리를 듣고 있자니 짜증이 끊길 일이 없었는데, 그래도 예의를 생각해서 간신히 억눌렀다. 뒤돌아보는 줄리아의 얼굴에는 즐거운 기색이 역력했고, 그들에게 말을 걸어 올 때마다 목소리가 아주 들떠 있었다. '여기서 보니 경치가 참 매력적이다, 다들 볼 수 있다면 정말 좋을 텐데' 등등. 그렇지만 막상 자리를 바꾸자는 제안은 길게 경사진 언덕 꼭대기에 이르러서야 크로퍼드 양에게 단 한 번 했을 뿐이고, 그것도 고작해야 "펼쳐지는 경치가 정말 멋지네요. 크로퍼드 양이 여기 앉았으면 좋았을 텐데. 하지만 아무리 권해도 분명히 사양하시겠죠. 그러니 제 쪽에서 더욱 열심히 권해 봐야겠어요."라는 말뿐이어서 별로 성의가 없어 보였고, 크로퍼드 양이 대답할 사이도 없이 마차는 다시 속력을 내 언덕을 내려갔다.

소더턴의 영향권으로 들어서자 버트럼 양의 기분도 한결 나아졌으니, 그녀는 이를테면 양손에 떡을 쥔 형국이었다. 러시워스는 러시워스대로 좋고 크로퍼드는 크로퍼드대로 좋은데, 소더턴에 가까워지면서 전자가 상당한 효력을 발휘했다. 러시워스 씨의 위엄은 곧 자신의 위엄이었다. 크로퍼드 양에게 "저 숲도 소더턴 영지의 일부분이에요."라고 말하거나, "이 길 양편의 땅이 지금은 모두 러시워스 씨 소유라네요."라고 무심히 말할 때면 우쭐하는 마음을 어쩔 수가 없었다. 그리고 옛날부터 이 가문이 소작민들에 대해 모든 사법적 행정적 권한을 행사하며 영주로 살아 온, 자유 보유권*이 딸린 저택에 가까워지자 그런 뿌듯한 마음은 더욱 커졌다.

"이제 더 이상 험한 길은 나오지 않을 거예요, 크로퍼드 양. 우리 고생도 이제 끝이네요. 나머지는 길이 제대로 닦여 있거든요. 러시워스 씨가 영지를 물려받은 후에 도로를 닦아 놓았대요. 여기부터가 마을이에요. 저 초가집들은 정말 망신스럽군요. 저 교회 첨탑은 대단히 근사하다고 평판이 자자하답니다. 오래된 저택들은 보통 그렇던데, 여기는 저택 본체에 교

* 채무에 매이지 않고 상속자에게 자유롭게 계승할 수 있는 부동산.

회가 붙어 있지 않아 다행이에요. 종소리가 크게 들리면 아주 괴롭잖아요. 저기는 목사관이에요. 아담해 보이지요. 목사 부부도 아주 점잖대요. 저긴 구빈원인데, 이 집안에서 지은 거라네요. 저기 오른쪽은 집사가 사는 집이고요. 아주 착실한 사람이지요. 이제 영지 정문에 다 왔네요. 그렇지만 아직 저택까지는 파크를 가로질러 1마일쯤 더 가야 돼요. 이쪽은 보다시피 흉하지는 않지요. 훌륭한 나무들도 좀 있고요. 그렇지만 저택 위치는 아주 안 좋아요. 언덕 밑으로 반 마일이나 내려가야 하다니 애석한 일이지요. 진입로만 더 괜찮았더라면 꽤 봐줄 만했을 텐데요."

크로퍼드 양은 지체 없이 찬탄을 표했다. 버트럼 양의 기분이 가히 짐작되었기 때문에 이럴 땐 가급적 자부심을 북돋아 주는 게 마땅하다고 생각한 것이다. 노리스 부인은 마냥 들떠 찬사를 늘어놓았다. 패니까지도 감탄에 한마디 보탰으니, 듣는 사람도 기분이 좋을 만했다. 패니는 지나치는 모든 것을 열심히 눈에 담고 있었고, 저택을 보려고 목을 길게 빼더니 '감탄 없이 볼 수 없는 건물'이라고 평하고 나서는 이렇게 덧붙였다. "그런데 가로수 길은 어디 있어? 집이 동향인 모양이니 그렇다면 가로수 길은 집 뒤에 있겠네. 러시워스 씨가 서쪽면 이야기를 한 적이 있잖아."

"맞아. 바로 집 뒤편이야. 저택에서 좀 거리를 두고 시작되어 대지 맨 끝까지 반 마일가량 오르막으로 이어지지. 여기서도 조금은 보일 텐데……. 저기 저 멀리 보이는 나무들 있지. 다 참나무야."

러시워스 씨가 전에 소더턴에 대해 의견을 물었을 때만 해도 아는 것이 없었던 버트럼 양은 이제는 확실한 정보를 가지고 설명할 수 있었으며, 주 현관 앞 널찍한 돌계단 앞에 마차가 다다랐을 때는 허영심과 자만심에 들뜬 기분이 하늘을 찌를 지경이었다.

9

사랑하는 여인을 영접하기 위해 현관 앞에서 기다리던 러시워스 씨가 일행을 반가이 맞이했다. 응접실에 들어서자 이번에는 그의 어머니의 극진한 환영이 이어졌는데, 버트럼 양은 두 모자에게서 더 바랄 나위 없는 각별한 대접을 받았다. 도착 절차가 끝나자 우선 요기를 해야 했고, 손님들은 그들을 위해 문을 열어 놓은 대기실 한두 곳을 지나 지정된 정찬실로 인도되었다. 정찬실에는 가벼운 먹을거리가 풍성하고 격조 있게 차려져 있었다. 이야기도 많이 나누고 요기도 배불리 했으니 만사가 순조로웠다. 이제 이날의 특별한 목표로 화제가 옮겨졌다. 이제는 정원을 둘러봐야 할 텐데 크로퍼드 씨 생각은 어떠신가. 무엇을 타고 다니면 좋겠는가. 러시워스 씨는 그의 이륜 쌍두마차를 타면 어떻겠냐고 했다. 크로퍼드 씨는 2인승보다는 더 많은 사람이 탈 수 있는 마차가 훨씬 낫지 않겠냐고 했다. '다양한 안목과 다양한 판단이 요긴하니 둘이서만 간다면 재미도 없겠지만 그 이상의 손실이 될 것이다.'

러시워스 부인은 그럼 이륜 쌍두마차에 경마차를 추가하면 어떻겠냐고 제안했지만 신통한 개선안으로 받아들여지지 않았으니, 젊은 숙녀들은 웃음기도 없이 입을 다물었다. 이번에 처음 오신 분들에게 집 안을 안내해 드리겠다는 부인의 두 번째 제안은 좀 더 받아들일 만했으니, 버트럼 양은 저택의 규모를 과시할 수 있어서 좋았고, 다른 사람들 역시 뭐라도 하게 되어 다행이다 싶었던 것이다.

그리하여 다들 자리에서 일어나 러시워스 부인의 안내를 받으며 많은 방을 둘러보았는데, 하나같이 천장이 높았으며, 여러 개의 큰 방은 오십 년 전 취향의 가구들이 즐비했고, 윤이 나는 바닥에 견고한 마호가니 장식과 화려한 다마스크직 양탄자, 대리석, 금박과 조각이 제가끔 멋을 뽐냈다. 그림도 대단히 많았는데, 훌륭한 그림도 더러 있었지만 대개는 이 집 사람들의 초상화로 이제는 러시워스 부인한테나 소중한 그림들이었다. 러시워스 부인은 하녀장에게서 배울 수 있는 것은 모두 익히려고 열심히 노력한 덕분에 이제 안내자 역할을 함에 있어 거의 하녀장 못지않았다. 이번에는 주로 크로퍼드 양과 패니를 상대로 설명을 했는데, 경청하는 두 사람의 자세는 서로 비교가 되지 않았다. 이미 대저택을 수십 채 구경했지만 별 관심이 없었던 크로퍼드 양은 예의 바르게 듣는 시늉만 한 반면, 모든 것이 마냥 새롭고 흥미롭기만 한 패니는 이 가문의 옛 시절이니, 가문의 발흥과 융성, 왕족들의 방문과 충성스러운 업적들에 대해 러시워스 부인이 늘어놓는 이야기를 진심으로 관심 있게 들으면서, 알고 있던 역사와 연관 지어 보고 즐거워하거나 과거의 장면을 눈에 그리며 상상의 나래를 폈다.

지대가 낮은 탓에 어느 방도 전망이 좋지는 않았는데, 패니와 몇몇이 러시워스 부인을 따라다니는 동안 헨리 크로퍼드는 창가에 서서 심각한 표정으로 고개를 절레절레 흔들었다. 서면의 모든 방마다 잔디밭 너머 높은 철제 목책과 대문 바로 뒤편의 가로수 길 끄트머리가 내다보였다.

창문세*나 늘리고 하녀들 일거리나 만드는 것 말고는 전혀 쓸모가 없어 보이는 많은 방들을 더 둘러본 후 러시워스 부인이 말했다. "이제 예배소로 갈 거예요. 격식대로 하자면 위쪽으로 들어가 위에서 봐야 하겠지만, 오늘은 가까운 분들뿐이니 괜찮으시면 이쪽으로 모시겠습니다."

다 함께 예배소로 들어갔다. 패니는 단순한 예배 목적으로 꾸민 장방형의 널찍한 방보다는 뭔가 좀 더 웅장한 곳을 상상했었다. 그러나 엄숙하거나 인상적인 것이라고는 곳곳에 놓인 마호가니 가구들과 2층 가족석 가로대 너머로 보이는 진홍색 벨벳 쿠션들뿐이었다. "실망이에요." 그녀는 에드먼드에게 소리 죽여 말했다. "내가 상상했던 예배소는 아니네요. 여기는 외경심을 자아내는 것도 없고 우울하면서도 장엄한 분위기도 없네요. 측랑(側廊)도, 홍예문도, 명문(銘板)도 없고, 문장기(紋章旗)도 없어요. '천국의 밤바람에 나부끼는' 문장기도요, 오빠. '스코틀랜드의 군주가 아래 잠들다.'라고 새겨진 표지석도 없고요."**

"패니, 잊었나 본데 이곳은 성이나 사원의 오래된 예배소

---

* 1696년에 제정되어 1851년에 폐지된, 창문 수에 따라 집주인에게 부과된 일종의 부유세.

** 월터 스콧(Walter Scott, 1772~1832)의 서사시인 「마지막 음유 시인의 곡조」, 칸토 II, 10행 및 12행으로 스코틀랜드 멜로즈 사원을 묘사한 구절이다.

에 비하면 얼마 안 된 곳이고 목적도 한정되어 있잖아. 집안 사람들끼리만 사용할 공간으로 말이야. 이 댁 조상들은 아마 교구 교회에 묻히셨을걸. 그러니 문장기나 공적문은 거기서 찾아야지."

"바보같이 그 생각을 못 했네요. 그래도 실망이에요."

러시워스 부인이 해설을 시작했다. "이 예배소가 지금 모습을 갖춘 것은 제임스 2세* 때에요. 그전에는 예배석이라고는 간소한 팔걸이 의자뿐이었다고 합니다.** 그리고 여러모로 볼 때 설교단과 가족석의 테두리와 쿠션도 자주색 천으로 꾸민 정도였던 것으로 추정됩니다만, 확실하지는 않습니다. 이만하면 훌륭한 예배소로 전에는 매일 아침저녁으로 사용되었어요. 사람들 기억으로는 이곳에서 기도문은 언제나 전속 목사가 낭송했다고 합니다. 그렇지만 작고한 남편이 이 관습을 폐지하셨지요."

"세대가 바뀔 때마다 개량이 이루어지네요." 크로퍼드 양이 웃음 띤 얼굴로 에드먼드에게 말했다.

러시워스 부인이 크로퍼드 씨에게 같은 해설을 되풀이하러 가고, 에드먼드와 패니와 크로퍼드 양은 한자리에 모여 있었다.

"그런 관습을 중단하다니 참으로 유감이에요." 패니가 외쳤다. "과거의 소중한 한 부분인데. 예배소나 전속 목사 하면 뭔가 대저택에 잘 어울리잖아요! 그런 가문에 대한 기대치에

---

* 재위 1685~1688년.

** 지금처럼 조각된 마호가니 목재를 쓰지 않았다는 뜻이다.

도요. 온 가족이 기도를 드리러 정기적으로 한자리에 모인다니 얼마나 근사해요!"

"그래요, 근사하죠!" 크로퍼드 양이 웃으며 말했다. "윗사람들한테야 아주 편리했겠죠. 애먼 하녀와 하인들한테는 하던 일도 휴식도 팽개치고 여기로 와서 하루 두 번씩 기도를 올리라고 강요하면서 정작 본인들은 어떻게든 빠져나갈 구실을 만들어 냈을 테니."

"그런 건 패니가 생각하는 가족 예배가 아니에요." 에드먼드가 말했다. "주인 부부가 직접 참석을 안 한다면, 백해무익한 관습에 불과하겠지요."

"아무튼 이런 문제는 각자 알아서 하게 놔두는 편이 나아요. 누구나 원하는 대로, 원하는 시간에 원하는 방식으로 예배드리면 되잖아요. 참석 의무에다 온갖 격식과 금지에, 시간은 또 얼마나 길어요? 그러니 다들 피하는 골칫거리가 되는 거죠. 저 가족석에서 멍한 얼굴로 무릎을 꿇고 있던 그 선남선녀들도, 잠에서 깨 보니 두통이 있어 십 분 더 누워 있더라도 예배에 빠졌다고 야단맞을 위험이 없는 그런 시절이 올 줄 미리 알았다면 반갑고 부러운 마음에 벌떡 일어났을걸요. 옛날에 러시워스가의 아리따운 아가씨들이 얼마나 여러 번 내키지 않는 걸음으로 이 예배소로 왔을지 상상이 되지 않나요? 빳빳하게 풀 먹인 경건한 옷차림을 하고 있지만, 머릿속에는 딴생각만 가득한 처녀 시절의 엘리너 부인이나 브리짓 부인 같은 사람들을 상상해 보라고요. 특히 그 가련한 전속 목사님의 얼굴이 봐줄 만한 수준이 못 된다면 말예요. 아마도 그 시절엔 목사들 수준이 지금보다도 훨씬 떨어졌을 거예요."

한동안 아무런 응답이 없었다. 패니는 붉어진 얼굴로 에드먼드를 쳐다봤지만 너무 화가 나 말이 나오지 않았다. 그리고 에드먼드 역시 얼마간 마음을 가다듬고서야 겨우 이렇게 말했다. "원체 재기발랄하시니 진지한 문제도 진지하게 대하기가 어려우신 모양입니다. 참 재미있는 스케치를 해 주셨는데, 인간 본성을 감안하면 부정하기도 힘들겠네요. 아무리 애를 써도 생각을 집중하기 힘들 때가 가끔은 있으니까요. 그렇지만 그런 일이 말씀대로 그렇게 잦다면, 다시 말해 결점을 방치한 결과 습관이 되었다면, 혼자 예배를 한들 무슨 도움이 되겠습니까? 예배소에서도 견디지 못하며 딴생각에 빠져드는 사람이라면 골방에선들 집중이 잘 될까요?"

"그럼요, 그럴 가능성이 크지요. 적어도 두 가지 장점이 있잖아요. 주의를 흐트러뜨릴 외부 요인도 줄어들고 주의를 집중해야 하는 시간도 짧아질 테니까요."

"한 가지 상황에서 마음을 다잡으려 애쓰지 않는 사람은 다른 상황에서도 또 딴 데 정신을 팔겠지요. 거기다 예배소에서는 장소도 장소려니와 다른 사람들의 본보기도 있으니, 시작할 때보다 마음이 더 경건해지는 경우도 꽤 많을 겁니다. 물론 예배 시간이 너무 길어져서 정신에 지나친 부담을 줄 때도 있지요. 그러지 않았으면 좋겠지만, 옥스퍼드를 떠나온 지 얼마 안 돼서 그런지 저는 채플 시간의 기억이 아직 생생하네요."

이런 대화가 오가는 사이 다른 사람들은 예배소에 흩어져 있었는데, 줄리아가 이런 말로 크로퍼드 씨의 주의를 언니에게로 이끌었다. "러시워스 씨와 마리아 언니 좀 보세요. 나란히 서 있는 품이 당장이라도 결혼식이 거행될 것 같네요. 완전히 결혼식 분위기 아니에요?"

크로퍼드 씨는 수긍하는 미소를 짓고는 마리아에게 다가가 그녀에게만 들리게 말했다. "제단에 그렇게 가까이 서 있는 버트럼 양 모습은 보고 싶지가 않군요."

아가씨는 퍼뜩 놀라면서 자기도 모르게 한두 걸음 뒤로 물러났지만, 이내 정신을 차리고 웃는 척하면서 '신부를 신랑에게 인도하는 역할을 맡아 주지 않겠냐'고 역시 작은 소리로 물었다.

"제대로 해낼 자신이 없어서요." 의미심장한 표정으로 그는 이렇게 대답했다.

그 순간 줄리아가 두 사람한테 다가와 아까의 농담을 이어갔다.

"아이, 정말 아쉽네요. 지금 당장 식을 올리지 못하다니. 다들 이렇게 모였겠다, 세상에 이렇게 아늑하고 기분 좋은 곳도 없겠다, 정식 허가서만 있으면 딱인데 말예요." 그리고 이런 말을 하면서 조심성 없이 웃어 대는 바람에 러시워스 씨와 그 어머니도 알게 되고, 결국 언니를 연인으로부터 칭송의 속삭임을 받는 지경에 몰아넣고 말았다. 한편 러시워스 부인은 미소와 위엄을 적절히 섞어 가며 언제 식을 올리든 자기는 너무나 행복할 거라고 말했다.

"에드먼드 오빠가 성직에 있었으면 얼마나 좋아!" 줄리아가 이렇게 외치더니, 크로퍼드 양과 패니와 함께 서 있는 에드먼드에게 달려갔다. "에드먼드 오빠, 오빠가 벌써 성직에만 있었어도 지금 당장 예식을 주재했을 텐데. 아직 서품(敍品)을 못 받았으니 정말 운이 없네. 러시워스 씨하고 마리아 언니는 마음의 준비가 다 됐는데 말야."

줄리아가 이런 말을 하는 동안 사심 없는 관찰자가 크로퍼드 양의 안색을 지켜봤다면 흥미롭게 여겼을 것이다. 그녀는 처음 듣는 소리에 어안이 벙벙한 모양이었다. 패니는 그녀가 안쓰러웠다. '방금 전에 한 말이 얼마나 후회될까.' 하는 생각이 들었다.

"서품이라니요!" 크로퍼드 양이 말했다. "어머, 그럼 목사가 되시는 거예요?"

"예, 아버지께서 돌아오시는 대로 곧장 서품을 받을 겁니다. 크리스마스 때쯤 되겠네요."

크로퍼드 양은 마음을 가다듬고 평상으로 돌아온 얼굴빛으로 "진작에 알았다면, 성직자 이야기를 할 때 좀 더 예의를 갖추었을 텐데요."라는 말만 하고 화제를 돌렸다.

잠시 후 예배소는 일 년 내내 깨지는 법이 거의 없이 그곳을 지배해 온 침묵과 정적으로 되돌아갔다. 동생한테 화가 난 버트럼 양이 제일 먼저 자리를 떴고, 다른 사람들도 이만하면 있을 만큼 있었다 싶은 모양이었다.

이것으로 저택의 아래층은 다 돌아본 셈인데, 집 자랑이라면 지칠 줄 모르는 러시워스 부인은 중앙 계단으로 가서 위층 방들도 다 구경시켜 주었을 것이다. 그럴 시간이 있을지 모르겠다며 아들이 끼어들지 않았다면 말이다. "왜냐하면," 하고 그는 두뇌가 더 명석한 사람들도 늘 피해 가지는 못하는 너무나 자명한 지적을 했다. "집 안을 둘러보는 데 너무 시간을 쓰다간 바깥에서 계획했던 일을 할 시간이 없어질 테니까요. 벌써 2시가 넘었는데 5시에는 정찬을 시작해야 하잖아요."

러시워스 부인도 수긍을 했고, 누구누구가 무엇을 타고 정원을 둘러볼지 더 본격적인 논란이 벌어질 조짐이 보였다. 노리스 부인이 마차들과 말들을 어떻게 조합하는 게 가장 효과적일지 교통정리를 막 시작하려던 참에 젊은 사람들은 바깥으로 난 문을 발견했고, 문 밖 계단 위로 곧장 잔디밭과 관목숲 그리고 즐거운 놀이 시설들이 펼쳐지는 것을 보고는, 마치 바깥 공기를 쐬고 자유롭게 돌아다니고 싶은 충동에 한마음이 된 양, 유혹하듯 열려 있는 문을 통해 바깥으로 나갔다.

"그럼 잠시 이쪽으로 가 보는 것은 어떨까요?" 젊은 사람들의 뜻을 순순히 받아들이며 러시워스 부인이 뒤따라 가면서 말했다. "식물도 이쪽이 가장 많고 진기한 꿩들도 이쪽에 있거든요."

크로퍼드 씨가 주위를 둘러보며 말했다. "더 가기 전에 우선 여기도 손볼 데가 있는지 한번 봅시다. 저 담들만 해도 생각할 거리가 많을 것 같군요. 러시워스 씨, 여기 잔디밭에서 회의를 열어 볼까요?"

"제임스," 러시워스 부인이 아들에게 말했다. "다들 아직 방치림 쪽에는 못 가 봤지 싶구나. 버트럼 양들도 방치림은 아직 한 번도 못 봤다네."

반대는 나오지 않았지만, 얼마 동안 사람들은 무슨 계획에 따라 움직일 생각도, 딴 데로 갈 생각도 없어 보였다. 처음에는 다들 식물이며 꿩에 솔깃했고, 그래서 각자 흩어져서 원하는 대로 시간을 보냈다. 그쪽 구역의 개량 가능성을 살펴보기 위해 제일 먼저 움직인 것은 크로퍼드 씨였다. 양쪽으로 높은 담이 쳐 있는 잔디밭에는 첫 화단 너머로 잔디 볼링장이 있고, 볼링장을 지나자 철책을 등진 긴 테라스식 산책로가 나왔는데, 여기서는 바로 붙어 있는 방치림의 나무 꼭대기들이 철책 너머로 내려다보였다. 결함을 찾아내기에 안성맞춤인 장소였다. 버트럼 양과 러시워스 씨가 곧 크로퍼드 씨를 따라왔고, 남은 사람들도 얼마 후 제가끔 무리 지어 움직이기 시작했다. 이 세 사람처럼 자연스럽게 함께 다니게 된 에드먼드와 크로퍼드 양과 패니는 테라스식 산책로 위에서 열심히 상의하고 있는 이들을 만났고, 아쉬운 점이나 문제점에 대해 몇 마디 보태고는 이들을 뒤로하고 걸음을 계속했다. 나머지 세 사람, 즉 러시워스 부인과 노리스 부인과 줄리아는 아직 한참 뒤처져 있었다. 행운의 별빛도 이제 사그라들었는지 줄리아는 러시워스 부인 곁에서 부인의 느린 걸음에 맞추어 급해지는 발걸음을 늦춰야 했고, 한편 그녀의 이모는 꿩 모이를 주러 나온 하녀장을 만나 수다를 떠느라 뒤에서 꾸물거렸던 것이다. 아홉 명의 일행 중 유일하게 현재 형국에 그럭저럭 만족할 수 없었던 가엾은 줄리아는 이제 완전히 고행하는 것 같은 상태였으니, 마부석에 앉아 있던 줄리아와는 그렇게 다를 수가 없었다. 어릴 때부터 공손함을 의무로 몸에 익혔으니 달아나지는 못했으나 더 높은 차원의 자제력이나 자기 인식이나 정의의 원칙은 제대로 배운 적이 없어 그녀는 그저 고역스러울 뿐이었다.

"지독하게 덥네요." 산책로를 한 바퀴 돌고 중간쯤에서 방치림으로 통하는 문을 다시 만나게 되었을 때, 크로퍼드 양이 말했다. "좀 쉬는 데 반대하는 분 계세요? 여기 근사한 작은 숲이 있네요. 들어갈 수 있을지 모르겠지만. 문이 안 잠겨 있다면 얼마나 좋을까요! 하지만 당연히 잠가 놓았겠죠, 이런 큰 저택에서는 아무데나 마음대로 드나들 수 있는 건 정원사뿐이니까요."

그러나 막상 가서 보니 문은 잠겨 있지 않았고, 세 사람은 일치단결하여 기쁘게 문을 통과해 수그러들 줄 모르는 땡볕을 뒤로했다. 꽤 높은 계단을 내려가자 방치림이 나왔다. 2에이커쯤 되는 면적의 조림지로, 주로 낙엽송과 월계수에 벌목된 너도밤나무도 있었다. 모든 것이 지나치게 정연하게 배치되어 있기는 했지만 잔디 볼링장이나 테라스식 산책로에 비하면 어둑한 그늘도 있고 자연미가 있었다. 숲에 들어서자 기분이 상쾌해진 세 사람은 얼마간 조용히 자연을 감상하며 산책을 했다. 잠시 침묵이 흐르다 크로퍼드 양이 말을 꺼냈다. "그러니까 성직자가 되시는 거네요, 버트럼 씨. 저한테는 좀 놀라운 소식이에요."

"글쎄요, 왜 그럴까요? 제가 직업을 가질 것은 아셨을 거고, 변호사나 육군이나 해군 재목은 못 되는 사람인 줄도 이미 아셨을 텐데요."

"그야 그렇지만, 그냥 그런 생각을 못 해 본 거죠. 그리고 차남에게는 보통 재산을 물려줄 삼촌이나 조부가 있게 마련이잖아요."

"대단히 칭송할 만한 관행이긴 합니다만, 다 그런 건 아니지요." 에드먼드가 말했다. "제 경우가 바로 그 예외에 해당하고, 그러니 스스로 앞날을 개척해 나가야지요."

"하지만 왜 하필이면 성직자가 되려고 하세요? 막내들이나 그러는 줄 알았는데. 형이 많은 막내가 형들한테 밀려서 말예요."

"스스로 원해서 교회를 택할 리는 절대로 없다는 뜻인가요?"

"'절대로'는 안 좋은 말이죠. 하지만 맞아요, '아주 많지는 않다'는 일상적인 뜻이라면, 예, 그렇다고 생각해요. 교회에서 뭘 이룰 수 있죠? 남자라면 명성을 바라기 마련인데, 말씀하신 다른 직업들로는 명성을 얻을 수도 있겠지만 교회에서는 불가능하잖아요. 목사는 아무것도 아니잖아요."

"'아무것도 아니다'라는 말의 일상적인 의미도 '절대로'처럼 여럿이면 좋겠네요. 그래요, 목사는 지위나 유행에서 첨단에 설 수는 없지요. 군중을 이끌거나 옷차림에서 유행을 선도해서도 안 되고요. 그렇다고 해서 '아무것도 아니다'라고는 생각하지 않습니다. 개인적으로든 집단적으로든, 일시적으로든 영원히든, 인간에게 가장 중요한 모든 것을 관장하는 직책이고, 종교와 윤리, 그리고 거기서 비롯된 예의범절을 수호하는 직책 아닙니까. 여기 어느 누구도 이러한 소임을 아무것도 아니라고 말할 수는 없지요. 그 소임을 맡은 사람이 아무것도 아닌 존재가 된다면, 그건 그 사람이 맡은 바 의무를 게을리했거나 맡은 바 소임의 막중함을 저버리고 본분을 벗어나 엉뚱한 것을 탐했기 때문일 겁니다."

"성직자라는 직업에 큰 의미를 부여하시는데, 사람들이 하는 말과도 다르고 선뜻 납득이 되지 않네요. 그만한 영향력이나 막중함을 보여 주는 경우는 흔치 않잖아요. 성직자는 사람들 앞에 좀처럼 나타나지도 않는데, 어떻게 그런 힘을 발휘할 수 있겠어요? 일주일에 고작 두 번의 설교로 어떻게 그 모든 것을 이룰 수 있겠어요? 아무리 들을 만하다 해도, 직접 설교문을 쓰는 대신 블레어*의 설교문을 활용하는 지각 있는 설교자라 해도 말예요. 그 많은 회중의 평일 행동을 좌우하고 예절을 선도한다고요? 설교대 앞이 아니면 얼굴도 보기 힘든데요."

"지금 말씀하시는 것은 런던의 성직자들이고, 제가 말하는 것은 전국의 일반적인 성직자들입니다."

"대도시야말로 전체 상을 보여 주는 적절한 표본이 아니겠어요?"

"이 나라 전체의 미덕과 악덕의 비율에 대해서는 대도시가 표본이 아니기를 바랍니다. 이 나라 최고의 도덕성을 대도시에서 찾지는 않잖아요. 종파를 막론하고 덕망 있는 인물들의 선행이 가장 빛을 발하는 곳은 대도시가 아니지요. 목사의 영향력이 가장 여실히 드러나는 곳 또한 결코 대도시가 아니

* 스코틀랜드 성직자이자 수사학자인 휴 블레어(Hugh Blair, 1718~1800)의 설교집은 당시 베스트셀러였고, 직접 설교문을 쓰는 대신 이 설교집을 활용하는 목사들도 있었다고 한다.

고요. 사람들은 훌륭한 설교자를 따르고 칭송하지요. 그렇지만 좋은 성직자가 교구와 이웃에 유용한 존재인 것은 훌륭한 설교 때문만은 아닙니다. 물론 사람들이 성직자의 개인적 인품을 알 수 있고 평소 품행을 지켜볼 수 있는 작은 규모의 교구 이야기지만요. 런던에서는 그런 일이 거의 없죠. 교구민이 너무 많아 성직자는 눈에 띄지도 않으니까요. 그러니 사람들은 대개 성직자를 오로지 설교자로만 알게 되지요. 그리고 성직자가 일반 예의범절에 영향을 미친다고 했지만, 부디 오해하지는 마십시오. 성직자가 훌륭한 교육을 주관하거나 세련된 예의를 단속하거나 세속적 예법에 통달한 사람이라는 의미는 아닙니다. 제가 말하는 예의범절은 어쩌면 행신(行身)이라고 하는 편이 맞을 것 같습니다. 올바른 원칙, 종교적 가르침을 준수할 때 자연스럽게 따라오는 바른 행실 말입니다. 간단히 말해, 성직자는 바로 이런 가르침을 전하고 권장할 의무가 있는 겁니다. 그리고 성직자가 본분을 지키느냐 안 지키느냐에 따라 일반 사람들이 달라지는 모습은 어디서나 볼 수 있다고 믿습니다."

"그럼요." 패니가 조용히 진심으로 말했다.

"저런." 크로퍼드 양이 외쳤다. "프라이스 양은 벌써 완전히 설득당했네요."

"크로퍼드 양도 설득할 수 있다면 좋겠습니다만."

"그런 일은 절대 없을 것 같은데요." 장난기 어린 미소를 비치며 그녀가 말했다. "성직자가 되려 하신다니, 처음 들었을 때나 지금이나 놀라운 건 매한가지인걸요. 얼마든지 더 나은 일을 할 분이 말예요. 그러지 말고 생각을 바꾸세요. 지금도 안 늦었으니. 법조계로 나가세요."

"법조계로 나가라고요! 그런 말을 이 숲으로 가자고 하실 때처럼 아주 쉽게 하시는군요."

"이제는 방치림이라면 법조계가 더 황량한 방치림이라고 말하시겠네요. 그렇지만 제가 이미 말해 버렸으니 어쩌죠? 저한테 선수를 뺏겼다는 거 잊지 마세요."

"제 입에서 재치 있는 말이라도 나올까 봐 미리 막고 나설 요량이라면 서두르실 것 없습니다. 그런 쪽으로는 영 소질이 없어서요. 그저 무미건조하고 직설적인 말밖에 하지 못하니, 설령 삼십 분을 주신다 해도 재치 있는 응수 하나 제대로 생각해 내지 못할 위인입니다."

이 말에 침묵이 이어졌다. 세 사람은 저마다 생각에 잠겼다. 패니가 제일 먼저 침묵을 깼다. "이렇게 상쾌한 숲에서 산책한 것밖에 없는데 이상하게 피곤하네요. 두 분만 괜찮으면 다음 번 벤치에 잠깐 앉았다 갔으면 해요."

"이런, 패니." 즉시 패니에게 팔을 내어 주면서 에드먼드가 외쳤다. "내가 너무 생각이 없었구나! 많이 피곤하지는 않아야 할 텐데." 크로퍼드 양을 돌아보며, "또 한 분의 동반자께서도 팔짱을 끼는 영예를 베풀어 주시지요."

"감사합니다만, 전 하나도 피곤하지가 않은걸요." 이렇게 말하면서도 그녀는 그의 팔을 잡았고, 그는 그녀의 이런 태도와 처음 느끼는 친밀감에 감격한 나머지 패니의 존재를 잠시 잊었다. "붙잡는 것 같지도 않은데요." 그는 말했다. "도움드릴 기회를 안 주시는군요. 여자와 남자는 팔의 무게가 정말 다르네요! 옥스퍼드에 있을 때 거리를 걷는 내내 남자한테 팔을 빌려줘야 했던 적도 많습니다만, 그에 비하면 이번엔 나비 한 마리가 앉았나 싶네요."

"정말 피곤하지가 않아요. 저도 이상할 정도예요. 이 숲을 적어도 1마일은 걸었을 텐데 말예요. 그 정도는 걸었죠?"

"반 마일도 안 됩니다." 이것이 그의 꿋꿋한 대답이었으니, 아직은 여자처럼 마음대로 거리나 시간을 늘리고 줄일 만큼 사랑에 빠진 것은 아니었다.

"어머! 이리저리 한참 돌아서 온 것도 감안하셔야죠. 우리가 온 길은 굴곡이 매우 심했고요, 그리고 이 숲만 해도 직선거리로 반 마일은 될걸요. 첫 번째 큰길에서 벗어난 뒤로는 한 번도 숲의 끝을 보지 못했잖아요."

"글쎄요, 기억하실지 모르겠지만, 그 첫 번째 큰길에서 벗어나기 전에 저 앞에서 숲이 끝나는 것을 보았는데요. 전경이 다 내려다보이고 끝에 철문이 있지 않았습니까? 그런 것을 보면 이 숲은 기껏해야 1펄롱*밖에 안 될 겁니다."

"아이! 펄롱이니 그런 걸 제가 어찌 알겠어요. 하지만 아주 긴 숲이라는 것은 확실히 알아요. 게다가 숲에 들어온 후로 줄곧 굽이진 길을 걸었잖아요. 그러니 숲속에서 1마일은 걸었다고 한 것도 제 딴에는 신중하게 줄여서 말한 건데요."

"숲에 들어온 것은 정확히 십오 분 전입니다." 에드먼드

* 길이의 단위로 8분의 1마일 혹은 약 200미터.

가 시계를 꺼내며 말했다. "우리 걸음이 시속 4마일이나 됐을까요?"

"어머! 시계까지 동원해서 공격하진 마세요. 시계라는 건 언제나 너무 빠르거나 너무 느리잖아요. 저는 시계 같은 데 좌우되지 않아요."

몇 걸음 더 가자 방금 말했던 그 길 밑의 기스락이 나왔다. 그리고 좀 안쪽으로 그늘이 좋고 아늑한 자리에 넉넉한 크기의 벤치가 하나 놓여 있었다. 벤치에서는 해자식 울타리* 너머로 파크가 내려다보였다. 모두 벤치에 앉았다.

"많이 피곤하겠다, 패니." 패니의 안색을 살피며 에드먼드가 말했다. "진작 말하지 그랬어? 무리하다가 탈진이라도 하면, 너 오늘 하루를 망치게 되잖아. 사촌은 운동을 하면 금방 지치거든요, 크로퍼드 양, 승마만 빼고요."

"아니, 그런데도 제가 지난주 내내 말을 독차지하도록 내버려 두시다니, 정말 잘못하셨네요! 우리 두 사람 다 참 부끄럽네요. 하지만 다시는 그런 일 없을 거예요."

"이렇게 신경을 쓰고 배려해 주시니 제 무심함을 더 자책하게 됩니다. 저보다 크로퍼드 양이 더 패니의 편의를 잘 살펴 주실 것 같군요."

"그렇지만 프라이스 양이 지금 이렇게 피곤해하는 건 전혀 놀랍지 않아요. 의무란 게 원래 피곤한 법이지만 오늘 우리가 한 일만 하겠어요? 드넓은 저택을 구경한답시고 이 방 저

* 전망을 가리지 않기 위해 도랑을 파서 만든 울타리.

방 돌아다니며 눈과 신경을 혹사하고, 무슨 소리인지 알아듣기도 힘든 이야기를 열심히 들어 주고, 마음에도 없는 칭찬을 늘어놓아야 했잖아요. 이게 세상에서 가장 지겹고 피곤한 짓이라는 건 다들 인정하는 사실이고, 프라이스 양도 아까는 미처 몰랐지만 피곤했던 거지요."

"금방 좋아질 거예요." 패니가 말했다. "화창한 날에 그늘에 앉아 신록을 바라보는 건 완벽한 휴식이에요. 금방 기운이 나지요."

잠시 앉아 있다가 크로퍼드 양이 다시 일어났다. "아무래도 좀 움직여야겠어요." 그녀가 말했다. "전 가만히 있으면 더 피곤해지거든요. 이미 해자 건너편은 지루할 만큼 봤고요. 같은 풍경이라도 저기 철문 사이로 한번 봐야겠어요. 여기서처럼 잘 보이지는 않겠지만요."

에드먼드도 같이 자리를 떴다. "거봐요, 크로퍼드 양, 저 길을 올려다보면, 반 마일, 아니 반에 반 마일도 안 된다는 것을 직접 확인할 수 있을 겁니다."

"엄청난 거리인데요." 그녀가 말했다. "제 눈에는 그렇게 보이는데요."

그가 꿋꿋이 논리적으로 설득해 봤지만 소용이 없었다. 그녀는 계산도 비교도 할 생각이 없었다. 오로지 웃음 띤 얼굴로 자기 주장을 고집할 뿐이었다. 아무리 합리적이고 일관된 그 어떤 태도도 이만큼 매력적이지는 않았을 것이고, 두 사람은 피차 흐뭇한 마음으로 이야기를 나누었다. 결국 좀 더 걸으며 숲의 크기를 따져 보자는 합의가 이루어졌다. 지금 서 있는 방향으로 한쪽 끝까지 갔다가 (해자식 울타리 옆으로 난 큰길 밑을 따라 푸른 산책로가 곧게 이어졌다.) 필요하면 다른 방향으로도 좀 돌아가 보고, 몇 분 있다 돌아오기로 했다. 패니는 이제 충분히 쉬었다면서 함께 움직이려고 했으나, 받아들여지지 않았다. 에드먼드가 그대로 있으라고 진심으로 권하는 바람에 거역할 수가 없었고, 벤치에 혼자 남은 패니는 사촌 오빠의 배려를 즐겁게 마음에 새기면서도 더 튼튼하지 못한 자신이 더없이 안타까웠다. 그녀는 두 사람이 모퉁이를 돌 때까지 눈을 떼지 않고 목소리가 전혀 들리지 않을 때까지 귀를 기울였다.

IO

십오 분이 지나고 이십 분이 지나도록 패니는 누구의 방해도 받지 않고 에드먼드와 크로퍼드 양, 그리고 자기 자신에 대한 생각에 잠겨 있었다. 그러다 문득 그렇게 오래 혼자 있었다는 사실에 놀라며, 혹시 두 사람의 인기척이 들릴까 싶어 초조하게 귀를 기울이기 시작했다. 그녀는 계속 귀 기울였고, 마침내 소리가 들렸다. 다가오는 사람의 목소리와 발소리가 들렸다. 그렇지만 기다리던 사람들이 아니라는 것을 알아차리는 순간, 버트럼 양과 러시워스 씨, 크로퍼드 씨가 아까 그녀가 걸어왔던 바로 그 길로 다가와 앞에 섰다.

"프라이스 양이 혼자 있네요!", "아니 패니, 어떻게 된 일이니?"가 그들의 첫 인사였다. 패니는 사정을 설명했다. "가엾은 패니." 사촌 언니가 외쳤다. "어떻게 너한테 이럴 수 있니! 이럴 줄 알았으면 그냥 우리랑 남아 있을걸 그랬네."

그러더니 그녀는 양쪽에 신사를 거느리고 벤치에 앉아서는 하던 대화를 다시 시작하며 개량 작업에 대해 활발하게 의견을 냈다. 정해지는 것은 없었지만, 헨리 크로퍼드는 구상과 계획이 풍부해서, 대체로 그가 제안을 하면 버트럼 양이 먼저, 그리고 이어서 러시워스 씨가 즉각 찬성을 하는 형국이었다.

러시워스 씨의 주된 임무는 남의 말을 경청하는 데 있는지, 그는 두 사람도 자기 친구 스미스의 집을 보았더라면 좋았겠다는 바람을 피력할 뿐 독자적인 의견을 내놓는 모험은 거의 하지 않았다.

이렇게 몇 분이 흐른 후 버트럼 양이 철문을 발견하고는 더 포괄적으로 파악하고 계획하려면 철문을 통해 파크로 들어가 보는 게 좋겠다고 말했다. 헨리 크로퍼드의 생각에도 그거야말로 바라 마지않는 일이며 보람찬 탐사를 할 최선의, 아니 유일한 방식이었다. 그리고 그는 채 반 마일 거리도 안 되는 작은 둔덕을 금방 찾아내더니 반드시 저 위에서 저택을 봐 둬야 한다고 말했다. 그러니 저 둔덕으로 가야만 하고, 그러자면 저 문을 통과해야 하는데, 그러나 문에는 자물쇠가 채워져 있었다. 러시워스 씨는 열쇠를 가져올걸 그랬다며 아쉬워했다. 그러면서 실은 열쇠를 들고 갈까 하는 생각도 얼핏 떠오르긴 했었다며, 앞으로는 반드시 열쇠를 가지고 다니겠다고 말했지만, 그런다고 당장의 문제가 해결되는 것은 아니었다. 여전히 문은 통과할 수 없고, 저리로 가 보고 싶다는 버트럼 양의 소망은 누그러들 기미가 전혀 없었으니, 결국은 러시워스 씨가 얼른 가서 열쇠를 가져오겠다고 선언하고야 말았다. 그리고 그는 출발했다.

"이미 집에서 이렇게 멀리 왔으니, 이것이 지금 우리가 할 수 있는 최선입니다." 그가 자리를 뜨자 크로퍼드 씨가 말했다.

"그럼요, 달리 할 것도 없잖아요. 그나저나 솔직히 말해 이곳이 전체적으로 기대한 것만큼은 아니지 않나요?"

"아니요, 천만에요. 기대한 것보다 나은데요. 더 웅장하고 나름대로 더 완벽하고요. 물론 최상의 양식은 아닙니다만. 그리고 사실을 말씀드리면 (목소리를 낮추며) 지금 이 순간처럼 즐거운 마음으로 소더턴을 다시 볼 날이 있을지 모르겠습니다. 내년 여름에 다시 온들 제 눈에는 더 나아 보이지 않을 것 같군요."

잠시 당황하던 아가씨가 말을 받았다. "세상 물정에 밝은 분이 세상의 눈으로 보지 않을 리가 있겠어요. 다들 소더턴이 나아졌다고 생각한다면, 틀림없이 크로퍼드 씨도 그렇게 생각하시겠죠."

"제가 정말 그렇다면 좋겠지만 어떤 면에선 실은 못 미쳐서 유감인걸요. 세상 물정에 밝은 사람들은 보통 다르던데, 전 한번 품은 마음이 쉽게 바뀌거나 지나간 일을 쉽게 잊어버리지 못하니까요."

이 말에 짧은 침묵이 이어졌다. 버트럼 양이 다시 입을 열었다. "오늘 아침 여기로 내려올 때는 굉장히 즐거워 보이시던데요. 그렇게 즐거워하시는 모습을 보니 저도 기뻤어요. 줄리아하고 내내 웃음이 끊어지질 않았잖아요."

"그랬나요? 예, 그랬네요. 하지만 무슨 일로 그렇게 웃었는지 영 기억이 안 나는군요. 아! 저희 숙부 댁에 아일랜드 태생의 마부 영감이 있는데, 그 영감과 얽힌 우스개 이야기를 하던 중이었을 거예요. 동생분이 워낙 웃음이 많아서요."

"동생이 저보다 훨씬 밝은 성격이라고 생각하시나 봐요."

"더 잘 웃는 것은 분명하더군요. 그러니 길동무로는 (미소를 지으며) 더 좋지요. 버트럼 양하고야 10마일이나 되는 길을 아일랜드 일화 하나로 버틸 수 있으리라고는 기대하지 못했겠지요."

"저도 천성은 줄리아 못지않게 명랑한 편일걸요. 그냥 요즘은 생각할 일이 많아서요."

"그러시겠지요. 쾌활한 것도 지나치면 지각 없어 보일 때도 있고요. 하지만 그야말로 앞날이 창창한 분인데 기운 없을 이유가 없지요. 눈앞에 밝은 정경이 펼쳐져 있지 않습니까?"

"문자 그대로요, 아니면 비유적으로요? 문자 그대로로 받아들일게요. 네, 확실히 햇살이 환하고 파크도 아주 상쾌해 보이네요. 하지만 불행히도 저 철문, 저 해자 울타리는 제게 구속과 고난의 느낌을 주네요. 그 찌르레기가 노래한 것처럼, 나갈 수가 없잖아요."* 심각한 표정으로 이렇게 말하면서 그녀는 철문 쪽으로 갔다. 그도 그녀의 뒤를 따랐다. "열쇠를 가지러 간 러시워스 씨가 왜 이렇게 오래 걸리죠!"

"무슨 일이 있어도 열쇠 없이는, 러시워스 씨의 권위와 보호 없이는 나가실 생각이 없겠지요. 그런 게 아니라면 여기 철문 가장자리로 어렵지 않게 빠져나갈 수 있겠는데요. 제가 조금만 도와드리면요. 정말로 좀 더 자유롭게 돌아다니고 싶으시다면, 그리고 해서는 안 될 일은 아니라고 마음만 먹으신다면, 얼마든지 가능할 것 같은데요."

"해서는 안 된다뇨! 무슨 말씀이세요! 저리 나가는 거야

* 로런스 스턴(Laurence Sterne, 1713~1768)의 소설 『감성 여행』에 나오는, 새장에 갇혀 "나갈 수가 없네, 나갈 수가 없네."라는 말을 되풀이하는 찌르레기에 대한 언급이다.

제 마음이고, 그렇게 할래요. 러시워스 씨도 금방 돌아올 거잖아요. 우리가 눈에 안 보이는 곳으로 갈 것도 아니고요."

"혹시 그리된다면 프라이스 양이 전해 주실 겁니다. 저 둔덕 근처, 그러니까 둔덕 위 참나무 숲 근처에 있을 거라고요."

패니는 잘못된 행동이라 여겨져 말릴 수밖에 없었다. "다치면 어쩌려고, 언니." 그녀는 외쳤다. "저 담장 못에 찔릴 텐데⋯⋯ 옷이 찢어질 수도 있고 자칫하면 해자에 빠질지도 모르잖아. 가지 마, 언니."

그러나 이렇게 말하는 사이 사촌 언니는 이미 반대편으로 무사히 내려서서는 의기양양하게 웃으며 말했다. "고맙다, 패니. 하지만 나도 내 옷도 다 무사하네. 그럼 나중에 봐."

패니는 다시 혼자 남았는데, 기분이 영 좋아지지 않았다. 방금 목격한 일들이 거의 다 마음에 걸렸고, 버트럼 양의 행동에 놀라고 크로퍼드 씨한테 화가 났다. 그들은, 패니가 보기에는 둔덕으로 간다면서 왜 저리 가나 싶게 빙 돌아가는 길로 접어들어 금방 시야에서 사라졌다. 그리고 얼마 동안 사람의 기척이라곤 보이지도 들리지도 않았다. 이 작은 숲에 혼자뿐인 것만 같았다. 에드먼드가 자신을 까맣게 잊을 리는 없다고 생각했으니 망정이지, 에드먼드와 크로퍼드 양이 숲 밖으로 나가 버렸다고 여겨질 정도였다.

갑작스러운 인기척에 패니는 우울한 상념에서 다시 깨어났는데, 누군가 빠른 걸음으로 큰길을 내려오고 있었다. 러시워스 씨인가 했는데, 줄리아였다. 숨을 헐떡이며 상기된 얼굴로 나타난 줄리아는 패니를 보더니 실망한 표정으로 외쳤다.

"뭐야! 다들 어디 갔어? 마리아 언니와 크로퍼드 씨는 너하고 같이 있는 줄 알았는데."

패니가 자초지종을 설명했다.

"세상에나, 잘도 빠져나갔네! 그나저나 아무리 봐도 안 보이잖아." 줄리아가 파크를 열심히 들여다보며 말했다. "하지만 그리 멀리 가진 못했을 거야. 마리아 언니도 해낸 일을 나라고 못하겠어? 누가 도와주지 않아도 얼마든지 할 수 있다고."

"그래도 언니, 러시워스 씨가 금방 열쇠를 가지고 오실 거야. 그러니 그때까지만 기다려 봐."

"아이고, 난 싫다. 이 집 식구라면 이미 충분히 만났으니 오늘은 그만 사양할래. 그 지긋지긋한 마나님한테서 이제야 간신히 빠져나왔는데. 네가 이렇게 무사태평으로 앉아 있는 동안 내가 얼마나 고역을 겪었는지 알아? 네가 나 대신 있었다면 좋았잖아. 넌 이런 곤욕스러운 일에선 언제나 잘도 빠져나가더라."

너무나 터무니없는 비난이었지만 패니는 가만히 듣고 넘겼다. 지금 줄리아가 잔뜩 약이 오른 데다 원체 성질이 급해서 저러지, 오래가지는 않을 거라고 생각한 패니는 아무 내색 없이 러시워스 씨를 못 봤느냐고만 물었다.

"봤지, 우리하고 마주쳤거든. 무슨 죽고 사는 일처럼 어찌나 서두르는지. 무슨 일 때문에 그러는지 너희가 어디 있는지만 전해 주고 그냥 달려가더라니까."

"그렇게 애를 쓰셨는데 이제 헛수고가 되었으니 어떡하면 좋아."

"그거야 마리아 양께서 걱정할 일이고. 언니가 지은 죄로 나까지 나서서 벌 받을 생각은 없어. 골치 아픈 이모가 하녀장하고 노닥거리는 바람에 마나님한테서는 빠져나오지 못했지만, 그 아드님만큼은 피할 수 있을 때 얼른 피해야지."

그러면서 줄리아는 곧장 울타리를 타고 넘어가더니, 크로퍼드 양과 에드먼드를 못 봤느냐는 패니의 마지막 질문은 들은 척도 안 한 채 멀어져 갔다. 이제 패니는 러시워스 씨 얼굴을 볼 걱정에 아직도 돌아오지 않는 다른 두 사람 생각마저 뒷전으로 밀릴 정도였다. 이건 러시워스 씨한테 너무 부당한 대접이라는 생각이 들었고, 어떤 일이 있었는지 전할 생각을 하니 마음이 아주 무거웠다. 줄리아가 자리를 뜨고 오 분도 안 되어 그가 도착했다. 패니가 가급적 좋게 설명을 했지만, 그는 적잖이 불쾌하고 치욕스러운 모양이었다. 처음에는 거의 입을 다문 채 굉장히 놀라고 불쾌한 심기를 표정으로 드러냈다. 그는 철문으로 가더니 어찌 해야 할지 모르겠는지 멍하니 서 있었다.

"저한테 여기 있으라고 했어요. 저기 둔덕이나 그 근처로 오시면 거기 있을 거라고 마리아 언니가 전해 달랬어요."

"더 움직일 생각은 없습니다." 그가 퉁명스럽게 말했다. "어디 있는지 보이지도 않는데요. 둔덕에 가 봐야 벌써 다른 데로 갔을 겁니다. 걷는 건 이미 충분히 했고요."

그리고 매우 우울한 얼굴로 패니 옆에 와 앉았다.

"저도 참 안타까워요." 그녀가 말했다. "공교롭게 일이 이렇게 됐네요." 그러는 그녀도 더 위로가 될 이야기를 할 수 있었으면 싶었다.

잠시 침묵을 지키던 그가 "내가 올 때까지 기다릴 수도 있었을 텐데요." 하고 말했다.

"뒤따라오실 줄 알았겠지요."

"기다려 줬다면 뒤따라갈 필요도 없겠지요."

이는 부인할 수 없는 사실인지라 패니도 할 말이 없었다. 다시 침묵이 흐른 후 그가 말을 이었다. "그런데 프라이스 양, 프라이스 양도 다른 분들처럼 크로퍼드 씨라는 사람의 열렬한 숭배자인가요? 내 눈에는 영 신통치 않아 보이던데."

"그렇게 잘생겼다고는 생각하지 않아요."

"잘생겨요! 그렇게 왜소한 남자를 누가 잘생겼다고 하겠습니까? 키도 5피트 9인치*도 안 될걸요. 5피트 8인치밖에 안 된다고 해도 놀랄 것도 없고요. 오히려 못생긴 축이지요. 내 생각에 이 크로퍼드 남매는 아무 보탬이 안 되는 사람들이에요. 그 사람들 없이도 우린 아주 잘 지냈잖습니까."

이 대목에서 패니는 나지막한 한숨이 절로 나왔고, 뭐라고 반박할 말이 없었다.

"열쇠를 가지러 가면서 내가 조금이라도 싫은 내색을 했다면, 그나마 변명거리가 얼마간 있겠지요. 그렇지만 난 버트럼 양의 입에서 열쇠가 있었으면 좋겠다는 말이 떨어지기가 무섭게 곧바로 달려갔잖아요."

"그럼요, 그 이상 어떻게 하시겠어요. 그리고 최대한 빠른

* 약 1미터 75센티미터.

걸음으로 다녀오셨을 테고요. 하지만 그래도 꽤 먼 거리잖아요? 여기서 집에까지, 아니 집 안에까지 들렀다 오려면요. 기다리는 편에서는 보통 시간을 착각하게 되잖아요. 일 분이 십 분처럼 느껴지니까요."

그는 자리에서 일어나 다시 철문 쪽으로 가더니 '애당초 열쇠를 들고 왔으면 아무 일 없었을 거다.'라고 했다. 패니는 서 있는 그의 모습에서 얼마간 화가 풀어진 기색을 읽고 다시 시도해 볼 용기가 났다. "가 볼 생각이 없으시다니 유감이네요. 두 분은 파크 저쪽에서 보면 저택이 더 잘 보일 거라고 생각했고, 지금쯤 저택을 어떻게 개조할까 궁리하고 있을 텐데요. 그렇지만 러시워스 씨 없이는 아무것도 결정할 수가 없을 거예요."

패니는 자기가 사람을 곁에 붙잡아 두기보다는 떠나보내는 데 능하다는 것을 깨달았다. 그녀의 말에 러시워스 씨의 마음이 움직인 것이다. "글쎄요." 그가 말했다. "정말 내가 가 보는 게 좋겠다고 생각하신다면 한번 가 봐야겠군요. 기껏 열쇠를 가져왔는데 그냥 있는 것도 우습고요." 그러고는 자물쇠를 열고 들어가더니 인사치레도 없이 훌쩍 사라졌다.

이제 패니의 머릿속에는 자기를 혼자 두고 아직까지 돌아오지 않는 두 사람 생각뿐이었고, 초조해진 나머지 그들을 찾아보기로 했다. 그들이 간 쪽으로 길을 따라 얼마간 내려가다가 다른 길로 막 접어들었을 때, 웃고 떠드는 크로퍼드 양의 목소리가 다시 들려왔다. 소리는 점점 가까워졌고, 두어 번 모퉁이를 돌자 바로 앞에까지 다가왔다. 두 사람은 막 파크에서 방치림으로 돌아온 참이었다. 패니와 헤어지고 얼마 안 돼서 열려 있는 쪽문의 유혹에 넘어가 파크로 나갔다가, 파크 한쪽을 가로질러 패니가 오전 내내 그토록 가 보고 싶어 했던 그 가로수 길로 가서 나무 밑에 앉았다 온 것이다. 그들이 전해 준 전후 사정은 이러했다. 그들은 시간이 얼마나 지났는지도 모르고 굉장히 즐거운 시간을 보낸 게 분명했다. 그나마 패니에게 위로가 된 것은 에드먼드가 패니도 함께 왔으면 좋았겠다고 대단히 아쉬워했으며 패니가 벌써 지친 상태만 아니었다면 틀림없이 데리러 왔으리라는 사실이었다. 그러나 몇 분 있다가 돌아오겠다고 해 놓고는 한 시간씩이나 혼자 둔 에드먼드에 대한 야속함이 가라앉지는 않았고, 그렇게 긴 시간 동안 둘이서 나누었을 이야기가 궁금하지 않은 것도 아니었다. 이제 그만 저택으로 돌아가기로 했을 때 돌아갈 채비를 하는 패니의 마음에는 모든 게 실망스럽고 우울하기만 했다.

테라스식 산책로로 올라가는 계단 밑에 이르자 저 위에 러시워스 부인과 노리스 부인의 모습이 보였다. 두 부인은 집을 나선 지 한 시간 반이 되어서야 방치림 구경을 하려는 참이었다. 노리스 부인이 이런저런 용무로 더 빨리 움직이지 못한 것이다. 일이 꼬이는 바람에 조카딸들은 제대로 즐기지 못했을지 몰라도, 부인한테는 더할 나위 없이 즐거운 시간이었다. 꿩을 두고 하녀장과 한참 칭찬을 주고받던 끝에 하녀장은 부인을 낙농장으로 데려가 암소들에 대해 자세히 이야기해 주고 유명한 크림치즈 제조법도 알려 주었다. 그리고 줄리아가 떠난 다음 정원사와 우연히 부딪친 것도 보람이 있었으니, 정원사의 손자가 아프다는 이야기를 들은 부인은 정원사가 병명을 잘못 안 것이지 실은 학질에 걸린 거라고 확실히 알려 주고, 학질에 잘 듣는 부적을 보내 주마 약속했다. 정원사는 그 보답으로 자신이 가장 아끼는 묘목들을 보여 주고 대단히 희귀한 히스* 모종까지 선물로 주었다.

아무튼 이렇게 마주친 그들은 다 함께 저택으로 돌아가 나머지 사람들이 돌아오고 정찬이 준비될 때까지 소파에 앉아 담소를 나누거나 《쿼털리 리뷰》**를 읽으면서 각자 내키는 대로 한가로운 시간을 보냈다. 한참 후 버트럼 자매와 두 신사가 돌아왔는데, 모두에게 즐거웠던 산책은 아니었던 듯했고, 그 날의 목적과 관련해서도 이렇다 할 성과를 거두지 못한 듯 보였다. 본인들 말로는 서로 찾아다니느라 시간을 허비했고 결국 간신히 만나기는 했지만, 너무 늦어진 바람에 어디를 어떻게 고칠지 결정하지 못했다고 했는데, 패니가 보기에는 다시 화해하지도 못한 것 같았다. 그녀는 줄리아와 러시워스 씨를 보면서 실망을 안고 있는 사람이 자기만은 아니구나 하고 생각했다. 두 사람의 얼굴은 그늘져 있었다. 이에 비해 크로퍼드 씨와 버트럼 양은 훨씬 명랑했고, 패니 생각에는 크로퍼드 씨가 정찬 내내 다른 두 사람의 화를 가라앉히고 좌중의 분위기를 즐겁게 되살리려고 무척이나 애를 쓰는 것 같았다.

정찬이 끝나고 곧바로 차와 커피가 나왔다. 10마일 길을

---

* 진달래과의 관목.

** 진보적인 《에든버러 리뷰》에 맞서 보수파 대항지로 창간된 문예 정치 계간지(1809~1967).

노리스 부인이 정원사에게 학질에 대해 알려 주고,
학질에 잘 듣는 부적을 보내 주마 약속했다.

돌아가야 하니 한시도 낭비할 여유가 없었고, 그래서 식탁에 앉을 때부터 마차가 문간에 대령할 때까지 소소한 일들이 신속하고 분주하게 이어졌다. 노리스 부인은 수선을 떨면서 하녀장한테서 꿩 알 몇 개와 크림치즈를 얻어 낸 후 러시워스 부인에게 무수한 치하를 하고는 앞장서 자리를 뜨려고 했다. 그때 크로퍼드 씨가 줄리아에게 다가가 말을 건넸다. "바깥 좌석에서 밤공기에 노출되는 게 두렵지 않다면, 갈 때도 제 길벗을 해 주시기 바랍니다." 뜻밖의 요청이었지만 대단히 보기 좋게 수락되었고, 줄리아의 하루는 출발할 때와 거의 진배없이 근사하게 마무리될 모양이었다. 버트럼 양은 달리 작정한 바가 있었던지라 좀 실망했지만, 크로퍼드 씨가 실제로 좋아하는 사람은 바로 자기라는 믿음으로 마음을 달래며 러시워스 씨의 배웅을 품위 있게 받아들일 수 있었다. 러시워스 씨야 그녀를 마부석에 태워 보내는 것보다는 마차 안에 앉는 걸 도와주는 편이 훨씬 좋았을 테고, 실제로 이렇게 자리가 배치되니 마음이 놓이는 모양이었다.

"세상에, 패니, 너 오늘 정말 근사한 날이었겠다!" 파크를 뚫고 달릴 때 노리스 부인이 말했다. "처음부터 끝까지 즐거운 일뿐이었잖아! 너도 함께 올 수 있게 묘책을 마련해 준 버트럼 이모와 나한테 각별히 고마워해야 한다. 덕분에 정말 재미있는 하루를 보냈으니 말이다!"

그러자 가뜩이나 심기가 불편했던 마리아가 바로 되받았다. "이모야말로 근사한 하루였던 것 같은데요. 이모 무릎 위에 온갖 근사한 물건이 잔뜩 있네요. 여기 우리 둘 사이에도 뭔지 모르지만 바구니가 놓여 있는데, 자꾸 팔꿈치를 쳐서 아파 죽겠어요."

"얘야, 그건 조그맣고 아름다운 히스 모종일 뿐이야. 친절한 정원사 영감이 자꾸만 가져가라고 해서. 하지만 거추장스럽다면 당장 내 무릎에다 놓으마. 거기 패니야, 대신 네가 저 꾸러미 좀 안고 가렴. 단단히 간수해라. 떨어뜨리지 말고. 크림치즈란다. 정찬 때 나온 그 근사한 크림치즈하고 똑같은 거야. 그 착한 휘터커 부인이 꼭 한 덩이 들려 보내야만 마음이 편하겠다지 뭐냐. 끝까지 사양했다만, 그랬다간 그 사람 눈에서 눈물을 보게 생겼더라고. 게다가 그런 치즈를 갖다 주면 네 엄마가 얼마나 좋아하겠니. 휘터커 부인은 참 보배 같은 사람이야! 하인 식탁에도 포도주가 나오느냐고 물었더니 펄쩍 뛰더라고. 흰 가운을 입었다고 하녀 둘을 돌려보낸 적도 있대. 치즈 잘 간수해라, 패니. 다른 꾸러미와 바구니는 내가 잘 지킬 테니."

"또 뭘 챙기셨는데요?" 소더턴의 칭찬에 기분이 얼추 풀어진 마리아가 물었다.

"챙기다니, 얘야! 고작해야 근사한 꿩 알 네 알뿐인걸. 휘터커 부인이 막무가내로 떠안기더라고. 아무리 싫다고 해도 들은 척도 안 하는 거야. 내가 혈혈단신이라는 걸 알고는, 이런 살아 있는 것들이 몇 마리 있으면 훌륭한 소일거리가 될 거라고. 말이야 맞는 말이지. 낙농장 하녀한테 시켜서 남아도는 암탉이 생기는 대로 이 알들을 품게 했다가 혹시 부화라도 되면 우리 집으로 옮기고 둥우리를 빌려 와야겠다. 혼자 있을 때 꿩을 돌보며 쓸쓸함을 달랠 수 있을 거야. 그리고 혹시 잘 되면,

네 어머니한테도 몇 마리 나누어 주고."

선선하고 고요한, 아름다운 저녁이었다. 평온한 자연 덕분에 마차를 타고 돌아가는 길은 마냥 쾌적했다. 그러나 노리스 부인이 입을 다물자 마차 안에는 돌아가는 내내 정적이 흘렀다. 다들 지친 데다, 거의 모두 그날 하루 즐거움이 더 컸는지 괴로움이 더 컸는지 곰곰 헤아려 보는 데 골몰한 듯했다.

II

소더턴에서 보낸 하루는 이렇듯 완벽하지는 않았으나, 적어도 버트럼가의 두 딸에게는, 곧이어 안티과에서 맨스필드로 온 몇 통의 편지를 읽을 때에 비하면 훨씬 유쾌한 셈이었다. 아버지보다는 헨리 크로퍼드를 생각하는 편이 훨씬 즐거운데, 이 편지들로 인해 얼마 있으면 다시 영국으로 돌아올 아버지 생각을 안 할 수 없었으니, 그들로서는 전혀 달갑지 않은 일이었다.

토머스 경이 돌아오기로 한 그 암울한 달은 11월이었다. 토머스 경은 그때쯤에는 반드시 돌아갈 거라고 썼는데, 경험과 소망이 함께 반영된 판단이었다. 사업도 거의 마무리가 되었으니 9월에 출발하는 정기선을 타는 데 지장이 없을 것이고, 따라서 11월 초에는 사랑하는 가족과 다시 만나게 되리라 고대하고 있었다.

줄리아보다 마리아의 사정이 더 딱했다. 그녀에게 아버지의 귀국은 곧 남편이 생긴다는 것을 의미했으니, 누구보다 그녀의 행복을 바라는 아버지가 돌아오시면 그녀는 행복을 맡기기로 선택한 연인과 맺어질 것이었다. 생각만 해도 우울한 일이었다. 그녀가 할 수 있는 것은 이 일을 안개 속에 묻어 두고 안개가 걷히고 나면 뭔가 달라져 있기를 기대해 보는 것뿐이었다. 11월 초가 될 리는 없었다. 험한 항로든 뭐든 이유가 생겨 일정이 지연되는 게 다반사였다. 뻔히 보면서도 눈감아 버리거나 뻔히 알면서도 생각을 멈춰 버리는 사람들이 마음의 위안으로 삼는, 뭔가 운 좋은 일이 생겨서 말이다. 그러니 아버지의 귀국은 빨라도 11월 중순에나 될 터였고, 11월 중순이면 아직 석 달이나 남았는데, 석 달이면 열세 주고, 열세 주면 많은 일이 일어나고도 남을 시간이었다.

자신의 귀국 소식을 딸들이 어떻게 받아들였는지 그 절반만 알았어도 토머스 경은 깊은 마음의 상처를 입었을 것이고, 다른 젊은 숙녀가 자신의 귀국에 내심 관심을 갖고 있다는 사실을 알았더라도 별다른 위로가 되지 않았을 것이다. 크로퍼드 양은 오빠와 함께 맨스필드 파크에서 저녁 시간을 보내러 올라왔다가 이 기쁜 소식을 들었는데, 겉으로는 예의 이상의 관심은 없는 듯, 담담한 축하로 마음을 다 표현한 듯 행동했지만, 실은 끊임없는 관심을 가지고 소식에 귀를 기울였다. 노리스 부인이 세세한 편지 내용을 전하는 것으로 이 이야기는 마무리되었다. 그러나 차를 마신 후 크로퍼드 양은 에드먼드, 패니와 함께 열린 창가에 서서 황혼 녘의 풍경을 바라보고 있고, 한편 버트럼 자매, 러시워스 씨, 헨리 크로퍼드는 피아노 주변에 촛불을 밝히느라 분주히 돌아다니고 있던 중, 크로퍼드 양이 그들을 돌아보며 불쑥 이 이야기를 다시 꺼냈다. "러시워스 씨가 참 행복해 보이네요! 11월을 떠올리고 있나 봐요."

에드먼드도 러시워스 씨를 돌아보았지만 아무 말도 하지

피아노 주변에 사람들이 모여 있다.

않았다.

“아버님의 귀국은 대단히 흥미로운 사건이 되겠군요.”

“오랜만에 돌아오시는 것이니, 당연히 그렇겠지요. 기간만 긴 게 아니라 어려운 일도 많이 겪으셨으니까요.”

“아버님의 귀국을 필두로 다른 흥미로운 사건들도 이어지겠지요. 동생분은 결혼하고 당신은 성직 서품을 받고 말예요.”

“그렇겠지요.”

“이런 말을 한다고 언짢아하지는 마세요.” 그녀는 웃으며 말했다. “전 자꾸 옛날 이교도 영웅들이 떠오르네요. 이역 땅에서 대원정을 마치고 무사히 돌아와 신들에게 희생 제물을 바치는 영웅들 말예요.”

“이번엔 희생 제물은 없지요.” 에드먼드가 진지한 미소를 띠고 피아노 쪽을 슬쩍 쳐다보며 대답했다. “전적으로 마리아 스스로 선택한 일이니까요.”

“어머! 그럼요, 저도 알아요. 그저 농담이었어요. 젊은 아가씨라면 누구나 똑같이 했겠지요. 동생분은 틀림없이 아주 행복하게 살 거예요. 제가 말한 또 다른 희생 제물에 대해선 물론 이해를 못 하실 테고요.”

“다시 말씀드리지만 저의 성직 서품도 마리아의 결혼처럼 어디까지나 자발적으로 결정한 겁니다.”

“아드님의 성향과 아버님의 형편이 잘 맞아떨어져서 다행이네요. 아버님께서 아마도 이 근처에 아주 훌륭한 성직록을 아드님 몫으로 남겨 두셨겠죠.”

“제가 성직에 마음을 두게 된 것도 그 때문이라는 거군요.”

"그런 게 아니잖아요." 패니가 외쳤다.

"거들어 줘서 고맙다, 패니. 그렇지만 나로서는 그런 장담은 못 하겠다. 오히려 성직록이 보장되어 있다는 것을 알기 때문에 마음이 더 기울긴 했을 거야. 그렇다고 그게 잘못이라고는 생각하지 않습니다. 내키지 않는 마음을 억지로 돌린 것도 아니고, 일찌감치 풍족한 재산이 생길 거라는 걸 알고 있다고 좋은 목사가 되지 말라는 법도 없으니까요. 제 미래는 보장된 셈입니다. 그렇지만 그 영향으로 제가 그릇된 선택을 한 것은 아닐 겁니다. 아버지도 워낙 양심적인 분이니 그런 걸 용납하셨을 리 없고요. 제가 영향을 받은 것은 분명하지만, 그릇된 영향은 아니었다고 생각합니다."

"제독 아들이 해군에 입대하거나 장군 아들이 육군에 입대하는 거나 마찬가지죠." 잠시 침묵이 흐른 후 패니가 말했다. "아무도 그걸 가지고 잘못이라고 하지 않잖아요. 집에서 가장 잘 뒷받침해 줄 수 있는 길을 택한다고 이상하게 여기거나 그런 선택의 진정성을 의심하는 사람도 없고요."

"그럼요, 친애하는 프라이스 양, 그런데 그 경우에는 그만한 이유가 있지요. 해군이나 육군은 그 자체로 괜찮은 직업이니까요. 사람들이 좋아할 점을 고루 갖추고 있잖아요. 영웅심, 모험, 활달함, 멋진 옷차림 등 말예요. 사교계에서도 육군이나 해군은 받아 주죠. 그러니 육군이나 해군에 들어간다고 이상하게 여기는 사람이 없는 거예요."

"그렇지만 성직자로서 괜찮은 자리에 오를 게 확실한 상태에서 서품을 받는다면 동기가 의심스럽다는 말씀인가요?"

에드먼드가 말했다. "크로퍼드 양에게 인정을 받으려면, 성직록을 받을 가능성이 전적으로 불확실한 경우에만 서품을 받아야겠군요."

"뭐라고요! 성직록 보장도 없이 서품을 받는다고요! 말도 안 되지요, 그건 정말 말도 안 돼요. 완전히 정신 나간 짓이죠!"

"성직록 보장이 있으나 없으나 서품을 받아서는 안 된다면, 교회는 누구로 채울 거냐고 캐물어야 할까요? 아니, 그런 질문은 하지 않겠습니다. 하실 말씀이 궁할 테니까요. 하지만 크로퍼드 양의 주장에 따르더라도 목사한테도 얼마간 장점이 있다는 점은 인정하셔야 하지 않을까요? 육군이나 해군이라는 직업 선택에 매력이나 보상이 된다고 하신 그런 욕심들은 목사와는 상관이 없지 않습니까? 목사는 영웅심이나 요란함이나 멋진 옷차림하고는 애당초 담을 쌓았으니, 진지한 생각이나 좋은 뜻도 없이 성직을 택했다는 의심은 덜 받지 않겠습니까?"

"아! 물론 힘들게 일해서 올리는 소득보다 이미 보장된 소득을 선호한다는 점에서는 대단히 진지하지요. 매일 남는 시간을 모조리 그저 먹고 마시고 살찌는 데만 쏟아붓겠다는 최상의 결심도 했고요. 이건 한마디로 나태함이에요, 버트럼 씨. 나태하고 안일한 생활을 탐할 뿐, 아무런 갸륵한 야망도 없고, 훌륭한 교분을 알아보는 안목도, 좋게 보이려고 애쓸 의향도 없는 사람들, 이런 사람들이 목사가 되는 거예요. 목사가 하는 일이라고는 마음껏 빈둥거리면서 제 몸만 챙기는 거잖아요. 신문이나 읽고 날씨나 살펴보고 아내하고 말다툼이나 하면서요. 일은 모두 목사보가 해 주니, 일생의 사업이 정찬을 드는 것이지요."

"그런 목사도 물론 있습니다만, 그게 목사들의 일반적인 특성이라는 크로퍼드 양의 평가가 정당화될 만큼 흔하지는 않을 겁니다. 오히려 이런 포괄적이고 (죄송합니다만) 상투적인 비난이야말로, 크로퍼드 양 자신의 판단에서 나온 게 아니라 편견에 찬 사람들의 말만 계속 듣다 보니 그대로 믿게 된 게 아닐까요? 크로퍼드 양 스스로 본 것만으로는 교단에 대해 그렇게 많이 알 수는 없었을 테니까요. 목사들을 그렇게 단정적으로 비난하시지만, 개인적으로 만나 본 건 몇 사람 안 되겠죠. 숙부님 댁 식사 자리에서 들은 이야기를 하는 것 같은데요."

"저는 일반 여론이라고 생각되는 이야기를 한 거예요. 여론이 대체로 맞잖아요. 물론 목사들의 가정생활을 제 눈으로 직접 본 건 많지 않지만, 수많은 사람들의 목격담이니 정보 부족을 문제 삼을 수는 없지요."

"어떤 직업이든 교육받은 집단에 대해 무차별한 비난이 나올 때는 정보든 (미소를 지으며) 아니면 다른 뭐든 부족한 게 있는 법이지요. 숙부님과 동료 제독들께서는 군목들 말고는 아는 목사가 별로 없었을 겁니다. 그분들에게 군목이란, 훌륭하든 그렇지 않든, 언제나 눈앞에 안 보였으면 하는 존재였을 테고요."

"가엾은 윌리엄 오빠! 앤트워프 함의 군목께서는 오빠한테 아주 잘해 주셨다던데요." 이렇게 패니는 다정하게 자기 오빠를 불러들였는데, 지금 대화에는 뜬금없을지 몰라도 패니의 감정을 잘 담아낸 한마디였다.

"숙부님 말씀에 따라 제 의견을 정하는 습관 같은 건 별로 없는 저로서는 동의하기가 힘드네요." 크로퍼드 양이 말했다. "그리고 그렇게 심하게 몰아세우니 드리는 말씀인데, 저도 목사들의 실상을 목격할 기회가 전혀 없는 것은 아니에요. 지금만 해도 형부인 그랜트 박사님 댁에서 신세를 지고 있잖아요. 그랜트 박사님은 물론 아주 친절하고 자상하게 대해 주시고, 진짜 신사고, 굳이 말하자면 훌륭한 학자에 머리도 좋고 멋진 설교를 할 때도 많고 대단히 점잖은 분이지만, 그래도 제 눈에는 나태하고 자기 중심적인 미식가로 보이는 건 어쩔 수 없어요. 모든 음식을 당신 입맛에 맞추어야 하고, 다른 사람을 위해서는 손가락 하나 까딱하지 않고, 게다가 요리사가 실수라도 하는 날엔 그 훌륭한 아내를 들볶는답니다. 실은 오늘 저녁만 해도 새끼 거위 요리가 신통치 않다고 끝없이 불평을 늘어놓는 바람에 헨리 오빠하고 저는 바로 쫓겨나오다시피 한걸요. 가엾은 언니는 남아서 그 잔소리를 들어야 했지만요."

"이런, 목사라면 질색하실 만도 하네요. 그런 건 커다란 성격적 결함이지요. 게다가 제 몸만 챙기는 매우 그릇된 습관 때문에 더 악화된 모양입니다. 이런 일로 고생하는 언니를 봐야 하니 크로퍼드 양처럼 다감한 분의 입장에선 심히 괴로울 겁니다. 패니, 이건 우리가 불리한데. 그랜트 박사님을 변호해 드릴 수는 없겠는걸."

"그러네요." 패니가 대답했다. "하지만 그렇다고 해도 그 분이 가진 직업까지 탓할 필요는 없잖아요. 어떤 직업을 택했더라도 그분은 거기에…… 썩 좋지 않은 성격으로 임했을 테니까요. 해군이나 육군에 갔다면 훨씬 많은 사람을 휘하에 거느렸을 테니, 목사로 계시는 지금보다 더 많은 사람들을 힘들게 했을 테고요. 게다가 지금 그랜트 박사님이 고쳤으면 하는 점이 무엇인지 몰라도 더 활동적이고 세속적인 직업이었다면 더 심해졌을 공산이 크지요. 그런 직업에서는 시간도 더 없고 의무감도 덜했을 테니, 억지로라도 자신을 돌아볼 기회가 아주 없거나, 적어도 지금보다 적었을 거예요. 누구든, 특히 그랜트 박사님처럼 사리를 분별할 줄 아는 분이라면, 사람들에게 매주 도리를 가르치고 일요일마다 두 번씩 교회에 가서 그렇게 훌륭한 설교를 그렇게 훌륭하게 하시는데 자기 수양이 안 될 리 없잖아요. 그런 일을 하다 보면 성찰을 할 수밖에 없고, 전 박사님이 목사가 아닌 다른 직업을 가졌을 때보다 언행을 단속하려고 더욱 노력하고 계시리라 믿어요."

"반대 증거를 제시할 수는 없겠지요, 물론. 그렇지만 부디 프라이스 양은 자신의 설교에 힘입어서만 상냥해질 수 있는 사람의 아내가 되는 것보다는 더 나은 운명을 만나길 바랄게요. 일요일에는 설교 덕분에 기분 좋게 굴지 몰라도, 월요일 아침부터 토요일 저녁까지 새끼 거위 요리를 가지고 잔소리를 해 댄다면 참 곤란하지 않겠어요?"

"패니 같은 사람한테도 자주 잔소리를 늘어놓는 남자라면," 에드먼드가 다정한 어조로 말했다. "설교는 귓등으로도 안 듣겠는걸."

패니는 쑥스러워 더 창가 쪽으로 물러났고, 크로퍼드 양은 마침 버트럼 자매가 함께 중창곡을 부르자고 성화를 하는 바람에 명랑한 목소리로 "프라이스 양은 칭찬 들을 일을 하는 데는 익숙해도 칭찬을 듣는 데는 익숙지 않은가 봐요."라는 말만 던지고 가벼운 발걸음으로 피아노 쪽으로 갔다. 뒤에 남은 에드먼드는 사근사근한 태도에서 경쾌하고 우아한 걸음걸이까지 그녀가 지닌 수많은 미덕에 탄복하며 황홀한 마음으로 그녀에게서 눈을 떼지 못했다.

"참 좋은 성품이야." 그는 곧 말했다. "절대로 남에게 상처를 주지 않을 성품이야! 걸음걸이는 또 얼마나 반듯한지! 게다가 사람들 기분까지 맞춰 줄 줄 알고. 청하기가 무섭게 곧바로 응하잖아!" 잠시 생각에 잠기다가 그는 덧붙였다. "정말 딱한 일이야. 저런 사람이 그런 분들 슬하에서 커야 했다니!"

패니도 동의를 표했는데, 기쁜 일은 금방 중창이 시작될 텐데도 에드먼드가 창가를 떠나지 않고 자기와 함께 머물며 곧이어 자기와 마찬가지로 바깥 풍경에 시선을 돌렸다는 사실이었다. 구름 한 점 없는 환한 밤하늘, 그리고 이와 대조되는 짙게 그늘진 숲을 배경으로 모든 것이 경건하고 부드럽고 사랑스러워 보였다. 패니는 그런 느낌을 토로했다. "참 조화롭네요! 정말 평안해요! 어떤 그림과 어떤 음악이 이런 아름다움을 그려 내겠어요. 그나마 흉내라도 낼 수 있는 건 시밖에 없을 거예요. 모든 근심이 가라앉고 황홀해서 가슴이 벅차오르는 풍경이에요! 이런 밤 풍경을 바라보고 있노라면, 죄악이나 슬픔 같은 건 세상에 존재할 수 없을 것만 같아요. 사람들이 자연의 숭고함에 좀 더 눈을 뜬다면, 자신을 벗어나 이런 풍경을 관조할 수 있다면, 죄악도 슬픔도 분명 줄어들 거예요."

"네가 이렇게 감격하니 듣기 좋구나, 패니. 정말 아름다운 밤이야. 너만큼은 아니더라도 이런 감동을 어느 정도 느낄 줄 알아야 하는데, 그걸 배우지 못한, 적어도 어릴 때 자연을 즐기는 법을 배우지 못한 사람들이 안됐다는 생각이 드는구나. 너무나 많은 것을 놓치고 있으니 말이다."

"자연에 대해 생각하고 느낄 수 있게 가르쳐 준 사람이 바로 오빠잖아요."

"학생이 뛰어난 덕분이지. 저기 봐. 대각성(大角星)* 이 굉장히 밝구나."

"그러네요, 작은곰자리도요. 카시오페이아자리도 보이면 좋을 텐데."

"잔디밭으로 나가야 보일 거야. 무섭지 않겠니?"

"뭐가 무서워요? 오빠하고 별을 본 지도 한참 되었네요."

"그러게, 어쩌다 그렇게 되었지?" 중창이 시작되었다. "이 곡이 끝날 때까지 기다렸다 가자, 패니." 창을 등지며 그가 말했다. 그리고 패니는 유감스러운 광경을 목격했다. 노래의 전진과 함께 유감스럽게도 에드먼드 또한 앞으로 전진하여, 피아노가 있는 쪽으로 조금씩 다가간 것이다. 그리고 노래가 끝났을 때는 노래하는 사람들 바로 곁에 서서는 다시 한번 들려달라고 가장 간곡히 청하는 사람들 가운데 하나가 되었다.

패니는 창가에서 혼자 한숨짓다가, 감기 들겠다는 노리스 부인의 꾸중을 듣고서야 창가에서 물러났다.

---

* 목동자리를 가리키며 봄철에 가장 밝게 빛난다.

12

토머스 경은 11월에 돌아올 예정이었는데 맏아들은 볼일이 있어 먼저 돌아왔다. 9월이 다가올 무렵 버트럼 씨는 제일 먼저 사냥터지기에게, 그리고 연이어 에드먼드에게 편지를 보내 소식을 전해 왔다. 그리고 8월 말이 되자 버트럼 씨 본인이 도착해서, 기회가 닿거나 크로퍼드 양이 원할 때면 전처럼 명랑하고 상냥하고 사근사근하게 굴며, 경마와 웨이머스,* 파티와 친구들 이야기를 들려주곤 했다. 6주 전만 해도 크로퍼드 양이 얼마간 관심 있게 귀를 기울였겠지만, 이제는 형과 동생이 실질적으로 비교가 되면서 자기의 마음이 동생에게 있음을 온전히 확인하는 계기가 될 뿐이었다.

참으로 심란한 일이었다. 그녀도 진심으로 안타까워했다. 그렇지만 엄연한 사실이었고, 그녀는 이제 형과 결혼할 생각은커녕 그의 관심도 바라지 않았다. 자기가 미인이란 사실을 아는 여자로서 어느 정도의 관심은 당연히 기대했지만, 그 이상은 아니었다. 그가 다른 용무도 없이 오로지 즐길 생각에, 순전히 자기 의지에서, 예정보다 오래 맨스필드를 비운 것을 보

* 18세기 후반에 인기 있는 여행지로 부상한 남부 해안의 휴양지.

면 그녀한테 마음이 없는 게 확실했다. 마음이 없기로는 그녀 쪽이 훨씬 더했으니, 때가 되면 맨스필드 파크의 주인이 되고 토머스 경의 지위를 물려받을 사람이지만, 설령 지금 당장 그리된다고 해도 남편으로 받아들일 수는 없을 것 같았다.

버트럼 씨가 맨스필드로 돌아온 것은 사냥 시즌도 시작되고 이런저런 용무가 있었기 때문인데, 같은 이유로 크로퍼드 씨는 노퍽으로 떠났다. 9월 초* 에버링엄에는 그가 꼭 필요했던 것이다. 두 주 예정의 출타였는데, 이 두 주 동안 버트럼 자매는 너무 단조로운 나날을 보내다 보니 경계심이 생겨날 법도 했고, 심지어 줄리아의 경우는 언니에 대한 질투심에라도 앞으로는 그가 접근해도 절대 믿어서는 안 되며 아예 그가 안 돌아오기를 바라는 게 낫겠다는 생각마저 들 법했다. 그리고 신사 편에서도 이 두 주 동안 사냥하고 잠자는 시간 외에는 한가롭게 지냈으니, 자신의 동기를 돌아보고 부질없는 허영심의 결과를 미리 짚어 보는 습성이 있었더라면 맨스필드 파크에 금방 돌아가지 않는 게 옳겠다는 깨달음을 얻었을 것이다. 그렇지만 유복한 집안에서 나쁜 본을 보며 자란 탓에 경솔하고 이기적인 사람이 된 그는 눈앞의 일에만 관심을 둘 뿐 그 이상은 내다보려 하지 않았다. 너무 많은 것을 누려 심드렁해진 그에게 아름답고 똑똑하며 자기에게 호감을 드러내는 두 자매는 재미있는 상대였다. 그래서 맨스필드의 사교적인 즐거움만 한 것을 노퍽에서는 찾을 수 없자 원래 계획했던 일정대로 기쁘

* 사냥 시즌이 시작되는 시기.

게 맨스필드로 돌아왔고, 그가 가벼운 불장난을 조금 더 지속하기로 한 두 자매도 그 못지않게 기꺼운 마음으로 그를 환영했다.

그사이 마리아 곁에는 러시워스 씨뿐이어서, 수확이 좋든 안 좋든 그날 다녀온 사냥 이야기나 자기 사냥개 자랑, 이웃 사람들을 질시하며 법적 사냥권을 갖고 있는지 의심하는 소리, 밀렵꾼을 열심히 쫓던 이야기 등, 시시콜콜한 이야기를 거듭 들어 줘야 했는데, 말하는 이가 웬만큼 말솜씨가 있고 듣는 이도 어느 정도 애정이 있으면 모를까 아니라면 여성들에게는 공감하기 힘든 화제였으니, 마리아로서는 크로퍼드 씨가 애타게 그리울 수밖에 없었다. 그리고 줄리아는 약혼한 몸도 아니고 일에 매인 몸도 아닌지라 자기야말로 훨씬 더 그를 그리워할 권리가 있다고 생각했다. 두 자매는 서로 자기가 그의 선택을 받았다고 믿었다. 줄리아한테는 바라는 대로 믿어 버리곤 하는 그랜트 부인의 언질이 있었고, 마리아한테는 크로퍼드 씨 본인의 언질이 있었으니, 둘 다 그렇게 생각하는 것도 어쩌면 당연했다. 모든 것이 그가 자리를 비우기 전으로 되돌아갔다. 두 자매를 대하는 그의 태도도 대단히 활달하고 상냥했으니, 어느 쪽의 호감도 잃지 않되 사람들의 이목을 끌 만한 일관되고 꾸준하며 간절하고 열렬한 구애 직전까지만 갔다.

뭔가 석연치 않은 점을 발견한 사람은 패니뿐이었다. 소더턴에 다녀온 이후로 그녀는 크로퍼드 씨가 자매 중 누구와 같이 있더라도 그를 눈여겨보게 되었는데, 의아하거나 못마땅한 점이 거의 매번 눈에 띄었다. 다른 때 판단력을 행사하듯

이 이 일에 대해서도 자신의 판단력에 확신이 있었다면, 자기가 확실히 봤고 제대로 판단했다는 확신이 있었다면, 평소 믿고 상의하던 사람에게 이 중요한 이야기를 얼마간 털어놓았을 것이다. 그러나 사정이 이러하니 기껏해야 넌지시 비추는 데 그쳤고, 그나마도 전달이 되지 않았다. "크로퍼드 씨가 이렇게 빨리 돌아와서 좀 놀랐어요." 그녀는 말했다. "여기 꽤 오래 있었잖아요, 꼬박 칠 주나. 이리저리 옮겨 다니며 변화를 맛보는 걸 무척 좋아하는 분이라고 들었기 때문에, 일단 여길 뜨고 나면 필경 무슨 일인가 생겨서 어딘가 딴 데로 가 버릴 줄 알았어요. 맨스필드보다 훨씬 화려한 곳에 더 어울리는 분이잖아요."

"그거야 잘한 일이지."라는 게 에드먼드의 대답이었다. "그 누이동생도 분명히 좋아하고 있을걸. 오빠가 자꾸 이리저리 돌아다니는 걸 탐탁지 않아 하거든."

"언니들한테도 얼마나 인기가 좋은데요!"

"그래, 여성을 대하는 태도가 다들 좋아할 만하지. 그랜트 부인은 그 사람이 줄리아를 좋아하는 게 아닌가 의심하는 모양이야. 내 눈에는 별로 그래 보이지 않지만, 부인 말이 맞으면 좋겠어. 그 친구가 가진 결함이란 누군가를 진심으로 좋아하면 다 사라질 그런 것들이니까."

"마리아 언니가 약혼만 안 했다면," 패니가 조심스럽게 말했다. "그분이 좋게 보는 사람이 줄리아 언니가 아니라 마리아 언니라는 생각을 가끔 했을 거예요."

"그건, 패니, 네가 잘 몰라서 그렇지 오히려 줄리아를 더 좋아한다는 증거일걸. 남자는 마음을 완전히 정하기 전까지는 실제로 마음이 가는 여자보다 그 자매나 친구한테 더 관심이 있는 척할 때가 많거든. 크로퍼드처럼 사리를 잘 아는 친구가 마리아와 위험한 일이 생길 것 같으면 그냥 머물러 있을 리 있나. 그리고 난 마리아 걱정은 안 해. 이미 자신의 마음을 확실히 보여 줬잖아."

패니는 자기가 잘못 본 게 틀림없다고 생각하고, 앞으로는 달리 생각하기로 마음먹었다. 그렇지만 에드먼드의 말을 믿기로 했고, 몇몇 사람들의 표정이나 툭툭 던지는 말을 봐도 다들 크로퍼드 씨가 좋아하는 사람이 줄리아라고 생각하나 보다 싶으면서도, 가끔은 어떻게 생각해야 좋을지 갈피를 잡을 수가 없었다. 어느 날 저녁, 그녀는 이 문제에 대한 노리스 이모의 희망을, 그리고 이와 얼마간 유사한 문제에 대한 이모와 러시워스 부인의 생각을 우연히 듣게 되었는데, 듣고 있자니 의아한 생각을 금할 수가 없었다. 어쩔 수 없이 듣게 되었지만 차라리 안 들은 게 나았을 것이다. 다른 젊은이들이 모두 춤을 추는 동안, 하는 수 없이 벽난롯가 보호자들 사이에 끼어 앉아 그날 파트너가 되어 주리라 기대할 수 있는 단 한 사람인 사촌 오빠가 다시 돌아오기만 기다리다가 듣게 된 것이었다. 그날은 많은 아가씨의 첫 무도회처럼 미리 준비해서 성대하게 차린 것은 아니지만 패니의 첫 무도회였다. 최근 하인 거처에 바이올린을 켤 줄 아는 사람이 들어온 데다 바로 얼마 전에 찾아온 버트럼 씨의 새 친구와 그랜트 부인이 도와주면 다섯 쌍은 만들 수 있다는 생각에, 오후에 갑자기 무도회를 열기로 정한 것이다. 그렇지만 네 번의 춤이 이어지는 내내 패니는 더할 나위 없이 행복했고, 이제 단 십오 분이라도 허비되는 시간이 정말 안타까웠다. 춤추는 사람들을 봤다 문 쪽을 봤다 하며 사촌오빠를 애타게 기다리던 중, 앞서 언급한 두 부인의 대화를 어쩔 수 없이 듣게 되었다.

"제 생각에는요, 부인." 두 번째로 짝을 이뤄 춤추고 있는 러시워스 씨와 마리아 쪽으로 시선을 던지며 노리스 부인이 운을 뗐다. "이제 또 한 번 행복한 한 쌍의 얼굴을 보게 될 것 같네요."

"그럼요, 부인, 그렇고말고요." 상대방이 위엄 있게 선웃음을 치며 대답했다. "이제야 구경하는 보람이 좀 있겠네요. 다른 파트너와 춤을 춰야 하는 저 애들을 보기가 참 안쓰러웠거든요. 저런 상황이라면 굳이 통상적인 예절에 따르지 않아도 괜찮을 텐데……. 제 아들이 계속 같이 춤을 추자고 제안해도 될 텐데 왜 안 그랬나 몰라요."

"틀림없이 그러자고 했을 거예요, 부인. 러시워스 씨가 그런 기회를 소홀히 넘길 리 있나요? 하지만 우리 마리아가 요즘 사람 같지 않게 예의범절이 깍듯하고 사려가 깊어서요, 러시워스 부인, 특별 대우를 사양한 거겠죠! ……세상에, 부인, 지금 저 애 얼굴 좀 보세요. 조금 전 두 곡을 추던 때와는 완전히 딴판이잖아요!"

버트럼 양은 정말 행복해 보였으니, 매우 생기 있는 모습으로 기쁨에 눈을 반짝이며 말을 하고 있었는데, 줄리아와 그 파트너 크로퍼드 씨가 바로 근처로 온 덕분이었다. 네 사람은 이제 한데 어울려 춤을 추었다. 패니는 아까 마리아의 표정이 어땠는지 기억이 나지 않았다. 에드먼드와 춤을 추느라 마리아는 염두에 두지 않았던 것이다.

노리스 부인이 말을 이었다. "저렇게 행복하고 저렇게 잘 어울리는, 천생배필인 저 아이들을 보니, 부인, 너무나 기쁘네요! 토머스 경이 얼마나 기뻐하실까 하는 생각이 절로 나네요. 그나저나 또 한 쌍이 맺어질 것 같지 않으세요, 부인? 러시워스 씨가 좋은 본을 보여 준 셈인데, 이런 일은 금방 전염이 되잖아요."

아들만 보고 있던 러시워스 부인은 당황했다.

"저쪽 커플 말예요, 부인. 뭔가 조짐이 보이지 않으세요?"

"아, 예! 줄리아 양과 크로퍼드 씨요? 그래요, 정말이지 아주 근사한 한 쌍이 되겠네요. 재산이 얼마나 된다고 했죠?"

"연 수입 4000이요."

"그만하면 아주 괜찮네요. 위를 올려다보자면 끝이 없는 법이니까요. 연 수입 4000이면 괜찮은 편이고, 사람도 아주 점잖고 착실해 보이네요. 줄리아 양도 정말 행복할 거예요."

"아직 확정된 건 아니에요, 부인, 아직은요. 그냥 가까운 사람들끼리만 하는 소리죠. 그렇지만 틀림없이 그렇게 될 것 같아요. 남자 쪽에서 갈수록 각별한 관심을 보이고 있거든요."

패니는 거기까지밖에 듣지 못했다. 두 부인의 대화를 들으며 의아해하는 일도 잠시 접어야 했으니, 버트럼 씨가 다시 들어온 것이다. 패니는 그가 춤을 청한다면 대단한 영광이라는 생각을 하면서도 그의 입장에서는 신청할 수밖에 없으리라 싶었다. 그는 그들 몇 사람이 모여 앉은 곳으로 다가왔지만,

패니에게 춤을 청하는 대신 의자를 끌어와 곁에 앉아서는, 병든 말의 현재 상태와 방금 만나고 온 말구종에 대한 의견을 전해 주었다. 패니는 춤 신청은 없으리라는 것을 깨닫는 즉시, 겸손한 천성답게 기대했던 자신이 터무니없었다고 생각했다. 말 이야기가 끝나자 그는 탁자에서 신문을 집어 들고 훑어보면서 내키지 않는 투로 말했다. "춤추고 싶다면, 패니, 내가 함께 춰 줄게." 패니는 그보다는 훨씬 예의 바르게, 춤출 생각이 없다고 사양했다. "잘됐네." 그는 훨씬 활기찬 목소리로 신문을 도로 내려놓으며 말했다. "실은 피곤해 죽겠다. 다들 대단하네. 어떻게 저렇게 오래 버틸 수 있지. 저런 바보 놀음을 재미있어 하다니 모두 사랑에라도 빠진 건가. 아무래도 그런 모양이네. 저기 좀 봐, 쌍쌍이 연인 사이인 게 한눈에 보이잖아. 예이츠와 그랜트 부인만 빼고. 사실 우리끼리 하는 말이지만 틀림없이 저 부인도 저기 누구 못지않게 연인이 있었으면 싶을걸. 딱한 노릇이지! 박사하고 살자면 지독하게 따분할 거야." 이렇게 말하면서 그는 박사가 앉아 있는 쪽으로 장난스러운 시선을 던지다가 박사가 바로 곁에 있는 것을 보고는 삽시간에 표정과 화제를 바꾸는 바람에, 이건 아니다 싶었던 패니도 웃음을 참기 힘들었다. "이번에 미국에서 벌어진 일*은 정말 희한하지 않습니까, 그랜트 박사님! 박사님 생각은 어떻습니까? 공적인 문제를 어떻게 봐야 할지 모를 때마다 전 늘 박사님을 찾게 되네요."

* 톰이 화제를 돌리려고 당시 아무 사건이나 갖다 붙이는 것이라는 설도 있으나, 한편으로는 1812년 영미 전쟁과 관련된 사건이라는 설도 있다.

"우리 톰 조카님," 곧이어 그의 이모가 불렀다. "마침 춤도 안 추고 있으니, 우리하고 휘스트 세 판 게임*이나 하면 어떨까." 그러고는 자리에서 일어나 강권하러 그에게 다가와서는 소리 죽여 덧붙였다. "러시워스 부인을 배려해서 카드놀이를 하려는 거네. 자네 모친도 바라는 일이네만, 매듭술을 꼬느라 지금은 시간이 나야 말이지. 그러니 자네하고 나, 그리고 그랜트 박사님이 끼면 딱 맞겠어. 우리는 반 크라운만 걸겠지만, 박사님이 계시니 자네는 반 기니를 걸어도 되겠지."**

"저도 그러고 싶은 마음은 굴뚝같은데요." 그가 얼른 벌떡 일어나며 큰 소리로 대답했다. "정말 재미있겠어요. 한데 지금 막 춤을 추려던 참이라서요. 가자, 패니. (그는 그녀의 손을 잡으며) 더 꾸물거리지 말고. 이러다간 춤이 끝나 버리겠다."

패니는 기꺼이 따라 나서긴 했지만, 사촌 오빠한테 크게 고맙지도 않고, 그의 이기심과 그 상대방의 이기심이 그렇게 달라 보이지도 않았다. 그러나 톰은 다르다고 생각하는 게 확실했다.

"저게 별거 아닌 부탁이야!" 함께 걸어 나가면서 그는 벌컥 화를 냈다. "두 시간씩이나 날 카드놀이에 붙잡아 놓겠다니! 게다가 그 상대가 이모에다, 언제나 불평만 늘어놓는 그랜트 박사에다, 휘스트 게임이라고는 기하학만큼도 모르면서 참견이나 해 대는 그 노친네라니. 우리 훌륭한 이모님께선 오지

* 네 명이서 세 판이나 다섯 판으로 승부를 내는 17세기에 생겨난 카드놀이로 브리지 게임의 전신으로 알려져 있다.

** 반 크라운 주화는 2실링 6펜스이고 반 기니는 10실링 6펜스다.

랄 넓게 나서지 좀 말아 주면 좋겠네! 거기다 거절할 수도 없게 모두 보는 앞에서 아무것도 아닌 양 부탁을 해! 그게 제일 싫어. 겉으론 부탁하는 척, 선택의 여지를 주는 척하면서 실은 뭐든지 시키는 대로 할 수밖에 없게 만드니, 세상에 이렇게 분통 터지는 일이 어디 있어! 너하고 춤춘다는 핑계가 떠올랐으니 망정이지, 그러지 않았다면 꼼짝없이 걸려들었을 거야. 정말 그러시면 안 되지. 그렇지만 이모 머릿속에 뭔가 떠오르면 아무도 못 말리지."

13

이 새로운 친구 존 예이츠 공자(公子)는 유행에 민감하고 돈을 펑펑 써 대는 데다가, 일을 안 해도 될 만큼 상당한 자기 개인 수입이 있는 귀족 집안 둘째 자제라는 점 말고는 별로 칭찬할 구석이 없는 인물이었다. 이런 위인이 맨스필드에 드나드는 것을 토머스 경이 알았다면 매우 못마땅해했을 것이다. 버트럼 씨와의 교분은 웨이머스에서 시작됐는데, 그곳에서 두 사람은 열흘 동안 같은 사교계에 드나들었고, 버트럼 씨가 예이츠 씨에게 언제든 시간이 나는 대로 맨스필드에 찾아오라고 초대하고 예이츠 씨도 그러겠다고 약속하면서, 그런 걸 우정이라고 불러도 될지는 모르겠지만, 두 사람의 우정은 입증되고 완성되었다. 예이츠 씨가 예상보다 좀 일찍 찾아온 것은, 웨이머스를 떠난 후 많은 사람이 모여 놀기로 한 다른 친구 집으로 갔으나 그 모임이 갑자기 해산되는 바람에 그리된 것이었다. 그는 실망한 김에 얼른 맨스필드 파크로 왔고, 해산된 모임이 연극 모임이었던 까닭에 머릿속엔 온통 연극 생각뿐이었다. 그도 그 연극에서 배역을 하나 맡았는데 공연을 이틀 앞두고 주인댁의 근친 한 사람이 갑자기 세상을 떠나는 바람에 계획이 무산되고 같이 공연하기로 한 사람들이 뿔뿔이 흩어지게 된 것이다. 행복과 명성이 바로 눈앞에 다가와 있었는데, 콘월주 에클스퍼드에 있는 레이븐쇼 경의 시골 저택에서 공연된 소인극을 칭찬하는 긴 신문 기사가 실리고, 그래서 모든 출연자들이 적어도 일 년 열두 달은 불후의 명성을 누리기 직전이었는데, 눈앞에 다가온 이 모든 것이 수포로 돌아가고 말았으니 참으로 안타까운 일이 아닐 수 없었다. 그래서 예이츠 씨는 입만 열면 그 이야기만 했다. 에클스퍼드와 그곳에서 하려 한 연극, 무대 장치와 의상, 리허설과 주고받은 농담들 이야기로 입에 침이 마를 날이 없었으며, 그 경험을 자랑하는 것이 그의 유일한 위안거리였다.

그에게는 다행스럽게도, 다들 연극을 좋아하는 데다 젊은이들 사이에서는 공연을 해 보려는 욕구가 매우 컸기 때문에, 그가 아무리 떠들어도 듣는 사람들의 관심이 식지 않았다. 처음 배역을 정하는 일부터 마지막 결말까지 모든 게 흥미진진해서, 자기도 거기 있었더라면 하고 바라지 않거나 자신의 기량을 시험해 보는 데 주저할 사람이 거의 없을 정도였다. 문제의 연극은 「연인 서약」*으로, 예이츠 씨는 카셀 백작을 맡기로 했었다. "시시한 역이었지요. 제 취향에 전혀 맞지도 않고,

---

* 「연인 서약(Lovers' Vows)」(1798)은 독일 극작가 아우구스트 폰 고체부(August von Kotzebue, 1761~1819)의 「사생아」를 영국 여성 극작가 엘리자베스 인치볼드(Elizabeth Inchbald, 1752~1821)가 영어로 각색한 멜로드라마로 1789년 코벤트가든에서 초연되면서 많은 인기를 끌었다. 희곡의 줄거리를 요약하면, 빌덴하임 남작이 젊었을 때 버린 애거사 프리부르크라는 하녀가 아들을 낳았는데, 군인이 된 아들 프레더릭이 우여곡절 끝에 남작을 만나 사연을 밝히고, 안할트 목사의 도움으로 남작과 애거사의 결혼이 성사된다. 그리고 남작은 딸 어밀리아를 카셀 백작과 강제로 결혼시키려던 생각을 버리고 안할트와 결혼하도록 허락한다는 내용이다.

정말 다시는 수락하지 않을 그런 역이었어요. 하지만 군소리는 안 하기로 이미 작심을 했거든요. 할 만한 배역은 둘밖에 없는데, 제가 에클스퍼드에 도착하기 전에 이미 레이븐쇼 경과 공작이 맡았더라고요. 레이븐쇼 경이 자기 역을 내주겠다고는 했지만, 그렇다고 어떻게 넙죽 받습니까? 자기 기량과 능력을 그렇게 착각하다니 그 친구가 참 딱하기는 했지만요. 남작 역이라니, 가당치도 않죠! 키도 작은 데다, 목청이 약해서 십 분만 대사를 읊어도 영락없이 목이 잠겨 버리는걸요! 결국 공연에 심각한 해를 입혔을 겁니다. 그렇지만 저만큼은 절대로 군소리 말자 작심했지요. 헨리 경은 공작이 프레더릭 역에 맞지 않는다고 했지만, 본인이 맡고 싶어서 하는 소리지, 두 사람 중에서야 분명 공작이 적임자였지요. 헨리 경의 연기를 보고 깜짝 놀랐습니다. 뻣뻣하기가 막대기 같더라고요. 그나마 공연의 성패를 좌지우지할 역할은 아닌 게 다행이었지요. 우리의 애거사는 정말 뛰어났고, 공작도 많은 사람들로부터 대단하다는 평가를 받았습니다. 그러니 틀림없이 전체적으로 근사한 공연이 되었을 겁니다."

듣는 사람들도 동정을 담아 "정말 속상했겠다."라든가 "정말 안됐네요."라며 공감을 표했다.

"불평해도 소용없는 일이지만, 그 노미망인께서 하필 가장 안 좋은 때 돌아가신 거예요. 우리한테 필요한 시간은 단 사흘뿐이었으니 그때까지만 덮어 둬도 되지 않았을까 하는 아쉬움이 남습니다. 그래 봐야 단 사흘이잖아요. 그리고 고작해야 조모뻘 되는 분인 데다 200마일 바깥에서 벌어지는 일이니,

덮어 둔다 해도 별문제 없었을 것이고, 실제로 그런 이야기도 있었다는군요. 그렇지만 세상에 둘도 없이 고지식한 레이븐쇼 경이 들은 척도 안 하더라고요."

"희극 대신 막후극*인 셈이군." 버트럼 씨가 말했다. "「연인 서약」은 무산되고, 레이븐쇼 경 부부는 「할머니」**를 공연하러 행차했으니. 레이븐쇼 경이야 미망인 급여를 물려받는 것으로 위안을 삼으면 되겠지. 그리고 우리끼리 하는 말이지만, 어쩌면 그 친구는 성량도 달리는 데다 남작 역을 맡았다가 자신의 사회적 신망에 해가 되지나 않을까 우려하던 차에 차라리 잘됐다 싶었을지도 몰라. 예이츠, 자네의 손실을 벌충해 주자면 맨스필드에서 조촐한 공연을 마련해 자네에게 감독을 부탁하는 길밖에 없겠군."

이는 순간적으로 떠오른 생각이었지만, 한순간에 그치지는 않았다. 연기에 대한 욕구가 일기 시작했는데, 그중에서도 가장 심한 것은 현재 그 집안의 가장 노릇을 하고 있는 사람이었다. 그는 새로운 일이라면 뭐든 반길 정도로 시간이 남아도는 데다, 연기라는 새로운 시도에 딱 어울릴 만큼 발랄한 재능과 희극적 취향이 상당했던 것이다. 그는 이 이야기를 자꾸 꺼냈다. "아! 에클스퍼드 같은 극장과 무대 장치만 있었어도 뭔가 해볼 수 있을 텐데." 두 자매도 같은 소원을 피력했고, 세상의 쾌락이란 쾌락은 다 섭렵한 헨리 크로퍼드도 아직 이런 재미는 맛본 적이 없는지라 공연 이야기에 반색을 했다. "바보

---

* 정식 공연이 끝난 후 무대에 올리는 짧은 공연.

** 프린스 호어(Prince Hoare, 1755~1834)의 뮤지컬 소극(1793).

같은 짓일지 몰라도," 하며 그가 말했다. "정말 지금 기분 같아선 여태까지 나온 어떤 인물이든 흔쾌히 맡을 수 있을 것 같군요. 샤일록이나 리처드 3세*부터 주홍색 외투를 입고 삼각 모자를 젖혀 쓴 소극의 노래하는 주인공까지 뭐든 상관없어요. 어떤 역이든 마다하지 않고 다 해낼 수 있을 것 같습니다. 영어로 된 작품이라면 비극이든 희극이든 할 것 없이 고래고래 소리 지르거나 한숨을 짓거나 껑충껑충 뛰어다니거나 다 해낼 수 있을 것 같다고요. 우리 뭐라도 해봅시다. 작품 전체를 올리는 게 아니라 막 하나나 장 하나라면, 못할 거 뭐 있습니까? 용모가 빠지는 것도 아니고." 버트럼 자매를 쳐다보며, "극장이 없어서 문제라면, 극장이 뭐 중요합니까? 그냥 우리끼리 즐기자는 건데요. 이 저택의 어느 방이라도 될 겁니다."

"무대 막은 있어야지." 톰 버트럼이 말했다. "올 굵은 녹색 나사** 천 몇 야드면 충분할 거야."

"그럼! 그거면 되지." 예이츠 씨가 외쳤다. "한두 개 보조 벽을 세우고 무대 출입문 설치하고 배경을 서너 개 드리우면 되지. 이런 공연에선 그 이상은 필요 없어. 우리끼리 재미로 하는 건데 그 이상 욕심내면 안 되지."

"그 이하라 해도 받아들여야 할 것 같은데요." 마리아가 말했다. "시간도 없고, 하다 보면 여러 가지 어려움이 발생할 거예요. 그러니 크로퍼드 씨 말씀대로 무대보다는 연기에 집중해야 해요. 이 나라 최고의 희곡 작품 중에는 무대 장치가 없어

---

* 셰익스피어의 희곡 「베니스의 상인」과 「리처드 3세」의 등장인물들.

** 양털 또는 거기에 무명, 인조 견사 등을 섞어서 짠 모직물.

도 되는 대목들이 많잖아요."

"아니." 오가는 대화를 듣고 안 되겠다 싶었는지 에드먼드가 말했다. "어설프게는 하지 맙시다. 기왕에 연극을 할 거면, 오케스트라 피트석이니 박스석, 갤러리석까지 완벽하게 갖추어진 극장에서 처음부터 끝까지 전작을 공연하자고요. 뭐든 독일 작품으로요. 근사한 곡예와 다채로운 촌극이 펼쳐지고, 막간에 피겨 댄스*와 호른파이프 댄스와 노래가 나오는 작품으로 말입니다. 에클스퍼드보다 괜찮게 해낼 수 없다면, 아예 관두는 편이 낫지요."

"어머, 에드먼드 오빠, 공연히 그런 소리 하지 마요." 줄리아가 말했다. "오빠처럼 연극을 좋아하는 사람이 어디 있다고. 연극을 볼 수만 있다면 먼 길도 마다하지 않으면서 그래요."

"그래, 진짜 연기, 제대로 단련된 진짜 연기라면 그렇지. 하지만 훈련도 안 된 사람들이, 교육과 예의라는 불리한 여건과 씨름해야 하는 양갓집 신사 숙녀가 펼치는 생경한 연기라면 바로 옆방에서 한다 해도 가 볼 생각이 없어."

잠시 침묵이 흘렀지만 이 화제는 다시 이어졌고 논의의 열기도 전혀 식지 않았다. 이야기를 할수록 다들 더 하고 싶어졌고, 남들도 모두 하고 싶어 한다는 것을 알게 되자 더욱 그랬다. 그리고 톰 버트럼은 희극을, 그의 누이동생들과 헨리 크로퍼드는 비극을 원한다는 점과 모두의 마음에 드는 작품을 찾아내는 것만큼 쉬운 일은 세상에 없다는 점 말고는 아직 결정

---

* 복잡한 포즈와 선회 중심으로 이루어진 춤.

된 것은 없었다. 하지만 무엇이 됐든 연극을 올리자는 결심이 단단히 굳어진 듯해서 에드먼드는 매우 불안해졌다. 어머니도 식탁에서 오가는 대화를 들었지만 전혀 반대 의사를 내비치지 않았는데, 그래도 그는 가능한 한 막아 보기로 마음먹었다.

바로 그날 밤 그가 자신의 힘을 시험해 볼 기회가 생겼다. 마리아, 줄리아, 헨리 크로퍼드, 예이츠 씨는 당구실에 있었고, 이들과 함께 있던 톰이 응접실로 들어오면서 이렇게 말했다. 그때 에드먼드는 벽난로 옆에 서서 생각에 잠겨 있었고, 레이디 버트럼은 조금 떨어진 소파에 앉아 있었고, 패니는 그 곁에서 이모의 바느질감을 정리하던 중이었다. "우리 집 당구대처럼 저렇게 형편없는 당구대는 눈 씻고 찾아봐도 없을 거야! 더는 참아 줄 수가 없어. 다시는 내가 저 당구대에서 당구를 치는 일은 없을 거야, 아마도. 하지만 방금 확인해 보니 한 가지 장점은 있더라고. 당구실이 극장으로 쓰기에 안성맞춤이야. 모양도 길이도 적절하고, 오 분만 수고를 하면 안쪽 방문들을 서로 통하게 만들 수 있을 거야. 아버지 방의 책장을 옮기기만 하면 된다고. 공연을 진짜 하기로 한다면 이 이상 좋은 방도 없을 거야. 아버지 방은 출연자 대기실로 손색이 없을 테고. 마치 이걸 위해 일부러 당구실 옆에 붙여 놓은 것 같더라고."

"공연한다는 말, 형, 진심은 아니지?" 형이 벽난로로 다가오자 에드먼드가 작은 소리로 말했다.

"진심이 아니라니! 분명히 말하지만, 그 어느 때보다 진심이야. 그게 뭐 그렇게 놀라운데?"

"크게 잘못하는 일인 것 같아서 그래. 일반적으로도 여염

집에서 연극을 한다면 말이 많은 법인데, 지금 우리 상황에서 그런 걸 하는 것은 사려 깊지 못한, 아니 그보다 더 심각한 행동이야. 지금 아버지도 안 계시잖아. 거기다 아버지께 언제 어떤 일이 생길지 모르는데, 자식으로서 너무 무심해 보이지 않겠어? 마리아를 생각해도 경솔한 결정이야. 그 애 상황이 지금 아주 조심스럽잖아. 모든 면에서 지극히 조심스러운 상황이라고."

"넌 뭐든지 너무 심각하게 받아들이는 게 탈이야! 우리가 아버지가 돌아오실 때까지 일주일에 세 번씩 공연을 하면서 온 동네 사람들을 다 초대할 것처럼 말하네. 그런 식으로 요란하게 벌이자는 게 아니잖아. 그저 분위기에 변화를 주고, 새로운 방면에 능력을 발휘하면서 우리끼리 좀 즐기자는 거잖아. 관객도 홍보도 필요 없어. 우리 정도라면 전혀 문제될 게 없는 작품을 선정할 거라고 믿어도 될 테고. 우리끼리 중구난방 잡담을 하는 대신 훌륭한 작가가 써 놓은 우아한 언어로 대화를 주고받는 건데, 그게 무슨 해가 되고 위험하다는 건지 도무지 이해가 안 되는군. 난 걱정 안 해. 망설임도 없고. 아버지가 안 계셔서 곤란하다고 하지만, 난 그래서 더더욱 해야 한다고 봐. 아버지가 돌아오시기만 기다리고 있는 지금 어머니 걱정이 얼마나 크시겠어. 앞으로 몇 주 동안 어머니의 근심을 덜고 기운을 북돋아 드릴 수 있다면, 그야말로 시간을 잘 쓴 것 아냐? 아버지도 틀림없이 그렇게 생각하실 거고. 지금이 어머니한테는 아주 초조한 시기라고."

톰의 이러한 말과 함께 두 형제는 어머니 쪽으로 눈길을 돌렸다. 레이디 버트럼은 건강과 부와 안락과 평온의 화신 같은 모습으로 소파 한구석에 몸을 파묻은 채 막 선잠에 빠져드는 참이었고, 한편 패니는 부인을 대신해서 까다로운 작업을 마무리하고 있었다.

에드먼드가 미소를 지으며 고개를 저었다.

"저런! 저러시면 안 되는데." 톰이 의자에 털썩 주저앉으며 껄껄 웃으면서 외쳤다. "아이고, 우리 어머니, 근심걱정은 어디 가고……. 내가 때를 잘못 잡았네."

"무슨 일이냐?" 잠에서 설 깬 가라앉은 목소리로 영부인이 물었다. "나 안 잤다."

"아이고! 그럼요, 어머니. 아무도 그런 생각은 안 한답니다……. 자, 에드먼드." 레이디 버트럼이 다시 꾸벅꾸벅 졸기 시작하자 톰은 하던 이야기로 돌아가 같은 자세와 목소리로 말을 이었다. "그래도 난 이 점만큼은 양보할 생각이 없어. 연극 좀 한다고 해서 무슨 해가 되겠냐 말야."

"난 형 생각에 동의할 수 없어. 장담컨대 아버지가 아시면 매우 언짢아하실 거야."

"나도 장담하지. 오히려 그 반대일걸. 우리 아버지만큼 젊은이들이 재능을 발휘하는 걸 좋아하고 장려하는 분도 없잖아. 연기나 낭독, 암송 같은 것을 언제나 아주 좋아하셨다고. 우리가 어렸을 때도 적극적으로 권장하셨잖아. 우리가 바로 이 방에서 아버지를 즐겁게 해 드리려고 줄리어스 시저의 죽음을 애도하거나 '사느냐 죽느냐' 대사를 읊은 게 한두 번이 아닌걸! 어느 해 크리스마스 휴가 때는 저녁마다 '내 이름은 노르

레이디 버트럼은 막 선잠에 빠져드는 참이다.

발이었다.'를 암송하곤 했고."*

"그건 다른 얘기잖아. 형도 잘 알면서 그래. 아버지는 우리가 학생 시절에 말을 잘하기를 바랐던 거지, 다 큰 딸들이 연극 공연을 하는 건 절대 바라지 않으셨을 거야. 예의범절에 대단히 엄격한 분이잖아."

"나도 다 알아." 기분이 상한 톰이 말했다. "나도 아버지에 대해서는 너 못지않게 잘 알고 있고, 걱정하실 일 없도록 누이들도 잘 단속할 거야. 넌 네 일이나 잘 챙겨, 에드먼드, 다른 식구는 내가 챙길 테니."

에드먼드도 쉽게 물러서지 않았다. "형이 정 연극을 해야겠다면 아주 조촐하게 조용히 했으면 좋겠어. 극장을 꾸미는 건 하지 않는 게 좋을 것 같고. 아버지가 집을 비운 사이에 아버지 집을 마음대로 뜯어고치는 셈이니 나무라셔도 할 말이 없잖아."

"그런 것은 모두 내가 책임질 거다." 톰이 단호한 어조로 말했다. "아버지 집을 망가뜨리는 일은 없을 거고. 아버지 집을 간수하는 일에 내가 아무려면 너만큼 신경을 안 쓰겠냐. 내가 방금 말한 대로 조금 개조한다고 아버지도 뭐라 하시지는 않을 거야. 책장을 옮기고 문을 따 놓고 기껏해야 한 주쯤 당구실을 다른 용도로 사용한 것을 가지고 탓을 하실 리 없지. 차라리 왜 당신이 떠나시기 전에 비해 조찬실보다 이 방에서 더 많이 지냈느냐 아니면 이쪽에 있던 누이들의 피아노를 왜 저쪽

---

* 셰익스피어의 「줄리어스 시저」와 「햄릿」에 대한 언급 및 스코틀랜드 시인이자 극작가인 존 홈(John Home, 1722~1808)의 작품 「더글러스: 비극」에 대한 언급이다.

으로 옮겼냐고 탓을 하실 거라고 말하지그래. 도무지 말이 안 되잖아!"

"개조하는 것 자체는 문제가 없더라도 비용도 문제잖아."

"그래, 비용이 참으로 엄청나겠구나! 20파운드씩이나 들 테니!…… 물론 극장 모양은 갖추어야겠지만, 아주 간단하게 할 거야. 녹색 커튼을 달고 목공 작업 좀 하는, 그 정도라고. 그리고 목공 일은 모두 크리스토퍼 잭슨을 시켜서 집에서 할 텐데, 비용이 얼마나 든다고 그래. 잭슨한테 시키면, 아버지도 아무 말 안 하실 거야. 제대로 보고 판단할 사람이 이 집에 너밖에 없다고 생각하지 마. 내키지 않으면 넌 빠져. 남들까지 다 네 뜻대로 하려 들지 말고."

"물론이지, 내가 연기를 한다, 그런 일은 절대 없을 거야." 에드먼드가 말했다.

그가 말을 끝내기도 전에 톰은 방을 나가 버렸고, 혼자 남은 에드먼드는 심란한 생각에 잠겨 자리에 앉아 벽난로 불만 뒤적였다.

이 모든 대화를 들으며 처음부터 끝까지 에드먼드 편이었던 패니는 위로하고 싶은 마음에 용기 내어 말했다. "마음에 드는 작품을 못 찾아낼 수도 있어요. 큰오빠와 언니들의 취향이 아주 다른 것 같던데요."

"난 그런 기대는 안 해, 패니. 계속 밀고 나갈 생각이라면 뭐든 찾아내고야 말겠지. 누이들이나 하지 말라고 설득해 봐야지. 이제 그 방법밖에 없네."

"노리스 이모는 오빠 편일 것 같은데요."

"그럴 거야. 하지만 형이나 누이들한테는 별 힘이 없는 분인데 무슨 도움이 되겠어. 그리고 내가 직접 설득해서 안 된다면, 이모를 통하느니 차라리 그냥 지켜보는 게 나아. 집안싸움만큼 흉한 게 어디 있어. 어찌 되든 식구들 사이가 틀어지는 것보다야 낫겠지."

다음 날 아침에 그는 기회를 잡아 누이동생들에게 말을 해 보았지만, 충고를 못 견뎌 하고 설명을 해도 들으려 하지 않고 재미있으면 그만이라는 생각이 확고하기는 그들도 톰과 똑같았다. 어머니도 반대하지 않고, 아버지가 싫어하실까 봐 걱정할 필요도 없다, 수많은 점잖은 집안에서 수많은 귀한 숙녀분들이 이미 해 온 일인데 해가 될 리 없다, 더구나 형제자매와 친한 지인들만 참여하고 바깥에는 알리지도 않을 텐데, 이런 계획을 가지고 가타부타 한다면 조심성이 너무 지나친 것 아니냐는 것이었다. 줄리아는 마리아 같은 상황에서는 각별히 조심하고 신중할 필요가 있겠다는 점은 인정하고 싶은 모양이었지만, 자기는 해당되지 않으니 구애받지 않겠다는 투였다. 반면 마리아는 이미 약혼한 자기야말로 오히려 이런저런 구애에서 벗어난 셈이고 아버지나 어머니의 허락을 받을 필요도 덜하다고 생각하는 게 분명했다. 에드먼드는 별 기대는 안 했지만 그래도 열심히 설득을 하고 있는데, 그때 목사관에서 막 도착한 헨리 크로퍼드가 방으로 들어오며 외쳤다. "우리 공연에 사람이 모자랄 일은 없어졌습니다, 버트럼 양. 단역도 말입니다. 제 누이동생이 사랑을 전하며, 자기도 일원으로 받아 주시길 청하네요. 늙은 가정교사 역이든 온순한 말상대 친구 역이든 여러분이 꺼리는 배역이 있다면 기꺼이 맡겠다고요."

마리아는 에드먼드에게 눈길을 보냈는데, '자, 이제 뭐라고 할래요? 메리 크로퍼드도 우리하고 생각이 같다는데, 그래도 우리더러 잘못이라고 할 거예요?'라는 의미를 담은 시선이었다. 할 말이 없어진 에드먼드는 아주 똑똑한 사람까지 사로잡고 마는 연극의 매력을 인정하는 수밖에 없었고, 사랑의 힘은 참으로 절묘했으니, 이 전갈에서 다른 무엇보다도 협조적이고 사근사근한 성품만 보려고 했다.

계획은 착착 진행되었다. 반대도 소용이 없었고 노리스 부인도 반대할 것이라는 에드먼드의 짐작은 오산이었다. 문제점을 거론하다가도 큰조카와 큰조카딸이 뭐라고 하면 오 분도 못 가 금방 꼬리를 내렸으니, 원체 이 조카들한테는 절절맸던 것이다. 그리고 준비 과정에서 누가 큰 비용 부담을 지거나 특히 자기 돈이 들어갈 일이 없는 데다가, 바삐 부산하게 움직이며 중요한 역할을 하게 될 것도 흐뭇했다. 게다가 시시때때로 연극 뒷바라지를 한다는 구실로 이제 지난 한 달 동안 자기 돈을 들여 살아왔던 집을 떠나 조카들 집에 눌러앉는 당장의 이득까지 생겼으니, 그녀는 사실 이 계획이 너무나 마음에 들었다.

14

에드먼드가 생각했던 것 이상으로 패니의 예상이 적중하는 듯했다. 모두의 마음에 드는 희곡 작품을 찾아내는 것은 그렇게 간단한 일이 아니었다. 지시를 받은 목수가 측정을 하고, 적어도 두 가지 난점을 제시하고 해결해 내고, 공사 계획과 비용을 확대할 필요가 있다는 점을 명백히 한 다음 이미 작업에 들어갔지만, 작품은 아직도 선정 중이었다. 다른 준비 작업들도 진행되었다. 엄청난 부피의 녹색 나사천 두루마리가 노샘프턴에서 도착하여 노리스 부인이 재단을 한 뒤 (뛰어난 재단 솜씨 덕분에 족히 4분의 3야드나 남겼다.) 하녀들의 손으로 실제로 막이 만들어지고 있는데도, 작품은 아직 정해지지 않았다. 이렇게 이삼 일이 지나자 에드먼드는 결국 작품을 못 찾아낼지도 모른다는 희망을 은근히 품기 시작했다.

사실 배려할 것도 너무 많고 비위를 맞춰야 할 사람도 너무 많고 최고의 배역도 너무 많이 필요하고, 무엇보다 반드시 비극인 동시에 희극인 작품을 찾아내야 했으므로, 젊음과 열정으로 밀어붙이는 일들이 으레 그렇듯, 결정이 날 가능성은 거의 없어 보였다.

버트럼 자매와 헨리 크로퍼드, 예이츠 씨는 비극 편이고,

톰 버트럼은 희극 편인데, 사실 희극 편이 그 혼자만은 아니었다. 예의상 내놓고 말하지 않아서 그렇지 메리 크로퍼드도 같은 쪽으로 기울어 있는 게 분명했다. 그렇지만 톰의 단호함과 힘 정도면 연합군 따위는 필요 없어 보였다. 게다가 이 타협 불가능한 대난제는 차치하고라도, 전체 등장인물은 소수이되 하나같이 최고 수준이고 여성 주역도 셋이나 되는 작품이 필요했다. 명작이란 명작은 다 검토해 보았으나 소용이 없었다. 「햄릿」도 「맥베스」도 「오셀로」도 「더글러스」도 「도박사」도 비극파조차 만족시키지 못했다.* 그리고 「연적」, 「추문의 학교」, 「운명의 수레바퀴」, 「상속인 소송 사건」 등 수많은 작품이 더욱 열렬한 반대에 부딪혀 줄줄이 탈락했다.** 어떤 작품을 들이밀어도 싫다는 사람이 나왔고, 이쪽 아니면 저쪽에서 끝없이 똑같은 소리만 되풀이했다. "아니, 그건 절대로 안 돼. 고래고래 소리만 지르는 비극은 하지 말자고. 등장인물도 너무 많고 — 그 작품에는 괜찮은 여자 배역이 하나도 없잖아.", "다른 것은 몰라도 그 작품은 안 돼요, 톰 오빠. 그 많은 배역을 어떻게 채워요.", "그런 배역을 누가 맡으려고 할까.", "처음부터 끝까지 광대놀음뿐인데. 그 작품은 그나마 괜찮아 보이지만, 하

* 「더글러스」(1756)는 존 홈의 비극. 「도박사」라는 제목의 희곡은 제임스 셜리(James Shirley)의 작품과 에드워드 무어(Edward Moore), 수재나 센틀리브리(Susannah Centlivre, 1667~1713)의 작품이 있는데, 어느 작품에 대한 언급인지는 불확실하다.

** 앞의 두 작품 「연적」과 「추문의 학교」는 리처드 셰리든(Richard Sheridan, 1751~1816)이 썼고, 「운명의 수레바퀴」는 리처드 컴벌랜드(Richard Cumberland, 1732~1811), 「상속인 소송 사건」은 조지 콜먼 2세(George Colman the Younger, 1762~1836)의 희극 작품이다.

충민 단역들이 문제야.", "굳이 의견을 말하라면, 전 그 작품이야말로 영어로 쓴 희곡 중 가장 무미건조한 작품이라고 늘 생각했습니다.", "이의를 제기할 생각도 없고 뭐든 기꺼이 도와드리겠습니다만, 그것이야말로 최악의 선택이 되리라 생각합니다."

옆에서 지켜보는 패니는 얼마나 잘 숨기느냐의 차이는 있지만 모두 이기심에 사로잡혀 있는 모습을 관찰하는 것도 재미가 없지 않았고, 결국 어떻게 끝이 날지 궁금하기도 했다. 패니는 연극이라고는 전작은 고사하고 일부도 관람한 적이 없기 때문에 자신의 즐거움만 생각하면 무슨 작품이든 공연이 되기를 바랐지만, 그것을 떠나 더 높은 차원에서 보면 도저히 찬성할 수가 없었다.

"이래서는 아무것도 안 되겠습니다." 마침내 톰 버트럼이 말했다. "끝없이 시간만 낭비하고 있잖아요. 어서 뭐든 정해야지요. 결정만 된다면 무슨 작품이든 상관없어요. 너무 까다롭게 따지지 말자고요. 등장인물이 좀 많다 싶어도 걱정할 것 없어요. 일인이역을 하면 되니까. 눈높이도 좀 낮춰야겠고요. 보잘것없는 역할도 제대로 해내면 오히려 빛이 날 겁니다. 지금 이 순간부터 난 절대 토를 달지 않겠습니다. 희극적인 역할이기만 하다면 어떤 배역이든 여러분이 정해 주는 대로 맡겠습니다. 희극적인 배역으로만 정해 주세요. 다른 조건은 없습니다."

그러고는 한 다섯 번쯤 「상속인 소송」을 제안하면서, 다만 두벌리 공과 팬글로스 박사 중 누구를 맡아야 할지 모르겠다며, 나머지 등장인물들 중에는 훌륭한 비극적 인물도 꽤 있다고 다른 사람들을 설득하려고 무진 애를 썼으나 무참히 실패했다.

이런 노력이 무위로 끝나면서 잠시 이어진 침묵을 깬 것 역시 같은 발언자였으니, 그는 탁자에 어지럽게 널려 있는 희곡책 가운데 하나를 집어 들고 뒤적이다가 불쑥 소리쳤다.

"「연인 서약」! 레이븐쇼 집에서도 하려던 작품인데 우리라고 못 할 것 있나요? 왜 진작 이 생각을 못 했지요? 딱 맞는 작품인 것 같은데요. 다들 어때요? 예이츠와 크로퍼드한테 맡길 만한 중요한 비극적 인물도 둘이나 있고, 대사가 운문으로 되어 있는 집사 역은 내가 맡으면 되겠네요. 원하는 사람이 따로 없다면 말입니다. 비중이 없긴 하지만, 뭐 그만하면 괜찮은 편이고, 아까 말한 대로 무슨 역이 주어지든 최선을 다하기로 작정했으니까요. 나머지는 누구든 맡으면 되고. 카셀 백작과 안할트만 남았으니까요."

다들 이 제안을 환영했다. 아무것도 결정하지 못하고 지지부진 시간만 보내는 데 모두들 지쳐 가고 있었고, 그래서 하나같이 첫 반응은 지금까지 제안한 작품 중 모두에게 가장 잘 맞는 작품이라는 것이었다. 예이츠 씨가 특히 좋아했다. 그러지 않아도 에클스퍼드에서 남작 역을 간절히 원했으나 여의치 않아, 레이븐쇼 경이 열변을 펼칠 때마다 속으로 분을 삼키며 혼자 방에서 전부 읊어 보곤 했던 것이다. 빌덴하임 남작을 격정적으로 연기해 내는 것이야말로 그가 연극에 갖고 있는 가장 큰 야망이었고, 이미 장면들의 절반은 다 외웠다는 이점도 있으니, 그는 맡을 의향이 있다고 잽싸게 선수를 쳤다. 그렇지만 공정히 말하자면, 반드시 맡아야겠다고 고집한 것은 아니었다. 프레더릭의 대사에도 대단히 근사한 열변이 꽤 많다는 것을 떠올리고는 그것도 괜찮겠다고 한 것이다. 헨리 크로퍼드는 자기는 둘 중 어느 쪽이든 상관없다고 했다. 예이츠 씨가 고르고 남은 역할이 뭐든 기꺼이 받아들이겠다는 그의 말에 잠깐 치하가 오갔다. 그러자 애거사 역을 생각하고 있는 사람으로서 이 문제에 지대한 관심을 가진 버트럼 양이 심판관 역할을 자청하며, 예이츠 씨에게 키와 체격을 고려해야 한다면서 마침 그의 키가 가장 크니 남작 역에 딱 맞는 것 같다고 했다. 다들 그 말이 옳다고 했고, 그녀의 말대로 두 사람이 배역을 받아들이면서 그녀는 마음에 드는 프레더릭 역을 확보하게 되었다. 이렇게 세 배역이 정해지고 러시워스 씨가 남았는데, 평소 마리아가 보증한 대로라면 그는 어떤 역이든 맡기는 대로 기꺼이 받아들일 사람이었다. 그런데 이때 언니처럼 애거사를 맡고 싶었던 줄리아가 크로퍼드 양을 생각해 주기 시작했다.

"이 자리에 없는 분도 배려해 드려야지요." 그녀가 말했다. "이 작품에는 여자 역할이 부족해요. 마리아 언니하고 저야 어밀리아와 애거사를 맡는다고 쳐도, 동생분이 맡을 역할이 없잖아요, 크로퍼드 씨."

크로퍼드 씨는 그런 염려는 접으셔도 된다고 했다. 자기 누이는 도움이 되고 싶다는 거지 꼭 출연할 생각은 없으니까 이런 경우라면 자기 때문에 신경 쓰는 걸 원하지 않으리라는 것이었다. 그러나 톰 버트럼이 즉각 이의를 제기하며, 누이분이 수락만 한다면 어밀리아 역은 어느 모로 보나 크로퍼드 양 몫이라고 주장했다. "누이분한테 딱 어울리는 역이니 당연히 동생분이 맡으셔야지요." 그가 말했다. "애거사 역은 제 누이 중 누가 맡는 게 맞고요. 어밀리아는 매우 희극적인 역할이니까 동생들도 아쉬움이 없을 겁니다."

짧은 침묵이 이어졌다. 두 누이는 애가 타는 모양이었다. 서로 자기야말로 애거사에 적임자라고 생각하고 사람들이 그 역을 강권해 주기를 바랐던 것이다. 그사이 작품을 집어 들고 짐짓 무심하게 1막을 훑어보던 헨리 크로퍼드가 금방 해법을 내놓았다. "줄리아 버트럼 양께 간곡히 부탁드려야겠네요." 그는 말했다. "애거사 역은 맡지 말아 주세요. 그랬다간 제가 도저히 무게를 잡을 수 없을 겁니다. (그녀 쪽으로 몸을 돌리며) 정말 그 역은 맡지 마세요. 줄리아 양께서 창백하고 비통한 얼굴을 하고 등장하면 도저히 참아 내지 못할 것 같아요. 우리가 얼마나 자주 함께 웃었습니까? 틀림없이 그 기억이 떠오를 텐데, 그러면 프레더릭은 얼른 배낭을 둘러매고 줄행랑을 치는 수밖에 없겠지요."

정중하고 사근사근한 말투였지만, 내용이 내용이니만큼 줄리아의 귀에는 말투 따위는 들어오지 않았다. 줄리아는 그가 마리아한테 보내는 눈길을 눈치챘고, 그러자 모욕감이 더해졌다. 계략, 속임수였다. 자기를 무시하고 마리아를 떠받드는 것이었다. 승리의 미소를 감추려 애쓰는 것만 봐도 마리아 역시 이를 충분히 의식하고 있는 게 분명했는데, 줄리아가 채 마음을 추스르고 입을 열기도 전에 오빠까지 그녀에게 불리한 쪽으로 무게를 실었다. "그럼! 마리아가 당연히 애거사를 맡아야지요. 애거사 역을 멋지게 해낼 겁니다. 줄리아는 자기가 비극에 더 어울리는 줄 알지만, 실은 비극을 잘해 낼지 의문이에요. 비극적인 면이 전혀 없잖습니까. 겉모습부터 말예요. 이목구비도 비극에 안 맞고, 걸음걸이도 말도 너무 빠르고 웃음도 못 참는걸요. 시골 노파 역이 더 나을 겁니다. 소작농 아내요. 정말 그게 나아, 줄리아. 두고 보면 알겠지만 아주 매력적인 역할이야. 남편의 허랑한 자비심을 이 마나님이 보란 듯이 깔아뭉개잖아. 소작농 아내 역을 맡아."

"소작농 아내라니!" 예이츠 씨가 소리쳤다. "그게 무슨 소리인가? 가장 시시하고 보잘것없는 단역인데. 평범하기 이를 데 없고. 작품을 통틀어 변변한 대사 하나 없잖나. 동생분한테 그 역을 하라니! 그런 역을 제안하는 것부터가 모욕 아닌가. 에클스퍼드에서는 가정 교사가 맡기로 했던 역이라고. 다른 사람한테는 도저히 부탁할 수 없다고 다들 생각했거든. 미안하지만 좀 더 공정을 기해 주면 좋겠구먼, 감독 양반. 단원들의 재능을 제대로 평가할 능력이 없다면야 감독 자격이 없다고 봐야지."

"아니 그거야, 나와 우리 단원들이 실제로 연기를 해 보기 전에는 어느 정도 짐작에 의존할 수밖에 없잖나, 친구. 하지만 줄리아를 깎아내릴 생각은 없어. 애거사를 둘이 맡을 수도 없고, 소작농 아내도 누군가 맡아야 하잖나. 나만 해도 늙은 집사 역도 순순히 맡았으니 그만하면 양보의 본보기를 줄리아한테 보여 준 셈 아닌가? 설령 시시한 단역이라 해도, 잘만 해내면 그 공이 더 커지지 않나. 그리고 줄리아가 해학적인 인물은 도저히 못하겠다면 소작농 아낙의 대사 대신 소작농의 대사를 맡겨도 되지. 두 인물을 통째로 바꿔서 말야. 소작농은 충분히 근엄하고 비장한 인물이거든. 그렇게 해도 연극에는 아무 지장이 없을 거고, 아내의 대사로 바꾼다면 소작농 역은 내가 기꺼이 맡아 주지."

"소작농 아내 역을 아무리 두둔하셔도," 헨리 크로퍼드가 말했다. "동생분한테 맞게 고치기는 불가능할 것이고, 동생분이 아무리 착하다고 해도 억지로 맡겨서야 되겠습니까. 오히려 수락하신다고 해도 우리가 용납하지 말아야지요. 동생분의 유순한 성품에 맡기지 말고요. 어밀리아 역이야말로 동생분 같은 재능이 필요해요. 어밀리아가 애거사보다 제대로 연기하기가 더 어렵거든요. 내가 보기에 이 작품에서 가장 까다로운 배역이 바로 어밀리아예요. 이 인물의 단순 소박하고 장난기 어린 면모를 과장 없이 담아내려면 대단한 연기력이, 대단히 섬세한 표현력이 있어야 하거든요. 훌륭한 여배우들도 이 배역은 제대로 소화해 내지 못하더라고요. 사실 단순 소박함이야말로 전문 여배우들은 여간해서는 감당하기 어려운 거거든요. 섬세한 감정이 요구되는데, 그게 없으니까요. 이건 양갓집 숙녀가 맡아야 하는 역입니다. 줄리아 버트럼 같은 분이 말이죠. 그 역을 맡아 주실 거지요?" 그가 간절히 청하는 눈빛으로 줄리아를 돌아보며 말하는 바람에 그녀는 마음이 좀 누그러졌다. 그러나 대답을 망설이는 사이 오빠가 다시 끼어들며 크로퍼드 양이 더 적임자라고 했다.

"아니, 아니지. 줄리아한테 어밀리아 역을 맡길 순 없지. 전혀 안 맞아. 줄리아도 마음에 안 들 것이고. 잘 해내지도 못할 거야. 키도 체격도 너무 크잖나. 어밀리아는 아담하고 날씬하고 거동이 가벼운 소녀 같은 인물이 해야지. 크로퍼드 양이 하면 어울릴 거야. 아니, 크로퍼드 양 말고는 해낼 사람이 없어. 크로퍼드 양은 외양도 딱 들어맞고, 멋지게 해낼 거야."

그래도 아랑곳없이 헨리 크로퍼드는 계속 청했다. "부탁입니다." 그는 말했다. "그렇게 해 주세요. 한번 연구해 보시면, 어울리는 역이라는 걸 반드시 알게 될 거예요. 비극을 원하시는지도 모르겠지만, 두고 보세요, 본인이 얼마나 희극에 재능이 있는지 분명히 알게 될 겁니다. 그 역을 맡으면, 먹을 것이 든 바구니를 들고 감옥으로 저를 찾아오실 겁니다. 감옥으로 저를 찾아오는 게 싫은 것은 아니시지요? 전 바구니를 들고 들어오시는 모습이 눈에 선한데요."

그의 목소리에서 설득력이 느껴졌다. 줄리아는 마음이 흔들렸다. 그렇지만 그저 자기를 달래고 누그러뜨려 아까의 무례를 눈감고 넘어가게 만들려는 건 아닐까? 그녀는 그를 믿을 수가 없었다. 아까는 그렇게 무시를 하더니. 이것도 한낱 속임수인지도 몰랐다. 그녀는 언니에게 의구심 어린 눈길을 던졌다. 마리아의 표정으로 판가름할 수 있을 것이었다. 만일 심기가 불편하고 불안해 보인다면……. 그러나 마리아는 지극히 평온하고 만족스러워 보였고, 이런 상황에서 마리아가 반기는 것은 곧 자기한테는 불리한 것임을 줄리아는 잘 알았다. 그래서 얼른 화를 내며 떨리는 목소리로 그에게 말했다. "제가 음식 바구니를 들고 들어올 때도 표정 관리가 어렵긴 마찬가지일 텐데, 그 걱정은 안 되시나 보네요. 제가 애거사 역을 맡을 때만 연기가 안 되시나 보죠!" 그녀는 말을 멈추었다. 헨리 크로퍼드는 할 말을 잃은 듯 멍한 표정이었다. 다시 톰 버트럼이 말했다.

"어밀리아는 크로퍼드 양이 맡아야 한다니까. 아주 멋지게 소화해 내실 거야."

"나한테 달라고 안 할 테니 걱정 마요." 줄리아가 발끈해서 소리쳤다. "애거사 역은 안 할 테니까. 하지만 다른 역도 전부 다 절대 사절이에요. 어밀리아라니, 내가 보기엔 세상에서 가장 역겨운 배역인걸요. 난 그 여자가 정말 싫어요. 조그만 여자가 역겹고 건방지고 부자연스럽고 오만 방자하잖아요. 진작부터 희극은 싫다고 했지만, 이건 희극치고도 최악이네요." 그렇게 말하면서 그녀는 급히 방을 나가 버렸는데, 머쓱해진 것은 한 사람만이 아니었지만 조금이라도 측은해하는 사람은 패니뿐이었으니, 패니는 오가는 대화를 말없이 들으면서 질투심에 어쩔 줄 모르는 줄리아에게 동정을 금할 수 없었다.

줄리아가 자리를 뜨자 잠시 침묵이 이어졌다. 하지만 그녀의 오빠는 곧 사무적인 태도로 「연인 서약」 이야기를 다시 꺼내며 예이츠 씨의 도움 아래 작품을 열심히 뒤적이면서 어떤 장면을 무대에 올릴지 검토하였고, 마리아와 헨리 크로퍼드는 낮은 목소리로 이야기를 나누었다. 그러다 마리아가 "저도 제대로 소화해 내지는 못하겠지만 줄리아는 더 못할 것 같아서 그렇지, 그렇지만 않다면 얼마든지 줄리아한테 양보할 수 있어요."라고 선언함으로써, 어김없이 온갖 칭송을 한 몸에 받았다.

한동안 칭송이 이어지고 나서 사람들은 뿔뿔이 흩어졌다. 톰 버트럼과 예이츠 씨는 좀 더 숙의하기 위해 어느새 '극장'이라고 불리기 시작한 방으로 갔고, 버트럼 양은 직접 목사관으로 내려가 크로퍼드 양에게 어밀리아 역을 제안하기로 했다. 이제 남은 사람은 패니뿐이었다.

혼자 남게 되자 그녀가 제일 먼저 한 일은 탁자에 놓인 극본을 집어 들어 그동안 수없이 들었던 작품을 직접 읽어 보기 시작한 것이었다. 그녀는 호기심에 휩싸인 채 열심히 읽어 내려갔지만, 중간중간 놀라며 잠시 읽기를 멈추곤 했다. 이런 때 이런 작품을 고르다니. 여염집 무대에 이런 작품을 올릴 생각을 하고 또 다들 좋다고 하다니! 그녀가 보기에 애거사와 어밀리아는 서로 이유는 다르지만 여염집에서 연기하기에는 너무나 부적절했다. 애거사는 처한 상황이, 그리고 어밀리아는 하는 대사가 음전한 여성이 연기할 만한 인물이 전혀 아니었으니, 사촌 언니들이 이를 뻔히 알면서도 자청했다고는 차마 믿을 수가 없었다. 에드먼드가 알면 틀림없이 야단을 칠 텐데, 그렇게 해서라도 언니들이 하루빨리 정신을 차리기를 패니는 간절히 바랐다.

15

크로퍼드 양은 어밀리아 역을 바로 수락했고, 버트럼 양이 목사관에서 돌아오자마자 러시워스 씨가 도착해서 배역이 또 하나 정해졌다. 카셀 백작과 안할트 중 하나를 맡으라는 말에 그는 처음에는 누구를 고를지 몰라 버트럼 양한테 조언을 청했다. 그런데 두 인물의 스타일이 어떻게 다르며 누가 누구인지 하는 설명을 듣고, 또 전에 런던에서 이 연극을 본 적이 있는데 그때 안할트가 아주 멍청한 작자라고 생각했던 기억이 나자, 얼른 백작으로 결정했다. 버트럼 양은 이 결정이 마음에 들었으니, 그가 외울 대사가 적을수록 좋았다. 그리고 백작과 애거사가 함께 연기하는 장면이 있기를 바라는 그의 소망에는 공감할 수 없고, 혹시라도 그런 장면이 나오지 않을까 천천히 책장을 넘기는 그를 썩 참을성 있게 기다려 줄 수는 없었지만, 대단히 친절하게도 그가 등장하는 부분을 직접 살펴보며 줄일 수 있는 대사는 모두 줄여 주었다. 그리고 의상을 여러 번 갈아입어야 할 거라면서 의상 색깔을 골라 주기도 했다. 러시워스 씨는 화려한 의상을 입는 게 못마땅한 척했지만 속으로는 매우 좋았고, 무대에 등장할 자신의 모습에 정신이 팔린 나머지 다른 사람들한테는 생각이 미치지 않아 마리아가 반쯤은 각오

'나는 또 화려하게 차려입어야 한다네요…….'

하고 있던 모종의 결론을 내리거나 불쾌해하는 일은 없었다.

하루 종일 집을 비웠던 에드먼드는 이만큼 결정이 이루어지도록 아무것도 모르고 있었지만, 정찬을 들기 전 응접실에 들어서니 톰과 마리아, 예이츠 씨가 열띤 토론 중이었다. 그리고 러시워스 씨가 쏜살같이 다가와 이 기쁜 소식을 전했다.

"드디어 작품이 정해졌어요." 그가 말했다. "「연인 서약」이라는 작품으로. 나는 카셀 백작을 맡기로 했는데, 처음에는 파란색 예복에 분홍색 공단 망토를 걸치고 등장했다가 뒤에는 사냥복풍으로 또 화려하게 차려입어야 한다네요……. 그래도 괜찮을지, 글쎄 나도 잘 모르겠지만."

패니의 시선이 에드먼드에 머물렀다. 옆에서 들으며 그의 표정을 보니 지금 어떤 기분일지 알 것 같아 가슴이 조마조마했다.

"「연인 서약」이요!" 너무나 뜻밖이라는 어투로 그는 러시워스 씨에게 이 말만 했다. 그러고는 형과 누이동생들을 돌아보았는데, 십중팔구 아니라고 말할 거라고 믿는 듯했다.

"그렇다네." 예이츠 씨가 말했다. "논의와 고심을 거듭한 끝에 「연인 서약」만큼 우리 모두에게 어울리고 흠잡을 데 없는 작품도 없다는 것을 깨달았지. 진작 생각해 내지 못한 게 오히려 놀라울 뿐이야. 나도 참 아둔하지. 에클스퍼드에서 본 것을 살릴 수 있다는 장점이 있는데, 그 생각을 못 했으니. 본보기 같은 게 있으면 정말 편하잖나! 배역도 거의 다 정했네."

"그렇지만 여자 역할들은 어떻게 하고요?" 에드먼드가 심각하게 물으며 마리아를 쳐다봤다.

마리아가 자기도 모르게 얼굴을 붉히며 대답했다. "레이디 레이븐쇼가 하려던 배역은 내가 맡고, (좀 더 대담한 눈빛으로) 크로퍼드 양은 어밀리아 역을 맡기로 했어요."

"그렇게 쉽게 배역을 채울 수 있는 작품인 줄 몰랐네. 우리가 말야." 이렇게 말하며 에드먼드는 어머니와 이모, 패니가 앉아 있는 벽난롯가로 가서 대단히 못마땅한 표정으로 자리에 앉았다.

러시워스 씨가 따라오며 말했다. "난 세 번이나 등장하고 대사도 마흔두 개나 됩니다. 그만하면 대단하지 않아요? ……그렇지만 너무 화려한 의상을 입어야 하는 게 좀 마음에 걸리네요. 푸른색 예복에 분홍색 새틴 망토를 걸치면 나도 이게 나인가 싶을 겁니다."

에드먼드는 대꾸할 말을 찾지 못했다. 잠시 후 목수가 몇 가지 여쭙고자 한다는 전갈을 받고 버트럼 씨가 해결을 해 주러 나갔는데, 예이츠 씨도 함께 나가고 이어서 러시워스 씨까지 그 뒤를 따르자, 에드먼드는 이 틈을 타 곧바로 이렇게 말했다. "예이츠 씨 앞에서는 차마 이 작품에 대한 내 생각을 말할 수가 없었어. 자칫하면 에클스퍼드에 모였던 분들을 비난하는 꼴이 되니까. 그렇지만 이제는 말을 해야겠다, 마리아. 난 이 작품이 여염집에서 공연하기에는 아주 부적절한 작품이라고 생각하고, 그래서 네가 그만두었으면 좋겠어. 꼼꼼히 다시 읽어 보면 너도 틀림없이 그런 생각이 들 거야. 어머니나 이모님 앞에서 1막만 낭송해 보고 그래도 네가 찬성할 수 있을지 생각해 봐. 아버지 판단까지 들어 보라고 할 필요는 없을 거라고 믿는다.”

“우린 오빠하고 생각이 많이 달라요.” 마리아가 외쳤다. “분명히 말하지만, 나도 이 작품은 너무나 잘 아는데요, 아주 살짝 잘라 내기만 하면, 물론 그럴 예정이고요, 전혀 문제 될 게 없다고 봐요. 그리고 여염집 공연에 아주 적절한 작품이라고 생각하는 아가씨가 나 하나만은 아니잖아요.”

“그건 나도 유감이야.” 그는 대답했다. “그렇지만 이럴 때일 수록 네가 앞장서 이끌어야지. 모범을 보이면서 말이야. 너만 한 위치에 있으면 다른 사람들이 실수를 해도 바로잡아 주고 진정한 분별력이 뭔지 보여 줘야지. 모든 예의범절에서 너의 행동은 다른 사람한테 준칙이 되어야 해.”

이렇게 그녀의 중요한 위치를 부각시켜 주자 얼마간 효과가 있었다. 마리아만큼 앞장서기를 좋아하는 사람도 없었던 것이다. 훨씬 누그러든 목소리로 그녀가 대답했다. “정말 고마워요, 에드먼드 오빠. 오빠가 좋은 뜻으로 하는 말인 건 나도 잘 알아요. 하지만 오빠가 매사를 너무 심각하게 받아들인다는 생각은 지울 수가 없네요. 그리고 이런 일로 남들한테 구구절절 설교를 늘어놓는 일은 난 정말 못하겠어요. 그거야말로 예의범절에 아주 어긋나는 짓이잖아요.”

“내가 설마 그런 생각을 할까? 천만에. 설교는 행동으로만 해야지……. 맡은 역할을 검토해 보니 도저히 감당할 수가 없겠다고, 그 배역에 요구되는 능력과 자신감이 너에게는 부족한 것 같다고 말하면 돼. 단호하게만 말한다면 그걸로 충분할 거야. 분별력 있는 사람이라면 네가 그러는 이유를 알아차릴 테니까. 결국 이 작품 공연은 포기할 것이고, 너의 사려 깊은 판단에 다들 당연히 경의를 표할 거야."

"부적절한 작품은 절대 하면 안 된다, 얘야." 레이디 버트럼이 말했다. "아버지도 좋아하지 않으실 거야……. 패니, 종을 울려 줄래? 정찬을 들어야겠구나. 이젠 줄리아도 옷을 다 갈아입었겠지."

"어머니, 틀림없이 아버지도 좋아하지 않으실 거예요." 패니의 움직임을 저지하며 에드먼드가 말했다.

"저런, 얘야, 네 오빠가 하는 말 들었지?"

"내가 그만둔다고 해도 줄리아가 맡겠다고 나설 게 뻔한 걸요." 마리아가 다시 열을 올리며 말했다.

"뭐라고!" 에드먼드가 소리쳤다. "네가 그만두는 이유를 알면서도 그런다고!"

"그럼요! 그 애는 저와 난 다르다고, 처한 입장이 다르다고, 난 조심해야 할지 몰라도 자긴 그럴 필요가 없다고 생각할 걸요. 틀림없이 그렇게 주장할 거예요. 안 돼요, 오빠가 좀 이해해 줘요. 이제 와서 어떻게 그만둔다고 해요. 이미 다 정해졌는데. 다들 크게 실망할 거예요. 큰오빠도 몹시 화를 낼 거고. 그리고 그렇게 까다롭게 고르다가는, 아무 작품도 올리지 못해요."

"나도 그 말을 하려던 참이야." 노리스 부인이 말했다. "작품마다 일일이 흠을 잡고 나오면 아예 공연을 할 수 없을 게야. 그리고 여태껏 준비한 게 모두 헛돈을 쓴 게 되겠지. 그거야말로 우리 모두에게 망신스러운 일 아니겠어? 어떤 작품인지는 몰라도, 다소 민망한 대목이 있으면, 사실 극작품은 대개 그렇지 않나. 마리아 말대로 빼 버리면 되는 일이고. 그러니 지나치게 까다롭게 따질 필요는 없을 게야, 에드먼드. 러시워스 씨도 함께 출연할 테니 문제될 것도 없고. 난 다만 톰이 확실하게 계획을 정한 다음에 목수들한테 일을 시켰으면 좋았겠다 싶네. 옆문들을 만드느라 반나절이나 허송해 버렸잖아. 물론 막 만드는 일은 순조롭게 진행될 거야. 하녀들이 아주 잘하고 있고 고리도 수십 개는 돌려보낼 수 있겠어. 너무 촘촘하게 붙여 달 필요는 없으니까. 낭비를 막고 재료를 최대한 잘 활용하는 데 내가 얼마간 도움은 되었을 게야. 이렇게 많은 젊은이가 모여 뭔가를 할 때는 항상 침착한 머리로 통솔할 사람이 하나는 있어야 하는 법이지. 그러고 보니 깜박했네. 바로 오늘 나한테 어떤 일이 있었는지 톰한테 이야기해 준다는걸. 막 양계장을 둘러보고 나오는데, 글쎄 딕 잭슨이 나무 판자 두 장을 들고 하인 출입구 쪽으로 가는 거야. 보나마나 제 아비한테 들고 가는 거겠지. 제 어미가 아비한테 전할 말이 있어서 아이를 보냈더니, 아비가 아이한테 나무 판자 두 장을 가져오라고 시킨 거지. 판자가 없어서 일을 못 하겠다면서. 무슨 꿍꿍이인지 금방 알겠더라고. 마침 그때 하인들 식사 시간을 알리는 종소리가 머리 위에 울려 퍼졌거든. 난 이렇게 남의 물건에 손대는 족속은 딱 질색이야. (잭슨네 집구석은 손버릇이 아주 나빠. 내가 언제나 그랬잖아. 뭐든 손에 잡히는 대로 빼돌린다고.) 그래서 즉각 그놈한테 말했지. (덩치만 컸지 덜떨어진 열 살배기 사내 녀석 있잖아, 그만한 나이면 부끄러운 줄을 알아야지.) 판자는 내가 네 아비에게 갖다줄 테니, 딕, 너는 당장 집으로 돌아가라고. 그러니까 멍청하기 짝이 없는 표정을 짓더니 한 마디도 못 하고 돌아서더라고. 내가 또 마음만 먹으면 아주 매섭게 혼찌검을 내잖아. 이제 얼마 동안은 이 집 물건을 빼돌리고 다니지 못하겠지. 그렇게 욕심 사납게 굴다니 정말 질색이야. 너희 아버지가 그 집한테 얼마나 잘해 주는데. 일 년 내내 일거리도 주고!"

굳이 대답하는 사람은 아무도 없었다. 곧이어 다른 사람들이 돌아왔는데, 에드먼드는 그들의 잘못을 바로잡으려고 노력했다는 사실 하나로 만족해야 한다는 것을 깨달았다.

식탁의 분위기가 무거웠다. 노리스 부인이 딕 잭슨을 꼼짝 못하게 혼내 준 이야기를 또 한 번 되풀이한 것 말고는 연극이나 준비 작업은 거의 화제에 오르지 않았으니, 에드먼드의 반대를 그 형조차 의식했던 것이다. 물론 절대 시인하지는 않았겠지만. 마리아는 열렬히 지지해 줄 헨리 크로퍼드가 없는 자리에서는 이런 화제를 피하는 게 상책이라고 생각했다. 예이츠 씨는 줄리아의 환심을 사려고 애썼지만, 그녀가 극단에서 빠져 안타깝다는 말 말고는 그 어떤 화제로도 그녀의 우울한 마음을 달래 줄 수 없다는 것을 깨달았고, 러시워스 씨는 자신이 맡은 배역과 입을 의상 생각만 머릿속에 가득해서 그 이야기만 했는데 그것도 곧 동이 났다.

그러나 공연에 대한 관심을 접어 뒀다고 해야 고작 한두 시간뿐이었다. 아직 정할 것이 많은 데다 저녁이 되자 용기가 되살아난 톰과 마리아, 예이츠 씨가 응접실에 다시 모인 지 얼마 지나지 않아 따로 탁자에 모여 앉아 대본을 앞에 펼쳐 놓고

응접실에 반가운 훼방꾼이 나타났다.

그 화제에 열중하려는 순간, 반가운 훼방꾼이 나타났으니 크로퍼드 씨와 크로퍼드 양이 입장한 것이다. 두 사람은 늦은 시간에 길도 어둡고 흙투성이지만 오지 않을 수 없었다고 했고, 사람들은 더없이 고맙고 반갑게 그들을 맞았다.

첫 인사가 오가고, 이어서 "그래, 어떻게 되어 갑니까?", "뭐 결정된 것이 있나요?", "웬걸요! 두 분 없이는 아무것도 할 수가 없지요." 하는 말이 이어졌다. 곧이어 헨리 크로퍼드는 다른 세 사람과 함께 탁자 앞에 앉았고, 그 여동생은 레이디 버트럼에게 다가가 그녀를 붙들고 살갑게 인사를 했다. "정말 축하드려요. 드디어 작품이 정해졌네요." 그녀는 말했다. "귀감이 될 만한 인내심으로 참아 주긴 했지만, 시끄럽고 불편해서 힘드셨을 텐데요. 결정이 나서 출연자들도 기쁘겠지만, 옆에서 지켜보는 분들이 훨씬 더 다행이다 싶으실 거예요. 그러니 영부인과 노리스 부인께, 그리고 함께 곤란을 겪은 모든 분께 진심으로 치하드립니다." 그녀는 반은 조심스럽고 반은 장난기 어린 눈빛을 패니 너머 에드먼드 쪽으로 던졌다.

레이디 버트럼은 매우 상냥하게 응답했지만, 에드먼드는 아무 말도 하지 않았다. 옆에서 지켜보겠다는 태도에 변함이 없었던 것이다. 크로퍼드 양은 벽난롯가에서 사람들과 몇 분 더 담소를 나누다가 탁자에 앉아 있는 사람들한테 돌아와서는 옆에 서서 오가는 논의에 관심을 기울이는 듯하더니 문득 생각난 것처럼 이렇게 외쳤다. "어머, 여러분, 이 농가들이며 선술집들을 어떻게 꾸밀지 하나하나 아주 차분하게 논의하고 계시네요. 그렇지만 중간에 잠깐 제 운명도 알려 주실래요? 어느 분이 안할트를 맡을 건가요? 전 여러분 중 어느 분과 사랑하는 기쁨을 누리게 되나요?"

한순간 모두들 입을 다물었다. 그러다 저마다 나서서 안할트 역이 아직 정해지지 않았다는 우울한 사실을 털어놓았다. "러시워스 씨는 카셀 백작을 하기로 했고, 안할트를 맡을 사람은 아직 아무도 없네요."

"저더러 선택하라고 했는데 백작이 낫겠다 싶더군요. 화려한 의상을 입어야 한다는 건 썩 마음에 들지 않지만요." 러시워스 씨가 말했다.

"아주 현명한 선택이에요." 한결 밝은 표정으로 크로퍼드 양이 대답했다. "안할트는 무거운 역이잖아요."

"백작도 대사가 마흔하고도 두 개나 되니, 만만치 않지요." 러시워스 씨가 대꾸했다.

"안할트를 하겠다는 분이 안 나서는 것도 놀랍지는 않네요." 잠시 사이를 두었다가 크로퍼드 양이 말했다. "어밀리아야 당해도 할 말 없지요. 아가씨가 그렇게 기가 세니 남자들이 겁을 낼 수밖에요."

"할 수만 있다면 제가 기꺼이 맡았을 겁니다." 톰이 큰 소리로 말했다. "그렇지만 안타깝게도 집사와 안할트가 함께 등장해서요. 그러나 아주 포기한 것은 아닙니다. 가능한 방법을 찾아보지요. 다시 한번 검토해 보겠습니다."

"자네 동생이 맡으면 되겠는데." 예이츠 씨가 소리 죽여 말했다. "안 한다고 할까?"

"나는 물어볼 생각이 없네." 톰이 차갑고 단호한 태도로 대답했다.

크로퍼드 양은 다른 화제를 꺼냈다가 잠시 후 벽난롯가로 돌아왔다. "저분들한테는 제가 거추장스러울 거예요." 그녀는 자리에 앉으며 말했다. "알 수 없는 소리나 하고 치하까지 해 줘야 하니까요. 에드먼드 버트럼 씨, 연극에 출연하시지 않으니 사심 없이 조언해 주실 수 있겠죠? 그러니 여쭤볼게요. 안할트 역을 어떻게 하면 좋을까요? 누가 일인이역을 할 수도 있을까요? 어떤 조언을 주실래요?"

"저의 조언은 작품을 바꾸라는 겁니다." 그가 담담하게 말했다.

"저야 바꿔도 상관없죠." 그녀가 대답했다. "어밀리아 역이 특히 싫은 건 아니지만요. 상대역만 잘 정해진다면, 모든 일이 잘 풀린다면 말예요. 저 때문에 곤란해지는 건 싫거든요. 하지만 (뒤돌아보며) 저쪽 탁자에서는 당신한테 조언을 구할 생각도 없으니 그 조언을 채택할 리도 없겠네요."

에드먼드는 더 이상 아무 말도 하지 않았다.

"혹시라도 당신을 연기로 끌어들일 만한 배역이 있다면 그건 바로 안할트 역일 거예요." 그 숙녀는 잠깐의 침묵 끝에 장난스럽게 말했다. "안할트는 성직자잖아요."

"성직자라고 해서 마음이 흔들리는 일은 절대 없을 겁니다." 그가 대답했다. "그런 인물을 제 서툰 연기로 우스꽝스럽게 만들고 싶지는 않아요. 딱딱하고 근엄한 설교꾼처럼 보이지 않게 안할트를 연기하기란 대단히 어려운 일입니다. 성직을 택한 사람일수록 오히려 무대에서 성직자 역을 맡는 걸 더 피하려 들 거고요."

크로퍼드 양은 입을 다물 수밖에 없었다. 그녀는 좀 분하기도 하고 속상하기도 해서, 차탁(茶卓) 쪽으로 의자를 바짝 끌어당기고는 그 자리를 주관하는 노리스 부인한테 모든 관심을 집중했다.

"패니." 끊임없이 대화가 이어지며 열심히 논의가 진행되던 다른 탁자에서 톰 버트럼이 큰 소리로 패니를 불렀다. "네가 우리 좀 도와줘야겠다."

패니는 심부름이라도 시키려나 해서 얼른 자리에서 일어났다. 그런 식으로 패니를 부리는 습관은 에드먼드의 갖은 노력에도 불구하고 아직 남아 있었던 것이다.

"아니! 일어날 것까지는 없고. 지금 당장 도와달라는 건 아니니까. 너도 우리 연극에 출연해야겠다. 소작농 아낙 역은 아무래도 네가 해 줘야겠어."

"제가요?" 패니가 잔뜩 겁먹은 얼굴로 도로 자리에 주저앉으며 말했다. "미안하지만 전 정말 빼 주세요. 세상을 다 준다 해도 연기는 절대 못 해요. 연기는 정말 할 줄 몰라요."

"알아, 그래도 꼭 해 줘야겠어. 네가 빠지면 안 된다니까. 그렇게 겁낼 필요 없어. 역할이라고 해 봐야 별거 없어. 정말 별거 없다고. 대사도 다 합해야 대여섯 개밖에 안 되고, 네 대사가 하나도 안 들려도 상관없으니까 얼마든지 쥐 죽은 듯 작은 소리로 해도 돼. 그렇지만 무대에 등장은 꼭 해야 해."

"대사 대여섯 개 가지고 겁을 내다니." 러시워스 씨가 외쳤다. "내 역 같은 것을 맡았으면 어쩔 뻔했어요? 난 외울 대사가 마흔두 개나 된다고요."

"외우는 게 겁나서는 아니에요." 패니는 그 순간 방 안에서 말을 하는 사람이 자기뿐이고 거의 모든 사람이 자기를 쳐다보고 있다는 것을 깨닫고 당혹스러웠다. "그렇지만 정말 연기를 할 줄 몰라요."

"아니, 괜찮아. 우리 무대에는 너 정도면 충분해. 대사만 외우면 나머지는 우리가 다 가르쳐 줄게. 네가 나오는 장면은 두 군데밖에 없어. 내가 소작농 역을 할 거니까 등장부터 동선까지 내가 이끌어 줄게. 내가 장담하지, 넌 아주 잘 해낼 거야."

"아니에요, 정말로 오빠, 전 빼 주세요. 오빠가 모르셔서 그렇지, 저한테는 절대로 불가능한 일이에요. 제가 그 역을 맡는다면 실망만 하실 거예요."

"쯧쯧! 지나친 겸손은 그만둬. 아주 잘 해낼 거라니까. 다 감안하고 볼 텐데 뭐. 완벽한 연기를 기대하는 것도 아니고. 너는 긴 갈색 겉옷과 흰색 앞치마에 모브 캡*만 준비하고, 우리가 네 얼굴에 주름 몇 개와 눈끝 주름살만 좀 그려 넣으면, 영락없이 자그마한 늙은 아낙네가 될 거야."

"전 빼 주세요, 부디 그렇게 해 주세요." 어찌할 바를 몰라 얼굴이 점점 더 붉어지면서 패니는 난감한 시선으로 에드먼드를 쳐다봤는데, 에드먼드는 다정하게 지켜보고 있었지만 공연히 끼어들었다간 형이 화를 낼까 봐 격려의 미소만 보냈다. 패니가 아무리 간청해도 톰은 끄떡도 하지 않았다. 똑같은 말만

---

* 18~19세기에 유행한, 턱 아래로 묶어 매는 실내용 여성 모자.

되풀이할 뿐이었다. 톰만이 아니었다. 이제 마리아와 크로퍼드 씨, 예이츠 씨도 톰을 지원하고 나섰는데, 톰과는 달리 한결 부드럽거나 예의 바르게 간곡히 부탁하는 바람에 감당하기가 힘들었다. 그런데 숨 돌릴 사이도 없이 노리스 부인이 다들 들리도록 노기 어린 목소리로 이렇게 속삭여 모든 논란에 종지부를 찍었다. "아무것도 아닌 일을 가지고 이 무슨 소란이냐? 너 때문에 내가 다 창피해지는구나, 패니. 별일도 아닌데 사촌들이 하자는 대로 해 주면 어때서 그렇게 애를 먹이니. 사촌들이 너한테 얼마나 잘해 주는데! 그저 수굿하게 받아들여, 더는 이런 말이 안 나오게 해 주렴. 제발 부탁이다."

"강요는 하지 마세요, 이모." 에드먼드가 말했다. "이렇게 강요하는 건 부당한 처사입니다. 연극을 하고 싶지 않다잖아요. 우리처럼 패니도 스스로 선택하게 해 줘야지요. 패니도 누구 못지않은 판단력이 있잖아요. 더 이상 강요는 하지 마세요."

"그래, 강요하지 않으마." 노리스 부인이 날카롭게 맞받았다. "하지만 제 이모와 사촌들이 그렇게 원하는데도 끝내 못하겠다면, 고집불통에 배은망덕한 아이라고 여길 수밖에. 배은망덕도 유분수지, 제 처지를 생각해야지."

에드먼드는 너무 화가 나서 말문이 막혔다. 그러나 크로퍼드 양은 잠시 놀란 눈으로 노리스 부인을, 그리고 눈물을 글썽이기 시작하는 패니를 바라보더니, 곧바로 좀 날카로운 어조로 "여긴 좀 불편하네요. 이 자리는 저한테는 너무 더워요."라고 말하고는 탁자 반대편으로 의자를 옮겨 패니 곁에 앉으며 작은 목소리로 다정하게 속삭였다. "신경 쓰지 마세요, 프라이스 양. 오늘 저녁은 모두 기분이 안 좋은 모양이에요. 다들 화를 내고 짜증을 부리네요. 하지만 우리는 신경 쓰지 말자고요." 그녀는 자기 기분도 안 좋으면서 계속 패니에게 말을 걸고 기분을 달래 주려고 표 나게 애썼다. 그리고 자기 오빠에게 눈짓을 보내 공연 위원회에서 더 이상 부탁이 나오지 않게 만들었는데, 에드먼드는 거의 오로지 진정 어린 선의에서 우러나온 듯한 그녀의 이런 행동에 그동안 조금은 줄어들었던 그녀에 대한 호감이 전부 되살아났다.

패니는 크로퍼드 양을 아주 좋아하지는 않았지만, 지금 보여 주는 친절만큼은 대단히 고마웠다. 그리고 크로퍼드 양이 패니가 놓고 있는 자수에 관심을 보이면서 자기도 그렇게 수를 잘 놓으면 좋겠다며 패턴을 달라고 부탁하고, 사촌 언니가 결혼하고 나면 패니도 당연히 사교계에 나올 테니 지금 데뷔 준비를 하고 있을 거라고 하다가, 이어서 바다에 나간 오빠한테서는 최근에 소식이 온 게 있느냐고 물으면서 자기도 꼭 한번 만나 보고 싶고 틀림없이 아주 멋진 청년일 거라며 오빠가 다시 바다로 나가기 전에 초상화를 하나 그려 받으라는 조언도 해 주니, 패니는 공치사인 줄 알면서도 참 듣기가 좋다는 점은 부인할 수 없었고, 그래서 열심히 귀를 기울이며 처음 마음먹었던 것보다 더 활발하게 대꾸도 해 주게 되었다.

연극에 대한 논의는 그 후로도 계속되었는데, 패니에게 쏠리던 크로퍼드 양의 주의가 처음으로 흐트러진 것은 톰 버트럼의 말 때문이었다. 그는 그녀에게 너무나 안타깝지만 아무리 따져 봐도 집사 역을 하면서 안할트 역까지 맡는 건 도저히 불가능하다고 했다. 어떻게든 가능한 방안을 찾아내려 했지만 도저히 안 되니 포기하는 수밖에 없겠다는 것이었다. "그렇지만 이 역을 채우는 건 전혀 어렵지 않을 겁니다." 그는 덧붙였다. "배우를 구한다는 말 한 마디만 던져 놓으면 그만이지요. 얼마든지 입맛대로 고를 수 있을걸요. 원하신다면 지금 당장이라도, 근방 6마일 안에서 우리 극단에 껴 준다면 얼씨구나 할 청년 이름을 최소한 여섯은 댈 수 있고, 그중 한두 명은 우리 이름에도 누가 되지 않을 사람들입니다. 올리버 형제 중 한 사람이나 찰스 매덕스라면 안심하고 맡길 수 있을 겁니다. 톰 올리버는 아주 똑똑한 친구고, 찰스 매덕스는 신사답기로는 어디 내놓아도 손색이 없는 친구거든요. 그러니 내일 아침 일찍 말을 타고 스토크로 건너가서 둘 중 한 사람으로 정하고 오겠습니다."

톰이 이렇게 말하는 동안, 마리아는 자기들이 처음 주장한 것과 달리 이렇게 일이 커지면 에드먼드가 틀림없이 반대할 것 같아 고개를 돌려 걱정스러운 표정으로 에드먼드를 쳐다보았는데, 에드먼드는 침묵을 지켰다. 잠시 생각하던 크로퍼드 양이 차분하게 응답했다. "저야 뭐, 여러분이 모두 좋다고 생각한다면 무슨 이의가 있겠어요? 제가 뵈었던 분도 있나요? ……맞아요, 언젠가 찰스 매덕스 씨가 언니네 정찬에 오신 적이 있네요. 그렇지요, 오빠? 참 조용해 보이는 분이었어요. 이제 생각이 나네요. 괜찮으시다면 그분한테 부탁해 보세요. 저도 전혀 모르는 사람보다는 덜 불편할 것 같아요."

찰스 매덕스한테 부탁하기로 정해졌다. 톰은 내일 일찍

그를 찾아가겠다는 결심을 거듭 밝혔다. 거의 입도 떼지 않던 줄리아가 마리아와 에드먼드를 번갈아 쳐다보면서 빈정거리는 말투로 "맨스필드 공연 덕분에 온 동네가 떠들썩해지겠네." 라고 말했지만, 에드먼드는 계속 침묵을 지키며 결연하고 심각한 태도로 자신의 심정을 드러냈다.

"연극이 잘될지 자신이 없네요." 잠시 생각하다가 크로퍼드 양이 낮은 목소리로 패니에게 말했다. "매덕스 씨하고 연습을 하기 전에 그분 대사를 좀 줄이고 내 대사도 대폭 줄여 보겠다고 말해야겠어요……. 유쾌한 공연이 못 될 것 같아요. 내가 기대했던 것과도 완전히 다르고."

16

크로퍼드 양의 노력에도 불구하고 패니는 저녁에 있었던 일을 깨끗이 털어 낼 수가 없었다. 그날 밤 모임이 끝나고 잠자리에 들 때도 머릿속에는 온통 그 생각뿐이었다. 모두 보는 앞에서 사촌 오빠 톰한테 그렇게 집요하게 강요당한 충격에 아직도 가슴이 진정되지 않았고, 이모의 매몰찬 지적과 비난에 기분이 울적했다. 그런 식으로 사람들의 시선에 노출된 것도 괴로운데, 그건 훨씬 더 나쁜 일의 서곡이었을 뿐, 도저히 할 수 없는 연기를 꼭 하라고 야단이고, 이어서 고집불통이고 배은망덕하다는 비난에 더부살이 신세를 들먹이는 소리까지 듣고 말았으니, 그 당시 느꼈던 엄청난 곤혹감은 혼자 있으면서 돌이켜 봐도 쉽게 가라앉지가 않았다. 특히 이 화제의 후속타로 내일은 어떤 일이 벌어질까 하는 걱정에 마음이 더욱 괴로웠다. 크로퍼드 양이 보호해 주긴 했지만 그것도 그때뿐이었다. 식구들만 있는 자리에서 톰과 마리아가 막무가내로 다시 밀어붙인다면 어떻게 해야 하나? 에드먼드도 아마 외출하고 없을 텐데. 패니는 답을 얻지 못한 채 잠이 들었고 다음 날 아침 눈을 떴을 때도 곤혹스러운 마음은 여전했다. 처음 이 집에 왔을 때부터 침실로 써 온 작은 하얀 다락방은 아무런 대답도 주지 못할 게 뻔했으므로, 패니는 옷을 차려입는 대로 다른 방으로 자리를 옮겼다. 더 넓어서 서성이며 생각을 하기에 좋은 이 방은 얼마 전부터 패니의 방이나 마찬가지였다. 그들이 공부할 때 쓰던 이 방은 버트럼 자매가 더 이상 그렇게 부르지 말라고 하기 전까지 공부방으로 불렸고, 그 후로도 한참 그 용도로 사용되었다. 예전에는 리 양이 이 방에 묵었고, 거의 삼 년 전 리 양이 떠날 때까지만 해도 다들 이 방에서 읽고 쓰고 웃고 떠들곤 했다. 리 양이 떠나면서 쓸모가 없어지면서 얼마 동안은 패니가 가끔 드나들 뿐 거의 비어 있다시피 했다. 2층의 작은 다락방은 공간도 협소하고 이렇다 할 가구도 없었으므로 패니는 화분이나 책들을 이 방에 그대로 놔두고는 화분을 돌보거나 책을 가지러 들르곤 했다. 그러나 이 방에서 얻는 위안이 더 소중해지면서 패니는 이곳에 물건들을 조금씩 더 갖다 놓고 더 많은 시간을 보내게 되었다. 그리고 뭐라는 사람도 없어서 패니는 그 방에 아주 스스럼없고 자연스러워졌으니, 이제는 모두들 그녀의 방으로 인정하게 되었다. 마리아 버트럼이 열여섯 살 되던 때부터 동쪽 방이라 불리게 된 그 방은 이제 하얀 다락방 못지않게 확실히 패니의 방으로 간주되었다. 다락방이 작으니만큼 동쪽 방을 쓰는 게 지극히 당연해 보였고, 그래서 버트럼 자매도 전적으로 찬성했다. 버트럼 자매의 처소들은 이미 그들의 우월감을 충족시켜 줄 만큼 모든 면에서 충분히 우월했으니 찬성할 수 있었던 것이다. 노리스 부인도 패니 때문에 방에 불을 피우는 건 절대 안 된다고 못 박으면서, 다른 누구도 원치 않는 방을 패니가 쓰는 것을 그런대로 받아들였다. 자신의 너그러운 처사를 두고 이따금 하는 소리를 보면 그 방이 이 집에서 가장 좋은 방처럼 들렸지만.

그 방은 향이 원체 좋아서 패니처럼 거기서 지내고 싶다면, 불을 피우지 않아도 이른 봄이나 늦가을에도 낮에는 지낼 만한 때가 많았다. 그리고 겨울이 와도 햇살이 있는 동안은 그 방에 간간이 들릴 수 있기를 패니는 바랐다. 짬이 날 때 그 방이 주는 위안은 대단했다. 아래층에서 뭔가 불쾌한 일이 생기면 그 방으로 가서 뭔가 일을 하거나 이런저런 상념에 잠기며 금세 마음을 달랠 수 있었다. 키우는 화분들이며, 처음으로 1실링이 생겼을 때부터 모아 온 책들, 그녀의 책상, 자선용 일감이나 창의적인 소일거리들이 모두 바로 곁에 있었다. 일할 마음이 나지 않거나 멍하니 생각에 잠기는 것밖에 할 수 없을 때에도, 그 방의 물건을 보면 흥미로운 추억이 떠오르곤 했다. 물건 하나하나가 그녀에게는 벗이었고, 혹은 벗을 상기시켰다. 그리고 이따금은 몹시 괴로운 일이 생기기도 하고, 사람들이 자신의 동기를 오해하고 감정을 무시하며 이해력을 과소평가할 때도 많고, 횡포와 비웃음과 무시의 고통을 겪어야 했지만, 그래도 물건들을 바라보노라면 되새길 때마다 마음에 위로가 되는 추억들이 떠오르곤 했다. 가령 버트럼 이모가 역성을 들어 주거나 리 양이 격려해 주던 일들도 그렇지만, 더 자주 떠오르는 더 소중한 추억은 에드먼드가 수호자이자 벗이 되어 주던 일이었다. 그는 패니의 편을 들거나 패니의 속마음을 대신 설명해 주기도 하고, 울지 말라고 달래 주거나 뭔가 애정의 증표를 선사해 그녀의 눈물을 즐거운 눈물로 바꿔 주었다. 그리고 이제 이 모든 기억들이 한데 어우러지고 시간적 거리를 통해 모서리가 둔해지면서, 전에 겪었던 괴로운 일들도 나름 아련한 추억이 되었다. 그 방은 그녀에게 대단히 소중했고, 그 집에서 가장 멋진 가구를 준다 해도 그 방의 가구와는 바꾸지 않았을 것이었다. 원래부터 수수했던 가구들에는 아이들의 험한 손길이 온갖 흔적으로 남아 있고, 가장 아름다운 장식품이래야 줄리아가 응접실에 두려고 만들다가 실패한 빛바랜 발깔개와, 투명 양화(陽畵)가 열풍일 때 만들어 아래쪽 창유리 세 개에 붙인, 이탈리아의 동굴과 컴벌랜드의 달빛 어린 호수 사이에 틴턴 사원*이 자리 잡고 있는 투명 양화 세 장, 그리고 신통치 않아 다른 방에서 밀려나 여기 벽난로 위에 걸린 식구들의 흑백 측면상 몇 점과 그 옆에 핀으로 벽에 꽂아 놓은, 배를 그린 작은 스케치 정도였지만 말이다. 이 스케치는 윌리엄이 사 년 전 지중해에서 보내온 것으로, 그림 밑에는 주 돛대만큼 큰 글자로 H. M. S. 앤트워프 함**이라는 문구가 적혀 있었다.

패니는 혼란스럽고 심란한 기분이 좀 가라앉을까 싶어 이 안락한 보금자리로 내려갔다. 에드먼드의 측면상을 보면 그가 해 줄 조언을 얼마간 짐작해 볼 수 있지 않을까, 아니면 제라늄 화분들에 환기를 시켜 주다 보면 마음에 신선한 기운을 불어넣는 바람이 불어오지 않을까 했던 것이다. 그러나 떨쳐 내

---

* 1131년 웨일스 지방의 와이 강둑에 세워진 사원으로 헨리 8세에 의해 16세기 중반에 폐허로 화했다. 영국 낭만파 시인 윌리엄 워즈워스의 동명 시로도 유명하다. 컴벌랜드는 잉글랜드 지방의 호수 지역에 위치한 유서 깊은 군으로 현재 이름은 컴브리아다.

** H. M. S.(Her/ His Majesty's Ship)는 '폐하의 배'라는 뜻으로 1789년부터 영국 함정 이름 앞에 붙인 공식 칭호다.

야 하는 것은 과연 내가 버틸 수 있을까 하는 두려움만이 아니었다. 어떻게 하는 게 옳은 일인지 마음이 흔들리기 시작했다. 그리고 방 안을 서성일수록 망설임은 커져 갔다. 그렇게 열심히 청하고 그렇게 강력히 원하는데, 그녀가 가장 순종해야 할 몇몇 사람들이 마음먹고 추진하는 계획에 꼭 필요해서 그러는지도 모르는데, 끝내 거절하는 게 과연 옳은 행동일까? 혹시 심술이나 이기심이나 창피를 당할까 하는 두려움 때문은 아닐까? 그리고 에드먼드의 판단만으로, 토머스 경이 이런 일에 찬동하지 않으리라는 에드먼드의 믿음만으로, 다른 모든 사람들의 청에도 불구하고 단호히 거부하는 것이 정당화될 수 있을까? 연기가 너무나 두려운 게 사실인만큼 그녀는 자신의 신중한 처신의 진실성과 순수함까지 의심스럽기 시작했다. 그리고 주변을 둘러보니 사촌들한테서 받은 선물들이 자꾸 눈에 밟혀, 그들의 말에 순순히 따르는 게 옳지 않나 하는 생각이 더욱 커졌다. 창문 사이의 탁자에는 여러 차례에 걸쳐 주로 톰한테서 받은 반짇고리와 뜨개질 상자들이 즐비했다. 그리고 이 모든 다정한 추억들을 떠올릴수록 자신이 얼마나 엄청난 빚을 지고 있는가 하는 생각에 마음이 어지러웠다. 어떤 게 도리에 맞는 처신인지 이렇게 고민하던 중 문 두드리는 소리를 듣고 정신을 차린 그녀가 부드러운 목소리로 "들어오세요."라고 말하자, 그녀가 고민이 있을 때마다 터놓고 상의하던 그 사람이 들어왔다. 에드먼드의 모습에 그녀의 눈빛이 밝아졌다.

"잠깐 얘기 좀 할 수 있을까, 패니?" 그가 말했다.

"그럼요, 물론이죠."

"상의할 일이 있는데 네 의견을 듣고 싶네."

"제 의견을요!" 그런 과분한 말에 그녀는 몹시 기쁘면서도 황감했다.

"그래, 네 충고와 의견을. 어떻게 해야 할지 모르겠어서. 이 연극 계획이란 게 너도 알다시피 점점 더 안 좋은 쪽으로 가고 있잖아. 골라도 하필이면 최악에 가까운 작품을 고르더니, 이젠 점입가경으로 우리가 잘 알지도 못하는 청년의 도움까지 청할 생각이잖아. 처음에는 우리끼리 적절한 수준에서 한다더니 결국 이렇게 되어 가네. 찰스 매덕스에 대해 안 좋은 소문을 듣지는 못했어. 그렇지만 이런 식으로 받아들이고 나면 지나치게 친해질 수밖에 없다는 게 문제지. 그냥 친한 것 이상이지, 격의가 없어지는 거니까. 그걸 생각하면 도저히 못 참겠어. 그리고 사실, 막을 수만 있다면 어떻게든 막아 내야 할, 지극히 심각한 문제 같거든. 너도 그렇게 생각하지 않니?"

"예, 그렇지만 어쩔 수가 없잖아요. 톰 오빠가 너무나 완강해서요."

"방법은 단 하나뿐이야, 패니. 내가 안할트를 맡는 수밖에 없어. 그러지 않으면 형을 절대로 막을 수 없을 거야."

패니는 대답이 나오지 않았다.

"나도 그러고 싶지는 않아." 그가 말을 이었다. "일관성 없어 보일 게 뻔한데 그런 걸 좋아할 남자가 어디 있겠어. 내가 처음부터 이 계획에 반대한 것을 다들 잘 아는데, 처음 계획보다 모든 면에서 더 커지고 있는 지금에 와서 끼어들다니 말이 안 되잖아. 그렇지만 다른 대안은 떠오르지가 않으니. 너는 대안이 있니, 패니?"

"아니요," 패니가 천천히 말했다. "지금 당장은요. 그렇지만……."

"그렇지만? 그래, 판단이 나와 다르구나. 좀 더 생각해 봐. 너는 나만큼 잘은 모르겠지만, 이런 식으로 젊은 남자를 맞아들인다면, 우리 일원으로 받아들이고 아무 때나 찾아올 권리를 주고 갑자기 완전히 터놓고 지내는 사이가 된다면, 어떤 폐해가 초래될지 모르는 일이잖아. 어떤 불편은 초래될 수밖에 없고. 같이 연습을 하다 보면 서로 격의가 없어지게 마련인데 그것만 봐도 알잖아! 너무 곤란한 일 아니겠어! 크로퍼드 양 입장에서 생각해 봐, 패니. 모르는 남자를 상대로 어밀리아를 연기한다면 그 기분이 어떨지. 본인도 난감해하는 게 분명한데, 당연히 옆에서들 배려해 줘야지. 크로퍼드 양이 어젯밤 너한테 하던 말을 나도 들어서, 모르는 사람과 연기하기 싫어하는 것을 잘 알아. 그리고 그 역을 맡겠다고 약속했을 때는 아마 다른 기대를 갖고 있었거나, 어쩌면 충분히 생각해 보지 못한 바람에 어떻게 될지 몰랐을 텐데, 그런 일을 당하도록 내버려 둔다면 관대하지 못한, 정말로 잘못된 처사일 거야. 너도 그런 생각이 들지 않니, 패니? 대답을 망설이네."

"저도 크로퍼드 양이 안됐어요. 그렇지만 오빠가 하지 않기로 했었고, 더욱이 이모부께서 싫어하실 거라고 생각한다는 것을 다들 아는데, 그런 일에 말려드는 오빠를 보는 게 더 속상해요. 다들 이겼다고 얼마나 으쓱해하겠어요!"

"막상 내 연기가 얼마나 형편없는지 보고 나면 으쓱할 일도 없을걸. 그래도 분명히 으쓱해하기는 하겠지만, 그건 감수해야지. 그렇지만 나의 이런 결정으로 공연 소식이 퍼져 나가고 구경거리가 되는 것을 막고 우리끼리 바보짓을 하는 것으로 그칠 수 있다면, 보상은 충분한 셈이지. 지금 상태로는 난 아무런 영향력도 없고 아무것도 할 수가 없어. 내가 비위를 건드려 놓는 바람에 다들 내 말은 들으려고도 안 하잖아. 그렇지만 내가 이렇게 양보해서 기분이 좀 풀어지면, 지금 분위기를 돌려세워 훨씬 적은 사람들로 공연을 해 보자고 설득할 수 있으리라는 희망도 없지 않아. 그것만으로도 커다란 소득이겠지. 내 목표는 러시워스 씨와 그랜트 부부까지로 국한하는 거야. 이 정도면 노려 볼 만하지 않나?"

"예, 그렇게만 된다면 큰 소득이겠네요."

"그래도 아직 찬성하는 건 아니잖아. 그럼 내가 이만한 성과를 낼 수 있는 다른 방도를 알려 줄래?"

"아니요, 저도 그런 건 없어요."

"그렇다면 패니, 찬성한다고 해 줘. 그러지 않으면 내 마음이 영 불편해서 말이야."

"아! 오빠."

"네가 반대한다면 나도 스스로를 의심하게 되겠지만…… 그래도 형을 계속 이렇게 내버려 둘 수는 없잖아. 말을 타고 돌아다니면서 연극에 출연하라고 설득할 사람을 찾아다니다니. 누구라도 상관없는지. 겉모습만 신사 같다면 충분할걸. 너라면 크로퍼드 양 입장에 좀 더 공감해 줄 줄 알았는데."

"크로퍼드 양은 물론 매우 기뻐할 거예요. 얼마나 안심이 되겠어요." 더 열의를 담으려 애쓰며 패니가 말했다.

"어젯밤 너한테 하는 것을 보니 그렇게 상냥할 수가 없더라. 그럴수록 나도 선의로 보답해야 도리겠지."

"정말 참 친절하게 대해 줬죠. 나도 그분이 곤란한 지경에서 벗어나게 되어 기쁘고……."

그녀는 너그러운 감정 토로를 마무리하지 못했다. 양심에 걸려 중도에 그만둘 수밖에 없었지만, 에드먼드는 만족했다.

"아침을 먹고 나서 바로 내려가 봐야겠다." 그가 말했다. "틀림없이 좋아할 거야. 이제, 패니, 더는 방해하지 않으마. 독서나 했으면 싶겠지. 하지만 너한테 털어놓고 결론을 내리기 전에는 마음이 놓이지 않았어. 자나 깨나 밤중 내내 머리에서 이 문제가 떠나지 않더라. 잘못된 일인 건 여전하지만, 그래도 잘못을 줄일 수는 있겠지. 형이 일어났다면, 얼른 찾아가서 마무리를 지어야겠다. 그럼 아침 식사 자리에서 우리 모두 대단히 기분이 좋겠지. 다 함께 일치단결하여 바보짓을 하게 되었으니 말이야. 그사이 아마도 넌 중국 여행을 떠날 테고. 매카트니 경은 어쩌고 계신가?* (탁자에 놓인 책을 펼쳤다가 다시 다른 책들을 집어 들며) 그리고 여기 『유유자적』과 크래브의 『시화집(詩話集)』도 있으니** 그 두꺼운 책에 지치면 기분 전환이

---

* 조지 매카트니(George Lord Macartney, 1737~1806)는 아일랜드 태생의 정치가, 외교가. 영국의 중국 초대 사절로 『중국 사행』(1796) 등 중국 기록을 남겼다.

** 『유유자적』은 1758년에서 1760년 사이 영국의 작가이자 사전 편찬자인 새뮤얼 존슨 박사(Dr. Samuel Johnson, 1709~1784)가 연재한 칼럼으로 칼럼집으로 묶여 자주 출간되었으며, 『시화집』은 영국의 시인이자 박물학자 조지 크래브(George Crabbe, 1754~1832)의 1812년 작품이다.

되겠네. 이 작은 보금자리가 참 부럽구나. 내가 사라지는 순간 너는 이 말도 안 되는 연기 이야기 따위는 머리에서 지워 버리고 책상에 편히 앉아 책을 읽겠지. 그렇지만 추울 때까지 있지는 마라."

그는 사라졌다. 그렇지만 패니에게는 독서도, 중국도, 평정도 없었다. 그가 전하고 간 소식은 너무나 이상하고 이해가 안 되는 정말 반갑지 않은 소식이었으니, 온통 그 생각뿐 다른 생각은 아무것도 할 수 없었다. 연극을 하겠다니! 그렇게 반대를 해 놓고, 정당한 이유로 공개적으로 반대를 해 놓고! 여태껏 들은 말이 있고, 표정도 보았고, 어떤 감정인지 잘 알고 있는데! 이럴 수도 있는 걸까? 에드먼드 오빠가 저렇게 줏대가 없다니. 스스로 자신을 속이는 것 아닌가? 그가 틀린 것 아닌가? 아아! 모두 크로퍼드 양 때문이다. 패니는 그가 하는 말 한 마디 한 마디에서 크로퍼드 양의 영향력을 느낄 수 있었고, 참담했다. 이제까지 그녀를 괴롭혔고 그의 말을 듣는 동안 완전히 잠자고 있던, 어떻게 하는 게 옳으냐는 망설임이나 걱정은 이제 그다지 중요하지 않았다. 더 깊은 근심에 집어삼켜진 것이다. 될 대로 되라지. 어떻게 끝이 나든 이제 상관없다. 사촌들이 계속 강요할지도 모르지만, 별로 괴롭지도 않을 것이다. 이제 그들은 나를 건드릴 수 없다. 그리고 마침내 굴복하게 되더라도, 상관없다. 지금 이미 너무나 비참하니까.

17

실로 버트럼 씨와 마리아에게는 승리의 날이었다. 에드먼드의 신중함을 그렇게 꺾어 이기다니, 기대 이상의 대단히 기쁜 성과였다. 이제 그들의 소중한 계획을 방해하는 것은 아무것도 없었고, 그들은 에드먼드가 입장을 바꾼 이유는 질투심이라는 약점 때문이라며 뒤에서 몰래 축하를 주고받으며 온갖 기쁨을 만끽했다. 에드먼드는 여전히 심각하게 굴면서 전반적인 공연 계획이 마음에 안 든다고 할 수도 있고, 특히 작품에 이의를 제기할 것이었다. 그러나 이미 그들이 이겼고, 에드먼드는 연기를 할 것이고 그것도 오로지 이기심에 못 이겨 그렇게 된 것이었다. 에드먼드는 그가 이제까지 서 있던 도덕적 고지에서 추락했고, 그 추락만큼 그들은 더 행복하고 더 유리해졌다.

그러나 그들은 그의 앞에서는 대단히 적절하게 처신했으니, 웃음기에 입가를 씰룩거리는 것 이상으로 기쁜 내색을 하지는 않았고, 찰스 매덕스를 끼워 넣지 않아도 되니 참 다행이라는 듯이 행동했다. 마치 자기들도 내키지 않았지만 하는 수 없이 끼워 넣으려 했던 것처럼. '일가친지들로 한정하는 건 우리도 각별히 원했던 바다. 모르는 사람이 끼어들면 편안함은 몽땅 물 건너갔을 것이다.'라는 식이었고, 에드먼드가 그 연장 선상에서 관객도 제한했으면 좋겠다는 바람을 넌지시 비치자, 그들은 당장 좋은 기분에 무슨 약속이든 해 줄 듯이 굴었다. 온통 반기고 격려하는 소리뿐이었다. 노리스 부인은 의상을 만들어 주겠다고 하고, 예이츠 씨는 안할트가 남작과 함께 등장하는 마지막 장면에 극적인 동작과 연기를 뽐낼 기회가 많으니 안심하라고 하고, 러시워스 씨는 에드먼드가 할 대사의 수를 세기 시작했다.

"이제는 패니도 우리 뜻에 따르려 하지 않을까?" 톰이 말했다. "네가 설득하면 들을지도 모르지."

"아니, 아주 확고하던데. 연기는 절대 안 할 거야."

"그래, 알았다." 그리고 더는 한마디도 나오지 않았다. 그러나 패니는 다시 위험을 느꼈고, 이런 위험 따위는 상관없다던 생각은 이미 깨지기 시작했다.

에드먼드의 입장 변경에 미소를 보내기로는 목사관도 맨스필드 파크보다 덜하지 않았다. 미소 짓는 크로퍼드 양은 대단히 사랑스러워 보였고, 크로퍼드 양이 바로 쾌활함을 되찾고 다시 연극 이야기에 몰두하는 것을 보며 에드먼드는 오로지 한 가지 생각만 했다. '저런 감정을 배려하고 존중해 준 것은 분명히 잘한 일이다. 내가 그런 결심을 해서 참 다행이다.' 그리고 대단히 건전하지는 않더라도 대단히 달콤한 만족감 속에서 한나절이 지나갔다. 그 결과 패니에게도 한 가지 좋은 일이 생겼다. 패니에게 맡기려던 그 역은 품성 좋은 그랜트 부인이 크로퍼드 양의 청에 못 이겨 맡아 주기로 했는데, 그날 일어난 일 중 패니의 마음을 달래 준 것은 이것뿐이었다. 그리고 에드먼드의 입을 통해 듣게 된 이 소식에도 고통이 따랐으니, 이 모든 게 다름 아닌 크로퍼드 양 덕분으로, 친절하게 나서 준 데 대해 패니가 감사를 보내야 할 사람도, 그가 그 공덕을 열렬히 칭찬한 사람도 다름 아닌 크로퍼드 양이었기 때문이다. 패니는 이제 안전했다. 그렇지만 이번에는 안전과 평화는 무관했다. 패니의 마음에서 평화가 이렇게 멀어진 것도 처음이었다. 자기가 잘못한 일은 없는 것 같았지만, 다른 면에서는 모두 심란하기만 했다. 가슴과 머리 모두 에드먼드의 결정에 반발했다. 그의 일관성 없는 처신을 아무렇지 않게 넘길 수가 없었다. 그리고 그렇게 처신하면서도 행복해하는 그의 모습을 보자니 참담했다. 패니는 질투와 불안에 휩싸였다. 찾아온 크로퍼드 양의 즐거운 표정은 모욕처럼 느껴졌고, 패니에게 보여 주는 친근한 표정에 차분히 화답하기가 힘들었다. 모두들 즐겁고 분주하고 중요한 위치를 뽐내며 각자 저만의 관심거리와 자기가 맡은 배역이나 의상, 가장 좋아하는 장면, 친구와 동료 들이 있어서, 서로 의논하고 비교하며 시간을 보내거나 장난스럽고 기발한 생각을 주고받으며 즐거워했다. 패니만 슬프고 하찮은 존재였다. 어디에도 낄 수가 없었다. 패니야 자리를 뜨든 말든, 다들 시끄럽게 떠들어 대는 가운데 앉아 있든 쓸쓸한 동쪽 방으로 물러나든, 눈여겨볼 사람도 아쉬워할 사람도 없었다. 뭐든 이보다는 나았겠다는 생각이 들 정도였다. 그랜트 부인은 중요한 인물로 부상했다. 모두들 부인의 선량한 성품을 기리며, 부인의 안목과 시간을 존중하며 자리를 함께하고 싶어 하고, 부인을 찾고 경청하고 칭찬했다. 그래서 처음에 패니는 배역을 수락한 그랜트 부인이 얼마간 부러워질 뻔했다. 그러나 다시 생각하고 마음을 다스릴 수 있었는데, 그랜트 부인이야 존중받을 자격이 있지만 자기는 그렇지 않다는 것, 그리고 이 모부만 생각해도 전적으로 반대해야 마땅한 계획에 가담한다면 아무리 존중을 받아도 마음 편할 리 없다는 것을 깨달았다.

사실 패니도 곧 인정하게 되었듯, 그들 가운데 마음이 슬픈 사람은 결코 패니만이 아니었다. 패니만큼 무고하게는 아니지만 줄리아 또한 힘들어했다.

헨리 크로퍼드가 줄리아의 마음을 우롱하긴 했지만, 그녀 또한 오래전부터 그의 관심을 허용하고 심지어 얻어 내려고 들었다. 언니에 대한 질투심 때문이었는데 근거가 있는 질투심이었던만큼 자신의 감정을 떨쳐 버리는 계기로 삼아야 마땅했으나 오히려 반대로 치달은 것이다. 그리고 그가 마리아에게 더 마음이 있다는 사실을 부정할 수 없게 되자 어쩔 수 없이 받아들였을 뿐, 마리아가 처한 상황을 걱정하지도, 스스로 이성적 평정을 찾으려 노력하지도 않았다. 그저 가만히 앉아서 그 무엇으로도 달랠 수 없고 어떤 호기심으로도 건드릴 수 없고 어떤 농담으로도 웃길 수 없는 심각한 모습으로 우울한 침묵에 잠겨 있거나, 아니면 예이츠 씨의 접근을 허용하며 짐짓 명랑한 척 그하고만 대화하며 사람들의 연기를 비웃었다.

줄리아에게 모욕을 준 헨리 크로퍼드는 그 후 하루 이틀은 평소처럼 사근사근하게 굴고 찬사를 보내며 만회를 시도해 보았지만, 원래 크게 신경 쓰지는 않았던 터라 두세 차례 내침을 당하자 그만둬 버렸다. 그리고 곧 연극 연습에 바빠서 한 명 이상의 여성과 불장난을 할 틈이 없어지자 그는 줄리아와의 불화에 무심해졌고 오히려 다행으로 여겼다. 자칫하면 얼마 안 가 그랜트 부인을 넘어서 다른 사람들까지 기대를 품을 만한 일이 되었을 텐데 이렇게 조용히 종지부를 찍게 된 것이었다. 그랜트 부인으로서는 연극에서 빠져 무관심 속에 혼자 앉아 있는 줄리아를 보니 마음이 좋지는 않았으나, 사실상 자신의 행복이 달린 문제도 아니고 헨리가 어련히 알아서 할까 싶었다. 게다가 그가 대단히 설득력 있는 미소를 지으며 자기나 줄리아나 한 번도 서로를 심각하게 생각해 본 적이 없노라고 분명히 말했기 때문에, 그랜트 부인 입장에서 할 수 있는 일은 언니 쪽에 대해 다시 주의를 주면서 언니한테 지나친 관심을 보여 스스로의 평안을 해칠 일은 하지 말라고 간곡히 말하고는, 젊은이들 모두를 즐겁게 하고 특히 사랑해 마지않는 두 동생의 즐거움을 북돋을 수 있는 일이라면 뭐든 기꺼이 참여하는 것뿐이었다.

"줄리아가 헨리와 사랑에 빠지지 않다니 좀 이상하네." 이것이 부인이 메리에게 한 말이었다.

"아닐걸요." 메리가 냉정하게 대답했다. "언니도 동생도 그런 것 같던데요."

"둘 다? 아니, 아니, 그럴 리가. 헨리 앞에서는 그런 말 말아. 러시워스 씨 생각도 해야지."

"러시워스 씨 생각을 하란 말씀은 버트럼 양한테 하셔야지요. 버트럼 양한테는 도움이 될 거예요. 저도 러시워스 씨가 지닌 부동산이나 개인 수입을 생각하면서 그게 다른 사람한테 있었다면 얼마나 좋았을까 하는 생각은 종종 했지만, 그 사람 자체는 한 번도 생각해 본 적이 없어요. 그만한 자산가라면 이 주를 대표하는 의원이 될 수도 있겠네요. 굳이 직업을 가질 것 없이 주 의원으로 나가는 거죠."

"보나마나 곧 의회에 진출할걸. 토머스 경이 돌아오면, 틀림없이 지역구 하나를 맡게 되겠지. 이제까지는 뭘 하라고 떠미는 사람이 아무도 없었을 뿐이야."

"토머스 경이 돌아오면 엄청난 일들을 이루시겠네요." 잠시 가만있다가 메리가 말했다. "포프를 모방한 호킨스 브라운의 「담배에 부치는 말」* 생각나요?

> 복된 이파리여! 그 향긋한 연기로 나누어 주누나,
> 법학도에게는 겸손을, 목사에게는 지각(知覺)을.

내가 다시 패러디해 볼게요.

> 복된 기사여! 그 단호한 표정으로 나누어 주누나,
> 자녀들에게는 풍요를, 러시워스에게는 지각을.

그럴싸하지 않나요, 언니? 모든 게 토머스 경의 귀가에 달린

---

* 아이작 호킨스 브라운(Isaac Hawkins Browne, 1705~1760)의 1736년 작 「파이프 담배: 여섯 작가를 모방하여」에 대한 언급으로 알렉산더 포프(Alexander Pope, 1688~1744)를 위시한 여섯 명의 선행 작가를 패러디한 작품이다.

모양이니까요."

"집에 돌아와서 가족과 함께 계신 모습을 뵙게 되면 토머스 경의 무게가 얼마나 정당하고 합당한지 잘 알게 될 거야. 토머스 경 없이는 제대로 되는 일이 별로 없는걸. 토머스 경은 그런 집안의 어른답게 훌륭한 위엄을 갖고 계시고, 모두 제자리에서 본분을 지키게끔 만드시지. 레이디 버트럼도 토머스 경이 집에 있을 때보다 지금 더 존재감이 없고, 노리스 부인을 통제할 사람은 토머스 경밖에 없어. 그렇지만 메리, 마리아 버트럼이 헨리를 좋아한다는 상상은 하지 마. 줄리아가 마음이 없는 것은 확실해. 그렇지 않다면 어젯밤처럼 예이츠 씨하고 노닥거리지는 않았겠지. 그리고 마리아도 네 오빠와 사이가 아주 좋기는 하지만 소더턴 저택을 너무 좋아하니 한눈은 안 팔 거야."

"러시워스 씨는 별로 승산이 없을 것 같은데요. 혼인 서약 조항에 서명하기 전에 헨리 오빠가 끼어든다면 말예요."

"정말 그런 의심이 든다면 뭔가 조치를 취해야겠구나. 연극이 끝나는 대로 헨리와 진지하게 대화를 나눠 보고 제 마음이 뭔지 깨닫게 해 주자. 의미 없는 불장난이라면, 아무리 헨리라도 잠시 여기서 떠나 있게 해야지."

그랜트 부인의 눈에는 안 보이고 한 집안 식구들도 대부분 알아차리지 못했지만, 줄리아는 정말로 힘들어하고 있었다. 그녀는 전에도 지금도 사랑에 빠졌으며, 성격이 불같고 원기 왕성한 사람이 비합리적이지만 소중한 희망을 잃고 그것도 부당한 취급을 당했다고 생각할 때 느낄 법한 모든 고통을 겪고 있었다. 가슴이 아프고 화가 나고, 할 수 있는 거라곤 분풀이뿐이었다. 친했던 언니가 이제는 가장 큰 적이 되어 버렸다. 자매는 사이가 멀어졌고, 줄리아는 여전히 진행되고 있는 두 사람의 관계가 어떻게든 괴로운 결말을 맞기를, 러시워스 씨뿐 아니라 자기한테도 괘씸하기 짝이 없는 짓을 한 마리아가 무슨 벌이라도 받기를 바라는 마음을 떨쳐 내지 못했다. 두 자매는 중대한 기질적 결함이나 견해 차이가 없었던 만큼 서로 이해관계가 맞아떨어질 때는 얼마든지 좋은 사이로 지낼 수 있었으나, 이런 시련 앞에서 자비나 공정을 보이거나 명예롭게 처신하거나 동정을 베풀 만한 애정도 원칙도 없었다. 마리아는 승리감에 도취되어 줄리아의 마음 따윈 아랑곳하지 않은 채 저 하고 싶은 대로 했고, 줄리아는 헨리 크로퍼드가 마리아한테 특별 대우를 하는 것을 볼 때마다 저러다 질투를 불러와 결국은 추문을 내고 말 거라고 믿어 의심치 않았다.

패니는 줄리아의 이런 마음을 상당 부분 눈치채고 딱하게 여겼으나, 둘 사이에는 아무런 우정의 표시도 없었다. 줄리아도 털어놓지 않았고 패니도 선불리 나서지 않았다. 그들은 홀로 괴로워하는 두 사람에 불과했거나 패니의 생각 속에서만 연결되어 있었다.

두 오빠와 이모가 줄리아의 불만을 몰라라 하고 그 진짜 이유를 눈치채지 못한 것은 각자의 마음이 바빠서였다고 해야겠다. 정신이 온통 딴 데 팔려 있었던 것이다. 톰은 연극을 꾸미는 데 몰두하다 보니 연극과 직접 상관이 없는 일은 전혀 보지 못했다. 에드먼드 역시 연극 속의 역할과 현실의 역할 사이,

크로퍼드 양의 요구와 자신의 처신 사이, 사랑과 일관성 사이에서 헤매느라 아무것도 보지 못했다. 그리고 노리스 부인은 배우들의 전반적인 소소한 일들을 기획하고 지도하고, 고마워하는 사람도 없는데 절약을 한다며 요령껏 다양한 의상을 관리 감독하고, 출타한 토머스 경을 위해 기쁜 마음으로 충성을 다해 여기저기서 반 크라운이라도 아껴 쓰느라 분주한 나머지, 그 딸들의 행동을 감시하고 행복을 지켜 줄 시간을 내지 못했다.

18

이제 모든 일이 정상 궤도에 올랐다. 무대며 남녀 출연자며 의상 등 모든 준비가 착착 진척되어 갔다. 달리 심각한 문제는 없었지만, 여러 날이 지나기 전에 패니는 참가자들에게도 이 일이 끝없는 즐거움만은 아니며, 처음에는 감당하기 힘들었던 일관된 의견 일치와 즐거움을 지켜봐야 하는 것도 아님을 알게 되었다. 저마다 골칫거리가 생겨나기 시작했다. 에드먼드는 특히 고민이 많았다. 그의 판단은 전혀 달랐지만 배경을 그릴 화공을 도시에서 불러와 작업을 시키는 바람에 비용 부담이 커졌고, 더 난감한 일은 사람들의 구경거리가 될 위험이 커지고 있다는 점이었다. 그런데 형은 아는 사람들만 모아놓고 공연을 하자는 그의 조언을 진심으로 수용하기는커녕 만나는 집안마다 초청을 해 댔다. 톰 본인은 화공의 느린 진척에 조바심을 내기 시작하며 기다림이 얼마나 괴로운 일인지를 절감했다. 이미 자기 역의, 아니 집사장 역과 결합할 수 있는 단역들을 다 떠맡아 여러 역의 대사를 다 외웠기 때문에 얼른 연기에 돌입했으면 하는 마음이었다. 그리고 하릴없이 하루하루를 보내다 보니 자기가 맡은 역을 다 합쳐도 비중이 너무 작다는 생각이 들면서, 뭔가 다른 역을 고를걸 그랬다는 후회가 들기 시작했다.

언제나 대단히 예의 바르게 경청하는 사람인 데다 달리 들어 줄 사람이 없을 때가 많았던 탓에 패니는 참가자 대부분의 불평불만을 들어 주어야 했다. 그래서 다들 예이츠 씨가 웅변적인 대사를 지독히 못한다고 생각하고, 예이츠 씨는 헨리 크로퍼드한테 실망했고, 톰 버트럼은 너무 대사를 빨리 해서 아무도 알아듣지 못할 것이고, 그랜트 부인이 웃음을 터뜨리는 바람에 전부 망쳐 버리기 일쑤며, 에드먼드가 자기 역을 아직도 못 외웠고, 대사마다 일일이 프롬프터*를 붙여 달라고 하는 러시워스 씨와는 가급적 엮이지 않는게 상수라는 것을 패니는 알게 되었다. 또한 가엾은 러시워스 씨가 함께 연습할 사람을 구하느라 애를 먹고 있다는 것도 알았다. 그 역시 그녀한테 불평을 털어놓았는데, 패니가 보기에도 사촌 언니 마리아가 그를 피하는 것이 너무나 역력하고 크로퍼드 씨와 함께 등장하는 첫 장면을 연습하는 일이 지나치게 잦아서, 얼마 안 가 패니는 그의 입을 통해 다른 불만과 괴로움도 전부 듣게 되었다. 모두 만족하며 즐기기는커녕, 모두 뭐가 부족하다며 달라고 요구해서 사람들의 불만을 사고 있다는 것을 알게 되었다. 모두들 자기가 맡은 역이 너무 길거나 너무 짧다고 했다. 제대로 주의를 기울이는 사람도 없고, 어느 쪽으로 입장할지 기억하는 사람도 하나 없으니, 불평하는 사람을 빼고는 지시대로 하는 사람이 하나도 없었다.

---

* 무대 뒤에서 대사를 읽어 주는 사람.

패니는 연극에서 맛보는 무구한 즐거움으로 치자면 자신도 누구 못지않다고 믿었다. 헨리 크로퍼드의 연기는 훌륭했고, 극장으로 살짝 들어가 1막 리허설을 하는 그의 모습을 지켜보는 것은 패니에게도 즐거운 일이었다. 리허설을 하다 보면 마리아의 일부 대사에 감정이 섞여 들기 시작했지만 말이다. 패니는 마리아 역시 연기를 잘한다, 지나치게 잘한다고 생각했다. 그리고 리허설을 한두 차례 거친 다음부터는 패니가 두 사람의 유일한 관객이 되기 시작했고, 프롬프터로 혹은 관객으로 큰 도움을 줄 때도 많았다. 패니가 판단할 때 출연진 가운데 단연 최고의 배우는 크로퍼드 씨였다. 그는 에드먼드보다 자신감이 있고 톰보다 판단력이 월등하며 예이츠 씨보다 재능과 안목이 뛰어났다. 사람은 마음에 들지 않았지만, 최고의 배우라는 점은 인정할 수밖에 없었고 이 점에서는 그녀와 의견을 달리하는 사람이 많지 않았다. 물론 예이츠 씨가 너무 얌전하고 맥 빠진 연기라고 비판한 적은 있고, 마침내 러시워스 씨가 험한 표정으로 그녀를 돌아보며 이렇게 말하는 날이 오고야 말았다. "저 사람 연기가 정말 그렇게 훌륭한가요? 아무리 봐도 칭찬할 구석이 없는데요……. 우리끼리 말이지만, 저렇게 왜소한 체구에 키도 작고 못생긴 남자를 훌륭한 배우라고 떠받들다니 참으로 우습네요."

이때부터 그가 예전에 느꼈던 질투심이 되살아났는데, 크로퍼드에게 더 큰 기대를 품게 된 마리아는 그의 질투심을 달래려고 그다지 애쓰지도 않았다. 그리고 러시워스 씨가 마흔하고도 두 개나 되는 대사를 전부 익히게 될 가능성은 훨씬 낮아졌다. 그가 대사를 무난하게 잘 소화해 내리라 기대하는 사람은 그의 어머니뿐이었다. 그녀만큼은 아들한테 더 비중 있는 역이 주어지지 않은 것을 아쉬워하며, 리허설이 더 진전되어 아들이 나오는 장면들이 다 포함될 때까지 맨스필드로 건너오는 것을 미뤘다. 그렇지만 다른 사람들은 그가 상대방 대사의 끄트머리와 자기 대사의 첫 행을 기억하고 나머지는 프롬프터를 잘 따라 하기만 하면 좋겠다고 여겼다. 패니는 착한 마음과 동정심에서 그에게 암기 방법을 가르쳐 주고 그의 대사를 모조리 외우다시피 할 정도로 힘닿는 한 모든 도움과 조언을 아끼지 않았지만, 전혀 진전이 없었다.

패니도 물론 불편하고 불안하고 걱정스러운 점이 많았다. 그렇지만 시간과 관심을 요하는 다른 용건들까지 더해지는 바람에, 할 일 없고 쓸모없는 외톨이 신세가 되기는커녕, 불만을 들어 달라는 사람들 못지않게 조력을 청하는 사람이 많았다. 시간을 내 달라는 요구가 공감을 원하는 요구 못지않게 빈번했던 것이다. 처음의 우려는 쓸데없는 기우였던 셈이다. 그녀는 모두에게 이런저런 도움을 주었다. 그녀만큼 마음의 평화를 누린 사람도 아마 드물었을 것이다.

게다가 해야 할 바느질거리가 많았고, 여기서도 패니의 일손이 필요했다. 그리고 노리스 부인은 패니에게 일손을 도우라고 요구하는 부인의 태도를 보면 알 수 있듯 패니가 누구 못지않게 팔자 좋게 지내고 있다고 여겼다. "이리 와 봐, 패니." 부인은 큰 소리로 불렀다. "너 참 좋은 세월이다. 그래도 그렇지, 맨날 이 방 저 방 돌아다니며 그렇게 느긋하게 구경만

하고 있으면 어떡하니. 이것 좀 거들어야지. 난 공단을 추가 주문하는 일 없이 러시워스 씨의 망토를 마련하느라 서 있기도 힘들 정도로 뼈 빠지게 일했는데. 그럼 바느질은 네가 좀 해야 되지 않겠니? 꿰맬 솔기라야 세 개뿐이니까 눈 깜짝할 사이에 끝날 거다. 나도 가만히 앉아 지시만 내리면 얼마나 좋을까? 정말이지 네 팔자가 최고구나. 그렇지만 다들 너처럼 빈둥거린다면, 일이 제대로 진척되겠니?"

패니는 아무 변명도 하지 않고 말없이 일감을 집어 들었다. 그렇지만 더 상냥한 버트럼 이모가 역성을 들어 주었다.

"언니, 패니가 즐거워하는 것도 무리는 아니지. 모든 게 처음 보는 건데……. 언니랑 나도 연극을 굉장히 좋아했잖아. 난 지금도 좋더라. 그래서 시간이 나는 대로 연습하는 걸 들여다볼까 해. 그런데 무슨 작품이더라, 패니, 아직 나한테 안 알려 줬지?"

"아이고, 동생! 지금은 그 애한테 질문 같은 것 하지 마시게. 패니는 일과 말을 동시에 할 수 있을 만큼 유능하지가 못하잖아. 작품은 「연인 서약」이래."

"제가 알기로는요," 패니가 버트럼 이모에게 말했다. "내일 저녁에 세 막을 리허설할 예정이니, 가 보시면 출연자들을 한꺼번에 다 보실 수 있을 거예요."

"커튼 막을 달 때까지 기다리는 게 좋겠어." 노리스 부인이 끼어들었다. "하루 이틀만 있으면 완성될 거야. 막 없는 연극은 의미가 없잖아. 커튼을 당겨 올리면 십중팔구 아주 근사한 꼭대기 장식이 될 거야."

레이디 버트럼은 기다려도 되는 모양이었다. 패니에게는 이모만 한 평정심은 없었다. 내일 리허설 생각이 머리에서 떠나지 않았다. 세 막을 리허설한다면 에드먼드와 크로퍼드 양이 처음으로 함께 연기를 할 터였다. 3막에 두 사람이 나오는 장면이 있는데, 패니는 이 장면에 특히 관심이 있었고 두 사람이 과연 어떤 연기를 할지 궁금하면서도 두려웠다. 그 장면의 주제는 온통 사랑이었다. 신사 쪽에서 사랑에 따른 결혼을 설파하면 숙녀 쪽도 사랑 고백에 가까운 대사를 읊게 돼 있었다.

그녀는 이미 읽었던 그 장면을 다시 읽어 보면서 숱한 괴로움과 의구심에 싸였고, 감당하기 힘들 만큼 흥미로운 장면이 될 거라고 예상했다. 두 사람이, 개별적으로라도, 이 장면을 함께 연습해 본 적이 있을 리 없었다.

다음 날이 오고 저녁 계획도 변함이 없었으니, 그것을 생각하는 패니의 마음 또한 조금도 가라앉지가 않았다. 패니는 이모의 감독으로 아주 열심히 일했지만, 묵묵히 열중하는 모습 뒤에는 신경이 딴 데 팔린 초조한 마음이 숨어 있었다. 정오쯤 되자 그녀는 일감을 들고 동쪽 방으로 피신했다. 패니가 보기엔 전혀 필요가 없는데도 헨리 크로퍼드가 한 번 더 하자고 방금 제안한 1막 연습에 말려들기 싫었다. 혼자만의 시간도 갖고 싶고 러시워스 씨와 부딪치는 것도 피하고 싶었던 것이다. 복도를 지나다가 목사관에서 올라오는 두 숙녀의 모습을 얼핏 보았지만 혼자 있고 싶은 생각에는 변함이 없었다. 방해하는 사람 없이 동쪽 방에서 바느질을 하며 생각에 잠긴 지 십오 분쯤 되었을 때 가만히 문을 두드리는 소리가 나고 이어서 크로퍼드 양이 들어왔다.

"맞게 찾아왔죠? 그래요. 여기가 동쪽 방이군요. 프라이스 양, 실례인 줄 알지만 도움받을 일이 있어서 이렇게 여기까지 찾아왔답니다."

깜짝 놀란 패니는 방 주인의 예를 갖추려고 애쓰며 텅 빈 벽난로의 반짝이는 받침쇠를 걱정스러운 시선으로 바라보았다.

"고마워요. 춥지 않아요, 아주 따뜻한걸요. 잠깐 있다 가도 괜찮죠? 3막 대사를 하는 것 좀 들어 줘요. 대본을 들고 왔으니 같이 연습해 준다면 정말 너무나 고맙겠어요! 오늘은 저녁 리허설에 대비해서 에드먼드와 연기를 맞춰 볼까 해서 왔는데, 둘이서 말예요, 어디 갔는지 보이지가 않네요. 설령 그분을 만났다고 해도, 먼저 마음의 준비를 하지 않고는 끝까지 함께 맞춰 보기가 힘들 것 같아요. 대사가 한두 군데 좀…… 해 줄 거죠?"

패니는 매우 침착한 목소리는 아니었지만 매우 예의 바르게 그러마고 했다.

"내가 말한 대목 혹시 본 적 있어요?" 크로퍼드 양이 대본을 펴며 말했다. "여기요. 처음에는 그냥 넘어갔는데, 이게 참…… 거기, 그 대사 좀 봐요, 그리고 이거, 그리고 이거요. 그분 얼굴을 마주 보면서 어떻게 이런 대사를 하죠? 당신 같으면 할 수 있겠어요? 하긴 사촌 오빠니까 다르겠네요. 꼭 함께 연습해 줘야 해요. 당신을 그분이라고 상상하며 조금씩 익숙해지게요. 이따금 당신 표정에서 그분 표정이 보이기도 하거든요."

"그런가요? ……기꺼이 하는 데까지 해 볼게요. 그렇지만 그냥 대사를 읽기만 할 거예요. 말하듯 할 수 있는 대사는 거의 없으니까요."

"하나도 없겠죠. 물론 대본을 보면서 하셔야죠. 자, 이제 시작하죠. 당신이 무대 앞으로 들고 나올 의자가 두 개 필요해요. 저기 있군요. 그런데 교실 걸상으로는 아주 훌륭하지만 무대에는 어울리지가 않네요. 꼬맹이 아가씨들이 앉아 수업하다가 발로 쿵쿵 차는 데나 더 어울린달까요. 당신의 가정 교사와 이모부께서 이 의자들이 이런 목적에 쓰이는 것을 보신다면 뭐라고 하실까요? 토머스 경이 지금 우리 모습을 내려다 볼 수 있었다면, 성호를 그으며 탄식하셨을 거예요. 지금 연습을 하느라 온 집 안이 난리도 아니거든요. 정찬실에서는 예이츠가 고래고래 소리를 질러 대고 있죠. 층계를 올라오는데 들리더라고요. 그리고 극장은 애거사와 프레더릭이 쓰고 있는데, 그 사람들 어쩜 그렇게 연습을 해 대는지 지치지도 않나 봐요. 다른 사람들은 몰라도 이 두 사람이 완벽한 연기를 보여 주지 못한다면, 정말 놀랄 일이죠. 오 분 전에 들여다봤는데 하필이면 둘이 포옹하지 않으려고 애쓰는 그런 대목 중 하나였지 뭐예요. 러시워스 씨도 나와 함께 있었거든요. 표정이 좀 묘해지기 시작하는 것 같아서 어떻게든 무마해 보려고 이렇게 속삭여 줬지요. '이번 애거사 연기는 근사할 것 같네요. 행동거지도 어머니답고 목소리와 표정에서 어머니다운 면모가 아주 완벽하게 배어 나오잖아요?'* 이만하면 괜찮게 대처한 셈이죠? 금방

* 마리아가 연기하는 애거사는 헨리가 연기하는 프레더릭의 어머니다.

표정이 밝아지더군요. 자, 이제 독백 부분부터 시작하죠."

그녀가 독백을 시작하고 패니도 연습에 합류했는데, 에드먼드의 대역을 한다고 생각하니 절로 열정이 솟구쳤지만, 표정이나 목소리가 천생 여자여서 남자 시늉은 그다지 성공적이지 못했다. 그렇지만 그런 안할트 앞에서는 크로퍼드 양도 용기가 났다. 장면의 절반쯤까지 진도가 나갔을 때 문 두드리는 소리가 나서 두 사람은 잠시 연습을 멈추었고, 이어서 에드먼드가 들어오면서 연습은 완전히 중지되었다.

이 뜻밖의 만남에 세 사람 모두 놀랍고 쑥스러우면서도 반가운 기색이었는데, 에드먼드도 크로퍼드 양과 똑같은 용건으로 찾아왔기 때문에, 이 두 사람만큼은 쑥스럽고 반가운 마음이 순간으로 그치지 않을 것 같았다. 에드먼드 역시 크로퍼드 양이 집에 왔다는 사실을 알지 못한 채 저녁 리허설 준비를 도와줄 겸 함께 연습해 달라고 대본을 들고 패니를 찾아온 것으로, 그렇게 한자리에 모여 서로의 용건을 확인하며 패니의 친절한 봉사를 한목소리로 칭송하는 두 사람의 기쁨과 흥분은 대단했다.

패니로서는 두 사람의 뜨거운 반응을 따라잡을 수가 없었다. 두 사람이 고양될수록 그녀의 기분은 더 가라앉고, 자기가 두 사람 모두에게 거의 아무것도 아닌 존재가 되어 버린 것 같아서, 둘 다 일부러 자기를 찾아왔다는 사실도 그다지 위로가 되지 않았다. 이제는 두 사람이 함께 연습해야 했다. 에드먼드가 그렇게 하자고 설득하고 간청하는 바람에 애당초 그럴 생각이 아주 없지 않았던 숙녀 쪽에서도 더는 거절하지 못했고,

이제 패니가 할 일은 두 사람을 지켜보며 가끔 프롬프터 역할을 해 주는 것뿐이었다. 사실은 판단하고 비평하는 소임도 주어졌고, 부디 그 소임을 행사해 부족한 점이 있다면 모두 지적해 달라는 청도 받았다. 그렇지만 아무리 생각해도 가당치 않은 일이었다. 할 수도 없고, 하고 싶지도 않고, 할 엄두도 나지 않았다. 설령 비평할 수준이 된다 해도, 양심 때문에라도 이견을 제시하기가 꺼려졌을 것이다. 자신으로서는 이번 일 전반에 이견이 너무 많은 만큼 세부에 대해 제대로 된 정직한 비평을 할 수 없다고 여겨졌다. 프롬프터 역할을 감당하는 것으로 충분했다. 그마저도 해내기 힘들 때도 더러 있었다. 대본에 계속 집중하기가 어려웠기 때문이다. 두 사람을 보고 있자니 주의가 자꾸 흐트러졌다. 그리고 점점 더 열기를 띠는 에드먼드의 모습에 마음이 동요되어 대본을 덮고 외면을 했는데, 한번은 하필이면 그를 도와줘야 하는 대목이었다. 지치는 것도 당연하다는 해석이 나왔고, 그녀는 감사와 사과를 받았다. 그러나 실은 동정을 받아 마땅했는데, 얼마나 심각한 정도인지 두 사람은 짐작도 못 했고 패니도 그들이 모르길 바랐다. 마침내 그 장면이 끝나고 패니는 두 사람이 주고받는 찬사에 힘겹게 한마디 거들었다. 그리고 다시 혼자 남아 있었던 일을 전부 돌아보면서, 두 사람이 너무나 자연스럽고 느낌을 잘 담아내는 연기를 보여 줄 것이며, 결국 그들에게는 칭송이 쏟아지겠지만 그녀에게는 아주 괴로운 광경이 될 것이라는 생각이 들었다. 그 효과가 무엇이든 그녀는 바로 그날로 그 타격을 다시 한 번 견뎌 내야 했다.

처음 세 막의 첫 공식 리허설이 그날 저녁에 열리는 것은 기정사실이었다. 그랜트 부인과 크로퍼드 남매도 리허설을 위해 정찬을 마치는 대로 최대한 서둘러 다시 올라오겠다고 약속했다. 그리고 관련된 사람 모두 잔뜩 기대하고 있었다. 리허설을 앞두고 명랑한 기운이 널리 퍼진 듯했다. 톰은 이만큼 목표에 가까워진 것을 기뻐했고, 에드먼드는 낮에 한 연습으로 생기가 돌았으며 소소한 불만 따위는 털어 버린 듯 보였다. 모두들 촉각을 곤두세우고 초조하게 기다렸다. 숙녀들이 금방 자리에서 일어나고 곧이어 신사들도 그 뒤를 따랐고, 레이디 버트럼과 노리스 부인과 줄리아만 제외하고는 모두들 일찌감치 극장으로 와서 아직 미완인만큼 한계가 있는 대로 최선을 다해 조명을 밝혀 놓고는 그랜트 부인과 크로퍼드 남매가 도착해서 얼른 리허설이 시작되기만 기다리고 있었다.

오래 기다리지 않아 크로퍼드 남매가 도착했지만, 그랜트 부인은 나타나지 않았다. 올 수가 없었던 것이다. 그랜트 박사가 몸이 불편하다며 아내를 내보내지 않은 것인데, 박사의 아리따운 처제는 그 말을 별로 신뢰하지 않았다.

"그랜트 박사께서 편찮으세요." 그녀가 짐짓 심각한 시늉을 하며 말했다. "내내 편찮으셨지요. 오늘은 꿩고기를 하나도 안 드셨거든요. 너무 질기다며 접시째 그대로 물리시더라고요. 그때부터 계속 몸이 안 좋다시네요."

실망이었다! 그랜트 부인이 불참하다니 실로 안타까웠다. 매너도 좋고 명랑하고 사근사근해서 부인은 그들 사이에서 언제나 소중했지만 특히 지금은 절대적으로 필요한 존재였다.

부인 없이는 연기도 리허설도 제대로 진행될 수가 없었다. 순조롭게 진행되기는 틀려 버린 것이다. 어쩌면 좋은가? 소작농 역을 맡은 톰은 절망했다. 당혹감에 휩싸인 한순간이 지나자, 몇몇 사람이 패니에게 눈길을 돌리기 시작하고 이렇게 말하는 목소리가 하나둘 들려오기 시작했다. "프라이스 양이 대신 맡아 그냥 읽어 주기만 해도 되잖아요." 곧이어 패니의 도움을 청하는 소리가 물밀듯 몰려왔다. 모두들 꼭 좀 해 달라고 했고, 에드먼드마저 이렇게 말했다. "그렇게 해, 패니, 도저히 싫은 게 아니라면 말이야."

그래도 패니는 못하겠다고 버텼다. 생각만 해도 끔찍했다. 자기한테 그러지 말고 크로퍼드 양에게 부탁하면 되지 않나? 아니, 방으로 가 버리는 게 가장 안전하겠다고 생각해 놓고 애당초 리허설에는 왜 온 건가? 리허설에 와 봐야 마음만 상하고 괴로워질 것을 뻔히 알면서. 멀찌감치 물러서 있는 게 자신의 책무임을 알면서. 이렇게 벌을 받는 것도 당연했다.

"그냥 읽기만 하면 됩니다." 헨리 크로퍼드가 다시금 간청했다.

"게다가 한 마디도 빠트리지 않을걸요." 마리아가 덧붙였다. "저번에 그랜트 부인이 대사를 하는데 스무 군데나 바로잡아 주더라고요. 패니, 너 그 역 잘 알잖아."

패니도 아니라고 말하지는 못했다. 그리고 모두들 뜻을 굽히지 않고, 에드먼드까지 재차, 그것도 그녀의 착한 마음씨를 믿는다는 다정한 표정으로 권하는 바람에, 결국 양보할 수밖에 없었다. 그녀는 최선을 다해 보겠다고 했다. 다들 좋아했다.

'아버지가 돌아오셨어요!'

그리고 다른 사람들이 리허설을 시작할 준비를 하는 동안 마구 고동치는 가슴의 떨림을 홀로 견뎌 내야 했다.

드디어 리허설이 시작되었다. 그리고 자기들이 내는 소리에 몰두한 나머지 집 안 어딘가에서 평소와 다른 소리가 나는 것도 알지 못한 채 리허설이 얼마간 진행되었는데, 그때 방문이 활짝 열리며 줄리아가 하얗게 질린 얼굴로 문간에 나타나 소리쳤다. "아버지가 돌아오셨어요! 지금 현관 홀에 계세요."

2부

I

그들의 기절초풍할 놀라움을 어찌 말로 다 할까? 절반 이상의 사람들에게 그것은 절대적인 공포의 순간이었다. 토머스 경이 돌아왔다! 그 말을 듣는 순간 모두들 사실로 받아들였다. 장난이나 착각일 거라는 희망은 아무도 갖지 않았다. 줄리아의 표정만 봐도 논란의 여지 없는 사실임을 알 수 있었다. 그리고 처음 놀라 탄성을 지른 후로는, 삼십 초가 지나도록 다들 한마디도 하지 않았다. 저마다 달라진 낯빛으로 누군가를 쳐다볼 뿐, 거의 모든 사람들이, 하필 지금이라니 이렇게 끔찍하고 반갑지 않은 우연도 있나 하는 심정이었다! 예이츠 씨한테는 그날 저녁 행사를 방해하는 성가신 사건에 불과할지도 모르고, 러시워스 씨는 차라리 잘됐다고 생각할지도 모르나, 다른 사람들은 하나같이 죄책감이나 정체 모를 불안감에 가슴이 철렁했고, '이제 우리는 어찌 되는 건가? 이제 어떻게 하나?' 하는 생각이 절로 떠올랐다. 무시무시한 침묵이었다. 그리고 확인이라도 해 주듯 여기저기서 문 열리는 소리며 다가오는 발자국 소리가 무시무시하게 모두의 귓전을 때렸다.

가장 먼저 자리를 뜨며 다시 입을 연 사람은 줄리아였다. 줄리아는 잠시 질투와 앙심을 뒤로하고 공동의 이익 앞에 이기심도 떨친 상태였다. 그러나 줄리아가 등장한 바로 그때 프레더릭은 몰두한 표정으로 애거사의 말을 들으며 그녀의 손을 자기 가슴에 지그시 누르고 있었고, 이런 장면을 본 순간, 그리고 자신이 전한 충격적인 소식에도 불구하고 그가 언니의 손을 잡은 채 그 자리에 그대로 있는 것을 본 순간, 줄리아는 상처 입은 가슴에 다시 모욕감이 치밀어 올라, 방금 전 하얗게 질렸던 만큼이나 새빨갛게 달아오른 얼굴로 방을 뛰쳐나가며 말했다. "하긴 나야 뭐가 무서워서 아버지 앞에 못 나서겠어."

그렇게 줄리아가 나가 버리자 남은 사람들도 정신을 차렸다. 그리고 가만히 있을 수는 없다는 생각에 두 형제가 동시에 앞으로 나섰다. 둘이서 몇 마디 주고받는 것으로 충분했다. 이번에는 이견의 여지가 없었다. 둘은 곧장 응접실로 가야 했다. 마리아도 같은 생각으로 합류했는데, 그 순간 셋 가운데 가장 꿋꿋한 것은 그녀였다. 줄리아를 뛰쳐나가게 만들었던 그 일이 그녀에게는 더없이 달콤한 버팀대가 되어 준 것이다. 그런 순간에, 사랑의 입증이 각별히 요구되는 그런 중요한 순간에, 헨리 크로퍼드가 잡은 손을 놓지 않았다는 사실은 의심과 불안의 기나긴 나날들을 상쇄하고도 남았다. 그녀는 이를 더없이 진실된 결의의 증표로 기쁘게 받아들였고, 아버지 앞에 나설 용기가 생겨났다. 그녀는 "저도 같이 갈까요? 저도 가 보는 게 좋지 않을까요? 저도 함께 가는 게 옳지 않을까요?" 하고 거듭 물어 대는 러시워스 씨한테는 아랑곳하지 않고 방에서 나갔다. 그러나 그들이 문을 나서는 순간 헨리 크로퍼드가 그 초조한 질문에 답하며 얼른 토머스 경에게 인사를 드리러 가라고 부추기자, 그는 반색하며 서둘러 세 사람을 따라갔다.

이제 패니와 함께 남은 사람은 크로퍼드 남매와 예이츠 씨뿐이었다. 사촌들은 패니를 까맣게 잊어버렸고, 패니 스스로도 토머스 경의 총애는 꿈도 꾸지 못했던 만큼 그의 친자식들과 동렬에 서는 것은 생각도 하지 않았으므로, 뒤에 남아 잠시 숨 돌릴 여유가 생겨 오히려 다행이다 싶었다. 불안하고 놀란 마음은 그 누구보다 더했으니, 지은 죄 없이도 지레 겁을 먹는 심성 탓이었다. 패니는 기절할 것만 같았다. 전에 가졌던 이모부에 대한 습관적인 두려움이 되살아나는 동시에, 이모부 앞에서 펼쳐질 일들을 생각하니 이모부를 포함해서 거의 모든 사람이 안쓰럽기만 했고, 에드먼드를 염려하는 마음은 이루 말할 수 없었다. 그녀가 자리에 앉아 벌벌 떨면서 이 두려운 생각들을 견디는 사이, 더 이상 삼갈 필요가 없어진 나머지 세 사람은 짜증스러운 속마음을 털어놓으며, 토머스 경이 뜻밖에도 이렇게 일찍 귀국하다니 너무나 불운한 일이라고 개탄하고, 항해가 두 배나 더 길어졌다면, 아니 아예 아직 안티과에 계셨더라면 좋았을 거라고 가엾은 토머스 경을 두고 무자비한 아쉬움을 토로하기도 했다.

예이츠 씨보다 크로퍼드 남매가 더 열을 올렸으니, 이 집 속사정에 더 정통한 만큼 장차 어떤 불행이 닥칠지 더 잘 알고 있었다. 연극은 이제 망친 것이 확실하고, 곧 모든 계획이 없었던 일이 될 것이었다. 반면 예이츠 씨는 이번 저녁 행사에 차질이 생겨 일시 중지된 것뿐이라고 여겼고, 심지어 차를 들고 나면 리허설이 재개될지도 모른다, 그때쯤이면 토머스 경을 맞아들이는 소동도 마무리되고 그분도 여유롭게 리허설을 즐길 수 있을 거란 말까지 했다. 크로퍼드 남매는 이런 생각을 비웃으며 이 댁 식구들끼리 있을 수 있도록 우리는 조용히 집으로 돌아가는 게 예의겠다고 금방 의견을 모으고는, 예이츠 씨에게 목사관으로 가서 저녁 시간을 함께 보내자고 했다. 그러나 부모의 권리나 가족의 사생활을 중시하는 사람들을 겪어 본 적이 없는 예이츠 씨는 납득이 되지 않았고, 그래서 고맙다면서 '나는 남아 있다가 돌아오신 노신사에게 공손하게 인사를 드리는 게 낫겠다, 게다가 전부 달아나 버리면 남은 사람들은 어떡하느냐'라고 말했다.

이들이 결정을 내렸을 즈음 패니는 정신을 차리고 더 미적거리다가는 버릇없어 보일지도 모르겠다는 생각을 하기 시작했다. 그래서 사과를 전해 달라는 남매의 부탁을 받고는 떠날 채비를 하는 남매를 보면서 이모부 앞에 출두하는 두려운 의무를 수행하기 위해 방을 나섰다.

어느새 응접실 문 앞이었다. 어떤 문 앞에서도 생겨나지 않던 용기가 혹시 이번에는 생길까, 헛된 기대인 줄 뻔히 알면서도 잠시 서서 기다리다가 자포자기의 심정으로 손잡이를 돌리자, 응접실 조명들과 모여 있는 식구들이 한눈에 들어왔다. 막 들어서려는데 그녀의 이름을 부르는 소리가 들려왔다. 때마침 토머스 경이 주위를 둘러보며 "그런데 패니는 어디 있지? 우리 꼬맹이 패니는 왜 안 보이나?" 하고 말했던 것이다. 그는 패니를 보더니 놀랍게도 패니가 양심에 찔릴 정도로 다정하게 다가오더니 "우리 귀여운 패니"라고 부르면서 자애롭게 입 맞추며 그사이 참 많이 컸다면서 매우 흡족해하는 것이었다! 패니는 이 상황을 어떻게 받아들여야 할지, 어디를 바라봐야 할지 알 수가 없었다. 패니는 황망했다. 이모부가 이렇게 다정했던, 이토록 다정했던 적은 이제껏 단 한 번도 없었다. 이모부는 사람 대하는 태도가 달라진 것 같았다. 기쁨에 들떠 말이 빨라지고, 두렵기만 하던 위엄도 이제 자애로운 것으로 바뀌었다. 그는 패니를 벽난로 가까이로 데려가 다시 찬찬히 살펴보면서 특히 건강에 대해 묻더니, 곧 말을 바꾸어 굳이 물어볼 필요도 없겠다, 보기만 해도 잘 알겠다고 말했다. 조금 전까지 창백하게 질려 있던 패니의 얼굴이 이제 곱게 물든 빛깔로 바뀌어, 건강과 미모 모두 좋아졌다는 그의 믿음을 확인시켜 준 것이다. 이어서 그는 패니의 가족, 특히 윌리엄의 안부를 물었다. 이모부의 다정한 말씀에 패니는 이모부를 사랑하는 마음도 별로 없이 이모부의 귀가를 불운으로 여긴 자신을 자책하게 되었다. 그리고 용기를 내어 눈을 들고 올려다본 이모부의 얼굴에서 전보다 여윈 데다 더운 곳에서 고생하느라 그을리고 지치고 기진한 모습이 보이자 애틋한 마음이 온통 고개를 들었고, 곧 아시게 될 뜻밖의 사태에 얼마나 속이 상하실지 생각하니 참담할 뿐이었다.

그 자리의 주인공은 단연 토머스 경이었으니, 그의 제안에 따라 모두 벽난롯가에 둘러앉았다. 대화의 주도권은 당연히 그에게 있었고, 그렇게 오래 떠나 있다가 집으로 돌아와 식구들을 만난 흐뭇함에 그는 전에 없이 말이 많아졌다. 그리고 어떻게 돌아왔는지 세세히 이야기해 주고, 두 아들의 질문이

나오기 무섭게 즉각 답해 주었다. 막판에 안티과의 사업이 일사천리로 풀린 데다, 마침 정기 우편선을 기다리는 대신 리버풀까지 오는 민간 선박을 탈 기회가 생겨서 리버풀로 갔다가 바로 집으로 왔다고 했다. 그는 레이디 버트럼 곁에 앉아서는 둘러앉은 얼굴들을 아주 흐뭇하게 바라보면서, 여정 준비며 여정 중에 있었던 일들이며 도착하고 출발하는 과정에서 있었던 소소한 일들을 빠짐없이 빠른 속도로 죽 풀어 나갔다. 그러더니 하던 말을 두어 차례 멈추고 이렇게 갑자기 도착했는데도 식구들이 모두 집에 있다니, 그랬으면 좋겠다고 생각하기는 했지만 기대는 안 했는데 이렇게 모두 한자리에 있는 모습을 보게 되었으니 참 운이 좋다고 말했다. 그는 러시워스 씨도 잊지 않았으니, 이미 대단히 살가운 환대와 따뜻한 악수로 그를 맞이한 바 있고, 지금은 맨스필드와 밀접히 관련된 화제에 끼워 주며 각별히 대접했다. 러시워스 씨는 외모로는 책잡힐 구석이 없었으니, 토머스 경은 이미 그를 마음에 들어 하고 있었다.

둘러앉아 이야기를 듣고 있는 사람들 가운데 그의 아내만큼 한결같이 순수한 마음으로 기뻐하며 경청한 사람은 없었다. 그녀는 남편을 다시 보게 되어 정말 너무나 행복했고, 갑작스러운 귀가에 감격한 나머지 지난 이십 년을 통틀어 가장 흥분에 가까운 모습을 보였다. 처음 몇 분은 거의 가슴이 두근거릴 뻔했고, 지금도 눈에 보이게 활기찬 모습으로, 일감도 퍼그도 곁에서 치우고 모든 관심과 소파 옆자리 전부를 남편한테 내주었다. 다른 사람들 걱정으로 그녀의 기쁨에 먹구름이 드리울 일도 없었다. 본인으로서는 남편이 없는 사이 전혀 책잡힐 일 없는 시간을 보냈으니, 발깔개도 꽤 많이 짰고 매듭술도 몇 야드씩이나 만들어 놓았다. 그리고 본인은 물론이고 자녀들도 다들 훌륭하게 처신하며 쓸모 있는 시간을 보냈다고 마음 편히 답할 수 있을 터였다. 남편의 모습을 다시 보고 그 목소리를 다시 듣고, 남편이 해 주는 이야기를 듣고 있자니 듣는 귀도 즐겁고 아는 것도 많아지는 것 같아 즐거운 나머지, 그녀는 자기가 남편을 지독하게 그리워했으며 남편의 출타가 더 길어졌다면 도저히 견딜 수 없었을 것이라는 느낌이 새삼 간절해지기 시작했다.

기쁨으로 치면 노리스 부인은 동생을 따라갈 수도 없었다. 그렇다고 토머스 경이 현재 집안이 어떻게 돌아가는지 알면 역정을 내지 않을까 심히 걱정되어 불안에 떠는 것도 아니었다. 이미 판단력이 완전히 흐려졌기 때문에, 제부가 들어올 때 본능적인 조심성으로 러시워스 씨의 분홍색 새틴 망토를 재빨리 치운 것 말고는 놀란 기색이 보이지도 않았다. 오히려 제부의 귀가 방식이 못마땅했을 뿐이다. 그녀가 할 일이 하나도 없게 만들어 버린 것이다. 나와 보시라는 전갈을 듣고 방을 나가 그를 제일 먼저 맞이하고 이 행복한 소식을 온 집 안에 전했어야 했는데, 아마도 아내와 자식들의 튼튼한 심장을 믿어서겠고, 그러는 것도 당연했겠지만, 토머스 경은 집사한테만 알게 하고는 집사를 따라 거의 곧바로 응접실로 들이닥친 것이다. 그의 도착 소식이든 사망 소식이든 그 소식을 전하는 것은 자신의 몫이라고 늘 믿어 마지않았던 노리스 부인 입장에서는 소임을 빼앗긴 기분이었다. 그래서 수선 피울 일도 없는데 일부러 수선을 피우고, 말없이 조용히 있으면 될걸 애써 일을 만들어 내고 있었다. 뭘 좀 드시라는 부인의 권유를 토머스 경이 받아들였다면, 부인은 하녀장에게 달려가 이것저것 골치 아픈 지시를 내리고 하인들에게는 서두르라고 명령하며 모욕을 주었을 것이다. 그러나 토머스 경은 단호히 마다했다. 그는 아무것도 들지 않겠다, 차가 나올 때까지 아무것도 들지 않겠다, 그냥 차를 기다리겠다고 했다. 그래도 노리스 부인은 자꾸 뭔가 들라고 권했고, 그가 영국으로 오면서 겪었던 일화 중 가장 흥미진진한 순간, 즉 프랑스 민간 무장선의 경고가 절정에 다다른 순간,* 이야기를 불쑥 끊으며 수프를 권했다. "정말이지, 토머스 경, 차보다는 수프 한 접시가 훨씬 몸에 좋을 거예요. 수프 한 접시 들어 봐요."

토머스 경은 여간해서는 화를 내지 않는 사람이었다. 그가 한 대답은 이러했다. "여전히 모든 사람을 챙기느라 여념이 없으시네요, 처형. 그렇지만 정말 차 말고는 전혀 생각이 없습니다."

"글쎄, 그렇다면 레이디 버트럼, 당장 차를 들여오라고 동생이 좀 말해 보지. 배들리도 좀 서두르라고 하고. 그 위인이 오늘 밤은 영 굼뜬 것 같아." 부인의 말대로 되었고, 토머스 경은 이야기를 이어 갔다.

---

* 민간 무장선은 정부의 위임을 받아 적의 상선의 수송을 막는 임무를 수행하는 민간 선박으로, 토머스 경은 1803년에서 1815년까지 프랑스와 영국 사이에서 벌어진 나폴레옹 전쟁 중에 여행을 한 것으로 추정된다.

마침내 침묵이 찾아왔다. 토머스 경은 당장 하고 싶은 이야기는 다 했겠다, 이제 사랑하는 가족을 하나하나 흐뭇하게 둘러보는 것으로 족한 듯 보였다. 그러나 침묵은 오래가지 않았다. 들뜬 기분에 레이디 버트럼의 말수가 늘어났는데, 이렇게 말하는 것을 들었을 때 자식들은 어떤 심정이었겠는가. "요새 애들이 재미있는 일을 꾸미고 있는데, 당신 생각은 어때요, 토머스 경? 연극 연습을 하고 있답니다. 우리 모두 연극 준비에 정신이 없었죠."

"정말이오! 그래 작품은 무슨 작품인고?"

"아! 애들이 전부 말씀드릴 거예요."

"전부를 곧 말씀드리지요." 톰이 짐짓 무심한 말투로 얼른 외쳤다. "하지만 지금은 들으셔도 지루하시기만 할 겁니다. 그렇게 중요한 이야기도 아니고요. 내일이면 다 듣게 되실 겁니다, 아버지. 우리도 뭔가 해 보고 어머니 기분 전환도 해 드릴 겸. 고작해야 몇 장면 무대에 올려 보자고 바로 일주일 전부터 연습을 했던 것뿐이에요. 10월이 시작되면서 거의 내내 비가 오는 바람에, 연달아 며칠씩 집 안에 갇혀 지내다시피 했거든요. 저도 3일 이후로는 총 한번 꺼내 보지 못했습니다. 처음 사흘은 그럭저럭 사냥을 할 만했지만, 그 뒤로는 엄두도 못 냈지요. 첫날 저는 맨스필드 숲을 뒤지고 에드먼드는 이스턴 너머의 잡목림을 맡아, 둘이 합쳐 여섯 쌍을 잡아 왔는데, 물론 마음만 먹었다면 각자 그 여섯 배는 잡을 수도 있었지요. 그렇지만 저희는 아버지께서도 흡족해하실 만큼 아버지의 꿩들을 소중히 여기고 있으니 안심하세요. 보면 아시겠지만 아버지 숲의 꿩 마릿수는 조금도 줄어들지 않았답니다. 사실 맨스필드 숲에 이렇게 꿩이 넘쳐 나는 모습은 올해 처음 봅니다. 곧 하루 날을 잡아 직접 사냥을 해 보시지요."

당장의 위험은 넘어갔고 가슴 졸이던 패니도 한시름 놓았다. 그렇지만 곧이어 차가 들어오고 나서, 토머스 경이 이렇게 집에 왔으니 이제는 어서 내 그리운 서재부터 잠깐 들여다봐야겠다며 자리에서 일어나자 불안감이 온통 되살아났다. 달라진 서재를 보고 놀라시지 않게끔 미리 뭐라고 언질을 줄 틈도 없이 그는 자리를 떴고, 그가 나가자 놀란 침묵만 잠시 이어졌다. 제일 먼저 입을 연 것은 에드먼드였다.

"뭔가 조치를 취해야 해." 그가 말했다.

"이제 우리 손님들을 챙겨야지." 헨리 크로퍼드의 가슴에 닿았던 손의 느낌이 여전히 생생해 딴 데 신경 쓸 여유가 거의 없는 마리아가 말했다. "너 여기 올 때 크로퍼드 양은 어디 있었니, 패니?"

패니는 두 사람은 집으로 돌아갔다고 말하며 그들이 남긴 말을 전했다.

"그럼 불쌍한 예이츠만 혼자 있다는 소리잖아." 톰이 외쳤다. "가서 데려와야겠다. 모든 게 밝혀지는 순간 꽤 도움이 될 친구니까."

그는 극장으로 갔고, 때마침 아버지와 친구가 처음 만나는 광경을 목격할 수 있었다. 자기 서재에 촛불이 여러 개 밝혀져 있는 것을 보고 토머스 경은 깜짝 놀랐다. 주위를 둘러보니 방금 전까지 사람들이 드나든 또 다른 흔적들도 있고, 가구들

예이츠 씨가 거의 고함을 질러 대고 있었다.

도 전부 흐트러져 있는 것이었다. 당구실로 통하는 문 앞에 놓여 있던 책장을 치운 것이 특히 눈에 띄었지만, 이 달라진 모습들에 제대로 놀라움을 느낄 사이도 없이 당구실에서 더 놀라운 소리가 들려왔다. 누군가 아주 큰 소리로 말하고 있는데, 모르는 사람의 목소리였고, 단순히 말하는 수준을 넘어서서 거의 고함을 질러 대고 있었다. 그 순간만큼은 곧장 들어갈 수 있어 다행이라 여기며 가서 문을 열어 보니 곧장 극장 무대 위로 연결되고, 거기서 고래고래 대사를 읊어 대는 젊은이와 마주쳤는데 하마터면 이 젊은이한테 얻어맞아 뒤로 자빠질 뻔하기까지 했다. 토머스 경을 본 예이츠가 전 연습 과정에서 일찍이 보여 준 바 없는 최고의 놀란 연기를 보여 주려는 순간, 다른 쪽 문으로 톰 버트럼이 들어왔는데, 그로서는 이렇게 표정 관리를 하기가 힘든 적도 처음이었다. 무대에 올라선 아버지의 경악과 근엄함이 뒤얽힌 표정이며, 격정적인 빌덴하임 남작이 온순한 양갓집 자제 예이츠 씨로 서서히 변신하면서 토머스 버트럼 경에게 허리 굽혀 인사하여 사과를 올리는 모습은 대단한 구경거리이자 절대로 놓쳐서는 안 될 엄청난 연기의 한 장면이었다. 이것이 마지막 연기이자 십중팔구 이 무대에서 펼쳐지는 마지막 장면이 되겠지만, 톰 버트럼이 보기에 이보다 근사한 장면은 있을 수 없었다. 극장은 최고의 갈채 속에서 문을 닫게 된 셈이었다.

그렇지만 즐거운 상상에 마냥 빠져 있을 수는 없었다. 앞으로 나가 두 사람의 만남을 거들어야 했고, 그는 거북하고 어색한 대로 최선을 다했다. 토머스 경은 그의 위치에 걸맞게 예이츠 씨를 따뜻하게 환영했지만, 속으로는 그와 안면을 틀 수 밖에 없다는 사실이, 그 경위만큼이나 영 탐탁지 않았다. 예이츠 씨의 집안과 인척들을 잘 아는 그의 입장에서는 이 청년을 '각별한 친구', 즉 아들의 100명쯤 되는 각별한 친구 가운데 또 한 명으로 소개받는다는 게 전혀 달갑지 않았다. 그리고 집에 돌아온 모든 기쁨과 그것에 힘입은 모든 인내심을 동원하고서야 간신히 분노를 가라앉힐 수 있었다. 다른 곳도 아닌 내 집에서 이렇게 황당한 지경을 당하다니, 극장이랍시고 꾸며 놓은 말도 안 되는 것들 한가운데서 벌어진 우스꽝스러운 구경거리에 자기까지 일조한 꼴이 된 데다, 이런 곤혹스러운 순간에 마음에 안 들 게 뻔한 이 청년과의 교분을 용인해야 하는 지경에까지 몰리다니! 만난 지 채 오 분도 안 되었는데 마음 놓고 속 편히 수다를 떠는 품새를 보아하니 여기가 제집처럼 편한 사람은 토머스 경 본인이 아니라 오히려 이 청년 쪽인 듯 했다.

톰은 아버지의 생각을 읽을 수 있었고, 아버지가 계속 지금처럼 그 일부만 표출해 주시기를 진심으로 바라면서, 아버지 입장에서는 화를 내실 만하다는 생각이 처음으로 분명히 들기 시작했다. 아버지가 이 방의 천장과 회반죽 치장을 흘낏 쳐다보는 것도 일면 당연하고, 당구대는 어찌했느냐고 나지막하고 엄숙한 목소리로 묻는 것도 당연한 궁금증 이상의 부당한 처사는 아니라는 생각이 든 것이다. 부자간에 이런 불편한 느낌이 자리 잡기까지는 몇 분 걸리지 않았다. 그리고 멋지게 꾸민 무대가 아니냐며 열심히 동의를 구하는 예이츠 씨에게 토머스 경이 마지못해 수긍하는 말을 조용히 몇 마디 해 준

후, 세 신사는 함께 응접실로 돌아왔는데 토머스 경의 한결 심각해진 기색을 다들 금방 눈치챘다.

"너희가 꾸며 놓은 극장을 보고 오는 길이다." 그가 자리에 앉으며 차분한 어조로 말했다. "예기치 않게 들어가게 되었다만. 내 서재 바로 옆이라……. 그나저나 실로 모든 면에서 놀랍더구나. 너희가 그렇게 본격적인 공연을 기획했으리라고는 상상도 못 했으니까. 촛불 빛밖에 없어서 잘은 못 봤지만, 꽤 깔끔하게 꾸며 놓았더구나. 역시 크리스토퍼 잭슨이 솜씨가 좋네." 그러고 나서 그는 좀 더 차분한 색조의 다른 가정사로 화제를 돌려 커피를 마시며 평화로운 담소를 나눌 생각도 있었다. 그러나 예이츠 씨는 토머스 경의 속뜻을 알아챌 만한 눈치도 없고, 토머스 경이 대화를 이끌어 나가도록 하면서 자신은 최대한 눈에 띄지 않게 뒷전으로 물러나 있을 만한 겸손함도 섬세함도 조심성도 없었다. 그래서 계속 토머스 경을 극장 이야기에 묶어 놓고 관련된 질문과 언급들로 괴롭히더니, 급기야는 에클스퍼드에서 실망했던 일까지 전부 들려주고야 말았다. 토머스 경은 대단히 정중한 태도로 경청했으나 하는 이야기가 처음부터 끝까지 자신이 생각하는 예의에 어긋나는 구석이 많아 예이츠 씨의 사고방식에 대한 부정적 평가만 더 굳어졌다. 그래서 이야기가 끝나자 가볍게 고개를 숙여 보였을 뿐 그 이상의 공감 표시는 할 수 없었다.

"우리가 연극을 하게 된 것도 사실 이 때문이었습니다." 잠시 생각하다 톰이 말했다. "예이츠 이 친구가 에클스퍼드에서 전염병을 들여왔고, 아시다시피 이런 일은 금방 번지는 법이잖습니까. 아버지도 전에 자주 권하셨던 일이라 더 빨리 번졌는지도 모르겠고요. 이미 가 본 길을 다시 걷는 기분이었거든요."

친구의 말이 끝나기 무섭게 예이츠 씨가 이어받아, 곧바로 자신들이 그동안 무엇을 했으며 지금은 무엇을 하고 있는지 설명하고, 점차 계획이 커졌던 경위며 첫 난관들도 잘 해결되고 지금은 척척 진행되고 있다는 이야기를 토머스 경한테 늘어놓았다. 그런데 자기 이야기에 푹 빠진 나머지 많은 사람들이 좌불안석으로 낯빛이 변하고 가만있지 못하고 조바심치며 헛기침하는 것을 전혀 의식하지 못했을 뿐 아니라, 이야기를 하는 내내 바라보고 있던 바로 그 얼굴에 어린 표정조차, 말하자면 토머스 경이 두 딸과 에드먼드를 캐묻는 듯한 시선으로 쳐다보며 이마를 어둡게 찌푸리는 것조차 보지 못했다. 토머스 경의 시선은 특히 에드먼드한테 오래 머물렀는데, 그 시선에 담긴 많은 말씀과 질책과 꾸중이 에드먼드 본인에게는 폐부를 찌르는 듯했다. 그 시선을 예민하게 받아들이기로는 패니도 그 못지않았다. 패니는 이모가 앉아 있는 소파 한 편 뒤로 의자를 물려 눈에 띄지 않는 자리에 앉아, 앞에서 벌어지는 일을 모두 지켜보았다. 그녀는 에드먼드가 부친에게서 그런 비난의 눈총을 받는 광경을 보리라곤 생각해 본 적도 없었고, 어느 정도는 그런 눈총을 받아 마땅하다는 생각에 더욱 괴로웠다. 토머스 경의 시선에는 이런 뜻이 담겨 있었다. '나는 에드먼드, 너의 판단을 믿었다. 그런데 이게 도대체 무슨 짓이냐?' 그녀는 마음속으로 이모부 앞에 무릎을 꿇고 북받치는 가슴으로 말했다. '아! 오빠한테는 그러지 마세요. 다른 사람들한테는 다 그러셔도, 오빠한테만큼은 제발 그러지 마세요.'

예이츠 씨는 여전히 수다를 늘어놓고 있었다. "사실대로 말씀드리면요, 토머스 경, 오늘 저녁 어르신께서 도착하셨을 때 한창 리허설 중이었답니다. 첫 세 막을 죽 해 보는 중이었는데 전체적으로 볼 때 실패작은 아니었지요. 크로퍼드 남매도 집으로 돌아가고 단원들이 흩어지는 바람에 오늘 밤은 더 진행할 수가 없게 되었습니다만, 내일 저녁에 함께해 주시는 영광을 베푸신다면 과히 부끄럽지 않은 결과를 보여 드릴 수 있을 겁니다. 아시다시피 출연자들이 아직 미숙하니 그 점은 너그러이 양해해 주시길 미리 청합니다. 너그러이 혜량하여 주십시오."

"부탁은 받아주겠네, 젊은이." 토머스 경이 근엄한 어조로 대답했다. "그렇지만 더 이상 리허설은 없을 것이네." 그리고 미소로 누그러뜨리며 덧붙였다. "이제 집에 왔으니 너그러운 마음으로 행복하게 지내야지." 그러고는 누구에게랄 것 없이 다른 사람들 모두를 향해 조용히 말했다. "맨스필드에서 받은 마지막 편지들에 크로퍼드 씨와 크로퍼드 양 이야기가 나오던데, 즐거이 교분을 나눌 만하던가?"

답변이 준비된 사람은 톰밖에 없었는데, 그는 두 남매 중 누구한테 각별한 관심이 있는 것도 전혀 아니고 사랑에서든 연기에서든 질투를 느낄 게 없었기 때문에 둘 모두에 대해 대단히 듣기 좋은 말을 해 줄 수 있었다. "크로퍼드 씨는 대단히 유쾌하고 신사다운 친구입니다. 그 누이는 상냥하고 예쁘고 우아하고 발랄한 아가씨고요."

러시워스 씨는 더 이상 입을 다물 수가 없었다. "신사답지 않다고는 할 수 없겠지요. 그렇지만 키가 고작해야 5피트 8인치*밖에 안 된다는 사실도 알려 드려야지, 아니면 부친께서 잘생긴 청년을 기대하시게 될 겁니다."

토머스 경은 무슨 소리인가 싶어 좀 놀란 눈으로 말한 사람을 쳐다봤다.

"제 생각을 말씀드리자면," 러시워스 씨가 말을 이었다. "제 입장에서는 매일 연극 연습만 하는 게 심히 탐탁지 않습니다. 좋은 것도 과하면 독이 되니까요. 전 연기하는 게 처음만큼 즐겁지 않습니다. 그냥 우리끼리 여기 편안히 앉아 아무 일도 안 하는 편이 오히려 시간을 훨씬 잘 쓰는 방법이라고 생각합니다."

토머스 경은 그를 다시 쳐다보더니 미소로 동의를 표하며 이렇게 대답했다. "이 문제에 대해 나와 생각이 이렇게 같다니 반갑네. 참으로 다행이군. 내 입장에서야 항상 조심하고 매의 눈으로 바라보며 자식들은 필요 없다고 여겨도 나는 경계를 늦추지 않는 게 그야말로 당연한 일이지. 가정의 평화라든가, 요란한 여흥을 멀리하는 그런 집을 귀하게 여기는 마음도 내가 자식들보다 훨씬 더한 것도 당연하고. 그렇지만 자네 연배에 벌써 이런 생각을 하다니 본인은 물론이고 모든 주변 사람한테도 참 좋은 일이지. 그리고 이렇게 든든한 우군을 얻는 게 얼

* 약 1미터 73센티미터.

마나 중요한지 잘 알고 있네."

토머스 경은 러시워스 씨의 생각을 본인이 할 수 있는 것보다 더 잘 표현해 주려 했다. 그는 러시워스 씨한테 재능을 기대하기는 힘들다는 사실을 알아챘다. 그렇지만 말재주가 없어 잘 드러나지는 않지만 훨씬 더 뛰어난 식견과 판단력을 지닌 견실한 청년이라는 점에서는 더 높게 평가하고 싶었다. 여럿이 미소를 참지 못했다. 러시워스 씨는 그렇게 많은 의미를 소화해 내지 못했으나, 토머스 경의 후한 평가를 너무나 기쁘게 받아들이는 마음을 표정으로 그대로 드러낼 뿐 거의 아무 말도 하지 않았고, 그럼으로써 그 후한 평가를 조금 더 길게 유지하는 최선의 길을 택한 셈이었다.

2

다음 날 아침 에드먼드는 제일 먼저 아버지를 따로 뵙고 연극 건에 대해 모든 것을 사실대로 말씀드렸다. 아침에 맑은 정신으로 생각해 봐도 자신의 동기들은 변명의 여지가 있었고 그래서 그런 한도 내에서 자신이 이 계획에서 한 역할에 대해 변명하되, 자신의 양보로 얻어 낸 것이라고 해 봤자 지극히 부분적인 개선에 불과했으니 판단력을 의심받아 마땅하다는 점을 솔직하게 꾸밈없이 인정했다. 그는 자신의 입장을 해명하되 남에게 불리한 말은 삼가려고 애썼다. 그러나 그 처신에 대해 굳이 두둔하거나 변명해 줄 필요가 전혀 없는 사람이 딱 한 사람 있었다. "우리 모두 많든 적든 잘못이 있습니다." 그는 말했다. "패니를 제외하고는 하나같이요. 내내 바른 판단과 일관된 처신을 보여 준 사람은 패니뿐이었습니다. 그 애만큼은 시종일관 공연에 반대했거든요. 아버지에 대한 도리를 한 번도 저버리지 않았지요. 아버지도 패니가 모든 면에서 아버지의 기대에 부응하는 아이라는 것을 알게 되실 겁니다."

토머스 경은 이들이 하려던 일이 시점이나 구성원이나 계획 면에서 모두 부적절했다는 생각을 아들이 우려했던 것 이상으로 강하게 갖고 있었다. 사실 이런 확신이 너무나 커서 그는 길게 말하고 싶지도 않았다. 그래서 에드먼드와 악수를 하고 불쾌한 생각을 털어 버릴 생각이었다. 그 기억을 상기시키는 물건을 모두 치우고 집을 원래대로 돌려놓고 나서는 식구들이 자기를 잊어버렸던 기억을 최대한 빨리 잊기로 마음먹었다. 그는 다른 자식들한테는 꾸중도 하지 않았다. 더 알아보는 위험을 무릅쓰느니 자식들이 스스로의 과오를 절감하고 있다고 믿고 싶었던 것이다. 모든 것을 즉각 끝내고 설비를 전부 치워 버리는 것으로 질책은 충분했다.

그러나 행동만으로 생각을 전하는 데 그쳐서는 안 되겠다 싶은 사람이 집에 한 사람 있었다. 그는 처형도 틀림없이 잘못된 일이라고 판단했을 테고 그렇다면 적절한 조언으로 그런 일이 일어나지 않게 막아 주시리라 기대했다. 아이들이 그런 일을 벌인 것은 대단히 경솔한 짓이다, 스스로 더 나은 결정을 했어야 옳다, 그렇지만 아직 젊은 데다 에드먼드를 제외하고는 견실한 성품도 못 되는 것 같다, 그러니 아이들의 그릇된 결정을 용인하고 그 불안한 소일거리를 그냥 묵과한 처형의 처사가 아이들이 그런 결정과 소일거리를 생각해 냈다는 사실보다 더 놀라울 수밖에 없다는 것이 그의 생각이었다. 노리스 부인은 좀 당황스러웠고, 난생처음 유구무언에 가까운 지경에 처했다. 토머스 경한테는 너무나 확연하게 보이는 부적절함을 자기는 전혀 못 봤다고 고백하자니 창피스럽고, 실은 자기 힘으로는 역부족이며 뭐라고 해 봤자 소용없었을 것이라는 사실을 인정하고 싶지도 않았다. 유일한 방책은 되도록 빨리 이 화제에서 빠져나와 토머스 경의 생각의 흐름을 좀 더 기분 좋은 방향으로 유도하는 것뿐이었다. 그녀는 전반적으로 그의 가족의 이익과 평안을 위해 항상 애써 왔다는 점을 은근히 내세우며 생색낼 거리가 많았다. 따뜻한 자기 집 벽난롯가를 두고 황급히 길을 떠나 바삐 걸어오는 등 그녀가 감수해 온 그 숱한 고생과 희생은 가볍게 넘길 일이 아니며, 구체적으로는 레이디 버트럼과 에드먼드에게 사람들을 믿지 말라고, 혹은 이렇게 하면 절약할 수 있다고 많은 훌륭한 조언을 해 언제나 비용을 절감하게 해 주었고, 못된 하인을 적발해 낸 것도 한두 번이 아니었다. 그렇지만 그녀의 주된 공은 소더턴에 있었다. 그녀의 가장 큰 버팀목이자 자랑거리는 러시워스 집안과 연분을 맺은 것이었다. 그 점만큼은 완전무결했다. 그녀는 마리아를 향한 러시워스 씨의 호감이 실질적 성과로 이어진 것은 모두 자신의 공이라고 생각했다. "내가 적극적으로 나서서 꼭 그 어머니와 안면을 터야 한다고 주장하고, 이어서 동생을 설득해서 먼저 방문하도록 하지 않았다면 아무 일도 일어나지 않았을 거예요. 내가 지금 이 자리에 앉아 있는 것만큼이나 확실한 사실이지요. 러시워스 씨는 착하고 겸손해서 옆에서 용기를 많이 북돋아 줄 필요가 있는 성격이거든요. 그냥 넋 놓고 있다간 다른 처녀한테 뺏겼을 거예요. 눈독을 들이고 있는 처녀들이 많았거든요. 하지만 내가 백방으로 손을 썼지요. 동생을 설득하려 전력을 다했고, 결국은 설득에 성공했고요. 소더턴까지 얼마나 먼지 제부도 잘 아시잖아요. 게다가 한겨울이어서 도로들도 거의 통행을 하기 힘들 정도였지만, 그래도 설득을 해냈다고요."

"레이디 버트럼과 자식들한테 처형의 영향력이 얼마나 큰지, 얼마나 당연한지 저도 잘 아니까 이번 일이 더 우려스러운 겁니다. 이번에는 그게 잘……"

"토머스 경, 그날 도로 상태가 어땠는지 직접 보셨어야 해요! 물론 말 네 필이 끌었지만 끝까지 갈 수 있을지 우려스럽기까지 했으니까요. 거기다 제 딴에는 깊은 충정과 호의에서 그랬겠지만 그 가엾은 마부 영감이 글쎄 자기가 모시고 가겠다지 뭐예요. 류머티즘에 걸려서 마부석에 제대로 앉아 있지도 못하면서 말예요. 미카엘 축일* 때부터 내가 치료해 주던 중이었거든요. 결국 병을 고쳐 주기는 했지만, 겨울 내내 증상이 아주 심했고, 그날도 그랬지요. 그래서 출발하기에 앞서 직접 영감 방까지 올라가서 무리는 하지 말라고 충고해야만 했어요. 막 가발을 쓰는 중이더라고요. 그래서 말했죠. '할아범, 할아범은 안 가는 편이 훨씬 나을 게요. 그래도 마님과 난 아무 일 없을 테니까. 스티븐이 얼마나 침착한지 잘 알잖아. 그리고 찰스도 이제 선두 말들을 꽤 많이 다뤄 봤으니 아무 걱정 안 해도 돼요.' 그런데 그렇게 말을 해도 영 들어먹어야 말이죠. 영감은 끝내 자기가 가겠다고 고집을 부렸고, 나도 공연히 안달하며 참견한다는 소리는 듣고 싶지 않아 입을 다물어 버렸지요. 그렇지만 마차가 덜컹거릴 때마다 영감 생각에 얼마나 가슴이 아프던지요. 그리고 스토크 인근의 험한 길로 접어들자 자갈길이 온통 살얼음과 눈투성이로 정말 말이 아니더라고

---

* 미카엘 축일은 9월 29일로 가을을 통칭하기도 한다.

요. 영감이 걱정돼 죽는 줄 알았어요. 가엾은 말들은 또 어떻고요! 어떻게든 앞으로 나아가려 안간힘을 쓰는 모양이라니! 내가 늘 말들을 얼마나 챙기는지 제부도 잘 알잖아요. 결국 샌드크로프트 힐 기스락에 이르렀을 때 내가 어떻게 했을 것 같아요? 제부는 웃을지 몰라도, 마차에서 내려 걸어서 올라갔답니다. 정말 그랬다고요. 그런다고 말들의 부담이 크게 줄지는 않겠지만, 그래도 그게 어디예요. 그리고 저 고상한 짐승들이 고생 고생 끌고 올라가는데 편안히 앉아 있는 짓은 차마 못 하겠더라고요. 결국 감기에 걸렸지만, 그쯤이야 상관없었어요. 그날 방문으로 소정의 성과를 거두었으니까요."

"그렇게 공들일 만한 교분이었다는 생각을 앞으로도 언제나 하게 되기를 바랍니다. 러시워스 씨의 행동거지가 아주 걸출하달 수는 없지만, 어젯밤 한 가지 문제에 대해 피력한 의견만큼은 마음에 들더군요. 연극을 하느라 야단법석을 떠는 것보다는 조용한 가족 모임이 단연 낫다고 했지요. 그만하면 식견은 꽤 괜찮은 것 같습니다."

"그럼요……. 그리고 알면 알수록 더 마음에 드실 거예요. 확 눈에 들어오는 사람은 아니지만, 훌륭한 자질이 수천 가지도 넘거든요! 그리고 제부를 굉장히 우러러보는데, 다들 내가 그리 만들었다고 놀려 대네요. 하루는 그랜트 부인이 이러는 거예요. '정말이지, 노리스 부인, 러시워스 씨가 부인의 친아들이었어도 이렇게까지 토머스 경을 우러러보지는 못했을걸요.' 라고요."

이리저리 피해 가는 처형의 언변에 밀리고 칭찬에 무장 해

'내가 직접 마부 영감에게 무리하지 말라고 충고해야만 했어요.'

제당한 토머스 경은 하려던 말도 제대로 하지 못하고, 사랑하는 사람들의 당장의 즐거움이 걸린 문제에서는 처형이 판단력보다 정을 앞세울 때도 가끔 있나 보다 하고 넘어가는 수밖에 없었다.

그날 하루는 분주하게 지나갔다. 식구들과 대화를 나눈 시간은 그중 작은 일부분에 불과했다. 그는 맨스필드의 주인 자리로 돌아와 전에 익히 하던 대로 온갖 대소사를 틀어쥐고, 집사와 마름을 만나 검토하고 계산하고, 또 사무를 보는 사이사이 짬을 내 마구간이며 정원이며 가장 가까운 조림지들도 둘러봐야 했다. 그렇지만 원체 활동적이고 체계적인 사람인지라, 정찬 식탁에서 가장의 자리에 다시 앉았을 때에는 이 모든 일들을 끝마쳤을 뿐 아니라, 얼마 전 당구실에 설치되었던 것들을 목공을 시켜 철거하고, 무대 화공은 진작에 해고하여 지금은 적어도 노샘프턴까지는 갔을 거라고 흐뭇해해도 무방할 정도였다. 방바닥 하나를 못 쓰게 만들고 마부의 스펀지를 죄다 망가뜨리고 하급 하인들 다섯 명을 불평만 늘어놓으며 빈둥거리게 만든 것 말고는 한 일도 없이 무대 화공은 떠나갔다. 그리고 토머스 경은 하루 이틀이면 그간 벌어진 일들을 상기시키는 모든 흔적들을 깨끗이 치워 버리고 집 안에서 「연인 서약」의 미제본판을 깡그리 없애 버릴 수 있으리라 기대했다. 자기 눈에 띄는 족족 불에 던져 넣었으니까.

예이츠 씨도 이제 토머스 경의 의중을 알아차리기 시작했다. 왜 그러는지 이해가 안 되기는 예나 지금이나 마찬가지였지만. 예이츠 씨와 그의 친구는 총을 들고 나가 진종일 바깥에서 보내다시피 했고, 그 기회를 틈타 톰은 까다로운 부친의 조처를 대신 적절히 사과하고 앞으로 어떻게 될지 설명해 주었다. 예이츠 씨는 짐작대로 매우 속상해했다. 두 번씩이나 똑같이 무산되다니, 운이 없어도 너무 없었다. 그는 분개한 나머지, 친구와 그 막내 여동생을 생각하지 않았다면, 반드시 준남작을 찾아뵙고 어떻게 그렇게 황당한 일을 하실 수 있느냐 항의도 하고 조금은 더 합리적으로 생각하도록 설득했을 것이라고 믿었다. 맨스필드 숲에서나 돌아오는 길에서나 이 믿음은 굳건했다. 그러나 막상 모두 한 테이블에 둘러앉아 토머스 경을 지켜보니 그 어리석음에 이견을 제시하기보다는 마음속에만 담아 두고 그냥 마음대로 하라고 놔두는 편이 현명하겠다는 생각이 들었다. 이제까지 불쾌한 가부장이라면 많이 겪어보았고 그들로 인해 빚어지는 불편함에 놀란 적도 많지만, 토머스 경처럼 요령부득의 도덕을 앞세우며 지독한 전횡을 휘두르는 가부장은 난생처음이었다. 그 자식들만 아니라면 도저히 참아 줄 수 없는 사람이었고, 예이츠 씨가 그의 지붕 아래 며칠 더 머물기로 한 것은 오로지 그의 아리따운 딸 줄리아 덕분이니, 토머스 경으로서는 줄리아한테 고마워해야 했다.

거의 모두 심기가 불편했지만, 그날 저녁은 외견상 순조롭게 흘러갔다. 그리고 토머스 경이 딸들한테 청한 음악으로 진정한 화합의 결핍이 어느 정도 감추어졌다. 마리아는 한참 가슴앓이를 하고 있었다. 이제 크로퍼드가 지체 없이 뜻을 밝히는 것이 그녀의 입장에서는 그야말로 중차대한 일인데 하루가 다 가도록 아무런 기미가 없으니 속이 상했다. 그가 곧 나타날 것만 같아 온종일 기다렸고, 저녁에도 내내 기다리고 있었다. 러시워스 씨는 토머스 경이 돌아왔다는 중대한 소식을 듣고 일찌감치 소더턴으로 떠났는데, 그녀는 즉각 모든 게 만천하에 공개되어 그가 다시 찾아오는 수고를 덜 수 있게끔 되리라는 허망한 기대를 품었다. 그러나 목사관에서는 누구 하나 코빼기도 보이지 않았고, 그랜트 부인이 레이디 버트럼에게 보낸 축하와 문안 인사를 담은 다정한 쪽지 말고는 아무 소식도 들려오지 않았다. 두 집 식구들이 이렇게 완전히 떨어져 지낸 것은 정말 오랜만이었다. 8월 초 이후로 어떤 식으로든 서로 만나지 않고 스물네 시간을 흘려 보낸 적은 한 번도 없었다. 슬픔과 근심 속에 하루가 지나고, 다음 날은 종류만 다를 뿐 강도는 전혀 덜하지 않은 재앙이 몰아닥쳤다. 잠깐의 흥분된 기쁨이 극심한 괴로움의 시간으로 이어졌다. 헨리 크로퍼드가 다시 집으로 찾아왔다. 그는 토머스 경에게 한시라도 빨리 인사를 드려야겠다는 그랜트 박사를 대동하고 올라와, 좀 이른 시각이지만, 식구들 대부분이 모여 있는 조찬실로 안내되었다. 곧이어 토머스 경이 들어왔고, 마리아는 사랑하는 사람이 아버지와 첫 대면을 하는 모습을 기쁘고 흥분된 심정으로 지켜봤다. 그녀의 감정은 뭐라 꼭 집어 말하기 힘들었는데, 몇 분 후 그녀와 톰 사이에 앉은 헨리 크로퍼드가 톰에게 (토머스 경 쪽을 공손하게 한 번 바라보며) 좋은 일이 생겨 지금 당장은 연극을 중지했지만 나중에 다시 계속할 생각이 있느냐고 나지막한 목소리로 묻는 것을 들었을 때에도 같은 느낌이었다. 만일 그렇다면 오라는 날짜에 맞추어 맨스필드로 꼭 돌아오겠다,

지금은 지체 없이 바스로 가서 숙부를 뵈어야 해 바로 떠날 예정이지만, 「연인 서약」을 다시 무대에 올릴 전망만 있다면 만사 제치고 달려올 것이며, 언제든 연락만 오면 여기 합류하기로 숙부한테도 확실히 못 박아 두겠다고 그는 말했다. 자기가 없어서 공연을 망치는 일만큼은 없으리라는 것이었다.

"바스, 노퍽, 런던, 요크, 그 어디에 가 있든," 그는 말했다. "한 시간 전에만 알려 주면 영국 어디서라도 바로 달려오겠습니다."

그 순간만큼은 대답할 사람이 톰의 누이가 아니라 톰인 것이 다행이었다. 톰은 곧바로 술술 마음 편히 대답할 수 있었다. "떠나게 되었다니 유감이군. 하지만 그 연극 건이라면, 이제 끝난 일이네. 완전히 종지부를 찍은 거지. (의미심장한 눈으로 아버지를 바라보며) 어제 화공도 내보냈고, 내일이면 극장은 거의 흔적도 없을 거네. 그거야 뭐 처음부터 각오했던 일이고…… 그런데 바스에 가기는 좀 이르군. 가 봐야 아무도 없을 텐데."

"숙부님은 항상 이 무렵에 가십니다."

"언제 떠날 건가?"

"아마도 오늘 중으로 밴버리까지는 가겠지요."

"바스에서는 누구네 마구간을 쓰나?"라는 질문이 이어졌다. 그리고 이 이야기가 이어지는 동안 자존심도 결단력도 부족함이 없는 마리아는 그런대로 침착하게 대화에 끼어들 마음의 준비를 했다.

그는 곧 그녀를 돌아보면서, 더 부드러운 태도로 더 강하게 애석한 마음을 표현하며 이미 했던 말을 거의 다 되풀이했다. 그렇지만 표현이나 태도 따위가 무슨 상관이겠는가? 떠나기는 마찬가지고, 자발적으로 떠나는 것은 아닐지 몰라도 거기서 머물기로 한 것은 그가 자발적으로 결정한 일이었다. 숙부를 찾아뵈어야 한다는 걸 제외하고 다른 약속은 모두 스스로 잡은 것이니까. 그는 어쩔 수 없다고 말하지만, 그녀는 그가 얼마나 독립적인지 잘 알고 있었다. 그녀의 손을 가슴에 갖다 대고 지그시 누르던 그 손! 그 손과 가슴은 이제 미동도 없이 정지해 있을 뿐이었다! 자존심으로 버텨 내고는 있지만 마음의 고통이 극심했다. 실제 행동과는 다른 그의 말들을 참고 들으며 사람들 눈을 생각해서 감정의 동요를 묻어 두는 고역을 오래 견딜 필요는 없었다. 두루 작별 인사를 전해야 했던 그는 곧 다른 사람에게로 관심을 돌렸고, 이제 인사차 온 것이 공공연해진 이 방문은 매우 짧게 끝났다. 그는 떠났다. 마지막으로 그녀의 손을 가볍게 잡고 고개 숙여 작별 인사를 하며. 그리고 그녀는 곧바로 방을 나와 혼자 있으면서 마음을 달랠 수 있게 되었다. 헨리 크로퍼드는 떠났다. 맨스필드를 떠났고, 두 시간 후면 이 교구를 떠날 것이었다. 그의 이기적인 허영심이 마리아 버트럼과 줄리아 버트럼에게 불러일으켰던 모든 희망은 그렇게 끝이 났다.

줄리아는 그가 떠난 것을 기뻐할 수 있었다. 그와 같이 있는 것이 불쾌해지기 시작하던 참이었다. 그리고 마리아도 그를 차지하지 못했으니 이제 다른 복수를 꿈꾸지는 않을 만큼은 냉정을 되찾았다. 언니가 버림받았으면 됐지, 나서서 폭로까지 할 생각은 없었다. 헨리 크로퍼드가 떠났으니 이제 언니를 동정해 줄 수도 있었다.

소식을 들은 패니는 좀 더 순수한 마음으로 기뻐했다. 정찬 자리에서 소식을 듣고 정말 잘된 일이라고 생각했다. 다른 사람들은 모두 안타까워하며 그의 장점을 기렸는데, 저마다 감정의 강도가 달랐으니, 에드먼드의 지나치게 편파적인 칭찬이 진심이었다면, 그의 어머니는 틀에 박힌 찬사를 무심히 한마디 던질 뿐이었다. 노리스 부인은 주위를 둘러보며 그가 줄리아를 사랑하는 줄 알았는데 이렇게 끝나다니 참 뜻밖이라고 했다. 그리고 그 일을 추진함에 있어 자신이 태만했던 게 아닌가 하는 걱정도 잠시 할 뻔했다. 그러나 보살펴야 할 사람이 이렇게 많은데 아무리 활동적인 사람이라 해도 바라는 대로 모두 실천할 수는 없는 노릇 아닌가?

하루 이틀 후 예이츠 씨도 떠났다. 그의 출발에 가장 관심을 보인 사람은 토머스 경이었다. 식구들끼리 단출하게 지내고 싶었던 만큼, 더 괜찮은 사람이었다 해도 낯선 이의 존재는 거추장스러웠을 것이다. 하물며 경박하고 오만하며 게으르고 사치스러운 예이츠 씨는 도저히 참아 주기가 힘들었다. 인물 자체도 피곤하지만, 톰의 친구이자 줄리아의 숭배자라니 영 눈에 거슬렸다. 토머스 경은 크로퍼드 씨의 경우에는 떠나든 말든 사실 관심이 없었지만, 예이츠 씨가 떠날 때 현관문까지 배웅하면서 즐거운 여정이 되기를 바란다고 한 인사는 진심으로 흐뭇한 마음에서 우러나온 것이었다. 예이츠 씨는 무대 장치를 모조리 철거하고 연극과 관련된 모든 것이 치워질 때까

토머스 경이 예이츠 씨에게 즐거운 여정이 되기를 바란다고 인사했다.

지 맨스필드에 남아 있다가, 맨스필드가 차분한 일상을 되찾았을 때 떠나갔다. 그리고 떠나는 그의 모습을 지켜보며 토머스 경은 이제 연극과 관련된 최악의 존재이자 그런 일이 있었음을 상기시킬 수밖에 없는 최후의 존재가 깨끗이 사라졌기를 바랐다.

노리스 부인은 토머스 경의 심기를 어지럽게 했을 물건 하나를 그의 눈 닿지 않는 곳으로 치우는 데 성공했다. 그녀가 엄청난 재능을 발휘해 지휘 감독하여 성공적으로 만들어 낸 커튼은 그녀가 맨스필드를 떠날 때 그녀와 함께 그녀의 집으로 갔는데, 우연히 그 집에는 유독 녹색 나사 천이 필요했다.

3

토머스 경의 귀가는 「연인 서약」과 무관하게도 식구들의 일상에 놀라운 변화를 가져왔다. 그가 집안을 다스리면서 맨스필드는 완전히 다른 곳으로 변해 버렸다. 함께 어울리던 사람 중 일부는 떠나고 다른 많은 사람들은 의기소침해져, 전에 비해 변화가 없는 우울한 나날이 이어질 뿐, 칙칙한 가족 모임은 영 생기를 띠지 못했다. 목사관과도 거의 교류가 없었다. 원체 사람 사귀기를 꺼리는 토머스 경은 특히 이즈음에는 한 집만 빼고는 일절 어울리지 않았다. 러시워스 집안이 그가 가족 모임에 초청할 수 있는 유일한 상대였다.

에드먼드는 아버지의 그런 심사가 이상하지 않았고, 그랜트 부부가 배제된 점 말고는 아쉬울 것도 없었다. "그렇지만 그 두 분은 자격이 있잖아." 그는 패니에게 말했다. "이제 떨어질 수 없는, 한 식구나 다름없는 사이가 된 것 아냐? 당신께서 안 계실 때 두 분이 어머니와 누이들한테 얼마나 극진하게 대했는지 좀 더 알아주셨으면 좋겠어. 두 분 입장에서는 무시한다고 생각할 수도 있잖아. 실은 두 분을 잘 모르셔서 그러시는 건데 말야. 그 댁에서 이사 오고 열두 달밖에 안 되었을 때 외국으로 가셨으니까. 더 잘 아셨다면, 두 분과의 교제를 당연히 소중하게 생각하셨을 거야. 사실은 아버지도 좋아하실 분들이니까. 우리끼리만 있으면 활기가 좀 부족할 때가 있잖아. 누이들은 풀이 죽어 있고, 형도 확실히 심기가 편안해 보이지는 않고. 그랜트 박사 부부가 계시면 활기도 있고 아버지께도 더 즐거운 저녁 시간이 될 텐데."

"그럴까요?" 패니가 말했다. "내가 보기에는 누구도 반기시지 않을 것 같은데요. 오빠는 너무 조용하다고 하지만 이모부한테는 그런 분위기가 소중하고, 가족끼리 편안하게 있고 싶으신 것 같아요. 사실 집안 분위기가 전보다 가라앉았다고 할 수도 없잖아요. 그러니까 이모부가 해외로 나가시기 전보다 말예요. 내 기억으로는 언제나 비슷했어요. 이모부 앞에서는 많이들 웃지도 않았고. 설령 좀 달라졌다 해도, 그렇게 오래 떠나 있다 오셨으니 처음에는 당연히 좀 그렇지 않겠어요. 다들 약간 서먹서먹하기도 하겠고요. 그렇지만 전에도 이모부가 런던에 가 계셨을 때 말고는 저녁에 명랑하게 지낸 기억이 안 나요. 어려운 어른이 집에 계시면 젊은 사람들은 다 마찬가지일 거예요."

"그 말이 맞는 것 같구나, 패니." 잠시 생각하다가 그가 한 대답이었다. "우리 집 저녁 시간이 달라졌다기보다는 예전 모습으로 돌아갔다고 해야겠지. 오히려 활기찼던 때가 유별났던 거고⋯⋯ 불과 몇 주밖에 안 되는 시간이었지만 얼마나 생생하게 남아 있는지!"

"내가 다른 식구들보다 조금 엄숙한 편인가 봐요." 패니가 말했다. "나한테는 저녁 시간이 길게 느껴지지 않아요. 이모부께서 들려주시는 서인도 제도 이야기도 참 재미있고요. 한 시간씩 들어도 좋을 것 같아요. 나한테는 이렇게 재미있는 이야기도 흔치 않은걸요. 아무래도 내가 남들과 달라서 그런가 봐요."

"아니 왜 그런 소리를 하는 거야? (미소를 지으며) 남들과 다르다니, 더 현명하고 사려 깊다고 해 줄까? 그렇지만 패니, 너 언제 내 입에서 너든 누구든 칭찬하는 소리 들어 본 적 있니? 칭찬을 듣고 싶으면 아버지한테 가 봐. 아버지라면 칭찬해 주실 테니까. 아버지께 너를 어떻게 생각하시느냐고 여쭤 보렴. 그럼 얼마든지 칭찬을 들을 수 있을 거야. 그리고 그 칭찬이 주로 네 외모에 대한 것이더라도 참고 들으렴. 때가 되면 마음의 아름다움도 보게 되실 거라고 믿으면서 말이지."

이런 말을 한 번도 들어 보지 못했던 패니는 몹시 당황스러웠다.

"네 이모부께서는 네가 예쁘다고 생각하셔, 패니. 간단히 말하자면 말야. 내가 아니고 다른 사람이었다면 더 크게 받아들였을 것이고, 네가 아니고 다른 사람이었다면 예전부터 아주 예뻤는데 하며 속상해하겠지. 그런데 사실, 네 이모부는 여태까지 네가 예쁘다는 생각은 한 번도 못 하셨다는 거야. 그런데 지금은 생각이 달라지신 거지. 안색이 너무나 좋아졌대! 표정도 훨씬 풍부해지고! 그리고 자태도…… 아니, 패니, 그렇다고 고개를 돌릴 것까지는 없지. 이모부시잖아. 이모부의 칭찬도 감당 못 하면 앞으로 어쩌려고 그래? 진짜 이제 너 마음 단단히 먹고, 봐줄 만한 외모라는 데 익숙해지기 시작해야 해. 네가 아리따운 여인으로 커 가는 것을 받아들이려고 노력해야 한다고."

"아이! 그런 말 마세요, 제발요." 패니가 외쳤는데, 그는 패니의 곤혹스럽고 복잡한 심경을 다 헤아리지는 못했다. 그렇지만 곤혹스러워하는 패니의 모습에 그 이야기는 그만두고, 더 진지한 말투로 이렇게 덧붙이기만 했다. "네 이모부는 네가 여러모로 아주 맘에 드시는 모양이야. 그러니까 너도 이모부한테 말도 더 붙이고 그랬으면 좋겠다. 너도 저녁 자리에서 너무 말이 없는 축이잖아."

"그렇지만 이모부 앞에서도 전보다는 말을 많이 하는걸요. 분명히 그럴 거예요. 어젯밤 내가 노예 무역에 대해 여쭤보는 것 못 들었어요?"

"들었지. 그리고 질문이 계속 이어졌으면 했지. 더 여쭤보았더라면 네 이모부도 좋아하셨을 거야."

"나도 그러고 싶었어요. 그렇지만 갑자기 너무나 조용해져서요! 언니들은 한마디도 안 하고 아무런 관심도 없어 보이는데 내가 중뿔나게 나서기도……. 이모부께선 딸들이 당신 이야기에 관심과 흥미를 보여 주길 바라셨을 텐데, 내가 공연히 나섰다간 언니들보다 돋보이고 싶어 하는 것처럼 보일까 봐서요."

"일전에 크로퍼드 양이 너를 보고 한 말이 맞았네. 다른 여자들은 무시당할까 봐 걱정하는데 넌 주목받고 칭찬받을까 봐 걱정하는 것 같다는 거야. 목사관에서 네 이야기가 나오자 크로퍼드 양이 그러더군. 참 보는 눈이 있어. 성격을 그렇게 잘 짚어 내는 사람은 처음이야. 나이도 어린 아가씨가 참 놀랍지! 오래전부터 너를 보아 온 많은 사람들보다 확실히 크로퍼드 양이 너를 더 잘 알더라고. 그리고 다른 사람들에 대해서도 이따금씩 슬쩍 던지는 재치 있는 말들이나 순간적으로 무심코 하는 말을 들어 보면, 예의상 삼가서 그렇지, 마음만 먹으면 얼마든지 아주 정확한 판단을 내릴 수 있을 거야. 아버지에 대해서는 어떻게 생각할까! 잘생긴 데다 매너도 대단히 품격 있고 신사답고 한결같으시니 분명히 좋아하겠지. 그렇지만 직접 뵐 기회가 별로 없었으니 사교성이 없으신 게 아닌가 하고 좀 안 좋게 생각할지도 모르겠군. 자주 만날 기회가 생기면, 틀림없이 서로 호감을 느낄 텐데. 크로퍼드 양의 발랄한 모습이 마음에 드실 거고, 크로퍼드 양도 아버지의 능력을 알아볼 눈이 있으니까. 더 자주 만나면 좋을 텐데! 아버지가 자기를 싫어한다고 생각하지나 말았으면 좋겠어."

"다른 식구들 모두 자기를 좋게 보는 것을 너무 잘 아는데," 패니가 한숨 섞인 목소리로 말했다. "그런 걱정을 할 리가 없지요. 그리고 우선 식구들하고 있고 싶은 이모부 마음도 너무 당연한 일이니까 크로퍼드 양도 뭐라고 하지는 않을 거예요. 시간이 좀 지나면 틀림없이 전처럼 만나게 될 거예요. 계절이 달라졌으니 차이는 좀 있겠지만요."

"크로퍼드 양이 아기 때 말고 10월에 시골에 머문 건 이번이 처음이라네. 턴브리지나 첼트넘*은 시골이랄 수도 없잖아.

* 온천 휴양지로 유명한 곳들이다.

그리고 11월은 날씨가 더 궂으니까, 겨울이 다가오면서 맨스필드를 지루하게 여길까 봐 그랜트 부인도 걱정이 많은 모양이야."

패니는 할 말이 많았지만, 크로퍼드 양의 재능이나 소양, 기상, 비중, 친지들에 대해서는 입을 다무는 편이 더 안전했다. 말을 하다 보면 곱지 않게 들리는 소리가 나올 수도 있었다. 크로퍼드 양이 자기를 좋게 이야기해 주었으니 이쪽에서도 최소한 고마운 마음으로 말을 삼가는 것이 도리였다. 패니는 화제를 돌렸다.

"내일 이모부께서는 소더턴에서 정찬을 드시지 않나요? 오빠들도 함께 가고요. 집에 사람이 얼마 없겠네요. 러시워스 씨가 계속 이모부 마음에 들면 좋을 텐데요."

"그럴 리는 없어, 패니. 내일 그 댁에 다녀오시면 틀림없이 생각이 좀 달라지실걸. 그 친구하고 다섯 시간이나 함께 있어야 하잖아. 더 불행한 후과로 이어지지는 않더라도, 바보 같은 소리를 한참 늘어놓을 텐데, 아버지가 어떤 인상을 받겠어. 언제까지 착각에 빠져 계실 리는 없지. 다들 참 딱하게 됐어. 애당초 러시워스와 마리아는 만나지 말았어야 했는데."

실제로 이 방면에서 토머스 경에게는 실망이 드리워지고 있었다. 러시워스 씨에게 느꼈던 모든 호감도, 러시워스 씨의 모든 극진한 대접도, 그가 곧 진실을 얼마간 알아차리는 것을 막지는 못했다. 러시워스 씨가 학식뿐만 아니라 사업에 있어서도 아는 바가 없고 확실한 주견도 대체로 결여된, 그러면서 그에 대한 자각도 별로 없는, 조금 모자란 청년이라는 진실 말이다.

그가 기대했던 사윗감은 전혀 달랐고, 마리아가 걱정되기 시작한 그는 딸의 마음을 알아보려고 했다. 잠깐만 지켜봐도 잘해야 무관심한 수준임을 알 수 있었다. 러시워스 씨를 대하는 딸의 태도는 무심하고 냉정했다. 좋아할 수도 없고 좋아하지도 않는 모양이었다. 토머스 경은 딸과 진지한 대화를 해 보기로 했다. 그런 집안과 연을 맺으면 도움이 되겠고, 혼인을 약속한 지도 꽤 되어 만인이 알고 있었지만, 그렇다고 딸의 행복을 희생할 수는 없었다. 딸은 러시워스 씨를 안 지 얼마 안 돼 청혼을 받아들인 것뿐 좀 더 알게 되면서는 후회하고 있을지도 몰랐다.

토머스 경은 딸에게 엄숙하지만 다정하게 말을 걸었다. 자신이 우려하는 바를 털어놓고, 딸은 어떻게 하기를 바라는지 솔직하게 진심을 말해 달라고 하며, 불행한 결혼이 될 것 같다면 어떤 불편을 감수하더라도 완전히 인연을 끊는 게 옳다고도 확실히 말했다. 약혼에서 벗어날 수 있게 알아서 조치를 취해 주겠다는 것이었다. 이 말을 들으며 마리아는 갈등을 느꼈으나 그것도 한순간뿐, 아버지의 말이 끝나자 전혀 흔들리는 기색 없이 즉각적이고 단호하게 대답할 수 있었다. 이렇게 신경을 쓰고 자상하게 살펴주시니 감사하다, 그러나 약혼을 깨고 싶은 생각은 추호도 없으며 그사이 생각이나 바람이 달라진 것도 없으니 달리 생각하셨다면 아버지가 완전히 잘못 보신 것이다, 자기는 러시워스 씨의 인품과 기질을 지극히 높게 평가하며 그와의 행복한 미래에 대해 한 점의 의심도 없다는 것이었다.

토머스 경은 만족했다. 어쩌면 본인도 이렇게 되길 다행이다 싶어, 자신의 판단대로 더 밀고 나가지 않았는지도 모른다. 쉽게 포기하기에는 너무나 아까운 연분이었고 그래서 그는 이렇게 합리화했다. 러시워스는 아직 젊으니 살다 보면 나아질 것이다, 괜찮은 사람들과 어울려 지내다 보면 나아지게 마련이고 본인도 노력할 것이다. 그리고 지금 마리아가 그와 행복을 이룰 수 있다고 저렇게 자신하는데, 사랑에 눈이 멀어 무작정 우기는 것도 아닌 만큼, 믿어 주는 게 옳았다. 마리아는 연모의 정이 깊지 않은 듯하며 토머스 경도 달리 생각해 본 적은 없었다. 그렇다고 해서 안락하게 살지 못하라는 법도 없고, 두각을 나타내는 뛰어난 남편이 아니어도 괜찮다면, 다른 조건은 분명 훌륭했다. 마음씨 고운 신부들은 사랑해서 결혼한 경우가 아니면 대체로 친정 식구들한테 더욱 애착을 느끼는 법이니, 소더턴과 맨스필드가 가깝다는 사실이 당연히 가장 매력적으로 다가왔을 것이며 또한 나중에도 가장 사랑스럽고 무구한 즐거움의 지속적인 원천이 되어 줄 터였다. 토머스 경의 생각은 이런 식이었으니, 파혼에 따른 곤혹스러운 문제들이나 그것이 불러올 의혹과 소문과 질타를 면하게 되었으니 다행이고, 집안의 위상이나 인맥에 큰 보탬이 될 결혼이 성사될 터이니 다행이고, 딸의 기질도 이런 목적에 잘 맞는다고 생각되니 다행이었다.

부친뿐 아니라 마리아의 입장에서도 이 회동은 만족스럽게 마무리되었다. 지금 심정으로는 차라리 돌이킬 수 없이 운명이 확정된 게 다행이다 싶었다. 소더턴에 의탁하기로 다시금 마음을 정했으니, 이제 크로퍼드에게 휘둘리면서 자신의 앞날을 망치고 그에게 승리감을 안겨 줄 위험에서 벗어나게 되었다. 그래서 다시는 아버지의 의심을 사지 않게 앞으로는 러시워스 씨를 대할 때 더 조심해야겠다고 오연히 다짐하며 아버지 앞에서 물러났다.

헨리 크로퍼드가 맨스필드를 떠나고 사나흘 안에, 즉 그녀가 그나마 마음을 추스르기 전에, 크로퍼드에 대한 기대를 모두 접고 그의 경쟁자와 어떻게든 해 보기로 마음을 완전히 굳히기 전에 토머스 경이 물어봤다면 대답이 달라졌을지도 모른다. 그러나 다시 사나흘이 지나도 그는 돌아오기는커녕 편지 한 장, 전갈 하나 보내지 않았으니, 애틋한 마음의 조짐도 보이지 않고 이별이 전화위복의 계기가 되리라는 희망도 사라지자, 차갑게 식은 그녀의 마음은 오로지 자존심과 복수심에서 위안을 찾았다.

헨리 크로퍼드가 그녀의 행복을 산산이 깨뜨려 버렸으나, 그가 이 사실을 알게 할 수는 없었다. 그가 그녀의 신망과 체면, 미래까지 망가뜨리게 할 수는 없었다. 그녀가 맨스필드에 틀어박혀 오로지 그를 그리워하면서 오직 그를 위해 소더턴과 런던의 독립적이고 화려한 삶을 마다했다고 생각하게 만들 수는 없는 일이었다. 독립하고 싶은 생각이 그 언제보다 커졌고, 독립성이 결여된 맨스필드의 생활이 더욱 갑갑하기만 했다. 아버지가 가하는 구속을 참아 내기가 갈수록 힘들었다. 아버지가 안 계셨을 때 누렸던 자유가 이제는 절대적으로 필요

불가결한 것이 되었다. 한시라도 빨리 아버지와 맨스필드에서 벗어나, 부와 지위에서, 시끌벅적한 생활과 바깥세상에서 상처받은 영혼을 달래야만 했다. 그녀는 확실히 마음을 정했고 흔들림이 없었다.

이런 생각을 하는 마리아한테 시간을 끈다는 것은 설령 훌륭한 혼수 준비를 위해서라도 견딜 수 없는 일이어서, 서두르는 품이 러시워스 씨도 못 따라갈 정도였다. 중요한 마음의 준비는 이미 다 되었으니, 적막하고 속박뿐인 집에 대한 염증, 실연의 고통, 신랑감에 대한 경멸에 하루 빨리 결혼해 버리고만 싶었다. 나머지는 나중에 하면 되는 일이었다. 새 마차와 가구들이야 봄에 런던에 가서 마련하면 될 테고, 취향껏 고르기에도 그 편이 더 유리했다.

두 당사자가 이 점에서 완전히 생각이 일치했으니, 혼례에 앞서 꼭 필요한 준비를 마치는 데는 몇 주 정도면 충분하지 않겠냐는 게 곧 중론이 되었다.

러시워스 부인은 소중한 아들이 선택한 행운의 신부에게 기꺼이 안주인 자리를 내주고 뒷전으로 물러날 생각이었고, 그래서 11월 초에, 부와 기품을 갖춘 미망인답게 하녀와 시종, 마차를 대동하고 바스로 거처를 옮겼다. 그리고 저녁 모임마다 소더턴 자랑을 늘어놓았으니, 정작 소더턴에서보다 시끄러운 카드 게임 자리에서 소더턴의 장점을 더 만끽한 셈이었다. 그리고 같은 달 중순이 되기 전에 혼례가 거행되었고 소더턴은 새로운 안주인을 맞았다.

결혼식은 완벽했다. 신부의 드레스는 아름답고, 두 명의 신부 들러리는 당연히 신부보다 못했다. 신부의 아버지가 신랑에게 신부를 넘겨주고, 어머니는 슬픔에 못 이겨 쓰러질 것을 대비해 방향 염*을 들고 서 있고, 이모는 안 나오는 눈물을 짜내느라 애를 쓰고, 그랜트 박사는 주례사를 멋지게 낭송했다. 이웃들이 이 결혼식 뒷이야기를 나눌 때도 아무 트집거리도 찾지 못했으니, 단 하나 예외가 있다면, 교회 문 앞에서부터 소더턴까지 신랑 신부와 줄리아를 태우고 간 마차가 러시워스 씨가 벌써 열두 달 전부터 타고 다니던 바로 그 마차라는 사실이었다. 그 밖에는 모든 면에서 그날의 예식은 가장 엄격한 심사도 통과할 만큼 완벽했다.

결혼식이 끝나고 신혼부부 일행이 떠났다. 토머스 경의 심정은 딸을 생각하는 여느 아버지와 마찬가지였다. 그는 상당히 슬퍼했는데, 정작 감당하기 힘든 슬픔에 잠길까 봐 걱정이라던 그의 아내는 다행히도 무사했다. 노리스 부인은 온종일 맨스필드 파크에 머무르며 동생의 기분을 북돋아 주고 러시워스 부부의 건강을 기원하며 한두 잔 더 드는 등 혼례인 날의 소임을 기꺼이 수행하며 그저 기쁘고 즐거울 뿐이었다. 짝을 맺어 준 사람도 자신이고 모든 게 자기 덕분이었기 때문이다. 의기양양해하는 그 모습을 보면 평생 불행한 결혼 따위는 들어 본 적도 없거나 어릴 때부터 지켜봐 온 조카딸의 기질을 전혀 알지 못하는 사람 같았다.

신혼부부의 계획은 며칠 후 브라이턴**으로 가서 집을 빌

* 기절했거나 히스테리를 일으킬 때 냄새를 맡아 정신을 차리는 소금.

** 남부 해안의 유명한 해변 휴양지.

려 몇 주 지내는 것이었다. 마리아는 유명한 휴양지라고는 가본 적이 없었는데, 브라이턴은 겨울철에도 여름철 못지않게 즐거움이 넘치는 곳이었다. 그곳의 신기한 여흥에도 싫증이 나면, 그때는 런던이라는 더 넓은 세상으로 옮기면 되는 일이었다.

줄리아도 함께 브라이턴에 가기로 했다. 더 이상 경쟁할 일이 없어지면서 자매는 서서히 예전의 우애를 회복해 가고 있었고, 적어도 이 시점에 함께 지내게 된 것을 쌍수를 들어 환영할 만큼은 사이가 호전되었다. 러시워스 영부인의 입장에서는 러시워스 씨 외에 누군가 다른 동반자가 꼭 필요했고, 신기하고 즐거운 것들을 탐하는 마음은 줄리아도 마리아 못지 않았다. 다만 마리아처럼 그것들을 위해 그 많은 것을 감수할 정도는 아닌 듯했고, 조연의 자리도 한결 잘 견뎌 냈다.

자매가 떠나면서 맨스필드에는 다시 한번 큰 변화가 생겼으니, 자매의 빈자리를 채우기까지는 꽤 시간이 필요했다. 가족 모임은 크게 축소되었다. 그래서 근자에는 버트럼 자매가 모임에 활기를 더한 적도 별로 없음에도 불구하고 그들의 빈자리가 크게 느껴지는 건 당연했다. 심지어 그 어머니까지 그들을 그리워하는 판에, 정 많은 사촌이야 어떠할까! 패니는 집 안을 배회하며 언니들을 생각하고, 그들에 대한 사랑과 그리움에 애를 태웠는데, 그간 언니들의 처사에 비하면 과분할 정도였다!

4

사촌 언니들이 떠나면서 패니의 존재감이 커졌다. 응접실에 모인 식구들 가운데 가장 흥미로운 인물이라 할 젊은 처녀는 이제 어엿한 아가씨로 자라난 패니밖에 없었기 때문에, 여태껏 언니들한테 밀려 미미한 3등 자리에 머물던 패니에게 전에 없이 시선과 생각과 관심이 집중되었고, "패니는 어디 있나?" 하는 질문이 드물지 않게 들리곤 했으니, 딱히 심부름을 시킬 일이 없을 때도 그랬다.

패니의 가치가 높아진 것은 집에서만이 아니었으니, 목사관에서도 마찬가지였다. 이모부가 세상을 뜬 후로는 일 년에 한두 번 갈까 말까 하던 목사관에 이제는 반가운 초대 손님으로 드나들게 되었다. 그리고 날씨가 우중충하고 길이 질어 외출하기 힘들어진 11월로 접어들면서 패니는 메리 크로퍼드에게 썩 달가운 손님이었다. 패니의 목사관 방문은 우연한 계기로 시작되었지만 이는 계속적인 초대로 이어졌다. 사실 그랜트 부인은 어떻게든 동생에게 기분 전환거리를 마련해 주려고 한 일이었으나, 패니를 자주 초대하는 것은 오히려 패니에게 더없는 친절을 베푸는 행위요, 자기 함양의 더없이 귀한 기회를 제공하는 행위라고 믿는 손쉬운 자기기만에 빠져들었다.

패니가 노리스 이모의 심부름으로 마을로 가다가 목사관 근처에서 심한 소나기를 만나, 목사관 부지 바로 너머에 있는 앙상한 떡갈나무 밑에서 비를 피하려던 중, 그 모습을 목사관에서 창문을 통해 보는 바람에, 수줍게 사양도 해 보았지만, 결국 안으로 들어가게 되었다. 하인의 공손한 청은 물리칠 수 있었지만, 그랜트 박사가 손수 우산을 받쳐 들고 나왔을 때는 너무나 창피해서 얼른 안으로 들어갈 수밖에 없었다. 마침 가엾은 크로퍼드 양은 암울하게 내리는 비를 침울한 마음으로 바라보며, 이제 오전 산책 계획도 수포로 돌아가고 꼬박 스물네 시간을 아무도 못 본 채 이 집 식구들 얼굴만 바라보고 있어야 하는 신세에 절로 한숨이 나오던 참이었다. 그래서 대문 쪽에서 약간의 술렁임이 일더니 물기가 뚝뚝 떨어지는 모습으로 프라이스 양이 현관에 나타나자 그저 반갑기만 했다. 비 오는 날 시골에서 무슨 일인가 생긴다는 게 얼마나 고마운 일인지 새삼 실감되는 순간이었다. 그녀는 돌연 생기를 되찾고, 패니가 처음에는 별거 아니라 했지만 비에 흠뻑 젖었음을 알아차리고 마른 옷가지를 챙겨 주는 등 패니를 보살피는 데 가장 적극적으로 앞장선 축에 속했다. 그리고 패니는 이 모든 관심을, 안주인 자매와 하녀들의 도움과 시중을 순순히 받아들이는 수밖에 없었고, 아래층으로 돌아온 뒤에도 비가 그칠 때까지 한 시간을 목사관 응접실에 머물 수밖에 없었으니, 새로운 볼거리, 생각거리의 축복이 이렇게 크로퍼드 양에게 임하여, 옷을 차려입고 정찬을 들 때까지 기분을 북돋아 주었다.

두 자매가 굉장히 친절하고 기분 좋게 해 주었기 때문에,

그랜트 박사가 손수 우산을 받쳐 들고 나왔다.

패니 또한 이 방문을 즐길 수도 있었을 것이다. 자기가 방해가 되지 않는다는 것을 자신할 수 있었다면, 그리고 그랜트 박사의 마차와 말을 준비시켜 집까지 데려다주겠다는 당황스럽기 짝이 없는 제안에도 불구하고 한 시간 안에 어김없이 비가 그쳐 그런 부끄러운 상황은 모면하게 될 거라는 사실을 미리 내다볼 수 있었다면 말이다. 이런 궂은 날씨에 외출했으니 집에서 걱정하면 어떡하나 하는 우려는 전혀 할 필요가 없었다. 패니가 외출한 것을 아는 사람은 두 이모뿐이므로, 아무도 그런 걱정은 하지 않으리라는 것을 패니는 잘 알았다. 노리스 이모는 아무 집이나 골라잡아 패니가 거기서 비를 피하고 있다고 말할 것이고, 그러면 버트럼 이모는 그게 어느 집이든 아무 의심 없이 그대로 믿을 테니까.

날이 개기 시작할 즈음 패니는 방 안에 있는 하프를 보고 몇 가지 질문을 했는데, 실은 하프 연주를 무척 듣고 싶다고 금방 인정할 수밖에 없었고, 하프가 맨스필드에 도착한 후 아직 한 번도 들어 보지 못했다는 고백까지 하기에 이르렀다. 다들 믿기 힘들어했지만, 패니가 보기에는 지극히 단순하고 자연스러운 일이었다. 악기가 도착한 뒤로 목사관에 온 적도 거의 없고 올 이유도 없었던 것이다. 그러나 패니가 진작부터 하프 연주를 듣고 싶다고 했던 기억을 떠올린 크로퍼드 양은 그간 무심하게 넘긴 것이 마음에 쓰였다. 그래서 "지금 연주해 줄까요?", "어떤 곡을 들려줄까요?" 하는 질문들이 곧바로 아주 기분 좋게 이어졌다.

그리고 그녀는 연주를 했다. 새 청중이 생긴 것만도 반가운데, 더욱이 매우 고맙게 들으며 연주에 감탄해 마지않는, 그리고 안목도 괜찮아 보이는 청중이었다. 창밖에 시선이 간 패니가 날이 활짝 갠 것을 보고 이제 그만 가 봐야겠다는 눈짓을 할 때까지 그녀는 연주를 계속했다.

"십오 분만요." 크로퍼드 양이 말했다. "그때까지만 좀 기다려 보자고요. 비가 그친 것 같다고 곧바로 나가면 안 되지요. 저기 저 구름들이 심상치 않아요."

"하지만 저건 지나간 구름인걸요." 패니가 말했다. "아까부터 제가 보고 있었어요. 구름이 모두 남쪽에서 몰려오고 있거든요."

"남쪽에서든 북쪽에서든, 먹구름은 먹구름이잖아요. 언제 다시 비가 퍼부을지 모르는데 지금 나가면 안 돼요. 더 연주해 주고 싶은 곡도 있고……. 아주 아름다운 곡인데, 당신의 사촌 오빠 에드먼드가 가장 좋아하는 곡이에요. 사촌 오빠의 애청곡은 듣고 가야죠."

패니도 그래야 할 것 같았다. 그리고 이 말을 듣고서야 에드먼드를 떠올린 것은 아니지만, 이런 추억거리에 에드먼드 생각이 더 간절해졌고, 몇 번씩 이 방에, 어쩌면 지금 자기가 앉아 있는 바로 이 자리에 앉아서 아마도 지금보다 더 훌륭한 음색과 표현으로 연주되었을 그 애청곡을 한결같이 즐거운 마음으로 들었을 에드먼드의 모습이 눈에 선했다. 패니는 그 곡이 마음에 들었고, 그가 좋아하는 모든 것을 자기도 좋아할 수 있어서 기뻤지만, 곡이 끝나자 떠나고 싶은 마음이 더욱 간절해졌다. 패니의 의사가 분명하자 그들은 다시 또 들러 달라, 산책 갈 때 가급적이면 그들도 함께 가게 해 달라, 하프 연주를 들으러 다시 오라고 매우 상냥하게 청했으므로, 패니도 만약 집에서 반대만 하지 않는다면 꼭 그렇게 해야겠다는 생각이 들었다.

이를 계기로 버트럼 자매가 떠나고 두 주 만에 두 사람 사이에 그런대로 교분이 생겨나게 된 것이다. 두 사람의 교분은 주로 변화를 바라는 크로퍼드 양의 소망에서 비롯된 것으로, 패니의 감정과는 별로 상관이 없었다. 패니는 이삼 일에 한 번쯤 그녀를 방문했다. 마치 홀리기라도 한 것 같았다. 안 가면 마음이 불편했다. 그렇다고 크로퍼드 양이 좋아진다거나 생각이 통하는 것은 아니었고, 달리 어울릴 사람이 없어지자 자기를 찾는 것이니 고마워할 일도 아니었다. 하는 이야기를 들어 봐도 재미있을 때도 있지만 그 이상의 즐거움은 없었고, 더욱이 이건 아닌데 싶을 때가 많았다. 가볍게 다루어서는 안 될 것 같은 사람들이나 주제를 농담거리로 삼았기 때문이다. 그럼에도 패니는 계속 방문을 했고, 날씨도 계절치고는 유난히 포근했으므로 그랜트 부인의 관목 숲에서 단둘이 삼십 분씩 산책을 하는 일도 많았다. 그리고 바람을 막아 줄 나뭇가지들이 이제 많이 앙상해졌음에도 불구하고 벤치에 한참을 앉았다가, 패니가 유난히 긴 가을의 향취에 탄성을 토해 내는 와중에 갑자기 차가운 돌풍이 몰아쳐 얼마 남지 않은 마지막 노란 잎새들을 우수수 떨어뜨리는 바람에, 얼른 일어나 따뜻한 집으로 걸음을 재촉하기도 했다.

"아름답네요. 정말 아름다워요." 어느 날 그렇게 앉아 있던 중 패니가 주위를 둘러보며 말했다. "이 숲에 그 규모와 아름다움에 새삼 놀라게 돼요. 삼 년 전만 해도 밭 위쪽으로 아무렇게나 한 줄 쳐 놓은 관목 울타리뿐이라, 영 볼품이 없었고 내내 그럴 줄 알았거든요. 그런데 지금은 실용적 가치와 장식적 가치 중 어느 쪽이 더 크다고 하기 힘들 정도로 근사한 산책로가 되었네요. 다시 삼 년이 지나면 아마 이전 모습은 기억도, 거의 기억도 못 하게 되겠지요. 시간의 힘이, 사람 마음의 변화가 정말 놀라워요. 정말 너무나 놀랍네요!" 그리고 마지막 상념을 따라가다가 이렇게 바로 덧붙였다. "사람의 타고난 능력 가운데 가장 불가사의한 것을 하나 꼽으라면, 바로 기억력이지 싶어요. 좋았다 나빴다 기복이 심해서 어떤 지적 능력보다도 기억력이 가장 요령부득인 것 같아요. 확실하고 믿음직하고 말을 잘 들을 때도 있지만, 너무나 약하고 혼란스러울 때도 있고, 또 너무 제멋대로여서 통제가 안 될 때도 있잖아요! 물론 인간이라는 존재 자체가 모든 면에서 경이롭지만, 그중에서도 기억하고 망각하는 능력은 특히 종잡을 수 없는 것 같아요."

크로퍼드 양은 무관심하게 건성으로 들은지라 할 말이 없었다. 이를 눈치챈 패니는 상대방이 관심을 가질 만한 화제로 생각을 돌렸다.

"주제넘은 소리로 들릴지도 모르지만, 그래도 이 산책로를 보면 그랜트 부인의 안목에 감탄하지 않을 수가 없네요. 설계부터가 아주 간소하고 담백해요! 과하지도 않고!"

"그렇죠." 크로퍼드 양이 무심하게 답했다. "이 정도의 산책로에는 딱 맞는 설계예요. 이런 곳에서야 규모가 뭐 중요하겠어요. 사실 우리끼리 하는 말이지만, 맨스필드에 오기 전까지는 시골 목사가 이런 관목 숲까지 꾸미려 들 줄은 상상도 못했어요."

"무성한 상록수를 보니 참 좋네요!" 패니가 대답했다. "우리 이모부 댁 정원사는 이곳 토질이 훨씬 좋다고 늘 말하는데, 월계수나 다른 상록수들이 이렇게 잘 자라는 것을 보니 정말 그런가 봐요. 상록수라니! 참으로 아름답고 경이롭고 고마운 나무예요! 생각할수록 자연의 다양성이 참으로 놀라워요! 물론 낙엽수가 귀한 곳들도 있다지만, 같은 토양 같은 햇볕 아래서도 근본 생존 법칙과 원리가 다른 다양한 나무들이 자란다는 것 역시 놀라운 일이잖아요. 무슨 장광설이냐 싶으시겠네요. 하지만 야외에 나오면, 특히 이렇게 한참을 앉아 있다 보면, 이런 종작없는 상념에 빠져들 때가 있어요. 아무리 평범한 자연의 산물도 가만히 보고 있노라면 절로 공상의 나래가 펼쳐지잖아요."

"사실은요," 크로퍼드 양이 말했다. "난 루이 14세의 궁정에 다녀온 저 유명한 이탈리아 공작하고 닮았어요. 그래서 이 관목 숲에서 가장 경이로운 것을 대라면 여기 있는 내 모습이라고 답할지도 모르지요.* 일 년 전만 해도 누가 나보고 여기서 살게 될 거라고, 여기서 몇 달씩 지내게 될 거라고 했다면, 난 절대로 안 믿었을 거예요! 그런데 여기 온 지 벌써 다섯 달

* 볼테르(Voltaire, 1694~1778)의 『루이 14세 시대』에 나오는 이야기로, 이탈리아 제노아의 공작은 베르사유 궁전의 거울 화랑에서 무엇이 가장 신기하더냐는 물음에 "거기 있는 내 모습이요."라고 대답했다.

이 되어 가네요! 그것도 평생 가장 조용한 다섯 달이요."

"크로퍼드 양에겐 너무 조용하다 싶지요?"

"이론적으로는 그렇다고 해야 마땅한데," 이렇게 말하는 그녀의 두 눈이 빛났다. "하지만 전체적으로 볼 때 이렇게 행복한 여름은 처음이에요. 그렇지만…… 앞으로 어찌 될지 모르는 일이고……" 그녀는 더욱 생각에 잠기며 낮아진 목소리로 말했다.

패니는 가슴이 떨려, 더는 넘겨짚거나 물어볼 엄두가 나지 않았다. 그러나 크로퍼드 양은 금방 다시 생기를 띠며 말을 이었다.

"애당초 예상했던 것보다 훨씬 더 시골 생활에 익숙해진 느낌이에요. 일 년에 절반은 시골에서 사는 것도 즐거운, 대단히 즐거운 일이겠다 싶네요. 물론 조건이야 있지요. 친지들 한가운데 자리한 적당한 규모의 아름다운 집에서 그들과 끊임없이 모임을 갖고, 그 부근에서 가장 뛰어난 사교 모임을 주도하며 더 부유한 집 마나님들도 능가하는 사교계의 주역으로 칭송을 받고, 그렇게 한바탕 여흥을 즐기다 돌아와서는 최소한 세상에서 가장 마음에 드는 사람과 정담을 나눌 정도는 돼야지요. 이런 그림이면 겁낼 것도 없잖아요, 안 그래요, 프라이스 양? 이런 가정을 꾸릴 수 있다면 새 러시워스 부인도 부럽지 않을 거예요." 패니는 "러시워스 부인이 부럽다니요!"라는 말밖에 달리 입이 떨어지지 않았다. "아니, 아니, 우리가 러시워스 부인한테 엄격하게 구는 건 모양새가 영 나쁘겠네요. 난 그분 덕분에 우리 모두 명랑하고 화려하고 행복한 시간을 자주 갖게 되리라고 기대하고 있는걸요. 내년에는 다 함께 소더턴에서 많은 시간을 보내게 될 거예요. 버트럼 양이 한 그런 결혼은 만인의 복이에요. 러시워스 씨의 부인으로서 으뜸가는 보람은 집안 가득 사람들을 불러 모아 그 지역 최고의 무도회를 여는 것일 테니까요."

패니는 아무 말도 안 했다. 크로퍼드 양은 생각에 잠겼다가 잠시 후 불쑥 고개를 들며 외쳤다. "아! 저기 오시네요." 그러나 그것은 러시워스 씨가 아니라 에드먼드로, 그랜트 부인과 함께 이쪽으로 걸어오고 있었다. "언니하고 버트럼 씨네요. 형님이 출타한 덕분에 다시 버트럼 씨라고 불러도 되니 정말 기뻐요. '에드먼드 버트럼 씨'라는 호칭은 뭔가 너무 형식적이고 너무 안쓰럽고, 맏이가 아닌 지차(之次)라는 느낌이 너무 강해서 영 싫어요."

"사람마다 느끼는 게 정말 다르네요!" 패니가 외쳤다. "저는 오히려 '버트럼 씨'가 너무 차갑고 아무 의미 없는, 다정한 맛도 특징도 전혀 없는 호칭처럼 들리는데요! 신사라는 사실만 말해 줄뿐이잖아요. 그렇지만 에드먼드라는 이름에서는 고결함이 느껴져요. 에드먼드는 영웅적인 자질과 명성을 나타내는, 왕과 왕자, 기사 들의 이름이고,* 기사도와 다사로운 정의 숨결이 배어 나오는 느낌이에요."

"이름만 놓고 보면 물론 훌륭하지요. 에드먼드 공이나 에드먼드 경도 근사하게 들릴 테고요. 그렇지만 '씨'라는 썰렁하

* 영국의 왕이나 왕자, 기사 가운데는 에드먼드라는 이름을 가진 사람들이 여럿 있었다.

고 별 볼일 없는 호칭을 붙여 놓으면…… 사실 에드먼드 씨라는 것은 존 씨나 토머스 씨나 진배없잖아요. 그건 그렇고, 우리 저리로 가서, 이런 계절에 바깥에 앉아 있다고 잔소리할 거리를 절반쯤 빼앗아 버릴까요? 뭐라고 하기 전에 우리가 먼저 일어나 버리는 거죠."

에드먼드는 눈에 띄게 반가워했다. 두 사람이 전보다 친하게 지내기 시작했다는 소리는 들었지만 둘이 함께 있는 모습을 본 것은 처음이었다. 그 소식을 들었을 때 그는 매우 기분이 좋았다. 너무나도 소중한 두 사람이 친하게 지내는 것이야말로 바라 마지않던 일이었다. 그리고 사람들이 사랑에 빠진다고 분별력까지 잃는 건 아니라는 증거로 덧붙여 두자면, 그는 이 우정으로 이득을 보는 것이 패니 하나뿐이라거나 심지어 패니 편의 이득이 더 크다고 생각하지는 않았다.

"어때요?" 크로퍼드 양이 말했다. "우리의 경솔한 행동을 보시고도 아무 소리 안 하시나요? 우리가 이렇게 앉아 있었던 게 다 무엇 때문이게요. 오로지 훈계와 다시는 그러지 말아 달라는 간곡한 부탁 말씀을 듣고자 한 것 아니겠어요?"

"아마 한 말씀 드렸겠지요." 에드먼드가 말했다. "어느 한 분만 앉아 있었다면요. 그렇지만 두 분이 함께 저지른 잘못이라면 얼마든지 눈감아드릴 용의가 있습니다."

"별로 오래 앉아 있지도 않았을 거예요." 그랜트 부인이 외쳤다. "숄을 가지러 올라가다가 계단 창으로 봤을 때만 해도 둘이서 걷고 있었거든요."

"사실," 에드먼드가 덧붙였다. "날씨가 워낙 포근해서, 몇 분쯤 앉아 있었다고 경솔하다고 할 수도 없겠네요. 이곳 날씨는 달력만 보고는 알 수가 없어요. 5월보다 11월에 더 활동하기 좋은 날도 있거든요."

"세상에!" 크로퍼드 양이 외쳤다. "이렇게 실망스럽고 무정한 분들은 처음이에요! 잠시 걱정을 해 줄 만도 한데, 끝내 안 하려 드시네요. 우리가 얼마나 힘들었는지, 얼마나 오들오들 떨었는지 아실 리가 없죠! 물론 여자들이 자주 구사하는 비상식적인 허튼수작 따위는 버트럼 씨한테는 절대 안 통한다는 사실쯤이야 진작부터 알고 있었어요. 난 이분한테는 처음부터 별로 기대를 안 했어요. 그렇지만 언니, 하나뿐인 우리 언니인 그랜트 부인, 언니만큼은 걱정을 해 줄 줄 알았는데."

"자만은 금물이다, 메리. 내가 그렇게 호락호락 넘어갈 줄 아니? 나도 걱정되는 바가 없지는 않지만, 번지수가 달라. 사실 나한테 날씨를 바꿀 힘이 있었다면 너희는 내내 아주 모진 동풍에 시달렸을 거야. 무슨 소린고 하니, 여기 이 화분들 말야, 밤공기가 아주 따뜻하다고 로버트가 바깥에 그대로 두자고 고집을 부릴 텐데, 그랬다간 다들 (적어도 로버트는) 생각도 못 했던 급격한 날씨 변화로 갑자기 매서운 서리가 내리는 바람에 이 화분들이 다 죽어 버릴 거야. 게다가 더 큰 문제가 있어. 난 칠면조 요리는 일요일에나 했으면 했단 말이야. 일요일에는 그랜트 박사님이 온종일 일에 시달리신 끝이라 훨씬 더 맛있게 드실 테니까. 그런데 방금 주방에서 하는 말이 내일을 넘겼다간 고기가 상할 거라네. 계절답지 않게 날씨가 너무 후덥지근해서 속상해 죽겠어."

"시골 살림살이의 재미지요!" 크로퍼드 양이 장난스럽게 말했다. "나한테 묘목상과 가금류 판매상 좀 소개해 줘 봐요."

"아이고, 얘야, 그보다 먼저 그랜트 박사를 웨스트민스터 사원이나 세인트 폴 대성당* 주임 사제직에 추천해 주렴. 그렇게만 된다면 묘목상이든 가금류 판매상이든 나도 왜 마다하겠니. 그런데 맨스필드에는 그런 사람들이 없잖아. 그러니 난들 어쩌겠니?"

"아, 그냥 하던 대로 하시면 되지요. 종종 속상한 일을 당하면서 절대로 화는 안 내는 거죠."

"고맙다. 하지만 어디서 살든 이런 소소한 걱정거리는 피할 수가 없는 법이란다, 메리. 나중에 내가 런던에 사는 너를 찾아가도, 너 역시 나름의 걱정거리가 있을걸. 묘목상이니 가금류 판매상이 있어도 말이다. 아니 어쩌면 바로 그 사람들이 문제겠지. 부르기도 힘들고 불러도 시간을 안 지킨다든가 터무니없이 바가지를 씌우고 속이려 드는 바람에 쓰디쓴 탄식을 내뱉게 될걸."

"나는 그런 일로 속을 끓이거나 할 필요가 없는 대단한 부자로 살 작정인걸요. 내가 들어 본 행복의 처방 중 가장 좋은 처방은 바로 넉넉한 수입이던데요. 최소한 도금양**이나 칠면조 문제 정도는 확실히 해결되겠죠."

"대단한 부자로 사실 작정이군요." 패니가 보기에 많은 심

---

* 런던의 가장 큰 성공회 대성당들.

** 남유럽산의 방향성 상록 관목으로, 겨울에 영국에서는 실내나 온실에 두어야 한다고 알려져 있다.

각한 의미가 담긴 표정으로 에드먼드가 말했다.

"물론이죠. 당신도 마찬가지 아닌가요? 우리 모두 그렇지 않나요?"

"내 힘으로는 도저히 이룰 수 없는 일인데 어찌 그런 작정을 하겠습니까? 크로퍼드 양이야 어느 정도 부자로 살지 선택할 수 있겠지요. 연 수입 몇 천이든 정하기만 하면 어김없이 들어올 테니까요. 제가 작정한 게 있다면 가난하게는 살지 말자는 정도입니다."

"절약과 절제를 하고 수입에 맞추어 필요를 조정한다든가 하면서 말이지요? 무슨 말씀인지 알겠어요. 버트럼 씨만 한 나이에 수입도 한정되고 별 연줄도 없는 경우라면 아주 적절한 계획이네요. 웬만큼 살면 됐지 뭘 더 바라겠어요? 이제 남은 시간도 별로 없고, 뒷받침을 해 주거나 아니면 대조적인 부와 지위로 굴욕감을 느끼게 만들 친척이 있는 것도 아닌데요. 부디 정직하고 가난하게 사세요. 하지만 난 부럽지는 않을 거예요. 별로 존경스럽지도 않고요. 난 정직하면서 돈 많은 부자들이 훨씬 존경스럽거든요."

"부자냐 가난하냐에 따라 정직성에 대한 크로퍼드 양의 존경심이 달라진다 해도 나로서는 관여할 방법이 없겠지요. 그러나 나도 가난하게 살기로 작정한 건 아닙니다. 반드시 피하자고 결심한 게 바로 가난인데요. 다만 부자와 빈곤의 중간쯤, 세속적 조건상 중간쯤 되는 위치에서 정직하게 사는 것을 경멸하지는 말아 주시길 바랄 뿐입니다."

"그렇지만 중간 이상으로 올라갈 수 있는데도 그런다면,

경멸할 수밖에요. 명예롭게 이름을 떨칠 수 있는데도 무명에 만족하는 거라면 그게 뭐든 경멸할 수밖에 없죠."

"그렇지만 어떻게 올라가지요? 다른 것은 차치하고 내가 말하는 정직성을 지키면서 어떻게 명예롭게 이름을 떨칠 수 있을까요?"

아주 쉽게 대답할 수 있는 질문은 아니어서 아름다운 숙녀의 입에서 "아!" 하는 꽤 긴 탄식이 나온 후에야 이런 답이 덧붙여졌다. "의회에 진출하시면 되지요. 아니면 벌써 십 년 전에 군대에 들어가셨든가."

"그거야 지금 이야기해 봤자 소용없는 일이고, 의회에 진출하는 것은, 살 길이 막연한 지차들을 위한 특별 의회가 생겨날 때까지 기다려야겠네요. 아니요, 크로퍼드 양," 그는 좀 더 진지한 말투로 덧붙였다. "나도 나름대로 추구하는 명예가 있고, 만일 내게 기회가 전혀 없다, 그것을 획득할 기회나 가능성이 전혀 없다고 생각된다면 참담할 겁니다만, 그 명예는 말씀하시는 것과는 성격이 전혀 다릅니다."

이렇게 말하는 그의 표정에는 언외의 뜻이 담겨 있고 농담조로 답하는 크로퍼드 양 쪽에서는 매너에만 신경 쓰는 듯해, 지켜보는 패니의 마음은 서글펐다. 그리고 그랜트 부인 옆에서 두 사람 뒤를 따라가던 패니는 부인에게 관심을 보이고 이야기를 나누는 게 마땅하나 그럴 여력이 없어서 얼른 집으로 돌아가기로 거의 마음을 굳혔다. 그리고 말을 꺼낼 용기가 나기만 기다리던 참에, 맨스필드 파크의 큰 시계가 3시를 치는 소리를 듣고 평소보다 훨씬 오래 집을 비웠다는 사실을 깨닫게 되었고 당장 가느냐 마느냐, 뭐라면서 가느냐 하는, 아까부터 자문해 온 질문이 신속한 결론에 이르게 되었다. 확실히 마음을 정한 그녀는 즉시 작별 인사를 하기 시작했는데, 그와 동시에 에드먼드도 어머니가 패니를 찾았고 그래서 자기가 패니를 데리러 목사관에 온 것이라는 사실을 기억해 냈다.

패니는 마음이 더 급해졌고, 에드먼드도 함께 가 줄 거라는 기대는 전혀 없었으니 혼자서라도 얼른 집으로 돌아왔을 것이다. 그러나 집으로 가려면 목사관을 통해서 가야 하기에 모두들 걸음을 재촉해 목사관까지 함께 왔다. 그랜트 박사가 현관에 나와 있었고, 다들 걸음을 멈추고 그와 잠시 이야기를 나눌 때 에드먼드의 거동을 보고 패니는 그가 실은 자기와 함께 집으로 돌아갈 생각임을 알게 되었다. 그도 작별 인사를 하고 있었던 것이다. 그녀는 고마운 마음이 들 수밖에 없었다. 헤어지려는 순간 그랜트 박사가 에드먼드한테 내일 양고기를 들러 오라고 초대했다. 그리고 그 초대에 마음이 불편해질 사이도 없이 그랜트 부인이 불현듯 생각이 난 듯 그녀를 돌아보며 부디 함께 와 달라고 청했다. 이런 대접도 처음이고 난생처음 겪는 완전히 낯선 상황인지라 패니는 너무나 놀라고 당황해서, 대단히 감사하다고, 그렇지만 제 마음대로 결정할 일은 아닌 것 같다고 더듬더듬 간신히 말하고는, 의견과 도움을 청하는 눈빛으로 에드먼드를 쳐다봤다. 그러나 패니가 이런 행복한 초대를 받게 되어 흐뭇하고, 표정으로 보나 하는 말로 보나 제 이모를 생각해서 하는 말이지 패니도 싫은 건 아니라고 확신한 에드먼드는 어머니가 패니를 안 보내 줄 리가 없기에, 초대를 수락하라고 단호하고 확실하게 충고했다. 그렇게 옆에서 거들어 주어도 패니는 감히 그렇게 독자적으로 결정할 엄두를 내지 못했으나, 다른 전갈이 없는 한 그랜트 부인은 패니가 참석하는 것으로 알고 있기로 곧 정해졌다.

"어떤 요리가 나올지 잘 아시지요." 그랜트 부인이 웃음기 어린 얼굴로 말했다. "칠면조예요. 정말 맛있을 거예요. (남편을 보며) 요리사가요, 여보. 내일은 반드시 칠면조 손질을 해야 한다네요."

"알았어요, 알았어." 그랜트 박사가 외쳤다. "오히려 잘됐네. 그렇게 근사하게 대접할 거리가 있다니 다행이오. 그렇지만 장담컨대 프라이스 양과 에드먼드 버트럼 씨는 개의치 않을 거요. 우리가 뭐 메뉴를 미리 알려 달란 것도 아니고. 우리가 원하는 건 거창한 만찬이 아니라 가까운 사람들끼리 한 끼 나누자는 거니까. 칠면조든 거위든 아니면 양 다리든 뭐든, 당신하고 주방에서 알아서 하시오."

사촌 남매는 함께 집으로 돌아왔다. 처음에는 이 초대에 대한 대화가 잠깐 이어졌다. 에드먼드는 더없이 흡족해하며, 이 초대로 패니와 크로퍼드 양의 교분이 확고해졌으니 참으로 기쁘고 패니에게도 매우 잘된 일이라고 했다. 그러나 그 뒤로 둘은 말없이 걷기만 했다. 이 이야기가 끝나자 그는 생각에 잠겨 다른 화제를 꺼낼 마음이 없었던 것이다.

5

"아니 도대체 그랜트 부인은 뭐 하러 패니를 초대하고 그런담?" 레이디 버트럼이 말했다. "어쩌다 패니를 초대할 생각을 한 거지? 패니가 이런 식으로 그 댁에서 식사를 한 적이 한 번도 없잖아. 난 패니 없이는 곤란한데. 패니도 분명 가기 싫을 거야. 패니, 너도 가기 싫지, 응?"

"그런 식으로 물으시면," 사촌 누이의 대답을 가로막으며 에드먼드가 외쳤다. "패니야 얼른 싫다고 답하겠지요. 그렇지만 어머니, 패니도 분명 가고 싶을 거예요. 가지 못할 이유도 없고요."

"그랜트 부인이 어쩌다 패니를 초대할 생각을 했는지 통 알 수가 없구나. 여태껏 이런 일이 없었잖아. 네 동생들은 가끔 초대했지만, 패니는 한 번도 안 불렀다고."

"제가 없어서 불편하실 것 같으면요, 이모……." 패니가 조심스러운 말투로 말했다.

"하지만 저녁 내내 아버지가 어머니 곁에 계실 거예요."

"그야 그렇겠지."

"그럼 아버지 의견을 들어 보시지요, 어머니."

"그거 좋은 생각이네. 그럼 그렇게 하자꾸나, 에드먼드.

토머스 경이 들어오시는 대로 여쭤볼게. 이 애가 없어도 내가 괜찮을지."

"좋으실 대로 하세요, 어머니. 그렇지만 제가 드린 말씀은, 초대를 수락하는 것과 거절하는 것 중 어느 게 옳은지 아버지 의견을 들어 보자는 거예요. 첫 초대니만큼 패니를 봐서도 그렇고 그랜트 부인을 봐서도 수락하는 게 옳다고 생각하실 거예요."

"글쎄다. 한번 여쭤보자꾸나. 하지만 그랜트 부인이 패니를 초대했다는 이야기를 들으면 네 아버지도 아주 놀라실걸."

토머스 경이 들어올 때까지는 더 할 말도 없었고 더 말해봐야 소용없는 일이었다. 그러나 내일 밤 자신의 안녕이 달려 있는 일인 만큼 레이디 버트럼은 온통 이 생각뿐이었다. 그래서 반 시간쯤 지나 토머스 경이 농장에서 돌아와 자기 옷방으로 가는 길에 잠깐 들여다보고는 문을 닫으려 할 때 그녀가 그를 다시 불러들였다. "토머스 경, 잠깐만요. 잠깐 드릴 말씀이 있어요."

그녀는 절대 수고스럽게 목소리를 높이는 법이 없었으므로 조용하고 느릿하게 말해도 다들 잘 알아들었다. 토머스 경이 다시 들어왔다. 이모가 이야기를 시작하는 즉시 패니는 방을 빠져나왔다. 패니의 섬약한 신경으로는 이모와 이모부가 자기 이야기를 나누시는 걸 태연히 듣고 있을 수가 없었다. 그녀는 마음이 자꾸 불안해지는 것을 느꼈다. 이렇게 불안해할 필요는 없는 일인데. 사실 가든 못 가든 무슨 상관인가? 그렇지만 이모부가 선뜻 결정을 못 하고 대단히 엄한 표정으로 오래 고심하신다면, 그리고 그 엄한 얼굴로 그녀를 바라보며 결국 안 된다는 결정을 내리신다면, 아무렇지 않은 듯 순종하는 게 옳겠지만 그런 모습을 보여드리기 힘들지도 몰랐다. 그사이 그녀에게 유리한 방향으로 일이 풀려 나갔다. 레이디 버트럼이 이렇게 운을 뗐다. "드릴 말씀이 있는데 당신도 놀랄 거예요. 그랜트 부인이 패니를 정찬에 초대했다네요!"

"그래요?" 놀라기엔 아직 부족하다는 듯 토머스 경이 말했다.

"에드먼드는 보내 주라네요. 그렇지만 그 애가 없으면 난 어쩌라고요?"

"내일은 늦게야 돌아오겠군." 토머스 경이 시계를 꺼내며 말했다. "그런데 왜 당신이 곤란해진다는 거요?"

하는 수 없이 에드먼드가 나서서 보충 설명을 했다. 그가 자초지종을 잘 설명했기 때문에 그의 어머니는 이 말만 덧붙였다. "정말 이상한 일이에요! 그랜트 부인이 그 애를 초대한 적은 여태 한 번도 없었거든요."

"그렇지만 자기 동생을 위해 패니처럼 상냥한 손님을 부르고 싶은 건 너무나 당연한 일 아닌가요?" 에드먼드가 지적했다.

"그 이상 당연한 일도 없지." 잠깐 생각해 보더니 토머스 경이 말했다. "꼭 동생 때문이 아니더라도, 너무나 당연한 일이지. 그랜트 부인이 프라이스 양에게, 레이디 버트럼의 조카딸에게 예를 표하는 건데, 굳이 무슨 설명이 필요할까? 오히려 내가 보기에 놀라운 것은 단 하나, 이번이 처음이라는 사실

이야. 패니가 조건부로 답한 것은 아주 잘한 일이고. 생각이 제대로 박힌 아이야. 그렇지만 젊은 애들은 함께 어울리기를 좋아하는 법이니 저도 분명 가고는 싶겠지 굳이 막을 이유가 어디 있나."

"그렇지만 나는요? 그 애 없이도 정말 괜찮을까요, 토머스 경?"

"물론이오."

"언니가 없을 때는 늘 그 애가 차를 준비해 주는데요."

"처형더러 내일 와 달라고 하면 싫다고는 안 하실 거요. 그리고 나도 틀림없이 집에 있을 거고."

"좋아요, 그럼. 패니도 가도 좋다, 에드먼드."

이 반가운 소식은 곧바로 패니에게 전해졌다. 에드먼드가 자기 방으로 돌아가는 길에 그녀의 방문을 두드렸다.

"패니, 잘 결정됐어. 아버지께선 추호의 망설임도 없이 한 가지 입장뿐이었어. 너를 보내 줘야 한다고 말야."

"고마워요, 오빠. 저도 정말 기뻐요." 패니의 입에서 절로 이런 대답이 나왔다. 그러나 돌아서서 문을 닫으면서는 이런 생각을 금할 수가 없었다. '그런데 뭐가 기쁘다는 거지? 거기가 봐야 마음 아픈 장면만 보고 듣게 될 게 뻔한데.'

그런 확신에도 불구하고 그녀는 기뻤다. 다른 사람들에게는 별것 아니겠지만, 그녀한테는 중요한 새로운 사건이었으니, 소더턴에 하루 다녀온 것을 제외하곤 밖에서 정찬을 든 적이 거의 없었기 때문이다. 고작해야 반 마일밖에 안 되는 곳이고 만날 사람도 세 사람뿐이지만, 그래도 집 밖에서 하는 식사이고, 이것저것 챙기며 외출 준비를 하는 것부터가 즐거운 일이었다. 그녀의 마음을 헤아리며 옷차림 등에 조언을 해 주어야 마땅한 사람들한테서는 아무런 공감도 도움도 받지 못했다. 레이디 버트럼은 누구를 도와준다는 생각 자체를 해 본 적이 없는 사람이었고, 다음 날 토머스 경이 일찌감치 보낸 전갈을 받고 찾아온 노리스 부인은 몹시 언짢아하며, 조카딸의 현재와 미래의 즐거움을 최대한 경감시키는 데만 매진하는 듯했다.

"세상에, 패니, 이런 배려와 아량이 어디 있니? 넌 정말 행운아야! 네 생각을 해 주신 그랜트 부인과 가라고 허락해 준 작은이모님께 백배 감사해야 한다. 얼마나 대단한 일이니. 사실 네가 이렇게 사람들과 어울리거나 식사 초대를 받을 이유가 없다는 건 너도 잘 알겠지? 이런 일이 앞으로 또 있을 거라는 기대는 절대 하지 마라. 너를 특별히 대접해서 초대한 거라고 착각하지도 말고. 네 이모부와 이모, 그리고 나를 대접해서 그런 거니까. 그랜트 부인은 너한테 얼마간 관심을 보여 주는 게 우리한테 예의라고 생각한 거야. 그러지 않았다면 애당초 초대할 생각도 안 했을걸. 사실 네 사촌 언니 줄리아만 집에 있었어도 너를 부르지는 않았겠지."

노리스 부인은 이렇게 교묘한 말로 그랜트 부인의 호의를 없는 것처럼 만들어 버렸기 때문에, 대답을 기다리는 큰이모에게 패니가 할 수 있는 말은, 허락해 주신 버트럼 이모님께 매우 감사하며 자기가 없어도 불편함이 없도록 이모님의 저녁 일과를 미리 챙겨드리는 중이라는 것뿐이었다.

"아니! 그런 걱정은 마라, 너 없이도 얼마든지 잘 지내실 테니. 그러지 않으면 허락을 하셨겠니? 내가 곁에 있을 테니 작은이모 걱정은 할 필요 없어. 아무쪼록 아주 즐겁고 무지무지 유쾌한 시간을 보내다 오길 바란다. 하지만 한마디 안 할 수가 없네. 다섯 명이 모이는 식사 자리라니 그보다 더 거북한 숫자가 어디 있겠니. 얼마든지 수를 낼 수 있었을 텐데 그랜트 부인처럼 기품 있는 숙녀분이 그저 놀라울 따름이다! 식탁이 작기나 해야지. 크기가 어마어마해서 방이 꽉 찰 지경이잖아! 내가 목사관을 비워 줄 때 박사님이 그 터무니없이 넓은 식탁을 새로 마련하는 대신 내 식탁을 그대로 물려받았더라면 얼마나 좋았겠니! 양식이 있는 사람이라면 누구나 그렇게 했을 거야. 목사관 식탁이 맨스필드 파크의 식탁보다도 크다니 말이 돼? 그렇게 했다면 박사님도 훨씬 더 존경을 받았겠지! 분수를 지키지 않는 사람은 절대로 존경을 못 받는 법이야. 너도 명심해라, 패니. 그 큰 식탁에 사람이 다섯 명, 고작 다섯 명뿐이라니! 그래도 음식은 열 명이 먹고도 남을 만큼 차려 내겠지. 암, 그럴 거야."

노리스 부인은 잠깐 숨을 몰아쉬고 말을 이었다.

"분수에 넘치는 짓을 하면서 더 높은 신분인 양 행세하는 사람들이 있으니, 참 황당하고 어리석은 일이야. 그러니 너한테도 한마디 해 두는 게 좋겠다, 패니. 이제 우리를 대동하지 않고 사람들 앞에 나서는 거잖아. 그러니 내 간곡히 부탁하는데, 중뿔나게 나서서 이러쿵저러쿵 네 의견을 내세우는 일은 부디 삼가거라. 네가 네 사촌 언니들이라도 되는 양, 우리 러시워스 부인이나 줄리아라도 되는 양 굴지는 말라는 말이야. 절대 안 될 일이지. 명심해라. 어디를 가든 네 자리는 항상 가장 낮은 자리, 가장 뒷전이어야 하는 거야. 그리고 크로퍼드 양이 어떤 면에서는 목사관 식구나 진배없긴 하다만, 그렇다고 네가 그 아가씨 자리를 차지하고 먼저 입장해서는 안 된다.* 밤에 돌아올 때도, 에드먼드가 그만 가자고 하면 지체 없이 일어나거라. 언제 일어날지는 그 애한테 맡기고."

"네, 이모. 저도 당연히 그래야 한다고 생각해요."

"그리고 혹시 비가 온다면 말이다. 아무래도 그럴 것 같구나. 이렇게 구름이 잔뜩 찌푸린 날은 난생처음이야. 아무튼 그때는 눈치껏 알아서 해라. 너 하나 때문에 마차를 보내 주는 건 꿈도 꾸지 말고. 오늘 밤 난 집으로 돌아가지 못할 게 분명하고, 따라서 나 때문에 마차를 쓸 일은 없을 거야. 그러니 어떻게 될지 잘 판단해서 필요한 건 미리미리 챙겨 가도록 해."

조카딸은 지당한 말씀이라고 생각했다. 제 몸 편하자고 무엇을 요구할 처지가 아니라는 것은 패니도 노리스 부인 못지않게 잘 알고 있었다. 그래서 얼마 후 토머스 경이 방문을 열고 들어오면서 "패니, 마차는 몇 시쯤 보내 주랴?" 하고 묻자, 너무 놀라 아무 말도 하지 못했다.

"아니, 토머스 경!" 화가 나 달아오른 얼굴로 노리스 부인이 외쳤다. "패니는 걸어가면 되잖아요."

"걸어가요?" 토머스 경이 안으로 들어오면서, 감히 거스

* 남자 집주인이 여자 주빈을 대동하고 제일 먼저 입장하고 여자 집주인은 가장 격이 떨어지는 손님과 함께 맨끝에 들어가는 게 당시 관례였다.

를 수 없는 위엄 있는 어조로 노리스 부인의 말을 되받았다. "제 조카딸보고 이 계절에 걸어서 정찬에 참석하라니요! 4시 20분이면 되겠니?"

"예, 이모부." 패니는 공손히 대답하면서도 노리스 부인에게 죄를 짓는 것만 같았고, 자기가 이모한테 이긴 형국이 된 상황에서 차마 이모와 한자리에 있을 수가 없어서 이모부를 따라 방에서 나왔는데, 좀 뒤처지는 바람에 화가 나 흥분해서 내뱉는 이모의 말을 듣고 말았다.

"쓸데없이 마차까지 내줄 건 뭐람! 제부는 지나치게 친절해서 탈이야! 하긴 에드먼드도 가지. 그래. 에드먼드 때문인 게야. 목요일 밤에 보니까 목이 잠겼더라고."

그러나 패니가 이 말을 그대로 믿을 리 없었다. 패니는 이모부가 마차를 내주기로 한 것은 자기를, 오로지 자기만을 위해서임을 잘 알았다. 그리고 큰이모한테서 억울한 소리를 듣던 차에 이모부의 따뜻한 마음을 접하고 방에 혼자 있노라니 눈에서 얼마간 감사의 눈물이 흘렀다.

마부가 일 분도 어김없이 시간 맞춰 마차를 대령했다. 다시 일 분이 지나자 에드먼드가 내려오고, 숙녀는 혹시라도 늦어질까 노심초사하며 몇 분 전부터 응접실에 앉아 있었던 터라, 토머스 경은 시간을 정확히 지키는 평소 습관대로 여유 있게 그들을 떠나보낼 수 있었다.

"자, 어디 보자, 패니." 에드먼드가 다정한 오빠답게 상냥한 미소를 지으며 말했다. "얼마나 예쁜지 좀 보자. 불빛이 어둡긴 하지만, 정말 근사해 보이네. 무슨 옷이지?"

'아니, 토마스 경! 패니는 걸어가면 되잖아요.'

"이모부께서 고맙게도 언니 결혼식 때 해 주신 새 옷이에요. 너무 화려한 건 아닌지 모르겠어요. 그렇지만 하루빨리 입어 보고 싶었던 데다, 올겨울에는 이런 기회가 다시 안 올 것 같아서요. 너무 화려한 건 아니지요?"

"온통 흰색인데 너무 화려할 리가 있나. 아니, 화려한 구석은 전혀 없어. 자리에 어울리는 훌륭한 차림인걸. 드레스가 아주 예쁘구나. 반짝이는 물방울 무늬가 마음에 들어. 크로퍼드 양도 비슷한 드레스가 있지 않나?"

목사관에 가까워지면서 그들은 마구간 앞뜰과 마찻간 옆을 지났다.

"아니! 손님이 더 있나 봐. 마차가 와 있네! 누구를 더 초대했을까?" (누군지 알아보기 위해 옆 유리를 내리며) 에드먼드가 말했다. "크로퍼드 마차네, 크로퍼드가 타던 버루슈야. 저기 그 친구의 하인 둘이 마차를 전에 두던 자리에 집어넣고 있네. 분명히 그 친구가 돌아온 모양이야. 정말 반가운 일이다, 패니. 진짜 그 친구라면 얼마나 좋을까?"

패니가 자신의 전혀 다른 기분을 표현할 자리도 아니고, 그럴 겨를도 없었다. 그녀는 자신의 모습을 지켜볼 사람이, 그것도 그렇게 까다로운 눈을 가진 사람이 하나 더 늘었다고 생각하니 더욱 떨렸고, 이렇게 긴장한 채로 응접실에 입장하는, 두렵기 짝이 없는 의식을 치렀다.

응접실에 정말 크로퍼드 씨가 와 있었다. 오는 대로 바로 옷을 갈아입고 정찬에 참석한 것이다. 그를 둘러싼 세 식구의 즐거운 표정과 웃음기 어린 얼굴만 봐도, 그가 바스를 떠나면서 갑자기 여기 며칠 들르기로 결정한 것을 얼마나 기뻐하는지 알 수 있었다. 그와 에드먼드는 아주 화기애애하게 인사를 나누었고, 패니를 제외하고는 모두들 하나같이 즐거워했다. 사실 그녀의 입장에서도 그가 온 게 어떤 면에서는 잘된 일일 수도 있었다. 그녀는 눈에 띄지 않게 조용히 앉아 있다 가고 싶었는데, 사람이 많을수록 그럴 가능성이 높아지기 때문이었다. 패니도 곧 이를 깨닫게 되었다. 노리스 이모의 생각과 달리 그녀는 여성 주빈이 되었고 그에 상응하는 이런저런 대접을 예의를 생각해서 순순히 감수하는 수밖에 없었지만, 일단 다들 식탁에 앉자 기분 좋은 대화가 이어져서 그녀가 굳이 끼어들 필요가 없었다. 남매는 바스 이야기로, 두 청년은 사냥 이야기로, 크로퍼드 씨와 그랜트 박사는 정치 이야기로, 그리고 크로퍼드 씨와 그랜트 부인은 이 모든 것을 망라한 이야기로, 서로 할 말이 많았기 때문에, 그녀는 가만히 듣고만 있어도 매우 즐거운 시간을 보내게 되었으니 참으로 다행이라고 생각했다. 그렇다고 해서, 방금 도착한 이 신사의 맨스필드 체류 기간을 연장하고 노퍽에 사람을 보내 사냥개들을 데려오자는 계획에까지 관심 있는 척 듣기 좋은 소리를 해 줄 수는 없었다. 이는 그랜트 박사가 처음 꺼낸 이야기로, 에드먼드도 권하고 두 누이도 열심히 청했는데, 그는 패니도 그렇게 하시라고 권해 주었으면 하는 모양이었다. 그는 그녀에게 화창한 날씨가 계속될 것 같으냐고 물었으나, 패니의 답은 예의에 어긋나지는 않을 정도로 짧고 무심했다. 그가 더 있기를 바라지도 않았거니와, 제발 말을 걸지 말아 줬으면 하는 심정이었던 것이다.

크로퍼드 씨의 얼굴을 보자 패니는 이 자리에 없는 두 사촌 언니, 특히 마리아 생각이 자꾸 났다. 그렇지만 정작 당사자는 곤혹스러운 기억 따위는 하나도 없는 사람 같았다. 그 모든 일이 일어났던 현장에 돌아온 것인데도, 마치 다른 모습의 맨스필드는 본 적도 없는 사람처럼 버트럼 자매가 없어도 아무 상관없이 행복하게 지내다 갈 생각인 모양이었다. 버트럼 자매에 대해 하는 말도 지극히 일반적인 언급뿐이었다. 그러나 응접실에 다시 모두 모였을 때,* 에드먼드와 그랜트 박사는 따로 앉아 뭔가 둘만의 사무적인 대화에 골몰한 듯하고, 그랜트 부인은 차를 대접하느라 여념이 없자, 그는 다른 누이를 붙들고 좀 더 구체적인 이야기를 나누기 시작했다. 그는 의미심장한 미소를 지으며 이렇게 말했는데, 그 미소에 패니는 정나미가 떨어졌다. "참! 듣자 하니 러시워스와 아리따운 신부께선 브라이턴으로 갔다면서. 부럽네, 그 친구!"

"응, 벌써 한두 주쯤 되었지요, 프라이스 양? 줄리아도 같이 갔어."

"그럼 예이츠 씨도 그 근처에 있겠네."

"예이츠 씨! …… 아니! 예이츠 씨 말은 못 들었어. 맨스필드 파크로 보낸 편지들에서도, 그 사람에 대한 이야기는 별로 안 하는 것 같던데……. 그렇지 않나요, 프라이스 양? 내 친구 줄리아가 바보도 아니고 예이츠 씨 이야기를 자기 아버지한테 하겠어?"

---

* 여자들이 식당에서 먼저 자리를 뜨고 남자들은 담배와 술을 즐기며 담소를 나누다가 나중에 여자들이 있는 응접실에 합류하는 것이 관행이었다.

"가엾은 러시워스와 마흔두 개나 되는 대사라니!" 크로퍼드가 말을 이었다. "그건 아무도 못 잊을 거야. 가엾은 친구! 무진 애를 쓰다 절망하던 모습이 지금도 눈에 선하네. 그 친구의 사랑스러운 마리아가 그 마흔두 개의 대사를 읊어 달라고 하는 일은 절대 없을 거야. 만일 그런다면 내가 완전히 잘못 본 거고." 그는 잠시 심각한 어조로 "그 친구한테는 과분한 여성이야. 너무 과분하지." 하고 덧붙이더니, 다시 부드러운 농담투로 돌아가 패니를 보며 말했다. "러시워스 씨한테 가장 잘해 준 분은 프라이스 양이지요. 그 친절과 인내는 결코 잊지 못할 겁니다. 끝없이 인내하며, 어떻게든 대사를 외우게 해 주려고, 자연도 주지 않은 총기를 갖게 해 주려고, 넘쳐 나는 이해력을 나누어 주려고 애를 쓰셨지요! 그 친구야 그게 얼마나 대단한 친절인지 알아볼 식견조차 없었을지 몰라도, 우리 모두 칭송이 대단했습니다."

패니는 빨개진 얼굴로 아무 말도 하지 않았다.

"꿈을 꾼 것만 같습니다, 즐거운 꿈을요!" 그는 잠시 생각에 잠겼다가 다시 침묵을 깨며 외쳤다. "연극 연습을 떠올릴 때마다 짜릿한 기쁨을 느낄 겁니다. 다들 얼마나 재미있고 활기차고 의욕이 넘쳤는지요! 누구나 그렇게 느꼈을 거예요. 모두 팔팔하게 살아 있었지요. 하루 종일 뭔가 하면서 희망과 우려 속에 동분서주했지요. 극복해야 할 소소한 반대, 소소한 의구심, 소소한 걱정거리가 끊이지 않았고요. 그렇게 행복했던 적은 처음이에요."

말없이 분노를 삼키며 패니는 속으로 되뇌었다. '그렇게 행복했다고! 해서는 안 되는 줄 뻔히 알면서도 그런 짓을 저질러 놓고 너무나 행복했다고! 그렇게 불명예스럽고 몰인정한 행동을 해 놓고 너무나 행복했다고! 아! 어쩌면 저렇게 정신이 썩어 빠졌을까!'

"우리가 운이 참 없었지요, 프라이스 양." 그녀의 감정을 까맣게 모른 채 그는 에드먼드의 귀에 들어가지 않도록 나지막한 목소리로 말을 이었다. "정말 운이 없었어요. 일주일, 딱 일주일만 있었으면 되는걸. 우리 마음대로 날씨를 바꿀 수만 있었다면, 추분 무렵 딱 한두 주만 맨스필드 파크에 바람을 관장하는 힘이 주어졌다면, 사뭇 달랐을 겁니다. 어르신의 안위를 위협할 만큼 아주 험한 날씨는 물론 아니고요. 다만 계속 역풍이 불거나, 거꾸로 바람이 잦아들거나 하면 되지요. 그때 일주일만 대서양을 잠재울 수 있었다면, 프라이스 양, 우리는 마음껏 즐길 수 있었을 겁니다."

크로퍼드 씨는 대답을 받고야 말겠다고 작심한 모양이었다. 패니는 외면을 한 채 평소보다 단호한 말투로 대답했다. "글쎄요, 제 입장만 말씀드리자면, 전 이모부의 귀국이 하루라도 늦어지는 것은 바라지 않았을 겁니다. 이모부께서 집에 오셔서 연극은 절대 안 된다고 하셨잖아요. 그때까지 벌인 일만으로도 충분하지 않았나 싶은데요."

여태껏 그녀는 단번에 이렇게 많은 말을 그에게 한 적도 없고, 누구한테든 이렇게 분개한 어조로 말한 적도 없었다. 그래서 말을 마치는 순간, 자신의 대담함에 가슴이 떨리고 얼굴이 붉어졌다. 그는 놀랐지만, 잠시 말없이 그녀의 눈치를 살피더니 더 차분하고 진지한 말투로 마치 솔직히 인정하겠다는 듯이 대답했다. "맞는 말씀 같네요. 하긴 즐거움을 앞세우다 보니 신중함이 부족했지요. 갈수록 너무 요란해지기도 했고요." 그러고는 방향을 돌려 그녀를 다른 화제에 끌어들이려 했으나, 그녀가 너무 수줍어하며 대꾸도 잘 안 하는 바람에 대화가 영 진척되지 않았다.

그때 그랜트 박사와 에드먼드 쪽을 자꾸 힐끗힐끗 쳐다보던 크로퍼드 양이 한마디 했다. "저 신사분들은 대단히 흥미로운 토론거리를 찾아냈나 봐."

"세상에서 가장 흥미로운 토론거리지." 그녀의 오빠가 대답했다. "어떻게 돈을 벌까, 지금도 괜찮은 수입을 어떻게 더 늘릴까 하는 것 말야. 버트럼이 머지않아 발을 들여놓을 성직에 관해 그랜트 박사가 지침을 내려 주는 중이야. 두세 주 뒤에 목사 서품을 받을 모양이야. 정찬실에서도 그 이야기를 하더라고. 버트럼이 그렇게 잘 풀려 다행이지. 흥청망청 써도 될 꽤 짭짤한 수입을 별 수고 없이 손에 쥐게 생겼으니. 내가 알기론 적어도 연 700파운드는 될걸. 연 700이라면 맏이가 아닌 처지에서는 괜찮은 수입이잖아. 생활은 물론 계속 본가에서 할 테니까 그 돈은 고스란히 제 용돈이 되겠지. 그 대신 크리스마스나 부활절에 설교나 한 번 하면 될 테고."

그의 누이동생은 속상한 마음을 웃음으로 넘기려 했다. "자기보다 훨씬 못한 수입을 두고 그만하면 풍족하지 않느냐고 쉽게 말하는 사람들을 보면 참 재미있어. 헨리 오빠, 오빠만 해도 용돈이 한 해 700으로 제한된다면 어안이 벙벙할걸."

"그렇겠지. 그렇지만 너도 알다시피 이런 건 모두 전적으로 상대적인 문제잖아. 타고난 권리와 습관에 따라 달라지는 거니까. 버트럼이 준남작 집안이라 해도 차남이니, 그만하면 분명 잘 풀린 셈이야. 스물너덧 즈음에 이미 일 년에 700이 굴러들어올 텐데, 그렇다고 크게 할 일도 없잖아."

크로퍼드 양은 할 일도 감수할 일도 꽤 될 것이며 이는 가벼이 여길 일이 아니라고 말할 수도 있었으나 꾹 참고 넘어갔다. 그리고 곧이어 두 신사가 자리에 합류했을 때에도, 차분하고 무심한 모습을 보이려고 애썼다.

"버트럼," 헨리 크로퍼드가 말했다. "내 반드시 맨스필드에 와서 자네의 첫 설교를 들어 볼 생각이네. 젊은 신참 목사를 응원차 행차하는 거지. 언제쯤 될 것 같은가? 프라이스 양, 함께 사촌을 응원해 주시지 않겠습니까? 약속해 주시지요. 나도 물론 그럴 겁니다만, 그 자리에 참석해서 한 마디도 놓치지 않고 사촌만 뚫어지게 쳐다보겠다고. 빼어나게 아름다운 문장이 나와서 받아 적을 때는 빼고 말입니다. 각자 작은 공책과 연필을 필히 지참해야겠네요. 그래, 언제쯤 될 것 같나? 자네, 설교는 반드시 맨스필드에서 해야 하네. 토머스 경과 레이디 버트럼께도 들려드려야지."

"난 할 수 있는 데까지 자네를 멀리할 생각인데, 크로퍼드." 에드먼드가 말했다. "응원은 고사하고 오히려 골탕을 먹이려 들기 십상인데, 다른 사람은 몰라도 자네가 그러는 건 절대 보고 싶지 않아."

'저 말에 내심 뜨끔하지 않을까?' 패니는 생각했다. '아니,

그럴 줄이나 알면 다행이게.'

이제 모든 사람이 한자리에 모이고 몇몇 사람 중심으로 대화가 이어졌기 때문에, 패니는 편한 마음으로 앉아 있을 수 있었다. 그리고 차를 마시고 나서, 사실은 그랜트 박사의 재미를 위해서 그의 아내가 마련한 자리였지만 공식적으로는 그게 아닌 것으로 되어 있는 휘스트 게임 자리가 마련되고 크로퍼드 양이 하프를 잡은 뒤로는, 이제 가만히 연주를 듣기만 하면 되었고, 크로퍼드 씨가 이따금 말을 걸거나 질문을 해서 응하지 않을 수 없는 때를 빼고는, 아무런 방해 없이 평화로운 시간을 보낼 수 있었다. 크로퍼드 양은 방금 들은 소식에 마음이 너무나 심란해서 연주 말고는 아무것도 하고 싶지 않았다. 연주를 하며 그녀는 마음을 달랬고 그녀의 친구 패니를 즐겁게 해 주었다.

에드먼드가 그렇게 빨리 성직 서품을 받는다니 그녀에게 그것은 원망스럽고 치욕스러운 소식이었다. 여태껏 미뤄 두며 아직은 불확실한 먼 훗날의 일이기를 바랐건만 느닷없이 뒤통수를 얻어맞은 기분이었다. 그녀는 에드먼드에게 몹시 화가 났다. 자신의 영향력이 이보다는 클 줄 알았던 것이다. 스스로 생각하기에 그녀는 이미 그를 몹시 진지하게 생각하고 거의 마음을 굳히기 시작한 것이지만, 이제는 자기도 그와 똑같이 냉정한 마음으로 대할 작정이었다. 그녀의 입장에서는 절대 받아들일 수 없을 줄 뻔히 알면서도 그런 자리에 가기로 정하다니, 그는 진지한 생각도 진지한 감정도 없는 게 분명했다. 그렇다면 이쪽에서도 똑같이 무심해지는 법을 배울 것이다. 그녀는 이제부터는 그가 접근해 오더라도 당장의 재미 이상으로는 여기지 않으리라 마음먹었다. 그가 연모의 정을 그렇게 절제할 수 있다면, 그녀도 연모의 정에 마음을 다치는 일은 없어야 했다.

6

다음 날 아침 헨리 크로퍼드는 맨스필드에 두 주 더 있기로 완전히 마음을 굳혔다. 그리고 사람을 시켜 사냥개들을 데려오게 하고, 제독에게 사정을 설명하는 몇 줄의 편지를 써서 봉인해 옆으로 치우면서 누이동생을 돌아보더니, 다른 식구는 아무도 없는 것을 확인하고는 웃는 얼굴로 말했다. "이제부터 사냥을 나가지 않는 날에는 내가 어디서 재미를 찾을 것 같니, 메리? 이젠 나이가 들어서 사냥도 일주일에 세 번 이상은 힘에 부치거든. 그렇지만 그동안 뭘 할지 다 계획이 서 있는데, 뭘 할 것 같아?"

"나하고 산책하고 말도 타겠지, 뭐."

"그건 좀 아니고. 물론 둘 다 좋긴 한데, 몸에는 운동이 되겠지만 정신도 돌봐야지. 게다가 순전히 즐기고 누리는 것일 뿐, 뭔가 해낸다는 건강한 느낌이 없잖아. 그런데 나는 게을리 얻은 양식*을 먹을 생각은 없거든. 아니, 내 계획은 패니 프라이스가 나와 사랑에 빠지게 만드는 거야."

"패니 프라이스? 말도 안 돼! 아니, 그건 안 돼. 사촌 언니

* 구약 성경 『잠언』 31장 27절에 나오는 표현.

둘로 만족해야지."

"그렇지만 패니 프라이스 없이는, 패니 프라이스의 가슴에 작은 구멍을 내지 않고는 만족이 안 되는걸. 너는 잘 모르는 것 같지만, 정말 눈여겨볼 만한 아가씨야. 지난밤 우리가 그 아가씨 이야기를 나눌 때 보니까, 지난 여섯 주 사이에 놀랄 만큼 외모가 나아진 것을 누나도 너도 감지하지 못한 것 같더군. 하긴 매일 만나다 보면 알아차리기 힘들겠지만, 확실히 가을에 봤을 때하고는 아주 딴사람 같더라고. 그때는 조용하고 겸손하고 못생기지 않은 정도였지만, 지금은 굉장히 예뻐졌어. 나도 전에는 프라이스 양이 피부색도 용모도 볼 게 없다고 생각했는데, 어제 보니 보드라운 피부에 자주 홍조가 어리는 게 정말 아름답더라. 그리고 두 눈과 입매도 가만히 보니까, 할 말이 있을 때는 얼마든지 표현해 낼 수 있겠다 싶어. 거기다 태도나 매너도 그렇고 모든 면에서 이루 말할 수 없이 좋아졌어! 10월 이후로 키도 최소한 2인치는 더 컸을 거야."

"흥! 그렇게 보였다면 그건 비교가 되는 키 큰 여자가 없어진 데다 새 드레스를 입은 덕분이지 뭐. 그렇게 잘 차려입은 모습은 본 적이 없잖아. 10월에 봤을 때와 달라진 건 하나도 없다니까. 지금 주변에 눈길을 줄 만한 여자가 그 아가씨 하나뿐이라 그런 거야. 오빠는 주변에 누군가 있어야 하는 사람이고. 나도 늘 패니 양이 예쁘다는 생각은 했지만, 그렇다고 빼어나게 예쁜 건 아냐. 흔한 말로 '예쁘장한' 정도지. 자꾸 보다 보면 예뻐 보이는 타입 말이야. 눈빛이 좀 더 짙었으면 좋았겠다 싶지만, 웃는 모습은 보기 좋더라. 지난번보다 월등하게 예뻐졌

‘이제부터 사냥을 나가지 않는 날에는 내가 어디서 재미를 찾을 것 같니, 메리?’

다지만, 그건 더 근사한 옷을 입고 있고 오빠가 달리 쳐다볼 아가씨도 없기 때문 아닌가. 그러니까 그 아가씨하고 애정 행각을 벌일 생각이라 해도, 미모에 반해서라는 소리는 하지 마. 그저 심심해서 불장난이나 해 볼까 하는 거잖아. 다른 이유를 대봤자 나한테는 안 통할걸."

이런 비난에도 그녀의 오빠는 미소만 짓더니 곧이어 말했다. "난 패니 양이 어떤 사람인지 도통 모르겠어. 잘 이해가 안 돼. 어제만 해도 왜 그렇게 화를 내는지 알 수가 없더라고. 성격은 어떨까? 진지한 성격인가? 아니면 별난 편인가? 공연히 얌전을 빼는 건가? 왜 나만 보면 그렇게 뒤로 물러나며 엄한 표정으로 쳐다보는 거지? 말을 붙여도 대꾸도 잘 않더라고. 아가씨와 그렇게 오래 한자리에 있으면서 그렇게 성과가 없었던 건 어제가 처음이야! 재미있게 해 주려고 노력까지 했는데 말이지. 나를 그렇게 엄한 표정으로 쳐다본 아가씨는 처음이라고! 어떻게든 이겨 내야지. '당신을 좋아하는 일은 없을 거예요. 좋아하지 않기로 이미 마음먹었어요.'라고 얼굴에 써 있던데, 내 장담하지, 결국 좋아하게 될걸."

"아이고, 어리석은 우리 오빠! 결국 오빨 사로잡은 건 그거네! 대단히 보드라운 살결이니 부쩍 커진 키니, 매력이니 미모니 운운하더니 다 그것, 그 아가씨가 오빠한테 호감이 없다는 것 때문이었어. 제발 그 아가씨를 정말로 불행에 빠뜨리지는 말아 줘. 가벼운 사랑놀음 정도라면 그 아가씨한테도 활력소가 되고 도움이 될지 몰라도, 너무 깊이 빠져들게 만들지는 마. 아직 어리지만 굉장히 착하고 아주 다감한 아가씨거든."

"그래 봐야 두 주인데 뭘." 헨리가 말했다. "그리고 겨우 두 주 만에 치명적인 상처를 입을 정도로 나약한 성격이라면 구제 불능이지. 아니, 약속할게. 절대 해치지 않겠다고. 내가 바라는 건 간단해. 그냥 그 아가씨가 나한테 따뜻한 눈길을 보내 주고, 홍조와 아울러 미소도 자주 보여 주고, 어디에서건 옆에 앉게 해 주고, 내가 곁에 앉아 말을 걸 때마다 생기발랄해지는 것, 내가 생각하는 대로 생각하고, 내가 가진 것, 내가 즐거워하는 모든 것에 관심을 보이고, 나를 맨스필드에 더 오래 묶어 두려고 애쓰고, 내가 떠날 때 다시는 결코 행복할 수 없으리라 생각하면 돼. 그 이상은 바라지도 않아."

"참으로 어마무시한 절제시네!" 메리가 말했다. "그렇다면 나도 걱정할 일 없겠네. 그래, 요즘 그 아가씨는 나와 함께 있을 때가 많으니 잘 보이려 애쓸 기회는 충분할 거야."

그리고 그녀는 더는 뭐라고 하지 않고 패니를 그녀의 운명에 맡겨 버렸다. 크로퍼드 양은 짐작도 하지 못한 그런 방어벽이 패니의 마음속에 이미 마련되어 있지 않았다면, 패니의 운명은 응분의 것보다 더 가혹해졌을지도 모른다. 아무리 뛰어난 재능과 매너, 관심과 칭찬 앞에서도 일단 아니라고 판단한 사랑에는 절대 넘어가지 않는 난공불락의 열여덟 살짜리 젊은 숙녀들도 분명 있겠지만 (그렇지 않다면 그런 이야기가 세상에 나오지 않을 테니까.) 나는 패니가 그런 숙녀 중 하나라고 믿을 생각은 없다. 이제껏 가졌던 안 좋은 감정을 극복해야 하는 문제는 있겠지만, 만일 패니의 마음이 이미 다른 사람한테 가 있지 않았다면, 지극히 다정다감한 성품에 풍부한 취향을 지닌 패니 같은 아가씨가 크로퍼드 같은 남자의 구애에 (비록 단 두 주 동안의 구애라 해도) 전혀 흔들리지 않고 무사히 벗어날 수는 없었을 것이다. 다른 사람을 마음에 두고 있고 그에게는 반감을 가지고 있었기 때문에 그의 공략에도 마음의 평화를 지킬 수 있었지만, 그래도 그가 계속 관심을 보이고, 그것도 너무 밀어붙이기보다는 부드럽고 섬세한 그녀의 성품에 맞추어 가며 접근하자, 패니도 싫은 마음이 덜해질 수밖에 없었다. 그렇다고 지난 일을 잊어버린 것은 결코 아니었고 안 좋게 보는 생각도 여전했지만, 그의 힘이 느껴졌다. 그는 재미있고 행동거지도 현저히 개선되었으니, 매우 정중해서, 나무랄 데 없이 진지하고 정중해서, 이쪽에서도 예의 바르게 대하지 않을 수 없었다.

이런 결과를 빚어내는 데는 불과 며칠로 충분했다. 그리고 그 며칠이 끝날 무렵 그녀의 호감을 살 절호의 기회가 찾아왔으니, 너무 행복한 나머지 주변 사람이 다 좋아 보이는 그런 일이 패니에게 생겼다. 오빠 윌리엄이, 그렇게 오랫동안 영국을 떠나 있던 그립고 그리운 오빠 윌리엄이 다시 돌아온 것이다. 패니에게 그의 편지가 왔는데, 영불 해협으로 접어드는 배 안에서 행복한 마음으로 급히 몇 줄 적어 스핏헤드에 정박 중이던 앤트워프 함을 떠나는 첫 보트 편으로 포츠머스로 전달해 다시 이곳으로 보낸 편지였다.* 크로퍼드가 제일 먼저 소

* 포츠머스는 영불 해협에 위치한 항구로 영국 해군의 전통적 기항지이며, 스핏헤드는 포츠머스와 와이트섬 사이의 넓은 만으로 포츠머스 부두에 함정이 정박할 자리가 없으면 이곳에 닻을 내린다.

식을 전해 줄 요량으로 신문을 들고 올라와 보니, 그녀는 벌써 이 편지를 읽고 기쁨에 몸을 떨며, 친절하게도 오빠를 집으로 초대하는 내용의 답장을 지극히 침착하게 구술하는 이모부의 목소리에 황송해하는 상기된 얼굴로 귀를 기울이고 있었다.

크로퍼드가 이 일에 대해 소상히 알게 된 것은 바로 하루 전이었고, 실은 패니한테 그런 오빠가 있다는 사실이나 그 오빠가 그런 배에 타고 있다는 사실도 그때 처음 알게 되었다. 하지만 일단 알고부터는 당연히 부쩍 관심을 쏟게 되었고, 그래서 런던에 돌아가면 앤트워프 함이 언제쯤 지중해에서 돌아오게 될지 등등의 정보를 구해 보기로 결심했다. 그리고 다음 날 아침 일찍 선박 뉴스를 살펴보다가 이 함정 소식을 알게 된 것인데, 이런 방법으로 패니의 마음을 살 생각을 해낸 자신의 영민함에 대한 보답이자 해군 소식을 가장 빨리 전하는 것으로 평판이 자자한 신문을 몇 년씩 구독해 가며 제독에게 효심을 보여 온 보답으로 이런 행운이 찾아왔나 싶었다. 그런데 막상 올라와 보니 이미 한발 늦은 것이었다. 자신이 제일 먼저 안겨 주고 싶었던 그 멋진 최초의 감동은 이미 주어진 다음이었다. 그러나 그의 의도, 그의 친절한 의도만큼은 감사와 인정을 받았고, 그것도 열렬한 감사를 받았으니, 패니가 평소 수줍어하던 모습과 달리 윌리엄에 대한 넘치는 사랑으로 들떠 있었던 덕분이었다.

얼마 후면 이 사랑하는 윌리엄 오빠가 이곳에 올 것이었다. 그는 아직 장교 후보생에 불과하니 즉시 휴가를 얻을 수 있을 터였다. 그리고 그의 부모는 바로 포츠머스에서 살고 있으니 벌써 그를 만났고 아마도 날마다 만나고 있을 테니까, 곧 받게 될 휴가는 칠 년 동안이나 꾸준히 편지 벗이 되어 준 누이동생과 그의 뒷바라지와 진급을 위해 가장 애쓴 이모부에게 즉각 할애하는 게 당연한 일이었다. 따라서 윌리엄은 패니가 보낸 답장에 최대한 서둘러 답을 하며 도착할 날짜를 적어 보냈는데 아주 빠른 날짜였다. 그래서 첫 정찬 초대로 설렜던 날로부터 열흘도 지나지 않아 패니는 더 고결한 설렘을 경험하게 되었다. 복도에서, 현관 입구에서, 계단에서 그녀는 오빠를 싣고 올 마차 소리가 들리지 않을까 귀를 곤두세웠다.

다행히도 이렇게 기다리던 중에 마차가 도착했다. 만남의 순간을 지연시킬 만한 형식적인 의례나 두려움 따위는 없었기 때문에, 패니는 집으로 들어서는 그를 바로 맞이했고 애틋한 첫 재회의 순간은 훼방꾼도 목격자도 없이 지나갔다. 물론 하인들은 있었지만, 제때제때 문들을 열어 주는 데만 열중한 그들을 목격자로 보기는 힘들 것이다. 이는 바로 토머스 경과 에드먼드가 제가끔 의도했던 바이니 두 사람은 노리스 부인한테, 마차가 도착하는 소리가 들리자마자 곧장 복도로 달려나가지 말고 그 자리에 그대로 계시라고 똑같은 말을 했고, 그로써 서로 같은 생각임을 알게 되었다.

윌리엄과 패니가 곧바로 방으로 들어왔다. 그리고 토머스 경은 조카를 맞으며, 이 자신의 피후견인이 칠 년 전에 챙겨 보내던 때와는 분명 아주 달라졌지만, 스스럼없고 유쾌한 얼굴에 솔직하고 꾸밈없으면서도 다정다감하고 예의 바른 태도를 가진, 마음에 드는 청년이 되어 돌아온 것을 확인하는 즐거움을 맛보았다.

패니가 기다림의 마지막 삼십 분에 그 결실의 첫 삼십 분이 더해진 그 한 시간 동안의 행복한 설렘에서 벗어나기까지는 오랜 시간이 걸렸다. 심지어 자신의 행복을 행복으로 느끼게 되기까지도, 오랜만에 만났을 때 상대의 달라진 모습을 보며 갖게 되는 실망감이 사라지고 옛날과 다름없는 윌리엄의 모습을 확인하면서 지난 오랜 세월 가슴속 깊이 갈망해 온 대로 이야기를 나누게 되기까지도, 얼마간 시간이 필요했다. 그러나 서서히 그 시간이 다가왔으니, 패니 못지않게 따뜻한 그의 우애 덕분에 시간이 앞당겨지면 졌지, 그가 체면을 차리거나 주눅이 드는 바람에 늦춰지지는 않았다. 패니는 그가 태어나서 처음으로 사랑을 느낀 상대였으며, 패니보다 굳건한 마음과 담대한 성품을 지닌 그는 그런 사랑이 자연스러운 만큼 표현도 자연스러웠다. 다음 날 아침 오누이는 함께 참으로 즐거운 산책을 했고, 그 후로도 아침마다 둘이서 다정한 대화를 이어 갔으니, 토머스 경은 에드먼드가 일러 주기 전부터 이미 이를 지켜보며 흡족한 마음을 금할 수 없었다.

지난 몇 달 동안 에드먼드가 자신에게 특별하거나 뜻밖의 관심을 보여 줄 때 느꼈던 각별한 기쁨의 순간들을 제외하면, 그녀는 이제까지 살면서 이렇게 행복을 만끽하기는 처음이었다. 패니는 오빠이자 벗인 윌리엄과 아무 스스럼이나 두려움 없이 대등한 대화를 나누었다. 윌리엄은 패니에게 마음을 활짝 열고, 오래전부터 생각해 왔으며 쉽게 얻을 수 없지만 얻게 되면 당당히 내세울 수 있는 진급이라는 축복에 대한 자신의

두 사람이 노리스 부인한테, 마차가 도착하는 소리가 들려도,
그 자리에 그대로 계시라고 똑같은 말을 했다.

바람과 두려움, 계획, 걱정 들을 털어놓았고, 패니가 그간 거의 소식을 듣지 못했던 아버지와 어머니, 동생들 이야기를 솔직하고 상세하게 들려주었다. 또한 맨스필드에서 패니가 누리는 모든 안락한 생활과 소소한 어려움에 관심을 기울이고, 맨스필드의 식구들에 대해서도 패니가 하는 말을 그대로 받아들였다. 차이가 있다면 더 직설적으로 의견을 표명하고 노리스 이모를 더 소리 높여 비난한다는 점뿐이었다. 패니는 윌리엄과 함께 어린 시절의 모든 불행과 행복을 되돌아보고, 옛날에 함께 겪었던 고통과 즐거움을 회상하며 정겨운 기억에 잠겨 들곤 했다.(아마도 이것이 이 대화 전체에서 가장 소중한 경험이었을 것이다.) 이는 커다란 장점으로 우애를 돈독하게 해 주며, 이 점에서는 부부간의 유대도 동기간의 유대에는 못 미치는 법이다. 똑같은 생애 첫 기억과 습관들을 지닌 한 핏줄 한 집안의 아이들이 함께 나눌 수 있는 즐거움은 이후 맺어진 어떤 관계에서도 얻을 수 없는 것이며, 가장 이른 시기에 형성된 이런 애착의 흔적이 완전히 사라져 버린다면 그것은 천륜을 저버린 오랜 소원함, 그 뒤에 맺은 어떤 다른 관계로도 정당화될 수 없는 절연 때문일 것이다. 그러나 아아! 그런 일이 얼마나 잦은지. 동기간의 우애는 어느 때는 전부다시피 하지만, 없느니만 못할 때도 있다. 그러나 윌리엄과 패니 프라이스 남매의 동기애는 이해 대립으로 상처를 입거나 각자 새로 형성한 애착 관계로 식는 일도 없이, 오래 떨어져 있을수록 오히려 더 커져만 가는, 왕성함과 신선함을 고스란히 간직하고 있는 그런 감정이었다.

그렇게 사랑스러운 우애를 보면서, 선한 것을 귀중히 여길 줄 아는 사람이라면 누구나 마음속으로 두 사람을 더욱 좋게 보게 되었다. 헨리 크로퍼드의 감동도 누구 못지않았다. 그는 손을 뻗어 패니의 머리를 가리키며 이렇게 말하는 젊은 수병의 다정하고 투박한 애정을 높이 샀다. "글쎄요. 난 저 묘한 스타일이 벌써 좋아지기 시작하네요. 저런 스타일이 영국에서 유행이라는 이야기를 처음 들었을 때는 도저히 믿을 수가 없었고, 지브롤터*의 판무관 관사에 브라운 부인을 비롯한 다른 부인네들이 똑같은 머리 모양을 하고 나타났을 때는 다들 제정신이 아니라고 생각했었지요. 하지만 패니가 하면 뭐든지 좋아 보이는군요." 그리고 그는 패니의 오빠가 그 오랜 해상 생활에서 겪은 임박한 위험이나 무시무시한 장면들을 묘사할 때, 패니의 상기된 뺨이며 반짝이는 눈, 깊은 관심을 보이며 열중하는 모습을 감탄하며 지켜보았다.

헨리 크로퍼드도 그런 정경을 높이 평가할 도덕적 안목은 갖고 있었다. 패니의 매력은 더욱, 아마도 갑절은 커졌으니, 그녀의 얼굴을 아름답게 물들이고 환하게 밝히는 그 섬세한 감수성만 해도 그 자체로 참 매력적이었다. 패니가 메마른 가슴의 소유자일지도 모른다는 의구심은 이제 사라졌다. 그녀는 감성을, 진정한 감성을 지닌 사람이었다. 그런 아가씨의 사랑을 받고, 그 어리고 꾸밈없는 마음에 첫 열정을 불러일으킨다면 얼마나 근사한 일이겠는가! 패니는 그가 예상했던 것보다

* 1713년 영국의 식민지가 된 이베리아 남단의 항구 도시로 영국 해군 기지가 있다.

더 흥미로운 아가씨였다. 두 주로는 충분치 않았다. 그는 있을 때까지 있어 보기로 했다.

이모부가 윌리엄을 불러 이야기를 들을 때가 많았다. 토머스 경은 윌리엄의 이야기가 재미있기도 했지만, 주된 목적은 이야기하는 사람을 이해하는 데 있었다. 이 젊은이가 하는 이야기를 통해 그의 사람됨을 알아보려 한 것이다. 명확하고 간명하며 생생하고 세세한 이야기를 들으며 토머스 경은 매우 흡족해했으니, 윌리엄이 하는 이야기에서 뚜렷한 주관과 전문적 지식과 힘과 용기와 쾌활함을 읽을 수 있었고, 이 모두는 그가 전도유망한 청년임을 말해 주는 증거였다. 윌리엄은 아직 어린 나이였지만 많은 경험을 했다. 지중해에서 근무하다가 서인도 제도로 그리고 다시 지중해로 자리를 옮겼고, 함장의 호의로 육지에도 자주 올라와 봤으며, 칠 년이라는 세월 동안 바다와 전쟁이 야기하는 온갖 종류의 위험을 경험했다. 이렇게 풍부한 이야깃거리가 있는 만큼 그의 이야기는 경청할 만했다. 노리스 부인만은 조카야 한창 배가 난파한 이야기나 교전을 벌이던 이야기를 하든 말든 아랑곳없이 방 안을 이리저리 종종거리면서 고작해야 바늘에 두 번 꿸 정도의 실 조각이라든가 낡은 셔츠 단추를 못 봤느냐며 사람들을 들쑤시고 다녔으나, 다른 사람들은 모두 열심히 귀를 기울였다. 심지어 레이디 버트럼조차 그런 끔찍한 이야기를 태연히 듣고 있지는 못했으니, 가끔씩 바느질감에서 눈을 떼고 이렇게 말하고는 했다. "세상에! 끔찍하기도 해라. 저래서야 누가 바다에 나가려 하겠어."

헨리 크로퍼드가 받은 느낌은 달랐다. 자기도 바다에 나가 저렇게 많은 것을 보고, 하고, 겪어 봤더라면 하는 생각이 들었다. 가슴이 뜨거워지며 상상력이 불타올랐고, 스무 살도 안 된 나이에 저런 육체적 역경을 헤쳐 나가며 굳건한 정신력을 보여 준 청년이 더없이 우러러보였다. 용맹과 능력을 발휘하며 열심히 분투하고 인내하는 영광에 비하면, 자신의 이기적이고 방종한 습관들은 수치스러울 정도였다. 자신이 지금 모습이 아니라 윌리엄 프라이스 같은 모습이었다면, 두각을 나타내고 대단한 자긍심과 행복한 일념으로 재산과 지위를 일궈 나가는 그런 모습이었다면 얼마나 좋았을까!

이 소망은 간절함에 비해 오래가지 않았다. 에드먼드가 다음 날 아침 사냥 계획을 물어보자, 그는 그런 바람에서 비롯된 회고와 회오의 몽상에서 깨어났다. 그리고 지금 당장 말과 마부를 대령할 수 있는 부자라는 위치 역시 괜찮지 않느냐는 생각이 들었다. 한 가지 점에서는 오히려 낫다고 할 수 있었다. 친절을 베풀고 싶으면 얼마든지 그렇게 할 수단을 지녔으니까. 매사에 기백과 용기와 호기심이 넘치는 윌리엄은 사냥에 동참하고 싶다는 의사를 내비쳤다. 그리고 크로퍼드는 그에게 말을 빌려줘도 아무 지장이 없었다. 다만 남에게 말을 빌려주는 게 얼마나 중한 일인지 조카보다 더 잘 알기 때문에 조심스러워하는 토머스 경의 우려를 불식시키고, 걱정하는 패니를 잘 설득해서 안심시키기만 하면 됐다. 패니는 윌리엄이 걱정되었다. 그리고 윌리엄이, 자기는 이미 여러 나라에서 말을 타봤고, 승마 경주에도 여러 번 나갔으며, 거친 말과 노새도 숱하게 타 봤고, 말에서 떨어질 뻔한 위험천만한 상황을 아슬아슬하게 피한 경험도 많기 때문에, 영국식 여우 사냥을 나가 호사롭게 키운 사냥마를 다루는 것쯤이야 누워서 떡 먹기라고 아무리 설명해도 패니는 좀처럼 마음을 놓지 못했다. 사고나 실수 없이 무사히 돌아오는 윌리엄을 보기 전까지는 도무지 그런 모험에 찬성할 수 없었고, 크로퍼드야 순전히 패니가 고마워하기를 바라서 말을 빌려준 것이지만, 그녀는 별로 고마운 생각이 들지 않았다. 그러나 윌리엄에게 아무 해도 없었다는 것이 확인되자, 비로소 크로퍼드의 행동이 친절한 배려였음을 인정할 마음이 생겨났다. 그리고 잠시 후 윌리엄이 크로퍼드에게 말을 돌려주고, 그리고 다시 잠시 후 크로퍼드가 노샘프턴셔에 있는 동안 타시라고 매우 정중하고 거절할 수 없는 단호한 태도로 말을 되돌려 주었을 때는, 그 동물의 주인에게 미소로 보답하기까지 했다.

7

이즈음 두 집안의 교분은 거의 가을 수준으로 회복되었으니, 당시 친하게 지냈던 사람들이 기대한 것 이상이었다. 헨리 크로퍼드가 돌아오고 윌리엄 프라이스가 도착한 것도 도움이 되었지만, 가장 큰 요인은 친교를 이어 가려는 목사관 쪽의 노력에 토머스 경이 묵인 이상의 적극적인 태도를 취한 데 있었다. 처음에는 집안일을 챙기느라 경황이 없었지만 이제 한시름 놓으면서 그는 그랜트 부부와 젊은 동거인들이 정말 교제할 만한 사람들인지 알아볼 마음의 여유가 생겼다. 그리고 소중한 자식들을 위해서라 해도 최고로 유리한 혼사를 도모하거나 획책하는 저급한 행동은 꿈에도 생각하지 못할 뿐만 아니라 심지어 그런 일에 눈치가 빠른 것조차 천박하다고 경멸하는 위인이기는 했지만, 그런 그도 조카딸을 대하는 크로퍼드 씨의 태도가 좀 각별하다는 사실이 눈에 들어오는 것은 어쩔 수가 없었다. 비록 대범하고 무심하게 넘기긴 했지만, 어쩌면 바로 이런 이유 때문에 목사관의 초대에 (무의식적으로나마) 더 기꺼이 응하지 않을 수 없었는지도 모른다.

그러나 처음 목사관에서 '토머스 경은 이런 건 아주 질색하는 모양이야! 레이디 버트럼은 영 움직이길 싫어하고!' 하면서 굳이 초대를 해야 하는지 분분한 의논을 나눈 끝에 그래도 식구들 모두를 한번 초대해 보기로 했을 때, 그가 순순히 목사관 정찬에 참석하겠다고 한 것은 순전히 예의와 호의에서 비롯된 행동이지 크로퍼드 씨와는, 호감이 가는 사람 중 하나라는 점 말고는 아무 관련이 없었다. 쓸데없이 그런 데 촉각을 세우는 사람들 눈에는 크로퍼드 씨가 패니 프라이스에게 관심이 있다고 보일 만도 하겠다는 생각을 그가 처음으로 하기 시작한 것은 바로 이 첫 방문에서였던 것이다.

그날 모임은 말하기 좋아하는 사람과 듣기 좋아하는 사람이 적절한 비율로 섞여 있어 대부분 즐거운 시간을 보냈다. 정찬 자체도 그랜트가의 평소 스타일대로 우아하고 풍성했고 참석자들이 평소 먹는 양에 비해 지나칠 정도였으므로, 노리스 부인 말고는 아무도 불만이 없었다. 노리스 부인은 커다란 식탁이나 그 위에 차려진 수많은 요리에 도저히 참을 수가 없었으니, 하인들이 뒤로 지나갈 때마다 일부러 불편한 상황을 자초하고 요리 가짓수가 이렇게 많다 보면 더러는 식어 버릴 수밖에 없음을 새삼 확인하려고 애썼다.

밤이 되자 그랜트 부인과 그 여동생이 미리 마련해 둔 대로 휘스트 게임 탁자를 다 채우고도 여럿이 하는 게임을 하나 더 차릴 만한 인원이 충분히 된다는 사실이 밝혀졌다. 아무도 이의가 없었고, 사실 이런 경우 늘 그렇듯 선택의 여지도 없었던 만큼, 휘스트 게임만큼이나 투자 게임*도 신속하게 결정되

* 19세기 초에 유행한, 저축과 투자 놀이를 하는 대중적인 카드 게임으로, 구두 거래를 해야 하기 때문에 좀 더 말이 많아지게 마련이다.

었다. 그리고 레이디 버트럼은 곧 둘 중 무엇이 좋으냐며 휘스트 게임이든 뭐든 하나를 선택하라고 채근당하는 위기 상황에 봉착했다. 그녀는 마음을 정하지 못하고 망설였다. 다행히 토머스 경이 곁에 있었다.

"어떡하지요, 토머스 경? 휘스트와 투자 게임 중에 뭐가 더 재미있을까요?"

토머스 경은 잠깐 생각해 보더니 투자 게임을 추천했다. 본인은 휘스트를 하기로 했는데, 아내와 짝이 되어 게임을 하는 건 별로 재미가 없으리라고 생각한 모양이었다.

"좋아요." 만족한 영부인은 이렇게 대답했다. "그럼 투자 게임을 해 볼게요, 그랜트 부인. 할 줄은 모르지만 패니가 가르쳐 주겠지요."

그러나 이 대목에서 패니가 끼어들어 자기도 할 줄 모른다며 걱정 섞인 항변을 했다. 여태껏 한 번도 해 본 적이 없고 하는 것을 옆에서 본 적도 없다는 것이었다. 그러자 레이디 버트럼은 다시 잠깐 망설였으나, 헨리 크로퍼드가 이렇게 쉬운 게임이 없다, 카드 게임 중 가장 쉬운 게임이라고 모두 안심시키며, 자신이 영부인과 프라이스 양 사이에 앉아서 두 분 다 가르쳐드릴 테니 부디 허락해 달라고 간곡히 청하는 바람에, 그렇게 하는 것으로 결정되었다. 그리하여 탁월한 지적 능력과 품위가 요구되는 휘스트 게임 탁자에는 토머스 경, 노리스 부인, 그랜트 박사 부부가 자리하고, 나머지 여섯 사람은 크로퍼드 양의 지시대로 다른 탁자에 빙 둘러앉았다. 헨리 크로퍼드에게는 흡족스러운 자리 배치였다. 그는 패니 바로 옆에 앉아 쉴

틈 없이 분주한 시간을 보낼 수 있었다. 자기 패뿐 아니라 두 사람의 패까지 봐줘야 했던 것이다. 사실 패니는 삼 분쯤 지나자 게임 규칙을 다 알겠다 싶어질 수밖에 없었다. 그러나 그 후에도 그는 그녀의 기운을 북돋아 주고 욕심을 부추기며 매몰차게 승부에 임하게끔 훈수를 둘 필요가 있었는데, 특히 상대가 윌리엄일 때는 잘 먹히지가 않았다. 그리고 레이디 버트럼을 위해서는 그녀의 명성과 재물을 내내 도맡아 챙겨 줘야 했고, 판이 시작될 때는 그녀가 자기 패를 들춰 보지 못하게 재빨리 손을 쓰고 판이 끝날 때까지는 또 어떤 패를 쓸지 매번 일러 줘야 했다.

신바람이 난 그는 매사를 수월하게 풀어 나갔고, 갖가지 반전과 임기응변, 그리고 장난스러운 배짱을 탁월하게 구사하며 게임에 재미를 더했다. 그래서 이 원탁은 차분한 절제와 질서 정연한 침묵으로 일관한 다른 쪽 탁자와 달리 전반적으로 대단히 편안한 분위기였다.

토머스 경은 아내를 향해 즐거운 시간을 보내고 있는지, 게임은 잘되고 있는지 두 번씩이나 물었으나 허사였다. 그의 어법이 워낙 완곡한지라 미처 뜻을 다 전하기도 전에 게임이 다시 이어지곤 했던 것이다. 그래서 세 판 승부가 끝나고 그랜트 부인이 그녀에게 다가가 인사를 차릴 기회가 나기 전까지는 아내가 어쩌고 있는지 거의 알지 못했다.

"게임이 마음에 드시나 모르겠네요."

"어머! 그럼요……. 참 재미있네요. 아주 묘한 게임이에요. 어떻게 돌아가는지 도통 모르겠어요. 자꾸 패를 보지 말라

하네요. 나머지는 크로퍼드 씨가 다 알아서 해 줘요."

"버트럼," 잠시 후 게임이 일시 소강상태에 접어든 틈을 타 크로퍼드가 말했다. "어제 집으로 돌아오는 도중에 무슨 일이 있었는지 내가 아직 말 안 했지?" 둘이 함께 사냥을 나가 말을 타고 신나게 달리다가 맨스필드에서 좀 떨어진 곳에서 헨리 크로퍼드가 타던 말의 편자 하나가 떨어져 나가는 바람에 그는 사냥을 그만두고 집으로 돌아가야 했다. "주목(朱木)이 있는 그 낡은 농가를 지난 다음 길을 잃었다는 이야기는 이미 했잖나. 난 길을 물어보는 짓은 차마 못 하겠거든. 한데 내가 원체 운이 좋아서 뭔가 실수를 해도 결국은 득을 보게 되거든. 좀 헤매다 보니 글쎄 전부터 가 보고 싶었던 곳에 와 있는 거야. 가파르고 기복이 심한 들판 모퉁이를 돌아서니 완만한 언덕들 사이에 자리한 외딴 작은 마을 한가운데였어. 앞에는 작은 개울이 가로지르고 오른쪽으로는 둔덕 같은 데 교회가 서 있는데, 마을에 비해서는 눈에 띄게 크고 훌륭한 교회더군. 그리고 신사나 그 비슷한 사람이 살 만한 저택이라곤 딱 한 집뿐이었지. 목사관으로 보이던데, 방금 말한 그 둔덕과 교회에서 엎어지면 코 닿을 거리더라고. 간단히 말해서 손턴 레이시였던 거야."

"들어 보니 맞는 것 같긴 하네만, 슈얼네 농가를 지난 다음 어느 쪽으로 접어들었다고?" 에드먼드가 말했다.

"그렇게 아무 상관없는 의뭉스런 질문에는 대답하지 않겠네. 나한테 한 시간 내내 질문을 퍼부어 봤자, 손턴 레이시가 아니라는 입증은 절대 못 할걸. 그곳이 맞으니까."

"그렇다면 결국 물어봤군?"

"아니, 물어보는 짓은 절대 안 해. 그냥 생울타리를 손질하는 사내가 있기에 '여기가 손턴 레이시군요.'라고 툭 던져 보기만 했지. 그랬더니 그렇다 하더군."

"기억력도 좋네. 난 내가 언제 그곳에 대해 그 많은 정보를 알려 주었는지 생각도 안 나는구먼."

크로퍼드 양도 잘 알고 있듯 손턴 레이시는 그가 곧 부임할 교구 이름이었고, 그래서 그녀는 윌리엄 프라이스의 책 카드를 손에 넣기 위한 협상에 더욱 박차를 가했다.

"그래, 가 보니 어떻던가?" 에드먼드가 말을 이었다.

"아주 마음에 들던데. 자네는 참 운도 좋아. 살 만하게 만들어 놓으려면 적어도 다섯 해는 여름마다 손을 봐야 할 테니 말이야."

"에이, 아니야, 그 정도는 아니지. 물론 앞마당 텃밭은 옮겨야 하겠지만, 다른 건 괜찮아 보이던데. 집 자체는 절대 나쁘지 않고, 앞마당 텃밭을 없애고 나면 그럭저럭 쓸 만한 진입로가 확보될 거야."

"앞마당 텃밭은 완전히 없애고 나무를 심어 대장간을 가려야 해. 집도 북향에서 동향으로 고쳐야 하고. 그러니까 현관과 중요한 방들을 동쪽으로 두는 거지. 전망이 아주 근사하거든. 쉽게 바꿀 수 있을 거야. 자네가 말한 진입로도 바로 그쪽으로 내야지. 지금 정원이 있는 곳을 가로질러서 말이야. 정원은 지금 뒷마당 자리에다 새로 만들고. 그러면 남동쪽으로 경사가 져서 아주 보기 좋을 거야. 지형상 정원으로 딱이겠어. 주

'간단히 말해서 그곳이 손턴 레이시였던 거야.'

위를 둘러보려고 교회와 집 사잇길을 말을 타고 50야드쯤 올라갔지. 그랬더니 어떻게 손봐야 하는지 금방 알겠더라고. 그야말로 땅 짚고 헤엄치기지. 지금 정원이 있는 땅과 향후 정원이 될 땅 너머의 목초지들이 내가 서 있는 길에서부터 북동쪽, 즉 마을을 관통하는 큰길 방향으로 굽이굽이 펼쳐지던데, 물론 목초지는 전부 하나로 합쳐야지. 아주 아름다운 목초지들이야. 나무들이 멋지게 점점이 서 있고. 목초지도 성직록에 포함되겠지? 만일 아니라면 꼭 사들여야 하네. 그다음은 개울인데, 개울도 손을 좀 보기는 해야겠던데, 어떻게 할지는 아직 못 정했네. 두세 가지 생각은 있지만."

"나도 두세 가지 생각은 있네." 에드먼드가 말했다. "한 가지는 손턴 레이시에 대한 자네 방안이 실행에 옮겨지는 일은 거의 없으리라는 거야. 치장과 멋은 좀 부족하더라도 그것으로 만족해야지. 지나치게 큰돈을 들이지 않고도 집과 부지를 살기 좋게 꾸미고 신사가 거주하는 곳답게 바꾸어 놓을 수는 있을 테고, 나는 그것으로 충분하거든. 내 일에 관심을 가져 주는 분들 모두 그렇게 생각해 주기를 바라지만."

바람을 말하는 마지막 대목에서 그의 말투와 시선에 뭔가 뜻이 담겨 있는 것만 같아 짜증이 난 크로퍼드 양은 윌리엄 프라이스의 잭 카드를 터무니없이 비싼 값으로 사들여 그와의 거래를 서둘러 끝내면서 외쳤다. "자, 열혈 여성답게 남은 걸 다 걸겠어요. 냉정하고 신중하게 구는 건 못하겠네요. 가만히 손 놓고 앉아 있는 건 천성에 안 맞아서요. 설령 제가 지더라도, 노력이 부족했단 소리는 안 듣겠죠."

결국 그녀가 이기긴 했지만 그 승리를 얻어 내기 위해 투자한 것을 전부 회수하지는 못했다. 새 판이 시작되자 크로퍼드가 다시 손턴 레이시 이야기를 꺼냈다.

"내 방안이 최선은 아닐지도 모르지. 오래 생각할 시간도 없었고. 그렇지만 손은 많이 봐야 하네. 그만한 가치가 있는 곳이니, 제값을 하게끔 손보지 않고는 자네도 마음이 편치 않을 걸. (죄송합니다만, 영부인, 패를 미리 보시면 안 됩니다. 그냥 앞에다 엎어 놓으세요.) 그만한 가치가 있는 곳이라고, 버트럼. 신사가 거주하는 집답게 만들겠다고 했지? 그거야 앞마당 텃밭만 없애면 되지. 그 흉측한 골칫거리만 빼고는, 그런 집 중에서 그렇게 신사의 거처다운 분위기가 물씬 나는 집은 처음이야. 여느 목사관처럼은, 일 년 지출이 고작 몇 백 파운드인 집처럼은 안 보이더라고. 천장이 낮은 방들을 마구잡이로 이어 붙인, 지붕이 창문 수만큼 많은 집도 아니고, 장방형 농가 같은 가옥에다 품위 없이 이것저것 꾸역꾸역 채워 넣은 집도 아니라, 견고하고 널찍한 대저택처럼 보이더군. 그만한 집이라면 유서 깊은 점잖은 집안에서 적어도 이백 년은 대를 이어 살았겠다 싶고 지금도 연간 지출이 이삼 천은 되겠다 싶을 거야." 이 말에 크로퍼드 양은 귀가 쫑긋했고, 에드먼드는 동감을 표했다. "그러니 어떻게 손보든 신사가 거주하는 분위기야 당연히 나겠지. 그렇지만 그 이상도 얼마든지 가능한 집이야. (잠깐만, 메리. 레이디 버트럼께서 그 퀸 카드에 12점을 부르시네. 아니, 아니, 12점은 너무 많아. 12점은 아냐. 1점도 안 부르실 거야. 됐어, 이제 해 봐.) 내가 말한 대로 여기저기 개량을 하면 훨씬 품격이 높아질 거야. (꼭 내 방안대로 하라는 것은 아니고. 하긴 말이 났으니 말이지, 그보다 좋은 방안은 아무도 생각해 내지 못하겠지만.) 저택으로 격상될 수 있다고. 제대로 개량만 하면, 단순한 신사의 거처에서 교육과 안목과 현대적인 풍모와 훌륭한 연고를 지닌 사람의 어엿한 저택으로 탈바꿈하는 거지. 이 모든 분위기를 얼마든지 불어넣을 수 있다고. 그러면 지나가는 사람마다 이 교구의 대지주 집인가 보다 하고 생각할걸. 사실 반박하고 나올 진짜 대지주 저택도 인근에 없잖나. 우리끼리 말이지만, 특권이나 독립성 면에서 엄청나게 좋은 입지 조건이지. (패니를 돌아보며 부드러운 목소리로) 패니 양도 저와 같은 생각이시지요? 혹시 가 본 적 있으세요?"

패니는 얼른 없다고 말하면서, 오빠에게 온통 신경을 쏟는 척하며 그 화제에 관심이 있다는 것을 숨기려 했는데, 그는 그녀를 가차 없이 몰아붙이며 최대한 이득을 취하려 하는 중이었다. 그러나 크로퍼드가 얼른 끼어들었다. "아니, 아니, 퀸을 내주면 안 되지요. 그렇잖아도 너무 비싸게 산 건데, 제값의 절반도 안 주겠다잖아요. 아니, 아니, 선생, 손 떼요, 손 떼. 누이께선 퀸은 안 파십니다. 절대로 안 파시죠. (다시 그녀를 향해) 이번 판은 패니 양이 이긴 겁니다. 분명히 이길 거예요."

"패니는 윌리엄이 이기는 게 훨씬 좋을걸." 에드먼드가 그녀에게 미소를 보내면서 말했다. "가엾은 패니! 속아 주고 싶은 마음은 굴뚝같은데 주변 등쌀에 그러지도 못하고 이를 어쩌나!"

"버트럼 씨," 몇 분쯤 지난 후 크로퍼드 양이 말했다. "아시다시피 헨리 오빠는 주택 개량에 전문가잖아요. 손턴 레이시에서 그런 일을 한다면 오빠의 도움 없이 어떻게 하겠어요? 소더턴에서도 얼마나 큰 도움이 되었어요! 8월 어느 더운 날 오빠하고 다 같이 가서 마차로 저택을 돌아보면서 오빠의 천재성이 여지없이 빛을 발하는 것을 지켜봤잖아요. 그때 얼마나 굉장한 일들이 이루어졌어요! 다 함께 갔다가 다 함께 돌아왔으니 그 성과는 굳이 말할 필요도 없겠죠!"

패니는 심각함을 넘어 비난마저 담긴 눈길로 잠시 크로퍼드를 쳐다봤지만, 그와 시선이 마주치자 얼른 눈길을 돌렸다. 좀 뜨끔한지 그는 동생을 향해 고개를 저으면서 웃으며 답했다. "소더턴에서 큰 성과를 봤다고는 못 하겠는데. 그렇지만 날씨도 너무 더웠고 다들 서로 찾아다니느라 정신이 없었잖아." 좌중의 웅성거림을 틈타 그는 패니한테만 들리게 낮은 목소리로 덧붙였다. "소더턴에서 하루 있었던 일로 저의 계획 능력을 판단한다면 정말 섭섭한 일이지요. 지금은 사물을 보는 눈이 많이 달라졌거든요. 그때 보신 모습으로 저를 생각하진 말아 주십시오."

소더턴이라는 단어를 노리스 부인이 그냥 넘어갈 리가 없었다. 마침 엄청난 패를 쥔 그랜트 박사 부부를 상대로 토머스 경의 멋진 수와 자신의 활약으로 오드 트릭*을 따내고 잠시 흐뭇한 여유를 즐기고 있던 그녀는 들뜬 목소리로 외쳤다. "소더턴요! 그래요, 그곳이야말로 저택다운 저택이지요. 정말 즐

* 카드놀이에서 열세 번째의 최종 승부.

거운 하루였어요. 윌리엄, 네가 이번엔 운이 없었구나. 그렇지만 다음 번에 올 땐 아마 우리 러시워스 부부도 집에 있을 테고, 두 사람 다 너를 반갑게 맞아 줄 거야. 내 장담하지. 네 사촌 누이들은 친척을 나 몰라라 하는 사람이 아니거든. 러시워스 씨도 아주 싹싹하고. 부부가 지금 브라이턴에 가 있어. 거기서 가장 훌륭한 집에 말이야. 러시워스 씨만 한 재산이면 당연한 일이지, 뭐. 포츠머스에 돌아가면 찾아가 인사를 드리려무나. 거리가 얼마나 되는지 정확히는 모르겠다만 너무 멀지 않다면 말이다. 네 사촌 누이들한테 전할 작은 꾸러미가 있는데 네 편에 보내면 되겠구나."

"그렇게 해 드리고 싶습니다만, 이모님, 브라이턴은 비치 헤드*와 거의 맞닿아 있는 곳이에요. 그리고 설령 거기까지 갈 수 있다고 해도, 그렇게 세련된 곳에서 저 같은 사람을 환영할지는 모르겠네요. 촌스러운 가난뱅이 소위 후보생을 말입니다."

노리스 부인은 틀림없이 환영해 줄 테니 안심하라고 열심히 설득하기 시작했지만, 토머스 경의 위엄 있는 말에 입을 다물었다. "머지않아 더 편하게 만날 기회가 분명히 있을 테니, 윌리엄, 브라이턴까지 찾아가라고 할 생각은 없다만, 우리 집 딸들은 어디에 있든 사촌이 찾아오면 반가워할 거다. 그리고 너도 곧 알게 되겠지만 러시워스 씨도 우리 친척이면 자기한테도 친척이라고 진심으로 생각하는 사람이다."

* 영국 남쪽 해안에 있는 곳으로 영불 해협의 중요한 이정표다.

"무엇보다도 그분이 해군 대신의 보좌관이면 좋겠네요."
윌리엄은 떨어진 곳에서는 들리지 않게 낮은 목소리로 이렇게만 답했고, 그것으로 화제는 마무리되었다.

이때까지만 해도 토머스 경은 크로퍼드 씨의 행동에서 눈에 띄는 점을 전혀 발견하지 못했다. 그러나 두 번째 세 판 승부가 끝나 휘스트 자리를 파하고, 마지막 수를 두고 갑론을박하는 그랜트 박사와 노리스 부인을 뒤로하고 다른 게임을 관전하러 갔다가, 조카딸이 좀 두드러진 관심의, 아니 꽤 노골적인 사랑 고백의 대상이 되고 있다는 것을 알아챘다.

헨리 크로퍼드는 손턴 레이시에 대한 계획이 또 하나 떠올라 뿌듯한 마음으로 설파하는 참이었는데, 에드먼드가 귀담아듣지 않자 옆자리의 아리따운 아가씨에게 사뭇 진지한 표정으로 상세하게 설명해 주고 있었다. 그 계획이란 요다음 겨울에는 자기가 그 집을 임차해 그 마을에 갈 때 거처로 삼겠다는 것이었다. (패니한테 방금 말한 대로) 단순히 사냥철에 쓰기 위해서만은 아니었다. 물론 그 점도 상당한 비중을 차지하기는 했다. 그랜트 박사가 아무리 너그럽다 해도, 말들까지 데리고 여기서 지내려면 상당한 불편을 감수할 수밖에 없었기 때문이다. 그러나 그 마을에 애착을 갖게 된 것은 한 계절의 도락 때문만은 아니었다. 그는 그곳에 언제라도 찾아갈 수 있는 거처를, 짬이 날 때마다 찾아가 자유롭게 지낼 수 있는 자그마한 본거지를 마련하기로 작정했다. 그리되면 나날이 더 소중해지고 있는 맨스필드 파크 집안과의 친목과 친분을 유지하고 개선하고 완성할 수 있을 것이었다. 옆에서 듣는 토머스 경도 언짢게 여겨지지는 않았다. 이 청년의 말에는 예의에서 벗어나는 점이 없었고, 듣는 패니의 태도 또한 지극히 적절하고 겸손한 데다 지극히 차분하고 조심스러워서 나무랄 구석이 없었다. 그녀는 별로 말이 없이 이따금 동의를 표할 뿐, 그의 찬사를 일부 자신에 대한 찬사로 받아들이거나 노샘프턴셔에 대한 호감을 부추기려는 기색은 전혀 보이지 않았다. 자기를 지켜보는 시선을 알아차린 헨리 크로퍼드는 좀 더 일상적이지만 여전히 감회 어린 말투로 토머스 경에게 같은 말을 했다.

"프라이스 양한테 하는 말을 들으셨겠지만, 토머스 경, 전 어르신의 이웃이 되고 싶습니다. 어르신도 허락해 주실 것이며 아드님한테 저 같은 임차인은 들이지 말라고 하시지는 않으리라 기대해도 되겠습니까?"

토머스 경은 정중히 고개를 숙이며 대답했다. "자네가 이곳에 항구적인 이웃으로 뿌리를 내리겠다면 잘되길 바라네만 그 방법만큼은 찬성할 수가 없군. 물론 에드먼드가 손턴 레이시에 제 집을 마련하길 바라고 또 그러리라 믿긴 하네만. 에드먼드, 내 말이 과한 게냐?"

아버지의 물음에 에드먼드는 먼저 무슨 맥락인지 들어 봐야 했지만, 질문의 취지를 알고 나서는 추호의 망설임도 없이 대답했다.

"당연한 말씀입니다, 아버지, 직접 그곳에 가서 사는 것말고 다른 생각은 해 본 적도 없습니다.* 그렇지만 크로퍼드, 임

* 당시 영국에서는 교구에 상주하지 않는 '부재 성직자'의 문제가 사회 문제로 대두되기도 했다.

차인으로 들어오는 건 거절하겠지만, 친구로 온다면 언제든 환영이네. 겨울이 올 때마다 자네 집이나 진배없이 여겨 주게. 자네가 더 나은 방안을 새로 제시했으니 그 방안대로 마구간을 늘리고, 올봄에 또 더 좋은 개량 방안이 생각난다면 그것도 모두 해 보자고."

"우리 입장에선 손실이지." 토머스 경이 말을 이었다. "고작 8마일 거리라 해도 이 애가 나가 살면 식구가 주는데 달가울 리가 있나. 그렇지만 혹여 내 아들 가운데 직접 가서 살 필요까진 없다고 생각하는 녀석이 있다면, 아비로서 대단히 부끄러울 것이네. 자네 같은 사람이야 물론 이런 일을 생각해 본 적이 별로 없을 테지, 크로퍼드 씨. 그렇지만 교구에는 상주하는 목사가 아니면 알 수 없고 대리인으로는 도저히 채워 줄 수 없는 필요와 요구들이 있는 법이네. 에드먼드가 굳이 맨스필드 파크를 떠나지 않아도, 흔히 말하는 손턴의 의무야 다할 수 있겠지. 기도문을 읽고 설교하는 것 말이네. 일요일마다 말을 타고 명목상 거처로 건너가 예배를 진행하면 되니까. 이레에 한 번씩 서너 시간쯤 손턴 레이시의 목사 노릇을 할 수도 있겠지. 본인도 그것으로 되었다 싶다면. 그러나 그건 아닐 게야. 이 애도 잘 알 테니까. 인간의 본성에는 주 한 번의 설교로 전할 수 있는 것 이상의 많은 가르침이 필요하다는 사실을, 교구민과 어울려 생활하며 항시 관심을 기울임으로써 자기가 그들이 잘되기를 바라는 벗임을 보여 주지 않고서는 교구민을 위해서나 스스로를 위해서나 별 도움이 되지 못하리라는 사실을 말일세."

크로퍼드 씨는 고개 숙여 동의를 표했다.

"다시 말하지만," 토머스 경이 덧붙였다. "이 근처에서 내가 크로퍼드 씨가 들어가 살기를 기쁜 마음으로 고대할 수 없는 집은 손턴 레이시밖에 없네."

크로퍼드 씨는 고개 숙여 감사를 표했다.

"토머스 경께선 교구 사제의 의무를 확실히 아시거든. 그 아들 역시 잘 알고 있음을 입증해 보여 주기를 우리 기대해 보자고." 에드먼드가 말했다.

토머스 경의 짧은 열변이 크로퍼드 씨에게 실제로 어떤 영향을 미쳤는지 몰라도, 마음이 좀 불편해진 사람이 둘 있었으니, 그것은 바로 가장 주의 깊게 듣고 있던 크로퍼드 양과 패니였다. 한 사람은 에드먼드가 그렇게나 빨리 손턴에서 아주 살게 될 줄은 생각도 못 했던 터라 눈을 내리깐 채 앞으로 매일 에드먼드를 보지 못한다면 어떻게 될까 하는 생각에 잠겼다. 또 한 사람은 자기 오빠가 생생하게 그려 보여 주는 미래 계획을 들으며 즐거운 공상에 빠져 있다가 퍼뜩 정신이 났는데, 머릿속으로 그려 본 미래의 손턴 모습에서 교회도 제쳐 놓고 목사라는 사실도 무시한 채, 독립 자산을 지닌 남자가 이따금 지내러 가는 점잖고 우아한 신식 거처만을 떠올리는 일을 이제 더는 할 수 없게 되었으니, 토머스 경이야말로 이 모든 공상을 망가뜨린 장본인이라는 생각에 원망스러운 마음이 들었다. 그럼에도 그의 인품과 위엄에 억지로라도 참는 수밖에 없고, 감히 그의 주장에 화풀이 겸 비웃음 한마디 던질 수도 없으니, 더더욱 속이 상했다.

최소한 그녀에 관한 한 투자 게임의 재미는 이제 끝장난 셈이었다. 설교가 판을 치는 판국에 카드놀이가 웬 말인가 싶었고, 그래서 드디어 게임을 끝낼 시간이 되자 기뻤다. 이제 자리와 사람을 바꾸어 기분 전환을 할 수 있게 됐다.

이 모임의 주요 인사들은 이제 벽난로를 둘러싸고 띄엄띄엄 앉아 모임이 파하기를 기다리고 있었다. 윌리엄과 패니가 가장 멀찌감치 떨어져 있었다. 남매는 모두 자리를 뜬 카드 테이블에 앉아 남들한테 신경 쓰지 않고 마음 편히 이야기를 나누었다. 그런데 몇몇 사람들이 이들을 생각해 내기 시작했다. 제일 먼저 두 남매 쪽으로 의자를 돌린 사람은 헨리 크로퍼드였다. 그는 몇 분 동안 말없이 멀찌감치 앉아 이들을 지켜보고 있었고, 그런 그를 그랜트 박사와 서서 담소를 나누던 토머스 경이 지켜보았다.

"오늘 밤은 공설 무도회가 열리는 밤이야." 윌리엄이 말했다. "나도 포츠머스에 있었다면 거기 갔겠지."

"그렇다고 포츠머스에 있을걸 하는 것은 아니지, 윌리엄 오빠?"

"물론이지, 패니, 그건 아냐. 포츠머스야 너하고 헤어지고 나서 실컷 있을 텐데 뭐. 무도회도 마찬가지고. 그리고 무도회에 가 봤자 소용도 없을 거야. 파트너도 없을 테니까. 포츠머스 아가씨들은 임관 안 된 사람은 거들떠보지도 않아. 장교 후보생 따위는 사람 축에도 못 들거든. 정말 사람 축에도 못 들지. 너 그레고리 자매 생각나지? 지금은 놀랄 만큼 근사한 아가씨들이 되었는데, 나하고는 말도 안 섞으려 해. 루시한테 소위 하나가 구애 중이거든."

"어머, 너무하네, 정말 너무해! 하지만 속상해하지 마, 오빠." 이렇게 말하면서 패니는 분해서 뺨이 달아올랐다. "속상해할 가치도 없어. 오빠 탓도 아니고. 아무리 위대한 제독님들도 젊은 시절에는 많든 적든 겪는 일이잖아. 그렇게 생각해 봐, 오빠. 수병으로 살다 보면 겪게 마련인 난관 중 하나라 여기고 꿋꿋이 버텨 나가야지. 악천후나 고된 생활처럼 말이야. 그래도 한 가지 좋은 점은 있잖아. 언젠가는 끝이 날 테고, 그런 걸 견디지 않아도 될 때가 올 거 아냐? 소위가 되는 날엔! 생각해 봐, 오빠, 일단 소위만 되면 이런 말도 안 되는 일에 신경이나 쓰겠어?"

"영영 소위가 못 되는 게 아닌가 하는 생각이 들기 시작한다, 패니. 나 말고는 모두 임관이 됐거든."*

"아이! 윌리엄 오빠, 그런 소리 하지 마, 그렇게 낙심하면 안 돼. 이모부가 말씀은 안 해도, 틀림없이 오빠의 임관을 위해서 할 수 있는 일은 다 해 주실 거야. 얼마나 중요한 일인지 이모부도 오빠 못지않게 잘 아시잖아."

그녀는 이모부가 생각보다 훨씬 가까이에 있는 것을 보고 말을 멈췄다. 그리고 남매는 화제를 바꿔야겠다고 생각했다.

"너 춤 좋아하니, 패니?"

"응, 아주 많이. 금방 지치긴 하지만."

"함께 무도회에 가서 춤추는 네 모습을 보고 싶구나. 노샘

* 당시 소위는 육 년 이상 해상 근무를 한 후보생 중 시험을 봐 선발했다.

프턴에서는 무도회가 안 열리나? 네가 춤추는 모습을 보고 싶은데. 너만 좋다면 둘이서 춤도 춰 보고. 여기는 나를 아는 사람이 하나도 없고, 다시 한번 네 파트너가 되어 보고도 싶고. 옛날에는 둘이서 많이 추었는데, 그렇지? 거리에서 손풍금 소리가 들려오면 춤추곤 했잖아. 나도 나름대로 꽤 추는 편이지만 틀림없이 네가 훨씬 잘 출 거야." 그리고 이제 바로 곁에 와 있는 이모부를 돌아보며 말했다. "패니는 춤을 아주 잘 추지 않나요, 이모부?"

이 느닷없는 질문에 당황한 패니는 얼굴을 어디로 돌려야 할지 알지 못했고, 이모부의 대답을 들을 마음의 준비도 하지 못했다. 뭔가 아주 엄한 꾸중을 내리거나 적어도 지극히 차갑고 무관심한 대답을 해서, 오빠의 마음만 아프고 자신도 면목이 없어질 것만 같았다. 그러나 뜻밖에도 이모부의 답변은 그다지 나쁘지 않았다. "유감이지만 답을 줄 수가 없구나. 패니가 어렸을 때 말고는 춤추는 걸 본 적이 없어서 말이다. 그렇지만 실제로 보게 되면, 너나 나나 패니의 춤 솜씨가 참으로 양갓집 규수답다는 생각을 하게 되리라 믿는다. 머지않아 그런 기회가 오겠지."

"나는 누이께서 춤추는 모습을 보는 기쁨을 누린 적이 있습니다만, 프라이스 씨." 헨리 크로퍼드가 앞으로 몸을 기울이며 말했다. "그러니 어떤 질문에도 아주 만족하실 만한 대답을 해 드릴 수 있지요. 그렇지만 (패니의 곤혹스러운 표정을 보고는) 다음 기회로 미뤄야겠네요. 프라이스 양 이야기가 오가는 것을 싫어하는 분이 이 자리에 한 분 계시니 말입니다."

그가 패니의 춤추는 모습을 한 번 본 적이 있는 것은 분명했고, 또한 이 순간에는 조용하고 가볍고 우아한 동작으로 근사하게 박자에 맞춰 미끄러지듯 춤을 추더라고 자신 있게 말했을 것 또한 분명했지만, 실은 춤추는 모습이 어땠는지 도무지 생각이 나지 않았다. 그러니 이는 그녀의 모습이 조금이라도 기억나서가 아니라 그녀도 당연히 그 자리에 있었겠거니 하며 한 말이었다.

그렇지만 그는 그녀의 춤을 목격하고 탄복한 사람으로 통하게 되었다. 그리고 토머스 경도 나쁘지 않은 듯이 이런저런 춤 이야기로 대화를 이어 갔는데, 안티과에서 열렸던 여러 무도회 장면을 이야기해 주고, 또 조카가 이런저런 기회로 보았던 각양각색의 춤 이야기를 듣는 데 푹 빠져든 바람에 마차 채비를 마쳤다는 소리도 듣지 못하다가, 수선을 떠는 노리스 부인을 보고서야 비로소 깨달았다.

"어서, 패니, 패니, 아니 뭐 하고 있니? 이제 가야지. 이모님이 떠날 채비를 하시는 것도 안 보이니? 어서, 어서. 착한 윌콕스 할아범을 기다리게 만드는 꼴은 난 못 본다. 마부와 말들을 항시 챙겨 줘야지. 토머스 경, 마차가 다시 와서 제부와 에드먼드를 윌리엄과 함께 모시고 오도록 다 말해 놓았어요."

토머스 경도 이견이 있을 리 없었다. 사실 이렇게 하자는 것은 그의 생각으로, 미리 아내와 처형에게 말해 놓았던 것이다. 그렇지만 노리스 부인은 이를 까맣게 잊은 모양이었다. 매사를 자기 손으로 해냈다고 생각하지 않으면 직성이 풀리지 않는 성격이었던 것이다.

이 방문에서 패니가 마지막으로 느낀 감정은 실망감이었다. 에드먼드가 패니의 어깨에 둘러 주려고 하인한테서 가만히 숄을 받아 드는데 크로퍼드 씨의 손이 잽싸게 낚아채는 바람에, 그녀는 훨씬 호들갑스러운 그의 배려에 신세지는 수밖에 없었다.

8

패니가 춤추는 모습을 보고 싶다는 윌리엄의 말이 이모부에게 남긴 인상은 일시적인 것이 아니었다. 기회가 있을지도 모른다던 토머스 경의 말은 그냥 해 본 말이 아니었다. 그런 생각에는 변함이 없었으니, 조카의 어여쁜 소망을 들어주고, 패니의 춤을 보고 싶은 사람이 또 있다면 그의 바람도 이뤄 주면서 젊은이들 모두에게 즐거운 일을 만들어 주고 싶었다. 그래서 다시 숙고하고 조용히 혼자 결정을 내린 후 그 결과를 다음 날 아침 식사 자리에서 밝혔다. 그는 조카가 했던 말을 다시 거론하며 칭찬한 다음 이렇게 덧붙였다. "네가 그 소원도 못 이룬 채 노샘프턴셔를 떠나게 하고 싶지는 않구나, 윌리엄. 나도 너희 남매가 춤추는 모습을 본다면 마음이 흐뭇하겠다. 네가 어제 노샘프턴 무도회 이야기를 했었지. 네 사촌들도 무도회에 가끔 참석하기는 했지만 지금 우리 사정에는 좀 안 맞는 일이야. 네 이모한테는 너무 피곤한 일이 될 테고. 그러니 노샘프턴 무도회 같은 것은 생각할 수 없고, 그보다는 우리 집에서 간단한 무도회를 여는 편이 낫겠다. 혹시……"

"아하! 토머스 경," 노리스 부인이 말을 가로챘다. "이렇게 될 줄 알았어요. 무슨 말을 하실지 이미 알았다고요. 혹시 줄리

크로퍼드 씨의 손이 잽싸게 숄을 패니의 어깨에 둘러 주었다.

아가 집에 돌아오거나, 아니면 우리 러시워스 부인이 소더턴에 돌아온다든가 해서 타당한 이유나 계기가 생긴다면, 젊은이들을 위해 맨스필드에서 무도회를 열어 주고 싶으시다는 거죠. 그러시겠죠. 그 애들만 집에 돌아와 무도회를 빛내 줄 수 있다면, 당장 이번 크리스마스에라도 무도회를 여실 테죠. 윌리엄, 너 이모부 고마운 줄 알아야 돼. 어서 감사드려야지."

"우리 딸들이야," 근엄한 어조로 말을 가로막으며 토머스 경이 말했다. "나름대로 브라이턴에서 즐길 기회가 있을 테고 대단히 행복하게 지내고 있겠지요. 그게 내 바람이기도 하고요. 그렇지만 내가 맨스필드에서 무도회를 열고자 하는 것은 그 애들의 사촌들을 위해서입니다. 물론 식구들이 모두 모일 수만 있다면 한결 만족스럽겠지만, 몇 명 빠졌다고 해서 다른 사람들의 즐거움까지 방해받아서는 안 되지요."

노리스 부인은 말문이 막혔다. 그의 표정에서 단호한 뜻을 읽은 그녀는 너무나 놀랍고 화가 나 마음을 가라앉히느라 잠시 침묵할 수밖에 없었다. 하필 이 시점에 무도회라니! 딸들도 없고, 그녀와 상의한 적도 없잖은가! 그러나 곧 위안거리를 찾아냈다. 모두 그녀가 맡아 주관해야 할 일이었다. 레이디 버트럼은 일체의 골치 아픈 생각과 수고에서 당연히 면제될 테니, 모두 그녀의 몫이 될 터였다. 무도회 날 밤 안주인 노릇도 해야 할 테고. 이런 생각에 그녀는 금방 기분이 좋아져, 행복하고 감사한 마음을 전하는 말들이 다 끝나기 전에 그 대열에 끼어들 수 있었다.

무도회를 열겠다는 약속에 에드먼드, 윌리엄, 패니는 각기 방식은 달랐지만 토머스 경이 기대했던 것 이상으로 진심으로 감사하며 기쁜 마음을 표정이나 말로 드러냈다. 에드먼드가 기뻐한 것은 두 사촌 때문이었다. 아버지가 베푼 호의나 아버지가 보여 준 친절이 이보다 반가운 적은 한 번도 없었다.

레이디 버트럼은 지극히 평온한 모습으로 흡족해할 뿐 아무런 반대도 하지 않았다. 토머스 경은 이 일로 아내를 성가시게 하는 일은 거의 없을 거라고 약속했고 그녀도 '그런 걱정은 전혀 안 한다. 사실 성가신 일이 있을 거라고는 생각하지도 않는다.'며 그를 안심시켜 주었다.

노리스 부인은 어느 방을 쓰는 게 가장 적당할지 의견을 낼 생각이었지만, 이미 다 정해졌다는 것을 알게 되었다. 그리고 날짜에 대해서도 추측과 제안을 했을 것이나, 보아하니 날짜 또한 정해진 모양이었다. 토머스 경은 혼자서 즐거운 마음으로 이번 행사의 완벽한 얼개를 이미 구상해 놓았기 때문에, 부인이 조용히 경청하는 자세를 취하는 즉시 초대할 집안 명단까지 읽어 줄 수 있었다. 촉박한 연락이라는 점을 감안해도 이 명단이면 열두 쌍에서 열네 쌍의 젊은이는 모을 수 있겠다는 계산을 한 것이다. 그리고 22일을 가장 적당한 날로 꼽게 된 경위도 상세히 설명할 수 있었다. 윌리엄이 늦어도 24일까지는 포츠머스로 돌아가야 하니, 22일이 여기서 지내는 마지막 날이 될 것이었다. 또한 가뜩이나 일정이 빡빡한데 날짜를 더 앞당기는 것은 현명하지 못할 터였다. 노리스 부인은 자기도 같은 생각이며 무도회 날짜로는 22일이 단연 최적이라고 제안하려던 참이었다는 것으로 만족해야 했다.

무도회가 열리는 것은 이제 기정사실이 되었고, 저녁이 되기 전에 관계자 모두에게 공지되었다. 신속히 초대장이 발송되었고, 패니와 마찬가지로 많은 젊은 숙녀들은 그날 밤 행복한 걱정을 가득 안은 채 잠자리에 들었다. 패니의 경우에는 걱정이 때로는 행복감을 능가할 정도였다. 나이도 어리고 경험이 없는 데다 선택지도 별로 없고 안목에 대한 자신감도 없어서, '무엇을 입고 갈 것인가'가 괴로운 고민거리였다. 윌리엄이 시칠리아에서 사다 준, 거의 유일한 장신구인 굉장히 예쁜 호박 십자가*가 무엇보다도 큰 걱정거리였으니, 십자가를 달 줄이라곤 짧은 리본 조각밖에 없었기 때문이다. 전에 한 번 그런 식으로 착용한 적은 있지만 이번에는 아가씨들 모두 화려한 장신구를 하고 나타날 텐데 그래도 괜찮을까? 그렇지만 안 하고 가면! 윌리엄이야 금줄도 사다 주고 싶었지만 돈이 모자랐을 뿐인데, 십자가를 안 하고 가면 서운해할지도 몰랐다. 이런 걱정 때문에 그녀는 그녀를 기쁘게 해 주는 게 주된 목적인 무도회가 다가오는데도 의기소침한 기분을 지울 수 없었다.

그사이 무도회 준비는 차질 없이 진행되고, 레이디 버트럼은 불편을 겪는 일 하나 없이 여전히 소파에 앉아 있기만 했다. 하녀장이 가외로 몇 번 찾아온다거나 몸종 하녀가 그녀의 새 드레스를 완성하라고 채근을 좀 당하기는 했고, 토머스 경은 이런저런 지시를 내렸으며 노리스 부인은 바쁘게 뛰어다녔다. 그러나 이 모든 일은 그녀를 성가시게 하지 않은 채 진행

---

* 호박은 보통 노란색인데 시칠리아 호박만 진홍색으로 값이 비싸다.

되었고, 그래서 그녀가 예견한 대로 "성가실 일은 하나도 없었다."

이즈음 에드먼드는 특히 생각이 많았다. 눈앞에 다가온 두 가지 중대사 생각에 여념이 없었으니, 평생의 운명을 결정할 성직 서품과 혼인이었다. 너무나 중대한 일들인 데다 그중 하나는 무도회에 이어 곧바로 있을 예정이라, 그가 다른 식구들보다 무도회에 관심이 덜한 것은 당연했다. 23일이면 그는 피터버러 근처에 사는, 그와 같은 처지의 친구 집으로 갈 예정이었다. 두 사람은 크리스마스 주간에 서품을 받기로 되어 있었다. 그의 운명의 절반은 그때 정해질 터였다. 그러나 나머지 절반은 그리 순조롭지 않을 수도 있었다. 그의 소임은 확정될 것이나, 그 소임을 함께하며 활기를 북돋아 주고 보상을 안겨 줄 아내는 얻지 못할 수도 있었다. 그는 자신의 마음은 잘 알지만, 크로퍼드 양의 마음을 안다고 늘 자신할 수는 없었다. 서로 생각이 일치하지 않는 점들도 있고 그녀의 태도를 볼 때 희망적이지 않다고 여겨진 순간들도 있었다. 전체적으로는 그녀의 애정을 믿기 때문에, 눈앞에 놓인 일들이 정리되고 그녀에게 내놓을 수 있는 것들이 확실해지는 대로 단시일 내에 결론을 내리기로 작정을 (거의 작정을) 했지만, 그 결과에 대해서는 많은 걱정 속에 오랜 시간 번민할 수밖에 없었다. 어떤 때는 그녀도 자기한테 마음이 있다는 확신이 아주 강하게 들었다. 돌이켜 보면 그녀는 오래전부터 고무적인 태도를 보여 왔고, 다른 모든 점에서 그렇듯 사심 없는 애정에서도 완벽했다. 그렇지만 또 어떤 때는 이런 희망에 의구심과 놀라움이 섞여 들었으니, 그녀가 속세를 떠나 단출하게 살 생각이 없다고 공공연히 말하던 것이나 단연코 런던 생활이 좋다고 하던 것을 생각하면, 단호한 거절 외에 무엇을 기대할 수 있겠는가? 그로서는 양심상 도저히 할 수 없는, 그의 소임과 직책을 저버리기를 요구하는, 거절보다도 못한 그런 수락이 아니라면 말이다.

결국 모든 것이 한 가지에 달려 있었다. 그녀가 이제까지 필수 불가결하다고 여겼던 것들을 포기할 만큼 그를 사랑하는가, 그것들이 더 이상 필수 불가결한 조건이 아니라고 여길 만큼 그를 사랑하는가? 그가 스스로 끊임없이 되묻는 이 질문에 대한 답은 대개 '그렇다'로 나왔지만, '아니다'일 때도 있었다.

크로퍼드 양은 얼마 후 맨스필드를 떠나기로 되어 있었다. 이러한 상황을 두고도 최근에는 '그렇다'와 '아니다'라는 답이 계속 엇갈렸다. 그녀는 런던에 와서 오래 지내다 가라는 친한 친구의 편지를 언급하면서, 그리고 헨리가 친절하게도 1월까지 이대로 머물다가 런던에 태워다 주기로 약속했다는 이야기를 하면서 두 눈을 반짝이는 모습을 보이기도 했다. 이런 여행이 얼마나 즐거운지 말할 때는 들뜬 목소리마다 '아니다'라는 답이 담겨 있었다. 그렇지만 이는 런던 방문이 결정된 첫날, 그런 갑작스러운 즐거운 계획이 생긴 첫 한 시간 동안에 일어난 일로, 그때 그녀의 머릿속에는 방문할 친구들밖에 없었을 것이다. 나중에는 그녀가 다른 소회, 좀 더 착잡한 소회를 내보이는 것도 들을 수 있었다. 그랜트 부인에게 언니와 헤어지게 되어 안타깝다, 친구들을 만나 재미있게 지낸다 한들 여기만 할까 하는 생각이 들기 시작한다, 가기는 가야 하고 막상 가면 즐겁게 지내리라는 것은 잘 알지만 벌써부터 맨스필드에 돌아올 날만 손꼽게 된다고 말하는 것이었다. 이 모든 말에 담긴 건 '그렇다'라는 답이 아니겠는가?

이런 문제들을 곱씹으며 생각을 정리했다 뒤집기를 반복하느라, 에드먼드 자신의 입장만 생각하면, 다른 식구들이 하나같이 지대한 관심을 갖고 고대하는 무도회의 밤에 많은 관심을 할애할 여유가 없었다. 두 사촌이 즐거워하리라는 사실을 빼면, 그 밤은 그에게는 두 집안의 여느 모임 약속보다 더 소중할 것도 없었다. 그런 모임에서는 크로퍼드 양의 애정을 좀 더 확인할 수 있지 않을까 하는 희망이라도 있었지만, 요란한 무도회의 분위기는 진지한 감정을 불러일으키거나 표현하기에 특별히 좋을 것이 없었다. 맨 처음 두 번의 춤 약속을 일찌감치 받아 두는 것이 그가 무도회에서 얻어 낼 수 있는 유일한 개인적 행복이었고, 주변에서는 아침부터 밤까지 온통 무도회 준비로 정신이 없었지만 그가 할 수 있는 준비는 이것이 전부였다.

목요일이 무도회 날이었다. 수요일 아침, 패니는 아직도 입을 옷을 정하지 못해서 이런 일에 밝은 사람들의 조언을 구해야겠다 싶어 그랜트 부인과 그 여동생에게 묻기로 했다. 그들의 안목이라면 만인이 인정하는 바이니 그 말대로 하면 흉잡힐 일은 없을 터였다. 에드먼드와 윌리엄은 노샘프턴에 가고 없고 크로퍼드 씨 역시 외출한 모양이니, 그녀는 여자들끼리만 의논할 기회가 없지는 않으리라 생각하며 목사관으로 내려갔다. 옷 때문에 노심초사하는 자신이 좀 부끄럽게 여겨졌기 때문에 조용히 이야기를 나누는 게 매우 중요했다.

목사관에서 몇 야드 안 되는 곳에서 그녀는 마침 자기를 만나려고 막 길을 나선 크로퍼드 양과 마주쳤는데, 크로퍼드 양은 목사관으로 돌아가자고 예의상 권하기는 했으나 실은 산책을 그만두고 싶지 않은 눈치였다. 그래서 패니는 곧바로 용건을 설명하고 친절하게도 의견을 들려주실 용의가 있다면 굳이 집에 들어갈 것 없이 밖에서 해 주셔도 되겠다고 말했다. 이런 부탁에 크로퍼드 양은 기분이 좋은 모양이었다. 잠시 생각하더니 패니에게 함께 목사관으로 돌아가자고 아까보다 훨씬 성의 있게 권했고, 자기 방으로 올라가면 응접실에 앉아 있는 그랜트 박사 부부한테 폐를 끼칠 것도 없이 편하게 이야기를 나눌 수 있을 거라고 했다. 이는 패니의 입장에서도 반가운 제안이었고, 패니는 이렇게 친절하게 관심을 보여 줘 대단히 고맙다고 거듭 사의를 표했다. 두 사람은 함께 집으로 들어가 2층으로 올라가서는 이내 이 흥미로운 문제를 놓고 심도 깊은 대화에 돌입했다. 도와달라는 패니의 청에 흐뭇해진 크로퍼드 양은 최선을 다해 자신의 판단과 안목을 전수하고, 이런저런 제안으로 온갖 문제를 쉽게 풀어 주며, 모든 일을 즐겁게 받아들이도록 격려해 주려고 애썼다. 어떤 드레스를 입을지 큰 틀이 정해지자, 크로퍼드 양은 "하지만 목걸이는 어떻게 할 거예요? 오빠가 준 십자가를 할 것 아닌가요?" 하고 물었다. 그리고 그렇게 말하면서 그녀는 작은 꾸러미를 펼치기 시작했는데, 조금 전 만났을 때 손에 들고 있던 꾸러미였다. 패니는 그렇지 않아도 이런저런 생각과 고민이 많다고 털어놓았다. 십자가를 하고 갈 수도 없고, 그렇다고 안 할 수도 없었던 것이다. 그러자 크로퍼드 양은 패니 앞에 조그만 장신구함을 꺼내 놓으며, 여러 개의 금줄과 목걸이 중에서 골라 보라고 했다. 이것이 바로 크로퍼드 양이 들고 있던 꾸러미의 정체였고, 패니를 찾아 나선 것도 바로 이것 때문이었다. 그리고 지극히 다정한 태도로 패니에게 십자가를 달 줄을 하나 골라 자기를 위해 간직해 달라고 했다. 이 말을 처음 들은 패니는 여러모로 주저되어 겁먹은 표정으로 손사래를 칠 수밖에 없었는데, 크로퍼드 양은 주저할 이유가 없다며 온갖 이야기를 늘어놓았다.

"봐요, 얼마나 많은지," 그녀가 말했다. "생전 쓰지도 기억하지도 못할 게 절반 이상은 될 거예요. 새것들도 아니고, 그냥 쓰던 목걸이 하나를 드리겠다는 것뿐이잖아요. 무람없이 굴었다면 용서하고 부디 받아 줘요."

패니는 여전히 사양했고 그게 진심이었다. 너무 값비싼 선물이었다. 그러나 크로퍼드 양 역시 물러서지 않고 윌리엄과 십자가, 무도회, 그리고 자신의 성의를 들먹이며 너무나 다정하고 열성적으로 설득을 했고, 마침내 목적을 달성했다. 패니는 수락할 수밖에 없었으니, 자칫하면 오만하거나 냉정하다는, 혹은 옹졸하다는 비난을 받기 십상이었다. 그래서 내키지는 않지만 예의 바르게 수락하고는 줄을 고르기 시작했다. 어느 것이 가장 값이 덜 나가는지 알 수만 있다면 하는 마음으로 보고 또 보다가 마침내 하나를 골랐다. 목걸이 하나를 다른 것에 비해 유독 자꾸 눈앞에 내놓는 것 같았던 것이다. 예쁘게 세공된 금 목걸이였다. 패니는 자기 목적에는 더 길고 단순한 줄

크로퍼드 양이 지극히 다정한 태도로 패니에게 십자가를 달 줄을 하나 골라
자기를 위해 간직해 달라고 했다.

이 나을 것 같았지만, 크로퍼드 양이 가장 덜 아끼는 것인가 싶어 그것으로 정하기로 했다. 크로퍼드 양은 자기도 완전히 동감이라는 듯 미소를 지으며, 목걸이를 걸어 주고 얼마나 잘 어울리는지 보라면서 서둘러 그것으로 낙착을 지었다. 패니도 그 목걸이가 어울린다는 것은 부정할 수가 없었고, 아직도 주저하는 마음이 남아 있기는 했지만, 필요한 물건이 이렇게 딱 때맞춰 생겼으니 매우 기쁘기도 했다. 차라리 다른 사람의 신세를 지면 좋았겠다 싶은 마음도 있었다. 그러나 이는 옹졸한 생각이었다. 무엇이 필요한지 말하기도 전에 크로퍼드 양이 친절하게도 알아서 챙겨 주었으니, 진정한 친구임에 틀림없었다. "이 목걸이를 할 때마다 언제나 크로퍼드 양을 떠올리고 그 친절한 마음을 느낄 거예요." 하고 그녀는 말했다.

"이 목걸이를 할 때 떠올릴 사람이 하나 더 있어요." 크로퍼드 양이 대답했다. "헨리 오빠도 생각해 줘요. 애당초 오빠가 고른 목걸이거든요. 오빠가 나한테 선물한 것인데, 원래 선물한 사람을 기억하는 의무도 목걸이와 함께 몽땅 당신한테 넘길게요. 한 가족을 기억하는 기념물이 되겠네요. 누이를 떠올릴 때면 그 오빠도 함께 떠올리지 않을 수 없을 테니까요."

너무나 놀랍고 당혹스러워서 패니는 당장 돌려주고 싶었다. 다른 사람한테서 받았다는 선물을 자기가 갖다니, 그것도 오빠한테서 받은 선물을! 있을 수 없는 일이었다! 도저히 안 될 일이었다! 그리고 옆에서 지켜보기에 흥미진진할 만큼 몹시 당황해하며 목걸이를 솜 위에 도로 내려놓았고, 다른 것을 받든가 아니면 아예 아무것도 안 받기로 작심한 듯했다. 크로퍼드 양은 스스로 경계하는 모습이 이렇게 예쁜 건 처음 본다는 생각이 들었다. "아이고, 귀여운 아가씨." 그녀는 웃으며 말했다. "뭐가 그렇게 겁이 나요? 헨리 오빠가 내 목걸이라며 정직하지 못한 방법으로 가져갔다고 오해할까 봐서요? 아니면 그 장신구가 그 고운 목에 걸려 있는 것을 보고 오빠가 너무 우쭐댈까 봐서요? 벌써 삼 년 전에 산 물건이고 그때는 이렇게 고운 목이 이 세상에 존재하는지도 몰랐는데요? 아니면 혹시 (짓궂은 눈으로 쳐다보며) 우리가 미리 공모라도 했다고, 오빠도 아는 일이고 내가 오빠 부탁으로 이러는 거라고 의심하는 거예요?"

새빨개진 얼굴로 패니는 그런 생각을 할 리가 있겠냐고 항변했다.

"글쎄요. 그렇다면," 크로퍼드 양은 좀 더 진지한 어조로, 그러나 패니의 말을 전혀 못 믿겠다는 투로 말했다. "뭔가 노림수가 있다는 의심 따위는 하지 않는다고, 그리고 내가 평소 보던 대로, 누군가 당신한테 잘 보이려고 그런다는 생각은 하지 않기를 바라요. 그리고 믿어 준다면, 이 목걸이를 받고 더는 아무 말도 하지 말아 줘요. 원래 오빠가 나한테 준 선물이라고 해서 받지 못할 이유는 전혀 없잖아요. 이 목걸이와 기꺼이 작별하고자 하는 내 마음도 전혀 달라질 게 없고요. 오빠는 언제나 나한테 이것저것 선물을 줘요. 오빠한테서 받은 선물이 하도 많아서 나도 다 소중히 간직하지는 못하고 오빠도 절반은 기억하지도 못하는걸요. 이 목걸이만 해도 여섯 번도 안 했을 거예요. 아주 예쁘긴 하지만, 평소에는 있는 줄도 몰라요. 이

함에서 어느 것을 고르든 진심으로 기쁘게 드리겠지만, 나보고 고르라면 방금 고른 그 목걸이가 내 품에서 떠나 당신 목에 걸려 있는 모습을 가장 보고 싶어요. 그러니 더는 사양하지 말아 줘요. 이런 하찮은 물건을 가지고 길게 가타부타 할 필요 없잖아요."

패니는 더 이상 마다할 용기가 나지 않았고, 그래서 목걸이를 돌려받았다. 그러면서 다시, 그러나 아까보다는 덜 기쁜 마음으로 감사의 말을 했다. 크로퍼드 양의 눈빛이 어딘가 마음에 걸렸던 것이다.

패니도 크로퍼드 씨의 태도가 달라졌다는 사실을 모를 수는 없었다. 벌써 오래전부터 알고 있었다. 그녀의 마음을 사려고 애쓰는 것이 역력했으니, 정중하게 대접하며 세심하게 배려하는 등 사촌 언니들에게 하던 태도와 비슷했다. 언니들한테 그런 것처럼 내 마음도 흔들고 싶은가 보다는 생각이 들었다. 그리고 이 목걸이 건에도 얼마간 관여한 것은 아닐까! 아니라는 확신을 가질 수 없었다. 크로퍼드 양은 말 잘 듣는 누이동생일지는 몰라도 한 여자이자 친구로서는 경솔한 구석이 있었기 때문이다.

이런저런 생각과 의구심을 곱씹으며, 그렇게 원하던 물건을 얻었는데도 별로 흡족하지 않은 심정으로, 그녀는 앞서 걸어올 때에 비해 줄기는커녕 종류만 달라진 걱정거리를 안고 집으로 돌아갔다.

9

집에 도착한 패니는 곧장 2층으로 올라갔다. 뜻하지 않게 얻어진 이 꺼림칙한 목걸이를 동쪽 방에 있는, 자질구레한 보물들을 보관하는 아끼는 상자에 넣어 둘 생각이었다. 그런데 방문을 열었을 때 책상에 앉아 뭔가 쓰고 있는 에드먼드의 모습을 보고 얼마나 놀랐던지! 이제껏 한 번도 없었던 일이기 때문에, 반가움 못지않게 놀라움도 컸다.

"패니," 그는 바로 자리에서 일어나 펜을 놓고 그녀를 맞았는데 손에 뭔가 들려 있었다. "허락도 없이 들어와서 미안하다. 너를 보러 왔는데, 곧 오겠지 싶어서 좀 기다리다가, 용건을 적어 놓고 가려고 네 필기구를 빌려 쓰던 참이야. 저기 쓰다 만 쪽지가 있다만 이제 직접 말로 하면 되겠네. 별건 아니고, 그냥 이 조그만 물건을 받아 줬으면 해서. 윌리엄이 준 십자가를 이 줄로 달아 보라고. 일주일 전에는 줬어야 했는데, 내가 생각한 것보다 형이 런던에 며칠 늦게 도착하는 바람에 지체되었다가 이제야 노샘프턴에서 받아 온 거야. 마음에 들었으면 좋겠다, 패니. 네 소박한 취향에 맞추려고는 했다만, 어쨌든 너라면 내 정성을 좋게 받아 주고 너의 가장 오랜 벗 중 하나가 보내는 우애의 징표로 여겨 주리라 믿는다."

이렇게 말하며 그는 서둘러 자리를 뜨려 했다. 그때까지 가슴이 아프기도 하고 기쁘기도 하고 밀어닥치는 오만 가지 감정에 압도되어 말문을 열지 못하고 있던 패니는 꼭 할 말이 있다는 생각에 소리쳤다. "어머, 오빠! 잠깐만, 잠깐만요."

그가 돌아섰다.

"뭐라고 고마움을 말해야 할지," 그녀는 감동에 겨운 어조로 말을 이었다. "아니 고맙다는 말로는 안 되지요. 지금 내 심정을 뭐라고 말할 수가 없네요. 오빠가 날 이렇게까지 생각해 주다니 뭐라고 해야……."

"하고 싶은 말이 그게 전부라면, 패니," 그는 미소를 지으며 다시 돌아서려고 했다.

"아니, 아니, 그게 아니에요. 오빠한테 상의할 일이 있어요."

거의 자기도 모르게 그녀는 그에게서 방금 건네받은 꾸러미를 풀었고, 보석상에서 아주 근사하게 포장해 놓은, 순금으로 만든 지극히 간결하고 깔끔한 줄이 눈앞에 나타나자 절로 탄성이 터져 나왔다. "어머! 너무 예뻐요! 딱 내가 원하던 거네요! 갖고 싶었던 장신구가 있다면 바로 이것 하나뿐이에요. 십자가에 딱 맞겠어요. 십자가와 이 줄은 함께 달아야 해요. 꼭 그렇게 할 거예요. 게다가 마침 지금 주시니 더더욱 고마워요. 아, 오빠! 얼마나 고마운지 오빠는 모를 거예요."

"패니, 너는 이런 것을 너무 크게 생각해. 네가 이 줄을 마음에 들어 하고, 또 늦지 않게 도착한 덕분에 네가 내일 하고 갈 수 있게 되었으니 나도 정말 기쁘다. 그렇지만 이렇게까지 감사할 일은 아냐. 너를 기쁘게 해 주는 것, 그게 나한테는 세상에서 가장 큰 기쁨인걸. 아니, 이렇게 말하는 게 더 정확하겠구나. 가장 완전하고 가장 티 없는 기쁨이라고. 한 점 걸릴 것 없는."

이런 애정 표현에 패니는 앞으로 한 시간은 한 마디도 안 해도 좋을 것만 같았다. 그러나 잠시 기다리던 에드먼드가 이렇게 말하면서 날아오를 것 같던 기분이 그만 땅으로 곤두박질쳤다. "그런데 상의하고 싶은 게 있다고 하지 않았나?"

메리 크로퍼드에게서 받은 목걸이가 문제였다. 지금은 목걸이를 돌려주고 싶은 마음이 간절했고 그도 찬성해 주었으면 했다. 그녀는 방금 전 목사관에 다녀온 이야기를 했다. 그런데 이제 그녀의 황홀한 기쁨은 종지부를 찍었다고 할 수밖에 없었다. 자초지종을 들은 에드먼드는 크게 감동했고, 크로퍼드 양이 한 일에 너무나 기뻐하며 자기와 크로퍼드 양의 행동이 그렇게 일치했다는 사실에 흐뭇해했기 때문에, 패니는 그의 마음을 훨씬 더 강하게 사로잡는 다른 한 가지 기쁨이 있다는 사실을 인정하지 않을 수 없었다. 그 기쁨에는 티가 섞여 있다 해도 말이다. 패니가 자신은 이렇게 할 생각이라고 말해도 그가 건성으로 들어 넘겼기 때문에 앞서 한 질문에 답을 얻기까지는 얼마간 시간이 걸렸다. 그는 달콤한 상념에 빠져 토막난 찬사를 이따금 한마디씩 토해 낼 뿐이었다. 그러나 드디어 상념에서 깨어나 패니의 말을 알아들은 뒤로는 아주 단호하게 반대하고 나섰다.

"목걸이를 돌려주다니! 안 돼, 패니, 절대로 안 돼. 네가 그러면 굉장히 속상해할 거야. 친구한테 당연히 도움이 되리라 믿고 준 선물이 되돌아오는 것만큼 불쾌한 일이 어디 있어. 그렇게 훌륭한 일을 했는데 그런 모처럼의 즐거움을 굳이 빼앗을 필요가 있을까?"

"애초부터 나한테 준 거라면 돌려줄 생각도 하지 않았을 거예요. 그렇지만 자기 오빠한테서 받은 선물이니, 이제 필요가 없다면 크로퍼드 양도 돌려받고 싶지 않을까요?" 패니가 말했다.

"필요가 없다거나 적어도 못 받겠다는 눈치는 보이지 말아야지. 그리고 원래 그 오빠의 선물이었다 해도 무슨 차이가 있을까? 그렇다고 못 줄 것도 없고 받지 못할 것도 없잖아. 받아 두는 게 뭐가 문제겠어. 틀림없이 내가 준 것보다 더 근사하고 무도회에도 더 어울릴 거야."

"아니요, 더 근사하다니요. 물건 자체만 봐도 그렇고, 내용도를 생각하면 더더욱 그래요. 윌리엄 오빠가 준 십자가에는 그 목걸이보다 이 줄이 훨씬 더 어울릴 거예요. 비교도 안 돼요."

"하룻밤 아니냐, 패니. 설령 희생이라고 해도 하룻밤뿐이잖아……. 나는 믿어, 너도 좀 더 생각해 보면, 네 마음을 편하게 해 주려고 그렇게 세심하게 배려해 준 사람한테 상처를 주느니 차라리 희생을 감수할 거라고. 크로퍼드 양이 이제까지 너한테 보인 관심은, 물론 너한테 과분한 것은 아니지, 내가 어떻게 그렇게 생각할 수 있겠니. 하지만 어쨌든 한결같은 관심을 보였잖아. 그러니 그런 행동으로 답한다면, 아무래도 고마운 줄 모르는 것처럼 보이지 않을까? 나야 물론 너한테 그런 의도가 있을 리 없다는 걸 잘 알지만 말이야. 네 천성상 그런 행동은 할 수 없지. 내일 밤에는 약속한 대로 그 목걸이를 해. 그리고 내가 준 줄은 굳이 무도회를 생각하며 주문한 것도 아니니까 잘 간직했다가 더 평범한 자리에서 하도록 하고. 이게 내 조언이야. 두 사람 사이에 서먹한 그늘이 드리우는 것은 보고 싶지 않아. 그동안 친하게 지내는 모습을 보면서 얼마나 기뻤는데. 그리고 참으로 너그러운 마음씨와 타고난 섬세한 기질 등 두 사람의 성격에 전반적으로 닮은 점이 아주 많아서, 몇 가지 사소한 차이가 있다 해도 주로 환경의 차이에서 오는 것일 뿐 완전한 우정에 장애가 될 리는 없지. 이 세상에서 가장 아끼는 두 사람 사이에 서먹한 그늘이 생겨나는 것은 보고 싶지 않구나."

그는 이렇게 말하며 방을 나가고, 뒤에 남은 패니는 마음을 가라앉히려고 안간힘을 썼다. 그가 가장 아끼는 두 사람 중 하나가 자기라니, 그것만으로도 기운이 나야 마땅했다. 그렇지만 나머지 한 사람은! 첫째가는 사람은! 그가 이렇게 내놓고 말하는 건 처음이었고, 이미 오래전부터 눈치챘던 것 이상도 아니었지만, 아픈 충격이었다. 그가 어떻게 믿고 생각하고 있는지 잘 보여 주는 말이었다. 크로퍼드 양과 결혼할 것이다. 오래전부터 무수히 예상해 온 일이지만, 한 대 얻어맞은 기분이었다. 그래서 그가 가장 아끼는 두 사람 중 하나가 자기라는 말마저 되뇌고 또 되뇌야 간신히 실감이 날 정도였다. 차라리 크로퍼드 양이 그를 맞을 자격이 있는 사람이라고 믿을 수만 있다면, 그나마…… 아 아! 그랬다면 느낌도 많이 달랐을 것이고, 훨씬 견디기도 쉬웠을 텐데! 그렇지만 그는 크로퍼드 양에 대해 착각을 하고 있었다. 있지도 않은 장점을 갖다 붙이고, 결점은 예나 다름없건만 더 이상 보지 못했다. 그의 착각을 생각하며 많은 눈물을 쏟고 나서야 심란한 마음이 좀 가라앉았다. 그리고 이어진 낙담은 그의 행복을 기원하는 열렬한 기도로만 달랠 수 있었다.

그녀는 에드먼드를 향한 자신의 애정에 지나치거나 이기심에 치우친 면이 있다면 모두 극복해 나갈 작정이고, 그렇게 하는 게 자신의 의무라고 여겼다. 이것을 실연이나 실망이라고 부르거나 생각하는 것은 주제넘은 짓이었다. 무슨 말로 비난해도 그녀의 겸손한 성품에는 부족할 정도였다. 크로퍼드 양이야 그를 마음에 둔들 문제가 안 되겠지만, 그녀가 그런다는 건 미친 짓일 터였다. 그녀에게 그는 어떤 상황에서도 절대로, 절대로 소중한 벗 이상은 될 수 없는 사람이었다. 어쩌다 이런 생각이 질책과 금지를 당해 마땅할 만큼 커진 걸까? 이런 생각은 상상의 경계 안에 들이지도 말았어야 했다. 그녀는 이성을 되찾으려 노력하고, 건전한 지성과 정직한 마음으로 크로퍼드 양의 성격을 판단할 자격과 그를 진정으로 염려해 주는 특권을 갖출 수 있도록 노력하기로 마음먹었다.

그녀는 꿋꿋이 원리 원칙을 지키고 도리에 따르기로 결심했다. 하지만 다감한 천성에 아직 어리니만큼 이런저런 감정 또한 갖고 있었으니, 마음을 다스리기로 온갖 훌륭한 결심들을 하고 나서도, 에드먼드가 쓰다가 두고 간 종이쪽지를 언감

생심 꿈도 못 꿨던 보물인 양 주워 들고 "더없이 소중한 나의 패니, 부디 흔쾌히 받아 주기 바란다."라는 말을 애틋하기 그지없는 마음으로 읽고, 이번에 받은 것 중 가장 귀한 선물이라도 되는 듯 줄과 함께 상자에 넣고 잠갔다고 해서, 너무 이상하게 보지는 말자. 그에게서 편지 비슷한 것을 받아 본 것은 이번이 처음이었고, 다시는 못 받을지도 몰랐다. 용건도 그렇고 문체도 그렇고 이렇게 고맙기 한량없는 편지를 또다시 받는다는 건 있을 수 없는 일이었다. 아무리 탁월한 작가의 펜에서도 이렇게 소중한 두 줄의 글이 흘러나온 적은 없었다. 가장 애정 어린 전기 작가의 연구도 이보다 완벽한 보답은 받지 못했다. 여성이 품은 사랑의 열정은 전기 작가의 열정도 능가하는 법이다. 그녀에게는 내용은 차치하고 글씨부터가 하나의 은총이었다. 어떤 사람의 필치도 에드먼드의 가장 평범한 글씨만큼 개성을 드러낸 적이 없었다! 급히 흘려 쓴 글임에도 이 표본과도 같은 쪽지에는 단 하나의 결함도 없었다. 그리고 유려하게 이어지는 첫 네 단어 '더없이 소중한 나의 패니'라는 문구는 너무나 절묘해서 아무리 들여다봐도 싫증이 나지 않을 것 같았다.

분별력과 나약함의 이런 행복한 결합 덕분에 생각을 정리하고 마음에 위로를 얻은 그녀는 늦지 않게 아래층으로 내려가 평소처럼 버트럼 이모 곁에서 일거리를 손에 들고 전혀 풀죽은 기색 없이 늘 하던 대로 이모의 시중을 들 수 있었다.

희망과 즐거움이 기약된 목요일이 왔다. 통제할 수 없이 제멋대로 돌아가게 마련인 이런 날치고는 드물 정도로, 이날은 패니에게 매우 우호적으로 시작되었다. 아침 식사가 끝나고 얼마 안 돼 크로퍼드 씨가 윌리엄에게 대단히 우의 어린 전갈을 보내왔으니, 다음 날 자기도 며칠 예정으로 런던에 갈 일이 생겨 길동무를 구해야 하는 사정이 되었노라, 그러니 윌리엄이 계획했던 것보다 반나절 일찍 맨스필드를 떠날 수만 있다면 자기 마차에 함께 타고 갔으면 좋겠으니 부디 수락해 주기 바란다는 내용이었다. 그는 통상 늦게 시작되는 숙부님 댁 정찬 시각에 맞추어 런던에 도착할 예정이라며, 윌리엄도 숙부인 제독 댁에서 함께 정찬을 들자고 초대했다. 윌리엄에게는 대단히 반가운 제안이었다. 네 필의 말이 끄는 사륜마차로 그렇게 쾌활하고 유쾌한 길동무와 함께 시원하게 달릴 걸 생각하니 기분이 좋았다. 그래서 전황 보고차 상경하는 것*에 빗대면서 위엄으로 보나 편의성으로 보나 얼마나 잘된 일이냐며 생각해 낼 수 있는 모든 찬사를 동원했다. 그리고 이유는 달랐지만 패니 역시 매우 기뻤다. 원래 다음 날 우편 마차 편으로 올라갈 예정이었는데, 그럴 경우 포츠머스행 합승 마차로 갈아타기 전에 쉴 시간이 채 한 시간도 안 될 터였다. 그리고 크로퍼드 씨의 제안으로 오빠와 함께 있는 시간이 많이 줄기는 하겠지만, 윌리엄이 그런 빡빡한 여정에서 벗어나게 되어 너무 좋았기 때문에 다른 생각은 할 수도 없었다. 토머스 경이 찬성한 이유는 또 달랐다. 조카가 크로퍼드 제독을 뵙게 된다면 도움이 될 수도 있으리라 생각한 것이다. 그는 제독이 넓은 인맥을 갖고 있다고 믿었다. 이래저래 매우 반가운 전갈이었다.

* 육해군 본부가 있는 런던으로 전투를 끝냈다는 소식을 들고 올라가는 것. 이런 시급한 전갈을 가지고 가는 사람은 보통 빠른 여행 수단을 제공받는다.

패니는 반나절 내내 이 생각을 하며 기뻐했는데, 전갈을 보낸 당사자도 곧 떠날 거라 생각하니 기쁨이 더해졌다.

코앞에 다가온 무도회에 대해서는 불안하고 걱정스러운 구석이 너무 많아서, 패니의 입장에서는 설레는 게 당연하나 정작 패니는 그 설렘을 절반도 누리지 못했다. 이 행사를 고대하는 많은 젊은 아가씨들도 패니가 응당 설렐 거라고 여겼을 터이니, 다른 아가씨들은 패니보다 편한 마음으로 기다릴 수는 있을지언정 패니처럼 신기하고 흥미롭고 특별한 설렘은 없었던 것이다. 초대된 손님의 절반에겐 이름만 알려져 있는 프라이스 양이 사교 모임에 처음으로 데뷔하는 날이니, 이날 밤의 여왕은 프라이스 양일 터였다. 프라이스 양보다 더 행복한 사람이 어디 있겠는가? 그러나 프라이스 양이 자라면서 받은 교육은 데뷔 훈련과는 무관했다. 그리고 사람들이 이 무도회를 자기와 관련해서 어떻게 여기고 있는지 알았더라면, 뭔가 잘못해서 눈총을 받지나 않을까 가뜩이나 조마조마한 마음에 걱정만 더해져 마음의 평정을 더 잃었을 것이다. 사람들의 눈길에 너무 많이 오르거나 심하게 지치지 않고 춤을 추는 것, 이날 밤의 절반쯤은 체력이 버텨 주고 파트너 신청을 받는 것, 잠시나마 에드먼드와 춤을 추고 크로퍼드 씨와는 많이 추지 않는 것, 즐거운 시간을 보내는 윌리엄의 모습을 보는 것, 노리스 이모한테서는 가급적 멀리 떨어져 있는 것, 이것이 그녀의 가장 큰 욕심이자 가장 큰 행복의 가능성이었다. 이것이 최선의 희망이었던 만큼, 그런 기대가 항상 이루어질 수는 없는 노릇이었다. 그리고 주로 두 이모와 함께 긴 낮 시간을 보내는 동안, 그녀는 자꾸 덜 낙관적인 생각이 들었다. 이 마지막 날을 철저히 즐기기로 작정한 윌리엄은 도요새 사냥을 나갔다. 그리고 에드먼드는 십중팔구 목사관에 간 모양이었다. 그래서 패니 혼자 노리스 부인의 잔소리를 견뎌야 했다. 노리스 부인은 하녀장이 야식을 제멋대로 정하려고 든다고 화를 냈는데, 하녀장은 노리스 부인을 피할 수도 있겠지만 패니는 피할 도리가 없었다. 결국 진이 빠진 패니는 모든 게 무도회 탓인 것만 같았고, 노리스 부인이 끝까지 잔소리를 하면서 옷을 갈아입으라고 내보냈을 때도, 행복에 아무 지분도 허락받지 못한 사람처럼 방으로 올라가는 걸음걸이에 기운이 하나도 없고 절대 행복해질 수 없을 것만 같은 기분이었다.

천천히 층계를 오르면서 그녀는 어제 일을 떠올렸다. 목사관에서 돌아와 동쪽 방에서 에드먼드를 만난 게 이맘때였다. "오늘도 오빠가 와 있었으면!" 그녀는 달콤한 공상에 빠져들며 혼자 중얼거렸다.

"패니." 그 순간 가까이에서 목소리가 들렸다. 깜짝 놀라 올려다보니 그녀가 방금 올라온 널찍한 층계참 바로 맞은편에 에드먼드가 다른 층계로 올라와 서 있었다. 그가 다가왔다. "지치고 피곤해 보이는구나, 패니. 산책을 너무 멀리까지 갔던 모양이다."

"아니요, 밖에는 나가지도 않은걸요."

"그렇다면 안에서 힘든 일을 했다는 건데, 그건 더 안 좋지. 산책을 나가지 그랬어."

불평은 하고 싶지 않았던 터라 패니는 아무 대답도 안 하는 게 낫겠다고 생각했다. 그가 평소처럼 다정한 눈빛으로 바라보았지만, 자신의 안색 따위는 이미 그의 뇌리에서 잊힌 것 같았다. 그는 기운이 없어 보였다. 그녀와 상관없는 뭔가 마음에 걸리는 일이 있는 모양이었다. 둘 다 방이 위에 있어서, 두 사람은 함께 계단을 올랐다.

"그랜트 박사 댁에 다녀오는 길이야." 잠시 후 에드먼드가 말했다. "무슨 용건인지 너도 알지, 패니." 그러는 그의 표정이 너무 의미심장해서, 패니는 한 가지 용건밖에 떠오르지 않았고, 그러자 속이 울렁거려 말이 나오지 않았다. "크로퍼드 양한테서 첫 두 번의 춤 약속을 받으려고." 하며 이어지는 설명을 듣고서야 패니는 다시 기운을 차렸고, 그가 자기의 말을 기다리고 있음을 깨닫고 그래서 어찌 되었냐는 물음 비슷한 말을 입 밖에 낼 수가 있었다.

"응." 그는 대답했다. "약속은 해 주더라. 그렇지만 (어색한 미소를 지으며) 나하고 춤을 추는 건 이번이 마지막일 거라네. 진심은 아니야. 아닐 거라고 생각해. 아니기를 바라고, 아니 확신해. 그렇지만 그런 말을 안 했다면 더 좋았겠지. 목사하고는 춤을 춘 적이 없다며 앞으로도 없을 거라고. 내 생각만 한다면, 차라리 이번 무도회가 없었더라면 하는 심정이다. 이번 주만큼은, 오늘만큼은 말이다. 내일이면 나는 집을 떠나는데."

패니는 할 말을 찾지 못해 애를 먹다가 입을 열었다. "무슨 일이든 오빠한테 마음 상하는 일이 생겨 너무나 속상하네요. 오늘 같은 날은 즐거운 날이 되어야 하는데. 이모부도 그러길 바라셨고요."

"아! 아냐, 아냐, 즐거운 날이 될 거야. 결국에는 다 잘될 거다. 잠시 심란했던 것뿐이지. 사실 무도회 날짜가 문제라고 생각하는 것도 아니야. 날짜가 뭐 중요하겠어? 그렇지만 패니 (그녀의 손을 잡아 멈춰 세우더니 낮고 심각한 목소리로) 무슨 말인지 다 알지? 어찌 되어 가는지 다 보고 있으니, 내가 얼마나 그리고 왜 심란해하는지도 어쩌면 네가 나보다 더 잘 설명할 수 있을 거야. 그러니 잠시 이야기 좀 하자꾸나. 너는 친절하게, 그래 친절하게 들어 주니까. 오늘 크로퍼드 양의 태도를 보며 마음이 아팠는데, 아무리 해도 가시지가 않는구나. 너 못지않게 다정하고 흠잡을 데 없는 성품인 줄 잘 알지만, 전에 같이 지내던 사람들의 영향인지 하는 말이나 내세우는 주장에 뭔가 좀 안 좋은 기미가 가끔 비치는 거야. 실제로 나쁜 생각을 하는 것은 아니지만, 말을 그렇게 하는 거지. 장난 삼아 말이야. 그런데 장난인 줄 알면서도 너무 가슴이 아픈 거야."

"교육 탓이겠죠." 패니가 부드럽게 말했다.

에드먼드는 그저 동의할 뿐이었다. "맞아, 그런 숙부에 그런 숙모니! 섬세하기 그지없는 심성에 손상을 입힌 거야! 너니까 털어놓는다만, 패니, 단지 태도의 문제가 아닌 것 같을 때도 있어. 마치 정신 자체에 물이 든 것처럼 말이야."

패니는 자신의 판단을 묻는 것 같아서 잠시 생각한 끝에 말했다. "오빠한테 이야기를 들어 줄 사람이 필요하다면 얼마든지 들어 드릴게요. 하지만 조언할 주제는 못 되니, 조언 같은 건 바라지 마세요. 그럴 능력은 안 되니까요."

"네 입장에선 못 하겠다 하는 게 당연하겠지. 하지만 패니, 걱정할 필요 없어. 이런 일은 조언을 구할 문제가 아니니까. 이런 문제는 조언을 구하지 않는 편이 나아. 조언을 구하는 사람도 거의 없을 테고. 자기 양심에 위배되는 쪽으로 등을 떠밀어 주기를 원한다면 모를까. 난 그저 너한테 털어놓고 싶을 뿐이야."

"한 가지만 더요. 버릇없는 말일지도 모르지만, 잘 가려 가며 말씀하셔야 해요. 나중에 후회할 말은 하지 마시고요. 그런 때가 올 수도 있잖아요……."

이렇게 말하는 그녀의 뺨에 홍조가 확 번졌다.

"아, 우리 패니!" 에드먼드는 그녀의 손을 입술에 대면서 외쳤는데, 마치 크로퍼드 양의 손이기라도 한 듯 열렬했다. "너는 정말 생각이 깊구나! 그렇지만 지금은 그럴 필요 없어. 그런 날은 절대 오지 않을 테니까. 네가 암시하는 그런 날은 결코 오지 않아. 그럴 공산이 거의 없다는 생각이 들기 시작해. 가능성이 갈수록 줄어들고 있으니까. 그리고 설령 그런 날이 오더라도, 너나 나나 나중에 기억하기 두려울 일은 없을 거야. 지금 나한테 꺼림칙한 마음이 있다고 해서 부끄러워할 일도 아니고. 꺼림칙한 마음이 사라진다면, 그건 크로퍼드 양이 달라진 덕분일 테니, 그때는 과거의 결함을 떠올릴수록 크로퍼드 양의 인품이 더 우러러보이겠지. 내가 이렇게 털어놓을 수 있는 사람은 이 세상에 너 하나뿐이야. 하지만 넌 내가 크로퍼드 양을 어떻게 생각하는지 오래전부터 알고 있었잖아. 그러니 내가 눈이 먼 것은 아니었다고 증언해 줄 수 있을 거야. 크로퍼드 양의 소소한 과오에 대해 너하고 털어놓고 이야기한 것도 한두 번이 아니잖아! 내 걱정은 안 해도 돼. 크로퍼드 양에 대해 진지한 생각을 갖는 건 거의 모두 단념했으니까. 그렇지만 내가 목석도 아니고, 앞으로 나한테 어떤 일이 생기든 네가 다정하게 공감해 주던 것을 떠올리면 진심으로 고마울 거야."

그의 말은 열여덟 살의 어린 아가씨를 뒤흔들기에 충분했다. 그의 말을 들으며 패니는 근래에 느껴 보지 못한 어떤 행복감을 느꼈고, 더 밝아진 표정으로 대답했다. "그럼요, 오빠, 오빠 같은 분이야 고맙다는 마음뿐이겠지요. 안 그런 사람도 좀 있겠지만요. 오빠가 하려는 말이라면 뭐든 아무 거리낌 없이 들을 수 있죠. 그러니 묻어 두지 말고, 하고 싶은 말이 있으면 나한테 하세요."

그들은 이제 3층에 이르렀는데, 하녀 하나가 나타나는 바람에 더는 대화를 나누지 못했다. 패니의 마음의 평화를 생각하면 가장 적절한 순간에 대화가 끝난 셈인지도 몰랐다. 오 분만 더 대화를 나눴더라면 그가 크로퍼드 양의 결함들과 자신의 절망감을 말로 모두 해소해 버렸을지도 모를 일이었으니까. 그렇지만 그런 일은 일어나지 않았고, 그래서 그의 편에서는 감사와 애정이 담긴 표정을 보이며, 그리고 그녀 편에서는 매우 소중한 감정을 간직한 채, 두 사람은 헤어졌다. 그녀에게 그런 감정은 몇 시간 만에 처음이었다. 크로퍼드 씨가 윌리엄에게 보낸 쪽지를 보고 느꼈던 첫 기쁨이 스러지고 나서부터는 완전히 다른 감정만 가득했다. 곁에서 위로해 줄 사람도, 마음속 희망도 없었다. 그런데 이제는 모든 것이 미소를 보내고 있었다. 윌리엄의 행운이 다시 마음속에 떠올랐고, 처음 들었을 때보다 훨씬 잘된 일이라는 생각이 들었다. 거기다 무도회까지! 그야말로 즐거운 밤이 코앞에 다가왔다! 이제 정말 무도회가 펼쳐진다! 무도회에 갈 때는 당연히 기분 좋은 설렘을 느끼게 마련이니, 그녀도 적잖이 그런 기분에 젖어 옷을 갈아입기 시작했다. 모든 것이 차질 없이 진행되었고, 거울에 비치는 자신의 모습도 나쁘지 않았다. 그리고 목걸이를 할 차례가 되자, 그야말로 완벽한 행운이 찾아온 것만 같았다. 막상 하려고 보니 크로퍼드 양이 준 목걸이가 아무리 해도 십자가 고리에 들어가지 않았다. 에드먼드의 뜻에 따라 그 목걸이를 하기로 마음먹었지만, 십자가를 달기에는 줄이 너무 두꺼웠던 것이다. 그러니 그가 준 줄을 쓰는 수밖에 없었다. 그래서 패니는 기쁜 마음으로 십자가와 줄을, 가장 가슴 깊이 사랑하는 두 사람이 준 기념품이자 실제로나 상상으로나 서로를 위해 만들어진 듯한 이 가장 소중한 징표들을 연결해 목에 걸었다. 윌리엄과 에드먼드의 마음이 이 장신구에 가득 깃들어 있다는 것을 눈과 가슴으로 실감하고 나자, 크로퍼드 양의 목걸이도 함께 착용하기로 어렵지 않게 결심할 수 있었다. 그렇게 하는 게 옳다는 말을 이제 수긍할 수 있었다. 크로퍼드 양은 그런 대접을 받을 권리가 있었다. 그리고 그 권리로 말미암아 더 큰 권리들이, 다른 두 사람의 한결 진심 어린 친절이 침해받거나 저지될 위험이 사라지자, 크로퍼드 양에게도 심지어 즐거운 마음으로 온당한 대접을 해 줄 여유가 생겼다. 막상 걸어 보니 목걸이는 아주 잘 어울렸다. 그리고 패니는 자기 스스로와 주변의 모든 것에 흡족하고 편안한 마음으로 마침내 방을 나섰다.

무도회를 앞두고 버트럼 이모는 여느 때보다 훨씬 맑은 정신으로 패니를 떠올렸다. 무도회에 나갈 준비를 하는 패니에게 3층 담당 하녀보다 더 뛰어난 조수를 보내 주면 패니가 좋아할 거라는 생각을, 누구의 귀띔도 없이 혼자 해낸 것이다. 그래서 자신의 옷치장이 끝나는 대로 정말로 패니를 도와주라고 자신의 하녀를 올려 보냈다. 물론 너무 늦어서 도움이 되지는 못했다. 채프먼 부인이 다락방이 있는 층에 막 도착했을 때 프라이스 양은 이미 치장을 끝내고 방을 나서는 참이었고, 그래서 서로 인사를 주고받는 것밖에 할 일이 없었다. 그렇지만 패니는 레이디 버트럼이나 채프먼 부인 본인들에 못지않을 정도로 이모의 배려가 크게 느껴졌다.

10

아래로 내려와 보니 이모부와 두 이모 모두 응접실에 있었다. 이모부는 패니에게 각별한 관심이 있었던 만큼, 그녀의 우아한 옷차림과 눈에 띄게 좋아 보이는 모습을 흐뭇하게 바라보았다. 패니가 있는 자리에서는 드레스가 깔끔하고 단정해 보인다는 칭찬으로 그쳤지만, 얼마 후 그녀가 방을 나가자 패니의 아름다움에 대해 매우 확실하게 칭찬을 했다.

"그래요." 레이디 버트럼이 말했다. "아주 근사해 보이네요. 거들어 주라고 채프먼을 보냈죠."

"근사하다고! 물론이지." 노리스 부인이 외쳤다. "그렇게 온갖 혜택을 누렸으니 근사해 보이는 거야 당연하지. 이 집에서 자라면서 사촌 언니들의 예의범절을 눈앞에서 보는 특혜를 누렸잖아. 토머스 경, 제부와 내가 그 애에게 얼마나 엄청난 호사를 베풀어 줬어요? 눈여겨보신 드레스만 해도, 우리 러시워스 부인이 결혼할 때 제부가 큰맘 먹고 사 준 거잖아요. 우리가 맡아 키우지 않았다면 지금쯤 어떤 모습일지 알게 뭡니까?"

토머스 경은 더 이상 아무 말도 하지 않았다. 그러나 모두 식탁에 앉았을 때 두 젊은이의 눈빛을 보고는, 여자들이 자리를 뜬 다음 슬쩍 이 화제를 꺼내면 훨씬 잘 먹힐 거라고 확신했다. 패니는 식구들이 자기 모습을 마음에 들어 한다는 것을 알아차렸고, 아름다워 보인다는 자신감은 그녀를 더욱 아름다워 보이게 했다. 여러 가지 이유에서 그녀는 행복했고, 그리고 이내 더욱 행복해졌다. 이모들을 따라 방을 나가는데, 방문을 열고 잡아 주던 에드먼드가 지나가는 그녀에게 말했다. "너 나하고 춤춰야 한다, 패니. 내 몫으로 두 번의 춤은 남겨 두어야 해. 언제라도 상관없어. 맨 처음 춤만 빼고." 그녀는 더 바랄 것이 없었다. 여태껏 이렇게 들뜨고 우쭐한 기분은 거의 처음이었다. 무도회 날이면 들떠 있곤 하던 사촌 언니들의 모습이 이제는 이상하기는커녕 매우 매력적으로 여겨졌고, 노리스 부인의 눈길을 벗어날 수 있을 때마다 스텝을 연습하며 응접실을 서성이기도 했다. 처음 얼마 동안 노리스 부인은 집사장이 지펴 놓은 벽난로 불을 공연히 헤적여 망가뜨리는 데 정신이 팔려 있었던 것이다.

이렇게 삼십 분이 흘렀는데, 다른 때 같았으면 잘해 봤자 나른한 시간이었겠지만, 패니는 여전히 행복했다. 에드먼드와의 대화를 떠올리는 것으로 충분했다. 노리스 부인이 부산을 떤들 무슨 대수인가? 레이디 버트럼이 하품을 한들 무슨 대수인가?

신사들이 응접실로 들어왔다. 그리고 곧 달콤한 기대감과 함께 마차를 기다리기 시작했고, 즐겁고 편안한 기분이 좌중에 퍼진 듯, 모두 여기저기 모여서 웃으며 담소를 나누었고, 매순간 즐거움과 희망이 가득했다. 패니는 에드먼드가 애써 쾌활한 모습을 보이느라 힘들겠다는 생각이 들었지만, 성공적으로 해내는 것을 보니 기뻤다.

그러나 정작 마차 소리가 들려오고 실제로 손님들이 모이기 시작하자, 그녀의 들뜬 기분은 거의 다 가라앉고 말았다. 그렇게 많은 낯선 얼굴들에 그녀는 안으로 움츠러들었다. 게다가 크게 원을 그리고 서 있는 첫 손님들의 격식을 차리는 엄숙한 분위기도 분위기지만(토머스 경과 레이디 버트럼의 거동은 이를 불식시키는 데 도움이 되지 않았다.) 패니는 수시로 불려 가 더 난감한 일을 감내해야 했다. 이모부가 이 사람 저 사람한테 그녀를 소개하는 바람에 건네는 말을 듣고 무릎을 굽혀 인사를 하고 대답을 해야만 했다. 이는 괴로운 의무였고, 그녀는 이 의무에 불려 갈 때마다 뒷전에서 한가로이 서성이는 윌리엄을 쳐다보며 자기도 그와 함께 저 자리에 있었으면 하는 바람뿐이었다.

그랜트 부부와 크로퍼드 남매의 입장은 좋은 분기점이 되었다. 이들의 스스럼 없는 태도와 두루두루 넓은 안면 앞에 첫 만남의 딱딱한 분위기는 곧 무릎을 꿇었다. 작은 무리들이 형성되고 모두 마음이 편해졌다. 패니는 잘됐다고 생각했고, 의례적인 고역에서 물러나 다시 한번 큰 행복감을 느낄 수도 있었을 것이다. 그러나 시선이 자꾸만 에드먼드와 메리 크로퍼드 사이를 오가는 것은 어쩔 수가 없었다. 그녀는 너무나 사랑스러워 보였다. 그러니 무슨 일인들 못 일어나겠는가? 크로퍼드 씨가 앞에 나타나는 바람에 이런 상념은 끝이 나고, 생각이 다른 쪽으로 향했으니, 그가 거의 순식간에 첫 두 번의 춤 약속을 받아 낸 것이다. 그녀의 기쁨에는 슬픔이 섞여 있고 명암이 엇갈렸다. 이렇게 처음부터 파트너가 생긴 것은 참으로 다행한 일이었다. 개회 시간이 그야말로 눈앞에 다가오고 있는데, 자신의 가치를 전혀 모르는 그녀는 크로퍼드 씨가 신청하지 않았다면 자기는 춤 파트너로는 꼴찌로 밀렸을 것이며, 정말 끔찍하지만 여기저기 탐문하고 수선을 떨며 주선을 해 주어야 비로소 파트너가 생겼을 것이라고 생각했다. 그러나 또 한편 춤을 신청하는 그의 태도에서는 뭔가 꺼림칙한 자신만만함이 엿보였고, 목걸이에 슬쩍 시선을 던지며 슬그머니 웃는 모습에 얼굴이 붉어지고 기분이 나빠졌는데, 적어도 그녀의 눈에는 웃는 것처럼 보였던 것이다. 그의 그 곤혹스러운 눈짓은 다시 반복되지 않았고, 그는 그저 요란하지 않게 호감을 사려는 마음뿐인 듯했지만, 그녀는 당혹감을 떨칠 수가 없었으니, 당황하는 자신의 모습을 그에게 들켰다는 생각에 더욱 당황해서 마음을 추스르기 힘들었다. 그러다 그가 몸을 돌려 다른 사람한테로 가고 나서야 파트너가 생겼다는 기쁨을 조금씩 실감할 수 있었다. 그것도 춤이 시작되기도 전에 자발적으로 나선 파트너였다.

모두들 무도회장으로 자리를 옮길 때 패니는 처음으로 크로퍼드 양 곁에 있게 되었다. 그녀는 자기 오빠와 마찬가지로 목걸이에 곧바로 그리고 더욱 노골적으로 시선과 미소를 던지며 그 이야기를 꺼내기 시작했고, 그래서 패니는 이 화제를 얼른 끝내고 싶은 마음에 서둘러 두 번째 목걸이, 즉 십자가를 건 줄이 어떻게 된 것인지 해명하기 시작했다. 크로퍼드 양은 귀가 쫑긋했고 그러다 보니 애당초 패니에게 찬사를 보내고 넌

지시 언질을 주려던 생각은 까맣게 잊고 말았다. 그녀의 마음 속에는 오로지 한 가지 생각뿐이었다. 그리고 벌써부터 밝게 빛나던 눈을 더욱더 빛내며 탄성을 토해 냈다. "그래요? 에드먼드가요? 정말 그분답네요. 다른 남자들은 생각도 못 했을 일이에요. 정말 말할 수 없이 존경스럽네요." 그러고는 그에게 직접 그 말을 하고 싶은지 주위를 두리번거렸다. 그러나 그는 근처에 없었으니 일군의 숙녀를 모시고 방을 나가는 중이었고, 곧이어 그랜트 부인이 두 아가씨에게 다가와 가운데서 두 사람의 팔을 잡았으므로 그들은 다른 사람들과 함께 그 뒤를 따랐다.

패니는 가슴이 철렁했지만, 아무리 크로퍼드 양의 일이라도 남의 심경에 길게 신경 쓸 틈은 없었다. 무도회장에 들어서고 바이올린 소리가 들려오자 가슴이 두근거려 생각을 한 가지에 진득하게 집중할 수가 없었다. 전반적인 진행을 지켜보며 어떻게들 하는지 눈여겨봐 둬야 했다.

잠시 후 토머스 경이 다가와서 파트너가 정해졌냐고 물었고, 그는 "네, 이모부, 크로퍼드 씨예요."라는 바라던 답을 들었다. 크로퍼드 씨는 그리 떨어져 있지 않았다. 그를 데리고 온 토머스 경이 그에게 하는 말을 듣고서야 패니는 자기가 무도회의 서두를 열어야 한다는 것을 알게 되었다. 생각도 못 했던 일이었다. 패니는 무도회의 세부 일정을 생각할 때마다 서두는 당연히 에드먼드가 크로퍼드 양과 함께 연다고 여겨 왔다. 그리고 그런 생각이 너무 강했기 때문에, 다른 사람도 아닌 이모부의 말씀임에도 불구하고 깜짝 놀라 탄성을 토해 내며 자기

크로퍼드 씨에게 이끌려 패니 프라이스가 무도회장 맨 앞쪽으로 인도되다.

는 어울리지 않는다고 운을 떼고, 심지어 면해 달라는 청까지 하지 않을 수 없었다. 토머스 경의 말을 거역하고 자기 의사를 내세우다니 얼마나 극단적인 상황이면 그랬으랴마는, 그녀는 처음 그 말을 들었을 때 너무나 겁이 났기 때문에 실제로 그의 얼굴을 똑바로 바라보며 달리 정해 주시면 좋겠다고 말할 수 있었다. 그러나 소용이 없었다. 토머스 경은 미소를 지으며 용기를 북돋아 주다가, 그다음에는 너무나 심각한 표정으로 아주 단호하게 "그렇게 해야 한다, 패니."라고 말했고 그래서 그녀는 더 이상 한 마디도 하지 못했다. 그리고 다음 순간 크로퍼드 씨에게 이끌려 무도회장 맨 앞쪽으로 인도되고, 거기에 서서 사람들이 하나씩 하나씩 짝을 지어 자리 잡기를 기다렸다.

도무지 믿을 수가 없었다. 저 수많은 우아한 아가씨들을 두고 선두에 서다니! 너무나 과분한 대접이었다. 사촌 언니들과 똑같은 대우 아닌가! 그러면서 그녀의 생각은 이 자리에 없는 사촌 언니들에게로 달려갔고, 언니들이 집에 남아 있어 이 방에서 당연한 자리를 차지했더라면 얼마나 즐거워했을지 생각하니 그저 진심으로 애틋하고 안타까울 뿐이었다. 집에서 무도회를 연다면 최고로 행복하겠다던 언니들의 말을 얼마나 자주 들었던가! 그런데 이제 무도회가 열렸는데, 언니들은 떠나고 없고, 자기가 서두를 장식하다니! 그것도 크로퍼드 씨하고! 자신에 대한 이런 각별한 대접에 언니들이 이제는 샘 낼 마음이 없어졌기만 바랄 뿐이었다. 그러나 지난가을에 있었던 일이나, 이 집에서 한 차례 댄스 모임을 가졌을 때 서로를 대하던 것을 돌이켜 보면, 그녀가 보기에도 지금의 이런 상황은 도무지 이해할 수가 없는 것이었다.

무도회가 시작되었다. 패니에게 그것은 행복이라기보다 영광이었다. 적어도 첫 춤을 추는 동안에는 그랬다. 그녀의 파트너는 한껏 흥이 나 그녀에게도 그런 기분을 전파하려 애썼으나, 완전히 겁을 먹은 그녀는 이제 자기를 쳐다보는 사람이 없다고 생각될 때까지는 전혀 즐길 수가 없었다. 그러나 젊고 아리땁고 우아한 패니는 쑥스러워하는 모습마저 조신하고 아름다워 보였고, 참석한 사람들은 거의 하나같이 칭찬을 아끼지 않았다. 매력적이다, 얌전하다, 토머스 경의 조카딸이다라는 말에 이어, 크로퍼드 씨가 마음에 둔 아가씨라는 말이 금방 퍼져 나갔다. 이만하면 사람들이 패니에게 우호적인 눈길을 보내기에 충분했다. 토머스 경 자신도 춤을 인도하며 맨 끝자리로 미끄러져 가는 패니의 모습을 대단히 흐뭇한 심정으로 지켜보았다. 그는 조카딸이 자랑스러웠고, 노리스 부인처럼 조카딸의 아름다운 용모까지 모두 맨스필드에 와서 살게 된 덕분으로 돌리지는 않았지만, 그 밖의 모든 것은 자기가 준 것이라는 사실에 뿌듯해졌으니, 교육과 예의범절은 모두 자기 덕분이었다.

토머스 경이 서서 무슨 생각을 하는지 대충 짐작한 크로퍼드 양은 그가 자기한테 잘못한 일이 많긴 하지만 그래도 그에게 잘 보이고 싶은 마음이 컸기 때문에, 기회를 봐서 옆으로 빠져나와 패니에 대해 듣기 좋은 말을 건넸다. 그녀의 칭찬은 열렬했고, 그도 바람직한 반응을 보였으니, 신중하고 점잖은 성품에 말이 느린 사람으로서 할 수 있는 만큼 칭찬에 동참했고,

이 화제에서 그의 아내보다 훨씬 돋보인 것만큼은 분명했다. 얼마 후 메리가 바로 곁 소파에 레이디 버트럼이 앉아 있는 것을 보고는 다시 춤을 시작하기 전에 잠깐 돌아서서 프라이스 양의 외모를 치하하자 영부인의 반응은 이러했다.

"그래요, 참 근사해 보이네요." 레이디 버트럼은 덤덤하게 대답했다. "옷 입는 것을 채프먼이 도와주었지요. 내가 채프먼을 올려 보냈거든요." 그녀도 패니가 칭찬을 받은 게 기쁘지 않은 것은 아니지만, 채프먼을 보내 준 자신의 배려가 훨씬 더 감동스러워서 그 생각이 머리에서 지워지지 않는 모양이었다.

노리스 부인을 잘 아는 크로퍼드 양은 부인한테만큼은 패니를 칭찬하는 말로 환심을 살 생각은 하지 않았다. 대신 순간 떠오르는 대로 이렇게 말했다. "아아! 사랑하는 러시워스 부인과 줄리아도 오늘 밤 이곳에 있었다면 얼마나 좋았을까요?" 그리고 노리스 부인은 카드 게임 탁자를 준비하랴, 토머스 경에게 이런저런 조언을 하랴, 샤프롱*들을 모두 더 좋은 자리로 옮겨 주랴 시키지도 않은 수많은 일을 처리하느라 정신이 없는 와중에도, 시간이 허락하는 한 최대한의 미소와 치사로 답했다.

크로퍼드 양은 이렇게 환심 살 법한 말을 하고 다니던 중 패니 본인에게는 큰 실수를 범하고 말았다. 그녀의 의도는 패니의 작은 가슴에 행복한 설렘을 안겨 주고 중요한 인물이 된 즐거움을 만끽하게 해 주려는 것이었고, 패니의 볼이 붉어지

---

* 사교 행사 때 젊은 미혼 여성과 동반해 보살펴 주던 나이 든 부인.

는 것을 잘못 해석하고는 자기 생각대로 되어 가고 있다고 생각했다. 첫 두 번의 춤이 끝나자 그녀는 패니에게 다가와 의미심장한 얼굴로 말했다. "프라이스 양이라면 나한테 말해 줄 수 있지 않을까 싶네요. 오빠가 내일 왜 런던에 가는지 말예요. 그냥 볼일이 있다고만 하지 무슨 일인지 말을 안 해서요. 나한테까지 입을 다물다니, 이런 경우는 처음이에요! 그렇지만 우리 모두 결국은 이런 신세가 되는 거겠죠. 누구나 조만간 밀려나게 마련이니까. 그래서 이렇게 아가씨한테 정보를 달라고 요청해야 하는 신세가 되었네요. 헨리 오빠가 런던에는 왜 가는 거예요?"

패니는 당황스러웠지만 최대한 침착하게 자기도 아는 바가 없다고 항변했다.

"좋아요," 크로퍼드 양이 웃으며 대답했다. "그렇다면, 순전히 아가씨의 오빠를 태워다 주며 아가씨 이야기를 나누고 싶어서 그러나 보네요."

패니는 당혹스러웠지만, 그것은 언짢은 마음에서 비롯된 당혹감이었다. 한편 크로퍼드 양은 패니의 웃음기 없는 얼굴이 의아스러울 뿐이었다. 조심성이 과하다거나 묘한 사람이라거나 기타 여러 가지 생각은 했지만, 헨리의 관심을 달가워하지 않으리라고는 꿈에도 생각하지 못했다. 패니는 이날 밤 즐거운 일이 많았지만, 헨리의 관심과는 거의 무관했다. 패니 입장에서는 그가 그렇게 금방 또 춤을 신청하지 않았더라면 훨씬 좋았을 것이고, 그에 앞서 노리스 부인한테 밤참 시각을 물어본 것도 오로지 밤참 시간 동안 자기 곁에 있으려는 저의에서

가 아니었나 하는 의심 따위는 안 할 수 있었더라면 좋았을 것이다. 그러나 피할 도리가 없었다. 그녀는 그의 모든 행동이 자신을 겨냥한 것이라고 느껴졌다. 물론 불쾌할 정도는 아니었고 무례하거나 나대는 태도라고 말할 수도 없었다. 게다가 가끔 윌리엄 이야기를 할 때면 불쾌하게 굴기는커녕 따뜻한 마음씨까지 보여 줘 괜찮은 사람이다 싶기도 했다. 그럼에도 그의 관심은 그녀의 흐뭇한 기분과 아무 관계가 없었다. 그녀는 윌리엄을 보는 게 행복했고, 오 분에 한 번씩 그와 함께 서성이며 그의 파트너들 이야기를 들을 때면 그가 얼마나 즐거운 시간을 보내고 있는지 알 수 있었다. 그녀는 또한 사람들이 자기를 곱게 봐주는 게 행복했고, 아직 에드먼드와 두 번의 춤이 남아 있는 것도 행복했다. 거의 무도회 내내 춤 신청이 몰려드는 바람에 모호하게 잡아 놓았던 그와의 약속이 계속 뒤로 미뤄진 것이다. 마침내 그 두 번의 춤을 추게 되었을 때도 행복했다. 그러나 그가 흥겨워해서도, 이날 아침을 환히 밝혀 주었던 그 다정한 듣기 좋은 말들을 해 줘서도 아니었다. 그는 정신적으로 지쳐 있었고, 그런 마음에 휴식을 안겨 주는 벗이 되어 주는 게 그녀의 행복이었다. "예의를 차리고 다니자니 너무 피곤하네." 그가 말했다. "오늘 밤 내내 끊임없이 말을 해야 했거든. 할 말도 없는데. 하지만 패니, 너와는 가만히 있어도 되겠지. 너도 자꾸 말을 거는 건 성가실 테니까. 우리, 침묵의 사치를 누려 보자." 패니는 동의한다는 말도 가급적 절제했다. 그의 피로감의 상당 부분은 그가 아침에 털어놓았던 바로 그 감정에서 비롯되었을 터이니 그렇다면 특히 존중해 줘야 했다.

두 사람은 차분하고 조용하게 두 번의 춤을 추었고, 그래서 누가 지켜봤더라도 그동안 토머스 경이 둘째 아들의 배필을 키운 것은 아니라고 장담할 수 있었을 것이다.

이때까지 에드먼드는 별로 즐거울 일이 없었다. 크로퍼드 양은 함께 첫 춤을 출 때 명랑한 모습을 보였지만, 그런 명랑함은 그에게 도움이 되지 않았으니, 마음의 평안에 보탬보다는 해가 되었다. 그래도 그는 그녀에게 다시 춤을 청하지 않을 수 없었고, 그때 자신이 곧 발을 들여놓을 직업을 두고 그녀가 하는 말에 마음이 아팠다. 서로 대화를 하고, 잠시 침묵이 흐르고, 그가 알아듣게 설명하고, 그녀가 놀려 대고, 그리고 결국 둘 다 불편한 심기로 헤어졌다. 두 사람에게서 시선을 아주 거둘 수는 없었던 패니는 그런 모습에 마음이 좀 놓였다. 에드먼드가 괴로워하는데 행복해하다니 참으로 못된 일이었다. 그러나 그의 괴로움을 확인하며 행복한 기분이 드는 것은 어쩔 수가 없었으며 앞으로도 그럴 것이었다.

그와 두 번의 춤을 끝내고 나자 이제 더 출 기분도 기운도 거의 바닥이 난 상태였다. 패니가 숨을 헐떡이며 옆구리에 손을 대고 춤춘다기보다는 걷는 듯한 스텝으로 벌써 줄어들고 있는 대열을 따라 움직이는 모습을 보고, 토머스 경은 이제 그냥 가만히 앉아 있으라는 명을 내렸다. 그때부터 크로퍼드 씨도 덩달아 자리에 앉아 있었다.

"가엾은 패니!" 윌리엄이 잠시 그녀를 보러 왔다가 파트너에게서 가져온 부채를 죽을 둥 살 둥 연신 부쳐 대며 외쳤다. "아니 벌써 녹초가 된 거야? 이제 한창 흥이 오를 참인데. 난

“가엾은 패니!” 윌리엄이 외쳤다.

앞으로 두 시간은 더 계속했으면 좋겠는데. 넌 어쩌면 그렇게 금방 지치냐?"

"금방이라니, 이 친구야!" 보는 눈을 의식해 가만히 시계를 꺼내 보며 토머스 경이 말했다. "벌써 3시다. 자네 여동생은 이렇게 늦게까지 있어 본 적이 거의 없어."

"그렇다면 패니, 내일 내가 떠날 때 일어나지 말고 푹 자. 신경 쓰지 말고."

"어머, 오빠!"

"뭐라고! 그럼 패니는 네가 출발하기 전에 일어날 생각이었던 거냐?"

"그럼요, 이모부." 좀 더 이모부 곁으로 오려고 벌떡 일어나면서 패니가 외쳤다. "일어나서 오빠하고 같이 아침 식사를 해야지요. 마지막, 마지막 아침이잖아요."

"그만두는 게 좋겠다. 9시 반까지는 식사를 마치고 출발해야 해. 크로퍼드 씨, 9시 반에 데리러 오는 거 아닌가?"

그러나 패니가 온통 눈물을 글썽이며 간절히 원하는 바람에 거절할 수가 없었다. 그래서 결국은 자애롭게 "그래, 그래." 하는 것으로 끝났으니, 허락한다는 뜻이었다.

"그럼 9시 반에 보세." 자리를 뜨는 윌리엄에게 헨리가 말했다. "정확하게 시간 맞춰 오겠네. 나야 일어나서 전송해 줄 다정한 누이동생도 없고." 그러고는 목소리를 낮추며 패니에게 말했다. "저는 아무도 일어나지 않은 집에서 서둘러 나오겠지요. 내일 당신 오빠는 나와 시간 관념이 완전히 다르다는 것을 알게 될 겁니다."

잠시 생각하던 토머스 경은 크로퍼드에게 혼자 식사하지 말고 집으로 와서 일찍 식사를 하는 게 어떠냐, 자기도 함께 하겠다며 권했다. 그리고 그가 얼른 초대를 받아들이는 것을 보면서, 바로 이 무도회를 연 것도 상당 부분 그 때문이었다고 스스로 인정할 수밖에 없는 그 짐작이 가히 틀리지 않았다는 확신을 얻었다. 크로퍼드 씨가 패니를 사랑하고 있는 것이었다. 그는 앞으로 일어날 일을 흐뭇한 마음으로 예상해 보았다. 그러나 조카딸은 방금 이모부가 한 일이 조금도 고맙지 않았다. 마지막 날 아침에는 윌리엄을 독점할 수 있으리라 기대했던 것이다. 그렇게만 된다면 이루 말할 수 없는 호사를 만끽했을 텐데. 하지만 그녀는 기대가 물거품이 되었다고 해도 투덜거리는 성격이 아니었다. 오히려 누가 자기에게 어떻게 하는 게 좋겠냐고 물어본다거나 뭔가 바란 대로 이루어진 경험이 별로 없었기 때문에, 그만큼이라도 자기 주장이 관철된 것이 놀랍고 기뻤을 뿐, 곧이어 사태가 역전되었다고 해서 불만을 품지는 않았다.

얼마 후 토머스 경은 또 한번 그녀의 바람을 훼방 놓고 말았으니, 얼른 잠자리에 들라고 권한 것이다. 그는 '권한다'고 표현했지만, 그 권유에는 절대적인 무게가 실려 있었고, 그래서 그녀는 자리에서 일어나 크로퍼드 씨의 다정한 작별 인사를 들으며 조용히 물러나야 했다. 그녀는 문간에 멈춰 서서, 브랭크섬홀의 귀부인처럼 '마지막으로 한 번'* 행복한 광경을

* 월터 스콧의 서사시 「마지막 음유 시인의 노래」 1편, 20연에 나오는 구절. 브랭크섬홀의 귀부인은 16세기 스코틀랜드의 귀족으로 마법에 능했다고 전해지는 역사적 인물

둘러보며 아직도 꿋꿋이 춤에 몰두하고 있는 대여섯 쌍을 마지막으로 일별했다. 그러고는 끊임없이 이어지는 컨트리댄스 곡조를 뒤로하고 중앙 계단을 천천히 기어오르듯 올라갔다. 희망과 불안, 수프와 니거스 주(酒)*로 얼굴은 화끈거리고, 발은 아프고 몸은 지치고 마음은 불안하고 어지러웠지만, 뭐니 뭐니 해도 무도회란 정말 즐거운 것이구나 하는 생각을 했다.

토머스 경이 이렇게 패니를 올려 보낸 것은 건강을 염려해서만은 아니었을지도 모른다. 크로퍼드 씨가 패니 곁에 있는 건 그만하면 충분하지 않나 하는 생각을 했을 수도 있고, 아니면 패니가 얼마나 고분고분한지 보여 줌으로써 훌륭한 신부감임을 역설하고 싶었는지도 모른다.

이자 이 서사시의 여주인공이다.

* 포도주, 더운 물, 설탕, 향료, 레몬 따위를 섞은 음료.

II

무도회는 끝났다. 그리고 아침 식사도 곧 끝이 났다. 마지막 키스를 주고받은 후 윌리엄은 떠나갔다. 크로퍼드 씨는 본인 말대로 시간을 엄수했고, 즐거운 식사 또한 순식간에 끝난 것이다.

마지막 순간까지 윌리엄을 지켜본 뒤 패니는 몹시 서글픈 마음으로 우울한 변화에 가슴 아파하며 조찬실로 돌아왔다. 그러자 이모부는 자상하게도 그녀 혼자 울게 자리를 떴다. 어쩌면 그는 패니가 두 청년이 앉아 있던 빈 의자들을 보면 애틋한 정이 더해질 것이고, 윌리엄의 접시에 남아 있는 차가운 돼지 뼈와 겨자, 그리고 크로퍼드 씨 접시 위의 달걀 껍질에 공히 마음을 줄 것이라고 생각했는지도 모른다. 그녀는 앉아서 이모부 생각대로 사랑의 눈물을 쏟았지만, 동기간의 우애 외에 다른 것은 없었다. 윌리엄이 떠나갔다. 이제 그녀는 오빠가 여기서 지내는 동안 오빠와는 상관도 없는 부질없는 걱정과 이기적인 근심에 절반의 시간을 허비해 버린 것만 같은 생각이 들었다.

원래 패니는 심지어 노리스 부인에 대해서도, 초라하고 쓸쓸한 작은 집에 앉아 있을 이모를 생각하며 지난번에 같이 있을 때 더 마음을 써 드려야 하지 않았나 하며 스스로를 책망하는 성정이었다. 그러니 두 주 동안 행동과 말과 생각에서 윌리엄을 위해 최선을 다했다고 스스로 면죄부를 주기란 더더욱 불가능했다.

무겁고 우울한 아침이었다. 다시 차려진 아침 식사가 끝나자마자 이번에는 에드먼드가 식구들에게 일주일간의 작별을 고한 뒤 말에 올라 피터버러로 떠났다. 모두 가 버렸다. 지난밤의 일은 이제 추억으로만 남고, 함께 추억을 나눌 사람조차 없었다. 그녀는 버트럼 이모를 붙들고 이야기를 했다. 누구한테라도 무도회 이야기를 하지 않고는 견딜 수가 없었던 것이다. 그러나 이모는 지난밤 무슨 일이 있었는지 본 것도 별로 없고 호기심도 별로 없어서, 이야기를 끌어가기가 힘들었다. 레이디 버트럼은 자기가 아닌 다른 사람에 대해서는 옷차림도, 밤참 때 앉았던 자리도 제대로 기억하지 못했다. '매덕스 댁 따님들 가운데 누군가에 대해 무슨 이야기인가 들었고, 레이디 프레스콧이 패니에 대해 뭐라고 했는데, 영 생각이 나지 않는다, 해리슨 대령이 무도회장의 청년 중 가장 멋진 청년이라고 지목한 상대가 크로퍼드 씨인지 윌리엄인지 잘 모르겠다, 누가 나한테 뭔가 속삭이고 갔고, 무슨 말인지 토머스 경한테 물어보려 했지만 깜박했다.' 그나마 가장 길고 가장 분명하게 전해 준 것이 이 정도였다. 나머지는 다만 나른하게 "응, 응, 그렇구나, 네가 그랬어? 그 사람이 그랬다고? 그건 못 봤는데. 난 그 두 사람이 영 구별이 안 되더라." 하는 식이었다. 이래서야 대화가 진척될 리 없었다. 이보다 못한 것이 있다면 노리스 부인의 날카로운 대답뿐이리라. 그렇지만 부인은 남은 젤리를 몽땅 싸 들고는 앓아 누운 하녀를 돌봐 줘야 한다며 집으로 돌아갔기 때문에, 두 사람의 조촐한 자리에는 달리 내세울 것은 별로 없어도 평화롭고 온화한 기운이 깃들었다.

저녁나절도 무겁긴 낮이나 마찬가지였다. "내가 왜 이러는지 모르겠네!" 다구를 내가자 레이디 버트럼이 말했다. "머리가 너무 멍하구나. 어젯밤에 너무 늦게까지 있어서 그런 모양이다. 패니, 내가 정신이 나게 뭐든 해 보려무나. 일이 손에 안 잡히네. 카드 좀 가져오렴. 머리가 너무나 멍해."

패니는 카드를 가져와 잠자리에 들 때까지 이모와 크리비지 게임*을 했다. 그리고 토머스 경은 묵묵히 독서에 열중했으므로, 그 뒤로 두 시간은 게임을 하며 점수를 계산하는 소리 외에는 아무 소리도 들리지 않았다. "그것으로 31점이 났네요. 손에 드신 게 4점, 밑에 깔린 게 8점이니까요. 패를 돌리실 차례예요, 이모. 제가 대신 돌릴까요?" 패니는 스물네 시간 사이에 이 방과 1층 전체가 얼마나 달라졌는지, 그 생각만 되씹고 되씹었다. 지난밤에는 응접실 안팎을 비롯해 집안 곳곳에 희망과 미소, 활기와 움직임, 시끌벅적하고 화사한 분위기가 가득했다. 그런데 지금은 나른하고 거의 쓸쓸한 기운마저 감돌았다.

하룻밤 푹 자고 나니 기분이 나아져, 다음 날은 좀 더 가벼

---

* 17세기에 발명된, 보통 두 사람이 하는 카드놀이로 득점 계산판을 사용한다. 각 참가자는 여섯 장의 카드로 시작해 버려진 카드의 점수가 31점이 될 때까지 한 번에 한 장씩 카드를 버린다.

운 마음으로 윌리엄을 생각할 수 있었다. 그리고 오전에 그랜트 부인과 크로퍼드 양하고 목요일 밤에 대해 근사한 담소를 나눌 기회가 생겨, 이미 지나가 버린 무도회를 기억할 때 동원되게 마련인 온갖 상상력을 가미하고 온갖 농담을 곁들여 가며 시시콜콜 이야기를 나누고 나자, 이제 크게 힘들이지 않고 평소의 마음 상태로 돌아가 단조롭고 고요한 일상에 쉽게 적응할 수 있었다.

하루 종일 이렇게 적은 식구끼리 지낸 것은 처음이었다. 게다가 가족 모임과 식사 때마다 안락하고 명랑한 분위기를 만들어 내던 그마저 자리를 비우고 없었다. 그러나 견디는 법을 배워야 했다. 그가 영원히 집을 비울 때가 곧 올 테니까. 그리고 그녀는 지금 이모부와 한 방에 앉아 그의 목소리를 듣고 질문을 받고 대답을 하면서도 전과 달리 비참한 기분이 들지 않는 것만으로도 감사했다.

"우리 두 젊은이의 빈자리가 꽤 크구나." 첫째 날 그리고 둘째 날 정찬을 마치고 얼마 안 되는 식구들이 모였을 때 토머스 경은 이렇게 말했다. 그리고 눈물이 글썽글썽해지는 패니를 생각해서 첫째 날은 더 이상 다른 말 없이 두 젊은이의 건강을 기원하며 건배만 했으나 둘째 날에는 다른 이야기로 이어갔다. 그는 윌리엄을 칭찬하며 그의 승진을 기원했다. 그리고 이렇게 덧붙였다. "이제 앞으로는 자주 들를 거라고 봐도 무방하겠지. 에드먼드의 경우는 그 애 없이 지내는 법을 배워야겠지만. 그 애가 지금처럼 집에 있는 것은 올겨울이 마지막일 거요." "그렇네요."라고 레이디 버트럼이 말했다. "그렇지만 떠

패니가 그랜트 부인과 크로퍼드 양하고 목요일 밤에 대해 담소를 나누었다.

나지 말았으면 좋겠어요. 이러다 다 떠나고 없겠어요. 그냥 집에 있으면 좋을 텐데."

끝에 붙인 소망은 주로 줄리아를 염두에 둔 말이었다. 얼마 전 줄리아가 마리아와 함께 런던에 가겠다며 허락해 달라고 청해 온 것이다. 토머스 경도 허락해 주는 것이 두 딸 모두에게 최선이라고 생각했고 부드러운 성격의 레이디 버트럼도 말리지는 못했겠지만, 그로 인해 줄리아의 귀향 일정이 달라진 것은 안타까웠다. 그렇지 않았다면 지금쯤은 벌써 돌아오고도 남았을 터였다. 토머스 경은 온갖 양식을 동원해 기왕 이렇게 된 일이니 아내가 좋게 받아들이도록 유도했다. 사려 깊은 부모라면 마땅히 가져야 할 생각들을 권유하고, 자식이 좋아하는 일을 할 수 있게 해 줄 때 자애로운 어머니가 느끼는 감정을 그녀도 느낄 거라고 했다. 레이디 버트럼은 조용히 "그럼요."라고 말하며 모두 동의했고, 그리고 십오 분쯤 말없이 생각에 잠기더니 그녀의 입에서 절로 이런 말이 나왔다. "토머스 경, 그동안 생각해 봤는데요, 패니를 데려오기를 참 잘한 것 같아요. 아이들이 떠나고 나니 패니가 우리 곁에 있는 게 얼마나 다행인지 모르겠어요."

토머스 경은 즉각 이렇게 덧붙임으로써 이 칭찬을 보충했다. "물론이요. 우리가 패니를 얼마나 착한 아이라고 생각하는지, 이렇게 면전에서 칭찬하는 것부터가 그 증거 아니겠소. 이제 패니는 매우 소중한 말동무가 되었어. 그동안은 우리가 패니를 보살펴 줬다면, 이제는 패니가 우리한테 없어서는 안 될 존재가 된 거지."

"그럼요." 곧바로 레이디 버트럼이 말했다. "그리고 다른 아이들은 몰라도 패니만큼은 언제나 우리 곁에 있을 것을 생각하니 위안이 되네요."

토머스 경은 멈칫하며 슬그머니 미소를 짓더니 조카딸을 흘깃 바라보고는 엄숙하게 대답했다. "나도 이 애가 우리 곁을 떠나지 않기를 바라오. 여기서보다 더 큰 행복을 누릴 그런 집에서 모셔갈 때까지는."

"그런 일이 있을 리 없지요, 토머스 경. 누가 모셔가겠어요? 마리아라면 패니가 이따금 소더턴에 와서 지내는 거야 좋아라 하겠죠. 하지만 와서 살라고는 안 할걸요. 그리고 패니도 여기서 지내는 게 훨씬 낫잖아요. 물론 나도 패니 없이는 곤란하고요."

맨스필드의 대저택에서는 그렇게 조용하고 평화롭게 지나간 일주일이지만, 목사관의 사정은 전혀 달랐다. 적어도 두 집안의 젊은 숙녀들은 그 일주일을 매우 다른 기분으로 지냈다. 패니에게는 평온이자 평안인 것이 메리에게는 지루하고 짜증스러울 뿐이었다. 한쪽은 너무 쉽게 만족하는 반면 다른 쪽은 참는 데 전혀 익숙지 않았으니, 성향과 습관의 차이 때문이기도 했다. 그렇지만 그보다는 상황의 차이에서 비롯된 점이 더 컸다. 많은 관심사에서 두 사람의 처지는 정반대였다. 에드먼드의 부재가 그 원인과 전망에서 패니에게 안도감을 주었다면, 메리에게는 모든 면에서 괴로움을 안겨 줄 뿐이었다. 그녀는 그가 곁에 없다는 사실을 매일, 거의 매시간 절감했다. 그리고 곁에 있었더라면 하는 아쉬움이 너무나 컸기 때문에, 그가 떠난 용건을 생각하면 화밖에 나지 않았다. 그가 일부러 자신의 주가를 올리려 했다면 이 일주일의 부재만 한 것은 없었을 것이다. 하필이면 그녀의 오빠가 떠나고 윌리엄 프라이스도 떠나간 시점과 겹치는 바람에, 그토록 활기차던 모임에 완전히 종지부를 찍고 만 것이다. 그녀는 이를 통감했다. 이제 불행한 세 사람만 남아 이어지는 비와 눈 때문에 집에 갇혀, 할 일도 없고 달라질 기약도 없는 신세가 되었다. 그녀의 의사를 무시하고 자기 생각만 고집하며 끝내 행동으로 옮긴 에드먼드한테 화는 났지만(그리고 너무나 화가 나 무도회에서도 별로 좋게 헤어지지도 못했지만), 막상 그가 떠나고 나니 끊임없이 생각이 나면서, 그의 장점과 애정을 곱씹게 되고 얼마 전 둘이 거의 매일 만나던 때가 다시 그리워졌다. 그래도 이렇게 길게 집을 비울 것까지는 없었다. 이렇게 오래 떠나 있을 계획을 세우다니. 그녀도 맨스필드를 떠날 날이 얼마 남지 않았는데 이런 마당에 일주일씩이나 집을 비우다니. 그러다 그녀는 자책감이 들기 시작했다. 마지막 대화를 나눌 때 그렇게 열을 올리지 말걸 하는 후회가 몰려왔다. 성직자 이야기를 하면서 몇 마디 지나치게 경멸적인 표현을 사용한 것 같아 걱정이 되었다. 그것만큼은 하지 말았어야 했다. 교양 없고, 잘못된 짓이었다. 다시 주워 담을 수만 있다면 진심으로 그러고 싶었다.

짜증스러운 일은 그 일주일로 끝나지 않았다. 일주일만으로도 심란하기 짝이 없는데, 더 속상한 일이 생기고야 말았다. 다시 금요일이 왔지만 에드먼드는 돌아오지 않고, 토요일이 되어도 여전히 그림자도 보이지 않더니, 일요일이 되어서야 그 집 식구들과 잠깐 마주쳤다가 그가 친구 집에 며칠 더 묵기로 했으니 더 있다가 와도 되겠냐는 편지를 실제로 집으로 보냈다는 소식을 들은 것이다!

진작부터 초조하고 후회가 됐지만, 자기가 한 말이 후회되고 그가 그것을 너무 심각하게 받아들이지는 않을까 걱정이 되었지만, 이제 그런 후회와 걱정은 열 갑절 더해졌다. 거기다 난생처음으로 한 가지 불쾌한 감정과 씨름해야 했으니, 바로 질투였다. 그의 친구 오언 씨한테 누이가 몇 명 있다던데, 혹시 그들에게 반한 것은 아닌가 싶었던 것이다. 어쨌든 다른 때도 아니고, 그녀가 런던으로 옮기기로 일찍부터 계획되어 있었던 이때 계속 집을 비우니, 그게 무슨 의미인가 싶어 견딜 수가 없었다. 만일 헨리가 원래 말한 대로 사나흘 있다가 돌아왔더라면, 그녀는 지금쯤 맨스필드에서 출발했을 것이다. 이제는 패니를 만나 좀 더 알아보는 수밖에 달리 도리가 없었다. 더 이상 이렇게 고독하고 참담한 마음으로 지낼 수는 없었다. 그래서 그녀는 조금이라도 소식을 얻어들을 수 있지 않을까, 최소한 그의 이름만이라도 들을 수 있지 않을까 하는 기대를 안고, 일주일 전만 해도 도저히 걸어갈 수 없을 것만 같았던 길을 걸어 맨스필드 파크로 향했다.

처음 삼십 분은 소득 없이 흘러갔다. 패니가 레이디 버트럼과 함께 있었기 때문이었으니, 패니하고 단둘이 있는 자리가 아니면 아무 소용이 없었던 것이다. 그러나 마침내 레이디 버트럼이 방을 나갔고, 곧바로 크로퍼드 양은 최대한 절제된 목소리로 이렇게 말을 꺼냈다. "사촌 오빠 에드먼드가 이렇게 오래 떠나 있는데 괜찮으세요? 젊은 사람이라곤 아가씨밖에 없으니, 제일 고충이 크겠네요. 보고 싶겠어요. 더 있다 온다는 소식을 듣고 놀라진 않았어요?"

"글쎄요." 패니가 머뭇거리며 말했다. "놀라긴 했죠. 예상하지 못한 일이니까요."

"약속한 때보다 늦게 돌아오시는 일이 늘 있나 봐요. 보통 그러잖아요, 젊은 남자분들은."

"아니요. 이번 말고 오언 씨 댁에 간 건 한 번뿐인데 그때는 그러지 않았어요."

"지금은 그 댁이 더 마음에 드는 모양이죠. 본인부터가 대단히…… 대단히 매력적인 청년이잖아요. 그러니까 나도 런던으로 가기 전에 한 번 더 뵙지 못한다면 속이 좀 상할 것 같은데, 지금 같아선 아무래도 그렇게 될 것 같네요. 당장이라도 헨리 오빠가 돌아올지도 모르니까. 오빠가 오는 대로 난 맨스필드를 떠날 거예요. 사실 더 있을 이유도 없고요. 한 번은 그분을 뵈었으면 하는 게 솔직한 심정이지만요. 그렇지만 대신 감사 인사를 전해 주세요. 그래요, 감사 인사라고 해야겠네요. 우리 말에는 '감사'와…… '사랑'의 중간쯤 되는 단어가, 우리가 맺은 교분 같은 것에 들어맞는 단어가 없는 것 같지 않아요? 몇 달씩이나 이어진 교분인데 말이죠! ……그렇지만 이번에는 감사라는 말로 충분하겠네요. 편지는 길게 썼던가요? 뭘 하고 지내는지 자세하게 설명한다든가 말예요. 거기 머무는 목적이 즐거운 크리스마스 행사 때문이라던가요?"

"나도 다는 못 들었어요. 이모부께 보낸 편지니까요. 그렇지만 아마 아주 짧은 편지였을 거예요. 틀림없이 몇 줄 안 됐을 걸요. 내가 들은 건 친구분이 더 있어 달라고 청해서 그러마고 했다는 정도예요. '이삼 일 더'라고 했는지, '며칠 더'라고 했는지는 잘 모르고요."

"아! 아버님께 보낸 편지라면……. 난 레이디 버트럼이나 당신한테 보낸 줄 알았죠. 아버님께 보낸 편지라면, 짧게 쓴 것도 당연하네요. 토머스 경께 누가 감히 시시콜콜 길게 쓰겠어요? 당신한테 보냈다면, 더 자세한 이야기를 했겠지만요. 무도회와 파티 이야기도 하고요. 당신한테라면 거기서 있었던 일들이며 사람들에 대해 모두 적어 보냈겠죠. 오언 씨 누이가 몇 명이라고요?"

"다 큰 누이는 셋이래요."

"악기도 다루고요?"

"나도 전혀 몰라요. 들은 것이 없어서요."

"보통 제일 먼저 그것부터 묻잖아요." 명랑하고 무심한 척 애를 쓰며 크로퍼드 양이 말했다. "악기를 연주할 줄 아는 여자라면 다른 여자에 대해서도 그것부터 묻게 되죠. 하지만 젊은 숙녀들을, 다 자란 자매 셋을 두고 이런저런 질문을 한다는 것부터가 참으로 어리석은 일이네요. 굳이 듣지 않아도 알 수 있는 걸 말이죠. 모두 대단히 교양 있고 매력적이고, 게다가 한 명은 대단히 아름답겠죠. 어느 집이든 미인이 한 명은 있는 법이니까요. 그게 상례지요. 두 사람은 피아노를 치고, 한 사람은 하프를 켜고, 모두 노래를 잘 부르고요. 아니면 배우기만 했다면 잘했을 거라든가, 혹은 배우지 않았는데도 더 잘 부른다든가, 뭐 그렇겠죠."

"오언 양들에 대해서는 아는 바가 전혀 없어요." 패니가 차분하게 말했다.

"모르면 관심도 덜하다는 말이 있지요. 방금 그 말투처럼 관심 없는 말투도 또 없겠네요. 하긴 본 적도 없는데 무슨 관심이 가겠어요? ……그나저나 사촌 오빠가 돌아올 때쯤이면 맨스필드는 매우 조용하겠네요. 시끄러운 사람들은 다 떠나고 없을 테니. 아가씨 오빠하고 우리 오빠, 그리고 나 말예요. 막상 떠날 때가 되니까 언니와 헤어지는 게 걸려요. 언니도 내가 떠나게 돼 섭섭해하고요."

패니는 예의상 한 마디 보태지 않을 수 없었다. "틀림없이 많은 분들이 크로퍼드 양을 그리워할 거예요. 모두들 무척 그리워할 겁니다."

크로퍼드 양은 더 듣고 더 보고 싶다는 듯이 그녀에게로 시선을 돌리며 웃었다. "어머! 그렇겠죠. 시끄럽고 골치 아픈 사람도 없어지고 나면 그리워지는 법이니까요. 그런 사람일수록 빈자리가 크게 느껴지지 않겠어요? 하지만 공치사를 듣자는 건 아니니까, 그런 말은 안 해도 돼요. 정말 그리워한다면 금방 알 수 있겠지요. 보고 싶으면 찾아오면 되니까요. 내가 뭐 어딘지도 모르는 곳이나 멀리, 접근할 수 없는 곳으로 가는 것도 아니고."

패니도 이번에는 도저히 뭐라 말이 나오지 않았고, 그래서 크로퍼드 양은 실망했다. 속사정을 알 만한 사람 입에서 자신의 힘을 확인해 주는 기분 좋은 말을 듣고 싶었던 것이다. 그녀의 기분에 다시 먹구름이 드리워졌다.

"오언 양들 말예요." 잠시 후 그녀가 말했다. "만약 그중 한 아가씨가 손턴 레이시에서 살게 된다면, 아가씨는 어떨 것 같아요? 세상에는 더 이상한 일도 일어나니까 말예요. 틀림없이 모두들 그렇게 만들려고 애쓰고 있을걸요. 당연한 일이죠. 그 아가씨들 입장에서는 썩 괜찮은 자리일 테니까요. 그렇다고 이상하게 여기거나 비난할 생각은 전혀 없어요. 누구나 스스로를 위해 최선을 다할 의무가 있으니까요. 토머스 버트럼 경의 아드님이라면 대단하지 않아요? 게다가 이제는 그 댁과 같은 계통에서 일하게 되었고. 그 아가씨들 부친도 목사님, 오빠도 목사님, 모두 목사님이잖아요. 그러니 그분은 그 아가씨들의 합법적인 소유물인 셈이죠. 잘 어울리잖아요. 아무 말이 없네요, 패니, 아니 프라이스 양, 아무 말도 안 하네요. …… 하지만 어때요, 솔직히 말해서 당신 생각에도 십중팔구 그렇게 될 것 같지 않나요?"

"아니요," 패니가 단호히 말했다. "절대로 그렇지는 않을 거예요."

"절대로요!" 말이 떨어지기가 무섭게 크로퍼드 양이 외쳤다. "놀라운 말이네요. 그렇지만 아가씨가 잘 알겠지요. 난 언제나 아가씨가…… 혹시 그분이 결혼 따위는 안 할 거라고 여기는 거 아녜요? 적어도 지금은 말예요."

"예, 맞아요." 패니가 나지막하게 말했다. 그렇게 믿거나 인정하는 것이 착각은 아니기를 바라면서.

상대방은 그녀를 날카로운 눈으로 주시했다. 그리고 그런 눈길에 얼굴을 붉히는 모습을 보고 힘을 내 “하긴 그분한테는 지금 그대로가 최선이겠지요.”라고만 말하고 화제를 돌렸다.

12

이 대화로 크로퍼드 양의 불안은 많이 가벼워졌고, 집으로 돌아갈 때 기분으로는 다시 또 일주일을 똑같이 궂은 날씨에 똑같은 몇몇 사람들하고만 지내도 끄떡없을 정도였다. 그걸 입증할 기회가 있었다면 말이다. 그러나 바로 그날 저녁 오빠가 평소처럼, 아니 평소보다 쾌활한 모습으로 런던에서 돌아왔으므로, 그녀는 자신의 쾌활함을 시험해 볼 필요가 없어졌다. 그는 무슨 일로 런던에 갔다 왔는지에 대해서는 여전히 입을 다물었지만, 이제는 오히려 재미있게 여겨질 뿐이었다. 하루 전만 해도 짜증이 났겠지만, 지금은 즐거운 장난만 같았다. 그녀에게 깜짝 놀래켜 줄 생각으로 뭔가 숨기고 있을 뿐이라고 생각되었다. 그리고 실제로 다음 날 깜짝 놀랄 만한 일이 일어났다. 헨리는 버트럼 댁에 잠깐 들러 인사만 드리고 십 분 안에 돌아오겠다며 나가서는 한 시간이 넘도록 돌아오지 않았다. 그리고 그와 정원을 함께 산책하려고 초조하게 기다리고 있던 누이동생이 마침내 집으로 들어가는 마찻길에서 마주친 그를 향해 "오빠, 도대체 지금까지 어디 갔다 오는 거야?" 하고 소리를 지르자, 그는 레이디 버트럼과 패니와 함께 앉아 있다 오는 길이라고만 말했다.

"한 시간 반씩이나 같이 있었다고?" 메리가 외쳤다.

그러나 이것은 놀라움의 시작에 불과했다.

"그래, 메리." 그는 동생의 팔을 끌어당겨 팔짱을 끼게 하고 마찻길을 따라가며 말했는데, 자기가 지금 어디로 가고 있는지 아무 생각이 없는 듯했다. "빨리 나올 수가 없었어……. 패니가 얼마나 아름다운지! ……이제 확실히 결심했어, 메리. 완전히 마음을 굳혔어. 너한테 놀라운 소식일까? 아니, 틀림없이 너도 내가 패니 프라이스와 결혼할 생각이라는 것을 알고 있을 거야."

너무나 놀라운 소식이었다. 그가 혼자 무슨 짐작을 했는지 몰라도, 누이동생으로서는 오빠가 그런 생각을 하고 있으리라고는 상상조차 하지 못했던 것이다. 그리고 놀란 기색이 그녀의 얼굴에 고스란히 드러났기 때문에, 그는 방금 한 말을 더 길고 진지하게 되풀이해야 했다. 오빠가 확실히 마음을 정했다는 사실을 일단 받아들이고 나니 그녀는 꼭 개탄할 일은 아니라는 생각이 들었다. 놀라움에는 기쁨마저 섞여 있었다. 지금 메리의 심정으로는 버트럼 집안과 연을 맺는 게 반가울 수밖에 없었고, 그래서 오빠가 좀 처지는 결혼을 한다고 해서 속상할 것도 없었다.

"그래, 메리," 헨리가 결론적으로 확인해 주었다. "보기 좋게 걸려든 거지. 내가 처음에 얼마나 허랑한 생각으로 시작했는지 잘 알잖아. 그렇지만 결과는 이렇게 됐네. 패니의 마음을 얻는 데도 (자부하며) 적잖은 진전이 있었지만, 아무튼 내 마음은 완전히 사로잡히고 말았어."

“참 억세게 운 좋은 아가씨네!” 드디어 말문이 트인 메리가 이렇게 외쳤다. “그쪽에서야 얼마나 근사한 혼사겠어! 사랑하는 헨리 오빠, 이게 첫 느낌인 건 나도 어쩔 수가 없네. 그렇지만 두 번째 느낌 역시 진심이야. 난 오빠의 선택에 마음 깊이 찬성하고, 오빠의 행복을 바라고 소망하는 만큼이나 꼭 그렇게 될 거라고 진심으로 믿어. 귀엽고 상냥하고 감사와 헌신으로 가득한 아내를 맞게 될 거야. 오빤 그럴 자격이 있어. 그쪽에서야 얼마나 놀라운 혼처겠어! 그렇지 않아도 노리스 부인은 늘 그 아가씨보고 운이 좋다고 야단인데, 이 소식을 들으면 뭐라고 할까? 그야말로 온 집안의 경사잖아! 그중에는 그 아가씨를 진정으로 아끼는 사람들도 있지. 그분들은 얼마나 기쁠까! 어쨌든 전부 털어놔 봐. 끝없이 얘기해 달라고. 대체 언제부터 진지하게 생각하게 된 거야?”

그런 질문을 받는 것만큼 즐거운 일은 없겠지만, 그런 질문에 답하는 것만큼 불가능한 일 또한 없었다. ‘그 즐거운 돌림병이 어떻게 그에게 슬그머니 다가왔는지’* 그는 말할 수가 없었고, 똑같은 감정을 약간씩 표현을 바꿔 가며 세 번째 되풀이하자, 누이동생이 얼른 끼어들었다. “어머, 오빠! 그래서 런던에 갔던 거구나! 볼일이 있다더니 바로 이거였어! 마음을 정하기 전에 제독님께 상의드리러 간 거야.”

그렇지만 그는 단호히 부인했다. 결혼 문제를 상의하기에는 그는 숙부를 너무 잘 알았다. 제독은 결혼이라면 질색을 했

---

* 18세기 영국 시인이자 극작가인 윌리엄 화이트헤드(William Whitehead, 1715~1785)의 시 「뭔지 나도 몰라: 노래」의 한 구절.

고, 자기 자산을 지닌 청년의 경우에는 결코 용서할 수 없는 일이라고 여겼다.

"숙부님도 패니를 알게 되면 홀딱 빠져들걸." 헨리는 이어서 말했다. "숙부님 같은 남성들의 편견을 일거에 몰아낼 만한 여성이잖아. 제독님이 이 세상에 존재하지 않는다고 생각하는 그런 여성이니까. 제독님이 당신 생각을 섬세한 언어로 담아낼 수만 있다면, 아마도 세상에 없는 존재로 묘사했을 그런 여성이야. 그렇지만 완전히 확정될 때까지는, 끼어들어 봤자 소용이 없을 정도로 완전히 매듭지어질 때까지는, 숙부님한테는 절대 알리지 않을 거야. 그래, 메리, 네가 헛다리를 짚은 거야. 넌 내 볼일이 뭔지 아직도 모른다고!"

"알았어, 알았다고. 그거면 됐어! 이제 누구와 관련된 볼일인지 알았으니, 나머지야 천천히 알면 되지 뭐. 패니 프라이스라! 놀랍네, 정말 놀라워! 맨스필드의 힘이 이 정도일 줄이야…… 다른 사람도 아니고 오빠가 맨스필드에서 운명의 상대를 만나다니! 그렇지만 오빠 말이 정말 맞아. 이보다 더 나은 사람을 어디서 고르겠어. 그런 아가씨는 아마 이 세상에 없을 거야. 게다가 오빤 재산 같은 건 필요 없잖아. 그리고 인척 관계도 아주 훌륭하고. 버트럼 집안이 이 지역 명문가 중 하나인 건 틀림없는 사실이니까. 토머스 버트럼 경의 조카딸이니, 그것만으로도 세상에서 알아줄 만하지. 그렇지만 어서 더 말해 봐. 얼른. 앞으로 어쩔 생각이야? 그 아가씨도 자기의 행운을 알아?"

"아니."

"아니, 뭐 때문에 뜸을 들이는데?"

"글쎄, 좀 더 좋은 기회가 있을까 해서……. 메리, 패니는 그 사촌 언니들하곤 달라. 그래도 막상 청혼을 하면 거절하진 않겠지."

"어머! 물론이지. 그럴 리가 있겠어. 설령 오빠가 이렇게 매력적이지 않다 해도, 그리고 그 아가씨가 아직은 오빠를 사랑하지 않는다고 해도 (그럴 가능성은 별로 없겠지만 말이야.) 오빠는 안심해도 될 거야. 원체 유순하고 고마워할 줄 아는 성정이라 오빠의 마음을 알면 바로 오빠한테 마음을 줄 테니까. 난 패니가 사랑 없이 오빠와 결혼하는 일은 없을 거라고 진심으로 믿어. 세속적 욕심에 흔들리지 않을 처녀가 이 세상에 하나 있다면 그건 바로 패니일 거야. 그래도 오빠를 사랑해 달라고 간청해 봐. 박정하게 내치지는 못할 테니까."

열을 올리던 그녀가 말을 멈추는 즉시 그는 이야기를 시작했는데, 듣는 사람이나 하는 사람이나 즐거웠다. 그리고 당사자에게는 물론이고 그녀에게도 매우 흥미로운 대화가 이어졌다. 사실 그는 자신의 감정 말고는 이야기해 줄 것도 별로 없었고, 패니의 매력 말고는 길게 거론할 것도 없었지만. 패니의 아름다운 용모와 자태, 우아한 행동거지와 상냥한 마음씨는 끝없는 이야깃거리였다. 패니의 얌전하고 겸손하고 온화한 성품 또한 자세하고 열렬히 거론되었으니, 남자들은 온화한 성품이야말로 여성의 필수적인 가치라고 여기기 때문에, 이런 성품이 없는 사람을 사랑할 때에도 완전히 없으리라고는 절대 믿지 못하는 법이다. 그로서는 그녀의 성품을 믿고 칭찬할 이유가 충분했다. 그 성품이 시험대에 오르는 경우를 여러 번 목격한 것이다. 에드먼드를 제외하고는 그 집 식구 가운데 이런저런 방식으로 그녀의 인내심과 관용을 끊임없이 요구하지 않은 사람이 하나라도 있던가? 그녀는 분명히 변치 않는 애정을 지닌 사람이었다. 친오빠와 함께 있는 모습을 보라! 따뜻한 가슴이 양순한 마음씨 못지않다는 것을 보여 주는 이보다 아리따운 증거가 어디 있겠는가? 그녀의 사랑을 얻기 원하는 남자에게 이보다 고무적인 일이 어디 있겠는가? 두뇌 또한 의심할 여지 없이 영민하고 명석했다. 그리고 행동거지는 그녀의 겸손하고 우아한 정신을 보여 주는 거울이었다. 그뿐이 아니었다. 헨리 크로퍼드는 도리를 아는 아내의 진가를 모를 정도로 양식 없는 사람은 아니었다. 진지하게 생각하는 습관을 익히지 못한지라 그런 것이 원래 도리라는 것은 모르지만, 한결같은 행동거지에 명예를 중시하며 예법을 준수하는 패니 같은 여자라면 어떤 남자든 그 신의와 성실성을 전적으로 신뢰해도 좋을 거라는 그의 말은, 도리를 아는 그녀의 마음과 신실한 믿음을 보고 느낀 데서 나온 말이었다.

"그 사람이라면 전적으로, 절대적으로 신뢰할 수 있을 거야." 그는 말했다. "내가 원하는 것도 바로 이런 거고."

누이동생 역시 패니 프라이스에 대한 오빠의 판단이 과하지는 않다고 진심으로 믿었기 때문에, 예상되는 앞날에 기뻐하는 것도 당연했다.

"생각하면 할수록, 오빠가 정말 옳은 선택을 했다는 확신이 드네." 그녀는 외쳤다. "전 같으면 오빠의 마음을 사로잡을 일등 후보로 패니 프라이스를 꼽지는 않았을 거야. 하지만 이제는 패니 프라이스야말로 오빠를 행복하게 해 줄 사람이라는 생각이 들어. 그 아가씨의 마음을 흔들어 놓으려는 오빠의 짓궂은 계획이 사실상 현명한 생각이었던 셈이네. 덕분에 두 사람 모두 잘됐잖아."

"그런 사람을 두고 그런 계획을 꾸미다니, 짓궂은, 정말 짓궂은 짓이었어! 그렇지만 그때는 그 사람을 잘 몰랐으니까. 그리고 그 사람도 그런 생각이 내 머릿속에 처음 떠오른 그 시간을 원망할 일은 없을 거야. 내가 아주 행복하게 해 줄 거니까, 메리. 여태껏 본 적도 경험한 적도 없는 행복을 안겨 줄 거야. 노샘프턴셔를 떠날 일도 없게 해 줄 거고. 에버링엄은 세놓고 이 근처에 집을 빌리는 거지. 스탠윅스 로지 정도가 어떨까? 에버링엄은 칠 년 기한으로 세를 주고 말야. 말을 꺼내기가 무섭게 훌륭한 세입자가 줄을 설걸. 지금 당장이라도 세 사람은 댈 수 있다고. 이쪽 조건을 두말하지 않고 감지덕지하며 받아들일 사람으로 말이야."

"어머!" 메리가 외쳤다. "노샘프턴셔에서 산다고! 정말 잘됐네! 그럼 우리 모두 함께 살 수 있겠네."

그녀는 자기도 모르게 이런 말이 툭 튀어나왔으나 아차 싶어 도로 주워 담고 싶었다. 그렇지만 당황할 필요는 없었으니, 오빠는 그녀가 맨스필드 목사관에서 산다는 이야기로 받아들이고, 아주 다정한 어조로 이제는 자기 집에도 와 달라, 그리고 자기를 누구보다 우선으로 생각해 달라는 대답만 했다.

"네 시간의 절반 이상은 우리한테 할애해 줘야 해." 그가 말했다. "누님한테 패니와 나하고 대등한 자격을 인정해 줄 수는 없지. 이제는 너에 대해 우리 두 사람 다 권리를 갖게 될 테니까. 패니가 너의 진짜 자매가 되잖아!"

메리는 고맙다며 두루뭉술하게 수락만 하면 되었다. 그렇지만 속으로는, 오빠 집이든 언니 집이든 이제 더는 몇 달씩 손님으로 머무는 일은 하지 않겠다고 굳게 다짐했다.

"한 해를 런던과 노샘프턴셔에서 나눠서 지내겠네?"

"그렇지."

"잘 생각했어. 런던에서도 물론 제독님 댁이 아니라 오빠 집에서 살 테고. 사랑하는 헨리 오빠, 오빠가 숙부님한테서 벗어나게 됐으니 얼마나 다행인지 몰라. 자칫하다간 오빠도 물이 들어 매너가 엉망이 되거나, 숙부님의 어리석은 사고방식에 감염되거나, 마치 정찬이야말로 인생 최고의 축복이라는 듯 식탁을 떠날 줄 모르는 버릇을 배울 뻔했잖아! 물론 오빠야 이게 얼마나 잘된 일인지 모르겠지. 숙부님을 존경하는 나머지 눈이 멀었으니까. 그렇지만 내가 보기엔, 일찍 결혼하게 된 게 오빠한테는 천만다행이야. 오빠가 말이나 행동, 표정이나 몸짓에서 제독님을 닮아 가는 걸 지켜봐야 했다면 너무나 속상했을 거야!"

"자, 자, 그 문제라면 서로 생각이 같지 않잖아. 제독님도 결점은 있지만 참 좋은 분이고, 나한테는 아버지 이상이셨어. 그분만큼은 고사하고 그 절반만큼이라도 생활의 자유를 허용하는 아버지는 아마 찾아보기 힘들 거야. 공연히 패니한테 이상한 선입견을 불어넣으면 안 된다. 난 두 사람이 서로 좋아하는 모습을 봐야겠으니까."

메리는 성격이나 행동거지나 이 두 사람만큼 다른 사람도 또 없을 거라고 생각했지만, 그런 생각을 입 밖에 내지는 않았다. 시간이 가면 그 스스로 깨우치게 될 일이었다. 그래도 제독에 대해 이런 지적까지 삼갈 수는 없었다. "헨리 오빠, 나는 패니 프라이스를 아주 높게 평가하고 있으니까, 만일 미래의 크로퍼드 부인이 홀대당한 가엾은 우리 숙모의 절반이라도 크로퍼드라는 새 성을 혐오하게 될 것 같으면, 어떻게든 이 결혼을 막을 거야. 하지만 오빠를 잘 아니까. 오빠가 사랑하는 아내라면 가장 행복한 여자가 될 것이고, 애정이 식은 후에도 오빠는 신사답게 너그럽고 예의 바르게 대해 주리라 믿어."

그의 답변은 거침이 없었는데, 물론 그 기조는 패니 프라이스의 행복을 위해서라면 세상에 못 할 일이 없으며 패니 프라이스에 대한 애정이 식는 일은 있을 수 없다는 것이었다.

"오늘 아침 너도 보았으면 좋았을걸, 메리." 그는 이어서 말했다. "이루 말할 수 없이 상냥하고 참을성 있게 그 어리석은 이모의 말도 안 되는 요구를 일일이 들어주면서, 이모 곁에 앉아 이모의 일을 대신해 주는데 고개를 숙이고 바느질을 하느라 얼굴이 곱게 달아오른 거야. 그러다 다시 제자리로 가서 그 멍청한 아주머니 분부로 쓰던 편지를 끝마치니, 이 온갖 일을 전혀 티 내지 않고 고분고분 해내더라고. 자기 시간이라곤 한순간도 없는데도 당연하다는 듯이 말이야. 늘 그렇듯 머리를 단정하게 빗었는데, 글을 쓸 때면 곱슬곱슬한 머리카락 한 가닥이 자꾸 앞으로 흘러내려 가끔씩 고개를 흔들어 뒤로 넘기는 거야. 그 와중에도 짬짬이 나한테 말을 건네거나 내 이야기를 들어 주고. 내 이야기를 듣는 게 즐겁다는 듯이 말이야. 너도 그 모습을 보았다면, 메리, 내 마음을 사로잡은 그 사람의 매력이 언젠가 사라질 거라는 말은 하지 않았을 거다."

"아이고, 우리 오빠." 메리가 발을 멈추고 그의 얼굴을 웃음 띤 표정으로 들여다보며 외쳤다. "이렇게 사랑에 빠진 오빠를 보니 정말 좋네! 정말 기뻐. 하지만 러시워스 부인이나 줄리아는 뭐라고 할까?"

"그 자매들이야 뭐라고 하든, 무슨 생각을 하든 관심 없어. 이제는 알겠지. 내가 어떤 여성에게 마음을 두는지, 분별 있는 사나이가 마음을 두는 여성이 어떤 여성인지 말이야. 좀 깨닫는 게 있다면 좋겠다. 그리고 이제부터는 사촌이 제대로 대접받는 모습을 보게 될 텐데, 여태껏 무시하고 냉대하며 못되게 군 것을 진심으로 부끄러워했으면 좋겠어." 그는 잠시 말을 끊었다가 좀 더 차분한 어조로 덧붙였다. "아마 화를 낼 거다. 러시워스 부인은 불같이 화를 내겠지. 이번 일이 그 여자한테는 쓴 약 같은 걸 거야. 그러니까, 다른 쓴 약과 마찬가지로 삼킬 땐 잠깐 쓰겠지만, 삼키고 나면 잊어버리겠지. 난 내가 그 상대방이었다고 해서, 그 여자의 감정이 보통 여자들보다 오래간다고 생각할 만큼 오만한 바람둥이는 아니거든. 그래, 메리, 나의 패니는 자기를 대하는 모든 사람의 행동이 달라지는 것을 매일 매시간 느끼게 될 거야. 그리고 그렇게 만들어 준 사람이, 패니가 제대로 가치를 인정받고 대우받게 만들어 준 사람이 바로 나라는 것을 알게 될 때 내 행복도 완성에 이를 거야. 지금 패니는 힘도 없고 친구도 없이 뒷전으로 밀려나 무시만 당하는 더부살이 신세잖아."

"아니, 오빠, 모두 그런 건 아냐. 모두 무시하는 건 아니라고. 친구도 없고 무시만 당한다니, 그건 아니야. 사촌 오빠 에드먼드는 절대 패니를 잊지 않아."

"에드먼드라……. 그래, 내가 보기에도 그 친구는 (대체로) 잘해 주더군. 토머스 경도 자기 나름대로 잘해 주지만, 그래 봐야 높은 자리에서 어려운 말이나 늘어놓으며 자기 생각만 고집하는 부자 이모부 투를 벗어나지 못하지. 토머스 경이나 에드먼드가 힘을 합친들 그 사람의 행복과 안락, 명예와 품위를 위해 뭘 해 줄 수 있으며 지금 뭘 해 주고 있냐고. 내가 앞으로 하려는 일에 비하면 말야."

13

헨리 크로퍼드는 다음 날 아침, 통상 용인되는 것보다 이른 시각에 다시 맨스필드 파크로 찾아왔다. 두 숙녀가 조찬실에 함께 있었는데, 운 좋게도 그가 들어설 때 레이디 버트럼은 막 나가려던 참이었다. 이미 거의 문간에 이른 그녀는 거기까지 걸어온 수고를 헛되이 할 수는 없다 싶었는지, 정중히 그를 맞이한 후 볼일이 있다는 짤막한 말과 함께 하인에게 "토머스 경에게 알려 드려라."라고 한마디 하고는 그대로 나가 버렸다.

나가 준다니 너무나 기뻤던 헨리는 고개 숙여 그녀를 배웅하고는, 더 이상 한순간도 놓칠 수 없다는 듯이 곧장 패니한테로 돌아서서 편지 몇 통을 꺼내며 활기 넘치는 얼굴로 말했다. "이렇게 프라이스 양을 따로 뵐 기회를 주는 분이라면 그저 고마운 게 솔직한 심경입니다. 이런 시간이 오기를 제가 얼마나 바랐는지 짐작도 못 하실 겁니다. 누이동생으로서 심정이 어떨지 잘 알기 때문에, 지금 듣고 온 이 소식을 처음 전해 드리는 자리에 이 집안 누구라도 함께 있는 것은 정말 피하고 싶었거든요. 드디어 임관이 되었답니다. 오빠가 소위가 되었어요. 오빠의 진급을 축하드리자니 저도 말할 수 없이 기쁘군요. 여기 그 소식이 담긴 편지들을 가져왔어요. 저도 방금 받았습니

레이디 버트럼은 헨리 크로퍼드를 정중히 맞이하고 그대로 나가 버렸다.

다. 직접 읽어 보고 싶으시죠."

패니는 말이 나오지 않았지만, 그 역시 굳이 무슨 말을 들어야 하는 것은 아니었다. 눈에 어린 표정이나 안색의 변화, 믿기지 않아 하다가 혼란스러워하다가 이내 행복에 빠져드는 감정의 추이를 지켜보는 것으로 충분했다. 패니는 그가 건네는 편지를 받아 들었다. 첫 편지는 제독이 조카에게 그간 추진해 온 프라이스 군의 진급 건이 성사되었다고 몇 자 적어 보낸 것으로, 그 속에 두 통의 편지가 동봉되어 있었다. 하나는 제독이 이 일을 부탁한 친구에게 해군성 장관 비서가 보낸 편지이고 또 하나는 그 친구가 제독에게 보낸 편지였다. 이 편지들에 따르면 해군성 장관은 찰스 경의 추천에 응할 수 있게 된 것을 매우 다행으로 생각하며, 찰스 경은 크로퍼드 제독에게 경의를 입증할 이런 기회를 갖게 되어 대단히 영광이고, 윌리엄 프라이스 씨가 영국 해군의 스러시 포함(砲艦)의 소위로 임관된 소식이 널리 퍼지면서 많은 고위층 인사들이 기뻐하고 있다는 것이었다.

패니가 떨리는 손으로 편지를 받쳐 들고 북받치는 가슴으로 이 편지 저 편지에 황급히 눈길을 돌리는 사이, 계속 크로퍼드는 자신이 이 일에 얼마나 관심을 둬 왔는지 숨김없이 열렬히 토로했다.

"저 자신도 대단히 행복합니다만," 하고 그는 말했다. "그 말씀은 안 드리겠습니다. 제 머릿속엔 오로지 프라이스 양의 행복뿐이니까요. 프라이스 양 앞에서 그 누가 감히 행복을 자임할 수 있겠습니까? 누구보다 먼저 프라이스 양이 알아야 할 일을 제가 먼저 알게 된 게 안타깝기까지 했습니다. 그렇지만 한순간도 지체하지는 않았습니다. 오늘 아침 우편물이 늦어지긴 했지만 그 뒤로는 한순간도 지체하지 않았지요. 이 일로 제가 얼마나 노심초사했는지는 굳이 말씀드리지 않겠습니다. 런던에 있는 동안 일을 마무리 짓지 못해 얼마나 속을 끓이고 실망했는지 모릅니다! 이제나저제나 하는 생각에 런던에 묶여 있었지요. 이렇게 중대한 용무만 아니었다면, 제가 어찌 오래 맨스필드를 비웠겠습니까? 그렇게 오래는 고사하고 그 절반도 비우지 않았을 겁니다. 숙부께서 제 바람에 더없이 뜨거운 열의를 보이시며 즉시 손을 써 주셨지만 한 분은 부재중이고 다른 분은 매인 일로 여러모로 어려움이 있어서, 결국 더는 끝까지 기다릴 수가 없었지요. 그래서 숙부님이라면 어련히 알아서 해 주시겠지 싶어 월요일에 떠나온 겁니다. 우편물이 몇 번 오기 전에 이런 편지들이 곧 뒤쫓아 날아오리라 믿으면서요. 숙부께서, 이렇게 훌륭한 분이 어디 있겠습니까, 숙부께서 힘을 써 주셨습니다. 일단 오빠를 만나시고 나면 그렇게 될 줄 알았지요. 숙부께서 오빠를 아주 좋게 보셨거든요. 얼마나 좋게 보셨는지 어제는 제가 일부러 말씀을 안 드렸고, 제독께서 하신 칭찬의 말씀 역시 절반도 전하지 않았습니다. 나중에 하자, 그 칭찬이 빈말이 아니라는 것이 드러났을 때 하자고 미룬 것인데, 오늘 드디어 입증이 되었네요. 그러니 이제는 말해도 되겠지요. 함께 저녁 시간을 보낸 후로는 숙부님 스스로 윌리엄 프라이스에게 어찌나 깊은 관심을 보이시고 잘되기를 기원하며 칭찬을 하시는지, 제가 옆에서 거들 필요도 없을 정도였습니다."

"그럼 모두 크로퍼드 씨가 하신 일인가요?" 패니가 외쳤다. "세상에! 이렇게까지 마음을 써 주시니! 정말 이 모든 게…… 이 모든 게 직접 나서서…… 죄송해요. 하지만 너무 놀라워서요. 크로퍼드 제독께서 힘써 주셨다고요? 어떻게 그런 일이…… 너무 놀라 정신이 없네요."

헨리는 기쁜 마음으로 좀 더 조리 있게 설명을 해 주었으니, 더 이전으로 거슬러 올라가 자기가 해 온 일을 조목조목 자세히 이야기했다. 지난번 런던에 간 것은 오로지 그녀의 오빠를 힐스트리트의 제독에게 소개하고 그의 승진을 위해 모든 영향력을 행사하도록 설득하기 위해서였다. 바로 이것이 그의 볼일이었다. 그는 누구에게도 알리지 않았고, 메리한테도 한마디도 비치지 않았다. 결과가 확실해지기 전까지는 자신의 감정을 아무하고도 나누고 싶지가 않았던 것이다. 그러나 바로 그것이 볼일이었다. 그리고 그는 자신이 얼마나 노심초사했는지 아주 강한 표현을 사용해 열심히 설명했고, '더없이 깊은 관심', '두 가지 동기', '말할 수 있는 것 이상의 생각과 바람' 등등의 말을 남발했으므로, 패니가 제대로 들을 수 있는 상태였다면 그 속내를 모르려야 모를 수 없었을 것이다. 그러나 그녀는 너무 가슴이 벅차고 정신이 멍한 상태라 윌리엄에 대해 하는 말조차 제대로 귀에 들어오지 않아서, 그가 잠시 말을 멈췄을 때도 "이렇게 고마울 수가! 정말 너무나 고맙습니다! 아! 크로퍼드 씨, 우리 남매가 말할 수 없는 신세를 졌네요. 아, 사랑하는, 사랑하는 윌리엄 오빠!"라는 말밖에 하지 못했다. 그녀는 벌떡 일어나 급히 방문 쪽으로 가며 "이모부께 가 봐야겠어요. 한시라도 빨리 알려 드려야지요." 하고 외쳤다. 그러나 그로서는 이렇게 놔둘 수는 없었다. 그러기엔 너무나 좋은 기회였고, 마음이 급했다. 그래서 곧장 뒤쫓아 가서는, '가지 마시라, 오 분만 더 시간을 달라'며 손을 잡고 다시 자리로 데려와 설명을 계속 이어 나갔는데, 그녀는 그가 무엇 때문에 자기를 붙잡았는지 한참을 알아채지 못했다. 그러나 드디어 그 이유를 알게 되고, 바로 자기로 인해 그의 가슴속에 일찍이 경험해 보지 못한 감정이 생겨났으며 윌리엄을 위해 한 일이 모두 자기에 대한 비할 데 없는 지극한 연모의 정에서 비롯되었다는 이야기임을 깨닫자, 너무 속이 상해 한동안 아무 말도 하지 못했다. 그녀에게는 이 모든 것이 순간적인 속임수인 말도 안 되는 불장난으로만 생각되었다. 이는 자기를 하찮게 본 무례한 짓이며, 자기가 이런 대접을 받아야 할 까닭이 없다는 생각을 금할 수가 없었다. 그러나 이것이야말로 그다운 행동이고, 예전에 보았던 모습과 완전히 일치하는 행동이었다. 그리고 그녀는 마음속의 불쾌감을 절반도 드러내지 못했으니, 그가 예의 없이 군다고 해서 그에게 입은 은혜까지 가볍게 여길 수는 없었다. 윌리엄 일로 기쁘고 고마운 마음에 아직도 가슴이 뛰는데, 피해라고 해 봐야 자기 선에서 그칠 일을 가지고 심하게 화를 낼 수는 없었다. 그리고 두 번이나 손을 빼내고 두 번이나 그에게서 벗어나려고 했지만 소용이 없자, 그녀는 자리에서 일어나 매우 심란한 모습으로 이렇게만 말했다. "이러지 마세요, 크로퍼드 씨, 제발 이러지 마세요. 부탁이에요. 저한테는 너무나 불쾌한 이야기입니다. 그만 가 봐야겠어요. 더는 듣기가 힘듭니다." 그렇지만 그는 말을 멈추지 않고, 연모의 정을 표하며 화답해 달라 청하고, 마침내 아무리 패니라 해도 단 한 가지 뜻으로 이해할 수밖에 없는 명확한 말로 자신을, 자신과의 결혼을, 자신의 재산을, 모든 것을 받아들여 달라고 했다. 그랬다. 그가 정말로 그렇게 말한 것이다. 그녀는 놀라움과 당혹감이 더 커져 갔고, 아직도 진심이라고는 도저히 믿기지가 않았지만, 서 있기도 힘들 지경이었다. 그는 대답을 재촉했다.

"아니요, 아니, 아니에요." 그녀는 얼굴을 가리며 외쳤다. "말도 안 되는 말씀이에요. 난감한 말씀은 그만해 주세요. 더는 들을 수가 없네요. 윌리엄 오빠한테 베풀어 주신 친절은 말할 수 없이 고맙습니다. 그렇지만 이런 말씀은 듣고 싶지도 않고, 들을 수도 없고, 들어서도 안 됩니다. 아니, 아니요, 제게 마음을 두지 마세요. 그렇지만 정말로 마음을 두는 것도 아니잖아요. 아무것도 아니라는 것 다 알아요."

그녀는 그를 뿌리치고 뛰쳐나가려 했는데, 바로 그 순간 토머스 경이 그들이 있는 방으로 오면서 하인한테 뭐라고 하는 소리가 들렸다. 고백과 간청을 계속하기에는 때가 좋지 않았다. 이미 확신에 찬 낙관에 빠져 있는 그의 생각에는 눈앞에 놓인 행복을 가로막는 것은 그녀의 겸손함뿐이었고, 이런 순간에 그녀와 헤어져야 하는 것은 부득이하다 해도 참으로 잔인한 일이었지만 어쩔 수가 없었다. 그녀는 이모부가 오고 있는 쪽과 반대편 문으로 뛰쳐나왔다. 그리고 상반된 감정이 뒤

섞인 매우 혼란스러운 심정으로 동쪽 방을 이리저리 서성였는데, 아직도 응접실에서는 토머스 경이 예의 바른 인사와 사과를 마치지도 못하고, 이 손님이 전하러 온 기쁜 소식의 첫머리도 듣지 못한 상황이었다.

그녀는 오만 생각과 느낌에 몸이 떨렸다. 심란하고 행복하고 불행하고 말할 수 없이 고맙고 너무나 화가 났다. 도저히 믿기지 않는 일이었다! 이해할 수도 용서할 수도 없는 행동이었다! 그렇지만 그는 원체 무엇을 하든 힘들게 만드는 일을 곁들이고야 마는 습성이 있는 사람이었다. 아까는 그녀를 세상에서 가장 행복한 사람으로 만들어 주더니, 지금은 모욕을……. 그녀는 무슨 말을 해야 할지, 이를 뭐라고 칭하고 어떻게 생각해야 할지 알 수가 없었다. 진심이라도 용납할 수 없는 일이나, 그저 부질없는 장난이라면 어찌 그런 소리를 하고 그런 제안을 하는지, 도저히 용서할 수 없는 일 아닌가?

그러나 윌리엄이 소위가 되었다. 이것만큼은 한 점 의혹도, 오점도 끼어들 수 없는 사실이었다. 그녀는 언제까지나 이 일만 생각하며 다른 건 다 잊고 싶었다. 크로퍼드 씨도 두 번 다시 그런 이야기를 꺼내지는 않을 터였다. 그녀가 전혀 반기지 않는다는 것을 이제 잘 알았을 테니까. 그렇게만 된다면, 윌리엄에게 베풀어 준 우정이 얼마나 고맙고 존경스러울까!

그녀는 크로퍼드 씨가 떠난 것이 확실해지기 전에는 동쪽 방에서 나와서도 중앙 계단 꼭대기 이상은 갈 생각이 없었다. 그러나 그가 돌아갔다는 확신이 들자, 얼른 내려가서 이모부를 뵙고 자신의 기쁨을 전하는 동시에 이모부가 기뻐하시는 모습을 보는 행복을 만끽하고, 윌리엄의 미래 임지에 대해 이모부가 어떻게 알고 있고 짐작하고 있는지 모두 들어 보고 싶었다. 토머스 경은 그녀의 바람대로 매우 기뻐하며 아주 친절하고 자상하게 많은 이야기를 해 주었다. 이렇게 이모부와 윌리엄 이야기를 편안히 나누다 보니, 방금 전 속상했던 일은 없었던 일처럼 느껴졌다. 그러나 이야기가 끝날 무렵 그녀는 크로퍼드 씨가 바로 그날 다시 찾아와 정찬을 함께하기로 약속이 되었다는 사실을 알게 되었다. 정말이지 반갑지 않은 소식이었다. 그야 방금 있었던 일을 대수롭지 않게 여길지 몰라도, 이렇게 금방 그와 다시 만나는 것은 그녀 입장에서는 대단히 곤혹스러운 일이었다.

그녀는 그런 마음을 애써 달랬고, 정찬 시각이 다가오면서는 평상시의 기분과 태도를 되찾으려고 최선을 다했다. 그러나 막상 손님이 방으로 들어오자, 어색하고 불편한 기색을 도저히 감출 수가 없었다. 이런저런 일들이 겹치는 경우야 있을 수 있겠지만, 윌리엄의 진급 소식을 처음 들은 날 이렇게 숱한 괴로움에 시달릴 줄은 상상도 하지 못했다.

크로퍼드 씨는 방에 들어왔을 뿐 아니라 곧바로 그녀 곁으로 다가왔다. 누이동생이 보낸 쪽지를 들고 온 것이다. 패니는 차마 그를 바라보지는 못했지만, 그의 목소리에는 자신이 저지른 어리석은 짓을 쑥스러워하는 기미라곤 하나도 없었다. 그녀는 차라리 뭐든 할 일이 생겨 다행이라 생각하며 얼른 쪽지를 펼쳤다. 그리고 역시 정찬을 함께 하기로 한 노리스 이모가 수선을 떠는 바람에 그나마 사람들의 시선에서 벗어날 수 있게 된 것을 다행으로 여기며 쪽지를 읽어 내려갔다.

사랑하는 패니, 앞으로는 언제나 이렇게 불러도 되겠지요. 적어도 육 주 전부터는 프라이스 양이라는 호칭이 영 어색해서 발음을 더듬곤 했었는데, 참 다행이네요. 오빠가 그리 간다고 하니 모두의 축하와 아울러 나도 진심으로 기쁘게 동의하고 찬성한다는 뜻을 몇 자 적지 않을 수 없네요. 그대로 밀고 나가요, 사랑하는 패니, 주저하지 말고요. 난관이랄 것도 전혀 없잖아요. 내가 찬동한다는 사실도 적잖이 도움이 될 것이라 믿어도 되겠죠? 그러니 오늘 저녁 더없이 다정한 미소를 오빠에게 보내 오빠를 갈 때보다도 더 행복한 모습으로 돌려보내 줘요.

친애하는 M. C.*로부터

패니에게는 전혀 도움이 되지 않는 말들이었다. 급히 혼란스러운 마음으로 읽는 바람에 말뜻을 아주 정확하게는 알 수 없었지만, 오빠의 마음을 사로잡은 데 대해 축하를 보내고 심지어 그 마음이 진심이라 믿는 것처럼 보이고자 하는 것은 분명했기 때문이다. 그녀는 어떻게 해야 할지도 어떻게 생각해야 할지도 알 수가 없었다. 진심이라고 생각하면 괴로웠다. 어느 쪽이든 당황스럽고 마음이 어지러웠다. 크로퍼드 씨가 말을 건넬 때마다 곤혹스러웠는데, 그는 너무나 자주 말을 건

---

* 메리 크로퍼드(Mary Crawford)의 두문자.

냈다. 그리고 그녀를 대하는 그의 목소리와 태도가 다른 사람을 대할 때와 아주 다른 구석이 있는 것만 같았다. 그날 정찬의 평안은 이제 완전히 망가졌다. 그녀는 거의 아무것도 넘길 수가 없었고, 토머스 경이 너무 기뻐서 식욕이 사라졌나 보다고 농담 삼아 말했을 때는, 크로퍼드 씨가 이를 어떻게 받아들일까 생각하니 수치심에 몸 둘 바를 몰랐다. 그리고 무슨 일이 있어도 그가 앉아 있는 오른쪽 방향으로는 눈길도 주지 않을 작정이었지만, 그의 눈길이 곧장 자기 쪽으로 향하는 것은 느낄 수 있었다.

그녀는 평소보다 더 말을 삼갔다. 윌리엄이 화제에 오를 때도 거의 끼어들지 않았다. 그의 임관도 모두 오른쪽 편에서 비롯된 것이니 그렇게 연루되는 게 고통스러웠기 때문이었다.

그녀는 레이디 버트럼이 전에 없이 식탁에 오래 앉아 있다는 생각이 들고 이러다 영영 자리를 빠져나가지 못할 것 같아 절망스러웠다. 그러나 마침내 모두들 응접실로 자리를 옮겼고, 이모들이 자기네 방식대로 윌리엄의 임관이라는 화제를 마무리하는 동안 그녀는 혼자 생각에 잠길 수 있었다.

노리스 부인은 토머스 경의 지출이 줄어들게 된 것이 무엇보다 반가운 모양이었다. '이제는 윌리엄 혼자서 꾸려 나갈 수 있게 되었으니, 제 이모부의 지출도 굉장히 달라질 것이다. 윌리엄 때문에 얼마나 돈이 들었는지 모르는 일 아닌가. 그리고 나 또한 선물을 좀 줄일 수 있을 것이다. 저번에 윌리엄이 떠날 때 용돈을 좀 들려 보낼 수 있어서 정말 다행이다. 마침 그때 스스로 큰 물질적 불편을 감수하지 않고도 꽤 큰돈을, 즉 쥐꼬리만 한 재산밖에 없는 내 입장에서는 꽤 큰 액수의 용돈을, 줄 수 있는 형편이 되어 정말 기쁘다. 이제 그 애의 선실을 꾸미는 데 모두 유용하게 쓰일 것이다. 이제부터 그 애에게는 비용이 좀 들 것이다. 살 것도 많을 테고. 물론 제 부모가 모든 물건을 아주 싸게 구입하는 길을 알려 주겠지만, 나도 작으나마 보탬이 되어 대단히 기쁘다.'

"언니가 꽤 큰돈을 주었다니 다행이야." 아무 의심 없이 차분한 목소리로 레이디 버트럼이 말했다. "나는 10파운드밖에 못 줬는데."

"정말!" 얼굴이 붉어지며 노리스 부인이 외쳤다. "그렇다면 떠날 때 정말이지 호주머니가 두둑했겠네! 게다가 런던까지는 돈 한 푼 안 들이고 갔잖아!"

"토머스 경이 10파운드면 충분할 거라고 했거든."

노리스 부인은 그 충분함에 의문을 표시할 생각이 전혀 없었으므로 이야기를 다른 쪽으로 돌렸다.

"젊은 애들한테 들어가는 돈이 얼마나 많은지 참으로 놀라운 일이야." 그녀는 말했다. "키워 줘야지, 세상에 내보내야지! 전부 합치면 얼마나 큰돈인지, 부모나 이모부와 이모 들이 자기들 때문에 일 년에 얼마나 많은 돈을 쓰는지, 정작 본인들은 별생각이 없지. 우리 동생 프라이스네 애들만 해도 그래. 그 애들을 전부 합치면, 내가 보태 주는 것은 차치하고라도, 토머스 경이 해마다 얼마나 많은 돈을 부담하는지 누구도 믿지 못할 거야."

"그래, 언니 말이 맞아. 그렇지만 가엽잖아! 그 애들도 어쩔 수 없으니. 토머스 경한테 큰 지장이 되는 것도 아니고, 언니. 패니, 윌리엄한테 동인도 제도에 가면 내 숄 사 오는 것 잊지 말라고 해라. 그 밖에도 내가 가질 만한 물건이 있으면 사 오라고 하렴. 그 애가 동인도 제도에 가게 되면 좋겠네. 그래야 숄을 사 올 수 있을 테니까. 숄은 두 장 사야 할 것 같다, 패니."

그러는 사이 패니는 꼭 필요한 응대만 하면서 크로퍼드 남매의 속내가 뭔지 열심히 생각해 보았다. 크로퍼드의 말과 태도를 제외하면 그들이 진심일 리 없다고 볼 이유는 차고도 넘쳤다. 자연스러운 이치로 보나 개연성과 합리성으로 보나 도저히 그럴 리가 없었다. 그 남매의 습관과 사고방식이나 패니 자신의 온갖 결점을 생각하면 있을 수 없는 일이었다. 어떻게 자기 같은 여자가 그런 남자의 마음속에 진지하게 자리 잡을 수 있겠는가? 패니보다 훨씬 뛰어난 여자들도 숱하게 만나 봤고, 숱한 관심을 한 몸에 받으며 숱한 연애 놀음도 해본 사람 아닌가. 심지어 그의 마음에 들려고 애를 쓰는 사람도 진심으로 받아들이지 않고, 이런 일에 대해서는 너무나 가볍고 너무나 부주의하고 너무나 무정한 사고방식으로 임하고, 자신은 모두에게 너무나 중요한 인물이지만 자기한테 꼭 필요한 존재는 없다고 생각하는 사람이 아닌가. 게다가 그 누이동생은 그렇게 눈이 높고 세속적인 결혼관을 가진 사람인데, 제 오빠가 이런 상대한테 진지한 마음을 품는 걸 부추기리라고는 도저히 생각할 수 없는 일 아닌가? 오빠나 동생이나 이보다 부자연스러운 일이 어디 있으랴. 패니는 혹시나 하고 생각하는 자신이 오히려 부끄러웠다. 자기에게 진지한 애정을 품는다거나 그런 애정에 찬동한다니, 하늘이 두 쪽이 나도 있을 수 없는 일이었다. 토머스 경과 크로퍼드 씨가 응접실로 들어올 때쯤에는 그녀는 이미 이런 확신을 완전히 굳힌 상태였다. 문제는 크로퍼드 씨가 들어온 다음에도 이 확신을 그대로 흔들림 없이 견지하는 일이었다. 그녀는 한두 차례 자기한테 쏟아지는 그의 시선을 감수할 수밖에 없었는데, 상식적으로 볼 때 그것의 의미를 무엇으로 분류해야 할지 가늠하기 힘들었다. 적어도 다른 남자가 그랬다면, 지극히 진지하며 대단히 열렬한 눈빛이라고 생각했을 것이다. 그러나 패니는 여전히 그가 사촌 언니들이나 적어도 쉰 명의 여자들한테 자주 보냈을 눈빛 이상은 아니라고 믿으려 애썼다.

그는 다른 사람이 듣지 못하게 그녀와 이야기를 나누고 싶은 눈치였다. 저녁 내내 토머스 경이 방을 비우거나 노리스 부인을 상대할 때마다 기회를 노리는 것 같아, 그녀는 일절 기회를 주지 않도록 조심했다.

마침내 (사실은 많이 늦은 시간도 아니지만 패니의 불안한 마음에는 마침내라고 느껴졌다.) 그가 이만 가겠다는 말을 꺼냈다. 그 소리를 듣고 안도했던 마음은 그러나 다음 순간 그가 그녀를 돌아보며 이렇게 말하는 바람에 흐트러져 버렸다. "메리에게 전할 말씀은 없으신가요? 쪽지에 대한 답장은요? 답장이 없으면 메리가 실망할 겁니다. 한 줄이라도 좋으니 부디 써 주십시오."

"어머! 그럼요, 물론 써야지요." 패니는 서둘러 자리에서 일어나며 이렇게 외쳤다. 당황한 마음에 얼른 이 자리를 벗어나고 싶은 마음도 컸다. "지금 바로 쓸게요."

그러고는 이모의 편지를 대필해 드리곤 하던 탁자로 가서 필기도구를 준비했는데, 도대체 무슨 말을 써야 할지 난감했다! 크로퍼드 양의 편지는 겨우 한 번 읽었을 뿐인데 제대로 이해하지도 못한 편지에 어찌 답을 할지 곤혹스러웠다. 이런 종류의 편지는 한 번도 써 본 적이 없는지라, 시간 여유만 있었다면 어떤 문체를 택할지 한참 망설이고 걱정했을 것이다. 그렇지만 뭐든 당장 써야 했다. 단 한 가지 확실한 생각은 상대의 의도를 진심으로 받아들이는 듯한 인상은 피해야겠다는 것이었고, 그래서 이런 다짐만 갖고서 마음도 손도 심히 떨리는 가운데 이렇게 썼다.

크로퍼드 양, 다정한 축하 인사에 대단히 감사합니다. 사랑하는 윌리엄 오빠에 관해서는요. 나머지는 별 뜻 없이 하신 말씀인 줄 잘 압니다. 그렇지만 저로서는 감당하기 버거운 일이니 앞으로는 관심을 거두어 주시길 간청드리니 부디 양해해 주십시오. 크로퍼드 씨를 자주 뵈었던만큼, 저도 그분의 태도에 대해서는 이해 못 할 것도 없습니다. 그분도 저를 잘 아신다면, 감히 말씀드리지만, 달리 처신하실 겁니다. 제가 지금 무슨 말을 하고 있는지 저도 잘 모르겠습니다만, 두 번 다시 이 이야기를 거론하지 않으신다면 저에게는 대단한 호의로 받아들여질 것입니다. 편지를 주신 데 감사드리며.

크로퍼드 양의 충실한 벗으로부터.

편지를 받아 간다는 구실로 크로퍼드 씨가 다가오는 것을 보고 마음이 더욱 초조해지는 바람에 끝부분은 거의 알아보기도 힘들어졌다.

"재촉하러 온 거라고 생각하지는 않으시겠지요." 놀라 당황하며 편지를 마무리하는 모습을 보고 그가 작은 소리로 말했다. "그런 생각으로 왔다고 생각하지는 마세요. 서두르실 것 없습니다."

"어머! 감사합니다. 다 썼어요. 거의 다요. …… 금방 드릴 수 있을 거예요. …… 죄송합니다만, 이것을 크로퍼드 양에게 전해 주시겠어요?"

그는 내미는 편지를 받아야 했다. 그리고 패니가 바로 시선을 피하며 사람들이 앉아 있는 벽난로 쪽으로 갔으므로, 정말로 떠나는 수밖에 없었다.

패니는 괴로움도 그렇고 기쁨도 그렇고 이렇게 마음이 어지러운 날은 난생처음이라고 생각했다. 그렇지만 다행히도 기쁨은 그날 하루로 스러질 종류의 것이 아니었으니, 윌리엄의 진급을 알게 된 기쁨은 매일매일 새롭게 다가올 터였다. 반면 괴로움은 더 이상 겪지 않아도 될 거라고 기대했다. 틀림없이 그녀의 답장은 아주 형편없어 보일 것이고 구사된 어휘 또한 어린아이도 부끄러워할 수준이라는 점에는 추호의 의문도 없었다. 너무 곤혹스러워서 문구를 다듬을 여유가 없었던 것이다. 그렇지만 적어도 그녀가 크로퍼드 씨의 구애에 넘어가지 않았고 기뻐하지도 않는다는 사실은 이제 두 사람 모두 확실히 알게 되었으리라 믿었다.

3부

I

다음 날 아침 눈을 떴을 때도 패니는 크로퍼드 씨 생각을 떨치지 못했다. 그러나 자신이 보낸 편지의 취지를 다시 떠올렸고, 그 효과를 낙관하는 마음은 전날 밤보다 덜하지 않았다. 크로퍼드 씨가 떠나기만 한다면! 이것이야말로 그녀의 가장 간절한 바람이었다. 원래 계획했던 대로, 그리고 맨스필드로 돌아올 때 생각했던 대로, 누이동생을 데리고 떠나는 것. 왜 여태 미적거리고 있는지 도무지 짐작이 되지 않았다. 분명 크로퍼드 양도 더 늦어지는 걸 바라지는 않았다. 그가 어제 찾아왔을 때만 해도 패니는 그의 입에서 확실한 출발 날짜를 들을 수 있으리라고 기대했었다. 그러나 두 사람의 여행에 대해서 그가 한 말이라곤 머지않아 출발할 것이라는 말뿐이었다.

자신의 편지를 읽었으면 분명히 알게 되었으리라고 확신하고 마음을 놓았던 터라, 또 집으로 올라오는 크로퍼드 씨의 모습을 우연히 보게 된 그녀는 놀라움을 금할 수 없었다. 그것도 어제처럼 이른 시간에 다시 찾아오고 있는 것이었다. 자신과 상관없는 용건이 있을지도 모르지만, 되도록 그와 부딪치는 일은 피해야 했다. 그래서 마침 위로 올라가는 중이던 그녀는 그가 돌아갈 때까지는 누가 부르지 않는 한 아래로 내려가

패니가 내미는 편지를 크로퍼드 씨가 받았다.

지 않기로 작정했다. 아직 노리스 부인이 오지 않았으므로, 누군가 찾을 위험도 별로 없었다.

그녀는 얼마간 좌불안석하며, 당장이라도 부르는 소리가 들릴 것만 같은 두려움에 귀를 쫑긋한 채 떨고 있었다. 그러나 동쪽 방으로 다가오는 발소리가 들리지 않자 점차 마음의 안정을 찾고 자리에 앉아 일감을 손에 잡을 수 있었고, 크로퍼드 씨가 찾아오든 돌아가든 자기는 알 필요도 없는 일 아니겠냐는 희망도 갖기 시작했다.

반 시간 가까이 지나 마음이 아주 편해지려는데, 갑자기 규칙적인 걸음걸이로 다가오는 소리가 들렸다. 묵직한 발소리, 이 방 부근에서는 여간해서 난 적이 없는 발소리였다. 이모부였다. 패니는 이모부의 목소리만큼이나 발소리도 잘 알았고, 그 소리를 들으면 목소리를 들을 때처럼 떨리곤 했다. 무슨 용건인지 몰라도 이모부가 하실 말씀이 있나 보다고 생각하니 다시 몸이 떨리기 시작했다. 토머스 경이 맞았다. 그는 방문을 열고 안에 있느냐, 들어가도 되겠냐고 물었다. 패니는 예전에 이모부가 이 방에 가끔 찾아왔을 때 느꼈던 두려움이 몽땅 되살아나는 듯했고, 그가 또 프랑스어나 영어 실력을 시험하러 오는 것만 같았다.

그렇지만 그녀는 그에게 의자를 권하며 반갑고 감사하게 맞이하려고 애썼고, 하도 경황이 없어서 초라한 방 모습에는 미처 생각이 미치지 못했는데, 그는 들어서던 걸음을 문득 멈추며 매우 놀란 어조로 물었다. "아니, 어째서 오늘 같은 날 불도 피우지 않은 거냐?"

밖에는 눈이 쌓였고, 패니는 숄을 두르고 있었다. 패니는 머뭇거렸다.

"춥지 않습니다, 이모부……. 이맘때는 여기 오래 있지도 않는걸요."

"그래도 그렇지…… 평소에는 불을 피우고?"

"아니요, 이모부."

"이게 무슨 일이냐? 뭔가 착오가 있었던 모양이다. 나는 네가 이 방을 쓴다고 하기에 여기가 아주 편해서 그러는 줄 알았구나. 네 침실에는 불을 피울 수 없으니까. 뭔가 큰 오해가 있었나 본데 바로잡아야겠다. 하루에 삼십 분이라 해도 이렇게 불도 없이 앉아 있다는 게 될 말이냐. 몸이 튼튼한 것도 아니고 추위도 잘 타잖니. 이런 줄은 네 이모도 까맣게 모르실 거다."

패니는 침묵을 지키고 싶었으나 그럴 수도 없는 노릇이고, 자기가 제일 좋아하는 이모한테 누가 되지 않기 위해서라도 대답을 해야만 했는데, 그중 '노리스 이모'라는 말만 겨우 알아들을 정도였다.

"안다." 이모부가 말을 가로막으며 마음을 가다듬고 큰 소리로 말했다. "나도 알아. 노리스 이모님은 아이들을 지나치게 호사롭게 키우면 안 된다고 늘 주장하시지. 대단히 사려 깊은 말씀이야. 그렇지만 모든 일에는 중용이 필요하지. 매우 강인한 분이다 보니, 남들도 자연히 자신을 기준으로 생각하시게 되나 보다. 그리고 물론 또 다른 이유도 있지. 충분히 이해도 되고. 평소 그분의 소신을 잘 아니까. 원칙 자체는 훌륭한데, 다만 과할 수는 있지. 네 경우에는 실제로 과했고. 가끔은 부당한 차별이 있기도 했다는 것 잘 안다. 그렇지만 내가 아는 한 너는 그런 걸 가지고 원망하거나 할 아이가 아니지. 분별심이 뛰어나니까 부분만 보고 일방적으로 판단하지는 않을 게다. 그때그때 사정과 각자의 입장, 여러 가능성들을 감안해서 지난 일을 전체적으로 보면, 다들 나쁜 뜻에서 그런 건 아니라는 생각이 들 거다. 앞으로 네가 평범한 수준의 삶을 살게 되리라 생각하고 그에 맞게 교육하고 준비시켜 온 것이지. 그런 염려가 결국 불필요한 것이 될지도 모르겠다만, 어쨌든 잘되라는 뜻에서 한 일 아니겠느냐. 그리고 여태껏 소소한 결핍이나 제약이 좀 있었더라도 앞으로 누릴 유복한 삶의 가치가 그만큼 곱절로 늘어나리라는 점 또한 믿어도 좋을 거다. 네가 노리스 이모님에 대한 마땅한 공경과 배려를 소홀히 함으로써 내 기대를 벗어나는 일은 절대 없을 거라고 믿는다. 그렇지만 이런 이야기는 이제 그만하고, 여기 앉아 보거라, 패니. 잠시 할 말이 있으니. 오래 붙잡지는 않으마."

패니는 눈을 내리깔고 뺨을 붉히며 이모부의 분부대로 자리에 앉았다. 토머스 경은 잠시 뜸을 들이더니 배어 나오는 미소를 누르며 말을 이었다.

"너는 아마 모르겠지만, 오늘 아침 나를 찾아온 사람이 있었단다. 식사를 마치고 방으로 돌아간 지 얼마 안 돼 크로퍼드 씨가 찾아왔지. 용건은 너도 짐작이 갈 거다."

패니의 얼굴이 점점 더 붉게 달아올랐다. 너무나 당황해서 아무 말도 못 하고 고개도 들지 못하는 패니의 모습을 본 이모부는 시선을 돌리고 크로퍼드 씨가 찾아왔던 이야기를 멈춤

없이 쭉 이어 나갔다.

크로퍼드 씨가 찾아온 것은 패니를 사랑한다는 사실을 밝히고 그녀에게 확실하게 청혼을 하고, 양친과 진배없는 위치에 있다고 보이는 이모부의 허락을 청하기 위해서였다. 그의 태도는 매우 훌륭하고 활달하고 솔직하고 적절했으며, 더욱이 자신의 답변과 의견 또한 매우 적절했다고 생각해, 토머스 경은 두 사람 사이에 오간 대화를 매우 흐뭇한 마음으로 상세히 전해 주었다. 조카딸의 심중을 잘 모르는 그는 이렇게 상세한 이야기를 듣는 그녀의 기쁨이 자기보다 더할 거라고 생각했다. 그래서 그의 말은 몇 분씩이나 이어졌지만 패니는 감히 끼어들 수가 없었고 그럴 엄두도 나지 않았다. 머릿속이 너무나 혼란스러웠다. 그녀는 자세를 고쳐 앉아 창문만 뚫어지게 바라보면서, 지극히 당혹스럽고 황망한 심정으로 이모부의 말을 들었다. 그가 잠시 말을 멈췄으나 그녀는 깨닫지 못했다. 그가 자리에서 일어서며 말했다. "그럼, 패니, 이제 내 맡은 바 소임 중 절반은 마쳤구나. 이제 모든 것이 흠잡을 데 없는 탄탄한 기반 위에 진행되고 있다는 점은 충분히 알아들었겠지. 이제 나머지 소임을 수행할 겸 이렇게 권할 차례구나. 어떠냐, 나와 함께 아래층으로 내려가지 않겠니. 나도 썩 나쁜 이야기 상대는 아니었으리라 자부한다마는 그래도 인정을 해야겠지? 아래층에 가면 훨씬 더 반가운 이야기 상대가 기다리고 있을 게야. 이미 짐작했겠지만 크로퍼드 씨가 아직 돌아가지 않았거든. 너를 만나려고 내 방에서 기다리고 있다."

이 말을 들은 그녀의 표정이며 놀라는 거동과 탄성에 토머스 경은 깜짝 놀랐다. 그러니 그녀가 이렇게 외치는 소리를 들었을 때는 놀라움이 얼마나 더했겠는가? "아! 안 돼요, 이모부, 그건 안 돼요. 절대로 만날 수 없습니다. 크로퍼드 씨도 이미 알 텐데요, 모를 리 없어요. 어제 이미 충분히 알아듣게 말했거든요. 어제 그런 말을 꺼내기에, 저로서는 듣기가 매우 불편하고 도저히 호의를 받아들일 수가 없다고 말했습니다."

"무슨 말인지 모르겠구나." 다시 자리에 앉으며 토머스 경이 말했다. "도저히 호의를 받아들일 수 없다니! 이게 다 무슨 소리냐? 그 사람이 너한테 어제 이야기를 꺼냈고, 그리고 판단력이 뛰어난 젊은 처자의 입에서 나올 수 있는 최대한 고무적인 응답을 들은 것으로 아는데. 그때 네가 한 처신을 듣고 나도 매우 흐뭇했다. 네가 보여 준 신중함은 크게 칭찬할 만하지. 그렇지만 그 사람이 이미 당당하게 뜻을 밝힌 마당에, 지금도 망설이는 이유가 도대체 뭐냐?"

"잘못 아신 거예요, 이모부." 패니는 외쳤다. 당장 걱정되고 초조한 마음에 이모부 면전에 대고 이모부가 틀렸다는 말까지 하고 만 것이다. "정말 잘못 아신 거예요. 크로퍼드 씨도 어떻게 그런 말을 할 수가 있죠? 전 어제 절대 고무적인 답을 준 적이 없습니다. 오히려 그 사람한테…… 정확한 표현은 생각나지 않지만 분명히 말했습니다. 그런 이야기는 듣지 않겠다, 모든 점에서 매우 듣기가 불편한 이야기다, 그러니 두 번 다시 그런 말은 꺼내지 말아 달라고요. 분명히 전 그렇게 말했고 그 이상의 말도 했어요. 더 자세히 말했어야 했나 봐요. 일말의 진심이라도 담겨 있다고 믿어졌다면 그렇게 했겠지요.

그렇지만 지레짐작을 하는 건…… 그러고 싶지도 않고 그런 모습을 보이고 싶지도 않았어요. 그 사람한테는 아무 의미도 없는 일로 지나갈 줄 알았어요."

더 이상 말을 이을 수가 없었다. 숨이 막힐 지경이었다.

"그렇다면, 크로퍼드 씨의 청혼을 거절하겠다는 말이냐?" 잠시 침묵 끝에 토머스 경이 말했다.

"예, 이모부."

"거절하겠다고?"

"예, 이모부."

"크로퍼드 씨의 청혼을 거절한다! 도대체 무슨 구실로? 무슨 이유로?"

"전…… 전 결혼할 만큼 그 사람한테 마음이 없어요."

"정말 이상한 일이구나!" 차분하지만 불쾌함이 역력한 목소리로 토머스 경이 말했다. "내 머리로는 도저히 납득이 가지 않는 점이 있다. 청년 하나가 네게 구혼을 하겠다고 나섰는데, 모든 면에서 흠잡을 데가 없는 청년이야. 단순히 신분이나 재산, 인품만이 아니라 보기 드물게 상냥하고 행동거지나 언사가 누구에게나 호감을 살 만한 인물이지. 어제오늘 알게 된 것도 아니고, 알고 지낸 지 벌써 꽤 된 사람 아니냐. 더욱이 그 누이동생과도 친한 사이고, 또 네 오라비를 위해 그런 수고까지 해 주지 않았니? 다른 건 차치하고, 그 점만으로도 거의 충분한 점수를 얻을 만한데. 내 힘만 갖고는 윌리엄이 언제 진급할 수 있었을지 장담할 수 없다. 그런데 이 청년은 벌써 일을 성사시키지 않았느냐?"

"네." 패니가 새삼 부끄러운 마음에 고개를 숙이며 들릴 듯 말 듯 대답했다. 이모부의 말씀을 듣고 나니 크로퍼드 씨를 좋아하지 않는 자신이 부끄럽기까지 했다.

"너도 눈치는 챘을 것 아니냐?" 토머스 경이 바로 말을 이었다. "너를 대하는 태도가 각별하다는 것은 얼마 전부터 눈치 챘겠지. 그러니 너도 뜻밖이라고만은 할 수 없을 게다. 그쪽에서 관심이 있다는 것도 알았을 거고. 그리고 너의 태도도 아주 적절했지. (그 점은 나무랄 구석이 전혀 없구나.) 그렇지만 네가 불쾌해하는 모습은 본 적이 없어. 너 자신도 네 마음을 잘 모른다는 생각이 들기도 하는구나, 패니."

"아네요, 이모부! 그건 아닙니다. 그 사람의 관심이 전 언제나…… 탐탁지 않았어요."

토머스 경은 더욱 놀란 눈빛으로 그녀를 바라봤다. "도무지 이해가 안 되는구나." 그는 말했다. "해명을 좀 해 줘야겠다. 아직 어리고 만나 본 사람도 별로 없는 네가 설마 이미 마음을 준 사람이……."

그는 말을 멈추고 패니를 물끄러미 바라봤다. 잘 들리지는 않아도 패니의 입술은 '아네요'라고 하는 듯 보였지만, 얼굴은 홍당무처럼 빨개졌다. 그러나 패니처럼 수줍음 많은 처녀라면 결백해도 그럴 수 있는 일이라, 그는 적어도 겉으로는 납득한 시늉을 하기로 하고 얼른 덧붙였다. "아무렴, 그럴 리가 있나. 있을 수 없는 일이지. 더 왈가왈부할 것도 없다."

그리고 몇 분 동안 그는 실제로 아무 말 없이 깊은 생각에 잠겼다. 조카딸 역시 깊이 생각에 잠긴 채, 이어질 질문을 각오하고 마음을 굳게 먹으려고 애썼다. 진실을 털어놓느니 차라리 죽는 편이 나았고, 조금만 잘 생각하면 끝내 들키지 않을 힘이 생길 것 같았다.

"크로퍼드 씨가 너를 택한 만큼 나로서는 그 사람한테 관심을 갖는 게 당연하겠지." 차분하게 가라앉은 어조로 토머스 경이 다시 말을 꺼냈다. "하지만, 꼭 그게 아니라도 이렇게 일찍 결혼하겠다는 것부터가 마음에 드는구나. 나는 웬만한 경제력만 있다면 결혼은 이를수록 좋다고 주장하는 사람이고, 충분한 수입이 있으면서 스물넷 된 청년이라면 가급적 속히 가정을 꾸미는 게 좋다고 본다. 이게 내 평소 소신인데, 내 맏아들이자 네 사촌 오라비인 톰 버트럼은 일찍 결혼할 가능성이 별로 없으니 참으로 유감이다. 내 판단이 맞다면, 지금은 결혼할 생각도 계획도 없을 게야. 어서 자리를 잡았으면 좋겠다만." 그러면서 그는 패니를 슬쩍 쳐다봤다. "에드먼드는 성향으로 보나 평소 행실로 보나 제 형보다는 일찍 결혼할 공산이 훨씬 크지. 실제로 요즘 보니 마음 가는 아가씨도 이미 만난 것 같던데. 형 쪽은 아직 없는 게 분명하고. 그렇지? 네가 보기에도 그러냐, 패니?"

"네, 이모부."

나지막하지만 차분한 대답이었다. 그래서 토머스 경은 사촌 사이의 문제에 대해서는 마음을 놓을 수 있었다. 그렇지만 경계심이 사라졌다고 해서 조카딸에게 유리해진 것은 아니었다. 조카딸의 태도에 납득할 만한 이유가 없다는 점이 확인되자, 그는 더 언짢아졌다. 그는 자리에서 일어나 방 안을 서성거렸고, 패니는 감히 눈을 들지 못했지만 이모부의 찌푸린 표정이 눈에 보이는 듯했다. 곧이어 토머스 경이 근엄한 목소리로 물었다. "크로퍼드 씨의 성품에 문제가 있다고 볼 이유라도 있는 거냐, 패니?"

"아니요, 이모부."

그녀는 "그렇지만 사고방식은 문제가 있어요."라고 말하고 싶었지만, 그러고 나면 구구한 논란과 설명이 뒤따를 것이고 그래 봐야 믿어 주지도 않을 거라는 우려에 마음이 움츠러들었다. 그에게 안 좋은 생각을 갖게 된 것은 이런저런 일을 목격했기 때문인데, 사촌 언니들을 생각하면 이모부에게 발설할 수도 없는 노릇이었다. 마리아와 줄리아, 특히 마리아가 크로퍼드 씨의 그릇된 처신과 밀접하게 연루되어 있으니, 언니들을 배반하지 않는 한 자기가 생각하는 그의 됨됨이를 이모부에게 털어놓을 수가 없었다. 패니는 이모부처럼 분별력이 뛰어나고 명예를 중시하는 선량한 분이라면 싫다는 자신의 확고한 의사를 말씀드리는 것으로 충분하리라 기대했다. 그러나 참으로 안타깝게도 그렇지가 않았다.

토머스 경은 패니가 참담하고 떨리는 심정으로 앉아 있는 탁자로 다가와서는 굉장히 냉엄한 어조로 말했다. "더 이야기해 봤자 소용이 없겠구나. 실망스럽기 그지없는 이런 대화는 그만두는 편이 낫겠다. 더 이상 크로퍼드 씨를 기다리게 할 수도 없고. 그러나 내가 네 행동을 어찌 생각하는지 확실히 밝혀 두는 게 나의 의무일 테니, 내 이 말만 덧붙이마. 너는 내가 품었던 모든 기대를 저버렸고, 이번에 보니 성품 역시 내가 생각했던 것과 딴판이로구나. 너도 그간 내가 하는 것을 보고 알았겠지만 내가 귀국한 후 너에 대해 아주 좋은 인상을 갖게 된 게 사실이다, 패니. 고집스러운 성정이나 자만심, 요즘 부쩍 만연하는 자기주장과는 특이할 정도로 거리가 먼 아이라고 생각했으니까. 심지어 젊은 처녀들한테서도 이런 성향이 나타나던데, 처녀들이 그러면 더 흉하고 눈에 거슬리지. 그렇지만 지금 네 태도를 보니 너도 제멋대로 고집을 부릴 줄 아는구나, 스스로 결정할 수 있다고 생각하고 또 그럴 작정인 모양이고. 너를 이끌어 줄 자격이 얼마간 있는 사람들의 의견을 존중하거나 그에 순종할 생각도 없고, 심지어 조언을 구할 생각도 없이 말이다. 이런 네 모습은 내가 상상한 것과 너무나, 너무나 다르구나. 이번 일로 네 집안, 네 부모, 네 형제자매한테 미칠 득실은 한순간도 생각해 보지 않은 게지. 그들에게 어떤 도움이 될지, 네가 이렇게 훌륭한 결혼을 한다면 그들이 얼마나 기뻐할지, 너한테는 아무 의미도 없는 거야. 오로지 네 생각만 하는 거지. 철없는 들뜬 마음에 행복의 필수 요소라고 상상하는 그 감정이 크로퍼드 씨한테는 들지 않는다는 이유만으로, 잠시 생각할 시간을 달라는 말도 없이, 잠시 더 차분히 생각해 보고 네가 바라는 게 뭔지 제대로 따져 볼 시간을 달라는 말도 없이, 당장 거절해 버리기로 결심하고는, 아마도 다시 오지 않을 기회를 일순간의 어리석은 충동으로 내팽개치는구나. 혼처가, 그것도 어엿하고 훌륭하고 귀한 혼처가 나섰는데 말이다. 여기 분별력이나 인품이나 성격이나 태도나 재산이나 나무랄 데 없는 청년이 너에게 지극한 마음을 품고 사심없는 훌륭한 자세로 청혼을 한 거다. 내 말해 두지만, 패니, 네가 앞으로 다시 십팔 년을 산다고 해도 크로퍼드 씨가 가진 자산의 절반이나 자질의 십 분의 일이라도 갖춘 남자의 구혼조차 받기 어려울 거다. 내 친딸이라도 그 청년한테는 기쁜 마음으로 내주었을 거야. 마리아야 이미 훌륭한 집안으로 시집을 갔다만, 만약 크로퍼드 씨가 줄리아와 결혼하겠다고 한다면, 마리아를 러시워스 씨한테 내줄 때 이상으로 진심으로 흡족하게 허락했을 게다. (잠깐 말을 멈추었다가) 그리고 언제가 되었든 내 딸한테 이번 혼처의 절반만큼이라도 되는 자리에서 혼삿말이 왔는데, 내 딸이 내 의견이나 생각을 물어보는 예의도 갖추지 않고 단박에 단호하고 확실하게 거절의 의사를 밝혔다면, 난 아마 몹시 놀랐을 거다. 그런 행동에 무척 놀라고 마음이 상했을 게야. 자식의 도리와 효심에 심히 어긋나는 짓이라고 생각했겠지. 너한테는 똑같은 잣대를 들이댈 수는 없을 거다. 너한테는 자식의 의무가 없으니까. 그렇지만 패니, 스스로 네 마음을 들여다보고 배은망덕이 아니라고 자신할 수 있다면……."

그는 말을 멈추었다. 패니가 이미 눈물을 쏟아내고 있었으므로, 아무리 화가 나도 더 몰아칠 수는 없었다. 패니는 이모부의 눈에 비친 자신의 모습이며, 갈수록 무섭게 혹독해지는 이런저런 무거운 질책에 가슴이 무너지는 것 같았다. 이모부는 그녀를 제멋대로 구는 고집쟁이에 은혜도 모르는 이기적인 아이라고 생각하고 있었다. 그녀는 이모부의 기대를 저버리는 행동을 했고, 이모부의 호감을 잃고 말았다. 이제 앞으로 어떻게 하나?

"죄송합니다." 그녀는 눈물을 삼키며 들릴 듯 말 듯 이렇게 말했다. "저도 정말 유감이에요."

"유감이다! 그래, 나도 그 말이 진심이길 바란다. 하긴 앞으로 두고두고 오늘의 결정을 유감으로 여길 날이 있을 거다."

"저도 다른 길이 있으면 좋겠어요." 그녀는 다시 한번 힘겹게 용기를 냈다. "그렇지만 저는, 제가 그 사람을 결코 행복하게 해 주지 못할 것이고 저 자신도 불행할 것이라고 정말 확신해요."

또다시 눈물 바람. 그러나 그런 눈물 바람에도 불구하고, 그리고 '불행'이라는 그 거창하고 암울한 단어를 입에 올리면서 눈물을 쏟았음에도 불구하고, 토머스 경은 패니가 후회도 좀 되고 생각도 좀 달라져서 그러는 건 아닌가 싶어 당사자가 직접 설득하면 순조롭게 풀릴지도 모르겠다는 생각이 들기 시작했다. 그는 패니가 매우 소심하고 지극히 섬세한 성격이라는 것을 잘 알았다. 그래서 저러는 걸 보면 구애자 쪽에서 약간의 시간과 약간의 압력, 약간의 인내와 약간의 조바심을 적절히 섞어 가며 기다려 준다면, 항용 그렇듯 좋은 효과를 낳을 가능성이 아주 없지는 않다고 생각했다. 남자 쪽에서 꿋꿋이 버티기만 한다면, 버틸 만한 애정이 있다면……. 토머스 경은 희망을 갖기 시작했다. 그리고 이런 생각들이 뇌리를 스치면서 기분이 나아진 그는, 여전히 근엄하지만 노기는 한결 가라앉은 목소리로 말했다. "오냐, 오냐, 이제 눈물을 거두거라. 운다고 무슨 소용이 있겠냐? 아무 도움도 안 되지. 자, 같이 아래로 내려가자. 크로퍼드 씨를 너무 오래 기다리게 했어. 네가 직접 답을 하거라. 그러지 않고는 납득하지 못할 거야. 그 친구가 불행히도 오해받을 만한 일을 한 모양인데, 어쨌든 그런 오해를 하게 된 경위를 알아듣게 설명해 줄 사람은 너밖에 없지 않느냐. 나는 도저히 불가능한 일이니."

그렇지만 그를 만나 보러 가자는 말에 패니가 전혀 내키지 않는 듯 힘들어하자 토머스 경은 잠시 생각한 끝에 저 하고 싶은 대로 두는 편이 낫겠다고 판단했다. 그 결과 두 사람에게 거는 희망이 좀 위축되기는 했으나, 우는 바람에 얼굴도 안색도 엉망이 된 조카딸의 모습을 보니, 지금 당장 대면을 시켰다간 득 못지않게 실이 크겠다는 생각이 들었다. 그래서 하나 마나 한 말을 한두 마디 던지고는 혼자 나갔고, 뒤에 남은 가련한 조카딸은 참담한 마음으로 방금 있었던 일을 생각하며 눈물을 쏟았다.

패니는 마음의 갈피를 잡을 수가 없었다. 과거도 현재도 미래도 모두 암담했다. 그렇지만 이모부의 노여움을 산 것이 가장 가슴 아팠다. 이기적이고 배은망덕한 아이! 이모부한테 그렇게 보였다니! 이제는 영원히 불행해질 수밖에 없었다. 편들어 주고 조언하고 대변해 줄 사람 하나 없는데. 단 한 사람의 친구마저 집을 비우고 없었다. 그라면 부친의 마음을 누그러뜨릴 수 있을지도 모르는데. 그러나 모두, 아마 모두들 그녀를 이기적이고 배은망덕하다고 생각할 것이었다. 두고두고 그런 질책을 감수해야 할 것이며, 앞으로 영원히 주변 사람들 모두에게서 이런 질책을 듣고 보고 느껴야 할 것이었다. 패니는 크로퍼드 씨가 좀 원망스러워지는 것을 어찌할 수가 없었다. 그렇지만 만약 그 사람이 정말로 자기를 사랑하는 것이라면, 그래서 그 사람 역시 불행하다면! 모든 게 괴로움뿐이었다.

한 십오 분쯤 있다가 이모부가 다시 왔다. 이모부의 모습을 뵙는 것만으로도 그녀는 기절할 것 같았다. 그러나 나무라거나 엄한 기색 없이 조용히 말하는 목소리에 기운을 좀 차릴 수 있었다. 이모부의 말투뿐 아니라 그 내용도 위로가 되었다. 그는 이렇게 말을 꺼냈다. "크로퍼드 씨는 돌아갔다. 방금 보내고 오는 길이다. 무슨 말이 오갔는지 여기서 되풀이할 필요는 없겠지. 너도 지금 많이 힘들 텐데, 그 청년의 심경을 전해서 더 힘들게 만들 생각은 없으니까. 다만 그 청년이 매우 신사답고 너그럽게 처신했고, 그래서 참으로 훌륭한 분별력과 심성, 성품을 가진 청년이라는 점을 다시 한번 확인할 수 있었다는 점만 말해 두마. 네가 지금 얼마나 힘들어하는지 알려 주자, 아주 예의 바른 태도로 너를 만나게 해 달라는 청을 곧장 거두더구나."

고개를 들었던 패니는 이 대목에서 다시 고개를 떨구었다. "물론," 이모부가 말을 계속했다. "너와 단둘이 오 분 만이라도 이야기를 나누게 해 달라는 부탁까지 안 할 수는 없었겠지. 너무나 당연한 부탁이고 정당한 요구니 거부할 수도 없는 노릇이고. 그렇지만 시간을 정한 것은 아니니, 내일이든 언제든 충분히 마음이 가라앉은 다음에 만나 보려무나. 지금으로선 마음을 다스릴 일만 남았다. 눈물은 거두고. 지치기밖에 더 하겠니. 네가 내 말에 순종하는 자세를 보여 줄 마음이 있다면, 나도 그럴 거라 믿고 싶다만, 감정에 휘둘리지 말고 찬찬히 생각해서 마음을 좀 더 다잡으려고 노력해야겠지. 외출을 좀 하면 어떻겠느냐? 바깥 공기를 쐬면 도움이 될 거다. 나가서 한 시간쯤 자갈길을 걸어 보거라. 관목 숲에는 아무도 없을 테니, 바람을 쐬며 산책을 하다 보면 한결 기분이 나아질 거야. 그리고 패니, (잠깐 뒤돌아서며) 오늘 일은 아래층에서는 입 밖에 내지 않으마. 버트럼 이모한테도 아무 말 안 할 것이다. 다른 사람들한테까지 실망을 끼칠 필요는 없으니까. 너도 입을 다물도록 해라."

이런 명령이라면 얼마든지 따를 수 있었다. 이모부의 자상함이 패니의 가슴에 사무치게 다가왔다. 노리스 이모의 끝없는 꾸중을 면하게 되다니! 그는 감사하는 마음에 상기된 그녀를 남겨 두고 방을 나갔다. 이모의 비난을 면할 수만 있다면 뭐든 견딜 수 있었다. 크로퍼드 씨를 만나는 일도 그보다는 두렵지 않을 것 같았다.

패니는 이모부가 권한 대로 곧장 밖으로 나가 이모부의 충고를 가능한 한 철저히 실행했다. 그녀는 눈물을 거두고 마음을 다스려 굳건히 하려고 열심히 노력했다. 이모부의 마음이 편해지기를 바라고 다시 이모부의 눈에 드는 사람이 되고 싶은 자신의 진심을 보여 드리고 싶었다. 게다가 이모들한테는 오늘 일을 알리지 않겠다고 하셨으니, 그렇게 분발할 강한 동기를 부여해 주신 셈이었다. 의심을 살 표정이나 태도를 보이지 않는 게 급선무였다. 그리고 노리스 이모의 질책에서 벗어날 수만 있다면, 못 할 일이 거의 없을 것만 같았다.

놀라운, 정말 놀라운 일이 일어났다. 산책에서 돌아와 다시 동쪽 방으로 들어가는 순간 벽난로에 불이 타오르고 있는 것이었다. 난롯불이라니! 분에 넘치는 대접 아닌가. 다른 때도 아니고 오늘 같은 날 이런 호사를 베풀어 주시다니. 너무나 고마워서 가슴이 아팠다. 토머스 경이 이런 사소한 일을 기억하고 신경을 써 주시다니, 믿을 수가 없었다. 그렇지만 불을 살펴보러 들른 하녀가 묻기도 전에 하는 말을 듣고 그녀는 앞으로는 날마다 불을 피우기로 했다는 사실을 알게 되었다. 토머스 경이 그렇게 하라고 지시를 내렸다는 것이다.

"정말로 내가 배은망덕한 짓을 한다면, 난 금수만도 못할 거야!" 그녀는 혼자 중얼거렸다. "하느님, 그런 일이 일어나지 않게 지켜 주세요!"

정찬 전까지 그녀는 이모부와도 노리스 이모와도 부딪치지 않았다. 정찬 자리에서 이모부가 그녀를 대하는 태도도 전과 거의 진배없었다. 그녀는 이모부가 다른 기색을 보일 뜻이 없으며, 조금이라도 달라 보인다면 그건 자기 스스로 양심에 찔려서 그렇게 보이는 것이라고 믿었다. 그런데 이모가 곧 트집을 잡기 시작했다. 그리고 자기한테 알리지 않고 밖에 나갔다는 것만으로도 듣기 괴로운 잔소리를 끝없이 쏟아붓는 이모를 보면서, 패니는 이모부의 자상한 배려가 더없이 감사했다. 그 덕분에 이모의 비난의 영(靈)이 훨씬 더 중대한 사안에 대해서 발휘되는 참사를 면하게 된 것이다.

"네가 외출하는 줄 알았다면, 나간 김에 잠깐 우리 집에 들러 내니한테 전갈을 전하고 오라고 시켰을 텐데." 이모가 말했다. "온갖 불편을 감수하고 나중에 내가 직접 전하러 가야 했잖아. 짬을 내기가 얼마나 힘들었는지 아니? 외출하겠다고 한마디 해 주는 성의만 있었어도 그런 수고는 면할 수 있었잖아. 관목 숲에서 산책을 하나 우리 집까지 가나 마찬가지였을 텐데."

"관목 숲 산책을 권한 것은 접니다. 그 길이 가장 덜 질어서요."

"어머!" 순간 흠칫하며 노리스 부인이 말했다. "참 자상도 하시네요, 토머스 경. 하지만 잘 모르셔서 그렇지, 우리 집으로 가는 길도 땅이 다 말랐답니다. 그 길로 갔어도 역시 즐거운 산책길이 되었을 거예요. 거기다 쓸모 있는 일을 하고 이모 심부름을 한다는 이점도 있잖아요. 모두 이 애 잘못이에요. 외출한다고 한마디만 했어도……. 그렇지만 패니한테는 그런 면이 있어요. 일을 해도 꼭 제 생각대로 하려 드는 것을 한두 번 본 게 아니에요. 지시받는 게 싫은 거죠. 기회만 생기면 멋대로 혼자 산책을 나가고요. 확실히 좀 비밀이 많고 엉뚱하고 제멋대로인 데가 있어요. 그런 점은 어서 고치라고 충고해 주고 싶네요."

토머스 경은 조금 전에 자기도 같은 느낌을 토로한 바 있지만 그래도 패니에 대한 일반적인 평으로는 이렇게 부당한 말이 없겠다는 생각이 들었고, 그래서 화제를 돌리려고 했으나, 몇 번을 시도한 끝에야 간신히 성공할 수 있었다. 이때도 그렇지만 평소에도 노리스 부인은 그가 조카딸을 얼마나 좋게 생각하는지 알아차릴, 혹은 조카딸을 깎아내리면서 딸들의 장점을 돋보이게 만들 생각은 전혀 없다는 것을 알아차릴 만한 분별력이 없었다. 그녀는 식사 중간쯤까지도 계속해서 패니한테 비아냥거리며 혼자 몰래 산책을 나갔다고 못마땅해했다.

그러나 잔소리도 마침내 끝이 났다. 그리고 땅거미가 질 무렵에는 패니도 안정을 되찾고 기분도 한결 밝아졌으니, 아침에 폭풍우가 온통 몰아치던 것을 생각하면 기대 이상이었다. 그러나 무엇보다 그녀는 자기가 한 일이 옳았으며 잘못 판단한 것은 아니라고 믿었다. 자신의 순수한 의도만큼은 장담할 수 있었던 것이다. 또한 그녀는 이미 이모부의 심기가 나아지고 있고, 이모부처럼 훌륭한 분이라면 조금만 더 공정하게 숙고해 보면 애정 없는 결혼이 얼마나 불행하고 용서할 수 없는, 절망적이고 그릇된 일인지 당연히 느끼게 되실 것이고 그리되면 마음도 한결 누그러질 것이라는 기대를 갖게 되었다.

다음 날 만남이 있을지도 모른다는 말에 겁은 났지만 그래도 그 만남만 치르면 이 일은 완전히 마무리될 것이며, 크로퍼드 씨가 맨스필드를 떠나고 나면 언제 그런 일이 있었나 싶게 금방 모든 게 원상 복귀될 거라고 자위하지 않을 수 없었다. 크로퍼드 씨가 그녀를 향한 애정으로 인해 오래 괴로워하리라는 생각은 하지 않았고 그렇게 생각할 수도 없었다. 그는 그런 성품이 아니었다. 런던에 가면 금방 치유될 터였다. 런던에서 지내다 보면 자기가 어쩌다 패니한테 반했는지 신기하다는 생각이 곧 들 것이고, 패니가 제대로 판단해 준 덕분에 불행한 결과를 면할 수 있었다고 고마워할 터였다.

패니가 속으로 이런 희망을 떠올리는 사이, 이모부는 차를 마신 뒤 곧바로 불려 나갔다. 흔히 있는 일이라 패니는 대수롭지 않게 여겼는데, 십 분 후 집사가 다시 나타나더니 곧장 그녀한테 다가와 "토머스 경께서 하실 말씀이 있다고 방으로 오라십니다." 하고 말했다. 그제야 문득 무슨 일이 벌어지고 있는지 짚이는 데가 있었다. 혹시 하는 생각이 뇌리를 스치면서 얼굴에서 핏기가 사라졌다. 그렇지만 즉시 일어나 전갈에 응할 채비를 하는데, 노리스 부인이 소리를 질렀다. "잠깐, 잠깐만, 패니! 무슨 일이냐? 어디 가려고? 서두를 것 없다. 너를 찾으신 게 아니야. (집사를 바라보며) 그렇죠, 날 찾으신 거죠? 넌 언제나 나서지 못해 안달이구나. 토머스 경께서 뭣 때문에 너를 찾으시겠니? 내가 맞지요, 배들리. 지금 당장 가 볼게요. 나한테 한 말이지요, 배들리, 틀림없어요. 토머스 경께서 찾는 건 나지, 프라이스 양은 아니에요."

그러나 배들리는 완강했다. "아닙니다, 프라이스 양을 찾으셨습니다. 분명히 프라이스 양입니다." 그리고 그렇게 말하면서 슬쩍 웃음기를 머금었는데, 거기에는 '부인과는 상관이 없는 용무인 것 같은데요.'라는 뜻이 담겨 있었다.

노리스 부인은 영 못마땅했지만 다시 자리에 앉아서 일감을 손에 들 수밖에 없었고, 불안한 가슴을 안고 자리를 뜬 패니는 우려했던 대로 일 분 후 크로퍼드 씨와 독대하는 지경에 처했다.

2

숙녀 편에서 마음먹은 것과는 달리 만남은 짧게 끝나지도 않았고 결정적인 자리가 되지도 않았다. 신사 편에서 그렇게 쉽게 받아들이지 않았던 것이다. 토머스 경이 바란 대로 그는 꿋꿋이 밀고 나갈 만반의 태세를 갖추고 있었다. 원체 자만심이 강한지라 처음에는, 그녀 자신은 잘 모르지만 실은 자기를 좋아한다는 쪽으로 생각이 크게 기울어져 있었다. 그다음에는, 그녀가 자신의 현재 감정을 잘 알고 있다는 사실을 그도 결국 인정할 수밖에 없었고, 그러자 이번에는 그 감정을 머지않아 자기가 원하는 방향으로 바꾸어 놓을 수 있으리라고 확신했다.

그는 사랑에, 매우 열렬한 사랑에 빠졌다. 그리고 활동적이고 낙관적이며 섬세하다기보다는 혈기 방장한 성격에 사랑까지 더해졌으니, 상대가 거부할수록 오히려 더욱 그 마음을 얻고 싶고, 어떻게든 자신을 사랑하게 만들어 그 행복과 영광을 쟁취하고야 말겠다고 굳게 결심하게 된 것이다.

그는 체념할 생각도 포기할 생각도 없었다. 애정을 꿋꿋이 밀고 나갈 합당한 이유가 차고 넘쳤다. 패니는 그녀와 함께라면 언제나 행복할 것이라고 얼마든지 기대해도 될 만큼 훌

노리스 부인이 소리를 질렀다.
“잠깐, 잠깐만, 패니! 무슨 일이냐? 서두를 것 없다.”

륭한 자질을 갖춘 사람이었다. 바로 이 순간에도 그녀의 행동거지는 (그가 보기에는 실로 대단히 드문 자질들인) 사심 없고 섬세한 성품을 잘 보여 줘, 오히려 그의 바람은 더 커지고 결심은 더 굳어질 뿐이었다. 그는 자신이 공략하려는 그 마음에 이미 임자가 있다는 사실을 알지 못했다. 그것에 대해서는 한 점의 의구심도 갖고 있지 않았다. 그가 생각하기에 패니는, 그런 문제는 생각도 안 해 봐서 그럴 위험이 없고, 그런 위험에 처하기에는 아직 풋풋한 나이며, 신체의 나이 못지않게 아리따운 마음의 풋풋함이라는 안전망의 보호를 받아 온, 너무나 조신해서 그의 마음을 눈치채지도 못한 그런 사람이고, 지금도 전혀 예상하지 못한 갑작스러운 구혼과 꿈에도 상상하지 못한 낯선 상황에 어쩔 줄 모르는 그런 사람이었다.

그렇다면 이쪽의 마음만 제대로 전한다면 자연히 성사되지 않겠는가? 그는 이렇게 믿어 마지않았다. 이처럼 극진한 사랑을, 그것도 자기 같은 사람이 보여 주고 끈기 있게 밀고 나간다면 반드시 보답이 있을 것이고, 그것도 머지않아 그리되리라 믿었다. 그리고 아주 짧은 시일 안에 그녀가 자기를 사랑하게 되고야 말 거라는 생각이 너무나 달콤했기 때문에, 당장은 그녀가 자기를 사랑하지 않는다는 사실도 별로 유감스럽지 않았다. 극복해야 할 얼마간의 난관은 헨리 크로퍼드에게 전혀 문제가 되지 않았다. 오히려 기운이 날 뿐이었다. 이제까지 너무 쉽게 여자들의 마음을 얻었던 만큼 지금 이런 상황이 새롭고도 자극적이었다.

그러나 여태껏 살면서 너무나 많은 장애를 겪어 온 패니로서는 장애에 아무런 매력도 느낄 수 없었고, 그래서 이 모든 게 이해가 되지 않았다. 그녀는 그가 계속 밀어붙일 생각임을 깨달았다. 그러나 자기로서는 하는 수 없이 힘들게 한 말인데, 그런 말을 듣고도 어떻게 이렇게 나올 수 있는지 도무지 납득이 되지 않았다. 그녀는 그에게, 자기는 그를 사랑하지 않으며 사랑할 수도 없고 앞으로도 그런 일은 절대로 없을 것이다, 마음이 바뀌는 일은 절대 불가능하다, 이런 이야기는 대단히 듣기 괴로우니 부디 다시는 꺼내지 말아 달라, 이제 그만 물러나고자 하니 영원히 끝난 일로 생각해 달라고 말했다. 그래도 그가 고집을 부리자, 자기가 보기에는 두 사람의 성향이 완전히 달라서 서로 사랑하는 일은 있을 수 없다, 천성과 교육과 습관에서 두 사람은 서로 어울리지 않는다고 덧붙였다. 이 모든 이야기를 그녀는 진심을 담아 진지하게 전했다. 그러나 그것으로도 충분치 않았으니, 그는 두 사람의 성격에 안 맞는 구석이 있다거나 두 사람의 상황에 불리한 점이 있다는 것을 즉각 부정하며, 자신의 사랑은 여전하고 앞으로도 희망을 버리지 않겠다고 단호히 선언한 것이다!

패니는 자신의 뜻은 잘 알고 있었으나, 자신의 태도에 관한 한 제대로 판단할 능력이 없었다. 그녀의 태도는 손볼 수 없을 정도로 온순했고, 그러다 보니 단호한 취지가 얼마나 가리워지는지 그녀는 알지 못했다. 조심스럽고 유순하고 감사하는 태도를 취하다 보니, 아무리 마음이 없다고 말을 해도 일부러 자신의 마음을 억누르는 사람처럼 보일 정도였다. 최소한 그에게 듣기 괴로운 말들은 그녀 자신에게도 그 못지않게 괴로운 이야기인 듯 보인 것이다. 크로퍼드 씨는 더 이상 예전의 크로퍼드 씨가 아니었다. 마리아 버트럼의 은밀하고 음험하며 불충한 찬미자로 혐오스럽기만 하던 그 크로퍼드 씨, 쳐다보기도 싫고 말을 섞기도 싫고 훌륭한 자질이 있다고는 도저히 믿기지 않던, 호감을 사는 능력조차 거의 인정할 마음이 나지 않던 그 크로퍼드 씨가 아니었다. 지금의 그는 다름 아닌 패니 본인에게 사심 없는 열렬한 사랑을 호소하고 있는 크로퍼드 씨였다. 그 감정도 이제는 분명히 명예롭고 당당한 것으로 바뀌었고, 사랑에 기반한 결혼에 모든 행복이 달려 있다는 생각을 가진 사람, 자기가 생각하는 패니의 장점을 쏟아붓듯 열거하고, 연모의 정을 토로하고 또 토로하며, 재기 발랄한 사람다운 표현과 말투와 기백을 보이면서 자신이 패니를 원하는 것은 패니의 온화한 성격, 패니의 선량한 성품 때문임을, 말로 할 수 있는 한 최선을 다해 입증하려 애쓰는 사람이었다. 게다가 결정적이게도 지금의 크로퍼드 씨는 윌리엄이 승진할 수 있게 만들어 준 장본인이었다!

얼마나 큰 변화인가! 이는 도저히 무시할 수 없는 자격이었다! 소더턴의 영지에서나 맨스필드 파크의 극장에서 패니는 분노하는 미덕의 권위에 힘입어 그를 경멸할 수 있었다. 그러나 지금 구애를 해 오는 그는 달리 대접해야 마땅한 자격을 갖춘 사람이었다. 정중하게 대하고 동정을 표해 주어야 마땅했다. 그의 구애가 영광임을 인식해야 하고, 패니 자신을 생각해서든 오빠를 생각해서든, 깊은 감사의 마음을 가져야 했다. 이 모든 고려가 어우러지면서 결국 대단히 동정적이고 동요하는 태도로 나타나고, 거절의 언사에도 감사와 염려를 여실히 드러내는 말들이 섞여 들었기 때문에, 크로퍼드처럼 자부심이 강하고 낙관적인 성정의 사람에게는 관심이 없다는 그녀의 말이 진실인지, 아니면 적어도 그 정도까지인지 믿기지 않는 것도 당연했다. 그러니 그가 그 자리를 마무리하면서 끈기 있고 열렬하고 포기할 줄 모르는 애정을 표명한 것은 패니가 생각하는 것만큼 비이성적인 일은 아니었다.

그는 그녀를 보내 주면서 못내 아쉬워했지만, 헤어지는 그의 얼굴에 절망하는 기색은 전혀 보이지 않았다. 그러니 말만 저렇게 할 뿐이라거나 혹은 겉으로는 저래 보여도 무리한 생각은 안 하리라고 기대해 볼 여지도 없었다.

이제 그녀는 화가 났다. 그렇게 이기적이고 인정머리 없이 밀어붙이다니, 얼마간 분개스럽기까지 했다. 예전에 너무나 놀라고 혐오했던, 섬세한 감정이나 타인에 대한 배려심이 결여된 모습이 다시 드러난 것이다. 전에 그렇게 싫어했던 그 크로퍼드 씨의 면모가 다시 드러난 것이다. 본인만 즐겁다면 인정사정없이 막무가내로 몰아치는 성정이 역력하지 않은가! 아, 어디 그뿐인가! 도리를 아는 사람 같으면 가슴에 결핍된 것이 있어도 의무로라도 보완을 했겠지만, 그가 어디 그런 위인이던가! 이미 다른 데 마음이 매이지 않았더라도 (그게 옳았겠지만) 그에게 마음을 주는 일은 절대 없었을 것이다.

슬프지만 명정한 마음으로 패니는 진심으로 이런 생각이 들었다. 그녀는 너무나 과분한 호사이자 사치인 위층 난롯불 옆에 앉아 생각에 잠겼다. 지난 일도 지금 일어나고 있는 일도 놀랍고, 앞으로 있을 일도 걱정되고, 분명한 것이 하나도 없는 듯 불안하고 심란한 기분이었다. 다만 분명한 것이 있다면 어떤 상황에서도 크로퍼드 씨를 사랑하게 되는 일은 결코 없으리라는 확신과 난롯불 곁에서 생각에 잠길 수 있다는 행복감뿐이었다.

토머스 경은 두 청춘 남녀 사이에 어떤 말이 오갔는지 다음 날 아침에야 알게 되었다. 그때까지 그는 억지로든 자발적으로든 참고 기다렸다. 다음 날 아침 그는 크로퍼드 씨를 접견하고 설명을 들었다. 처음 느낀 것은 실망이었다. 더 나은 결과를 기대했으니, 크로퍼드 같은 청년이 한 시간씩 간청하는데 패니처럼 마음씨 고운 처녀가 그렇게 요지부동일 줄은 몰랐던 것이다. 그러나 일편단심으로 꿋꿋이 밀고 나가겠다는 남자의 자세에 금방 안심이 되었다. 그리고 당사자가 성공을 확신해 마지않자, 토머스 경도 곧 성공을 믿어 볼 수 있었다.

토머스 경 역시 그 계획에 도움이 될 만한 것은 예의든 치하든 친절이든 빠뜨리지 않았다. 그는 크로퍼드 씨의 한결같은 마음을 치하하고, 패니를 칭찬하고, 역시 이 혼사야말로 세상에서 가장 바람직한 혼사라고 말했다. 그리고 맨스필드에서 크로퍼드 씨는 언제나 환영이니, 지금이든 앞으로든 얼마나 자주 들를지는 오로지 스스로의 판단과 감정에 따르면 된다고, 이 일에 대해서는 조카딸의 모든 가족 친지가 한 가지 생각과 한 가지 바람뿐이며, 그녀를 아끼는 사람들 모두 한 방향으로 힘쓸 것이라고 말했다.

한쪽에서는 격려가 될 말을 다 하고, 다른 한쪽에서는 격려 말씀마다 감사와 기쁨을 표한 후, 두 신사는 더없이 화기애애하게 헤어졌다.

이제 이 일은 가장 적절하고 희망적인 궤도에 올랐다고 안심한 토머스 경은 앞으로는 절대로 조카딸한테 강요하거나 노골적으로 개입하지 않기로 마음먹었다. 패니 같은 성정에는 다정하게 대해 주는 것이야말로 영향력을 행사하는 최선의 방식이라고 믿은 것이다. 간청하는 사람은 하나로 족했다. 패니도 식구들의 바람을 모르지 않을 테니, 식구들로서는 가만히 기다려 주는 것이 일을 성사시키는 가장 확실한 방법일 것이라고 생각되었다. 따라서 이런 원칙에 따라 토머스 경은 기회가 나는 즉시 패니에게 지극히 자애로우면서도 엄중한 어조로 말했다. 이렇게 나오면 패니도 어쩔 수 없을 거라고 생각한 것이다. "그래, 패니, 크로퍼드 씨를 다시 만나 너희 두 사람의 관계가 지금 정확하게 어떤 상태인지 다 들었다. 참 훌륭한 청년이더구나. 앞으로 어떻게 되든 간에, 너도 그 사람의 마음이 정말 대단하다는 것만큼은 알아줘야 한다. 네가 아직 어려서 사랑이라는 것이 대개 얼마나 덧없고 변화무쌍하며 불안정한지 접해 본 적이 거의 없으니, 거절을 당하고도 이렇게 꿋꿋이 밀고 나간다는 게 얼마나 대단한 일인지 나만큼은 모르겠지만 말이다. 그 사람은 순전히 마음에서 우러나 하는 일이야. 그런다고 공치사를 하지도 않고. 하기는 공치사를 할 일도 아니겠지. 그렇지만 이렇게 훌륭한 상대를 택했으니 한결같은 태도도 칭찬할 만하구나. 그렇게 흠잡을 데 없는 선택이 아니었다면, 나도 계속 밀고 나가는 것은 잘못이라 여겼을 게야."

"저도 송구스러워요, 이모부." 패니가 말했다. "크로퍼드 씨가 아직도 이렇게…… 제가 대단한 대접을 받고 있는 것도 잘 알고 정말 분에 넘치는 영광이라는 것도 절감하고 있어요. 하지만 제 마음은 너무나 확실하고 그분한테도 분명히 전했습니다. 저는 무슨 일이 있어도 절대로……."

"얘야," 토머스 경이 말을 가로막았다. "그런 말까지 할 필요는 없다. 네 감정은 나도 잘 안다. 내가 무엇을 바라고 또 아쉬워하는지 네가 잘 알듯이 말이다. 그러니 더 이상 할 일도 할 말도 없지 않겠니? 이 시간 이후로 너와 내가 이 이야기를 다시 거론하는 일은 없을 게다. 그러니 걱정할 것도 속상해할 것도 없어. 내가 너한테 마음에 없는 결혼을 하라고 설득할 리 있겠느냐? 내가 생각하는 것은 네가 잘되고 행복해지는 것뿐이다. 다만 바라는 것이 있다면 단 하나, 네가 너의 행복과 자신의 행복이 서로 상충되지 않는다는 사실을 깨닫기를 바라며 애쓰는 크로퍼드 씨의 노력을 지켜보라는 것뿐이다. 스스로 위험을 감수하면서까지 그러고 있지 않니. 너한테 해로울 것도 없고. 여기 찾아올 때마다 너와 만나게 해 주겠다고 약속했다. 이런 일만 없었다면 너도 당연히 만나 주었을 것 아니냐? 우리 모두 있는 자리에서 만나면 돼. 그러니 불쾌한 기억 따위는 다 지워 버리고 이제껏 하던 대로 가급적 많이 만나 보거라. 얼마 후면 노샘프턴셔를 떠난다 하니 이런 가벼운 희생이 요구되는 일도 많지 않을 거야. 앞으로 어떻게 될지 모르는 일이고. 그러니 이제, 패니, 이 이야기는 이것으로 끝내자꾸나."

패니가 매우 흡족한 마음으로 생각할 수 있었던 것은 단

하나, 그가 곧 떠날 예정이라는 사실뿐이었다. 그렇지만 이모부의 자상한 말들과 너그러운 말투도 가슴에 와닿았다. 그리고 아직 너무나 많은 사실을 모르고 계신다는 점을 생각하면, 이모부가 취한 방침에 의아해할 것도 없다 싶어졌다. 러시워스 씨에게 딸을 시집보낸 분인데. 그런 이모부에게 섬세한 낭만적 감성을 기대할 수는 없는 노릇이었다. 자신의 의무를 다하면서, 시간이 지나면 그 의무가 지금보다 수월해질 거라고 믿는 수밖에 없었다.

아직 열여덟 살밖에 안 됐지만 패니는 자신을 향한 크로퍼드 씨의 마음이 영원히 지속되리라고는 생각하지 않았다. 자기만 일관되게 꾸준히 거절한다면 조만간 사라질 거라고 상상할 수밖에 없었다. 속으로 이 연모의 정의 지속 기간을 얼마쯤으로 추산했느냐는 또 다른 문제다. 자신의 완벽함에 대한 젊은 숙녀의 평가를 엄밀히 따지고 드는 것은 합당치 않은 처사일 것이다.

입을 다물기로 작정은 했지만, 토머스 경은 조카딸에게 다시 한번 이야기를 꺼낼 수밖에 없었으니, 이모들에게도 알려야겠으니 마음의 준비를 해 두라는 것이었다. 지금이라도 피할 수 있다면 피하고 싶은 조치였지만, 은밀히 일을 진행시키는 데 대해 크로퍼드 씨의 생각이 완전히 달랐기 때문에 어쩔 수가 없었다. 크로퍼드 씨는 숨길 생각이 전혀 없었다. 목사관에서는 이미 모든 것을 알고 있었다. 그는 두 누이와 앞날에 대해 이야기 나누는 것을 즐겼다. 그리고 그로서는 사정을 잘 아는 사람들이 하루하루 성공을 거두는 자신의 모습을 지켜봐

주는 편이 오히려 뿌듯했을 것이다. 이를 알게 된 토머스 경은 아내와 처형에게도 지체 없이 귀띔해 주어야겠다고 생각했다. 이런 소식을 듣고 노리스 부인이 어떻게 나올지는 그 역시 거의 패니 못지않게 걱정스러웠다. 그는 처형의 선의에서 비롯되었으나 오도된 열성이 못마땅했다. 사실 이즈음 토머스 경은 노리스 부인이 뜻은 좋아도 언제나 매우 불쾌하고 그릇된 일만 저지르는 그런 부류가 아닌가 하는 생각까지 들기 시작했다.

그러나 노리스 부인의 태도에 안심이 되었다. 그는 두 사람에게 조카딸한테는 절대로 아무 말도 하지 말고 지켜보기만 하라고 단단히 일러 두었는데, 그녀는 그러겠다고 약속했을 뿐만 아니라 실제로 그대로 따랐다. 그저 표정으로만 더 불쾌해진 심기를 드러냈다. 그녀는 화가, 심히 화가 났다. 그렇지만 패니가 그런 청혼을 거절했다는 사실보다는 그런 청혼을 받았다는 사실에 더 화가 났다. 그것은 줄리아에게 해를 끼치고 낯을 깎아내리는 일이었으니, 크로퍼드 씨의 선택을 받을 사람은 당연히 줄리아였다. 그리고 그게 아니라도, 그녀는 패니를 홀대해 왔던 터라 패니가 싫었다. 그리고 언제나 기를 꺾어 놓으려 했던 아이가 그렇게 신분이 높아지는 꼴은 보고 싶지 않았던 것이다.

토머스 경은 이번 일에서 처형이 보여 준 신중한 처신을 실제 이상으로 높게 평가했다. 그리고 패니는 불편한 심사를 표정에서 읽을 뿐 직접 귀로 듣지는 않게 해 준 이모가 그저 고마울 따름이었다.

레이디 버트럼의 반응은 달랐다. 그녀는 평생 미인으로, 그것도 유복한 미인으로 살아 온 사람이었다. 그런 그녀가 높이 보는 것은 오로지 미모와 재력뿐이었다. 따라서 패니한테 부잣집 남자가 청혼했다는 사실을 안 뒤로는 패니를 전보다 높이 평가하게 되었다. 전에는 긴가민가했지만 패니가 실제로 매우 예쁘다는 사실과 훌륭한 결혼을 하게 되었다는 사실을 확인하자, 그녀는 패니가 조카딸이라는 게 자랑스러웠다.

"그래, 패니." 나중에 단둘만 남자 그녀는 즉시 말을 꺼냈다. 패니와 단둘이 있고 싶어 조바심 비슷한 마음까지 들던 참이라, 말하는 그녀의 표정에는 유달리 생기가 감돌았다. "그래, 패니, 오늘 아침에 정말 놀랍고도 기쁜 소식을 들었구나. 이번 한 번만 이야기할게. 토머스 경한테도 한 번은 하겠노라고 말씀드렸거든. 딱 한 번만 하고 다시는 말하지 않으마. 참 잘됐다, 우리 조카딸." 그리고 흐뭇한 눈으로 패니를 바라보며 이렇게 덧붙였다. "음…… 확실히 우리 집안 사람들이 잘생기긴 잘생겼어."

패니는 얼굴이 붉어졌고, 처음에는 할 말을 찾지 못했다. 그러다 이모의 취약한 부분에 호소하면 되지 않을까 싶어 얼른 이렇게 대답했다.

"이모, 이모만큼은 제가 다르게 대처했기를 바라시지 않지요? 제가 결혼하기를 바라실 리 없으니까요. 저 없이는 불편하시잖아요? 그럼요, 너무나 불편하실 텐데 그렇게 되기를 바라실 리가 없지요."

"아니다, 얘야. 이런 혼처가 나선 마당에 나 불편한 것쯤

이야 무슨 상관이겠니. 네가 크로퍼드 씨처럼 대단한 자산가와 결혼만 한다면, 난 너 없이도 잘해 나갈 수 있어. 그리고 명심해라, 패니. 이렇게 흠잡을 데 없는 혼담이 들어오면 수락하는 게 모든 아가씨들의 의무란다."

이것이 팔 년하고도 육 개월을 함께 살면서 패니가 이모한테서 들은 거의 유일한 가르침이자 충고였다. 이모의 말에 패니는 말문이 막혔다. 이견을 말해도 소용없을 것 같았다. 이모의 감정이 패니에게 불리한 쪽이라면, 이모의 이성을 공략해 봤자 기대할 것이 없었다. 레이디 버트럼은 꽤 말이 많아졌다.

"있잖니, 패니." 그녀가 말했다. "그 청년이 너에게 반한 것은 틀림없이 무도회에서였을 거야. 틀림없이 그날 밤 운명의 장난이 벌어졌을 거야. 그날 너 정말 예뻤거든. 다들 그렇다고 했어. 토머스 경도 그러셨고. 그런데 너 옷 입는 것을 채프먼이 도와줬잖니? 채프먼을 보내 주기를 정말 잘했다 싶구나. 토머스 경한테도 틀림없이 그날 밤 이루어진 일이라고 말씀드려야겠다." 그리고 이 기분 좋은 생각을 이어 가다 금방 이렇게 덧붙였다. "그리고 있잖니, 패니. 이건 마리아한테도 안 해준 건데, 다음번에 퍼그가 새끼를 낳으면 한 마리 줄게."

3

집에 돌아온 에드먼드의 귀에 엄청난 소식들이 들려왔다. 많은 놀라운 일들이 그를 기다리고 있었다. 가장 먼저 벌어진 일만 해도 적잖이 관심이 갔다. 말을 타고 마을로 들어오는데 마을을 가로질러 걸어가는 헨리 크로퍼드와 그 누이동생의 모습이 보였다. 그는 두 사람이 이미 오래전에 떠났으리라 생각했고, 그게 그가 의도한 바이기도 했다. 크로퍼드 양을 피하려고 일부러 출타를 두 주일로 연장했던 것이다. 우울한 기억과 애틋한 추억을 각오하며 맨스필드로 돌아오던 참인데, 오빠의 팔에 기댄 그녀의 고운 자태가 눈앞에 나타났고, 방금 전만 해도 70마일은 떨어진 곳에 있을 거라고, 아니 그녀의 마음으로 보면 거리로 잴 수 없을 만큼 멀리, 훨씬 더 멀리 가 있을 거라고 생각했던 여인이 그를 반갑게 맞으며 의심할 여지 없이 다정한 인사를 건네는 것이었다.

설령 그녀를 만나게 될 줄 알았더라도 그녀가 그런 식으로 그를 맞을 줄은 꿈도 꾸지 못했던 일이었다. 애당초 출타했던 목적을 완수하고 돌아오는 마당이니, 반가운 표정과 담백하면서도 유쾌한 말로 맞아 주리라고는 전혀 예상하지 못했던 것이다. 그런 모습을 보니 그는 마음이 환해졌고, 집에서 기다리

헨리 크로퍼드와 그 누이동생이 에드먼드를 반갑게 맞이했다.

는 다른 즐겁고 놀라운 소식들의 가치를 온전히 느끼기에 더없이 적절한 기분으로 집에 들어설 수 있었다.

그는 곧 윌리엄의 진급과 그 모든 자세한 경위를 알게 되었다. 그리고 그 기쁨을 더해 주는 기분 좋은 생각을 남몰래 가슴에 품고 있었으니, 정찬을 드는 내내 매우 유쾌한 기분으로 명랑한 태도를 보일 수 있었다.

정찬이 끝나고 아버지와 단둘이 남은 자리에서 그는 패니 소식을 들었다. 그리고 지난 두 주 동안 있었던 모든 중요한 일들과 맨스필드의 현재 입장을 알게 되었다.

패니는 짐작이 갔다. 정찬실에 머무는 시간이 평소보다 훨씬 긴 것으로 보아 분명히 자기 이야기를 나누고 있을 거라는 생각이 들었다. 그리고 마침내 차를 내올 때가 되어 두 사람이 정찬실에서 나오고 다시 에드먼드의 눈길을 받게 되자, 그녀는 큰 잘못을 저지른 기분이 들었다. 그가 곁에 와서 앉더니 그녀의 손을 잡고는 다정하게 꼭 쥐었다. 그 순간 차 준비를 거들어야 했고 자리가 어지러워졌으니 망정이지, 그렇지 않았다면 그녀는 용서할 수 없을 만큼 과도하게 감정을 드러내고야 말았을 것만 같았다.

그러나 그의 이런 행동은 패니의 바람 섞인 해석처럼 무조건적인 찬성과 격려를 표시하는 것은 아니었다. 다만 패니와 관련된 일에는 언제나 관심이 있다는 것을 보여 주고, 방금 들은 소식에 아끼는 마음이 더해지더라고 말해 주고 싶었을 뿐이다. 사실 이번 일에서 그는 전적으로 아버지 편이었다. 패니가 크로퍼드를 좋아하기는커녕 오히려 그 반대라고 늘 생각했던 만큼 패니가 크로퍼드를 마다했다고 해서 아버지만큼 놀라지는 않았고, 패니 입장에서는 전혀 예상치 못했던 일이었으리라 짐작도 했지만, 바람직한 혼사라는 생각은 토머스 경보다도 더했다. 어느 모로 보나 잘된 일이었다. 그리고 패니가 지금은 마음이 없으니 그렇게 대처한 것 또한 잘한 일이라고 칭찬했고, 그 칭찬의 언사도 토머스 경으로서는 따라잡기 어려울 정도였지만, 그는 이 혼사가 결국 성사될 것이고, 이제 진지하게 생각해 보니, 이 두 사람이 상호 애정으로 맺어진다면 성정상 서로에게 축복이 되는 천생연분임을 알겠다면서, 낙관어린 믿음과 충심 어린 희망을 표명했다. 크로퍼드가 지나치게 서둔 면은 있다, 패니한테 마음을 열 시간적 여유를 주지 못했다, 첫 단추를 잘못 끼운 셈이다, 그러나 크로퍼드만 한 능력에 패니 같은 성품이라면 모두 행복한 결말을 맺게 되리라고 에드먼드는 믿었다. 그렇지만 곤혹스러워하는 패니의 모습을 충분히 보았기 때문에 또다시 곤혹스럽게 만들 말이나 표정, 행동은 하지 않으려고 조심했다.

다음 날 크로퍼드가 찾아왔고, 토머스 경은 에드먼드도 돌아왔으니 정찬을 들고 가라고 붙들어도 하등 문제될 게 없다고 생각했다. 사실 예의로라도 권해야 마땅했다. 크로퍼드는 물론 정찬 때까지 머물렀고, 정찬 자리에서 에드먼드는 그가 패니와 얼마나 가까워졌는지, 그리고 패니한테서 얼마나 고무적인 반응을 이끌어 낼 수 있는지 지켜보는 충분한 기회를 가졌다. 그런데 그 정도가 너무 미미해서, 정말이지 너무 미미해서 (그런 반응의 가능성은 오로지 패니가 당황할 때뿐이니,

당혹스러워할 때도 희망이 없다면 달리 기대할 여지가 없었다.) 친구가 꿋꿋이 버티는 게 오히려 신기할 정도였다. 물론 패니라면 그럴 가치가 있었다. 패니라면 최대한 인내심을 가지고 최대한 정성을 기울여 볼 만한 상대지만, 자기로서는 어떤 살아 숨 쉬는 여성에 대해서도 그 여성이 지금의 패니보다 더 용기를 북돋아 줄 반응을 보여 주지 않는 한, 이렇게 밀고 나가지는 못할 것 같았다. 그는 크로퍼드가 더 정확하게 봤다고 믿고 싶었고, 이것이 정찬 및 이어진 자리에서 모든 것을 지켜본 결과 친구에게 가장 유리하게 낼 수 있는 결론이었다.

밤이 되자 좀 더 고무적으로 보이는 일이 몇 가지 있었다. 크로퍼드와 함께 응접실로 들어가 보니, 어머니와 패니가 마치 마음 쓸 일은 그것밖에 없다는 듯이 묵묵히 바느질에 열중하고 있었다. 에드먼드는 그 깊은 정적에 대해 한마디 언급하지 않을 수 없었다.

"내내 이렇게 침묵만 지킨 것은 아니다." 어머니가 대답했다. "패니가 책을 읽어 주다가 너희가 들어오는 소리를 듣고 방금 책을 내려놓았는걸." 확실히 탁자에는 방금 덮은 티가 나는 책이 놓여 있었는데, 셰익스피어 희곡집이었다. "저 책들에서 하나씩 골라 자주 낭송해 주거든. 아주 멋진 대사를 읽어 주던 참인데 두 사람의 발소리가 들리지 뭐냐. 누구 대사였지, 패니?"

크로퍼드가 책을 집어 들며 말했다. "그 대사를 마저 읽어 드리는 즐거움을 제게 허락해 주십시오. 금방 찾아낼 수 있을 겁니다." 그리고 책을 펴서 책장이 저절로 펼쳐지도록 조심스럽게 정말로 해당 대목을 찾아냈는데, 차이가 나도 한두 장뿐이라 레이디 버트럼에게는 상관이 없었고, 그래서 그가 울지 추기경*의 이름을 말하자 곧바로 그 대사가 맞다고 확인해 주었다. 패니는 눈길도 주지 않고 도와주는 시늉도 하지 않았다. 맞다 틀리다 한마디도 하지 않았다. 그리고 온통 바느질에 집중했다. 다른 것에는 어떤 관심도 안 보이기로 작정한 듯했다. 그러나 좋아하는 것에 끌리는 마음은 어쩔 수 없었다. 오 분도 채 안 돼 귀를 기울일 수밖에 없었다. 그의 낭독은 뛰어났고, 그녀는 훌륭한 낭독을 굉장히 좋아했다. 물론 훌륭한 낭독 정도야 오래전부터 익히 들어 왔다. 이모부도 낭독을 잘하고 사촌들도 모두 그렇고, 에드먼드는 대단히 잘했다. 그렇지만 크로퍼드 씨의 낭독에는 여태껏 접해 보지 못한 종류의 탁월함이 있었다. 그는 왕, 왕비, 버킹엄 공작, 울지 추기경, 크롬웰의 대사를 차례차례 낭독했다. 건너뛰고 미루어 짐작하는 능력과 재주가 대단히 뛰어나서, 언제나 원하는 대로 가장 빼어난 장면이나 해당 인물의 가장 빼어난 대사를 골라 내어, 위엄이건 자만이건, 애틋함이건 회한이건, 어떤 감정도 한결같이 멋지게 표현해 낸 것이다. 실제로 연극을 보는 듯했다. 연극이 얼마나 많은 즐거움을 안겨 주는지 패니에게 처음 알려 준 것이 바로 그의 연기였는데, 이제 낭독을 듣고 있자니 그가 했던 모든 연기가 눈앞에 되살아났다. 아니, 어쩌면 그때보다 더 즐겁기도 했으니, 뜻밖에 주어진 기회인 데다 그가 버트럼 양과 한 무

* 셰익스피어의 역사극 「헨리 8세」에 등장하는 인물.

대에 서 있는 모습을 볼 때와 달리 불편한 마음도 없었기 때문이다.

에드먼드는 패니의 관심이 점점 커져 가는 것을 지켜보았는데, 처음에는 완전히 바느질에 몰입하는 시늉을 하다가 점차 일손이 느려지는 모습을 보고 있자니 재미있기도 하고 안심이 되기도 했다. 일손을 멈춘 채 가만히 앉아 있더니 어느새 일감은 손에서 멀어지고, 그리고 마침내 종일 크로퍼드를 피하기에 여념이 없는 듯하던 그녀의 눈길이 크로퍼드 쪽으로 쏠리며 몇 분씩 거기에 못 박혀 있었으니, 간단히 말해 크로퍼드를 계속 응시하는 것이었다. 그러다 시선을 느낀 크로퍼드 씨가 그녀에게로 눈길을 돌리고, 책을 덮고, 그러자 주문이 풀렸다. 그녀는 다시 움츠러들면서, 얼굴을 붉히며 다시 손을 바삐 움직였다. 그러나 이를 지켜본 에드먼드는 친구에게 고무적인 말을 해 줘도 되겠다 싶었고, 패니의 속마음을 대변하는 말이 되기를 바라며 크로퍼드에게 진심 어린 감사를 전했다.

"좋아하는 작품인가 보네." 그는 말했다. "낭독하는 품을 보니 훤히 꿰고 있는 것 같던걸."

"지금 이 시간부터는 틀림없이 좋아하는 작품이 되겠지." 크로퍼드가 대답했다. "그렇지만 열다섯 살 이후로 셰익스피어 작품은 손에 들어 본 적도 없는 것 같네. 「헨리 8세」 공연은 한 번 본 적이 있네만. 아니면 보고 온 사람한테서 들은 건가? 어느 쪽인지 잘 모르겠군. 하지만 셰익스피어야 다들 딱히 언제부터인지 몰라도 익히 알고 있지 않나. 우리 영국인들의 체질의 일부가 되었다고 할까. 그 상념과 아름다운 표현들이 하도 널리 퍼져 있어서 도처에서 접하게 되고 본능처럼 친숙하잖나. 웬만큼 머리가 있다면 셰익스피어 희곡 중 괜찮은 대목을 펼쳤을 때 그 의미의 흐름에 곧장 빨려들 수밖에 없지."

"그래, 셰익스피어 작품은 누구나 아주 어릴 때부터 어느 정도 친숙해지게 마련이지." 에드먼드가 말했다. "모두들 유명한 구절을 인용하고, 펼치는 책의 절반은 셰익스피어가 나오고. 다들 셰익스피어풍으로 말하고, 그 비유를 사용하고 그 묘사를 빌려오지. 그렇지만 방금 자네가 한 것처럼 의미를 살려 전달하는 것은 완전히 다른 문제야. 셰익스피어를 단편적으로 아는 거야 아주 흔한 일이고, 꽤 통달한 경우도 드물지 않겠지만, 이렇게 훌륭하게 낭독한다는 것은 쉽게 볼 수 있는 재능이 아니지."

"이거 영광입니다." 짐짓 엄숙하게 허리를 굽히며 크로퍼드가 응수했다.

두 신사는 패니의 입에서 동조의 칭찬 한 마디라도 들을 수 있을까 하는 마음에 패니를 슬쩍 쳐다봤지만, 과한 욕심이다 싶었다. 경청하는 것으로 칭찬을 해 준 셈이니, 그것으로 만족해야 했다.

레이디 버트럼의 경우에는 감탄의 뜻을 드러내 놓고 강력하게 표명했다. "진짜 연극을 보는 것 같았어요." 그녀가 말했다. "토머스 경도 이 자리에 계셨다면 좋았을걸."

크로퍼드는 굉장히 기뻤다. 소양도 감수성도 없는 레이디 버트럼이 이럴진대 섬세한 감수성과 교양을 갖춘 그 조카딸의 느낌은 어땠을까 생각하니 어깨가 으쓱해졌다.

"정말 연기에 소질이 많은 것 같군요, 크로퍼드 씨." 레이디 버트럼이 말을 이었다. "그러니 언젠가는 노퍽주의 자택에 극장을 만드시겠네요. 결혼해서 정착한 다음에 말예요. 그래요, 맞아요. 노퍽주 자택에 극장을 만드시고 말 거예요."

"그럴까요, 영부인?" 그는 얼른 큰 소리로 말했다. "아니요, 아닙니다, 절대로 그런 일은 없을 겁니다. 영부인께서 잘못 보신 겁니다. 에버링엄에 극장이라니요! 아니, 당치도 않습니다!" 그리고 그는 의미심장한 미소를 띠며 패니를 쳐다봤는데, '에버링엄에 극장은 이 숙녀분이 절대 허락하지 않을 것이다.'라는 의미를 담은 것이 역력했다.

에드먼드는 이 모든 것을 보았으며, 패니가 그쪽으로는 눈길도 주지 않는 것을 보니 헨리의 목소리만 듣고도 한사코 부정하는 그의 속뜻을 충분히 알아차린 게 분명했다. 이렇게 그녀가 자신에 대한 배려를 즉각 알아차리고 에둘러 하는 말의 속뜻을 금방 눈치채는 것을 보니 좋은 조짐이라는 생각이 들었다.

낭독이 계속 화제에 올랐다. 말하는 사람은 두 청년뿐이었지만, 둘은 벽난롯가에 서서 이야기를 주고받으며, 남자를 위한 일반적인 교육 제도에서 낭독 능력을 경시하거나 완전히 등한시하는 경우가 태반이라, 똑똑하고 식견 있는 남자들도 갑자기 낭독을 하라고 하면 자연히, 아니 어떤 경우에는 거의 부자연스러울 정도로 무지와 투박함을 드러내곤 한다면서, 과오를 범한 사례들을 열거했다. 그러고는 목소리의 제어나 적절한 억양 조절과 강조, 예견이나 판단 등을 제대로 하지 못하는 이차적인 원인으로 실패를 하는 건데, 이 모두가 일찍부터 관심을 기울이고 습관을 들이지 못한 일차적 원인에서 비롯된다고 지적했고, 패니는 아주 흥미롭게 다시 귀를 기울이고 있었다.

"내 직업만 해도 마찬가지야." 에드먼드가 싱긋 웃으며 말했다. "낭독술에 대해 얼마나 연구들을 안 하는지! 명료한 표현과 훌륭한 전달에 정말 관심들이 없다고! 물론 지금이 아니라 과거 이야기지만. 지금은 개선하자는 분위기가 확산되고 있어. 그렇지만 이십 년, 삼십 년, 사십 년 전에 목사가 된 분들이 낭독하는 것을 보면 대부분 낭독은 낭독이고 설교는 설교라고 생각했던 모양이야. 지금은 달라졌지. 이 문제를 좀 더 제대로 보게 되었으니까. 아무리 확실한 진리라도 잘 전파하려면 명확하고 힘 있는 전달이 중요하다는 것을 깨닫게 됐거든. 게다가 관심도 안목도 전에 비해 더 일반화됐고 비평적 지식도 더 확산됐어. 어느 교구를 가든 이 문제에 대해 어느 정도 식견과 판단력과 비평력을 갖춘 사람이 전에 비해 훨씬 많아졌네."

에드먼드는 서품을 받고 나서 이미 한 번 예배를 집전했다. 그리고 이 이야기를 들은 크로퍼드는 그에게 기분이 어땠는지, 무사히 마쳤는지 등 갖은 질문을 퍼부었다. 그의 질문에는 우정 어린 관심과 기민한 기질에서 오는 발랄함은 있었지만 패니가 매우 싫어하는, 에드먼드도 잘 아는 경박한 농담기가 전혀 없었으므로 에드먼드는 진심으로 기쁘게 대답해 주었다. 그리고 크로퍼드가 특정 구절들을 예배에서 낭송하는 방법에 대해 의견을 묻고 자기 생각을 제시할 때도 그가 전부터 이미 생각해 본 문제며 제대로 된 판단력을 보여 주는 듯해 에드먼드는 더욱 흐뭇했다. 패니의 마음을 얻는 길은 바로 여기에 있을 터였다. 여성을 떠받드는 태도와 재치, 싹싹한 성품을 다 합쳐도 패니의 마음을 얻을 수는 없었다. 적어도, 진지한 문제에 대한 소견과 감수성과 진지함이 더해지지 않는다면, 그렇게 빨리 마음을 얻을 수 없는 사람이 패니였다.

"우리 기도문에는 아름다운 대목이 많고 그런 대목들은 아무렇게나 부주의하게 낭송해도 아름다움은 여전하지." 크로퍼드가 의견을 냈다. "그렇지만 장황하고 반복적인 부분들도 있기 때문에, 그런 게 두드러지지 않으려면 낭송을 제대로 해야 하거든. 당연히 경청을 해야겠지만 적어도 내 경우에는 솔직히 말해 언제나 그렇게는 안 되더라고. (이 대목에서 그는 패니를 흘깃 봤다.) 스무 번 가운데 열아홉 번은 저런 기도는 어떻게 낭송하는 게 좋을까 하는 생각도 들고, 차라리 내가 직접 낭송해 볼까 싶어지기도 하거든. 혹시 뭐라고 하셨나요?" 그는 부지런히 패니한테 다가가 한결 부드러운 목소리로 이렇게 말을 건넸고, 패니가 "아니요."라고 대답하자 덧붙였다. "정말입니까? 입술이 움직이는 것 같아서요. 그래서 딴생각을 하지 말고 더 경청하는 게 옳다는 말씀을 하시려나 보다 했지요. 그런 것 아니었나요?"

"정말 아니에요, 뭐가 옳은지 이미 잘 아시는데, 제가 어떻게…… 설령……."

그녀는 말을 멈추고는, 이러다 곤란해지겠다 싶은지 그가 몇 분씩 간청하고 기다려도 더는 한마디도 하지 않았다. 그는 다시 제자리로 돌아와 마치 그런 다정한 막간극이 없었던 양 말을 이어 갔다.

"훌륭한 설교는 훌륭한 기도문 낭송보다도 더 드물지. 내용만 보면 훌륭한 설교도 꽤 많은데 말일세. 쓰는 것보다 말하는 게 더 어려운가 봐. 하긴 작문 규칙과 기법에 대한 연구가 더 많지. 완벽한 설교를 완벽하게 해내면 정말 듣기가 좋은데. 그런 설교를 들을 때마다 절로 감탄과 존경이 일어, 나도 성직자가 되어 설교를 해 볼까 하는 마음까지 들 정도야. 유창한 설교는, 정말로 유창할 때는 말일세, 최고의 찬사와 명예를 받아 마땅하네. 어중이떠중이가 다 건드려서 이미 오래전에 너덜너덜해진 한정된 주제를 가지고도 각양각색의 회중의 심금을 울리고 감화시킬 줄 아는 설교자, 아무리 새롭고 놀라운 이야기, 관심을 불러일으킬 이야기라도 회중의 귀에 거슬리거나 마음에 부담이 되지 않게끔 할 줄 아는 설교자라면 (그 공인으로서의 능력에 대해) 아무리 존경을 표해도 부족하지. 나도 그런 사람이 되었으면 좋겠네."

에드먼드가 소리 내어 웃었다.

"진심이네. 유명한 설교자의 설교를 들으면 언제나 부러워진달까 그런 마음이 생겨나곤 했거든. 단 청중은 런던 사람들이어야 하네. 내 문장 실력을 알아볼 수 있는 교양층이 아니면 어디 설교할 마음이 나겠나. 그리고 설교를 자주 하는 건 별로 탐탁지 않을 것 같고. 어쩌다 한 번이면 몰라도. 봄철에 한두 차례 정도? 내리 여섯 번의 일요일마다 학수고대하게 만든 다음에 말일세. 그렇지만 매번 한결같이 하는 것은 사절이야. 한결같이 하다니 안 될 말이지."

듣지 않으려야 듣지 않을 수 없었던 패니는 이 대목에서 자기도 모르게 고개를 저었고, 크로퍼드가 즉시 곁으로 다시 다가와 무슨 뜻으로 그랬는지 말해 달라고 청했다. 의자를 끌어당겨 패니 옆에 앉는 품을 보니 이 친구가 갖가지 눈빛과 저음의 목소리를 동원해 아주 본격적으로 공략에 나설 작정이구나 싶어진 에드먼드는 귀엽고 사랑스러운 패니가 그 청을 받아들여 고개를 저은 이유를 자세히 설명해 주기를, 그래서 열렬한 사랑에 빠진 청년이 만족하게 되기를 진심으로 바라며, 최대한 조용히 구석으로 물러나 등을 돌리고 앉아 신문을 집어 들었다. 그러고는 "사우스 웨일스의 대단히 근사한 장원", "부모님과 후견인들에게", "경험이 풍부한 사냥용 명마" 등 다양한 광고 문구를 웅얼웅얼 소리 내어 읽으면서 저쪽의 소리를 묻어 버리려고 애썼다.

한편 패니는 입만 다무는 게 아니라 미동도 하지 말걸 그랬다 싶어 스스로한테 화도 나고 자리를 피하는 에드먼드의 거동에 너무 속이 상해서, 얌전하고 부드러운 성정이 허락하는 한도에서 최대한 크로퍼드 씨를 내치고 그의 눈빛과 간청을 피하려 애썼다. 그러나 물러설 줄 모르는 크로퍼드 씨는 간청의 눈빛과 호소를 꿋꿋이 퍼부었다.

"고개를 저으시던데 왜 그러셨나요?" 그는 말했다. "무슨 뜻이지요? 아마도 못마땅한 마음에 그러셨겠지요. 그렇지만 어떤 점이 그랬나요? 어떤 말이 마음에 안 드셨는지요? 예의에 벗어난 소리를 한다 싶으셨나요? 이런 문제를 두고 경박하고 불경스러운 소리를 한다고요? 만일 그렇다면 말씀만 해 주세요. 제가 잘못한 게 있다면 말씀만 해 주세요. 잘못이 있다면 시정하고 싶습니다. 아네요, 아네요. 간절히 부탁드립니다. 잠깐만 일감을 내려놓으세요. 고개를 저으신 건 무슨 뜻이었지요?"

"제발 그만하세요, 제발요, 크로퍼드 씨."라고 패니가 두 번씩 말해도 소용이 없었다. 그리고 자리를 옮기려고 했지만 그것도 소용이 없었다. 그는 변함없이 바싹 붙어 앉아서, 변함없는 낮고 간절한 목소리로 계속 똑같은 질문을 되풀이했다. 그녀는 점점 더 당황스럽고 불쾌해졌다.

"어찌 이러시나요? 정말 놀랍네요. 어찌 이러시는지 정말 의아스럽고……."

"놀랍다고요?" 그가 말했다. "의아스럽다고요? 지금 저의 이런 간청이 이해가 안 되시나요? 제가 왜 이렇게 자꾸 캐물을 수밖에 없는지, 왜 이렇게 당신의 일거수일투족에 관심을 갖고 궁금해하는지 모두 당장 설명해 드리지요. 의구심이 금방 사라질 것입니다."

자기도 모르게 배어 나오는 미소는 어쩔 수 없었지만 그녀는 침묵을 지켰다.

"제가 목사의 직분을 한결같이 언제나 수행하고 싶지는 않다고 인정하자 고개를 저으셨죠. 예, 제가 그렇게 말했습니다. '한결같이'라고. 그 말이 겁나지도 않습니다. 누구 앞에서나 당당하게 말하고 읽고 쓸 것입니다. 그리 겁낼 말도 아닌 것 같은데요. 겁내야 했던 건가요?"

"글쎄요." 그의 끈기에 못 이겨 패니가 결국 입을 열었다. "글쎄요, 그때처럼 스스로를 잘 아시면 좋겠지만 언제나 그러신 것은 아니라 유감이라는 생각은 한 것 같네요."

어쨌든 패니가 입을 열게 만든 것을 기뻐하며, 크로퍼드는 계속 밀고 나가기로 했다. 그리고 딱하게도 패니는 이렇게 심한 비난을 함으로써 그의 입을 다물게 할 작정이었지만 대단한 오산이었음을 깨달았다. 궁금증과 화젯거리가 다른 데로 옮아 갔을 뿐이었다. 그는 설명을 채근할 거리가 떨어지는 법이 없었다. 놓치기에는 너무나 좋은 기회였다. 패니의 이모부 방에서 패니를 만난 후로 이런 기회는 한 번도 없었고, 맨스필드를 떠날 때까지 어쩌면 두 번 다시 오지 않을 터였다. 탁자 바로 맞은편에는 레이디 버트럼이 앉아 있었지만, 부인은 언제나 비몽사몽 상태라고 봐도 무방하니 그다지 문제가 되지 않았다. 그리고 에드먼드의 광고 읽기도 여전히 큰 도움이 됐다.

"어쨌든," 속사포 같은 질문들과 마지못한 대답들이 한동안 오간 후 크로퍼드가 말했다. "아까보다는 마음이 한결 좋습니다. 저를 어떻게 생각하시는지 이제 더 확실해졌으니까요. 지조가 없고 순간의 기분에 쉽게 휘둘리고 쉽게 유혹에 빠지고 쉽게 포기하는 사람이라는 거지요. 그렇게 생각하시는 마당이니 당연히…… 그렇지만 두고 보십시오. 잘못 보셨다고 굳이 항변으로 설득하거나 제 한결같은 마음을 입으로 말씀드리지는 않겠습니다. 제 행동이 저를 말해 줄 것입니다. 제가 이제 이곳을 떠나고 나면 저의 부재와 거리와 시간이 저를 대변해 줄 것입니다. 이 세상에 당신을 얻을 자격이 있는 사람이 있다면, 그건 바로 저라는 사실이 그때 입증될 것입니다. 장점만 놓고 보자면 당신이 저보다 말할 수 없이 월등하지요. 그건 저도 잘 압니다. 당신의 뛰어난 자질들은 제가 인간에게 가능하다고 생각한 수준을 넘어선 것입니다. 당신에게는 천사 같은 면이 있어요. 사람들은 한 번도 그런 걸 본 적이 없지요. 하지만 단순히 눈으로 본 것 이상일 뿐만 아니라 상상을 넘어서는 수준입니다. 그러니 당신에 준하는 장점을 내세워 당신의 마음을 얻을 수는 없습니다. 어불성설이지요. 그보다 당신의 마음을 얻을 최고의 권리는 당신의 장점을 가장 잘 알고 기릴 줄 아는 사람, 당신을 가장 헌신적으로 사랑하는 사람에게 있을 겁니다. 그것이 제가 자신하는 근거입니다. 바로 그 권리에 따라 저는 지금도 앞으로도 당신을 맞이할 자격이 있는 것입니다. 그리고 제 연모의 정이 명실상부하다는 점만 믿어 주신다면, 당신이 어떤 분인지 너무나 잘 아는 저로서는 더없이 벅찬 희망을 품지 않을 수 없지요. 예, 더없이 소중하고 사랑스러운 패니……. (그녀가 불쾌한 듯 흠칫 뒤로 물러나는 것을 보고) 이런, 용서해 주십시오. 아마도 아직은 이럴 권리가 없겠지요. 하지만 달리 어떤 이름으로 당신을 부를 수 있겠습니까? 마음속으로 당신을 떠올릴 때마다 다른 이름으로 불러 본 적이 있겠습니까? 아니요, 제가 온종일 생각하고 밤새도록 꿈꾸는 사람은 바로 '패니'입니다. 당신으로 인해 그 이름은 향기로움 그 자체가 되었으니, 이제는 다른 어떤 이름도 당신에게 어울리지 않습니다."

패니는 더 이상 자리에 앉아 있기가 힘들었고, 거의 모두가 말릴 것이 뻔해도 자리를 뜨려고 시도는 해 봤을 것이나, 마침 그때 아까부터 기다리며 오늘따라 이상하게 늦어진다고 생각하던 그 소리가 들려왔다.

배들리를 필두로 차 쟁반과 주전자, 그리고 케이크 접시들을 든 엄숙한 행렬이 입장해 심신의 괴로운 구금 상태로부터 그녀를 구출해 주었다. 크로퍼드 씨는 자리를 옮길 수밖에 없었다. 그녀는 이제 풀려나 바삐 움직였다. 이제 안전했다.

에드먼드도 다시 사람들과 말을 주고받을 수 있게 된 것이 싫지는 않았다. 그러나 비록 둘만의 자리가 너무 길었던 것 같고 패니를 보니 속이 상해 얼굴이 상기되기는 했어도, 그렇게 많은 이야기를 하고 들었으니 말한 쪽에서는 무언가 얻은 게 있으리라고 기대하는 마음은 여전했다.

4

원래 에드먼드는 크로퍼드 일로 패니와 이야기를 나눌지 여부는 전적으로 패니가 선택할 문제며, 패니 쪽에서 먼저 말을 꺼내지 않는 한 가만히 있을 작정이었다. 그러나 하루 이틀 서로 눈치만 보던 중, 아버지의 말씀에 마음을 바꿔 친구에게 힘을 보태 주기로 했다.

크로퍼드 남매의 출발 일자가 드디어 그것도 아주 가까운 날짜로 잡혔다. 토머스 경은 이 청년이 맨스필드를 떠나기 전에 그를 위해 한 번 더 힘을 쓰는 것이 어떨까, 그래서 흔들림 없는 애정을 천명하고 맹세하는 그의 숱한 말을 희망으로 최대한 떠받쳐 주는 것이 어떨까 하고 생각했다.

토머스 경은 크로퍼드 씨의 성품이 이 면에서 완벽하기를 진심으로 바랐다. 크로퍼드 씨가 한결같은 사랑의 귀감이 되어 주기를 바란 것이다. 그리고 이를 실현하는 최선의 방책은 너무 오래 시험에 들지 않게 하는 것이라고 생각했다.

에드먼드도 너도 좀 거들어 주라는 아버지의 말씀을 마지못해 받아들인 것은 아니었다. 그 역시 패니의 심중을 알고 싶었다. 패니는 어려운 일이 있을 때마다 그에게 상의해 왔으며, 에드먼드도 패니를 극진히 아꼈으므로, 이번 일에 의논 상대가 되지 못한다면 참으로 서운할 터였다. 그는 패니에게 도움을 주고 싶고 자기가 반드시 도움이 될 거라고 생각했는데, 패니한테는 속마음을 털어놓을 사람도 달리 없지 않은가? 조언은 필요 없을지 몰라도, 마음 편히 털어놓고 싶은 마음은 있을 것이었다. 그는 패니가 마음을 터놓지 않고 침묵을 지키며 서먹하게 구는 이 부자연스러운 상황에서 얼른 벗어나야 했고, 패니도 자기가 그렇게 해 주기를 기다리고 있다고 쉽게 짐작할 수 있었다.

그가 "제가 말해 보겠습니다, 아버지. 둘이서 이야기할 기회를 가급적 빨리 만들어 보겠습니다."라고 답한 것도 이런 생각들 때문이었다. 그리고 마침 패니가 관목 숲에서 혼자 산책 중이라는 토머스 경의 말에 그는 곧장 패니를 만나러 갔다.

"함께 산책을 했으면 싶은데, 패니, 괜찮지? (그녀의 팔을 끌어당겨 팔짱을 끼게 하며) 둘이서 마음 편히 산책하는 것도 오랜만이구나."

그녀는 말이 아니라 표정으로 그의 말에 동의를 표했다. 기분이 울적해 보였다.

"그렇지만 패니," 그는 곧 덧붙였다. "마음 편히 산책을 하자면, 그냥 이 자갈길을 함께 걷는 것만으로는 부족해. 네가 털어놓고 이야기를 해 주어야지. 걱정거리가 있는 것 잘 알아. 무슨 생각을 하는지도 알고. 너도 내가 모른다고는 생각하지 않을 거야. 다른 사람들은 다들 한마디씩 하는데 정작 당사자인 패니한테서는 아무 말도 못 들어서야 되겠니?"

이 말을 듣자 패니는 속이 타면서도 풀이 죽어 이렇게 대답했다. "이미 다른 사람들한테서 다 들었다면 난 할 말이 없어요, 오빠."

"사실 차원에서는 그럴지 몰라도 내가 듣고 싶은 것은 네 마음이야, 패니. 그걸 말해 줄 사람은 너뿐이잖아. 그렇지만 강요할 생각은 없어. 내키지 않으면 그만두자. 하지만 너도 털어놓고 나면 마음이 좀 홀가분해지지 않을까."

"마음을 털어놓고 홀가분해지기에는 서로 생각이 너무 다른 것은 아닐까요."

"생각이 다르다고? 글쎄, 난 모르겠는데. 서로 의견을 비교해 보면, 언제나처럼 이번에도 같다는 것을 틀림없이 알게 될 걸. 간단히 말하자면 난 크로퍼드의 청혼이 아주 이롭고 바람직한 것이라고 생각해. 물론 네가 크로퍼드의 마음을 받아들일 수 있다면 말이다. 네가 그러기를 식구들이 바라는 것도 당연하고. 그렇지만 네가 도저히 안 되겠어서 청혼을 거절한 거고 넌 당연히 해야 할 일을 한 거지. 이 점에 대해서 무슨 의견의 차이가 있겠니?"

"아니, 없어요! 하지만 난 오빠가 못마땅해하는 줄 알았어요. 내 처신에 반대하는 줄 알았거든요. 이제 안심이에요."

"네가 진작에 털어놓기만 했다면, 패니, 쓸데없는 걱정은 안 해도 되는 걸 그랬구나. 그나저나 내가 반대한다니 어떻게 그런 생각을 할 수가 있었을까? 어떻게 내가 사랑 없는 결혼을 옹호할 거라고 상상할 수 있지? 설령 내가 다른 때는 이런 일에 무심하다고 해도, 바로 네 행복이 달린 일인데 어떻게 내가 무관심할 거라고 생각한 거야?"

"이모부는 내가 잘못했다고 생각하시는데, 이모부께서 오빠한테도 말씀을 하셨잖아요."

"지금까지 네가 보여 준 처신은 전적으로 옳았다고 생각해, 패니. 아쉽거나 의외라는 생각은 좀 들었을지 몰라도, 아니, 실은 그런 생각은 별로 없어. 네 편에선 아직 마음이 끌릴 겨를도 없었으니까. 난 네가 전적으로 옳게 처신했다고 생각해. 의문의 여지가 없지 않아? 만일 있다면 우리가 잘못이지. 너는 그 친구를 사랑하지 않았잖아. 그러니 청혼을 수락했다면 그거야말로 온당치 못한 처신이었을 거야."

패니의 마음이 이렇게 편해진 것은 요 며칠 사이 처음이었다.

"여기까지 네 처신은 흠잡을 데가 없었고, 달리 처신하기를 바란 사람들이 있다면 그건 그 사람들 잘못이지. 그렇지만 이것으로 끝날 문제는 아니야. 너를 향한 크로퍼드의 마음이 보통이 아니거든. 아직은 아니지만 곧 너의 마음을 얻을 수 있을 거라는 희망을 품고 꾸준히 노력하고 있잖아. 물론 시간이 걸리겠지. 그렇지만 (다정한 미소를 지으며) 나중에는 그 친구 뜻을 받아 주려무나, 패니. 그 친구가 결국은 뜻을 이루도록 해 주라고. 네가 얼마나 올곧고 사심 없는 사람인지는 이미 충분히 보여 줬으니, 이제는 네가 얼마나 감사할 줄 알고 다정다감한지 보여 주렴. 그러면 너는 여성의 완벽한 본보기가 되는 거야. 난 언제나 네가 그런 자질을 타고났다고 생각했지."

"아! 절대로, 절대로, 절대로 그렇게는 안 될 거예요. 절대로 그 사람 뜻대로는 되지 않을 거예요." 너무나 열을 내며 말하는 패니의 격한 어조에 에드먼드는 깜짝 놀랐고, 그런 그의 표정과 이어지는 답변에 패니도 그런 자신의 모습이 부끄러워 얼굴이 붉어졌다. "절대로라니, 패니, 대단히 단호하고 단정적이구나! 너답지 않은데. 이성적인 너답지가 않아."

"내 말은요," 그녀는 슬픈 목소리로 앞서 한 말을 정정했다. "앞날을 어디까지 장담할 수 있을지 몰라도, 그래도 지금 생각으로는 절대로 그런 일은 없을 거라는 거예요. 그분의 마음을 받아들이는 일은 절대로 없을 거라고 생각해요."

"글쎄, 난 더 좋은 결과를 기대하는데. 내가 크로퍼드보다 더 잘 알지. 너의 사랑을 얻고자 하는 남자는 (충분한 시간을 두고 마음을 전한 경우에도) 대단히 어려운 난관을 극복해 내야 할 거야. 어릴 적부터 든 정과 습관들이 포진하고 있으니까. 너의 마음을 자기한테로 돌려놓으려면, 생물이든 무생물이든 그간 정이 든 모든 것들에 묶여 있는 네 마음의 끈부터 끊어 내야 할 거야. 오랜 세월에 걸쳐 익숙해진 데다 이별한다는 생각에 당분간은 더욱 그 끈이 탄탄해질 텐데. 맨스필드를 떠나야 한다고 생각하면 앞으로 얼마간은 그 친구를 거부하는 마음이 더욱 굳어지겠지. 그 친구가 자신의 속마음을 잠시 묻어 둘 수 있는 상황이었다면 좋았을 텐데. 너를 나만큼 잘 알았다면 좋았겠다 싶구나, 패니. 우리 둘이 합심하면 너도 마음이 움직였을 텐데. 나의 이론적 지식과 그 친구의 실천적 지식을 합치면 실패할 리가 없잖아. 내 계획에 따라 행동했다면 좋았겠지. 그렇지만 이제는 시간이 지나다 보면 그 친구가 한결같은 애정으로 너를 얻을 자격을 입증하고 (그러리라고 난 굳게 믿어.) 그 보답을 받게 될 거라 기대해 봐야겠지. 너도 그 친구를 사랑하고 싶은 마음이 없지는 않을 거야. 감사하는 마음에서 생겨나는 자연스러운 소망으로 말이야. 틀림없이 조금은 그런 느낌이 있을 거야. 냉담한 네 마음이 스스로도 유감스럽겠지."

"그분하고 난 너무나 달라요." 패니는 즉답을 피했다. "성향도 생활 방식도 너무나 달라서, 만에 하나 내가 그분을 좋아하게 된다 해도 그럭저럭 행복하게 사는 것도 절대 불가능할 것 같아요. 세상에 우리처럼 다른 두 사람도 없을걸요. 공통된 취향이 단 하나도 없어요. 분명히 불행해질 거예요."

"그건 잘못 생각한 거야, 패니. 그렇게까지 다르지는 않아. 그만하면 충분히 비슷하지. 공통된 취향도 사실 있고, 정신적, 문학적 취향이 같잖아. 둘 다 가슴이 따뜻하고 인정도 많고. 그리고 패니, 일전에 그 친구가 셰익스피어를 낭독하는 걸 들으면서 열심히 경청하는 네 모습을 직접 본 사람이라면 그 누가 너희 둘을 어울리지 않는 짝이라고 하겠니? 네가 놓친 게 있어. 그래, 두 사람의 성격이 매우 다르다는 점은 나도 인정해. 그 친구는 활달하고 너는 진지한 편이지. 그렇지만 오히려 잘된 일이야. 그 친구가 네 기분을 살려 줄 테니. 너는 쉽게 낙담하고, 걱정거리가 있으면 실제 이상으로 크게 생각하는 성향이 있잖아. 그 친구의 쾌활한 성격이 이런 부분을 보완해 주겠지. 어떤 경우에도 걱정하는 법이 없는 친구니까. 그리고 유쾌하고 명랑한 성격이라 언제나 힘이 될 거야. 이 정도 다른 점이 있다고 해서, 패니, 두 사람이 함께 행복해질 가능성이 줄어들지는 않아. 그런 생각은 안 해도 돼. 나는 오히려 좋은 조건이라고 확신하는걸. 성격이 다른 편이 낫다고 굳게 믿으니까. 전반적인 기질이나 태도의 차이라든가, 사람들과 어울리길 좋아하느냐 아니냐, 말수가 많으냐 적으냐, 심각한 편이냐 쾌활한 편이냐 하는 정도의 차이 말이야. 이런 면에서는 좀 다른 편이 결혼 생활에는 오히려 도움이 된다고 확신해. 물론 극단적인 경우는 곤란하겠지만. 그런데 이런 면에서 서로 너무 비슷할 때 오히려 극단으로 흐르기가 쉽지. 부드럽고 꾸준한 상호보완이야말로 훌륭한 매너와 처신을 보장하는 최상의 안전장치야."

그가 지금 무슨 생각을 하고 있는지 패니는 짐작이 가고도 남았다. 크로퍼드 양의 매력이 모두 되살아나고 있었다. 그는 집에 도착한 순간부터 그녀 이야기를 즐겁게 하곤 했다. 그녀를 피하려던 시도는 이제 완전히 끝이 났다. 바로 전날만 해도 그는 목사관에서 정찬을 들고 왔다.

행복한 생각에 잠겨 있는 그를 지켜보며 잠시 가만히 있던 그녀는 어쨌든 자기가 나서서라도 크로퍼드 씨 이야기로 돌아가야 한다는 생각에 이렇게 말했다. "그분이 나한테 전혀 어울리지 않는다고 생각하는 것은 단순히 성격 때문은 아니에요. 물론 성격의 차이도 너무 크다고, 말할 수 없이 크다고 생각해요. 그분의 기백에 질릴 때도 많아요. 그렇지만 그보다 더 걸리는 게 있어요. 사실, 오빠, 난 그분의 인품이 좋게 보이지가 않아요. 연극 연습을 할 때부터 난 그분이 마음에 안 들었어요. 그때 적어도 내 눈에는 아주 부적절하고 매정해 보이는 행동을 하는 것을 보았거든요. 모두 끝난 일이니 이제는 말해도 되겠지요. 가엾은 러시워스 씨를 옆에 두고 어찌나 부적절한 행동을 하던지, 상대야 얼마나 난처해하든 상처받든 개의치 않는 듯이 마리아 언니한테 접근해서는…… 한마디로 난 연극 연습을 할 때 안 좋은 인상을 받았고 그건 결코 지워지지 않을 거예요."

"패니," 그녀의 말이 채 끝나기도 전에 에드먼드가 말을 받았다. "그때는 다들 어리석게 행동했으니, 우리 중 누구도 그때 모습으로 판단하지는 말자. 연극 연습을 하던 때는 다시 떠올리기도 싫어. 마리아도 잘못했고, 크로퍼드도 잘못했고, 우리 모두 잘못을 저질렀지. 그렇지만 나만큼 잘못한 사람이 있을까? 그에 비하면 다른 사람들은 잘못도 없는 셈이야. 나는 눈을 뻔히 뜬 채 바보짓을 했으니까."

"난 옆에서 지켜보기만 했으니까, 오빠보다 더 많은 것을 봤을지도 모르죠." 패니가 말했다. "내가 보기엔 정말로 러시워스 씨가 굉장히 질투를 했던 것 같아요."

"그랬겠지. 당연히 그랬을 거야. 그 연극 소동 자체가 정말 부적절한 짓이었으니까. 어떻게 마리아가 그렇게 처신할 수 있었는지 생각하면 나도 가슴이 철렁해. 그렇지만 그 애가 그 역을 맡고 나선 마당에, 나머지는 놀라운 일도 아니겠지."

"내 착각일지 몰라도, 연극 연습 전까지만 해도 줄리아 언니는 그분이 관심을 보인 상대는 자기라고 생각했을걸요."

"줄리아가! 그 친구가 줄리아를 좋아한다는 이야기는 전에도 누구에게 들은 적은 있지만, 내 눈에는 그런 낌새가 전혀 안 보이던데. 그리고 패니, 나도 내 동생들의 빼어난 자질을 깎아내릴 생각은 없지만, 한 아이든 두 아이 모두든, 크로퍼드의 추앙을 받고 싶어 하고 그런 마음을 함부로 드러내는 경솔한 처신을 했을 가능성이 아주 높지. 그 애들이 그 친구와 어울리는 걸 드러내 놓고 좋아했던 기억이 나네. 그리고 그렇게 부추기고 나오면 크로퍼드처럼 활달하고 어쩌면 좀 사려가 부족한 남자라면 얼마든지……. 다른 속셈은 없었던 게 분명하니 그렇게 놀랄 일은 아니지 않나. 마음은 너를 위해 남겨 둔 셈이니까. 그리고 사실 너를 마음에 두는 것을 보니 그 친구가 말할 수 없이 더 좋게 보이더군. 그거야말로 가장 점수를 줄 만한 일이지. 행복한 가정의 축복을 제대로 알아보는 눈과 순수한 애정을 보여 주잖아. 자기 숙부한테 물들지는 않았다는 증거야. 간단히 말해서, 나도 전에는 그 친구가 이런 사람이라고 믿고 싶으면서도 혹시 그게 아닌가 우려하기도 했는데, 다 기우였다는 게 드러난 셈이지."

"진지한 문제들에 대해서는 생각이 좀 온당치 않아 보이던데요."

"그보다는 진지한 문제들을 한 번도 생각해 본 적이 없다고 하는 편이 맞겠지. 십중팔구 그럴 거야. 그런 조언자 밑에서 그런 교육을 받았으니, 그리될 수밖에 없지 않았을까? 두 사람 다 그렇게 불리한 여건에서 성장한 것을 생각하면 지금 모습들이 놀랍지 않니? 지금까지 크로퍼드가 지나치게 감정 위주로 행동해 왔다는 것은 나도 얼마든지 인정할 수 있어. 다행히 그 감정들은 대체로 좋은 쪽이었지만. 나머지 모자란 것은 네가 보충해 주겠지. 너 같은 여성, 즉 스스로 원칙을 지킬 때는 바위처럼 굳건하고 또 그 원칙들을 권면하기에 너무나 적합한 부드러운 성품을 지닌 여성과 연을 맺게 되다니, 정말 행운아야. 이런 배우자를 고르다니 정말 뛰어난 선택이야. 그 친구는 널 행복하게 해 주겠지, 패니, 그래, 널 행복하게 만들어 줄 거야. 그렇지만 그 친구는 네 덕분에 모든 것을 얻게 될 거다."

"그런 소임은, 그렇게 무거운 책임은 맡고 싶지 않아요." 생각만 해도 겁이 나는 듯이 패니가 외쳤다.

"또 그런 소리! 그럴 능력이 없다는 거지! 모든 게 도저히 역부족일 거라고 상상하면서! 지금은 내가 뭐라고 해도 소용이 없을지 모르겠다만, 결국은 너도 생각이 달라질 거라고 믿어. 솔직히 말해서 그렇게 되었으면 하는 게 내 진심이고. 크로퍼드가 잘되는 건 나한테도 아주 중요한 일이거든. 그 친구의 행복이 나한테는 너의 행복 다음으로 중요한 관심사란다, 패니. 내가 크로퍼드한테 보통 이상의 관심을 갖고 있다는 건 너도 잘 알지."

너무나 잘 알기에 패니는 할 말이 없었다. 두 사람은 각자 생각에 빠진 채 말없이 50야드쯤 걸어갔다. 에드먼드가 먼저 다시 말을 꺼냈다.

"이 일에 대해 어제 크로퍼드 양이 이야기하는 모습을 보니 정말 기분이 좋더라. 모든 것을 그렇게 올바른 눈으로 보리라고는 기대하지 못했기에 더욱 기분이 좋았지. 크로퍼드 양이 너를 아주 좋아하는 줄 알면서도 걱정이 좀 됐거든. 자칫 자기 오빠의 짝으로 네가 가진 진가를 제대로 알아보지 못하거나, 오빠가 더 신분이 높거나 돈이 많은 여자를 고르지 않았다고 아쉬워하면 어쩌나 싶었던 거지. 그런 유의 세속적인 금언을 귀가 닳도록 들었을 테니 편견이 있을 수도 있잖아. 그런데 전혀 그렇지가 않았어. 너에 대해 하는 말이 흠잡을 데가 없더라, 패니. 이 혼인이 성사되기를 간절히 바라는 마음은 네 이모부나 나 못지않더라고. 우린 긴 이야기를 나누었지. 나도 크로퍼드 양의 생각을 알고 싶은 마음은 굴뚝같았지만, 나서서 이야기를 꺼내지는 못했을 거야. 그런데 방에 들어가고 오 분도 안 돼 크로퍼드 양이 먼저 이야기를 꺼내더라고. 크로퍼드 양답게, 특유의 상냥한 태도로 쾌활하고 솔직하게 생각을 털어놓는 거야. 뭐가 그리 급하냐고 그랜트 부인이 웃었지."

"그럼 그랜트 부인도 같이 계신 거네요?"

"맞아. 내가 그 댁에 도착했을 때 자매분들만 앉아 있었거든. 그리고 막상 네 이야기를 시작하고 나니, 크로퍼드와 그랜트 박사가 들어올 때까지도 도무지 이야기가 끝나지 않더라, 패니."

"크로퍼드 양을 본 지도 일주일이 넘었네요."

"그래, 크로퍼드 양도 속상해하더라. 하지만 어쩌면 그게 더 잘된 일인지도 모르겠다고 하더군. 그래도 크로퍼드 양이 떠나기 전에 만나 볼 수 있을 거야. 너한테 아주 화가 났던데, 패니. 미리 마음의 준비를 해 두는 게 좋을 거다. 아주 화가 났다고 본인 입으로 공언하더라고. 그 이유야 너도 충분히 짐작할 수 있겠지. 오빠가 원하는 것이라면 당장 손에 넣어 마땅하다고 생각하는 누이동생의 입장에서는 안타깝고 실망스럽지 않겠니? 속상한 모양이야. 윌리엄 일이었다면 너도 마찬가지였겠지. 하지만 크로퍼드 양은 진심으로 너를 좋아하고 높이 평가하고 있단다."

"굉장히 화를 낼 줄은 알고 있었어요."

"패니," 팔에 낀 그녀의 팔을 바싹 끌어당기면서 에드먼드가 외쳤다. "화가 났다고 해서 너무 걱정은 마. 정말 화가 났다기보다는 말이 그렇다는 것뿐이니까. 크로퍼드 양은 마음에 사랑과 다정함이 가득해서 화를 낼 줄 모르는걸. 네 칭찬을 얼마나 하던지, 너도 들었어야 하는데. 당연히 네가 헨리의 아내가 되어야 한다고 말하는 그 표정을 너도 봤어야 하는데. 그리고 언제나 '패니'라고 불렀지. 전에는 안 그랬잖아. 자매처럼 아주 친근하게 들리던데."

"그랜트 부인은요? 부인은 뭐라고…… 부인도 뭐라고 말씀을 하셨는지…… 부인도 내내 같이 계셨나요?"

"그럼. 동생 말에 전적으로 동의했지. 네가 거절했다는 사실에 엄청나게 놀란 모양이더라, 패니. 누이들로서는 네가 헨리 크로퍼드 같은 남자를 거절한다는 게 도무지 이해가 안 되는 눈치였어. 나도 최대한 네 편을 들어 주기는 했다만, 솔직히 말하면, 그분들 이야기하는 품을 봐서는 네가 직접 되도록 빨리 제정신임을 보여 드려야겠더라. 지금까지와는 다른 처신으로 말이야. 그렇지 않고서는 도무지 납득하지 못할 거야. 하지만 너한테는 거북한 농담이지? 이제 그만두마. 그러니 얼굴을 돌리지는 마."

잠시 애써 마음을 추스른 후 패니가 말했다. "난 여자라면 누구나 같은 생각일 줄 알았는데요. 아무리 인기가 많은 남자라도 여자 쪽에서 마다하거나 적어도 사랑하지 않을 수 있다고요. 모든 면에서 나무랄 데 없는 남자라도 어쩌다 마음만 주면 상대편에서는 무조건 좋다고 할 거라는 생각은 곤란하다고 봐요. 그렇지만 설령 그렇다고 해도, 또 누이분들 생각대로 크로퍼드 씨가 모든 조건을 갖춘 분이라고 해도, 내 마음이 어떻게 그분의 마음과 같을 수 있었겠어요? 내 입장에서는 정말 뜻밖이었거든요. 이제껏 나를 대하는 행동에 무슨 의미가 있으리라고는 생각도 못 했어요. 사실 그분이 나한테 관심을 보인다고 해도, 그것도 분명 일시적인 감정에 불과할 텐데, 그런 이유만으로 억지로 관심을 갖고 싶지는 않았어요. 내 처지에 크로퍼드 씨한테 기대를 품는다면 지극히 오만한 생각 아닌가요? 그분을 그렇게 높게 평가하는 누이분들부터 그렇다고 볼 거예요. 그분은 별생각이 없는데 그런다고요. 그런데 내가 어떻게…… 사랑 고백을 받는 즉시 사랑에 빠질 수 있겠어요? 그분이 원하기만 하면 사랑으로 응답할 준비라도 되었어야 하나요? 누이분들도 그분을 생각하는 만큼 내 입장도 헤아려 주어야지요. 그분의 가치를 높게 볼수록, 내가 그분을 마음에 두는 게 더욱 부적절해지는 것 아닌가요? 그리고, 그리고…… 이번에 보니 여자의 속성에 대해 나하고는 생각이 아주 다른가 봐요. 여자가 구애에 그렇게 금방 응할 수도 있다고 생각하는 모양이니까요."

"그래, 그래, 패니. 이제 어찌 된 일인지 알겠다. 그래, 그렇게 된 거구나. 그런 생각이 드는 건 당연한 일이고, 나도 네가 그런 게 아닐까 짐작은 했었어. 어떤 마음인지 알 것 같았으니까. 지금 네 해명은 내가 너를 대신해서 네 친구와 그랜트 부인에게 한 말과 똑같아. 그러자 그이들도 좀 납득을 하더라. 다감한 네 친구는 여전히 좀 언짢은 모양이었지만, 그야 헨리를 너무나 좋아하기 때문이고. 내가 이렇게 말했지. 너는 누구보다 익숙한 것을 좋아하고 낯선 것을 꺼리는 성격이라, 크로퍼드의 구혼이 낯선 일인 만큼 불리하게 작용할 수밖에 없다, 너무나 새롭고 갑작스러운 일이라 경계를 하게 된다, 너는 익숙하지 않은 일은 잘 견디지 못한다고 말이야. 그리고 네 성격을 이해시키려고 비슷한 취지의 말을 한참 했지. 크로퍼드 양이 오빠의 용기를 북돋아 줄 방안을 꺼내 모두 한참 웃었고. 언젠가는 사랑을 받게 될 거다, 십 년쯤 행복한 결혼 생활을 하고 나면 구애에 대한 대단히 친절한 화답이 돌아올 거다, 그러니 이런 희망으로 꿋꿋이 밀고 나가라고 권하겠다는 거야."

패니는 이 대목에서 그가 기대했을 웃는 얼굴을 간신히 지어 보였다. 너무나 속이 상했다. 자기가 잘못한 게 아닌가, 너무 많은 말을 하지 않았나, 조심해야 한다는 생각을 지나치게 한 건 아닌가, 그러는 바람에 한 가지 화를 막으려다 또 다른 화를 불러들인 건 아닌가 걱정이 됐고, 이런 때 이런 화제를 두고 크로퍼드 양이 했다는 발랄한 재담을 들어야 한다는 게 더더욱 괴로웠다.

그녀의 얼굴에서 지치고 괴로운 기색을 읽은 에드먼드는 더는 아무 말도 하지 말기로, 그리고 그녀가 기분 좋게 받아들일 일과 관련된 경우가 아니라면 다시는 그녀에게 크로퍼드의 이름을 꺼내지 않기로 즉각 결심했다. 이런 원칙 아래, 그는 곧이어 이렇게 말했다. "두 사람은 월요일에 출발하기로 했어. 그러니 내일이나 일요일에는 네 친구를 꼭 만나게 될 거야. 월요일에는 정말 떠난다네! 하마터면 바로 그날까지 레싱비에 있다 가라는 설득에 넘어갈 뻔했지! 거의 약속을 할 뻔 했거든. 그랬다면 얼마나 달라졌겠어. 레싱비에 대엿새 더 있었다면 평생 후회를 했을지도 몰라."

"거기 더 있을 뻔한 거예요?"

"그럼. 어찌나 간곡하게 청하는지 수락할 뻔했지. 맨스필드에서 다들 어찌 지내는지 알려 주는 편지만 받았다면 더 있다 왔을 거야. 그렇지만 두 주 동안 여기서 무슨 일이 있었는지 전혀 모른 터라, 너무 오래 집을 비웠다는 생각이 들었지."

"그곳에서 즐거웠나 봐요."

"응. 아니라면 모두 내 마음 탓이지. 다들 아주 유쾌한 분들이었어. 하지만 나는 그렇게 보이지 않았을 것 같네. 갈 때도 불편한 마음으로 갔었고, 다시 맨스필드로 돌아올 때까지 그런 마음을 떨칠 수가 없었거든."

"오언 댁 따님들도 …… 좋은 분들이죠?"

"그럼, 아주 좋은 분들이지. 유쾌하고 상냥하고 소탈한 아가씨들이야. 하지만 난 이제 평범한 여성들과 교제를 하기는 틀렸어. 현명한 여성에게 익숙해진 남자한테는 선량하고 소탈한 여성들은 성에 차지 않거든. 사람됨이 서로 완전히 다르잖아. 너하고 크로퍼드 양 때문에 내가 너무 눈이 높아졌어."

그렇지만 여전히 패니는 답답하고 지친 기분이었다. 그녀의 표정을 읽은 그는 말로 달라질 기분이 아니라고 생각되어 더는 그런 시도를 하지 않고, 특별한 보호자의 다정한 권위로 그녀를 데리고 곧장 안으로 들어갔다.

5

이제 에드먼드는 패니가 직접 말하거나 짐작에 맡겨 둔 이야기를 통해 패니의 마음에 대해 알 만한 것은 다 알았다고 믿고는 마음을 놓았다. 생각했던 대로 크로퍼드 편에서 너무 서둘러서 문제가 생긴 것이니, 패니한테 우선은 이 일에 익숙해지고, 그다음에는 좋게 받아들일 시간을 줘야 했다. 그가 자기를 사랑한다는 생각에 익숙해질 필요가 있고, 그렇게 되면 애정으로 답할 날도 과히 멀지 않을 터였다.

그는 부친에게 대화 후에 갖게 된 이런 의견을 전하며, 더는 패니에게 아무 말도 하지 말자, 영향을 미치거나 설득하려고도 하지 말고 크로퍼드의 끈기 있는 노력과 패니 마음의 자연스러운 추이에 다 맡겨 두자고 했다.

토머스 경도 그러겠다고 약속했다. 패니의 성격에 대한 에드먼드의 설명이 맞다고 믿고 패니의 감정이 아들이 말한 대로일 거라고 여겨졌다. 그러나 그런 감정 자체가 대단히 불행한 일이라는 생각은 지울 수가 없었다. 미래를 낙관하고 믿는 마음이 아들보다 덜했기 때문에, 익숙해질 시간을 그렇게 길게 주었다간 패니가 구애에 제대로 응하기도 전에 그 청년의 구애 의지가 시들해질지도 모른다는 우려를 금할 수가 없었다. 그렇지만 묵묵히 받아들이고 최선의 결과를 바라는 수밖에 없었다.

패니는 에드먼드가 그녀의 '친구'라 부른 크로퍼드 양의 약속된 방문이 너무나 두려워 끝없는 불안 속에서 지냈다. 여동생으로서 완전히 한쪽 입장에서 분개하고 있고 말을 조심하는 법도 없는 데다, 다른 면에서도 너무나 의기양양하고 자신만만한 사람인지라 크로퍼드 양은 어디로 보나 힘들고 버거운 상대였다. 그녀의 언짢아하는 모습, 꿰뚫어 보는 눈, 행복한 모습 모두가 마주하기 두려운 것들이었다. 그래서 불안한 마음으로 이 방문을 기다리는 패니에게는 둘이 만나는 자리에 다른 사람들도 함께 있을 거라는 믿음이 유일한 버팀목이었다. 갑자기 부딪히는 불의의 사태를 피하려고 패니는 가급적 레이디 버트럼의 곁을 떠나지 않으며, 동쪽 방에는 얼씬도 하지 않고 혼자 관목 숲을 산책하는 일도 삼갔다.

이런 작전은 성공했다. 실제로 크로퍼드 양이 도착했을 때 패니는 안전하게 이모와 함께 조찬실에 있었다. 그리고 처음의 난감한 시간이 지나고 예상과 달리 크로퍼드 양의 말이나 표정에 특별한 기색이 없자, 패니는 삼십 분쯤의 불안한 시간만 견디면 되겠다는 희망을 갖기 시작했다. 그러나 이는 과한 희망이었다. 크로퍼드 양은 기회에 맡겨 두는 사람이 아니었다. 그녀는 패니와 단둘이 있는 자리를 만들기로 작정했고, 그래서 얼마 안 돼 낮은 목소리로 패니에게 "어디 가서 잠깐 이야기 좀 해요."라고 말했는데, 이 말이 패니의 온몸을 휩쓰는 것 같았다. 맥박이 마구 뛰고 신경이 온통 곤두섰다. 거절할 수도 없었다. 오히려 즉각 순종하는 습관대로 패니는 거의 바로 자리에서 일어나 앞장서서 방을 나섰다. 마음은 몹시 불편했지만 어쩔 수가 없었다.

홀로 나온 순간 크로퍼드 양은 절제된 표정을 모두 거두었다. 그리고 짓궂으면서도 다정한 질책을 담은 얼굴로 고개를 젓더니 패니의 손을 잡으며 당장이라도 말을 쏟아 낼 듯했다. 그렇지만 "참으로 딱한 아가씨네! 언제까지 내가 잔소리를 해야 되나요."라는 말만 하고, 사방이 벽으로 둘러싸인 안전한 곳으로 들어갈 때까지 남은 말을 미뤄 두는 조심성을 보였다. 당연히 패니는 계단을 올라 이제 언제든 편안히 쓸 수 있게 된 그 방으로 손님을 데려갔다. 그러나 문을 여는 마음은 쓰라렸고, 이 방에서 이제껏 보지 못한 가장 괴로운 장면이 펼쳐지겠구나 싶었다. 그러나 크로퍼드 양의 갑작스런 심경 변화 덕분에 금방이라도 덮칠 것 같던 재앙은 적어도 얼마간 유예되었다. 다시 동쪽 방에 오자 감회가 깊은 모양이었다.

"아!" 그녀는 즉시 생기를 띠며 외쳤다. "내가 이 방에 다시 들어온 건가요? 동쪽 방. 딱 한 번 왔었지요!" 그리고 잠시 주위를 둘러보며 당시의 일이 모두 되살아나는 듯 이렇게 덧붙였다. "딱 한 번이었죠. 기억나요? 연극 연습을 하러 왔었잖아요. 사촌 오빠 되는 분도 왔고. 그래서 둘이서 연습을 했지요. 패니는 관객 겸 프롬프터 역할을 해 주고. 즐거운 연습이었죠. 절대로 잊지 못할 거예요. 우린 바로 여기, 이쪽에 있었어요. 사촌 오빠는 여기 계셨고, 나는 여기, 그리고 여기 의자들이 놓여 있었죠……. 아! 어째서 이런 추억들은 사라져 버리는

크로퍼드 양이 이렇게만 말했다. “참으로 딱한 아가씨네!”

걸까요?"

패니에게는 다행스럽게도 그녀는 상대방의 대답을 기다리지 않았다. 그녀는 완전히 자기 생각에 빠져 있었다. 달콤한 추억에 젖어 든 것이다.

"그때 연습하던 장면은 정말 멋있었어요! 주제도 정말 너무나…… 너무나…… 뭐라고 해야 하나? 그분이 나한테 결혼 생활을 그려 보이며 권하는 대목이었지요. 두 개의 긴 대사* 내내 안할트답게 점잖고 차분하게 연기하려고 애쓰던 모습이 지금도 눈에 선하네요. '뜻이 통하는 두 사람이 혼인으로 맺어질 때, 그 결혼 생활이야말로 행복한 삶이라 할 것이오.' 이 대사를 하던 표정과 목소리가 얼마나 인상적이던지, 아무리 세월이 흘러도 결코 잊히지 않을 거예요. 우리 둘이 그런 장면을 연기하다니 정말, 정말 묘해요! 내 인생 중 일주일을 현재로 되살리는 능력이 내게 있다면 바로 그 일주일, 연극 연습을 하던 그 일주일을 되살릴 거예요. 패니는 뭐라 할지 몰라도, 바로 그 일주일을 되살릴 거라고요. 그렇게 감미로운 행복은 처음이었어요. 그렇게도 완강하던 분이 결국 뜻을 굽히다니! 아! 이루 말할 수 없이 감미로운 시간이었어요. 그렇지만, 아! 바로 그날 저녁 모든 것이 망가지고 말았지요. 바로 그날 저녁 반기는 사람도 없는데 패니의 이모부께서 돌아오셨으니. 가엾은 토머스 경, 어르신의 얼굴을 보고 기뻐한 사람이 누가 있었나요? 그렇지만 패니, 내가 아직도 토머스 경에 대해 불손한 말을 하려

* 「연인 서약」 3막 2장에 나오는 안할트의 대사들로 각기 이상적인 행복한 결혼, 그리고 실리와 외모에 혹한 불행한 결혼을 묘사한다.

든다고는 생각하지 말아요. 물론 몇 주일은 그분을 미워했지요. 하지만 지금은 인정해요. 이런 집안의 가장으로서 할 일을 하신 것뿐이지요. 아니, 아니, 서글프지만 솔직히 말하면 이제 이 댁의 모든 분을 사랑하게 된 것 같아요." 그녀는 이 말을 매우 다정하고 수줍게 했는데, 패니는 이런 처음 보는 모습이 그녀에게 너무나 잘 어울린다는 생각이 들었다. 그녀는 잠시 고개를 돌리고 마음을 추스르고는 곧 장난스러운 웃음을 지으며 말했다. "이 방에 들어오니 감상에 젖어 들었나 봐요, 보시다시피. 하지만 이제 가라앉았어요. 그러니 이제 편히 앉아 있자고요. 한 소리 해 줘야겠다 싶어 단단히 벼르고 왔지만, 패니, 막상 닥치니 그럴 생각이 안 드네요. (그러고는 패니를 아주 다정하게 끌어안으며) 착하고 상냥한 패니! 언제 다시 보게 될지 모르겠네요. 그저 당신을 사랑할 뿐 다른 건 못하겠어요."

패니는 감동을 받았다. 전혀 뜻밖의 모습인 데다, 그녀의 마음은 '마지막'이라는 말의 슬픈 여운을 버텨 낼 수가 없었다. 그녀는 실제로 그랬던 것보다 더 크로퍼드 양을 사랑했던 양 울음을 터뜨렸고, 이 모습에 크로퍼드 양도 마음이 더욱 애틋해지는지 패니를 정겹게 얼싸안으면서 말했다. "나도 헤어지기 싫어요. 지금 가는 곳에서는 패니의 절반만큼이라도 사랑스러운 사람은 만나지 못할 거예요. 누가 감히 우리가 한 식구가 될 수 없다고 해요? 꼭 그렇게 될 거예요. 우리는 태어날 때부터 맺어질 운명이에요. 그리고 패니의 눈물을 보면서 패니도 같은 생각이라는 것을 분명히 알았어요."

패니는 정신이 번쩍 드는 기분이었고 상대 말의 일부에 대해서만 답을 했다. "하지만 그곳에도 또 친한 분들이 계시잖아요. 절친한 친구분 댁으로 가시는 거죠?"

"그래요, 맞아요. 프레이저 부인과는 오래전부터 친한 사이예요. 그렇지만 어서 곁으로 가고 싶다는 생각은 조금도 안 들어요. 헤어져야 할 분들 생각만 나네요. 우리 훌륭한 언니와 패니, 그리고 버트럼가의 모든 분들 말예요. 온 세상을 뒤져도 이렇게 가슴 따뜻한 분들은 만날 수 없을 거예요. 믿고 마음을 털어놓아도 좋은 분들이라는 느낌이 들어요. 흔한 만남에서는 없는 일이지요. 프레이저 부인한테 부활절이 지나고 나서 가겠다고 할걸 그랬어요. 남의 집을 방문하기에는 그때가 훨씬 낫잖아요. 하지만 이제 와서 연기할 수도 없고. 그리고 거기 있다가 그다음에는 그 언니인 레이디 스토너웨이한테 가 봐야 해요. 그나마 언니하고 더 친한 편이었거든요. 그렇지만 지난 삼 년 동안은 좀 소원했지요."

이 말이 끝나고 나서 두 아가씨는 꽤 오랫동안 말없이 앉아 각자 생각에 잠겼는데, 패니는 세상에 존재하는 다양한 종류의 우정을, 메리는 그보다 덜 철학적인 문제를 생각하고 있었다. 메리가 먼저 다시 말을 꺼냈다.

"지금도 생생해요. 위층으로 가서 패니를 만나 봐야겠다고 생각하고, 동쪽 방이 어디 있는지도 모르면서 무작정 올라왔었죠! 오면서 무슨 생각을 했는지도 생생히 기억나요. 방을 들여다보니 패니 모습이 보였죠. 바로 이 탁자에 앉아 일을 하고 있었어요. 방문을 열고는 내가 있는 것을 보고 깜짝 놀라던 패니의 사촌 오빠 모습도 생생해요! 바로 그날 저녁 이모부께서 돌아오신 일이야 물론 잊을 수가 없고요! 어쩌면 그런 일이 다 있어요!"

그녀는 다시 잠시 멍하니 생각에 잠기다 생각을 떨쳐 내며 패니한테 화살을 돌렸다.

"어머, 패니, 무슨 생각을 그렇게 해요! 언제나 패니만 생각하는 사람 생각이면 좋겠네요. 아! 당신을 잠시라도 런던의 친구들에게 데려가 당신이 헨리 오빠를 사로잡은 걸 어떻게들 생각하는지 알려 주고 싶네요! 아! 얼마나 부러워하고 속상해할지, 그런 여자가 수십 명도 넘을걸요! 당신이 어떻게 했는지 알면 또 얼마나 놀라고 귀를 의심할지요! 비밀을 엄수하는 점에서 보면 헨리 오빠는 딱 옛날 기사 이야기의 주인공 같아서, 비밀의 쇠사슬을 영광으로 여길 정도거든요. 패니가 얼마나 엄청난 일을 해냈는지, 한번 런던에 와서 봐야 해요. 오빠 눈에 들려고 얼마나들 야단인지, 그리고 오빠 덕분에 내가 얼마나 대접을 받는지, 직접 볼 수만 있다면! 이제 오빠가 패니를 택했으니, 프레이저 부인도 날 전처럼 반기지는 않을 거예요. 사실을 알게 되면, 십중팔구 어서 노샘프턴셔로 돌아가 주기를 바랄걸요. 프레이저 씨가 첫 번째 부인에게서 얻은 딸이 하나 있는데, 프레이저 부인은 이 딸을 얼른 시집보내려고 성화거든요. 헨리 오빠가 데려갔으면 하는 거죠. 아! 오빠를 설득하려고 무던히도 애썼는데! 패니는 여기 이렇게 아무것도 모른 채 조용히 앉아 있지만, 패니 때문에 얼마나 큰 파장이 일어날지 패니의 얼굴 한번 보자고 얼마나 난리들을 칠지, 내가 얼마나 끝없는 질문 공세에 시달릴지, 짐작도 못 할 거예요! 가엾은 마거

릿 프레이저는 패니의 눈이 어떻게 생겼느냐, 치아는 어떻게 생겼느냐, 머리 모양은 어떠냐, 구두는 어디서 주문하느냐, 끝없이 물을걸요. 내 가엾은 친구를 위해서라도 마거릿이 얼른 결혼하면 좋겠어요. 프레이저 부부도 대개 결혼한 부부가 그렇듯 행복하지 않은 것 같거든요. 하지만 당시 재닛 입장에서는 아주 바람직한 혼사였어요. 우리 모두 기뻐했지요. 재닛은 청혼을 수락할 수밖에 없었어요. 프레이저 씨는 부자였고 재닛은 아무것도 없었으니까요. 그런데 막상 결혼을 하고 보니 화를 잘 내고 비위를 맞추기 힘든 까다로운 사람인 데다, 글쎄 젊은 여자가, 스물다섯 살밖에 안 된 아름다운 젊은 여자가 자기처럼 진중하기를 바라는 거예요. 내 친구가 남편을 잘 다루지 못하기도 했고요. 주어진 현실에서 최선을 이끌어 내는 방법을 잘 모르는 것 같아요. 자꾸 짜증을 부리는데, 좋게 말해도 대단히 교양 없는 행동인 것은 분명하잖아요. 그 집에서 지내노라면 맨스필드 목사관의 부부간 범절에 경의를 표하게 될 거예요. 그랜트 박사 같은 분도 언니한테 완전한 신뢰를 보여 주고 언니의 판단을 상당히 배려해 주니, 부부간의 애정이 느껴지지요. 프레이저 부부한테서는 그런 모습이 전혀 안 보이겠죠. 내 마음은 언제나 맨스필드에 와 있을 거예요, 패니. 아내로는 언니가, 남편으로는 토머스 버트럼 경이 내 완벽한 이상형이에요. 재닛은 가엾게도 속은 거죠. 그렇지만 재닛의 잘못은 없었어요. 앞뒤 안 가리고 덜컥 결혼해 버린 것도 아니고 미래의 결혼 생활을 따져 보지 않은 것도 아니니까요. 청혼을 받고 사흘을 고심한걸요. 그 사흘 동안 의견을 들어 볼 만하다 싶은 지인은 다 찾아다니며 조언을 구했지요. 특히 돌아가신 우리 숙모님께 많이 의지했어요. 세상 경험이 많은 분이라 아는 아가씨들 모두 숙모님의 판단을 중하게 여겼거든요. 그런데 숙모님도 단연코 프레이저 씨 편이었죠. 이걸 보면 안락한 결혼 생활을 보장해 주는 건 아무것도 없는 것 같아요! 플로라라는 친구의 경우는 변명해 줄 말이 없지만요. 근위 기병대의 아주 근사한 청년을 걷어차고 그 끔찍한 스토너웨이 경을 택했으니까요. 분별력은 러시워스 씨 정도나 되려나, 거기다 외모는 훨씬 못하고 성질이 고약한 남자죠. 당시에도 올바른 선택인지 의문스러웠어요. 신사다운 풍모조차 없었거든요. 하지만 지금은 확신해요, 플로라가 잘못한 거예요. 그나저나 처녀 시절 플로라 로스는 사교계에 데뷔한 첫해 겨울에 헨리 오빠 때문에 애를 태웠지요. 하지만 오빠한테 반한 여자들 이야기를 하자면 내가 아는 경우만도 끝이 없을 거예요. 오빠한테 무관심할 수 있는 사람은 당신밖에 없어요. 당신, 무심한 패니뿐이라고요. 하지만, 당신이 말은 그렇게 해도 정말로 그렇게 무심하기만 한가요? 아니죠, 봐요, 아니잖아요."

실제로 그 순간 패니의 얼굴은 심하게 달아올라, 선입견을 가진 사람의 눈으로 보면 강한 의심을 살 만했다.

"귀여운 아가씨! 이제 그만 놀릴게요. 모두 순리대로 되겠지요. 하지만 패니, 패니의 사촌 오빠는 패니가 청혼을 받을 줄 전혀 몰랐다고 생각하던데, 그렇지만은 않다는 점은 인정해야죠. 그럴 리가 없지요. 틀림없이 조금 생각도 해 보고, 혹시나 하는 짐작도 해 봤을걸요. 패니의 마음에 들어 보겠다고 갖은 신경을 쓰며 애쓰는 오빠 모습을 봤을 테니까요. 무도회에서도 패니만 바라봤잖아요? 그리고 무도회 전 목걸이 건은요! 원하는 대로 받아 줬잖아요. 패니도 은근히 의식을 하고 있었잖아요. 똑똑히 기억나는데요."

"그럼 그분도 목걸이에 대해 사전에 알고 있었다는 말이에요? 어머! 크로퍼드 양, 그런 걸 감추면 어떡해요."

"오빠도 알았냐고요! 전부 오빠가 꾸미고 오빠가 생각해 낸 건데요. 부끄러운 말이지만, 난 미처 생각하지 못했지요. 하지만 두 사람 모두를 위해 기쁜 마음으로 오빠가 시키는 대로 한 거죠."

"혹시 그런 건 아닌가 하는 우려가 그 당시 아주 없었다고는 말하지 않을게요." 패니가 대답했다. "크로퍼드 양 표정에 뭔가 석연치 않은 구석이 있었거든요. 그렇지만 처음부터 그랬던 건 아녜요. 처음에는 생각도 못 했으니까요! 정말이에요, 정말 생각도 못 했어요. 지금 내가 여기 앉아 있는 것만큼이나 분명한 사실이에요. 그리고 그런 줄 알았다면 무슨 일이 있어도 목걸이는 안 받았을 거예요. 크로퍼드 씨의 행동은, 그래요, 특별하다는 느낌을 받기는 했어요. 그런 느낌이 들기 시작한 것은 얼마 안 되는데, 두세 주쯤 전일 거예요. 하지만 그때만 해도 별 뜻이 없는 행동이다, 원래 그런 분인가 보다 하고 넘어갔을 뿐, 나한테 진지한 마음을 갖고 있다고는 생각해 본 적도, 바란 적도 없어요. 이번 여름과 가을에 그분과 우리 집 몇몇 식구 사이에 있었던 일을 나도 눈치채지 못한 것은 아니에요. 크로퍼드 양. 말은 안 했지만 그렇다고 눈까지 감고 있었던 건 아니니까요. 부질없는 불장난을 일삼는 크로퍼드 씨의 모습을 목격하지 않을 수 없었어요."

"아! 나도 부인하지는 못하겠네요. 가끔 오빠는 한심한 바람둥이처럼 아가씨들의 마음을 헤집어 놓고는 모른 척할 때가 있어요. 나도 자주 뭐라고 하기는 했죠. 하지만 오빠의 단점은 그것 하나뿐이에요. 그리고 사실 오빠가 배려해 줘야 할 만큼 진실한 애정을 품은 아가씨가 대단히 드물다는 점도 있잖아요. 게다가 패니, 수많은 아가씨가 노리던 남자를 꽉 붙들어 매 같은 여자들의 빚을 되갚아 줄 수 있다니, 얼마나 영광스러운 일이에요! 그럼요, 여자라면 그런 승리는 절대 마다하지 못할 걸요."

패니는 고개를 저었다. "여자의 감정을 갖고 장난치는 남자는 좋게 볼 수가 없어요. 사실 옆에서 구경하는 사람의 생각보다 훨씬 큰 고통을 받은 경우도 많을 거예요."

"오빠 편을 들 생각은 없어요. 전적으로 패니의 처분에 맡길게요. 패니가 오빠하고 에버링엄에 자리 잡은 다음에야, 오빠한테 아무리 설교를 한들 난 상관 안 해요. 하지만 이 말은 해야겠어요. 아내의 행복에서 보면, 여자들의 마음을 살짝 건드리고자 하는 오빠의 단점보다는 자기 스스로 사랑에 빠지는 경향이 두 배는 더 위험한데, 오빠는 한 번도 이런 경향에 심취해 본 적이 없어요. 난 정말 진심으로 믿어요. 오빠가 당신한테 품은 마음은 이제껏 어떤 여자한테도 보여 준 적이 없어요. 오빠는 온 마음을 바쳐 당신을 사랑하고, 가능한 한 영원히 당신을 사랑할 거예요. 한 남자가 한 여자를 영원히 사랑한 적이 있다면, 오빠는 바로 그런 사랑을 당신에게 바칠 거예요."

패니는 슬그머니 미소가 떠오르는 것을 감출 수 없었지만, 아무 말도 하지 않았다.

"오빠가 당신 오빠의 장교 임관 일을 성사시켰을 때 얼마나 행복해하던지, 그런 모습은 처음 봤어요." 곧 메리가 말을 이었다.

패니의 가슴을 확실하게 파고드는 말이었다.

"아, 그럼요! 얼마나, 얼마나 고마운지요!"

"분명히 무진 애를 먹었을 거예요. 어떤 사람들을 움직여야 했을지 나도 잘 알거든요. 제독님은 번거로운 건 질색인 데다 청탁 행위 자체를 경멸하는 분이에요. 게다가 비슷한 도움을 청하는 청년이 워낙 많아서, 단단히 마음먹고 매달리지 않으면 웬만한 친분이나 노력은 먹히지도 않거든요. 윌리엄 씨는 정말 행운아예요! 당장이라도 보고 싶네요."

가엾은 패니의 마음은 더없이 곤혹스러웠다. 크로퍼드 씨가 윌리엄을 위해 해 준 일을 생각할 때, 크로퍼드 씨의 청혼을 끝까지 거절하겠다는 결심이 가장 크게 흔들렸다. 패니가 이런 생각에 잠겨 있는 동안, 메리는 처음에는 느긋이 지켜보다 이어 뭔가 곰곰이 생각하더니, 불쑥 패니를 향해 이렇게 말했다. "하루 종일 여기 앉아 이야기를 나누면 좋겠지만, 아래층에 계신 이모님들을 잊어선 안 되겠지요. 그러니 안녕, 사랑하는 나의 상냥하고 훌륭한 벗 패니, 공식적으로는 조찬실에서 작별 인사를 하겠지만, 패니하고는 여기서 인사를 나누어야겠네요. 그럼 행복하게 다시 만날 날을 고대하며 작별을 고할게요. 다시 만날 때는 거리낌 없이 흉금을 털어놓을 수 있는 사이가 되어 있을 거라고 믿어요."

이런 말을 하며 메리는 약간 뭉클한 기색으로 매우, 매우 정답게 패니를 끌어안았다.

"당신 사촌 오빠와는 곧 런던에서 만나게 될 거예요. 머지않아 런던으로 오시겠다고 했으니까. 봄에는 토머스 경도 올라오실 것 같고요. 톰 씨나 러시워스 부부, 줄리아도 여러 번 볼 기회가 있겠지요. 당신만 못 보겠네요. 두 가지 부탁이 있어요, 패니. 하나는 편지를 보내 달라는 거예요. 꼭 편지를 줘야 해요. 또 하나는, 그랜트 부인을 자주 찾아가 내 빈자리를 채워 주면 좋겠어요."

패니 입장에서는 적어도 첫 번째 부탁만큼은 없었으면 싶었을 것이다. 그러나 서신 왕래까지 거절할 수는 없는 노릇이라, 자기가 보기에도 과할 정도로 기꺼이 동의를 표하지 않을 수 없었다. 그렇게 다정하게 나오는데 내칠 수는 없는 일이었다. 패니는 다정하게 대해 주는 사람을 소중히 여기는 성향이고, 여태껏 그런 대접을 받아 본 적이 별로 없었던 만큼 더욱 크로퍼드 양의 태도에 마음이 흔들렸다. 게다가 단둘이 나눈 대화가 미리 걱정하며 예견했던 것에 비해 훨씬 덜 고통스러웠던 점에 감사하는 마음도 있었다.

드디어 대화가 끝났고, 비난을 당하거나 속마음을 들키는 일 없이 무사히 넘어갔다. 패니의 비밀은 여전히 패니만의 비밀로 남았고, 이 비밀만 지켜진다면 감수하지 못할 일도 없겠다 싶었다.

저녁에는 또 한 차례 작별이 있었다. 헨리 크로퍼드가 찾아와 식구들과 잠시 앉았다 갔다. 이미 마음이 약해진 상태였던 패니는 그에 대해서도 잠시나마 마음이 누그러들었다. 그는 이별을 절감하는 듯 보였다. 평소와 달리 거의 말이 없었다. 그가 다른 여자의 남편이 되기 전까지는 다시 만나는 일이 없기를 바라면서도, 너무 우울해 보이는 그의 모습에 패니는 마음이 아팠다.

마침내 작별의 순간이 되자 그는 패니의 손을 잡으려 했고, 결국 잡고야 말았다. 그렇지만 말은 없었다. 적어도 그녀가 들은 말은 없었다. 그래서 그가 방을 나가자, 그녀는 그런 우정의 표시를 주고받은 것이 오히려 잘되었다 싶었다.

다음 날 아침, 크로퍼드 남매는 떠나갔다.

6

크로퍼드 씨가 떠난 후 이제 토머스 경의 목표는 그의 빈 자리가 아쉽게 느껴지도록 만드는 것이었고, 크로퍼드 씨의 접근을 싫어하거나 싫어한다고 착각했던 조카딸도 막상 그게 사라지고 나면 허전함을 느낄 거라고 잔뜩 기대했다. 패니가 이미 관심의 중심이 되는 매우 우쭐한 경험을 만끽한 바 있으니, 그런 위치에서 밀려나 다시 아무것도 아닌 존재로 전락하게 되면, 그가 보기에는 건강하기 그지없는 후회의 마음을 갖게 되리라 기대했다. 그는 이런 바람을 품고 조카딸을 관찰해 봤지만, 그의 바람이 얼마나 실현되고 있는지 판단이 서지 않았다. 패니의 마음에 조금의 변화라도 있는지 알 수가 없었다. 언제나 온순하고 내성적인 아이라 도무지 감정을 헤아릴 수가 없었다. 그는 조카딸을 이해하지 못했고 그것은 스스로도 잘 알았다. 그래서 패니가 지금 어떤 심정이며 전보다 더 행복해졌는지 아닌지 에드먼드에게 알아보고 알려 달라고 했다.

에드먼드는 아무런 후회의 조짐도 보지 못했고, 이제 사나흘밖에 안 지났는데 벌써 그런 감정이 생기기를 기대하는 아버지가 무리한 기대를 하는 거라고 생각했다.

정작 에드먼드가 놀란 것은 패니가 너무나 소중한 벗이자 말동무였던 크로퍼드의 누이가 떠났는데도 별로 아쉬워하는 기색이 없다는 점이었다. 그녀 이야기를 꺼내는 법도, 이별의 아쉬움을 자발적으로 토로하는 법도 거의 없으니 의아할 따름이었다.

그러나 어찌하랴! 지금 패니의 마음을 가장 어지럽히는 존재가 바로 이 크로퍼드의 누이이자 패니의 벗 겸 말동무인 것을! 패니는 그 오빠의 장차 운명이 맨스필드와 연결되는 일은 결코 없게 하리라고 결심했는데, 메리의 경우도 마찬가지일 거라고 믿을 수만 있었다면, 그 오빠가 맨스필드로 돌아오는 것은 먼 훗날의 일일 거라는 생각이 드는 것처럼 그 누이도 마찬가지일 거라는 희망을 가질 수만 있었다면, 정말 마음이 가벼웠을 것이다. 그렇지만 지난 일을 되돌아보거나 주변을 둘러봐도, 크로퍼드 양과 에드먼드의 결혼 가능성이 그 어느 때보다 높아지고 있다는 확신만 굳어졌다. 에드먼드 편에서는 뜻을 더욱 굳혔고, 크로퍼드 양 쪽도 모호한 구석이 덜해졌다. 그의 올곧은 품성에서 비롯된 이견과 망설임이 무슨 영문인지 깡그리 사라진 듯했다. 그리고 크로퍼드 양의 세속적 욕심에서 비롯된 우려와 망설임 또한 극복되었는데, 이 역시 뚜렷한 이유는 없었다. 서로 좋아하는 마음이 더 깊어진 것이라고 볼 수밖에 없었다. 그의 온당한 생각과 그녀의 그릇된 생각 모두 사랑 앞에 무릎을 꿇었으니, 이런 사랑이라면 결국 둘은 결합하게 될 것이 분명했다. 그는 손턴 레이시와 관련된 일이 마무리되는 대로 곧장 런던으로 갈 예정이었고, 두 주 안에는 가게 되지 않겠냐며 즐겨 이야기하곤 했다. 패니는 그가 다시 그녀를 만난다면 그다음 일어날 일은 뻔하다 싶었다. 그가 청혼을 하고 그녀 역시 수락할 게 분명했다. 그렇지만 크로퍼드 양의 그릇된 생각이 다 사라진 것도 아니니, 곧 닥쳐올 결혼을 생각하면 패니는 몹시 슬펐다. 사심 없는, 자신과 무관한 사심 없는 슬픔이라고 패니는 믿었다.

마지막 대화를 나눌 때 크로퍼드 양이 얼마간 사랑스러운 감정과 매우 다정다감한 모습을 보여 줬지만 역시 크로퍼드 양임은 여전했고, 쉽게 빗나가고 미혹되는 마음을 드러내면서도 자신은 전혀 깨닫지 못했다. 어둠에 쌓여서는 스스로를 빛이라고 착각하는 것이었다. 에드먼드를 사랑할지는 모르나 그 밖의 어떤 감정에서도 에드먼드와 어울리지 않았다. 패니는 두 사람 사이에 사랑 말고는 공통된 감정을 하나도 찾아보기 힘들다고 믿었다. 그리고 크로퍼드 양이 앞으로 나아질 가능성은 거의 절망적이라고 봤고, 한창 사랑에 빠진 지금도 크로퍼드 양의 판단력을 바로잡고 생각을 제어하는 데 에드먼드의 영향력이 거의 효과가 없었다면 결혼한 다음 역시 그의 소중한 자질이 힘없이 낭비되고 말 거라고 믿었는데, 더 나이가 든 현명한 분들께선 이런 패니를 너그러이 용서해 주시기 바란다.

경험 많은 눈으로 보면 이 두 사람과 같은 처지의 젊은 남녀에게 좀 더 기대를 걸 수도 있었을 것이고, 불편부당한 입장에서는 사랑하고 존경하는 남자의 의견을 자기 것으로 받아들이는 여성의 일반적 특성이 크로퍼드 양에게 없다고 보지는 않았을 것이다. 그렇지만 패니는 위와 같이 믿었으므로 마음이 너무 아팠고, 크로퍼드 양을 입에 올릴 때마다 고통스러울 수밖에 없었다.

한편 토머스 경은 여전히 희망을 놓지 않고 조카딸을 지켜보며, 자기가 가진 인간 본성에 관한 모든 지식에 비춰 볼 때, 이제 힘 있고 중요한 위치를 잃었으니 조카딸의 기분도 달라지고, 당연히 지난날 연인이 보여 준 관심을 다시 받게 되기를 바랄 것이라고 기대했다. 그리고 얼마 후 그는 이런 징조가 아직 완벽하고 명백하게 나타나지 않는 것 또한 당연하며, 손님이 한 명 또 오기로 했고 그날이 다가오고 있으니 패니의 기분이 괜찮아 보이는 것은 당연하다고 생각했다. 윌리엄이 열흘간 휴가를 얻었는데 내내 노샘프턴셔에서 지내기로 했으니, 이제 막 임관한, 세상에서 가장 행복한 소위의 모습으로 행복을 과시하고 근사한 제복을 설명해 주기 위해 찾아오기로 한 것이다.

드디어 윌리엄이 도착했다. 복무 중 외에는 제복 착용을 금지하는 몰인정한 관행만 아니었다면 기꺼이 제복을 입고 나타났을 것이다. 그러나 이런 사정으로 제복은 포츠머스에 두고 왔는데, 에드먼드는 패니가 제복을 입은 오빠 모습을 보기도 전에 제복의 신선함이나 제복 입은 사람의 새로운 느낌이 모두 사라지고야 말겠다는 생각이 들었다. 제복은 점차 치욕의 상징으로 전락할 터였다. 한 해 두 해가 지나도록 승진을 못한 채 동기들이 먼저 중위가 되는 모습을 뻔히 지켜봐야 하는 소위의 제복만큼 초라하고 꼴사나운 것이 또 있겠는가? 에드먼드가 이런 논리를 밀고 나가자 결국 부친은 한 가지 계획을 털어놓았는데, 이 계획에 따르면 영국 군함 스러시 함에 탄 해군 소위의 영광스러운 모습을 목도하는 기회는 패니에게 또 다른 의미를 갖게 될 터였다.

계획인즉슨 제 오라비가 포츠머스로 돌아갈 때 패니를 함께 보내 잠시 고향 식구들과 지내도록 하자는 것이었다. 토머스 경은 이런저런 고매한 상념에 몰두하던 중 이런 생각이 떠올랐고, 타당하고 바람직한 조처라고 여겨졌지만, 완전히 마음을 굳히기에 앞서 아들과 상의한 것이다. 에드먼드는 모든 각도에서 이 계획을 살펴봤는데 흠잡을 데가 없었다. 계획 자체도 훌륭했지만 시점도 매우 적절했다. 패니가 크게 기뻐할 것 또한 의심의 여지가 없었다. 이 정도면 토머스 경이 결단을 내리기에 충분했고, "그럼 그렇게 하자꾸나."라는 결정적인 한 마디로 이 계획의 첫 단추가 끼워졌다. 토머스 경은 매우 흐뭇한 마음으로 자리를 떴고 아들에게 일러 준 것 이상의 또 다른 효과를 내심 기대하고 있었다. 패니를 보내려는 그의 일차적 동기는 패니에게 부모를 만나게 해 주는 게 옳다는 것과는 거의 상관이 없었고, 패니를 행복하게 해 주겠다는 것과도 아무 상관이 없었다. 그는 패니가 즐거운 마음으로 집에 가기를 바랐지만, 방문이 끝나기 전에 집이라면 넌더리가 나기를 바란 것 또한 사실이었다. 그리고 맨스필드 파크의 고상하고 호사스러운 생활에서 잠시 떠나 있다 보면 정신을 차릴 테고, 얼마 전에 제의받은 바 있는, 맨스필드 파크만큼 안락하되 한결 영구적인 가정의 가치를 좀 더 제대로 볼 수 있을 거라고 기대했다.

이 계획은 조카딸의 분별심을 치료하는 약 같은 것으로, 그의 입장에서는 조카딸의 분별심에 탈이 났다고 볼 수밖에 없었다. 부유하고 풍족한 곳에서 팔구 년을 지내다 보니 비교 판단 능력에 약간의 손상이 온 것이었다. 제 아버지 집에 가 보면 넉넉한 수입이 얼마나 중요한지 십중팔구 깨닫게 될 터였다. 그리고 그는 자기가 마련한 실험 덕분에 패니가 평생을 더 현명하고 더 행복한 여인으로 살게 되리라고 믿었다.

패니가 맘껏 기쁨을 표출하는 성격이었다면 지금 무슨 이야기가 오가고 있는지 처음 들었을 때 볼 만한 광경이 연출되었을 것이다. 이모부가 거의 반평생을 떨어져 지낸 부모님과 형제자매를 만나고 오라고, 윌리엄이 함께 가며 보호해 줄 테니 태어난 곳으로 돌아가 두어 달 지내다 오라고 하셨고, 그래서 윌리엄이 육지에 있는 마지막 순간까지 계속 함께 지낼 수 있게 되었으니 말이다. 패니가 기쁨의 환호성을 지를 줄 알았다면 이때야말로 그런 순간이었다. 그러나 패니의 행복감은 조용하고 깊고 가슴 벅찬 행복감이었다. 그리고 그녀는 평소에도 말이 없지만 기쁠수록 말수가 줄어드는 성격이었다. 그래서 그 당장은 감사하다, 그렇게 하겠다고 말하는 것이 고작이었다. 이렇게 느닷없이 다가온 기쁜 소식에 익숙해진 뒤에는 윌리엄과 에드먼드에게 좀 더 심경을 털어놓을 수 있었지만, 그래도 여전히 말로는 표현할 수 없는 애틋한 감정들이 있었다. 어린 시절 즐거웠던 모든 일들과 그것을 뒤로하고 떠나야만 했을 때의 힘들었던 기억이 다시금 강하게 되살아났고, 이제 집으로 돌아가면 이별로 인해 빚어진 그간의 모든 고통이 치유될 것만 같았다. 이제 피붙이들과 함께하며 그 많은 사람의 사랑을 받게 될 것이었다. 여태껏 받았던 어떤 사랑보다도 더 큰 사랑을 모든 식구들한테서 받고, 두려워하거나 자제할 필요 없이 애정을 베풀고, 주위 사람들과 대등한 기분을 맛보고, 크로퍼드 남매 이야기가 나올 염려도 없고 그들의 일로 자신을 질책하는 듯한 온갖 눈총에서 벗어나게 되었으니! 생각할수록 기쁜 일이었지만, 그런 심정을 다 내놓고 말할 수는 없는 노릇이었다.

에드먼드를 생각해도 그랬다. 그와 두 달쯤 떨어져 있는 편이 (어쩌면 석 달까지 허락받을 수도 있고) 도움이 될 것 같았다. 그의 눈길이나 다정함에 흔들리는 일 없이, 그의 속마음을 알게 되고 그러면서도 그가 털어놓으려는 이야기를 피하려고 끝없이 조바심쳐야 하는 고역에서 벗어나 멀리 떨어져 지내다 보면, 마음을 추스를 수 있을 것 같았다. 런던에 가서 일을 착착 진행해 나가는 에드먼드를 생각해도 비참한 기분이 들지 않을 것이었다. 맨스필드에서는 견디기 힘들었을 일도 포츠머스에서는 가볍게 넘길 수 있을 것이었다.

단 한 가지 마음에 걸리는 일은 버트럼 이모가 자기 없이도 괜찮으실까 하는 점이었다. 다른 사람들한테야 쓸모없는 존재지만 이모한테만큼은 자기가 얼마나 아쉬울지 생각하기도 겁이 났다. 그리고 사실상 이 문제를 해결하는 것은 토머스 경 앞에 놓인 가장 큰 난제이자 오로지 그만이 해결할 수 있는 과제였다.

그러나 그는 맨스필드 파크의 주인이었다. 무슨 일이든

정말 마음만 먹으면 실행에 옮길 수 있었다. 이번에도 그는 이 문제에 대해 아내와 길게 대화를 나누며 패니도 이따금 제 가족을 만날 의무가 있다는 점을 자세히 설명해, 실제로 아내한테서 패니를 보내자는 답을 얻어 냈다. 그렇지만 레이디 버트럼은 그게 옳다고 믿어서가 아니라 남편의 말에 순종하려고 승낙했으니, 토머스 경이 패니를 보내야 한다고 하니 자기도 허락해 줘야 한다는 점을 받아들였을 뿐, 그 이상은 아니었다. 조용한 화장용 내실에 앉아 남편의 골치 아픈 설득에 휘둘리지 않고 천천히 치우침 없이 생각해 보니, 패니가 왜 굳이 부모 곁으로 돌아가야 하는지 납득이 가지 않았다. 자기에게는 패니가 꼭 필요하지만 친부모야 패니 없이도 그렇게 오랫동안 잘 지내지 않았는가. 그리고 노리스 부인이 입증하려고 애썼던, 패니가 없다고 아쉬울 게 뭐냐는 주장만큼은 끝내 받아들이지 않았다.

토머스 경은 아내의 이성과 양심과 품위에 호소했다. 그는 이번 결정을 희생이라 부르며 선의와 극기심으로 희생을 감수해 달라고 요청했다. 그러나 노리스 부인은 필요하다면 얼마든지 시간을 내줄 자기가 있으니 패니가 없어도 문제될 것이 전혀 없다고, 간단히 말해 실제로 패니가 필요하거나 아쉬울 일은 없을 거라고 설득하려 들었다.

“그럴지도 모르지, 언니.” 레이디 버트럼은 이렇게만 대답했다. “아마 언니 말이 맞을 거야. 하지만 틀림없이 난 그 애가 몹시 아쉬울 거야.”

그다음으로 할 일은 포츠머스에 연락을 취하는 일이었다.

패니는 집에 들러도 좋겠냐는 편지를 보냈다. 어머니의 답장은 짧지만 무척 다정했다. 간단하게 몇 줄 적었지만 자식을 다시 만나게 된 어머니다운 자연스러운 기쁨이 담겨 있어, 어머니 곁에서 맛볼 행복에 대한 딸의 모든 기대를 뒷받침해 주고, 이제 '엄마'에게서 따뜻하고 자애로운 벗을 발견할 수 있으리라는 확신을 주었다. 과거에 그 엄마가 패니에게 눈에 띄게 다정하지 않았던 것은 사실이지만, 패니는 자기 잘못이거나 아니면 자신의 착각으로 쉽게 넘길 수 있었다. 자신의 소심한 성격 탓에 뭘 제대로 하지도 못하면서 걱정만 해 댄 결과 사랑의 신을 쫓아 버렸을지도 모르고, 또한 그렇게 많은 자식들 가운데 하나일 뿐인데 터무니없이 그 이상의 사랑을 바란 것일 수도 있었다. 이제는 자신도 집안일을 돕고 인내하는 법을 알 만큼 철이 들었고, 어머니도 어린애로 가득한 집안을 돌보느라 경황이 없던 상황에서는 벗어났으니, 편안한 시간을 가질 마음과 여유도 생겼을 것이고, 금방 자연스러운 모녀 사이가 될 게 당연했다.

윌리엄도 누이동생만큼이나 기뻐했다. 출항하기 전 마지막 순간까지 패니를 곁에 둘 수 있고, 어쩌면 첫 항해를 마치고 입항할 때에도 패니가 집에 있을지 모른다니, 이보다 기쁜 일이 어디 있으랴! 게다가 (해군에서 가장 뛰어난 함선임에 틀림없는) 스러시 함이 항구를 떠나기 전에 누이동생에게 꼭 보여 주고 싶었던 것이다. 해군 공창(工廠)도 그간 여러 차례 새로 공사를 했으니 꼭 구경시켜 주고 싶었다.

이에 덧붙여, 그는 패니가 당분간 집에 있어 준다면 식구들에게 큰 도움이 될 거라고 솔직히 털어놓았다.

"어쩌다 이렇게 되었는지 몰라도, 우리 집에는 너의 깔끔하고 질서정연한 방식이 좀 필요한 것 같아. 집이 언제나 정신이 없거든. 네가 오면 한결 나아지겠지. 어머니에게 제대로 살림하는 법을 알려드리고, 수전한테도 많은 도움이 될 거야. 벳시에게 공부도 가르쳐 주고, 사내아이들도 네 말을 잘 듣고 따르게 만들겠지. 그렇게만 된다면, 온 집안에 평화와 질서가 찾아올 거야!"

프라이스 부인의 답장이 도착한 것은 맨스필드에서 지낼 날이 불과 며칠 남지 않은 때였다. 그리고 젊은 두 여행자는 그 가운데 하루의 일부를 여정 문제로 큰 근심과 놀라움 속에서 보냈다. 여행 방법에 대한 이야기가 오가던 중, 노리스 부인은 그간 제부의 돈을 절약해 주려고 노심초사했으나 모두 헛수고였음을 알게 되었다. 패니를 더 저렴한 마차편에 보내도 된다고 거듭 에둘러 말했음에도 불구하고 조카들이 직행 마차*를 타고 가기로 정해진 것을 알게 되고, 실제로 토머스 경이 여비로 쓰라고 윌리엄에게 지폐를 건네는 것까지 보게 된 것이다. 그러자 마차에 자리가 하나 남겠다는 생각이 들면서 갑자기 자기도 함께 가서 그립고 불쌍한 동생 프라이스를 만나 보고 싶은 마음이 강하게 솟구쳤다. 그녀는 이런 바람을 공표했다. 사실 조카 아이들과 함께 갈까 하는 생각이 없지 않다, 그렇게만 된다면 정말 좋겠다, 그립고 불쌍한 동생 프라이스를 본 지

* 마차를 갈아탈 필요가 없이 말을 갈아 가며 목적지까지 운행하는 마차.

도 이십 년이 넘었고, 게다가 자기처럼 나이 든 사람이 옆에서 챙겨 주면 젊은 아이들의 여정에도 도움이 될 거다, 이런 기회가 있는데도 안 간다면 그립고 불쌍한 동생 프라이스가 아주 무정한 언니라고 생각할 거라는 둥 가야 할 이유를 구구절절 늘어놓았다.

윌리엄과 패니는 가슴이 철렁했다.

편안한 여정을 기대했는데, 순식간에 엉망이 되어 버릴 판이었다. 둘은 속상한 얼굴로 서로를 쳐다보았다. 그리고 한두 시간이 가도록 마음을 졸여야 했다. 부추기든 말리든 끼어드는 사람이 없었다. 노리스 부인이 알아서 결정할 일이었다. 그런데 조카들에게는 말할 수 없이 다행스러운 결론이 났다. 아무래도 지금은 맨스필드 파크를 비우기 곤란하겠다, 토머스 경과 레이디 버트럼에게 자기가 훨씬 더 필요할 텐데, 단 일주일이라도 그들만 두고 떠나는 게 스스로도 용납이 안 된다, 따라서 두 사람에게 도움을 주는 기쁨을 위해 다른 기쁨들은 모두 희생하는 수밖에 없겠다는 것이었다.

사실 노리스 부인의 머릿속에는 다른 계산이 있었으니, 포츠머스로 갈 때야 공짜로 갈 수 있겠지만, 돌아올 때는 자기 주머니에서 돈이 나갈 수밖에 없지 않겠냐는 생각이 퍼뜩 든 것이다. 그래서 사랑하는 가엾은 동생 프라이스는 실망스럽지만 이런 좋은 기회를 흘려 보낼 수밖에 없어져, 다시 또 이십 년의 이별이 시작되는 모양이었다.

이번 포츠머스 여행으로 패니가 집을 비우게 되면서, 에드먼드의 계획에도 차질이 생겼다. 그도 이모처럼 맨스필드

윌리엄과 패니는 가슴이 철렁했다.

파크를 위해 희생을 감수하는 수밖에 없었다. 원래는 그때쯤 런던으로 갈 생각이었지만, 부모님이 편안히 지내시는 데 아주 중요한 역할을 하던 사람들이 모두 떠나는 마당에 자기까지 집을 비울 수는 없었다. 그래서 겉으로 생색은 안 냈지만 속으로는 꽤 고심한 끝에 그는 자신의 행복을 영원히 확정지으리라 믿으며 손꼽아 고대하던 여행을 한두 주 연기하기로 했다.

그는 패니에게 이 사실을 털어놓았다. 패니는 이미 많은 걸 알고 있으니 전부 알려 주는 게 옳았다. 이것이 크로퍼드 양에 관한 둘만의 또 한 차례 비밀스러운 대화의 요지였다. 패니는 둘 사이에서 크로퍼드 양의 이름이 이 정도나마 스스럼없이 언급되는 것도 이게 마지막이겠구나 하는 생각에 더욱 마음이 아팠다. 그러고 나서 또 한 번 그가 크로퍼드 양 이야기를 넌지시 꺼내는 일이 생겼다. 그날 저녁 레이디 버트럼은 조카딸한테 도착하는 대로 자기한테 편지를 보내고 이후로도 자주 보내라며 자기도 자주 편지를 주마 하고 약속했다. 그러자 에드먼드가 기회를 틈타 작은 소리로 이렇게 덧붙였다. “나도 편지를 쓸게, 패니, 전할 만한 소식이 생기면 말이야. 너도 고대하는 소식일 텐데 아무래도 내가 전하는 게 가장 빠르겠지.” 패니가 이 말을 들으면서 설령 무슨 뜻인지 확신을 못 했더라도, 고개를 들어 그의 빛나는 얼굴을 봤을 때는 확실히 알았을 것이다.

이 편지에 그녀는 단단히 마음의 준비를 해 두어야 했다. 에드먼드의 편지가 두려운 대상이 되다니! 그녀는 이 변화무쌍한 세상에서 시간의 흐름과 상황의 변화가 빚어내는 온갖 의견과 감정의 변화에 대해 내가 아직 경험이 부족하구나 하는 생각이 들기 시작했다. 끊임없이 변화하는 인간 마음의 양태를 아직은 다 겪어 보지 못한 것이다.

가엾은 패니! 비록 기꺼운 마음으로 고대하며 떠나는 길이지만 맨스필드 파크에서 보내는 마지막 밤은 번민의 밤이 될 수밖에 없었다. 막상 떠나려니 가슴이 무너져 내리는 것 같았다. 이 방 저 방 모두 둘러보며 눈물을 쏟았고, 이 집에 사는 모든 사랑하는 사람들 생각에 더 많은 눈물을 쏟았다. 자신의 부재로 불편을 겪으실 것을 생각하니 이모 곁을 떠날 수가 없었고, 일전에 이모부의 심기를 어지럽힌 생각에 터져 나오는 울음을 참아 가며 그의 손에 입을 맞추었다. 그리고 에드먼드와 마지막으로 작별하는 순간에는 눈도 못 든 채 아무 말도 아무 생각도 하지 못했고, 다 끝난 후에야 그가 오라비의 정이 듬뿍 담긴 작별 인사를 건넸음을 깨달았다.

아주 이른 아침에 출발해야 했기 때문에 작별 인사는 밤에 모두 끝냈다. 그리고 얼마 안 남은 식구들이 모인 아침 식사 자리에서는 이미 윌리엄과 패니가 역참 하나 거리는 족히 갔겠다는 이야기가 오갔다.

7

맨스필드 파크에서 어느 정도 멀어지자 여행의 신기함과 윌리엄과 함께하는 기쁨으로 인해 자연스레 패니의 기분도 곧 좋아졌다. 그리고 첫 역참에 도착하여 토머스 경의 마차를 떠나보낼 즈음에는 늙은 마부에게 밝은 얼굴로 작별 인사를 하고 예의 바른 안부의 전갈을 전할 수 있었다.

오누이 사이에 즐거운 대화가 끝없이 이어졌다. 신이 난 윌리엄의 마음에는 만사가 재미있는 소재가 되어, 고상한 화제 사이사이에 장난과 우스갯소리를 빼놓지 않았다. 다른 이야기로 출발한 경우에도 고상한 화제는 결국 모두 스러시 함에 대한 이야기로 끝났다. 스러시 함에 대한 찬사와 스러시 함이 투입될 임무의 예측, 우세한 적과의 전투에 임해 (앞길을 가로막는 중위만 사라져 준다면 말인데 윌리엄은 중위에 대해 심히 자비롭지는 않았다.) 승진을 최대한 당기는 발판으로 삼겠다는 포부, 혹은 포상금에 대한 짐작과 포상금을 받으면 식구들한테 넉넉히 나누어 주되 패니하고 중년과 노년을 함께 지낼 작은 오두막을 한 채 마련해 안락하게 꾸밀 돈만큼은 따로 떼어 놓겠다는 계획으로 끝난 것이다.

패니가 안고 있는 관심사에 대해서는, 크로퍼드 씨와 관련된 것인 한, 입에 올리지 않았다. 윌리엄은 그동안 어떤 일이 있었는지 알고 있기에, 자기가 보기에는 너무나 뛰어난 인물인 남자에게 누이동생의 마음이 그렇게 냉랭한 것이 진심으로 안타까웠다. 그렇지만 그 역시 사랑이 가장 중요한 나이인 만큼 동생을 나무랄 수도 없었다. 그리고 동생의 생각을 잘 알기 때문에, 굳이 그 이야기를 꺼내 괴롭힐 생각은 추호도 없었다.

패니로서는 크로퍼드 씨가 아직도 자기를 잊지 않았다고 볼 수밖에 없었다. 남매가 떠나고 삼 주도 안 돼 그 누이동생으로부터 거듭 편지가 왔고, 편지마다 그도 몇 줄 적어 보냈는데 직접 말할 때 못지않게 열렬하고 단호한 내용이었다. 우려했던 대로 불편하기 짝이 없는 서신들이었다. 그 오빠가 쓴 글을 꼼짝없이 읽어야 하는 것도 그렇지만, 크로퍼드 양의 발랄하고 다정한 글투는 그 자체가 재앙이었으니, 에드먼드는 편지의 주요 부분을 읽어 줄 때까지 조바심을 냈고, 그러고 나서는 또 그 표현력과 따뜻한 정에 탄복하는 소리를 들어 줘야 했다. 사실 편지마다 전갈과 암시와 추억, 맨스필드 이야기가 가득해서 에드먼드 들으라고 쓴 것이 아닌가 하는 생각을 금할 수가 없었다. 그리고 그런 속셈에 말려들어 편지 왕래를 해야 한다는 게 참담했다. 사랑하지도 않는 남자의 구애를 읽어야 하고 사랑하는 남자의 어긋난 애정을 도와주는 꼴이 되었으니 말이다. 이렇게 잠시 떠나 있게 된 것은 그 점에서도 다행스러운 일이었다. 에드먼드와 한 지붕 아래 있지 않으면 크로퍼드 양도 편지 쓰는 수고를 감수할 강한 동기가 사라지는 셈이고,

포츠머스에 가 있으면 편지 왕래가 점차 시들해지다가 종국에는 아예 끊어질 터였다.

오만 가지 생각 가운데 이런 생각도 떠올리면서, 패니는 2월의 궂은 날씨에 무리하지 않으면서도 최대한 신속하게, 그리고 안전하고 기분 좋게 여행을 계속했다. 마차가 옥스퍼드 시내로 들어갔지만 패니는 에드먼드가 다녔던 칼리지를 지나치는 길에 얼핏 보았을 뿐 한 번도 멈추지 않고 곧장 뉴베리로 가서 오빠와 함께 편안한 정찬 겸 밤참을 들면서 즐겁고 피곤한 하루를 마무리했다.

다음 날 아침 다시 일찌감치 출발했다. 그리고 이렇다 할 사건이나 지체 없이 꾸준히 길을 줄인 결과 포츠머스의 교외에 이르렀을 때는 아직 햇빛이 남아 있어서, 패니는 주변을 둘러보며 놀라운 눈으로 새로 생긴 건물들을 볼 수 있었다. 그들은 해자 위 도개교(跳開橋)*를 건너 읍내로 들어섰다. 그리고 막 땅거미가 지기 시작할 무렵, 마차는 윌리엄이 힘찬 목소리로 지시하는 대로 한길에서 벗어나 덜커덕거리며 좁은 길로 접어들었고, 현재 프라이스 씨가 거주하고 있는 작은 집 앞에 멈춰 섰다.

패니는 동요와 설렘, 기대와 불안으로 가슴이 두근거렸다. 마차가 멈춘 순간 단정치 못한 용모의 하녀가 문간에서 기다리고 있었던 듯 앞으로 나오더니 도와줄 생각은 하지 않고 소식을 전하는 데 급급해 다짜고짜 이렇게 말하기 시작했다. "스

---

* 다리를 한쪽 또는 양쪽으로 들어 올려 배가 지나갈 수 있게 만든 다리.

러시 함은 벌써 항구를 떠났대요. 아까 장교 한 분이 찾아와서……." 말을 채 끝맺기도 전에 열한 살짜리 훤칠한 사내아이가 집에서 뛰어나와 하녀를 밀치며, 직접 마차 문을 열고 있는 윌리엄에게 소리쳤다. "딱 시간 맞춰 왔네. 삼십 분 전부터 다들 형이 오기만 기다렸는데. 스러시 함이 오늘 아침 항구를 떠났거든. 나도 봤는데 정말 아주 멋있었어. 그리고 하루 이틀 사이에 출항 명령이 떨어질 거래. 4시에 캠벨 씨가 형을 찾으러 왔었어. 항구에 스러시 함 보트가 와 있어서 6시에 그걸 타고 함정으로 갈 텐데, 형이 늦지만 않으면 같이 갔으면 좋겠다고 말이야."

윌리엄이 마차에서 내리는 패니를 도와줄 때 이 남동생이 패니에게 보인 자발적인 관심이라고는 한두 번 멀뚱히 쳐다본 것이 전부였다. 그렇지만 패니의 입맞춤까지 거부하지는 않았다. 그는 스러시 함이 항구를 떠나던 광경을 시시콜콜 늘어놓느라 정신이 없었다. 이제 막 스러시 함에서 선원 생활을 시작하게 된 참이니 거기에 관심이 쏠리는 것도 당연했다.

다음 순간, 패니는 안으로 통하는 좁은 복도로 들어서서 참으로 다정한 표정으로 패니를 맞이하는 어머니의 품에 안겼다. 버트럼 이모를 떠올리게 만드는 어머니의 얼굴 생김새에 패니는 더 애정이 솟구쳤다. 여동생 둘도 나와 있었다. 아름답게 자라난 열네 살의 수전과 다섯 살쯤 된 막내 벳시로, 둘 다 나름대로 언니를 반겼지만 맞이하는 예절이 썩 훌륭하지는 않았다. 그렇지만 패니에게는 예절 같은 건 상관없었다. 자기를 사랑하기만 하면 그것으로 족했다.

잠시 후 그녀는 거실로 인도되었는데, 방이 너무 작아서 처음에는 더 큰 방으로 이어진 대기실로 알고 잠시 선 채 다른 방으로 안내되기를 기다렸다. 그러나 다른 문도 없고 거기서 생활하는 흔적이 눈에 들어오자, 그녀는 아차 싶어 스스로를 꾸짖으며 식구들이 눈치챘으면 어쩌나 걱정을 했다. 그러나 어머니는 무슨 눈치를 챌 만큼 길게 거기 있을 시간도 없었다. 윌리엄을 맞아들이러 다시 현관으로 나간 것이다. "왔구나! 우리 아들 윌리엄, 정말 잘 왔다. 그나저나 스러시 함 이야기는 들었니? 벌써 항구를 떠났단다. 생각도 못 했는데 사흘이나 빨리 말이다. 샘의 물건들 때문에 걱정이구나. 시간 맞춰 줄 수가 있어야 말이지. 내일 당장 항해 명령이 떨어질지도 모르잖아. 무슨 날벼락이냐? 너도 당장 스핏헤드*로 출발해야겠다. 캠벨이 왔다 갔는데, 네 걱정을 많이 하더라. 그러니 이제 어떡하니? 하룻밤이라도 너하고 느긋하게 지낼 줄 알았는데, 이렇게 모든 일이 한꺼번에 들이닥치니."

아들은 다 잘될 테니 염려 마시라고 하며, 서둘러 떠나야 하는 자신의 불편 따위는 아무렇지도 않다는 듯 쾌활하게 대답했다.

"물론 배가 아직 항구에 있었더라면 훨씬 좋았겠지만요. 그럼 두세 시간은 어머니와 여유 있게 앉아 있을 수 있었을 테니까요. 그렇지만 보트가 뭍에 와 있다니 바로 출발하는 게 좋겠어요. 하는 수 없지요. 그나저나 스러시 함은 스핏헤드 어디

* 영국 남쪽 포츠머스와 와이트섬 사이 난바다에 있는 정박지.

쯤 정박했을까요? 커노퍼스 함* 근처인가? 아무래도 상관없지만……. 이런, 패니가 거실에 있는데 지금 우리 복도에서 뭐하고 있는 거죠? 어서요, 어머니, 어머니의 사랑하는 딸 패니를 아직 제대로 보지도 못하셨잖아요."

두 사람이 거실로 들어오고, 프라이스 부인은 다시 한번 딸에게 다정하게 입을 맞춘 뒤 그사이 많이 컸다고 몇 마디 하더니, 그들에게 먼 길을 왔으니 피곤하지는 않으냐, 시장하지는 않으냐며 걱정을 늘어놓기 시작했다. 어머니로서는 당연한 걱정이었다.

"가엾은 내 새끼들! 얼마나 피곤하겠니! 지금 뭐 좀 먹어야지? 오늘은 못 오나 보다 하고 포기하려던 참이었어. 벳시하고 둘이서 삼십 분 전부터 이제나저제나 기다리고 있었거든. 그나저나 요기는 언제 했니? 지금은 뭐가 좋을까? 고기 요리가 나을지 아니면 먼 길을 온 끝이니 차와 간단한 요기가 나을지 알 수가 있어야지. 아니면 미리 준비를 해 놓았을 텐데. 이제 와서 스테이크를 만들자니 그사이에 캠벨이 오면 어쩌나 싶고. 거기다 근처에 고깃간도 없으니. 이 동네에는 고깃간이 없어서 여간 불편한 게 아냐. 전에 살던 곳이 좋았지. 아무래도 차가 좋겠지? 얼른 준비하면 되지."

남매는 그게 낫겠다고 말했다. "그럼, 우리 벳시, 얼른 부엌으로 달려가 리베카가 찻물을 올려놓았는지 보고 빨리 다구를 들여오라고 전해라. 벨을 고쳐 놓는 건데. 하지만 벳시도 이

* 원래는 프랑스 배로 1798년 전투에서 포획되어 영국 해군 함정으로 1887년까지 사용되었다. 제인 오스틴의 오빠가 이 함정과 이후 나오는 엘리펀트 함에서 근무했다.

런 심부름은 빠릿빠릿하게 곧잘 한단다."

처음 보는 멋쟁이 언니 앞에서 능력을 뽐내게 된 벳시는 신이 나서 재빨리 부엌으로 갔다.

"에구머니!" 어머니가 걱정을 계속했다. "불이 왜 이 모양이야. 추워서 꽁꽁 얼었을 텐데. 의자를 가까이 당겨 앉거라, 얘야. 리베카는 뭘 한 거야. 삼십 분도 전에 석탄을 더 갖다 놓으라고 틀림없이 말했는데. 수전, 너라도 불을 살펴봤어야지."

"전 위에서 제 물건을 옮기고 있었다고요, 엄마." 방어적인 목소리로 거리낌 없이 말대답을 하는 수전을 보고 패니는 깜짝 놀랐다. "패니 언니하고 나하고 저쪽 방을 쓰라고 조금 전에 엄마가 정했잖아요. 리베카는 도와주지도 않고요."

이런저런 소동 덕분에 더 이상 말씨름은 없었다. 맨 먼저 마부가 요금을 받으러 왔고, 그다음에는 패니의 트렁크를 옮기는 문제로 샘과 리베카가 옥신각신했는데 샘은 자기 생각대로만 하려 들었다. 마지막으로는 다름 아닌 프라이스 씨가 큰 소리를 앞세우며 들어왔으니, 복도에 놓인 아들의 여행 가방과 딸의 모자 상자를 발로 치우며 욕지거리를 내뱉는 듯한 소리가 들리더니 촛불을 가져오라고 고함을 쳤다. 그러나 촛불을 가져다주는 사람은 없었고 그는 방으로 들어왔다.

패니는 불안한 마음으로 아버지를 맞으러 일어났지만 자기 모습이 어둠에 가려 보이지도 않고 아버지한테 자기는 안중에도 없다는 걸 깨닫고 도로 주저앉았다. 그는 아들과 기분 좋게 악수를 하면서 열띤 목소리로 곧장 말을 시작했다. "야! 왔구나, 우리 아들. 반갑다. 소식 들었지? 스러시 함이 오늘 아

프라이스 씨가 복도에 놓인 아들의 여행 가방과
딸의 모자 상자를 발로 치우며 들어왔다.

침 항구를 떠났다. 그러니 너도 정신 바짝 차려야지. 아이고, 아슬아슬하게 딱 맞춰 왔구나. 군의관이 너를 찾으러 왔었거든. 보트 편이 생겨 6시에 스핏헤드로 떠난다니, 너도 같이 가야지. 네 식량을 챙겨 보러 터너 상점*에 다녀왔는데, 착착 준비 중이란다. 내일 당장 출발 명령이 떨어진다 해도 놀랄 일은 아니다만, 서쪽으로 항해를 할 거라면 이런 바람으로는 어림없지. 월시 대령 말로는 틀림없이 서쪽으로 갈 거라던데. 엘리펀트 함과 함께 말이야. 아이고, 그렇게만 된다면 얼마나 좋겠냐. 하지만 방금 스콜리 영감 말로는, 우선은 텍설 해협**으로 갈 것 같다던데. 하긴 어디로 가든 우리야 만반의 준비가 되어 있으니 무슨 상관이냐? 그나저나 아이고, 네가 아침에 오지 못하는 바람에 스러시 함이 항구를 떠나는 모습을 못 봐서 어쩌냐. 장관이었는데. 1000파운드를 준다 해도 놓쳐서는 안 될 구경거리지. 아침을 먹는데 스콜리 영감이 뛰어 들어와 스러시 함이 막 닻을 올리고 바다로 떠난다는 거야. 그래서 벌떡 일어나 한걸음에 포대(砲臺) 언덕으로 달려갔지. 바다에 떠 있는 완벽한 아름다운 배가 있다면, 바로 스러시 함이더라. 지금은 스핏헤드에 정박 중인데, 영국 사람이라면 누구나 28포(砲) 군함인 줄 착각할 거다. 오후에는 두 시간이나 포대에 서서 지켜봤지. 엔디미온 함 바로 옆에 정박하고 있다. 엔디미온 함과 클

---

* 터너는 실존 인물로 선박에 식량을 공급했던 식료품상이다.

** 네덜란드 본토와 텍설섬 사이의 해협으로, 북해에서 오는 배가 이곳을 통과한다. 당시에는 나폴레옹이 네덜란드를 장악했기 때문에 텍설 해협은 영국 해군의 방어선이기도 했다.

레오파트라 함 사이에 두 발 기중기선*에서 동쪽 방향으로."

"와!" 윌리엄이 외쳤다. "저라도 바로 그 자리를 택했을 거예요. 스핏헤드에서 가장 좋은 정박지거든요. 그런데 아버지, 여기 동생이 왔어요. 패니가요. (몸을 돌려 패니를 아버지 앞으로 데려오며) 어두워서 못 보셨나 봐요."

깜박 잊었다고 시인하며 프라이스 씨는 이제 딸을 맞아 주었다. 그리고 패니를 꼭 끌어안으면서 이제 어엿한 숙녀가 되었으니 금방 시집을 가야겠다고 말하고는, 그것으로 충분하다 싶었는지 패니를 다시 잊어버릴 모양이었다.

패니는 움츠러들며 다시 뒤로 물러나 앉았다. 아버지의 말투와 술 냄새에 마음이 아팠다. 그는 계속 아들만 쳐다보며 스러시 함 이야기만 했는데, 윌리엄도 관심은 많았지만 그래도 오래 떨어져 지내다가 먼 길을 찾아온 패니한테 아버지의 관심을 돌리려고 여러 차례 시도했으나 소용이 없었다.

시간이 얼마 지난 후 촛불 한 자루가 들어왔다. 그렇지만 차는 여전히 나오지 않고 부엌에 다녀 온 벳시가 전하는 바로는 앞으로도 꽤 기다려야 할 모양이라, 윌리엄은 우선 가서 옷을 갈아입고 승선 채비를 마치는 게 나중에 편안히 차를 마시는 데 좋겠다고 생각했다.

그가 방을 나서는데, 각기 여덟 살, 아홉 살쯤 된 허름하고 구저분한 차림의 사내아이 둘이 발그레한 얼굴로 방으로 뛰어들어왔다. 어서 누나를 만나 보고 스러시 함이 항구를 떠났다

---

* 해상 크레인으로 활용하여 선박 건조나 수리에 사용하던 폐선.

는 이야기를 전하러 학교가 파하자마자 달려온 것이다. 두 아이는 톰과 찰스로, 찰스는 패니가 떠난 후에 태어났지만 톰은 아기 때 자주 보살펴 주곤 했기 때문에 다시 만나니 더욱 반가웠다. 그녀는 두 아이 모두에게 아주 다정하게 입맞춤을 해 줬지만, 톰을 좀 더 곁에 두고 옛날에 그렇게 예뻐했던 아기 모습이 남아 있는지 찾아도 보고 톰이 그때 자기를 가장 따랐다는 이야기도 하고 싶었다. 그러나 톰은 그런 대접을 받을 생각이 없었다. 집에 돌아왔는데 여기저기 뛰어다니며 소란을 피워야지 가만히 서서 이야기를 듣고 있을 수는 없었다. 두 아이는 금방 패니 곁에서 뛰쳐나갔는데, 거실 문을 어찌나 세게 닫는지 패니는 관자놀이가 지끈거릴 지경이었다.

이제 집에 있는 식구는 다 만난 셈이었다. 남은 사람은 패니와 수전 사이의 두 남동생뿐인데, 한 명은 런던에서 관청 서기로, 또 한 명은 동인도 회사 상선 견습생으로 일하고 있었다. 그러나 식구들을 보기는 다 보았지만, 그들이 내는 소음은 아직 다 들은 것이 아니었다. 다시 십오 분이 지나는 사이 훨씬 더 많은 소리가 들려왔다. 곧 윌리엄이 3층 층계참에서 어머니와 리베카를 부르는 소리가 들렸다. 두고 갔던 물건이 보이지 않자 속이 상한 것이다. 열쇠는 어디 갔는지 알 수 없고, 벳시가 자기 새 모자에 손을 댄 게 틀림없으며, 제복 조끼에 작지만 꼭 손질할 부분이 있었는데 다 해 놓겠다고 약속하고는 아직 손도 안 댔다는 것이었다.

프라이스 부인과 리베카, 벳시가 올라가 앞다투어 변명을 늘어놓았는데, 리베카의 음성이 제일 컸다. 어쨌든 제복 손질

프라이스 부인과 리베카, 벳시가 올라가 앞다투어 변명을 늘어놓았다.

은 해야 하니, 서둘러 최대한 해 보기로 했다. 윌리엄은 벳시한테 도로 내려가거나 아니면 훼방 놓지 말고 가만히 있으라고 했지만 막무가내였다. 문이란 문은 거의 다 열려 있어, 층계를 오르내리며 서로 뒤쫓다가 뒹굴고 고함을 질러 대는 샘과 톰, 찰스의 더 큰 소음에 묻힐 때 말고는, 3층에서 나는 소리가 거실까지 뚜렷이 들려왔다.

패니는 얼이 나갈 지경이었다. 가뜩이나 작은 집에 벽이 얇아서 모든 소리가 바로 곁에서 나는 듯하여, 먼 길을 온 피로에다 최근 겪은 노심초사에 이런 소음까지 더해지니, 도저히 견디기가 힘들었다. 정작 거실 안은 매우 고요했으니, 수전도 다른 식구들과 함께 나가고 곧 남은 사람은 아버지와 패니뿐이었다. 그러자 그는 이웃에서 항상 빌려다 보는 신문을 꺼내 들고는 딸의 존재는 까맣게 잊은 듯 열심히 읽기 시작했다. 하나뿐인 촛불은 신문 앞에 놓아 두고 딸이야 불편하든 말든 개의치 않았다. 그렇지만 패니는 딱히 할 일도 없으니, 지끈지끈 쑤시는 머리에 빛이 와닿지 않아 차라리 다행이라 여기며, 이것저것 스쳐 가는 혼란스럽고 서글픈 상념에 몸을 맡겼다.

드디어 집에 왔다. 그러나 아아! 그녀가 생각했던 것은 이런 집이, 이런 환영이……. 그녀는 생각을 멈췄다. 말도 안 되는 생각이었다. 그녀가 뭐라고 식구들한테 중요한 존재가 되겠는가? 그럴 리가 없었다. 식구들 눈에서 멀어진 지가 얼만데! 윌리엄의 일이 가장 중요한 것은 당연한 일이었다. 하루 이틀 일도 아니고, 윌리엄이라면 그런 대접을 받아 마땅했다. 그렇지만 패니 이야기는 거의 꺼내지도 묻지도 않고 맨스필드 식구들의 안부도 거의 묻는 사람이 없으니! 그녀는 맨스필드가 완전히 잊힌 게 정말 가슴 아팠다. 얼마나 베풀어 주셨는데, 그 소중하고 소중한 분들을! 그렇지만 여기서는 한 가지 관심사에 정신을 쏟느라 다른 것은 모두 뒷전으로 밀려났다. 어쩌면 당연한 일이었다. 스러시 함의 행선지가 어디냐 하는 것이 지금은 가장 중요한 관심사일 수밖에 없었다. 하루 이틀 시간이 지나면 달라질지도 몰랐다. 잘못이 있다면 그것은 바로 그녀뿐이었다. 그렇지만 맨스필드였다면 이런 일은 없었을 것이라는 생각이 들었다. 그럴 리가 없었다. 이모부 댁에서는 시와 때를 가릴 줄 알고, 화제를 잘 조율하고, 예의를 지키고, 자리에 없는 사람들에 대한 인사를 잊지 않았을 것이었다.

반 시간 가까이 지나도록 이런 상념이 흐트러진 것은 단 한 번 아버지가 갑자기 버럭 소리를 질렀을 때뿐인데, 마음을 달래 주는 소리는 아니었다. 복도를 뛰어다니며 떠들어 대는 소리가 도를 넘자 고함을 친 것이다. "귀신은 뭐 하나 몰라, 저 놈의 강아지 새끼들을 안 잡아가고! 아이고, 아주 합창을 해 대네! 그럼 그렇지, 샘 소리가 제일 크군! 저 놈은 장범장(掌帆長)*에 딱 제격이라니까. 야, 이놈아! 그래 너 샘, 그만 좀 꽥꽥거려. 안 그랬다간 쫓아가서 혼내 준다."

이런 협박은 보란 듯 무시되었으니, 오 분쯤 후 세 아이가 한꺼번에 뛰어 들어와 자리에 앉았지만, 패니가 보기에는 잠시 기운이 빠진 것일 뿐 그 이상은 아니었다. 벌겋게 달아오른

* 돛과 삭구를 관리하며 호루라기를 불어 수부들을 작업에 소환하는 임무를 맡은 하사관.

얼굴로 숨을 헐떡이는 것을 봐도 그렇고, 아버지가 뻔히 보고 있는데도 서로 정강이를 걷어차고 불쑥불쑥 고함을 질러 대는 것을 보니 더욱 확실했다.

또 한 번 문이 열렸을 때는 좀 더 반가운 것이 들어왔다. 오늘 안에 보기는 어렵겠다고 거의 포기하기 시작했던 다구들이었다. 수전과 시중드는 하녀가 요기를 하는 데 필요한 물건들을 들고 들어왔는데, 하녀의 더 남루한 행색에 패니는 아까 본 하녀가 놀랍게도 상급 하녀임을 깨달았다. 주전자를 난로 위에 올려놓으며 언니를 흘깃 쳐다보는 수전의 표정을 보니, 한편으로는 자기가 집안일도 잘 돕는 쓸모 있는 존재라는 것을 보여 주게 돼 기쁘고 자랑스러우면서도, 다른 한편으로는 격이 떨어지게 이런 일을 한다고 생각할까 봐 염려되는 모양이었다. 수전은 '부엌에 가서 샐리를 채근하고, 토스트를 만들고 빵에 버터를 바르는 걸 도와줬다, 그렇지 않았다간 차가 언제 준비될지 모르는데, 언니는 먼 길을 왔으니 뭘 좀 들어야 할 것 같았다.'라고 말했다.

패니는 정말 고마웠다. 그래서 실은 차를 좀 마셨으면 했다고 털어놓자 수전은 자기가 도맡게 되어 뿌듯한 듯, 즉시 차를 차려 내기 시작했다. 그리고 쓸데없이 부산을 좀 떨기도 하고, 제대로 명령하지도 못하면서 남동생들한테 얌전히 있으라고 두어 번 야단치는 판단 착오도 좀 보였지만, 맡은 소임을 썩 훌륭하게 해냈다. 패니는 몸뿐 아니라 기분도 훨씬 상쾌해졌다. 시의 적절한 친절에 머리도 마음도 한결 맑아졌다. 수전의 얼굴은 솔직하고 분별력 있어 보였다. 윌리엄을 많이 닮았는데, 패니는 성품이나 자신에 대한 호의도 닮았으면 하는 기대를 가져 보았다.

이렇게 좀 더 차분해진 분위기 속에 윌리엄이 다시 들어오고 어머니와 벳시가 금방 뒤따라 들어왔다. 소위 복장을 완전히 갖춰 입은 윌리엄은 제복을 입은 만큼 외양이나 거동이 한결 훤칠하고 탄탄하고 기품 있어 보였는데, 더없이 행복한 미소를 만면에 띠고 곧바로 패니에게로 다가왔다. 패니는 자리에서 일어나 잠시 말을 잃은 채 감탄 어린 눈으로 쳐다보다가 그의 목을 두 팔로 얼싸안으며 고통과 기쁨이 뒤섞인 감정을 흐느낌으로 쏟아 냈다.

그러나 혹시 불만으로 비치면 어쩌나 싶어 이내 마음을 추스르고 눈물을 닦고는 윌리엄이 입은 제복에서 돋보이는 부분을 하나하나 지목하며 찬사를 보냈다. 그리고 배가 출발할 때까지는 매일 잠깐씩 뭍에 오를 수 있을 것이고 심지어 패니를 스핏헤드로 데려가 스러시 함을 보여 줄 수도 있을 거라는 오빠의 즐거운 희망 섞인 이야기에 귀 기울이며 기운을 되찾았다.

그다음 소동은 스러시 함 군의관인 캠벨 씨가 들어오면서 벌어졌는데, 행동거지가 아주 단정한 청년으로 친구를 데리러 온 그를 위해 어렵사리 의자가 마련되었고 어린 차 당번은 찻잔과 받침 접시를 급히 씻어 챙겨 주었다. 그리고 두 신사의 열띤 대화가 십오 분쯤 이어지다 마침내 남자 어른들과 아이들이 한꺼번에 움직이기 시작하면서 소음에 소음이 더해지고 소란에 소란이 더해졌으니, 출발 시간이 된 것이다. 모든 준비가 끝나고, 윌리엄이 작별 인사를 한 후 남자들은 다 함께 집을 나섰다. 어머니가 아무리 말려도 세 사내아이는 승선장으로 사용되는 요새 출격구까지 형과 캠벨 씨를 배웅하겠다고 끝내 고집을 부렸다. 프라이스 씨도 이웃집에 신문을 돌려주러 함께 집을 나섰다.

이제 정적 비슷한 것을 기대할 만했고, 실제로 리베카에게 다구를 내가게 한 다음에는, 그리고 프라이스 부인이 셔츠 소매를 찾아 잠시 방 안을 돌아다니기는 했으나 벳시가 부엌 서랍에서 찾아다 준 다음에는, 그런대로 여자들만의 조촐한 자리가 마련되었다. 어머니는 샘의 출발에 맞춰 준비를 마칠 수 없어서 어쩌냐고 다시 한번 탄식하고 나서야 잠시 맏딸과 맏딸이 두고 온 친척들을 떠올릴 여유가 생겼다.

두어 가지 질문이 시작되었다. 그러나 처음 질문 중 하나로 '버트럼 언니는 하녀들을 어떻게 다루냐? 괜찮은 하녀를 구하느라 언니도 나처럼 애를 먹느냐?'라고 묻다 보니 어머니의 생각은 노샘프턴셔를 떠나 자신이 살림살이에서 겪는 고충으로 쏠렸다. 그러면서 포츠머스의 하녀는 죄다 형편없다느니, 그중에서도 우리 집 하녀 둘이 단연 최악이라느니 하는 이야기만 잔뜩 늘어놓았다. 리베카의 단점을 소상히 열거하느라 버트럼 집안 사람들 생각은 뒷전으로 밀려났는데, 수전도 잔뜩 거들고 나서고, 어린 벳시는 더욱 그러했으니, 리베카는 칭찬할 구석이 하나도 없는 것 같았고, 그래서 패니는 어머니가 일 년 계약 기간이 차는 대로 리베카를 내보낼 작정인가 보다고 조심스럽게 추측할 수밖에 없었다.

"기한이 다 뭐냐!" 프라이스 부인이 외쳤다. "기한이 차기 전에 어서 내보내고 싶은 심정이다. 11월이나 돼야 끝나니 말이야. 얘야, 포츠머스에선 하녀들이 하도 문제가 많아 반년 이상 데리고 있으면 기적이란다. 그러니 오래 데리고 있는 것은 이제 기대도 안 해. 그런데 리베카를 내보낸다 한들, 더 한심한 하녀가 들어올 게 뻔하니, 참. 그렇다고 내가 그렇게 까다로운 주인이기나 하나. 우리 집처럼 편한 데가 어디 있어. 밑에 두고 부릴 아이도 늘 붙여 주지, 일도 절반은 내가 해 줄 때가 많은걸."

패니는 아무 말도 하지 않았다. 그렇지만 이런 문제를 덜 해결책이 없겠다 싶어서는 아니었다. 이렇게 앉아서 벳시를 보고 있자니 다른 여동생 생각이 각별해진 것인데, 그 아이는 아주 예쁘장한 어린 여자아이로, 패니가 노샘프턴셔로 떠날 무렵에는 거의 지금 벳시 나이 정도였지만 몇 년 후 세상을 떠났다. 대단히 사랑스러운 데가 있는 아이였다. 어린 시절 패니는 수전보다 그 애를 더 귀여워했고, 그래서 그 애가 죽었다는 소식이 마침내 맨스필드에 전해졌을 때는 잠시나마 충격에서 헤어나지 못했다. 벳시를 보고 있자니 어린 메리의 모습이 되살아났지만, 메리 이야기를 꺼내 어머니의 마음을 아프게 할 수는 없었다. 이런 생각을 하며 벳시를 물끄러미 바라보고 있는데, 좀 떨어져 앉은 벳시가 수전의 눈을 피해 패니에게 보여 주려고 뭔가를 꺼냈다.

"손에 든 게 뭐니, 벳시?" 패니가 말했다. "이리 와서 좀 보여 주렴."

은제 나이프였다. 수전이 벌떡 일어나 자기 거라며 나이프를 빼앗으려 했다. 그러나 아이가 어머니한테로 달아나는 바람에 수전이 할 수 있는 건 말로 나무라는 것뿐이었는데, 아주 거세게 화를 내는 품이 패니가 제 편을 들어 주었으면 하는 눈치였다. '내 나이프도 내가 가질 수 없다니 너무하다. 그건 내 나이프다. 어린 메리가 세상을 떠나면서 준 거니까 진작에 내가 가져야 마땅했다. 그렇지만 엄마가 대신 맡아 놓고는 벳시가 건드려도 언제나 가만둔다. 결국은 벳시가 망가뜨려 놓고 제가 가지려고 들 거다. 벳시가 건드리지 못하게 하겠다고 엄마가 약속하지 않았나'라는 것이었다.

패니는 충격을 받았다. 동생의 말과 어머니의 대답은 책임감이니 명예니 우애 같은 모든 감정에 상처를 입혔다.

"아니, 수전." 프라이스 부인이 짜증을 내며 소리쳤다. "왜 그렇게 성질을 부리니? 맨날 나이프 때문에 싸움질이니. 싸움질 좀 그만해. 가엾은 우리 벳시, 수전 언니가 너무 화를 내지! 그렇지만 아가야, 서랍 좀 보고 오랬더니 나이프를 꺼내 오면 어떡하니. 수전 언니가 엄청 화를 내니 절대로 손대지 말라고 했잖아. 나중에 다시 어디다 감춰 둬야지 안 되겠구나, 벳시. 가엾은 내 딸 메리는 상상도 못했을 거다. 이 나이프가 이렇게 분란의 씨앗이 될 줄은. 세상을 떠나기 바로 두 시간 전에 나한테 맡아 두라고 주고 갔는데. 가엾은 내 새끼! 잘 들리지도 않는 소리로 착하게도 이렇게 말했지. '제가 죽어서 무덤에 묻히거든, 내 나이프는 수전 언니한테 주세요, 엄마.' 가엾은 내 새끼! 이 나이프를 얼마나 아꼈던지, 앓아누워서도 내내 머리

맡에 두었단다, 패니. 그 애의 훌륭한 대모님인 노 맥스웰 제독 부인께서 그 애가 세상을 뜨기 불과 육 주 전에 선물로 주셨지. 가엾은 것, 정말 착했는데! 그래도 더 고생하지 않고 간 게 다행이지. 우리 벳시. (벳시를 껴안으며) 너는 그렇게 훌륭한 대모님을 만날 운은 타고나지 못했구나. 노리스 이모님은 너무나 멀리 사셔서 너 같은 꼬맹이 생각은 하실 수가 없단다."

사실 패니가 노리스 부인의 선물로 들고 온 것도 없었다. 대녀가 착한 아이가 되고 열심히 공부하기 바란다는 전언뿐이었다. 부인은 맨스필드 파크의 응접실에서 벳시에게 기도서를 보낼까 하고 들릴락 말락 중얼거린 적은 한 번 있지만, 그 이야기를 두 번 다시 꺼내지 않았다. 집으로 돌아간 노리스 부인은 벳시에게 보낼 생각으로 남편의 낡은 기도서 두 권을 선반에서 끄집어 내렸지만, 다시 살펴보자 베풀려는 열의가 사라지고 말았다. 하나는 아이가 읽기에는 글자가 너무 작았고, 또 하나는 아이가 지니고 다니기에는 너무 두툼했다.

거듭되는 피로에 패니는 이제 잠자리에 드는 게 어떻겠냐는 권유를 받자마자 고맙게 수락했다. 그리고 큰언니가 돌아온 날이니 특별히 늦게까지 있어도 된다더니 고작 한 시간밖에 안 됐다며 떼를 쓰는 벳시의 울음소리가 그치기도 전에 자리를 떴다. 아래층은 다시 시끌벅적하고 정신없는 상태로 돌아갔다. 사내아이들은 구운 치즈를 달라고 야단이고, 아버지는 물 탄 럼주를 가져오라고 소리를 지르는데, 그때마다 리베카는 어디로 갔는지 찾을 수가 없었다.

수전과 함께 쓰게 된 방은 비좁은 데다 가구도 별로 없어 기운을 북돋아 줄 만한 것이 없었다. 아래층 위층 할 것 없이 방들이 너무 작고 복도와 계단이 좁은 게, 상상했던 것 이상이었다. 패니는 맨스필드 파크의 작은 다락방이 아주 괜찮은 방이었음을 금방 깨닫게 되었다. 그곳에서는 다들 너무 좁아서 누구도 편히 지내기 어려운 방이라고 생각했는데.

8

이모한테 첫 편지를 쓰는 조카딸의 심경을 토머스 경이 모두 알았다면 그리 낙심하지는 않았을 것이다. 하룻밤 푹 자고 상쾌한 아침을 맞은 데다, 곧 윌리엄을 다시 만날 거라는 기대도 있고, 톰과 찰스는 학교에 가고 샘은 볼일을 보러 나가고, 아버지는 언제나처럼 동네 마실을 가 그만하면 집 안이 조용한 편이라 패니는 고향 집 이야기를 밝은 필치로 적어 나갈 수 있었지만, 많은 문제점을 덮고 넘어가는 것을 스스로도 잘 알고 있었다. 일주일이 지나기도 전에 패니가 느낀 것의 절반이라도 토머스 경이 알았다면, 패니가 크로퍼드 씨한테 시집가는 것은 따 놓은 당상이라고 여기며 자신의 현명함에 뿌듯해했을 것이다.

그 일주일이 다 가기도 전에 온통 실망스러운 일만 일어났다. 무엇보다 윌리엄이 떠났다. 스러시 함에 출발 명령이 떨어지고 풍향이 바뀌면서, 윌리엄은 포츠머스에 도착한 지 나흘째 되는 날 항해를 떠났다. 그 나흘 동안 패니가 그를 만난 것은 단 두 차례, 그것도 공무로 상륙했을 때 잠깐씩 급하게 만난 게 전부였다. 편안한 대화도, 성벽 위 산책도, 해군 공창 구경도 못 하고, 스러시 함도 제대로 보지 못했으니, 둘이서 꼭 해 보자고 계획했던 일들이 모두 수포로 돌아갔다. 그 점에서는 매사가 실망투성이였지만, 윌리엄이 보여 준 따뜻한 정만은 예외였다. 집을 떠나는 마지막 순간 그가 생각한 사람은 패니였다. 그는 다시 문으로 돌아와 이렇게 말했다. "패니를 잘 돌봐 주세요, 어머니. 패니는 몸이 약하고, 우리와 달리 불편한 생활에 익숙하지 않아요. 부디 잘 보살펴 주세요."

윌리엄은 떠났다. 그리고 그가 떠나고 패니만 남은 집은 (이제 패니는 이런 생각을 스스로에게 숨길 수가 없었는데) 그녀가 기대했던 것과는 거의 모든 면에서 정반대였다. 소음과 무질서와 무례가 넘쳐 났다. 제자리를 지키는 사람도, 제대로 행해지는 일도 없었다. 부모님을 존경하는 일도 생각만큼 되지 않았다. 아버지야 애당초 별 기대를 하지 않았지만, 식구들을 나 몰라라 하는 점이나 나쁜 습관, 거친 매너가 각오했던 것 이상이었다. 능력이 모자란 것은 아니었다. 그러나 호기심이 없었고 자기 직업 분야 말고는 아는 것도 없었다. 읽는 것이라곤 신문과 해군 요람뿐이고, 화제라고는 해군 공창과 항구, 스핏헤드와 마더뱅크* 이야기뿐이었다. 게다가 욕설을 내뱉고 술을 마시고 불결하고 거칠었다. 하긴 전에도 아버지한테서 다정하거나 그 비슷한 대접을 받은 기억은 없었다. 난폭하고 목소리가 크다는 전반적인 인상만 남아 있을 뿐이었다. 그리고 지금도 거친 농담거리로 삼을 때 말고는 패니를 거의 거들떠보지도 않았다.

* 와이트섬 서쪽 해변의 얕은 모래톱으로, 스핏헤드처럼 항구 밖의 선박 정박지로 사용되었다.

어머니에 대한 실망은 더 컸다. 어머니한테만큼은 기대가 많았는데 거의 다 무산된 것이다. 어머니에게 소중한 딸이 된다는 뿌듯한 계획은 곧 모두 물거품이 되었다. 프라이스 부인이 몰인정한 사람이었던 것은 아니다. 그렇지만 딸은 어머니의 애정과 신뢰를 얻으며 갈수록 아끼는 자식이 되기는커녕, 도착한 첫날 받은 대접이 최고로 다정한 대접이 되고 말았다. 모성 본능은 금방 충족되었고, 프라이스 부인의 애정에는 본능 이외의 다른 원천은 존재하지 않았다. 마음도 시간도 이미 꽉 차 있어, 패니에게 할애할 시간적 여유도 애정도 없었다. 프라이스 부인에게 딸들은 그다지 중요한 존재가 아니었다. 그녀는 아들들, 특히 윌리엄을 예뻐했다. 딸 가운데 웬만큼 귀여움을 받은 것은 벳시가 처음이었다. 프라이스 부인은 벳시의 말이라면 무분별할 정도로 뭐든지 오냐오냐 받아 주었다. 윌리엄은 그녀의 자랑이고 벳시는 그녀의 귀염둥이고, 그리고 존, 리처드, 샘, 톰, 찰스가 근심거리였다 위안거리였다 하며 어머니의 가슴속 남은 자리를 차지했다. 이들이 어머니의 애정을 나누어 가졌고, 어머니의 시간은 주로 집안 살림과 하녀들에게 할애되었다. 하루하루가 느리면서도 정신없이 지나갔다. 언제나 바삐 움직이지만 이루어지는 일은 없고, 언제나 일이 밀려 애를 태우면서도 방식을 바꿔 볼 생각은 하지 않았다. 알뜰한 살림꾼이 되고 싶어는 했지만 그럴 방책도 끈기도 없었다. 하녀들한테 불만이 많았지만 제대로 훈련시킬 기량도 없고, 도와주든 야단치든 내버려 두든 간에 도무지 하녀들한테서 존경을 받지 못했다.

프라이스 부인은 두 언니 중 노리스 부인보다는 레이디 버트럼을 훨씬 더 닮은 편이었다. 어쩔 수 없이 살림꾼 노릇을 하고는 있지만 노리스 부인만 한 소질이나 적극성은 없었다. 타고난 성품이 레이디 버트럼처럼 태평하고 게을렀다. 무분별한 결혼을 하는 바람에 인내와 노고를 감수해야 하는 신세가 되었지만, 타고난 그릇으로 보면 레이디 버트럼처럼 풍족하고 무위도식하는 삶이 훨씬 어울렸을 것이다. 그녀가 지체 높은 신분이었다면 레이디 버트럼만큼 어엿한 마님이 되었겠지만, 쥐꼬리만 한 수입에 자식을 아홉이나 거느린 어머니 노릇은 노리스 부인이 훨씬 더 잘 해냈을 것이다.

이 대부분을 패니도 모르지 않았다. 차마 입 밖에 내지는 않았지만, 어머니가 부모로서는 편파적이고 무분별하며, 깔끔하지도 않고 나태해서 자녀를 제대로 훈육하거나 단속하지 못하고, 집안 살림도 처음부터 끝까지 엉망이어서 불편한 것투성이고, 재능도 없고 말솜씨도 없을 뿐만 아니라 패니에게도 아무 애정이 없다는 것을 모를 수가 없었다. 딸을 좀 더 알고 친해지려 든다든가 곁에 두고 싶어 했다면 패니의 이런 느낌도 덜했겠지만, 어머니는 전혀 그렇지 않았다.

패니는 어떻게든 도움이 되고 싶었고, 행여라도 다른 집에서 배우고 자란 아이라 집을 깔보거나 집안의 평안에 일조할 능력이나 마음이 없는 것처럼 비치고 싶지는 않았다. 그래서 곧장 샘의 출항 준비를 돕는 일에 착수하여 아침 일찍부터 늦은 밤까지 쉬지 않고 부지런히 임함으로써 상당히 많은 일을 해냈고, 그 결과 마침내 샘이 배를 타러 갈 때 필요한 속옷과 시트 등속을 절반 이상 챙겨 보낼 수 있었다. 그녀는 도움이 되었다는 생각에 무척 기뻤으나, 자기가 없었다면 어떻게들 했을지 짐작이 가지 않았다.

샘이 목소리가 크고 건방지기는 했지만 막상 떠나고 나니 아쉬웠다. 샘은 영리하고 총명하며, 읍내 심부름은 자진해서 도맡아 했다. 그리고 수전의 잔소리에는 질색을 했지만 (사실 매우 타당한 소리지만 때를 잘 맞추지 못하고 소득 없이 화만 내는 경향이 있었다.) 패니의 보살핌과 부드러운 설득은 귀담아듣기 시작하던 참이었다. 세 남동생 중 가장 괜찮은 아이가 사라진 셈이었다. 톰과 찰스는 샘보다 많이 어린 탓에, 누나와 친해지고 누나가 싫어할 일을 덜 하려 노력해야 한다는 점을 깨달을 정도의 감성과 이성을 갖추려면 한참 더 커야 했다. 패니는 이들에 대해서는 누나로서 조금이나마 잘 이끌어 보려는 생각을 이내 포기하고 말았다. 기력과 시간이 허락하는 한 한껏 타일러 봤으나 이들을 다스리기에는 역부족이었다. 날마다 오후만 되면 이들은 소란스러운 놀이로 집 안을 온통 뒤집어 놓았으니, 머지않아 패니는 토요일마다 어김없이 돌아오는 반공일을 생각하면 절로 한숨이 나올 지경이었다.

응석받이로 자라 버릇이 없는 벳시한테도 사랑이나 도움을 베풀 생각을 단념해야 하지 않나 싶었다. 부모님은 벳시를 철자법이라면 질색하게끔 키웠고, 제멋대로 하녀들과 어울려도 내버려 두고 하녀들의 잘못을 고자질하도록 부추겼다. 수전의 성품도 미심쩍은 부분이 많았다. 어머니에게 끊임없이 말대꾸를 하고, 걸핏하면 톰과 찰스와 입씨름을 벌이고, 벳시한테 벌컥 성을 내니 적어도 패니 눈에는 심히 곤혹스러운 태도여서, 이유 없이 그러는 것이 아님은 알겠지만, 아무리 화가 나도 이렇게까지 나오는 것은 상냥한 성품이라 보기 어렵고 패니 자신도 마음의 평화를 얻기 힘들겠다 싶었다.

집에 오면 맨스필드가 머리에서 지워지고 사촌 오빠 에드먼드를 생각해도 감정이 예전 같지 않을 줄 알았는데, 막상 와 보니 이런 형편이라, 오히려 맨스필드와 그곳의 소중한 사람들, 행복한 생활만 자꾸 떠올랐다. 지금 와 있는 고향 집에서는 모든 것이 맨스필드와 정반대였다. 맨스필드의 품위와 예절, 규칙적이고 조화로운 생활, 그리고 어쩌면 무엇보다도 평화와 고요함을 시시각각 떠올릴 수밖에 없었으니, 이곳에서는 전혀 딴판인 것 천지였기 때문이다.

끊임없는 소음 속에서 사는 것은 패니처럼 섬세하고 섬약한 체질과 성품에는 설령 품위나 조화가 더해진다 해도 다 보상이 되지 않을 재앙이었다. 소음이 가장 큰 고통이었다. 맨스필드에서는 말다툼을 하거나 언성을 높이거나 벌컥 고함을 지르거나 쿵쿵거리는 발소리를 들어 본 적이 없었다. 만사가 명랑하고 질서 정연하게 규칙적으로 돌아갔고, 모두 나름대로 소중한 위치에서, 모두가 모두의 기분을 존중해 주었다. 다정함은 부족했을지 몰라도, 훌륭한 양식과 교양으로 충분히 벌충되었다. 노리스 이모가 가끔씩 일으키는 자그마한 불화도 잠깐뿐이고 사소한 일이어서, 지금 이곳에서 끊임없이 벌어지는 소란에 비하면 넓은 바다에 물 한 방울 격이었다. 여기서는 모든 것이 소란스럽고 다들 목소리가 컸다.(어쩌면 어머니만큼은 예외였다. 어머니 목소리는 부드럽고 단조로운 레이디 버트럼의 목소리와 비슷한데, 다만 지친 나머지 짜증이 섞여 있었다.) 필요한 게 있으면 늘 고함을 질러 대고 하녀들도 부엌에 선 채 큰 소리로 변명을 해 댔다. 끊임없이 문을 쾅쾅 닫아 대고, 층계는 조용할 틈이 없고, 뭘 하든 요란한 소리를 내고, 가만히 앉아 있는 사람도 없고, 누가 뭐라고 말을 해도 귀 기울여 듣는 사람 하나 없었다.

채 일주일도 지나지 않아 패니는 자기 눈에 비친 두 집을 견주어 보면서 결혼과 독신에 관한 존슨 박사의 유명한 경구*를 원용하고 싶어졌다. 즉 맨스필드에도 괴로움은 있겠지만 포츠머스에는 아무런 즐거움도 있을 수 없다고.

* 새뮤얼 존슨의 『라셀라스』(1759)에 나오는 "결혼 생활에도 괴로움은 있겠지만 독신에는 아무런 즐거움도 없다."라는 문장을 가리킨다.

9

이제는 크로퍼드 양이 처음 편지 왕래를 시작할 때만큼 신속하게 편지를 보내지 않을 것이라는 패니의 예상은 썩 정확했다. 메리의 다음번 편지가 도착한 것은 그전보다 훨씬 시일이 지나서였다. 그러나 이렇게 된다면 마음이 홀가분해질 거라는 생각은 맞지 않았다. 이 또한 인간 마음의 야릇한 변화가 아니겠는가! 막상 편지가 오니 진심으로 기뻤다. 훌륭한 사람들과의 교분에서 추방당한 채 관심을 갖던 모든 것과 떨어져 지내다 보니, 마음을 두고 온 그 지인들의 일원인 사람이 나름대로 우아한 문체로 애정을 담아 적어 보낸 편지가 그렇게 반가울 수가 없었다. 갈수록 약속이 늘어나는 바람에 이제야 편지를 쓰게 되었다는 상투적인 변명을 적은 다음 메리는 이렇게 썼다.

이렇게 쓰기는 합니다만, 굳이 읽어 볼 가치가 있을지는 모르겠네요. 말미에 붙어 있던 작은 사랑의 헌사, 세상에서 가장 헌신적인 H. C.가 보내는 열정적인 서너 줄이 이번에는 없으니까요. 헨리 오빠는 지금 노퍽에 가 있답니다. 볼일이 있어 열흘 전에 에버링엄으로 떠났는데, 어쩌면 볼일이 있는 척

했을 뿐, 실은 당신이 떠난 시기에 여행을 하려는 것인지도 모르지요. 어쨌거나 지금은 노퍽에 가 있어요. 하기는 오빠가 곁에 없으니 누이동생인 내가 편지 쓰기에 소홀해지는 것도 이해할 만하지 않을까요? '아니, 메리, 언제 패니한테 편지를 쓸 거냐? 패니한테 편지 쓸 때가 되지 않았냐?' 하며 채근하는 소리가 사라졌으니까요. 참, 드디어 만났답니다. 여러 차례 시도한 끝에 패니의 사촌인 '친애하는 줄리아와 가장 친애하는 러시워스 부인'을 만날 수 있었죠. 어제 집까지 찾아와 주었는데, 다시 만나게 되어 다들 반가워했지요. 적어도 겉으로는 무척 반가운 것처럼 보였고, 실제로도 조금은 반가웠다고 생각해요. 나눌 이야기가 아주 많았죠. 패니 이름이 거론되었을 때 러시워스 부인의 표정이 어땠는지 말해 줄까요? 자제력이 부족한 사람이라고 생각한 적은 없었는데, 어제는 감당하기 어려운 모양이더군요. 전반적으로 줄리아가 더 얼굴이 좋아 보였어요. 적어도 패니 이야기가 나온 다음부터는 말예요. 내가 '패니'라 부르며 패니와 한 가족인 양 이야기하는 순간 러시워스 부인의 얼굴빛이 달라지더니 좀처럼 돌아오지 않더라고요. 그렇지만 밝은 표정을 보여 줄 날이 머잖아 찾아올 거예요. 28일에 열리는 러시워스 부인의 첫 파티 초대장을 받았거든요. 그날은 아름다운 모습을 보여 주겠지요. 윔폴가에서도 으뜸가는 저택을 개방하는 날이 될 테니. 이 년 전 레이디 래설스가 살고 있을 때 가 본 적이 있는데, 내가 런던에서 아는 저택 가운데 거의 최고로 마음에 들더군요. 그러니 그날이 되면 틀림없이 러시워스 부인도 시쳇말로 내준 만큼 받는 것도 있다 싶지 않겠어요? 오빠 같으면 그런 저택은 마련해 주지 못했을 테니까요. 모쪼록 그 점을 명심하고 궁전의 왕비 같은 생활에 가급적 만족하면 좋겠어요. 뒷전으로 물러나 있을 때 가장 좋아 보이는 사람이 왕으로 있긴 하지만요. 그리고 나도 러시워스 부인을 괴롭힐 생각은 없으니, 다시는 패니의 이름을 굳이 들이밀지는 않을 거예요. 부인도 점차 마음이 가라앉겠지요. 들리는 소문에 따르면 빌덴하임 남작이 줄리아에게 여전히 관심이 있는 모양이지만, 줄리아 쪽에서는 별로 마음이 없는 것 같아요. 줄리아야 더 좋은 짝을 만나야지요. 빈털터리 양반 자제 정도로는 탐나는 신랑감이 못 되잖아요. 가엾은 남작은 허세 말고는 가진 것이 없으니, 마음에 들 리가 없지요. 글자 하나 차이가 이렇게 크네요! 남작의 집세도 허세만큼 대단하면 얼마나 좋겠어요! 패니의 사촌 에드먼드는 영 동작이 더디네요. 아마도 교구 일로 발이 묶였나 봐요. 손턴 레이시에 개종시킬 노파라도 있나 보죠. 젊은 아가씨 때문에 날 소홀히 한다고는 생각하고 싶지 않네요. 안녕, 사랑하는 패니, 런던에서 이렇게 긴 편지를 보내네요. 아리따운 답신을 보내 주세요. 돌아와서 오빠가 보고 반색할 수 있게요. 그리고 패니가 오빠를 생각해서 내친 용감무쌍한 젊은 지휘관들 이야기도 전부 전해 주어야 해요.

이 편지에는 이런저런 생각을 자아내는 대목이 너무 많았는데 주로 유쾌하지 않은 생각들이었다. 그렇지만 아무리 불편한 내용이 들어 있다 해도, 멀리 떨어져 있는 사람들과 연결해 주고 그 어느 때보다 궁금한 사람들과 사안들에 대해 소식을 전해 주니, 매주 꼬박꼬박 받을 수만 있다면 얼마나 다행인가. 지금 패니한테 이보다 더 관심을 쏟을 만한 것은 버트럼 이모와의 서신밖에 없었다.

포츠머스에서 교분을 쌓는다면 집에서 느끼는 아쉬움이 좀 덜어지겠지만, 아버지나 어머니가 아는 사람 중에는 조금이나마 위안이 될 만한 사람이 하나도 없었다. 수줍고 내성적인 성격을 무릅쓰고 친해지고 싶은 사람은 하나도 만나지 못했다. 패니가 보기에 남자들은 모두 거칠고 여자들은 하나같이 주제넘고 교양이 없었다. 그래서 전에 알던 사람이나 새로운 사람을 만나도 흡족한 기분이 들지 않았고, 그것은 상대방도 마찬가지였다. 젊은 아가씨들은 패니에게 처음 접근할 때는 준남작 집에서 살다 온 사람이니 얼마간 경의를 표했으나, 곧 패니가 '잘난 체한다'며 기분 나빠했는데, 보아하니 피아노를 칠 줄 아는 것도 아니고 발목까지 오는 긴 망토를 걸치는 것도 아니라 특별히 잘난 것도 없다 싶었던 것이다.

집에서 겪는 고충에 대한 패니의 확실한 첫 위안거리이자 흠잡을 데 없고 앞으로도 지속되리라 여겨진 첫 위안거리는, 수전을 좀 더 알게 되면서 그녀에게 도움이 되어 줄 수 있겠다는 희망을 갖게 된 일이었다. 그전에도 수전은 패니한테 늘 상냥하게 대했지만, 전체적으로 고집스러운 태도가 패니에게는 놀랍고 우려스러웠다. 패니가 자기와 전혀 다른 수전의 기질을 이해하기 시작한 것은 적어도 두 주가 지나서였다. 수전은 집에 문제가 많다는 것을 알고 있고 바로잡고 싶어 했다. 열네 살짜리 여자아이가 혼자 판단해서 행동하다 보면 방법상 과오를 범하는 것은 너무나 당연했다. 그리고 얼마 안 가 패니는 문제를 바로잡으려다 범한 과오들을 엄하게 책망하기보다는 그렇게 어린 나이에도 사리 분별을 할 줄 아는 타고난 총명함에 탄복하게 되었다. 수전의 행동에 근거가 되는 사실들이나 수전이 추구하는 체계는, 패니 자신도 동감하되 훨씬 유약하고 온순한 성품 탓에 감히 나서서 주장하지 못했을 그런 것들이었다. 자기라면 어디론가 몸을 피해 우는 게 고작이겠지만, 수전은 어떻게든 집안에 도움이 되려고 애썼다. 그리고 실제로 도움을 주고 있는 게 눈에 보였다. 지금도 엉망이긴 하지만 수전이 개입하지 않았다면 더욱 엉망이 되었을 것이며, 어머니와 벳시가 눈에 심히 거슬릴 정도로 지나친 방임과 방자함까지 치닫지 않은 것도 수전 덕분이었다.

어머니와 말씨름을 할 때마다 이치상으로는 수전이 언제나 옳았고, 또 어머니다운 자애로움으로 수전의 마음을 사려는 모습도 볼 수가 없었다. 어머니는 맹목적인 애정으로 늘 주변에 해를 끼치지만, 수전만큼은 그런 애정을 받아 본 적이 없었다. 전이나 지금이나 받은 애정이 있었다면 고마운 마음에서라도 어머니가 다른 자식들을 지나치게 싸고 돌아도 참아낼 수 있었겠지만, 그런 것도 없었던 것이다.

이런 사정을 조금씩 알게 되면서, 점차 수전은 언니에게 연민과 경탄의 대상이 되었다. 수전의 태도에 문제가, 가끔은 큰 문제가 있으며, 수전의 조처가 내용도 시점도 부적절할 때가 많고, 표정과 말투 역시 변호의 여지가 없을 때가 아주 많다는 생각은 여전히 금할 수가 없었으나, 이런 점들을 바로잡을 수 있겠다는 희망이 생겨나기 시작했다. 수전은 패니를 우러러보고 패니의 호감을 사고 싶어 하는 것 같았다. 그리고 패니는 권위를 행사하는 데 익숙하지 않고, 누구를 지도하거나 교육한다는 생각부터가 낯설었지만, 수전에게는 그때그때 가벼운 조언을 해 주고, 식구들한테 어떻게 대해야 하며 어떻게 하는 것이 스스로에게 가장 현명한 길인지 좀 더 올바른 생각을 몸소 보여 주기로 마음먹었다. 패니 자신은 좀 더 유리한 환경에서 교육을 받은 덕분에 이런 생각을 마음에 새기게 된 것이었다.

패니의 영향력이 생겨났거나, 적어도 패니 스스로 영향력을 의식하며 행사하게 된 것은 수전에게 한 가지 친절을 베풀면서부터였는데, 숱한 고려와 망설임 끝에 간신히 용기를 내서 한 일이었다. 돈을 조금만 들이면 은제 나이프를 둘러싼 분란을 영원히 잠재울 수 있겠다는 생각은 진작부터 했는데, 이제는 하루도 분란이 그칠 날이 없었다. 그리고 떠나올 때 이모부가 주신 10파운드라는 돈이 수중에 있으니, 선심을 쓸 능력도 의지도 있었다. 그렇지만 아주 가난한 사람들한테라면 몰라도 남에게 뭔가 베푼다는 게 전혀 익숙하지 않았고, 자기와 동급인 사람들의 불편을 덜어 주거나 친절을 베풀어 본 경험도 없었고, 제 집에서 대단한 귀부인처럼 구는 듯이 보일까 봐 걱정도 되었다. 그래서 그런 선물을 해도 주제넘은 짓은 아닐 거라는 판단이 서기까지 꽤 시간이 걸렸다. 그러나 결국은 선물을 했다. 벳시에게 은제 나이프를 하나 사 주자 벳시도 아주 좋아했으니, 새것이니만큼 모든 면에서 저번 것보다 좋아 보였던 것이다. 수전은 이제 자기 나이프를 온전히 소유하게 되었고, 벳시는 이제 훨씬 더 예쁜 것이 생겼으니 그건 탐내지 않겠다고 점잖게 선언했다. 그리고 혹시 당신에 대한 질책으로 여길까 봐 걱정했던 패니의 우려와 달리, 어머니 역시 흡족해할 뿐 그렇게 생각하는 눈치는 전혀 없었다. 선물을 한 보람은 매우 컸다. 집안 다툼의 원인 하나가 완전히 사라졌거니와, 수전이 패니한테 마음을 열면서 패니에게는 좀 더 사랑하고 관심을 기울일 상대가 생기는 계기가 되었다. 수전은 섬세한 마음씨를 보여 주었다. 적어도 두 해 전부터 소유권을 주장해 왔던 물건을 갖게 되어 기쁘면서도, 언니가 자기를 안 좋게 생각하지는 않을까, 그리고 집안의 평화를 위해서는 새 나이프를 사 줄 수밖에 없게 난리를 쳐 댄 자신에 대한 질책의 의미도 담겨 있지 않을까 걱정을 했다.

수전은 솔직한 성격이었다. 그래서 이런 걱정을 털어놓고, 그렇게 심하게 다툰 것은 자기 잘못이라고 말했다. 그 시간 이후로 패니는 수전의 성향이 지닌 가치를 이해하고, 수전이 얼마나 자신의 호감을 얻고 싶어 하고 자신의 판단에 의지하는지 깨달으며, 사랑의 축복을 다시 한번 실감했고, 이처럼 도움을 절실히 필요로 하고 도움을 받을 자격 또한 충분한 아이니 자기가 도움이 될 수도 있겠다는 희망을 갖기 시작했다. 그녀는 조언을 해 주었다. 아주 건전한 조언이었으므로 분별력이 있는 사람이라면 거부할 이유가 없었고, 또 조언하는 태도도 대단히 부드럽고 사려 깊어서 인내심이 좀 부족한 성격에도 거슬리는 데가 없었다. 그래서 패니는 조언의 훌륭한 효과를 자주 목격하는 행복을 누렸다. 그 이상은 패니도 기대하지 않았다. 순종하고 인내하는 것이 도리에 맞고 도움도 된다는 것은 잘 알지만, 수전 같은 아이한테는 신경에 거슬릴 수밖에 없는 일이 시시각각 벌어지는 것을 보니 가슴이 아팠다. 얼마 안 가 이 문제와 관련해 패니에게 가장 놀라운 사실은, 수전이 잘 알면서도 불손하고 참을성 없이 군다는 점이 아니라, 수전이 이렇게 뛰어난 사리 분별을 갖춘 아이라는 점으로 바뀌었다. 방치와 과오 속에서 자랐지만 무엇이 옳은지 제대로 알고 있다는 것이 놀라웠다. 생각을 이끌어 주거나 원칙을 바로 세워 줄 에드먼드 같은 사촌도 없는데 말이다.

이렇게 시작된 두 자매의 친밀한 관계는 서로에게 실질적인 득이 되었다. 위층에서 함께 앉아 시간을 보내며 집 안에서 일어나는 소동에서 상당히 벗어날 수 있었다. 패니는 평화를 누렸고, 수전은 조용히 일손을 놀리는 것이 불운이 아님을 알게 되었다. 방에는 난롯불도 없었다. 그러나 그런 것쯤이야 패니에게도 익숙한 일이었고, 오히려 동쪽 방을 생각나게 해서 덜 힘들었다. 물론 닮은 점은 그것 하나였다. 두 방은 크기도 밝기도 가구도 전망도 전혀 닮은 구석이 없었다. 그래서 그녀는 동쪽 방에 두고 온 자신의 책과 상자들, 그리고 위안을 주던 여러 물건들을 떠올리며 자주 무거운 한숨을 내쉬곤 했다. 점차 자매는 오전 시간을 주로 위층에서 보내게 되었다. 처음에는 그저 일을 하며 이야기를 나누는 정도였으나, 며칠이 지나면서부터는 앞서 말한 책들의 생생한 기억에 자극되어 패니는 다시 독서를 시도하지 않을 수 없었다. 아버지 집에는 책이 한 권도 없었지만, 재력이란 사치스럽고 대담한 것이라, 패니가 가진 재력의 일부가 대여 도서관*으로 들어갔다. 패니는 회원이 되었는데, 자기 명의로 무엇을 한다는 것도 놀랍고, 모든 것을 스스로 알아서 한다는 것도 놀라웠다. 직접 책을 빌리고 고르다니! 그것도 누군가의 교양 함양을 염두에 두면서 책을 선정하다니! 그러나 실제로 벌어진 일이었다. 수전은 책을 읽어 본 적이 없었고, 그래서 패니는 자신이 처음 책을 읽으며 느꼈던 기쁨을 동생에게도 나누어 주고, 자기가 즐겨 읽는 전기나 시에 대한 취미를 길러 주고 싶었다.

또한 패니는 이 일에 몰두함으로써 맨스필드의 몇몇 기억을 묻어 버리고 싶었다. 손만 바쁠 때는 금방 이 기억에 빠져들곤 했던 것이다. 특히 이즈음 자꾸 머리에 떠오르는, 런던으로 간 에드먼드 생각을 떨쳐 낼 수 있기를 기대했다. 이모의 지난번 편지로 그가 런던에 갔다는 사실을 알게 되었던 것이다. 이제 무슨 일이 벌어질지 너무나 뻔했다. 통지해 주겠다던 그의 약속이 머리 위에 드리워져 있었다. 매일 우체부가 이웃집 문을 두드리는 소리가 들릴 때마다 겁이 나기 시작했으니, 반 시간이나마 독서를 하며 이런 생각을 떨칠 수 있다면 그것만으로도 이득을 본 셈이었다.

* 연회비를 받고 책을 대여해 주는, 대개 민영으로 운영되던 도서관.

10

에드먼드가 런던에 도착했으리라 짐작되는 날로부터 일주일이 지났으나, 그에게서는 아무 소식도 없었다. 그의 침묵에서 패니는 세 가지 다른 결론을 이끌어 낼 수 있었고, 세 결론 사이에서 마음은 갈피를 잡지 못했다. 어떨 때는 이것이, 어떨 때는 다른 것이 가장 그럴싸하게 여겨졌다. 런던으로 가는 것이 연기되었거나, 아직 크로퍼드 양과 단둘이 만날 기회를 잡지 못했거나, 아니면 너무나 행복해서 편지 쓰는 것도 잊었거나!

그러던 어느 날 아침, 패니가 맨스필드를 떠나온 지도 거의 사 주 가까이 되었을 때(패니는 줄곧 이 네 주라는 시점을 염두에 두고 매일 손꼽아 계산해 보곤 했다.), 평소처럼 위로 올라갈 채비를 하고 있던 패니와 수전은 누가 찾아와 문을 두드리는 소리에 채비를 멈추었다. 손님 맞이를 언제나 최우선의 소임으로 삼는 리베카가 득달같이 문간으로 달려간 덕분에, 손님을 피할 길이 없겠다고 생각한 것이다.

점잖은 신사의 목소리가 들렸다. 그 소리를 들은 패니의 얼굴이 막 창백해지려는 참에 크로퍼드 씨가 방으로 걸어 들어왔다.

패니는 자기가 이런 순간에 한마디도 할 수 없을 것 같았겠지만, 패니가 가진 그런 양식이란 정말 필요할 때면 언제나 작동하게 마련이라, 어머니에게 그의 이름을 일러 주며 '윌리엄 오빠를 위해 애써 준 분'이라는 사실을 다시 상기시킬 수 있었다. 집에서는 그를 윌리엄 오빠의 지인으로만 알고 있다는 사실이 얼마간 힘이 되었다. 그러나 소개를 마치고 모두 다시 자리에 앉자, 이 방문이 어떤 결과를 가져올지 온몸을 엄습하는 두려움에 금방이라도 쓰러질 것만 같았다.

패니가 정신을 추스르려고 애쓰는 동안, 방문객은 처음에는 평소처럼 활기찬 얼굴로 그녀를 향해 다가갔으나 곧 현명하고 사려 깊게 시선을 피하며 그녀에게 마음을 가다듬을 시간을 주었다. 그는 오로지 어머니를 상대로 말을 붙이고 이야기를 나누었는데, 지극히 예의 바르고 정중하면서도 어느 정도 친근함이, 적어도 관심이 배어 있어 완벽한 매너를 보여 주었다.

프라이스 부인의 매너 또한 최상의 상태였다. 아들에게 그렇게 잘해 준 사람을 만나 기분이 좋은 데다 그에게 잘 보이고 싶은 마음도 커서, 감사의 말이 넘쳐흘렀다. 어머니로서 보내는 꾸밈없는 치하가 나쁜 인상을 줄 리가 없었다. 프라이스 씨는 외출하고 없었고 그래서 어머니는 대단히 유감이라고 했다. 패니는 자기로서는 전혀 유감이 아니라는 생각을 할 수 있을 만큼은 마음이 진정되었다. 그녀는 여러 가지 이유에서 마음이 불편했지만, 이 집 모습을 그에게 보이게 되었다는 수치심도 또 다른 심각한 요인이었다. 이런 한심한 생각을 스스로 나무랄 수야 있겠지만, 그런다 한들 수치심은 사라지지 않았다. 그녀는 창피했고, 아버지가 있었다면 아버지를 가장 창피스럽게 여겼을 것이다.

두 사람은 윌리엄 이야기를 나누었는데, 프라이스 부인한테는 아무리 해도 물리지 않는 화제인 데다, 크로퍼드 씨는 부인이 보기에도 더 바랄 나위가 없을 정도로 열심히 윌리엄을 칭찬했다. 부인은 이렇게 사근사근한 청년은 처음 보는 느낌이었고, 이렇게 훌륭하고 친절한 사람이 해군 기지 사령관이나 지방 행정관을 만난다든가 와이트섬으로 건너가거나 공창을 둘러볼 용무도 없이 포츠머스까지 내려왔다는 것이 그저 놀라울 뿐이었다. 그가 포츠머스에 온 것은 그녀가 지체 높은 인사나 부자들의 용무라고 여기는 일과는 아무 상관이 없었다. 그는 전날 밤 늦게 도착했고, 하루 이틀 머물 예정으로 크라운 여관에 숙소를 정했는데, 도착한 후 안면 있는 해군 장교 한두 사람을 우연히 만나기는 했지만, 그럴 목적으로 온 것은 아니라고 했다.

이런 이야기를 모두 마쳤을 즈음에는 그가 이제 패니한테로 눈길을 돌려 말을 건네도 되리라고 생각하는 것도 무리가 아니었고, 패니도 꽤 차분하게 그의 눈길을 견뎌 내며 그가 하는 이야기를 들을 수 있었다. 그는 런던을 떠나기 전날 밤 누이동생과 반 시간쯤 함께 있었는데, 누이동생이 시간이 없어서 편지는 못 쓰지만 사랑하는 벗에게 인사를 전해 달라고 하더라, 자기만 해도 노퍽에서 돌아와 런던에 머문 시간이 채 스물네 시간도 안 되기 때문에 다시 떠나기 전에 삼십 분이나마 메리를 볼 수 있었던 것은 참 행운이었다, 패니의 사촌 에드먼드가 지금 런던에 있는데 온 지 며칠 된다고 들었고 직접 만나 보지는 못했지만 무탈한 모양이고, 맨스필드에 계신 분들도 모두 평안하시다더라, 그리고 어제는 프레이저 씨 댁에서 정찬 약속이 있다더라는 이야기를 전했다.

패니는 끄트머리에 언급된 소식을 들으면서도 침착함을 잃지 않았다. 아니, 차라리 확실히 알게 되니 지친 마음이 좀 가벼워지는 기분이었다. '그렇다면 지금쯤은 모두 결판이 났겠구나.' 하는 생각이 마음을 스쳤지만, 얼굴을 살짝 붉혔을 뿐 그 이상은 감정을 드러내지 않았다.

패니가 가장 관심 있어 할 것이 분명한 맨스필드 이야기를 조금 더 하다가, 크로퍼드는 이른 산책을 하는 게 좋겠다는 뜻을 넌지시 비치기 시작했다. 그는 '아름다운 아침이고, 이맘때는 날이 맑았다가도 금방 바뀌기 일쑤니 산보를 나갈 생각이라면 미루지 말고 일찌감치 나가는 게 상책이다.'라고 했고, 이렇게 운을 떼도 아무 효과가 없자, 프라이스 부인과 딸들에게 더 이상 지체하지 말고 산보를 나가시는 게 어떻겠냐고 곧 적극적으로 권하기 시작했다. 그제야 그들은 말귀를 알아들었다. 그런데 프라이스 부인은 일요일 말고는 외출하는 법이 거의 없는 모양이었다. 그녀는 식구가 많다 보니 여간해서는 시간을 내기가 어렵다고 털어놓았다. "그렇다면 따님들이라도 이런 좋은 날씨를 놓치지 않도록 설득해 주시고 제게는 함께 모시고 가는 기쁨을 허락해 주시겠습니까?" 프라이스 부인은 매우 고마워하면서 그의 청을 선선히 수락했다. '딸애들은 주

패니는 아버지를 크로퍼드 씨한테 소개하지 않을 수 없었다.

로 집 안에 갇혀 지낸 셈이다, 포츠머스가 원체 볼 게 없어 별로 외출을 하지 않더라, 시내에 볼일도 있는 것으로 아니, 마침 잘되었다.'라는 것이었다. 그 결과 십 분도 지나지 않아 패니는 이상한, 이상하고 어색하고 난감한 일이지만, 수전과 둘이서 크로퍼드 씨를 대동하고 읍내 중심가 쪽으로 걸어가고 있었다.

곧 엎친 데 덮친 격으로 괴로움과 당혹감이 더해졌다. 중심가에 들어서기가 무섭게 아버지와 마주친 것인데, 토요일이라고 해서 평일보다 나을 것도 없는 차림새였다. 아버지가 걸음을 멈추었고, 패니는 아무리 신사답지 않은 모습의 아버지라 해도 크로퍼드 씨한테 소개하지 않을 수 없었다. 그러면서 아버지의 행동거지에 크로퍼드 씨가 충격을 받을 것을 믿어 의심치 않았다. 그는 치욕감과 혐오감을 느낄 것이고, 곧바로 그녀를 포기하고 결혼 생각 따위는 다 접어 버릴 터였다. 그가 사랑의 감정에서 치유되기를 간절히 바랐던 패니지만, 이런 치유책이라면 난감하기론 질병이나 거의 진배없었다. 사실 내 생각에도, 격이 떨어지는 육친 덕분에 똑똑하고 괜찮은 남자를 쫓아 버리느니 차라리 그의 구애를 받는 불운을 감수하는 편이 낫다고 생각하지 않는 아가씨는 이 영국이라는 연합왕국을 다 뒤져도 찾아보기 힘들 것이다.

장래 장인이 될 사람이 크로퍼드 씨한테 옷차림의 귀감으로 여겨지는 일은 없었겠지만, 그러나 (패니가 즉각 알아차리고 한숨 놓은 대로) 이 지체 높은 손님을 대하는 아버지의 태도는 집에서 식구들을 대할 때와는 딴판이었으니, 완전히 다른 사람 같았다. 세련되지는 않아도 매우 훌륭한 매너에, 유쾌하고 활기차고 남자다웠다. 하는 이야기도 자애로운 부친이자 양식 있는 인사가 할 법한 것들이었다. 큰 목소리도 탁 트인 바깥에서는 괜찮게 들렸고, 욕설은 한마디도 하지 않았다. 크로퍼드 씨의 훌륭한 매너에 대해 본능적으로 경의를 표한 것이다. 패니는 나중에 결과야 어찌 되든 당장은 말할 수 없이 마음이 놓였다.

두 신사가 서로 예의를 표한 뒤 프라이스 씨가 크로퍼드 씨에게 해군 공창을 안내해 주겠다고 제안했고, 크로퍼드 씨는 공창이라면 이미 여러 군데 보았지만, 상대의 호의를 좋게 받아들이고 싶고, 패니와 함께 있는 시간도 그만큼 길어지겠다 싶어, 프라이스 양들만 너무 피곤하지 않다면 매우 고마운 마음으로 그리하겠노라고 말했다. 그리고 그럴 걱정은 없다는 것을 확인했는지 혹은 짐작했는지, 아니면 그냥 당연시했는지 몰라도 아무튼 다 함께 공창으로 가게 되었다. 그리고 크로퍼드 씨만 아니었다면 프라이스 씨는 딸들이야 중심가에 볼일이 있건 말건 곧장 공창으로 방향을 틀었을 것이다. 그러나 크로퍼드 씨는 애당초 아가씨들이 외출하는 명분이 되었던 상점들에 들를 수 있도록 배려했다. 그렇다고 사실 시간이 많이 지체된 것도 아니었다. 패니는 남을 초조하게 기다리게 하지 못하는 성격이라, 두 신사가 상점 앞에 서서 최근에 변경된 해군 규정 이야기를 꺼내며 현재 출항 중인 삼층함* 숫자를 확인하려

* 세 층으로 된 당시 최대 규모의 포열을 갖춘 범선.

는 참에 패니와 수전은 벌써 상점에서 나왔다.

이제 곧장 공창으로 출발하기로 했는데, 프라이스 씨한테만 맡겨 두었다면 (크로퍼드 씨가 보기에는) 이상한 산보가 되었을 것이다. 둘이서 빠른 걸음으로 앞서 가면서 두 아가씨는 따라오든 뒤처지든 알아서 하라는 식이 되어 버린 것이다. 크로퍼드 씨가 틈틈이 바로잡아 보기는 했지만, 결코 바란 만큼은 되지 못했다. 그는 아가씨들과 떨어져 걸을 생각이 전혀 없었고, 그래서 길을 건널 때나 사람들이 붐빌 때면 아가씨들에게 각별히 신경을 썼다. 한편 프라이스 씨는 그저 "빨리 와, 애들아. 팬, 어서. 수, 어서. 조심하고…… 주위를 잘 살펴야지." 라고 소리만 질러 댔다.

공창에 들어선 후로 크로퍼드 씨에게는 패니와 얼마간 행복한 대화를 나눌 희망이 생겼다. 어떻게 되어 가는지 날마다 살펴보러 오는 프라이스 씨의 소일 친구가 나타났는데, 프라이스 씨한테는 자기보다 훨씬 더 좋은 대화 상대일 게 분명했다. 그리고 얼마 후 두 장교들께서는 이리저리 둘러보며 둘에게는 언제나 흥미진진한 화제를 입에 올리며 기분 좋은 시간을 보내는 듯했고, 그동안 젊은이들은 마당에 쌓아 둔 목재 위에 걸터앉거나 다 함께 보러 간 수리 중인 배 갑판 위에 자리를 잡았다. 마침 패니는 휴식이 좀 필요했다. 크로퍼드는 패니가 더 피곤해져서 앉고 싶어 하기를 바라지는 않았겠지만, 동생이 자리를 비켜 주었으면 하는 생각은 있었을 것이다. 수전 또래의 눈치 빠른 소녀는 제삼자로는 최악이니, 레이디 버트럼과는 정반대로 눈과 귀가 활짝 열려 있어 그 앞에서는 요긴한 이야기를 꺼낼 수가 없었다. 그는 누구나 재미있어할 만한 이야기로 수전도 나름대로 즐겁게 해 주면서 속사정을 잘 알고 의식하고 있는 패니만 알 만한 표정이나 암시를 이따금씩 던지는 것으로 만족해야 했다. 이야기는 주로 노퍽에 대한 것이었으니, 그가 얼마 전에 다녀오기도 했거니와 현재 심중에 품고 있는 계획 때문에 그곳의 모든 것이 매우 중요해진 것이다. 크로퍼드 씨 같은 남자는 어디를 가든 누구를 만나든 흥미로운 화제를 들고 오게 마련이었다. 여행과 만남이 좋은 이야깃거리를 제공했는데, 수전에게 이런 이야기는 난생처음이었다. 패니에게는 이런저런 모임에서 우연히 접한 흥미로운 일화를 전하는 것 이상의 이야기를 했다. 패니의 환심을 사려는 생각에, 그는 그럴 계절도 아닌데 일부러 노퍽까지 간 데는 특별한 이유가 있었다고 말했다. 토지 임대 계약 갱신 건으로 중요한 용무가 있었던 것인데, (그가 보기에는) 성실히 살아가는 한 대가족의 행복이 달려 있는 문제였다. 대리인이 뭔가 꿍꿍이가 있어 자격이 충분한 임차인을 음해하는 것이 아닌가 의심스러웠고, 그래서 직접 가서 철저히 시비를 가려 보기로 했다. 실제로 가 본 결과 예상했던 것 이상의 성과가 있었고 원래 계획했던 것 이상으로 많은 사람들에게 도움을 주게 되었으니, 지금 생각해도 참 잘한 일이다 싶고 본분을 다하다 보니 뿌듯한 기억까지 얻었다는 생각이 든다며 여태껏 만날 기회가 없었던 소작인 몇몇도 만나 보고, 영지 안에 있는데도 있는지조차 알지 못했던 작은 농가들도 둘러보고 왔다고 했다. 패니를 겨냥한 의도가 적중했다. 패니는 그에게서 이렇게 건전한 이야기를 들으니 기분이 좋았다. 그는 제대로 본분을 수행하고 온 것이다. 억압받는 가난한 사람들 편에 서다니! 이보다 듣기 좋은 이야기가 어디 있겠는가. 그래서 잘하셨다는 눈빛을 보내려 했지만, 그가 너무 노골적인 말을 덧붙이는 바람에 깜짝 놀라 그럴 마음이 싹 사라졌다. 에버링엄에 도움 내지 자선을 베풀려는 모든 계획을 함께 할 조력자이자 친구이자 안내자인 사람, 에버링엄이나 그곳과 관련된 모든 일을 그 어느 때보다 소중한 것으로 만들어 줄 사람이 곧 생기기를 기대한다는 것이었다.

패니는 고개를 돌렸다. 그런 말은 안 했으면 좋았을 텐데 하는 아쉬움이 들었다. 그가 이제까지 생각했던 것보다 많은 장점을 가진 사람일 가능성은 얼마든지 인정할 수 있었다. 그리고 결국은 훌륭한 사람이 될 가능성도 있다는 생각이 들기 시작했다. 그러나 지금도, 그리고 앞으로도 자기와는 전혀 어울리지 않는 사람이고, 그러니 자기에 대한 마음은 접기를 바랐다.

이만하면 에버링엄 이야기는 충분히 한 셈이니 뭔가 다른 이야기로 넘어가는 것이 좋겠다는 생각에 그는 화제를 맨스필드로 돌렸다. 더없이 탁월한 선택이었다. 패니의 주의와 눈길을 거의 즉각 되찾아 올 수 있는 화제였던 것이다. 맨스필드 소식을 듣고 이야기를 나누는 것이 패니에게는 진정한 호사였다. 그곳을 아는 모든 사람으로부터 그렇게 오랫동안 떨어져 지낸 그녀로서는 진짜 친구의 목소리를 듣는 기분이었다. 그가 해 주는 맨스필드 이야기를 듣고 있자니 그 아름다움과 안

락함을 그리워하는 탄성이 절로 나왔고, 그곳 식구들에 대한 그의 경의 어린 헌사에 기대어 이모부는 더없이 현명하고 선량한 분이며 이모는 세상에서 가장 마음씨 고운 분이라는 뜨거운 찬사로 마음을 달랠 수 있었다.

그 역시 맨스필드에 대한 애정이 대단했고 스스로도 그렇다고 말하면서, 많은 시간을, 대단히 많은 시간을 그곳에서 지냈으면 좋겠다, 언제나 맨스필드나 그 인근에 있었으면 좋겠다고 했다. 특히 그는 이번 여름과 가을은 그곳에서 행복한 시간을 보내리라 기대하고 있다며, 그리될 것이고 반드시 그러리라 믿는다, 지난해에 비할 수 없이 행복한 여름과 가을이 될 것이라고 말했다. 활기차고 다채롭고 화기애애한 점은 지난해와 같겠으나, 말할 수 없이 우월한 여건이 마련되리라는 것이었다.

"맨스필드, 소더턴, 손턴 레이시……." 그가 말을 이었다. "이렇게 세 집만 해도 얼마나 모임이 풍성해지겠습니까! 그리고 어쩌면 미카엘 축일 무렵에는 집이 한 채 늘어날지도 모르지요. 모든 소중한 것들 근처에 작은 사냥용 오두막집 같은 곳이 말입니다. 에드먼드 버트럼이 손턴 레이시를 함께 쓰자고 선의의 제안을 해 온 적은 있습니다만, 아무래도 두 군데서 반대가, 아름답고 훌륭하고 저항할 수 없는 반대가 나올 것 같으니 말입니다."

패니는 두 가지 모두에 입을 다물 수밖에 없었다. 그러나 그 순간이 지나자 후회가 밀려왔다. 좀 힘들더라도 두 가지 암시 중 한 가지는 알아들은 것을 인정하고 그의 누이동생과 에드먼드의 이야기를 좀 더 들어 볼걸 하는 후회가 된 것이다. 어차피 익숙해져야 할 화제였다. 나약하게 피하기만 하는 것은 곧 용서받을 수 없는 일이 될 터였다.

프라이스 씨와 그 친구가 보고 싶었거나 시간상 볼 수 있는 것을 전부 보았을 때는 다른 사람들도 돌아갈 채비가 되어 있었다. 돌아가는 길에 크로퍼드 씨는 일 분쯤 패니와 따로 이야기할 기회를 만들어 내, 포츠머스에 온 용건은 그녀를 만나는 것뿐이다, 이틀 예정으로 내려온 것은 오로지 그녀 때문이며 그것만을 위해서다, 전혀 못 보고 지내는 것을 더 이상 견딜 수가 없었다고 말했다. 그녀는 유감스러웠다. 정말로 유감스러웠다. 그러나 그가 하지 않았으면 좋았을 말을 두세 가지 더 하긴 했지만 그래도 전체적으로 전에 만났을 때보다 훨씬 나아졌다는 생각이 들었다. 그는 맨스필드에서 봤을 때보다 훨씬 점잖고 예의 바르며 타인의 감정을 배려할 줄 알았다. 이렇게 보기 좋은, 거의 보기 좋은 모습은 처음이었다. 아버지를 대하는 태도도 탓할 바가 없거니와, 수전에 대한 배려는 특히 예의 있고 친절했다. 확실히 전보다 나아진 모습이었다. 그녀는 내일이 어서 지나갔으면 싶고 그가 하루 일정으로 왔더라면 훨씬 좋았겠다고 생각하면서도, 처음 예상했던 것처럼 아주 괴롭지만은 않았다. 맨스필드 이야기를 하는 기쁨이 그만큼 컸던 것이다!

헤어지기 전에 또 한 가지 그에게 적잖이 고마워해야 할 기쁜 일이 생겼다. 아버지가 그에게 집으로 함께 가서 양고기 요리를 같이 드시면 대단히 고맙겠다고 청했는데, 이 말을 들고 패니가 깜짝 놀라는 순간, 그가 선약이 있어 어렵겠다고 말했다. 그는 그날도 다음 날도 이미 정찬 약속이 있다, 크라운 여관에서 아는 사람을 만났는데 하도 간곡히 청해서 어쩔 수가 없었다, 그렇지만 내일 오전 중에 다시 한번 방문하는 것은 허락해 주십사 등등의 말을 했고, 그렇게 그들은 헤어졌으니, 이런 끔찍한 화를 면한 패니는 날아갈 듯 행복했다.

그가 가족 식사에 참석해 식구들의 모든 결함을 목격한다니, 생각만 해도 끔찍했다! 리베카의 요리 솜씨와 시중드는 태도, 절제할 줄 모르고 마구 먹어 대며 이것저것 함부로 집어 가는 벳시의 태도에는 패니 자신도 아직 적응이 되지 않아 제대로 식사를 하기 어려울 때가 많았다. 자기가 까다롭게 구는 것은 오로지 예민한 천성 탓이지만, 그는 어릴 때부터 호사와 미식에 익숙한 사람이 아닌가.

II

다음 날 프라이스 일가가 교회에 가려고 막 집을 나서려는데 크로퍼드 씨가 다시 찾아왔다. 집에 들른 것이 아니라 함께 가기 위해서였다. 그래서 수비대 교회에 함께 가자고 권했고, 그가 원했던 것도 바로 그것이었으므로, 모두 함께 교회로 걸어갔다.

이날 식구들의 모습은 한결 나았다. 상당히 뛰어난 외모를 선사받은 집안인 데다, 일요일이면 가장 깨끗하게 씻고 가장 좋은 옷으로 차려입었다. 패니는 일요일마다 이런 모습에서 위안을 얻었지만, 이번 일요일에는 더욱 그랬다. 평소에는 레이디 버트럼의 동생다운 모습을 찾아보기 어려웠던 가엾은 어머니도 지금은 그다지 손색이 없었다. 두 분의 대조적인 모습을 생각하면, 타고날 때는 별로 차이가 없었지만 살다 보니 이렇게 달라진 것을 생각하면, 어머니도 레이디 버트럼 못지않은 미인이고 나이도 몇 살이나 아래지만 훨씬 늙고 궁상맞고 추레하고 초라해 보이는 것을 생각하면, 가슴이 아플 때가 많았다. 그렇지만 일요일에는 어머니도 제법 어엿하고 그런대로 밝은 표정의 프라이스 부인의 모습을 보여 줬으니, 잘생긴 아이들을 거느리고 외출하면서 한 주의 노심초사에서 잠시나

리베카가 모자에 꽃을 달고 지나가는 모습을 볼 때 말고는,
패니에게 언짢은 일은 없었다.

마 벗어날 수 있었고, 사내아이들이 위험한 짓을 하거나 리베카가 모자에 꽃을 달고 지나가는 모습을 볼 때 말고는 언짢은 일도 없었다.

교회에서는 남녀가 따로 앉아야 했지만, 크로퍼드 씨는 여성석에서 가급적 멀어지지 않도록 신경을 썼고, 예배가 끝난 뒤에도 식구들과 함께하며 성벽 위 산책에 동행했다.

프라이스 부인은 일 년 내내 매주 화창한 일요일이면 성벽 위에서 산보를 했는데, 아침 예배가 끝나는 대로 곧바로 가서 정찬 시간까지 있곤 했다. 그곳은 그녀의 사교장이었다. 아는 사람도 만나고 소문도 듣고 한심한 포츠머스 하녀들에 대한 험담도 늘어놓으면서 다음 주 엿새를 버틸 기운을 충전했다.

이날도 바로 그곳으로 다 같이 갔다. 크로퍼드 씨는 프라이스 양들을 자기가 주로 상대하게 되어 매우 행복했고, 그곳에 도착한 지 얼마 되지 않아, 어쩌다 그렇게 되었는지는 알 수 없고 패니로서는 상상도 못 했던 일이나, 양팔에 두 아가씨의 팔을 끼고 가운데서 걷고 있었는데, 패니는 이를 막지도 못 했고 그만두게 할 방도도 떠오르지 않았다. 잠시 기분이 언짢기는 했지만, 화창한 날에 멋진 풍경을 보고 있자니 마음이 좀 풀렸다.

유난히 아름다운 날이었다. 아직 3월이지만, 훈훈한 공기나 상쾌한 산들바람, 잠깐씩 구름 뒤에 숨었다 다시 모습을 드러내는 밝은 태양을 보면 마치 4월 같았다. 그리고 이런 화창한 하늘 때문인지 모든 것이 아름답게만 보였다. 서로 뒤를 좇으며 흘러가는 구름들이 스핏헤드에 정박한 배들과 그 너머

섬에 드리우는 그림자의 음영들이며, 희롱하듯 춤추며 성벽에 부딪쳐 멋진 파도 소리를 내면서 끊임없이 빛깔을 바꾸는 만조 때의 바다가 한데 어우러지며 어찌나 매력적인 광경을 빚어내는지, 패니는 점차 주위를 거의 의식하지 못하게 되었다. 아니, 사실 그가 팔로 부축해 주지 않았다면 곧 그 팔의 도움이 필요하다고 느꼈을 것이다. 일주일 내내 운동 부족 상태로 지내다가 갑자기 이렇게 두 시간씩 산책을 하다 보니 체력이 달렸다. 평소 하던 규칙적인 운동을 하지 못하게 되면서 그 부작용이 느껴지기 시작하던 중이었다. 포츠머스에 온 후로 건강이 나빠졌고, 크로퍼드 씨와 아름다운 날씨만 아니었다면 금방 주저앉고 말았을 것이다.

그도 패니 못지않게 아름다운 날씨와 풍광에 취해 있었다. 그들은 같은 기분과 흥취에 잠겨 여러 차례 걸음을 멈추고 잠시 벽에 기대어 경치를 바라보며 감탄을 했다. 그리고 그는 물론 에드먼드와는 다른 사람이지만, 그만하면 자연의 매력을 느낄 줄 알고 감탄을 표현하는 능력도 매우 뛰어나다는 점을 패니도 인정하지 않을 수 없었다. 그녀는 이따금 두어 차례 달콤한 몽상에 잠겼는데, 이때를 틈타 그는 눈치채지 못하게 그녀의 얼굴을 살펴볼 수 있었다. 그리고 훔쳐 본 결과 여전히 매혹적이기는 하지만 혈색이 그다지 좋지 않다는 것을 알게 되었다. 말로는 아주 건강하다고 하고 달리 보이기를 원치 않았지만, 전체적으로 볼 때 지금 있는 집이 편할 리 없고 따라서 건강에도 좋을 리가 없다는 확신이 들었고, 패니가 맨스필드로 돌아가기를 바라는 마음이 간절해졌다. 그곳이라면 그녀도, 그녀를 보는 자신도 훨씬 행복할 터였다.

"여기 온 지 한 달쯤 되었지요?" 그가 말했다.

"아니요. 한 달까지는 안 됐어요. 맨스필드를 떠난 지 내일로 사 주밖에 안 됐는걸요."

"계산이 대단히 정확하고 꼼꼼하네요. 저 같으면 그냥 한 달이라고 했을 겁니다."

"여기 도착한 게 화요일 저녁이었으니까요."

"두 달 예정으로 오신 거지요?"

"네……. 이모부께서 두 달이라고 하셨어요. 그보다 짧아지지는 않을 거예요."

"그럼 돌아갈 땐 어떻게 가시나요? 누가 데리러 오나요?"

"잘 모르겠어요. 이모님한테서 아직 아무 말씀도 못 들었거든요. 어쩌면 좀 더 있게 될지도 모르겠어요. 정확하게 두 달에 맞춰 저를 데려가기가 여의치 않을 수도 있으니까요."

잠시 생각하다가 크로퍼드 씨가 대답했다. "저도 맨스필드를 잘 압니다. 그 댁의 풍습과 당신한테 소홀한 점이 있다는 것도 말입니다. 당신을 까맣게 잊어버렸을 수도 있고, 그 댁 식구 중 누구라도 그게 더 편하겠다 싶으면 당신의 안위는 뒷전으로 밀려나기 십상이라는 것도 잘 압니다. 토머스 경이 직접 내려오시든 이모님의 하녀를 보내시든, 그 어르신이 미리 잡아 놓은 향후 석 달의 계획에 지장이 없도록 조치할 수 있다면 모를까, 그렇지 않다면 몇 주가 지나도 그냥 여기 계셔야 할지도 모릅니다. 안 될 말이지요. 두 달도 차고 넘치는데요. 제 생각에는 육 주면 충분해요……. 아, 언니 건강을 생각해서 하는 말이에요." 그는 수전을 향해 말했다. "포츠머스에서는 댁에 만 계시니 건강에 안 좋을 것 같아서요. 언니는 꾸준히 바깥 공기를 쐬고 운동을 할 필요가 있어요. 아가씨도 나만큼 언니에 대해 잘 알게 된다면 내 말에 동의하게 될 거예요. 전원의 신선한 공기와 자유로운 생활에서 너무 오래 떨어져 있으면 안 된다고 말예요……. 그러니까, (다시 패니를 돌아보며) 건강이 안 좋아지는 것 같다든가 맨스필드로 돌아가는 데 뭔가 어려움이 생긴다면…… 사실 두 달을 다 채워야 하는 것도 아니고요. 전혀 중요한 게 아니니까요. 아무튼 평소보다 기운이 좀 떨어진다거나 몸이 좀 불편한 것 같으면, 제 동생한테 알려만 주세요. 넌지시 언질만 주셔도, 제가 동생하고 바로 내려와 맨스필드로 모시고 가겠습니다. 우리한테는 얼마나 쉽고 즐거운 일일지 잘 아시지요? 그런 일을 하는 우리 기분도 잘 아실 테고요."

패니는 고맙다고 하면서도 그냥 웃어넘기려고 했다.

"아주 진지하게 드리는 말씀입니다." 그가 답했다. "그건 당신도 아주 잘 아시잖아요. 그리고 몸이 안 좋아질 기미가 있는데도 숨기는 잔인한 일은 안 했으면 좋겠습니다. 사실 그렇게 되지도 않을 겁니다. 숨기려고 해도 잘 안 될 거예요. 우린 당신이 메리에게 보내는 편지마다 '건강하게 잘 있다.'라고 확실하게 써 보내시는 동안만, 거짓은 말할 줄도 쓸 줄도 모르는 분이니까요, 건강하게 잘 지내시는구나 하고 생각할 겁니다."

패니는 그에게 다시 감사를 표했지만, 매우 감동스럽기도 하고 당황스럽기도 해서 몇 마디 하지 못했고, 무슨 말을 해야 할지도 잘 몰랐다. 산책이 끝날 무렵에 있었던 일이었다. 그는 끝까지 동행을 했다가 집 앞에 이르러서야 작별을 고했다. 이 집 식구들이 곧 정찬을 들 거라는 것을 알고 다른 곳에서 기다리는 사람들이 있는 척한 것이다.

"이렇게 피곤하셔서 어떡하지요." 식구들이 모두 집으로 들어간 뒤 그는 계속 패니를 붙잡고 말했다. "더 건강한 모습을 보며 떠날 수 있다면 좋겠습니다만. 런던에 가서 제가 해 드릴 일은 없나요? 곧 다시 노퍽으로 가 볼까 하는 생각도 하고 있습니다. 매디슨 일이 아직 좀 걸려서요. 지금도 어떻게든 나를 꼬드겨서 물방앗간을 자기 친척한테 내줄 속셈인 모양인데, 나는 다른 사람을 염두에 두고 있거든요. 단단히 다짐을 해 두어야지요. 에버링엄 북쪽에서 속아 넘어가지 않은 내가 남쪽에서라고 다르겠느냐, 앞으로는 내 땅의 주인 노릇을 확실히 할 것이라는 점을 못 박아 두어야겠습니다. 지난번에는 이렇게 분명하게 일러두지는 않았거든요. 주인의 신망에도 그렇고 가난한 사람들의 안녕에도 그렇고 이런 위인들이 영지에 끼치는 폐해는 이루 말할 수가 없으니, 곧장 노퍽으로 돌아가 다시는 딴소리 못 하게 확실히 단속을 해야겠다고 벼르고 있습니다. 매디슨은 똑똑한 친구라, 자리를 내놓으라고 할 생각은 없습니다. 그쪽에서 제 자리를 넘보지만 않는다면 말입니다. 그렇지만 저한테 받을 것이 있는 빚쟁이라면 모를까 그것도 아니면서 속임수나 쓰는 위인한테 속아 넘어간다면 그건 속은 사람이 어리석은 거지요. 그리고 제가 그의 꼬드김에 넘어가, 이미 물방앗간을 내주겠다고 반승낙하다시피 한 정직한 사람을 제쳐 두고 몰인정하고 욕심 사나운 자한테 내준다면 어리석다는 말로도 부족할 겁니다. 정말이지 어리석다는 말로 끝날 일이 아니지 않습니까? 역시 가 봐야 할까요? 당신이라면 가 보라고 조언하시겠습니까?"

"제가 감히 조언이라니요! 무엇이 옳은지 잘 아시면서요."

"예. 당신의 의견을 들을 때면 언제나 무엇이 옳은지 알게 되지요. 당신의 판단이 제게는 옳고 그름의 척도니까요."

"어머, 아니에요! 그런 말씀 마세요. 누구나 다 마음속에, 귀 기울여 듣기만 한다면 그 어떤 타인보다도 잘 인도해 줄 훌륭한 길잡이를 가지고 있지요. 안녕히 가세요. 내일 평안히 돌아가시기 바랍니다."

"런던에 가서 도와드릴 일이 전혀 없습니까?"

"대단히 감사합니다만, 없습니다."

"누구한테 전할 말씀도요?"

"괜찮다면 동생분께 안부를 전해 주세요. 그리고 제 사촌 오빠를…… 에드먼드 오빠를 만나시면, 이렇게 전해 주시면 감사하겠습니다. 머지않아 소식을 주실 거라 생각하고 있다고요."

"물론이지요. 그리고 그 친구가 게으름을 피우거나 늑장을 부리면, 제가 대신 사과 편지를 보내 드리지요."

패니가 더는 지체하지 않으려 해서 그는 그 이상의 말은 할 수 없었다. 그는 패니와 힘주어 악수를 하고 지긋이 바라보다가 마침내 발길을 돌렸다. 그는 일류 여관에서 내놓을 수 있는 최고의 정찬이 나올 때까지 남은 세 시간을 다른 지인과 함께 그럭저럭 때우기 위해 그곳을 떠났고, 그녀는 즉시 갖게 될 훨씬 소박한 식사를 위해 집으로 들어갔다.

두 사람의 평소 식사는 완전히 달랐다. 패니가 아버지 집에서 운동 말고도 얼마나 많은 결핍에 시달리고 있는지 그가 알았다면, 안색이 더 나빠지지 않은 게 오히려 놀라웠을 것이다. 패니는 리베카가 반쯤 씻다 만 접시 위에 그나마도 씻지 않은 포크와 나이프와 함께 식탁에 내오는, 리베카가 만든 푸딩이나 다진 고기 요리가 도저히 목으로 넘어가지 않아, 제대로 된 식사를 뒤로 미루고 저녁때 남동생들을 보내 비스킷과 번빵을 사 오게 할 때도 꽤 많았다. 맨스필드에서 자란 패니가 포츠머스에 단련되기에는 이미 너무 늦은 셈이었다. 토머스 경이 이 모든 것을 알았다면, 몸과 마음의 허기 덕분에 이제 조카딸도 크로퍼드 씨의 사람됨과 넉넉한 재산의 진가를 제대로 알아보게 되었으니 잘된 일이라고 생각했을지 몰라도, 치료를 한답시고 사람을 잡을까 겁이 나서 이 실험을 더 밀고 나가지는 못했을 것이다.

패니는 그 후 종일토록 마음이 우울했다. 이제 크로퍼드 씨를 다시 만날 위험이 거의 사라졌는데도 울적한 기분은 어쩔 수가 없었다. 가까운 지인이라 할 수 있는 이와 작별하는 것이니, 떠난다는 말이 한편으로는 기쁘면서도 다른 한편으로는 마치 모두에게서 버림받은 기분이 들었다. 맨스필드와 또 한 번 이별하는 느낌이고, 그가 런던으로 돌아가 메리와 에드먼드를 자주 만날 것을 생각하면 스스로 자책감이 들 정도로 질투에 가까운 감정이 일곤 했다.

주변 사정도 울적한 마음을 달래는 데 도움이 되지 않았다. 아버지가 밖에 나가 친구분들을 만나지 않을 때는 항상 그랬듯이, 한두 분이 저녁때 집으로 찾아와 길고도 긴 시간을 함께했다. 그래서 6시에서 9시 30분이 되도록 소란과 그로그주*가 끊일 사이가 없었다. 패니는 매우 우울했다. 떠오르는 생각 중 그나마 위안이 되는 것은 다시 생각해도 놀라운 크로퍼드 씨의 훌륭한 변모였다. 이번에는 전혀 부류가 다른 사람들 속에서 그를 만났고, 그 대조 때문에 더 달라 보였을 가능성은 생각하지 못한 채, 그녀는 그가 전에 비해 놀랄 만큼 점잖아지고 타인을 배려할 줄 아는 사람이 되었다고 거의 확신했다. 작은 일에서 이렇다면 큰 일에서도 같지 않겠는가? 그녀의 건강과 안녕을 염려하는 다정다감한 배려가 그저 말로만 그러는 게 아니라 진심에서 우러나온 듯했으니, 그녀에게는 괴롭기만 한 구혼 행각을 길게 밀고 나가지는 않으리라고 봐도 무방하지 않겠는가?

* 물을 탄 술, 특히 럼주.

12

다음 날 아침 크로퍼드 씨가 프라이스 씨 집에 찾아오지 않았으므로, 패니는 그가 런던 귀경길에 올랐나 보다고 생각했다. 이틀 후 그의 여동생이 보낸 다음과 같은 편지에서 그 짐작은 사실로 확인되었는데, 패니가 이 편지를 마음 졸이며 개봉해 읽어 본 데에는 또 다른 이유가 있었다.

> 친애하는 패니, 헨리가 당신을 만나러 포츠머스에 내려갔다가 돌아왔다는 소식을 전해야겠네요. 지난 토요일에는 당신과 함께 공창으로 즐거운 산책을 하고, 이튿날은 성벽 위에서 더욱 잊을 수 없는 산책을 했다면서요. 훈훈한 공기와 반짝이는 바다, 그리고 당신의 상냥한 표정과 대화가 한데 어우러져 빚어내는 더없이 아름다운 조화가 얼마나 감동적이었는지, 다시 떠올리기만 해도 마음이 황홀해진다네요. 아무래도 오늘은 이것이 주된 소식이 될 모양이에요. 오빠 부탁으로 편지를 쓰기는 하지만, 달리 전할 소식도 없거든요. 방금 말한 대로 오빠가 포츠머스에 내려가, 산책을 두 번 하고, 당신 가족, 특히 아름다운 여동생도 만났다면서요. 열다섯 살의 아리따운 아가씨로, 성벽 위에도 함께 올랐다지요. 어쩌면 거기서 처음으로 연

애 교습을 받았겠네요. 지금 길게 편지를 쓸 시간도 없지만, 길게 써 봐야 어울리지도 않을 거예요. 필요한 소식을 전할 목적의 사무적인 편지일 뿐이니까요. 그 소식을 미뤄 두면 큰일이라도 나는 모양이에요. 사랑하는 패니, 당신이 지금 여기 있다면 나누고 싶은 말이 얼마나 많은지 몰라요! 아마 지치도록 내 이야기를 들어 주고, 더 지치도록 조언을 해 줘야 했을 거예요. 그렇지만 하고 싶은 말이 너무 많아서 백 분의 일도 지면에 옮길 수 없으니, 차라리 그만두고 추측에 맡길게요. 내가 따로 전할 새로운 소식은 없어요. 정치 이야기는 이미 들었을 테고, 나와 대부분의 시간을 함께 보내는 사람들 이름이나 파티들 이야기를 길게 늘어놓아 괴롭히는 것도 도리가 아니겠지요. 당신 사촌 언니가 개최한 첫 파티 소식은 진작 전했어야 했는데, 그만 게으름을 피우다 보니 이미 한참 지난 일이 되고 말았네요. 그러니 모든 게 완벽했고 친지들 누가 봐도 뿌듯했을 만큼 격조 있게 진행되었다는 말만 전할게요. 언니분의 드레스와 매너도 만점이었어요. 내 친구 프레이저 부인은 그런 저택이 있으면 좋겠다고 야단인데, 나도 그런 집에서 살라고 하면 나쁘지는 않을 거예요. 부활절이 끝나면 레이디 스토너웨이한테 가려고 해요. 그 친구는 요즘 아주 기분이 좋고 행복한 모양이에요. S 경이 집안에선 대단히 싹싹하고 쾌활한 분인가 봐요. 전과 달리 나도 아주 못생긴 분이라는 생각은 안 들고요. 어쨌든 더 못생긴 사람도 많잖아요. 당신 사촌 에드먼드 곁에서는 상대도 안 되겠지만요. 자, 이 주인공에 대해서는, 무슨 말을 적어야 할까요? 내가 그분 이름만 쏙 빼놓는다면 그게 오히려 수상하겠지요. 그러니 알려 드릴게요. 우리가 그분을 두세 번 만났다는 것, 이곳 친구들이 그분의 신사다운 모습에 얼마나 감탄하는지 모른다는 것을요. 프레이저 부인은 (눈이 꽤 정확한 편인데) 용모나 키나 태도나 이렇게 훌륭한 남자는 런던에 딱 세 명뿐이라고 단언하더군요. 솔직히 말하면, 일전에 우리 집 정찬에 참석하셨을 때 보니, 견줄 만한 사람이 하나도 없더라고요. 열여섯 명이나 모인 자리였는데 말예요. 요즘에는 옷차림의 구분이 사라져 표시가 안 나니까 다행이지만, 그래도, 그래도, 그래도…….

당신의 다정한 벗으로부터.

깜빡 잊을 뻔했어요.(다 에드먼드 잘못이에요. 자꾸만 내 머릿속을 비집고 들어오니까요.) 헨리 오빠와 내가 아주 중요한 전할 말이 있는데 말이죠. 노샘프턴셔로는 우리가 모셔다 드리면 어떨까 해요. 사랑스럽고 귀여운 아가씨, 포츠머스에 너무 오래 있다가 고운 얼굴이 망가지는 일은 없도록 해요. 거친 바닷바람은 미모와 건강에 해롭답니다. 가엾은 숙모님은 바다에서 10마일 안쪽으로만 가도 늘 몸이 불편해지셨지요. 물론 제독님은 절대 안 믿으려 하셨지만, 사실이라는 것을 나는 알아요. 어쨌든 한 시간만 미리 알려 주면 난 당신과 헨리 오빠 분부대로 할게요. 나도 그 계획이 마음에 들어요. 우리는 오는 길에 좀 돌아서 당신한테 에버링엄 구경을 시켜 줄까 생각하고 있어요. 그리고 런던을 지나갈 때 하노버 광장의 세인트 조지 교회*에 들르는 건 당신도 싫지 않겠지요. 다만 그때는 당신 사촌 에드먼드는 부르지 말아 줘요. 공연히 유혹에 빠지고 싶지는 않으니까요. 편지가 너무 길어졌네요! 한마디만 더. 헨리 오빠는 당신도 찬성한다는 그 용건으로 다시 노퍽에 가 볼 생각인가 봐요. 그렇지만 다음 주 중간까지는 허락해 줄 수가 없네요. 그러니까 14일까지는 무슨 일이 있어도 오빠가 여기 있어야 한다는 말인데요, 그날 밤 우리는 파티를 열 예정이거든요. 그런 자리에서 오빠 같은 남자의 가치가 얼마나 큰지 당신은 짐작도 못 할 거예요. 그러니 헤아릴 수 없이 크다는 내 말을 그냥 믿는 수밖에요. 오빠가 러시워스 부부를 만나게 될 텐데, 솔직히 말하면 난 그것도 싫지는 않네요. 살짝 호기심도 나고. 오빠도 마찬가지일 거예요. 인정은 안 하겠지만.

끝까지 열심히 읽어 내려가고 다시 주의 깊게 읽어 보며 한참 생각하게 만드는 편지였는데, 모든 것이 전보다 더 불확실해졌다. 이 편지로 단 하나 확실해진 것이 있다면 아직 결정적인 일은 일어나지 않았다는 사실이었다. 아직은 에드먼드가 청혼을 하지 않은 것이다. 크로퍼드 양의 진심이 무엇인지, 앞으로 어떻게 할 작정인지, 혹은 작정 같은 것이 없거나 있어도 거꾸로 행동할 수도 있는데 그럴 경우엔 또 어떤 행동을 보일지, 에드먼드에 대한 마음이 지난번 헤어지기 전과 변함이 없는지, 만일 덜해졌다면 더 덜해질지 아니면 다시 회복될지, 끝없는 추측을 해 볼 뿐, 그날부터 며칠을 두고 다시 생각하고 생

* 18세기 초에 지은 성공회 교회로 18~19세기에 상류층의 결혼식장으로 애용되었다.

각해 봐도 아무 결론이 안 났다. 가장 자주 떠오르는 생각은 런던 생활로 돌아간 뒤 크로퍼드 양의 마음이 식고 흔들렸더라도 결국은 너무나 사랑하기 때문에 단념하지 못하겠다고 나올 수도 있다는 점이었다. 가슴은 아니라고 해도 계속 세속적인 욕심을 버리지 못할 것이고, 망설이고 애를 태우고 조건을 내걸고 수많은 요구를 하겠지만, 그러나 결국은 청혼을 받아들일 것이다. 이것이 패니가 가장 자주 하게 되는 예상이었다. 런던에 집을 마련한다! 그것만큼은 도저히 불가능할 것이었다. 그렇지만 크로퍼드 양이 어떤 것을 요구할지 알 수 없는 일이었다. 생각할수록 사촌 오빠의 앞날은 어두워져만 갔다. 오빠에 대해 하는 이야기가 고작 외모뿐이라니! 얼마나 하찮은 애정인가! 프레이저 부인의 칭찬 따위에 의지하다니! 반년씩이나 오빠와 가까이 지낸 사람이! 패니는 크로퍼드 양이 부끄러웠다. 이에 비해 크로퍼드 씨와 패니 자신만 관련된 내용은 비교적 덤덤하게 넘길 수 있었다. 크로퍼드 씨의 노퍽행이 14일 전이 되든 후가 되든 상관할 바 아니지만, 모든 것을 감안할 때 크로퍼드 씨 쪽에서는 지체 없이 가고 싶을 거란 생각이 들었다. 자기 오빠와 러시워스 부인이 마주칠 기회를 만들다니, 최악의 처신이자 심히 심술궂고 분별없는 발상이었다. 그렇지만 패니는 크로퍼드 씨만큼은 그런 수치스러운 호기심에 휘둘리지 않을 거라 기대했다. 정작 그는 그런 호기심을 부인한다지 않는가. 그렇다면 여동생도 자기보다 반듯한 오빠의 심성에 존경을 표해야 하는 것 아닌가.

이 편지를 받고 나니, 런던에서 날아올 또 한 통의 편지가 더욱 초조하게 기다려졌다. 그래서 며칠 동안은 이런 숱한 생각에, 즉 이미 온 편지와 앞으로 올 편지 생각에 마음이 어지러워, 평소 수전을 데리고 하던 독서와 대화를 자꾸 미루게 되었다. 바라는 만큼 집중이 되지 않았다. 크로퍼드 씨가 자기의 전언을 잊지 않고 전하기만 한다면, 오빠는 분명히, 아니 반드시 만사 제쳐 놓고 편지를 줄 거라고 생각했다. 평소 오빠의 다정한 태도를 생각하면 당연한 일이었는데, 사나흘이 지나도록 편지가 오지 않아 기대가 점차 사라지고 지워질 때까지, 패니는 극심한 초조와 불안에 찬 나날을 보냈다.

그러다 마침내 안정 비슷한 상태를 되찾았다. 불확실한 것은 불확실한 대로 둬야지 공연히 노심초사하느라 쓸모없는 인간이 되어서는 곤란했다. 시간도 약이 되기는 했지만 스스로 노력한 결과 패니는 다시 수전에게 시간을 할애했고 그러면서 그 일에 전과 같은 관심을 기울이게 되었다.

수전은 패니를 무척 따르게 되었다. 어릴 적부터 유난히 책을 좋아했던 패니와는 딴판이라, 진득하게 앉아서 하는 공부나 지식 그 자체를 위한 지식에는 영 취미가 없었지만, 무식해 보이기도 싫고 명석하고 뛰어난 이해력을 보여 주고 싶은 마음이 컸기 때문에, 감사하는 마음으로 열심히 공부해 좋은 성과를 내는 생도가 되었다. 패니의 말은 수전에게 신탁과 다름없었다. 읽는 글마다 역사의 한 장(章)마다 패니의 설명이나 논평이 더없이 중요한 부록이 되었다. 패니한테서 들은 과거 시대 이야기가 골드스미스*의 역사책보다 더 마음에 오래 남았고, 어떤 저자의 문체보다 언니의 문체가 낫다는 찬사를 보냈다. 일찍부터 독서 습관을 기르지 못한 탓이었다.

그렇지만 자매의 대화가 늘 역사나 도덕처럼 고상한 주제에 한정된 것은 아니었다. 다른 것들에 대해서도 이야기를 나누었으니, 좀 더 가벼운 화젯거리 가운데 가장 자주 등장하고 길게 거론된 것은 단연 맨스필드 파크와 그곳에 사는 사람들, 그들의 예의범절과 소일거리, 생활 방식 등이었다. 천성적으로 고상하고 질서 정연한 것을 좋아하는 수전은 열심히 귀를 기울였고, 패니도 이렇게 마음에 드는 화제를 맘껏 이야기해 보는 기회가 반가울 수밖에 없었다. 그러면서 자기가 잘못하는 게 아니기를 바랐으나, 얼마 후 이모부 댁에서 하는 일이나 대화라면 무조건 경탄부터 하며 노샘프턴셔에 가 보기를 간절히 바라는 수전을 보면서, 이루어질 수 없는 일을 가지고 자기가 공연한 바람만 불어넣은 게 아닌가 싶어졌다.

이 집에 맞지 않기로는 가엾은 수전도 언니나 거의 마찬가지였고, 점차 이 사실을 속속들이 알게 된 패니는 포츠머스에서 벗어날 날이 오더라도 수전을 남겨 두고 가야 한다는 생각에 마냥 행복하지만은 않을 것 같다는 느낌이 들기 시작했다. 훌륭한 자질을 얼마든지 키워 나갈 수 있는 아이를 이런 부모님 손에 맡겨 두고 간다는 게 생각할수록 가슴이 아팠다. 수전을 데려올 수 있는 집만 있다면 얼마나 행복할까! 만약 크로퍼드 씨의 구애에 화답할 수만 있었다면, 그는 이런 조치에 반대

---

* 올리버 골드스미스(Oliver Goldsmith, 1728~1774)는 18세기에 활동한 영국의 소설가, 시인, 극작가, 수필가, 역사가. 그의 『영국사: 아들에게 보내는 귀족의 편지』는 당시 널리 읽혔다.

할 사람이 아니었으니, 이 사실이 그녀에게는 가장 큰 위안이 되었을 것이다. 그녀는 그가 심성이 정말 착한 사람이라고 생각했고, 그래서 이런 계획에 아주 흔쾌하게 응하는 그의 모습을 상상해 볼 수 있었다.

13

기약된 두 달 가운데 칠 주가 거의 지났을 즈음, 드디어 문제의 편지, 기다리고 기다리던 에드먼드의 편지가 패니의 손에 쥐어졌다. 개봉을 해 보니 장문의 편지인지라, 오빠가 행복을 얻게 된 상세한 경위와 이제 그의 운명의 주인이 된 행운의 여인에게 바치는 숱한 연모와 찬미의 말들을 읽게 되리라 각오하며 패니는 마음을 다잡았다. 편지 내용은 다음과 같았다.

맨스필드 파크에서

사랑하는 패니에게,

그동안 소식을 전하지 못한 것을 용서해라. 네가 내 편지를 기다리고 있다는 말은 크로퍼드한테서 들었지만, 런던에서는 편지를 쓸 수가 없었고, 소식이 없어도 미루어 짐작해 주리라 믿었다. 행복한 소식을 몇 줄 전할 수 있었다면 시간을 끌지 않았을 것이나, 끝내 그러지 못했구나. 맨스필드로 돌아왔다만, 떠날 때보다도 자신이 없어졌다. 희망도 대폭 줄어들었고. 아마 너도 이미 알고 있겠지. 크로퍼드 양이 너를 그렇게 좋아하니 당연히 속마음을 털어놓았을 테고, 그러니 너도 내 마음이 어떨지 대강은 짐작할 수 있을 거다. 그래도 내 입으로 직접 전하려고 해. 양쪽의 이야기가 상치되는 일도 없을 거야. 너한테 꼬치꼬치 캐물을 생각도 없고. 우리 두 사람한테 같은 벗이 있다는 생각을 하면, 불행하게도 둘 사이에 의견 차이는 있을지언정 너에 대한 사랑만큼은 한마음이라는 생각을 하면, 그나마 위안이 되는구나. 지금 내가 어떤 상황이고 지금 어떤 계획을 갖고 있는지 너한테 털어놓고 나면 마음이 좀 편해질 것 같다. 나한테 무슨 계획이랄 게 있는지 모르겠다만. 나는 토요일에 돌아왔다. 런던에서 삼 주를 지내면서 크로퍼드 양을 (런던이라는 점을 감안하면) 꽤 자주 만난 셈이지. 프레이저 부부한테서도 그런대로 융숭한 대접을 받았고. 맨스필드에서 나눴던 교분과 비슷한 것을 기대한 건 아무래도 내가 무리한 거겠지. 그런데 문제는 만남의 빈도보다 크로퍼드 양의 태도였어. 드디어 만나게 되었을 때 그 사람이 그렇게 나오지만 않았다면 나도 불만은 없었을 거야. 그렇지만 처음부터 완전히 다른 사람 같더라. 나를 처음 맞이할 때부터 기대했던 모습과 너무 달라, 당장 런던을 떠날까 하는 생각까지 했지. 시시콜콜 설명할 필요는 없을 거야. 그 사람 성격의 취약점을 너도 잘 아니 내가 어떤 감정, 어떤 표현에 괴로워했을지 충분히 짐작할 수 있을 테니까. 그 사람은 몹시 들뜬 상태였고, 온통 주변에는 그 지나치게 발랄한 마음을 분별없이 부채질하는 사람들뿐이었지. 나는 프레이저 부인이 영 탐탁지 않아. 마음이 차갑고 허영심이 많은 사람으로 순전히 실리를 좇는 결혼을 했지만 결혼 생활이 행복하지는 않은 모양인데, 실망스러운 결혼 생활의 원인이 자신의 판단 착오나 성격적 결함, 지나치게 큰 나이 차이에 있다기보다는 결국은 자기가 충분히 부자가 아니라는, 즉 많은 지인들, 특히 언니인 레이디 스토너웨이만큼 부자가 아니라는 사실 탓으로 돌리면서, 돈이나 세속적 욕심을 위한 일이라면 무조건 적극 지지하고 들더구나. 충분히 커다란 돈과 욕심이기만 하다면 말이지. 크로퍼드 양이 이 자매와 친한 게 그 사람과 내 인생 모두에 최대의 불운인 것 같다. 이 자매가 그 사람을 오래전부터 그릇된 길로 이끌어 온 거야. 그 사람을 이들한테서 떼어 놓을 수 있다면 좋으련만! 어떨 때는 불가능한 일도 아니겠다 싶은 게, 좋아하는 것은 주로 자매 쪽인 것 같거든. 그 자매는 그 사람을 아주 좋아하지만, 크로퍼드 양 편에서는 너한테만 한 애정은 없는 게 분명해. 사실 크로퍼드 양이 너를 얼마나 아끼며, 누이동생으로서 얼마나 현명하고 올바르게 처신하는지 생각하면, 완전히 다른 사람, 얼마든지 고결하게 행동할 수 있는 사람으로 보여서, 장난일 뿐인 것을 내가 너무나 가혹하게 해석한 게 아닌가 하는 자책도 하게 돼. 난 그 사람을 포기할 수가 없어, 패니. 내가 아내로 생각할 수 있는 여인은 이 세상에 오로지 그 사람뿐이야. 그 사람도 나한테 얼마간 마음이 있다고 믿지 못한다면, 이런 말을 해서는 물론 안 되겠지. 그러나 난 믿어. 나한테 분명히 호감이 있다고 확신해. 경계할 다른 누가 있는 것도 아니고. 내가 경계하는 건 상류 사회 전반의 영향력이야. 내가 우려하는 건 부자들의 생활 습관이고. 그 사람이 자기 분수에 넘치는 것을 바라는 건 아니지만, 그래도 우리 두 사람의 수입을 합쳐도 어림없을 거야. 그게 차라리 위안이 되기도 해. 그 사람을 잃더라도 부족한 재산 때문이라면 내 직업 때문인 것보다는 견디기 쉬울 거야. 그 경우에는 그 사람의 애정이 희생을 감수할 정도는 아닌 것뿐이고, 사실 그런 희생을 요구하는 것도 무리잖아. 결국 내가 거절을 당한다면 아마 이게 솔직한 이유일 거야. 그 사람이 전처럼 강한 편견을 갖고 있지는 않다고 믿으니까. 사랑하는 패니, 지금 나는 생각나는 대로 두서없이 적고 있어. 그래서 앞뒤가 안 맞는 대목도 있겠지만, 그렇다고 해도 내 마음의 충실한 기록인 점에는 변함이 없어. 막상 시작하고 나니, 내 느낌들을 모두 너한테 털어놓을 수 있어서 좋네. 나는 도저히 그 사람을 포기할 수가 없어. 지금도 여러 인연으로 얽혀 있고, 바라건대 곧 또 다른 인연이 생겨날 마당에, 메리 크로퍼드를 포기한다면 난 너무나 소중한 몇몇 사람들과의 교분도 포기해야 할 테고, 힘든 일이 생기면 찾아가 위로받을 수 있는 집들과 친구들을 스스로 멀리해야 하겠지. 메리를 잃는 것은 곧 크로퍼드와 패니를 잃는 것과 마찬가지라고 생각할 수밖에 없어. 만일 그게 기정사실이라면, 정말 거절을 당한다면, 어떻게든 견디면서 그 사람 생각을 지우려고 노력하는 법을 배우게 되길 바란다. 그리고 몇 해가 지나면…… 아니, 말도 안 되는 소리를 하고 있네. 만에 하나 거절을 당한다면 받아들여야지. 그때까지는 그 사람을 얻기 위한 노력을 절대로 그만둘 수가 없다. 이게 내 진심이야. 유일한 물음은 어떻게라는 것이고. 어떻게 하는 게 최선의 방법일까? 어떨 때는 부활절이 지난 후 다시 런던에 가 볼까 하는 생각도 하고, 어떨 때는 그 사람이 맨스필드로 돌아올 때까지 아무것도 하지 말자고 결심하기도 해. 지금도 그 사람은 6월에는 맨스필드에 오겠다고 즐겁게 말하거든. 그렇지만 6월이 되려면 아직 한참 남았잖아. 그러니 내가 편지를 쓰는 게 좋을 것 같다. 그래, 편지로 내 마음을 설명하기로 거의 마음을 굳혔어. 무엇보다도 하루빨리 확실하게 매듭을 짓는 것이 목적이야. 이런 상태로 시간만 보내는 것은 정말 견딜 수가 없다. 어느 모로 보나, 내 마음을 설명하는 데는 편지가 단연 최선의 방책이라고 생각되는구나. 입으로는 할 수 없었던 말도 편지로는 얼마든지 쓸 수 있을 것이고, 그 사람도 대답을 결정하기 전에 생각할 시간이 있을 테니. 당장 충동적으로 성급한 대답을 하기보다는 깊이 생각한 후 답한다면 더 나은 결과를 기대할 수 있을 것도 같고. 그래, 그런 생각이 들어. 하지만 가장 걱정스러운 것은 그 사람이 프레이저 부인과 상담하는 거야. 나는 멀리 떨어져 있어서 스스로를 변호할 수도 없는데 말이지. 상담의 온갖 해악 앞에서 편지란 게 무력하기 짝이 없잖아. 완전한 결심이 서지 않은 상태에서는 불행히도 조언자 말만 듣고 나중에 후회할 일을 하게 되기도 하고 말이다. 아무래도 이 문제는 더 신중히 생각해 봐야겠다. 이렇게 순전히 내 걱정만 늘어놓다니, 이러다간 패니 너처럼 깊은 우정도 바닥이 나겠다. 크로퍼드를 마지막으로 본 건 프레이저 부인 댁 파티에서였어. 직접 만나 본 모습이나 들려오는 소리나, 갈수록 호감이 더해지는 친구야. 추호도 흔들림이 없더라. 자기 마음을 확실히 알고 결심한 대로 밀고 나가니, 더없이 소중한 자질이야. 그 친구와 마리아가 같은 공간에 있는 모습을 보면서 일전에 네가 한 말을 떠올릴 수밖에 없었지. 역시 우호적인 만

남은 아니었어. 마리아가 눈에 띄게 냉랭하게 굴더구나. 서로 거의 말도 안 했지. 그 친구는 당황해서 뒤로 물러나던데, 러시워스 부인이 되었으면서도 버트럼 양 시절에 무시를 당했다는 생각에 여태 꽁해 있는 그 애를 보니 마음이 안 좋더라. 마리아가 아내로서 얼마나 행복한지 내 생각을 듣고 싶겠지. 불행해 보이지는 않았어. 부부 사이도 꽤 좋은 것 같고. 윔폴가(街)의 정찬에 두 번 참석했는데, 사실 더 자주 갈 수도 있었지만, 처남인 러시워스와 자리를 같이하는 게 영 고역이라. 줄리아는 런던 생활이 몹시 즐거운 모양이다. 나야 즐거운 일이 별로 없었지만, 집에 돌아오니 더하네. 식구들이 모여도 영 활기가 없어. 모두들 네가 없어 몹시 아쉬워해. 나도 네가 말할 수 없이 보고 싶다. 어머니가 안부를 전하시며 너에게 얼른 편지를 보내라고 하시는구나. 거의 하루 종일 네 이야기만 하시는데, 앞으로 몇 주는 더 너 없이 지내셔야 할 테니 뵙기가 안쓰럽다. 아버지가 직접 너를 데리러 내려가실 모양인데, 부활절은 지나야 될 거야. 그 무렵에 런던에 용무가 있으시거든. 포츠머스에서 행복하게 지내고 있겠지. 하지만 해마다 가겠다고 하지는 말아라. 네가 어서 돌아오면 좋겠다. 손턴 레이시에 대한 의견도 듣고 싶고. 안주인이 생길 게 확실해지기 전에는 대대적인 공사를 할 생각은 별로 없지만. 그래, 기필코 편지를 보내야겠다. 그랜트 부부의 바스행이 확정되었다. 월요일에 맨스필드를 떠난다네. 다행이지. 지금은 내 마음이 편치 않으니 사람들 대하기가 쉽지 않아. 그렇지만 네 이모님께서는 맨스필드의 이런 중대한 소식을 당신의 펜이 아니라 내 펜으로 전하게 되어 영 섭섭하신 모양이다. 안녕, 사랑하는 패니.

'앞으로 다시는, 정말이지 다시는 편지 따위는 기다리지 않을 테야.' 편지를 다 읽고 나서 패니는 속으로 이렇게 다짐했다. '언제나 실망과 슬픔만 안겨 주잖아. 부활절은 지나야 될 거라고! 그때까지 어떻게 견디라고? 가엾은 이모님은 온종일 내 이야기만 하신다는데!'

패니는 자꾸만 이런 쪽으로 치닫는 마음을 가까스로 억눌렀다. 자칫하면 토머스 경이 이모한테나 자기한테나 너무 몰인정하다는 생각이 들 뻔했다. 편지의 주제만 해도, 상한 마음을 달래 줄 것이 하나도 없었다. 어찌나 속이 상하는지 에드먼드에 대해서도 불쾌하고 화가 날 지경이었다. "이렇게 질질 끌어 봐야 무슨 소용이야." 그녀는 말했다. "아니 왜 결정을 안 내려? 오빠는 이미 눈이 멀었고, 그 무엇도 오빠의 눈을 뜨게 하지는 못할 텐데. 그렇게 오랫동안 진실을 눈앞에 뻔히 두고도 못 봤으니까. 결국 그 사람하고 결혼하겠지. 그리고 궁색하고 불행하게 살겠지. 하느님, 오빠가 그 사람한테 물들어 품위를 잃는 일은 부디 없게 해 주세요!" 그녀는 편지를 다시 훑어보았다. "나를 '아주 좋아한다'고! 말도 안 되는 소리. 그 사람이 사랑하는 것은 자기 자신과 제 오빠뿐인걸. 친구들이 그 사람을 오래전부터 그릇된 길로 끌어들였다니! 그 사람이 친구들을 그릇된 길로 끌어들인 건 아니고? 뭐, 서로 안 좋은 영향을 주었겠지. 그렇지만 그 사람보다는 친구들 편에서 훨씬 더 좋아한다니, 그 사람이 피해를 입었을 가능성은 그만큼 적지 않

나. 아침 때문이라면 몰라도 말이야. '아내로 생각할 수 있는 여인은 이 세상에 오로지 그 사람뿐'이라고! 그래, 나도 그렇게 믿어. 오빠는 평생 그 사람만 생각할 거야. 승낙을 받든 거절을 당하든, 오빠의 마음은 영원히 그 사람한테 매인걸. '메리를 잃는 것은 곧 크로퍼드와 패니를 잃는 것과 마찬가지라고 생각할 수밖에 없다'고. 에드먼드 오빠, 오빤 날 너무 모르네요. 오빠만 그러지 않는다면, 두 집안이 연을 맺을 일은 절대로 없어요. 그래요! 편지를 보내세요. 어서요. 단번에 결판을 내라고요. 이렇게 조마조마 기다리는 건 끝내자고요. 어서 마음을 정하고, 청혼을 하고, 평생 불행 속으로 뛰어들라고요."

그러나 이런 감정은 너무나 원망에 가까웠기 때문에 패니의 독백을 오래 끌어낼 수는 없었다. 곧 마음이 누그러들며 슬픔이 몰려왔다. 그의 따뜻한 배려, 친절한 말들, 자기를 믿고 털어놓은 것을 생각하면 가슴이 뭉클했다. 그는 그저 모두에게 너무나 착한 사람일 뿐이었다. 한마디로 이 편지는 온 세상을 줘도 바꾸지 않을, 아무리 소중히 간직해도 부족할 편지였다. 패니는 이런 생각으로 끝맺었다.

적어도 여성계의 대다수가 여기 포함되겠지만, 별 용건이 없어도 편지를 쓰는 습관이 있는 사람이라면, 그랜트 부부의 바스행이라는 맨스필드의 중요한 소식이 확정되는 바람에 글감으로 써먹을 수 없게 되다니 정말 운도 없다는 데 레이디 부인과 생각을 같이할 것이다. 또한 고마운 줄도 모르는 아들 손에 맡기는 바람에 자기라면 편지지 한 장을 거의 다 채웠을 이 소식이, 긴 편지 끄트머리에 지극히 간략하게 언급되고 마는 꼴을 지켜봐야 하는 레이디 버트럼의 속이 얼마나 터졌을지 이해가 될 것이다. 레이디 버트럼은 편지 쓰기에서 두각을 나타냈다. 결혼 초부터 다른 소일거리도 없는 데다 토머스 경은 의회에 나가 있는 형편이라, 편지를 주고받는 벗들을 만들어 놓고 계속 편지를 교환하는 습관이 생겨, 대단히 그럴싸하게 상투적인 표현을 곁들이며 길게 늘리는 문체를 익혔고, 그래서 아무리 사소한 사건도 편지의 소재로 충분했다. 그러나 그런 그녀도 쓸거리가 하나도 없다면 도리가 없으니, 아무리 조카딸한테 보내는 편지라 해도 뭔가 쓸거리가 필요했다. 그렇지 않아도 얼마 후에는 그랜트 박사의 통풍 증상과 그랜트 부인의 오전 방문 같은 혜택도 사라질 판에, 그 집 일들을 편지에 써먹을 거의 마지막 기회를 빼앗기다니 너무나 가혹한 일이었다.

그렇지만 그녀에게는 엄청난 보상이 준비되고 있었다. 드디어 레이디 버트럼에게도 행운의 시간이 찾아온 것이다. 에드먼드의 편지를 받은 지 며칠 지나지 않아 패니는 이모에게서 이렇게 시작되는 편지 한 통을 받았다.

사랑하는 패니,

매우 놀라운 소식을 전하려고 펜을 든다. 너도 이 소식을 들으면 몹시 걱정을 하리라 믿어 마지않는다.

그랜트 부부의 여행 계획을 시시콜콜 상세히 알려 주려고 펜을 드는 것보다는 이 편이 훨씬 나았다. 더구나 앞으로도 여러 날을 계속 펜을 들 만한 그런 소식이었으니, 다름 아니라 만아들이 위중한 병에 걸렸다는 통지를 몇 시간 전에 속달로 받았다는 것이었다.

톰이 한 무리의 청년들과 함께 런던에서 뉴마켓*으로 갔다가 말에서 떨어졌는데, 치료도 제대로 받지 않고 폭음을 하는 바람에 열병에 걸린 것이다. 일행이 떠날 즈음에는 기동을 할 수가 없어서 한 친구 집에 혼자 남아 하인들의 시중만 받으며 병과 고독을 벗 삼는 신세가 되었다. 처음에는 곧 쾌차해 친구들을 따라갈 수 있으리라 기대했지만, 쾌차는커녕 병세가 점점 더 악화되었고 얼마 안 가 스스로도 심상치 않다는 생각이 들어, 의사가 권하는 대로 맨스필드에 편지를 보내기로 한 것이다.

이런 내용을 전한 후 영부인은 이렇게 써 내려갔다.

짐작하겠지만, 이 걱정스러운 소식에 우리는 몹시 심란해하고 있단다. 앓아누운 가엾은 톰 소식에 모두 심히 놀랍고 두려운 마음을 금할 수가 없구나. 토머스 경은 매우 심각한 상태가 아닌가 해서 걱정이 이만저만이 아니시다. 에드먼드가 착하게도 당장 간병하러 가겠다고 나섰는데, 토머스 경은 이렇게 힘든 때에 나 혼자 내버려 두고 떠나시지는 않겠다니 그나마 다행이다. 가뜩이나 식구도 없는데 에드먼드마저 떠나면 집이 몹시 적적해지겠지만, 그래도 에드먼드가 가 보면 가엾

---

* 런던에서 100킬로미터가량 북쪽에 위치한 도시로 경마로 유명하다.

은 환자도 염려했던 만큼 중태는 아니라는 것을 알게 되고 그래서 곧 맨스필드로 데려올 수 있을 거라고 난 믿고 또 희망한단다. 토머스 경도 그렇게 하자면서 그게 여러모로 최선이라고 하시는구나. 그래서 난 머지않아 가엾은 환자가 큰 불편이나 피해 없이 이송되어 올 수 있으리라 믿으며 마음을 달래 본단다. 이런 걱정스러운 일을 당해, 사랑하는 패니, 너도 우리 때문에 마음이 많이 아프리라 믿어 의심치 않으니, 가급적 빠른 시일 내에 다시 편지를 보내마.

이 소식을 들은 패니의 마음은 실로 이모의 문투보다 훨씬 진실하고 간절했다. 식구들 모두를 생각하니 진심으로 가슴이 아팠다. 위중한 톰과 그를 보살피러 간 에드먼드, 그리고 맨스필드에 남은 이제 정말 몇 명 안 되는 식구들 걱정에 다른 생각을 할 경황이 없었다. 혹은 거의 없었던 셈이다. 에드먼드가 톰의 부름을 받기 전에 이미 크로퍼드 양에게 편지를 보냈을까 하는 이기적인 생각도 잠시 했으나, 순수한 애정과 사심 없는 염려가 아닌 감정은 길게 가지 않았다. 이모는 패니를 몰라라 하지 않고 계속 편지를 보내 왔다. 에드먼드가 식구들한테 자주 소식을 전하고, 그것은 다시 한결같은 산만한 문체에 담겨 꼬박꼬박 패니에게 전해졌는데, 믿음과 희망과 두려움이 앞서거니 뒤서거니 범벅이 된 편지였다. 그것은 일종의 놀이처럼 걱정하는 시늉을 하는 편지였다. 레이디 버트럼으로서는 눈으로 보지 못한 고통이 잘 상상이 되지 않았고, 그래서 불안하고 걱정된다며 가엾은 환자들 이야기를 하면서도 아주 느긋했는데, 톰이 실제로 맨스필드로 실려 오고 아들의 달라진 모습을 직접 두 눈으로 볼 때까지는 그랬다. 패니에게 보내려고 벌써부터 쓰고 있던 편지는 끄트머리에 가서 문체가 바뀌고 글귀에 진심 어린 걱정과 우려가 담겼다. 이제는 실제로 말하는 것처럼 썼다.

> 그 애가 방금 도착해서 2층으로 옮겨졌어, 패니. 그 애를 보니 너무 놀라서 어찌 해야 할지 모르겠다. 정말 심하게 앓은 모양이야. 불쌍한 톰, 그 애를 생각하면 너무나 가슴이 아프고 너무나 겁이 나는구나. 토머스 경도 마찬가지란다. 네가 내 곁에 있어서 위로해 주면 얼마나 좋을까. 하지만 토머스 경은 내일이면 좋아질 거라고 기대하고 계셔. 먼 길을 온 탓도 있을 거라고 하시면서.

이렇게 어머니의 가슴에 싹튼 진심 어린 걱정은 쉽게 사그라들지 않았다. 탈 없이 건강할 때는 집에도 식구들한테도 거의 관심이 없던 톰이지만 이제는 어서 맨스필드로 돌아가 집에서 식구들과 편히 있고 싶다고 성화를 하는 바람에 너무 빨리 집으로 돌아온 모양이었다. 다시 열이 심해지면서 그 어느 때보다 위중한 상태가 일주일 동안 계속되었다. 혹시라도 잘못될까 싶어서 식구들 모두 마음을 졸였다. 레이디 버트럼은 그날그날의 두려움을 조카딸에게 적어 보내고, 조카딸은 조카딸대로 오늘 받은 편지에 괴로워하고 내일 올 편지를 기다리며 하루해를 보냈으니, 편지를 양식 삼아 살아가는 형국이었다. 큰 사촌 오빠한테 각별한 애정은 없었지만, 원체 마음이 여린 패니는 그가 없이는 못 살 것만 같았다. 그리고 그가 이제까지 (곁에서 보기에) 얼마나 무절제한 생활로 허송세월을 해 왔는지 생각하면, 원칙과 도리를 순수히 신봉하는 패니로서는 안타까운 마음이 더했다.

여느 때와 마찬가지로 이번에도 패니 곁을 지키며 이야기를 들어 준 사람은 수전뿐이었다. 수전은 언제나 열심히 귀를 기울이며 함께 걱정했다. 다른 식구들은 100마일 이상 떨어진 곳에 있는 친척 집의 우환 소식에 먼 산 불구경하듯 했다. 프라이스 부인도 딸이 편지를 들고 있는 것을 볼 때만 한두 마디 짧게 물어보고는 이따금 "가엾은 버트럼 언니, 걱정이 이만저만 아니겠네."라고 가만히 중얼거리는 것이 전부였다.

너무 오래 떨어져 지냈고 처지도 너무 다르다 보니 혈육 간의 정은 거의 없는 거나 진배없었다. 애당초 두 사람의 성정처럼 담담했던 우애는 이제 허울만 남았다. 프라이스 부인이 레이디 버트럼에게 보여 주는 마음이나, 비슷한 경우에 레이디 버트럼이 프라이스 부인에게 보여 줬을 마음이나 피장파장이었다. 패니와 윌리엄을 빼고 나머지 서너 명의 프라이스 집안 아이들에 대해서는 그중 하나나 혹은 전부가 세상을 뜬다 해도, 레이디 버트럼은 아무렇지 않게 넘어갔을 것이다. 아니 어쩌면 아이들이 이제 주님의 품 안에서 잘 지내게 되었으니 가엾은 동생 프라이스 부인에게는 매우 다행이고 크나큰 복이라고 읊조리고 다니는 노리스 부인의 말을 그대로 따라했을지도 모른다.

14

톰이 맨스필드로 돌아온 지 일주일쯤 지났을 즈음에는 위급한 고비는 지나갔고, 그의 어머니는 이제 안심해도 되겠다는 의사의 말에 완전히 마음을 놓았다. 이제는 병석에 누워 있는 아들 모습에도 익숙해졌고, 듣기 좋은 소리만 듣고 들은 소리 이상은 생각하는 법이 없으며 지레 걱정하는 성격도 아니고 눈치가 빠른 편도 아니라, 레이디 버트럼은 의사들이 하는 선의의 작은 거짓말에 다시 없이 좋은 상대였다. 열이 내렸다. 그리고 톰을 괴롭힌 주범이 열이니만큼 금방 회복될 것이었다. 레이디 버트럼은 더 안 좋은 경우는 생각도 하지 않았고, 패니도 이모처럼 안심을 하고 있다가, 에드먼드한테서 몇 줄의 편지를 받았다. 형의 병상을 더 명확히 알려 주려고 일부러 보낸 편지로, 고열이 사라지면서 소모열 증세가 심하게 나타나는 것 같다는 의사 말에 자기나 아버지나 걱정이 크다는 것이었다. 두 부자는 공연한 걱정일 가능성도 많은데 굳이 레이디 버트럼까지 놀라게 만들 필요는 없다고 생각했지만 패니한테는 사실을 숨길 이유가 없었다. 그들은 폐결핵을 걱정하고 있었다.

레이디 버트럼이 몇 장씩 적어 보낸 편지보다 몇 줄 안 되는 에드먼드의 편지를 통해 패니는 환자와 병실 상황을 더 정확하고 확실하게 알 수 있었다. 눈으로 직접 본 것을 전하거나 이따금 톰을 돌보는 일에서 레이디 버트럼은 어느 식구보다도 서툴렀다. 그녀가 할 수 있는 것이라곤 가만히 들어가 아들을 지켜보는 것뿐이었지만, 막상 대화가 가능해지고 책도 읽어 줄 수 있게 되자 톰이 가장 편하게 찾는 사람은 에드먼드였다. 이모는 걱정만 늘어놓아 환자를 불안하게 만들고, 토머스 경은 환자가 짜증을 부리거나 기운이 없으면 말수를 줄이거나 목소리를 낮춰 주어야 하는데 그런 배려를 할 줄 몰랐다. 에드먼드가 구세주였다. 패니도 물론 같은 생각이었고, 앓아누운 형을 간호하고 도와주고 격려하는 에드먼드를 생각하니 그 어느 때보다 존경스러웠다. 병으로 쇠약해진 건강을 보살펴 줘야 할 뿐만 아니라, 이번 편지에서 알게 되었지만, 날카로워진 신경과 우울한 기분을 진정시키고 북돋아 줄 필요가 있었다. 거기다 패니 혼자 생각이지만, 마음을 올바른 길로 이끌어 주는 데도 신경을 써야 했다.

집안에 폐병 내력은 없으니 패니는 큰 사촌 오빠에 대해서는 걱정하기보다 낙관하는 편이었지만, 크로퍼드 양이 떠오를 때는 불길한 생각이 들었다. 아무래도 크로퍼드 양은 행운아 같은데, 그녀의 이기심과 허영심에서 보면 에드먼드가 외아들이 되는 게 행운일 것이기 때문이었다.

병실에서도 에드먼드는 이 운 좋은 메리를 잊지 않았다. 에드먼드의 편지에는 이런 추신이 붙어 있었다. “지난번 편지에서 이야기한 일 말인데, 실제로 편지를 쓰기 시작했다가 중간에 아픈 형한테 불려 갔었지. 하지만 지금은 생각이 달라졌어. 옆에서 뭐라고들 할지 모르는데 편지만 보내는 것은 위험할 것 같다. 형이 좀 괜찮아지면 직접 가 볼 생각이야."

맨스필드는 이런 상황이었고, 부활절이 될 때까지 거의 변화가 없었다. 가끔 에드먼드가 어머니의 편지에 한 줄씩 덧붙이는 말을 통해 충분히 상황을 알 수 있었다. 톰의 회복은 우려스러울 만큼 더뎠다.

부활절이 왔다. 부활절이 지나기 전에는 포츠머스를 떠날 가망이 없다는 말을 처음 들었을 때 서글픈 마음으로 우려했던 것처럼, 올해는 부활절이 유난히 더디게 찾아왔다. 그 부활절이 드디어 찾아왔으나, 아직 돌아오라는 소리는 없고, 그녀의 귀가에 앞서 있을 거라던 이모부의 런던행 이야기도 들려오지 않았다. 이모는 패니가 곁에 있었으면 좋겠다는 말을 자주 했지만, 결정권을 가진 이모부에게서는 아무런 통지도 전갈도 없었다. 아직은 앓아누운 아들을 두고 오래 집을 비우시기 힘든가 보다 싶으면서도, 이렇게 지연되는 게 그녀는 힘들고 괴로웠다. 어느덧 4월도 끝나가고 있었다. 패니는 그들을 너무나 사랑했기에 그들이 자신의 속사정을 알게 되기를 바라지는 않았지만, 이제 얼마 후면, 맨스필드에서 떨어져 마치 고행을 하는 것 같은 나날을 보낸 지도 두 달을 넘어 석 달 가까이 되는 셈이었다. 그리고 지금으로서는 생각해 내고 데리러 올 여유가 언제쯤 생길지 아무도 모르는 일 아닌가?

쿠퍼의 「티로키니움」*의 한두 행이 머릿속에서 떠나지 않을 정도로 하루빨리 그들 곁으로 돌아가고 싶은 마음이 간절했다. 그리움에 대한 가장 실감 나는 표현이라고 여겨지는 "내 집으로 돌아가고 싶은 마음이 얼마나 간절했는지."라는 시구가 혀끝에 늘 맴돌았고, 어떤 남학생도 자기만큼 간절하지는 않았을 것이라는 생각이 들었다.

포츠머스로 오게 되었을 때만 해도 패니는 이곳을 내 집이라 부르는 것이 좋았고, 곧 집으로 돌아간다는 말을 즐겨 했다. 집이라는 말은 그녀에게 너무나 애틋했다. 그것은 지금도 마찬가지지만, 이제 집이라 부를 곳은 맨스필드였다. 이제는 그곳이 집이었다. 포츠머스는 그냥 포츠머스고 맨스필드가 집이었다. 거듭 홀로 깊은 상념에 잠기면서 이미 오래전에 이렇게 정리를 했고, 이모도 같은 표현을 쓴다는 사실만큼 위안이 되는 것도 없었다. "하필이면 이렇게 어려울 때, 네가 집에 없어서 얼마나 유감인지 모르겠다. 영 기운이 나지 않는구나. 다시는 이렇게 오래 집을 비우는 일이 없기를 진심으로 바라고 그러리라 믿는다." 패니에게는 이 구절이 가장 반가웠다. 그렇지만 패니는 이 기쁨을 가슴에 묻어 두었다. 부모님의 입장을 헤아려 이모부 댁을 더 좋아하는 마음을 드러내지 않으려고 조심했다. 그리고 늘 '노샘프턴셔로 돌아가면, 맨스필드로 돌아가면, 이러이러한 일을 하겠다.' 하는 식으로만 말했다. 꽤 오래 그렇게 했지만, 깊어지는 그리움에 주의가 흐트러지면서, 자기도 모르게 집으로 돌아가면 어찌어찌하겠다는 말을 입 밖

---

* 「티로키니움(Tirocinium)」은 영국 시인 윌리엄 쿠퍼(William Cowper, 1731~1800)의 작품으로, 중등 교육을 다루며 기숙 학교에 대한 비판을 담았다. 인용은 562행을 조금 변형시킨 것이다.

에 내고 말았다. 그녀는 스스로를 나무라면서 얼굴을 붉히며 조마조마한 심정으로 아버지와 어머니를 바라보았다. 하지만 불안해할 필요는 없었다. 부모님은 불쾌해하기는커녕 그 말을 알아들은 기색도 없었다. 그들은 맨스필드를 질투하는 마음이 전혀 없었다. 패니가 맨스필드로 돌아가든 말든 돌아가고 싶어 하든 말든 아무 상관이 없었다.

봄의 즐거운 선물들을 모두 놓치게 된 것도 패니에게는 서글픈 일이었다. 도시에서 3~4월을 보내는 경우 얼마나 많은 즐거움을 잃어야 하는지 예전에는 미처 알지 못했다. 움트고 성장하는 초목을 보는 게 자기에게 얼마나 큰 기쁨인지 예전에는 미처 알지 못했다. 변덕스럽기는 하지만 아름답기 그지없는 이 계절이 깊어 가는 것을 지켜보면서, 이모님 정원의 가장 양지바른 곳에서 피어나는 이른 봄꽃들에서부터 이모부의 조림지에 움트는 잎들과 이모부의 숲의 신록들에 이르기까지 날로 아름다움을 더하는 정경을 지켜보면서, 몸과 마음 모두 얼마나 활력을 얻었던가! 그런 즐거움을 놓치는 것만도 작지 않은 불행인데, 오히려 북적대는 소음 속에서 지내야 하다니, 자유와 신선한 공기와 향긋한 냄새와 푸른 초목 대신 집 안에 갇혀 탁한 공기와 안 좋은 냄새에 시달려야 하다니, 더더욱 못할 노릇이었다. 그렇지만 가장 소중한 사람들이 자기를 아쉬워하고 있을 거라는 확신과 기다리고 있는 사람들에게 도움이 되고 싶은 소망에서 비롯된 안타까움에 비하면 이런 아쉬움은 아무것도 아니었다.

지금 집에 있을 수만 있었다면, 모든 식구들에게 도움이 될 수 있었을 것이다. 그녀는 자기가 모두에게 틀림없이 쓸모가 있었을 것 같았다. 모든 사람의 머리나 손의 수고를 얼마간 덜어 줄 수 있었을 것이다. 그리고 버트럼 이모의 기운을 북돋아 드리고 이모 혼자 쓸쓸히 지내는 재앙이나, 혹은 자신의 중요성을 돋보이게 하려고 위험을 과장하기 십상인 큰이모가 곁에 붙어 앉아 끊임없이 이래라저래라하는 더 큰 재앙에서 이모를 지켜 주는 것만으로도, 자기가 집에 있는 것이 두루 도움이 되었을 것이다. 패니는 자신이 이모에게 책을 읽어 드린다든가 말벗이 되어 드리며, 그나마 이만한 것을 다행으로 여기는 동시에 혹시 앞으로 일어날지도 모르는 일에 마음의 준비를 하실 수 있도록 도와 드리고, 계단을 오르내리는 번거로움도 대폭 덜어 드리고 얼마든지 말 심부름도 해 드렸을 것이라고 상상하곤 했다.

자기 오빠의 오락가락하는 병세가 몇 주를 끌고 있는 이런 때 톰의 누이동생들이 런던에 그대로 머물러 있는 것이 패니는 너무나 놀라웠다. 언니들이야 마음만 먹으면 언제라도 맨스필드로 돌아갈 수 있고, 교통편을 마련하는 것도 어려움이 없을 텐데, 어떻게 여태껏 집에 안 가는지 이해가 되지 않았다. 러시워스 부인이야 안주인의 몸이라는 핑계를 댈 수 있을지 몰라도, 줄리아는 언제라도 마음만 먹으면 런던을 떠날 수 있었다. 이모 편지를 보니 줄리아도 필요하다면 돌아가겠다고 하기는 한 모양이었다. 그러나 그것은 말뿐이고, 그대로 런던에 눌러 있으려는 심산인 게 분명했다.

패니는 런던의 영향이 일체의 고결한 애정과 크게 충돌하나 보다는 생각이 들었다. 사촌 언니들뿐만 아니라 크로퍼드 양한테서도 그 증거를 찾아볼 수 있었다. 에드먼드에 대한 그녀의 애정은 고결한 것이고, 그녀의 인품 중 가장 고결한 부분이었다. 패니 자신에 대한 우정도 최소한 나무랄 데 없었다. 이 두 감정은 지금 어디로 가 버렸나? 그녀에게서 편지를 받은 것도 아주 오래전이었다. 패니로서는 그렇게 중하다던 우정도 별것 아니었나 보다고 생각할 수밖에 없었다. 벌써 몇 주 전부터 크로퍼드 양이나 런던의 그 친지들 소식은 맨스필드를 통해서야 들을 수 있었고, 그래서 크로퍼드 씨가 다시 노퍽으로 갔는지 여부는 직접 만나 볼 때까지는 알 수가 없겠구나, 그리고 올봄에는 그 누이동생의 편지를 받아 보지 못하겠구나 하는 생각이 들기 시작했다. 그러던 차에 다음과 같은 편지를 받은 패니는 해묵은 감정이 되살아나고 없던 감정들도 생겨나는 느낌이었다.

사랑하는 패니, 오랫동안 격조했던 것을 가급적 빨리 용서해 주고, 적어도 행동으로는 당장 용서한 듯 대해 줘요. 이 정도 부탁이자 기대는 해도 되겠지요. 원체 마음이 착한 사람이니 나한테 과분할 만큼 잘해 줄 거라고 믿으니까요. 그래서 이렇게 즉각적인 답신을 부탁하는 편지를 써요. 맨스필드 파크 사정이 궁금한데, 당신이라면 틀림없이 정확한 상황을 알려 줄 수 있을 거예요. 그분들이 겪고 있는 괴로움에 가슴 아파하지 않는다면 짐승만도 못한 짓이겠죠. 듣자 하니 가엾게도 버트럼 씨의 완쾌 가능성이 거의 없다면서요. 처음에 나는 별일 아닌 줄 알았어요. 조금만 탈이 나도 본인이나 주변에서나 큰일이 난 것처럼 구는 그런 분인가 보다 생각하고, 주로 간호할 분들 걱정만 했지요. 그런데 지금, 실제로 상태가 악화되고 있고 매우 우려할 만한 증상이 나타나고 있으며 이런 사실을 적어도 식구들 몇몇은 알고 있는 게 확실하다는 말이 들리네요. 이게 사실이라면 당신도 그 몇몇 사람 중 하나일 테니, 내가 들은 이야기가 어디까지 맞는지 알려 주기를 부탁해요. 잘못 안 것이라면 얼마나 좋을지 굳이 말할 필요도 없겠지요. 하지만 그런 소문이 너무 무성해서 떨리는 마음을 금할 수가 없네요. 그렇게 훌륭한 젊은 분이 한창 꽃필 나이에 지고 만다면 얼마나 우울한 일이겠어요. 가엾은 토머스 경께선 또 얼마나 상심이 크실까요? 정말 나는 이 일로 심히 애를 태우고 있답니다. 패니, 패니, 당신이 생긋 웃으며 짓궂은 표정을 짓는 게 눈에 선하지만, 맹세코 난 의사를 매수해 본 적이 없답니다. 그렇게 젊은 나이에 얼마나 불쌍해요! 그분이 세상을 뜬다면, 가엾은 청년이 세상에서 두 사람 줄어드는 셈이겠죠. 그리고 난 누구 앞에서든 거리낌 없는 얼굴과 당당한 목소리로 말할 거예요. 부와 지위를 물려받은 사람치고 이만큼 자격 있는 사람은 일찍이 없었다고. 물론 지난 크리스마스의 결정은 어리석고 경솔한 처사였죠. 하지만 며칠의 잘못쯤이야 그런대로 지울 수 있을 거예요. 니스 칠을 하고 금박을 입히면 웬만한 흠집은 가려지잖아요. 그래 봐야 그분 이름 뒤에 '향사' 칭호를 붙이지 못하는 것뿐이고요.* 나처럼 진실한 애정이라면, 패니, 그보다 더한 것도 눈감아 줄 수 있답니다. 이 편지를 받는 대로 답장을 줘요. 노심초사하는 내 마음을 생각해서라도 가볍게 여기지 말고요. 진실이 무엇인지 소문의 진원지로부터 직접 들은 그대로 말해 줘요. 그리고 이제 나나 패니 자신의 감정에 대해 부끄러운 마음 따위는 버리도록 해요. 이건 자연스러울 뿐 아니라 박애심과 미덕에도 부합하는 감정이에요. 다른 누구보다 에드먼드가 '경'이라는 칭호를 물려받는 편이 버트럼가의 재산을 세상에 더 이롭게 쓰는 길이 아닐지는 당신의 양심에 맡길게요. 언니와 형부만 집에 있었어도 이런 성가신 부탁은 하지 않았겠지만, 지금은 그분 누이들을 만날 수도 없고, 진상을 물어볼 사람이 패니밖에 없네요. R 부인은 (물론 패니도 알겠지만) 에일머 부부와 함께 부활절을 보내러 트위크넘에 갔다가 아직 안 돌아왔고, 줄리아는 베드퍼드 스퀘어 근처의 친척 집에 갔는데, 친척분 이름이나 거리 이름은 기억이 안 나네요. 그렇지만 설령 두 사람 중 누구와 당장 연락을 취할 수 있었다 해도, 난 여전히 패니를 택했을 거예요. 내 생각이지만, 두 사람 다 즐거운 생활을 접고 맨스필드로 돌아가는 게 내키지 않아 진실을 외면하며 눈감아 온 것 같거든요. 그러나 R 부인의 부활절 휴가가 그리 오래가지는 않을 것 같네요. 물론 부인한테야 완벽한 휴가지만요. 에일머 부부도 유쾌한 사람들인 데다 남편도 떠나 보냈으니, 마냥 즐거운 일뿐이겠지요. 자식 된 도리를 다해야 한다며 어머니를 모셔 오라고 남편을 바스로 내

---

* 영국의 하급 지주 계층인 젠트리(gentry)는 영지 규모에 따라 준남작, 기사, 향사, 신사로 나누어지는데, 둘째 아들인 에드먼드는 향사가 될 수도 있었으나 목사직을 택하면서 향사 칭호를 포기한 셈이다.

려보낸 것은 참 잘한 일이라고 봐요. 그렇지만 그 노부인과 어떻게 한 집에서 사이좋게 지낼 수 있겠어요? 지금 헨리 오빠가 옆에 없어서 이번에는 따로 전할 말이 없네요. 이번 우환만 아니라면 에드먼드가 진작에 다시 런던에 왔을 것 같지 않아요?

당신의 영원한 벗, 메리

막 편지를 접기 시작하는데 오빠가 들어왔어요. 그렇지만 별다른 소식도 없으니 편지는 이대로 보내야겠네요. R 부인이 알기로는 병세 악화를 우려하고들 계신다네요. 아침에 오빠하고 만났다는데, 오늘 윔폴가로 돌아왔고 노부인도 도착하셨답니다. 그나저나 오빠가 며칠 리치먼드*에 가 있었다고 해서 이상한 상상으로 불안해하지는 말아요. 매년 봄마다 가는 곳이니까요. 안심해요, 오빠는 오로지 패니 생각뿐, 다른 사람한테는 관심도 없어요. 지금 이 순간도 오빠는 패니가 보고 싶어 죽겠나 봐요. 어찌하면 만날 수 있을지 그리고 자신의 기쁨이 당신의 기쁨으로 이어지게 만들지 그 방안을 강구하는 데만 골몰하고 있답니다. 그 증거로, 오빠는 포츠머스에서 당신한테 말한 대로 당신을 집으로 데려다주자는 이야기를 갈수록 열성적으로 되풀이하는데, 나도 오빠와 전적으로 생각이 같아요. 사랑하는 패니, 즉시 편지를 보내 줘요. 어서 오라는 분부를 담아서요. 함께 가는 편이 우리 모두 좋지 않겠어요? 알다시피 오빠와 나는 목사관으로 가면 되니까 맨스필드 파크에

* 런던 동쪽의 또 다른 상류층 마을로, 템스강을 사이에 두고 크로퍼드 제독의 별장이 있는 트위크넘과 마주 보고 있다.

폐를 끼칠 일도 전혀 없고요. 그 댁 분들을 모두 다시 뵙게 되면 정말 기쁠 거예요. 주변에 사람이 더 있는 게 그분들에게도 큰 도움이 될 거고요. 당신만 해도 그곳에서 당신을 얼마나 필요로 하는지 잘 알면서 돌아갈 길이 생겼는데도 그냥 있기는 양심이 허락하지 않겠죠. (당신은 아주 양심적인 사람이잖아요.) 헨리 오빠가 전해 달라는 말의 절반을 전하기에도 나는 시간과 인내심이 모두 부족하네요. 우리 두 사람 모두 한결같은 사랑을 보낸다는 것만 알아 두세요.

대부분의 내용이 마음에 거슬리는 데다 편지를 쓴 사람과 에드먼드 오빠를 만나게 해 주기도 너무나 싫었기 때문에 패니는 편지 말미의 제안을 수락하는 게 옳은지 아닌지 제대로 판단하는 게 불가능했을 것이고, 실제로도 그런 기분이었다. 개인적으로는 대단히 유혹적인 제안이었다. 사흘 안에 맨스필드로 돌아간다고 생각하면 너무나 행복했다. 그렇지만 지금 이 순간 자기가 보기에 너무나 잘못된 감정이나 처신을 보여 주는 사람들 신세를 져야 한다는 게 결정적으로 걸렸다. 누이 쪽의 감정도 오빠 쪽의 처신도, 누이 쪽의 몰인정한 욕심도 오빠 쪽의 몰지각한 허영심도, 다 문제였다. 아직도 러시워스 부인을 만나고 다니며, 어쩌면 불장난까지 벌이고 있을지 모르다니! 치욕적이었다. 그런 사람이라고는 생각하지 않았는데. 그렇지만 다행히도, 상반된 의향들과 어떻게 하는 게 올바른지 불확실한 생각들 사이에서 저울질하고 결정해야 하는 상황은 아니었다. 에드먼드와 메리를 떼어 놓아야 하느냐 마느냐를 놓고 결정할 필요는 없었다. 패니에게는 지켜야 할 규범이 있었고, 그것으로 모든 것이 정해졌다. 이모부에 대한 외경심, 이모부에게 버릇없는 결례가 될 수도 있다는 두려움이 밀려오는 순간 어떻게 해야 할지 분명히 알 수 있었다. 이 제안은 단호히 거절해야 했다. 원하신다면 이모부가 사람을 보내 줄 텐데, 먼저 돌아가겠다고 나서다니 천부당만부당한 주제넘은 짓이었다. 패니는 크로퍼드 양에게 감사와 함께 확실한 거절의 뜻을 밝혔다. 그녀는 '돌아갈 교통편은 이모부께서 마련해 주실 것으로 알고 있고, 사촌 오빠가 몇 주째 병상에 있었지만 아직 오라는 말씀이 없는 것을 볼 때, 지금 돌아가도 집에서 그다지 달가워하지 않을 것이며, 오히려 짐만 될 수도 있다고 생각한다.'라고 썼다.

요즘 사촌 오빠의 상태에 대해서는 아는 그대로 전했는데, 이 정도 내용을 받아 보면 그 낙관적인 성정에 모든 게 자기 바람대로 이루어지리라고 기대하겠구나 싶었다. 크로퍼드 양은 일정 조건의 부만 충족되면 에드먼드가 목사가 된 것도 용서해 줄 모양이었다. 에드먼드가 알면 잘됐다고 기뻐할 편견의 극복이란 고작 이런 것에 불과했다. 그사이 크로퍼드 양은 돈만 있으면 다른 것은 중요하지 않다고 생각하는 법을 배운 것뿐이었다.

15

패니는 크로퍼드 양이 자기의 답변에 정말 실망했으리라 믿어 의심치 않았고 어떤 성격인지 아는 만큼 다시 강권하고 나올 것이라고 예상했다. 일주일이 가도록 두 번째 편지가 오지 않았지만, 마침내 편지가 도착했을 때도 여전히 같은 생각이었다.

편지를 받아 든 순간 그녀는 아주 짧은 편지인 것을 알 수 있어 용건만 급히 써 보냈나 보다고 생각했다. 용건은 보나마나 뻔했다. 그리고 문득, 바로 그날 남매가 포츠머스에 도착한다는 통지일지도 모른다는 생각이 들었고, 곧이어 정말 그렇다면 어떻게 해야 하나 당황스러워졌다. 이렇게 한순간 난제가 생긴다면 다음 순간 해결책이 따라오기도 하는 법, 편지를 뜯기도 전에 패니는 크로퍼드 남매가 이모부한테 말씀드려 허락을 받은 건지도 모른다고 생각하며 마음이 좀 편해졌다. 편지는 이러했다.

사랑하는 패니, 방금 대단히 민망하고 고약한 소문을 들었는데, 혹시 그곳까지 소문이 전해져도 절대 믿지 말라고 당부하려고 편지를 써요. 확실히 말하지만 뭔가 착오가 있었고,

하루 이틀이면 깨끗이 해결될 거예요. 아무튼 헨리 오빠는 아무 잘못이 없고, 한순간 경솔한 언동을 했을지는 몰라도 오로지 패니만 생각하고 있어요. 다시 편지를 보낼 때까지 이 일에 대해서는 함구해 줘요. 아무 소리도 듣지 말고, 아무 상상도 하지 말고, 아무에게도 전하지 말아요. 조만간 잠잠해질 것이고, 러시워스의 어리석음만 만천하에 드러날 거예요. 두 사람이 떠났다고 해도, 목숨을 걸고 장담하지만, 맨스필드 파크로 간 것뿐일 거예요. 줄리아도 데리고 갔을 거고요. 그나저나 우리가 데리러 가겠다는데 왜 마다하셨나요? 나중에 후회하실 일이 없기만 바랍니다.

이만 총총.

패니는 어안이 벙벙했다. 민망하고 고약한 소문은 들은 바가 없는지라, 이 이상한 편지의 내용이 대부분 이해가 되지 않았다. 알 수 있는 것은 다만 윔폴가와 크로퍼드 씨하고 관련된 일이라는 것뿐이고, 그들 사이에서 뭔가 세상의 이목을 끌 만큼 대단히 불미스러운 일이 벌어졌으며 크로퍼드 양은 혹여나 패니가 이 소문을 듣고 질투라도 할까 봐 걱정하나 보다고 짐작할 뿐이었다. 물론 크로퍼드 양의 공연한 걱정이었다. 패니는 문제의 당사자들과 그리고 맨스필드가 걱정될 뿐이었다. 소문이 맨스필드까지 퍼졌다면 말이지만, 그렇지는 않을 것 같았다. 크로퍼드 양의 이야기로 추측대로 러시워스 부부가 맨스필드로 내려갔다면, 불쾌한 소문이 앞서갔을 리도 없고 혹 그랬더라도 잘 무마되었을 것이었다.

크로퍼드 씨에 대해서는, 이 일을 계기로 그가 자신의 성향을 정확히 인식해 자기가 세상의 어떤 여자한테도 한결같은 사랑을 바칠 남자가 못 된다는 것을 깨닫고, 부끄러워서라도 그녀에 대한 집요한 구애를 이만 거두기를 바랐다.

도무지 이해할 수가 없었다! 그가 자기를 진심으로 사랑한다고, 자신을 향한 그의 애정이 보통 이상이라고 생각하기 시작하던 참이었다. 게다가 지금도 그의 누이동생은 그가 다른 여자한테는 관심도 없다고 하지 않는가? 그렇지만 사촌 언니한테 유별난 관심을 보인 게 분명했다. 뭔가 대단히 경솔한 짓을 저지른 게 분명했다. 편지를 보낸 크로퍼드 양은 가벼운 실책쯤은 아랑곳하지 않는 위인이니까.

패니는 마음이 몹시 뒤숭숭했고 크로퍼드 양에게서 다시 편지가 올 때까지는 계속 그럴 것이었다. 편지 내용이 머리에서 떠나지 않는데, 누구한테 털어놓고 답답한 마음을 덜 수도 없었다. 이 일을 비밀로 해 달라는 크로퍼드 양의 간곡한 부탁은 사실 필요가 없었다. 사촌 언니도 관련된 일이니만큼 패니의 양식에 맡겨 두어도 좋았을 것이다.

다음 날이 되었으나 두 번째 편지는 오지 않았다. 패니는 실망스러웠다. 하루가 지났지만 여전히 오전 내내 다른 일은 아무것도 생각할 수 없었다. 그러나 아버지가 오후에 평소처럼 일간 신문을 들고 돌아왔을 때, 패니는 그 경로를 통해 뭔가 진상을 알게 되리라고는 생각지도 못했기 때문에, 잠시 그 문제를 뒤로 미뤄 두었다.

그녀는 다른 생각에 잠겨 있었다. 처음 이곳에 오던 날 저녁에 보았던 이 방과 아버지, 아버지의 신문에 대한 기억이 떠올랐다. 지금은 촛불을 켤 필요가 없었다. 해가 지려면 아직 한 시간 반이나 남았다. 여기 온 지 석 달이나 되었다는 것이 실감났다. 그리고 거실에 강하게 내리쬐는 햇살에 기분이 밝아지기는커녕 오히려 더 우울해졌다. 그녀 느낌에는 햇살도 도시와 시골이 전혀 다른 것 같았다. 이곳의 햇살은 숨 막힐 듯 창백한 섬광을 쏘아 대며, 햇살이 없었다면 가리워졌을 얼룩과 먼지를 두드러지게 만들 뿐이었다. 도시의 햇살에는 건강함도 명랑함도 없었다. 그녀는 숨 막히는 뜨거운 햇살과 둥둥 떠다니는 먼지 속에 앉아 있었다. 눈을 돌려도 보이는 것이라곤 아버지가 머리를 기댄 자국이 선연한 벽들과 남동생들의 극성에 찍히고 파인 탁자뿐이고, 탁자에는 한 번도 제대로 닦은 적이 없는 차 쟁반과 대충 씻어 줄줄이 얼룩진 잔과 접시들, 푸르스름한 액체에 알갱이가 뒤섞여 떠도는 우유, 리베카의 손으로 처음 내왔을 때부터 그랬지만 시시각각 기름기가 더해 가는 버터 바른 빵이 놓여 있었다. 차가 준비되는 동안 아버지는 신문을 읽고 어머니는 여느 때처럼 양탄자가 다 해졌다고 한탄하면서 리베카가 손을 봤으면 좋았을 거라고 속상해했다. 그러다 패니가 정신이 든 것은 아버지가 기사 하나를 읽고 헛기침을 하면서 곱씹어 보다가 큰 소리로 패니에게 이렇게 물으면서였다. "런던에 사는 네 그 잘 사는 사촌 언니네 성이 어떻게 되지, 팬?"

패니는 잠시 정신을 추스르며 대답했다. "러시워스요, 아버지."

아버지가 신문을 건네며 패니에게 말했다.
“이렇게 훌륭한 친척들을 뒀으니 너한테도 퍽이나 도움이 되겠다.”

"윔폴가에 살지 않나?"

"맞아요, 아버지."

"그렇다면 지금 그 집은 난리가 났겠구나. 자, 봐라. (신문을 건네며) 이렇게 훌륭한 친척들을 뒀으니 너한테도 퍽이나 도움이 되겠다. 이 일을 토머스 경은 어떻게 생각하려나. 대단한 궁정인에 세련된 신사니까 이깟 일로 딸내미한테 뭐라 하지는 않으려나. 그렇지만, 맙소사, 내 딸이 이러고 다닌다면, 바닥에 엎어 놓고 단단히 채찍 맛을 보여 줬을 거다. 이런 일을 미연에 방지하려면 사내든 계집이든 매로 다스리는 게 수야."

패니는 소리 없이 신문을 읽었다. "윔폴가의 R 씨 집안에 일어난 부부간의 불미스러운 일을 세상에 알려야 하는 것은 본지로서도 심히 안타까운 일이다. 얼마 전 결혼식을 올리고 사교계를 이끌 눈부신 인재로 각광받던 아름다운 R 부인이 R 씨의 절친이자 동료로 명성과 매력을 겸비한 C 씨와 함께 남편의 지붕 밑을 떠났다고 한다. 두 사람의 행방은 본지 편집진에서도 아직 파악하지 못한 상태다."

"오보예요, 아버지." 패니는 즉시 말했다. "오보가 분명해요. 그럴 리가 없어요. 분명히 다른 사람들 이야기일 거예요."

이 수치스러운 일을 잠시나마 모면하고 싶은 본능적 소망에서 나온 말이고, 단호한 말투도 절망감 때문으로, 패니는 스스로도 믿지 않고 믿을 수도 없는 이야기를 하고 있었다. 기사를 읽으며 소문을 확인한 충격이 컸다. 사건의 진상이 물밀듯 밀려왔다. 나중에 생각하니 그런 상황에서 입을 열 수 있었다는 것이, 아니 숨을 쉴 수 있었다는 것부터가 놀라웠다.

프라이스 씨는 이 기사에 별로 관심이 없었으므로 길게 대꾸하지 않았다. "그래, 전부 거짓말일지도 모르지. 그렇지만 요즘에는 이런 식으로 망가지는 근사한 귀부인이 한둘이 아니니 누군들 안전하다고 장담할 수가 있어야 말이지."

"아이고, 제발 사실이 아니어야죠." 프라이스 부인이 한탄하듯 말했다. "사실이라면 너무나 충격적인 일 아네요! 저 양탄자 좀 손보라고 리베카한테 한 번만 더 말하면 열두 번은 될 거야. 안 그러니, 벳시? 십 분도 안 걸릴 일을 가지고 왜 그런다니."

이런 불미스러운 일이 실제로 자행되었다는 사실을 확인하고 이로 인해 초래될 불행을 얼마간 떠올리기 시작하면서 패니 같은 성격에 느꼈을 공포는 이루 말할 수가 없을 것이다. 처음에는 멍할 뿐 아무 생각도 안 났으나, 곧 이 끔찍한 재앙에 대한 실감이 시시각각 더해 갔다. 의심의 여지가 없었다. 그 기사가 오보라는 믿음에 매달릴 여지도 없었다. 하도 많이 읽어 다 외우다시피 한 크로퍼드 양의 편지 내용과 기사가 무섭게 일치했다. 제 오빠를 열심히 옹호하는 것이나, 소문이 덮히기를 바라는 것이나, 당황한 기색이 역력한 것이나, 모두 뭔가 아주 심각한 일이 일어났다는 증좌였다. 그리고 번듯한 여성으로서 이런 엄청난 죄악을 별것 아닌 양 대충 얼버무리면서 아무 처벌 없이 넘어가기를 바랄 수 있는 사람이 있다면, 패니가 보기에 크로퍼드 양이야말로 바로 그런 여자 아닌가! 이제 패니는 사라졌거나 혹은 사라졌다고 소문이 난 사람들이 누구인지 자신이 착각했음을 깨달았다. 그들은 러시워스 부부가 아니라 바로 러시워스 부인과 크로퍼드 씨였다.

이런 충격은 난생처음인 것만 같았다. 이제 마음의 안식은 불가능했다. 저녁 내내 한순간도 참담함을 떨칠 수가 없었고, 밤에는 잠을 한숨도 이루지 못했다. 메스꺼움에 시달리다 두려움에 몸이 떨리고, 갑자기 열이 치솟다가 한기가 몰려왔다. 너무나 경악스러운 사건이라 어느 때는 도저히 있을 수 없는 일이라고, 절대 그럴 리가 없다고 도리질까지 쳐졌다. 여자 쪽은 결혼한 지 여섯 달밖에 안 되었고 남자는 다른 여자를 사랑하고 심지어 결혼할 생각이라고 공언해 왔는데, 그것도 이 두 여자가 가까운 친척 사이에다, 이런저런 연분으로 온 가족이 서로 잘 알고 친하게 지내 온 집안들이 아닌가! 완전히 야만 상태로 돌아가지 않는 이상 인간으로서는 도저히 할 수 없는 너무나 끔찍하고 난잡한 범죄요, 너무나 엄청나고 심한 죄악이었다! 그렇지만 사실이라고 판단할 수밖에 없었다. 마음을 잡지 못하고 허영심에 이리저리 흔들리는 그의 애정과 마리아의 확고한 집착, 그리고 양쪽 모두 부족한 도덕관념을 생각하면 가능성이 있다고 봐야 하고, 크로퍼드 양의 편지는 여기에 사실이라는 도장을 찍은 셈이었다.

어떤 결과가 빚어질 것인가? 이 일로 상처받지 않을 사람은 누구일까? 이 일을 겪고도 생각을 바꾸지 않을 사람은 누구일까? 이 일로 영원히 마음의 평화를 잃지 않을 사람은 누구일까? 그건 다름 아닌 크로퍼드 양과 그리고 에드먼드였다. 그러나 이는 선을 넘는 위험한 생각일 터였다. 패니는 정말로 죄를 지은 게 입증되고 만인 앞에 드러난다면 모두가 휘말리게 될 집안의 불행이라는 간단하고 자명한 사실만을 생각했고, 그러려고 노력했다. 이모는 어머니로서 얼마나 괴로우실까, 그리고 아버지인 이모부는? 여기서 패니는 생각을 멈췄다. 줄리아와 톰은? 에드먼드는? 여기서 또 한 번 더 한참 생각을 멈췄다. 이 두 사람이야말로 가장 끔찍한 타격을 받을 사람들이었다. 명예와 예의를 중시하는 토머스 경의 성품과 자식에 대한 안타까움, 에드먼드의 올곧은 도덕관념과 의심할 줄 모르는 성품과 진실하고 굳건한 애정을 생각하면 그들이 이런 수치를 당하고도 목숨과 이성을 부지할 수 있을지 걱정스러웠다. 그리고 이승만 생각한다면, 러시워스 부인과 핏줄이 얽힌 사람은 누구나 당장 이승을 하직하는 것이 가장 큰 축복일 거라는 생각이 들었다.

다음 날, 그리고 그다음 날도 패니의 두려움을 덜어 줄 만한 일은 없었다. 우편물이 두 차례 왔으나, 공적으로든 사적으로든 소문을 반박할 소식은 없었다. 첫 번째 편지를 해명하는 크로퍼드 양의 두 번째 편지도 없었다. 이제 이모한테서 다시 편지가 올 때가 지났는데, 맨스필드에서는 아무 소식이 없었다. 불길한 조짐이었다. 사실 패니는 마음을 달랠 실낱같은 희망도 없었고, 그래서 몰골이 너무나 핼쑥하고 침울하고 초조했기 때문에, 프라이스 부인은 예외지만, 매정한 어머니가 아니라면 못 보고 지나칠 수가 없었을 것이다. 그러다 사흘째 되던 날, 가슴이 철렁 내려앉는 노크 소리가 나고 편지 한 통이 다시 그녀의 손에 쥐어졌다. 런던 우체국 소인이 찍힌 에드먼드의 편지였다.

사랑하는 패니,

지금 우리의 참담한 상황은 잘 알고 있겠지. 너도 힘들 테니 하나님께서 힘을 주시기 바란다. 우리가 이곳에 온 지 이틀이 지났지만 어떻게 해 볼 도리가 없구나. 두 사람의 행적은 찾을 수가 없다. 마지막 일격이 더해졌다는 소식은 아직 듣지 못했겠지. 줄리아가 도피 행각을 벌였어. 예이츠와 스코틀랜드로 달아난 거야. 우리가 도착하기 두어 시간 전에 런던을 떠난 거야. 다른 때 같으면 끔찍한 타격이었겠지. 지금은 별일 아닌 것처럼 여겨지는구나. 그래도 엎친 데 덮친 격인 것은 사실이지. 아버지는 그럭저럭 버티고 계시다. 그 이상을 바랄 수는 없지. 생각과 행동도 아직 온전하시고, 지금 이렇게 편지를 쓰는 것도 아버지께서 너한테 집으로 돌아오라고 해 보라고 하셔서야. 어머니를 위해서라도 네가 속히 돌아와 주었으면 하신다. 네가 이 편지를 받은 다음 날 아침에 내가 포츠머스로 갈 테니, 맨스필드로 올 준비를 해 놓았으면 좋겠구나. 아버지는 네가 수전한테 함께 와서 몇 달 같이 지내자고 해 보라 하신다. 네가 원하는 대로 결정해라. 어떻게 하는 게 좋을지 솔직히 말해 주고. 너도 잘 알 거야. 이런 시기에 이렇게 한다는 게 얼마나 큰 배려인지! 내 말에 좀 두서가 없더라도 아버지의 뜻을 잘 헤아려 주기 바란다. 지금 내 상태는 너도 웬만큼 짐작할 수 있을 테니까. 우리 집에 불행이 끝이 없구나. 우편마차* 편으로 내일 아침 일찍 도착할 예정이다. 이만 총총.

---

* 우편물의 신속한 배달을 위해 야간에 런던에서 주요 도시 사이를 운행하던 마차로, 원하는 승객을 태우기도 했다.

이즈음 패니한테는 그 어느 때보다 기운을 북돋을 강장 음료가 필요했었다. 그런데 이 편지에 들어 있는 것만큼 강력한 강장제는 처음이었다. 내일! 내일 포츠머스를 떠난다! 그렇게 많은 사람들이 참담한 지경에 빠져 있는 이때 그녀는 엄청난 기쁨에 도취될 위험이 있었고, 그녀도 그렇게 느꼈다. 불행이 이런 행복을 안겨 주다니! 불행을 잊게 될까 봐 겁이 났다. 이렇게 빨리 떠나게 되다니, 어서 오라고, 그것도 식구들에게 위로가 되니 어서 오라고 이렇게 친절한 부름을 받다니, 거기다 수전을 데려가도 된다니, 한꺼번에 찾아온 이 많은 축복에 가슴이 뜨거워졌고, 잠시나마 모든 고통이 멀리 사라지고 그렇게 걱정하던 사람들의 괴로움마저 제대로 함께하기가 어려워지는 듯했다. 패니에게 줄리아의 도피 행각은 상대적으로 타격이 덜했다. 물론 놀랍고 충격적인 일이지만, 완전히 마음을 뺏기거나 저절로 머리에 떠오를 정도는 아니었다. 그래서 의식적으로 떠올리며 얼마나 끔찍하고 비통한 일인지 되새겨야 했다. 그러지 않으면 집으로 오라는 부름에 따른 당장의 즐거운 걱정과 들뜬 마음으로 인해 어느새 그 일이 뇌리에서 사라져 버렸다.

슬픔을 달래는 데는 할 일을 하는 것, 몸을 움직이며 필요한 일을 하는 것만 한 게 없다. 우울한 일일지라도 하다 보면 우울에서 벗어나게 마련인데, 패니의 일은 희망찬 일이었다. 할 일이 하도 많아서 패니는 (이제 추호의 의심의 여지도 없이 확인된) 러시워스 부인의 끔찍한 소식에도 전처럼 심각한 충격을 받지는 않았다. 괴로워하고 있을 겨를도 없었다. 스물네 시간 안에 떠날 것이 예상되는 만큼, 아버지와 어머니한테 말씀 드리고 수전의 떠날 채비도 거들어 주고 모든 준비를 마쳐야 했다. 할 일이 끝이 없어 하루로는 부족할 정도였다. 또한 이 소식을 전하자 식구들이 모두 기뻐했고, 그에 앞서 암울한 소식을 간단히 알릴 수밖에 없었지만 식구들의 기쁨은 큰 차이가 없었다. 부모님은 수전을 데리고 가도 좋다고 기꺼이 승낙해 주시고, 둘이 모두 가게 되었으니 다들 잘된 일이라고 하고, 수전 본인은 뛸 듯이 기뻐하니, 이런 모습들을 보며 패니는 더욱 기운이 났다.

식구들은 버트럼 집안의 불행에는 별로 관심이 없었다. 프라이스 부인은 언니가 참 안됐다는 이야기를 몇 분쯤 하기는 했지만, 리베카가 상자란 상자는 모두 가져다 망가뜨려 놓았기 때문에 수전의 옷가지를 넣을 것을 찾아내는 일에 훨씬 신경을 썼다. 수전으로 말할 것 같으면, 가장 크고 간절한 소망이 뜻밖에도 이렇게 이루어진 데다 죄를 저지른 사람들이나 슬픔에 잠긴 사람들을 개인적으로 전혀 모르기 때문에, 시종일관 좋아서 난리를 치지만 않았으면 됐지, 열네 살짜리 아이의 인간적 도의에 그 이상을 기대하는 게 무리일 것이다.

프라이스 부인의 결정이나 리베카의 훌륭한 손길에 사실상 전혀 기대지 않은 덕분에, 모든 것이 착착 합리적으로 진행되고 두 아가씨는 다음 날 떠날 채비를 마쳤다. 내일 먼 길을 가려면 푹 자 두는 것이 좋겠지만 애당초 불가능한 일이었다. 그들을 데리러 오고 있는 사촌 생각에 가슴이 설레서 잠을 이룰 수 없었는데, 한 명은 너무나 행복해서, 다른 한 명은 말할 수 없이 설레고 만감이 교차해 잠이 오지 않았다.

다음 날 아침 채 8시도 안 돼 에드먼드가 도착했다. 딸들은 위에 있다가 그가 들어오는 소리를 들었고, 패니가 아래로 내려왔다. 에드먼드가 얼마나 괴로울지 잘 아는 상황에서 이제 곧 그를 만난다고 생각하니 이번 비보를 처음 들었을 때 느꼈던 감정이 전부 되살아났다. 에드먼드가 이렇게 지척에 와 있다니 그리고 괴로워하고 있다니. 거실로 들어서며 패니는 금방이라도 주저앉을 것만 같았다. 그곳에 혼자 있던 그는 곧바로 그녀를 맞이하며 꽉 부둥켜안았고, 간신히 알아들을 정도로 이런 말만 했다. "우리 패니…… 이제 나한테 하나밖에 없는 누이…… 날 위로해 줄 유일한 사람." 패니는 아무 말도 할 수가 없었고, 그도 몇 분 동안 아무 말도 하지 못했다.

그는 고개를 돌리고 마음을 추슬렀고, 다시 입을 열었을 때 목소리는 여전히 떨렸지만 그 태도에선 자제하려는 마음과 거북한 이야기는 더 이상 하지 않겠다는 결의가 역력했다. "아침은 먹었나? 떠날 채비는 언제쯤 될까? 수전도 같이 가지?" 이런 질문들이 빠르게 이어졌다. 그에게 가장 중요한 일은 최대한 출발을 앞당기는 것이었다. 맨스필드를 생각하면 일분일초가 소중했고, 지금 마음 상태로는 그나마 몸을 움직이는 게 마음이 편했다. 삼십 분 있다가 그가 대문 앞에 마차를 대령시키기로 했다. 패니는 삼십 분 안에 아침 식사를 마치고 떠날 채비를 해 놓도록 하겠다고 약속했다. 그는 이미 아침을 들었다며 식사를 마칠 때까지 집에서 기다려 달라는 청을 거절했다. 차라리 성벽 주변을 거닐다 마차가 당도할 즈음에 다시 오겠다는 것이었다. 그는 패니 곁에서조차 얼른 벗어나고 싶은지 다시 밖으로 나갔다.

에드먼드는 안색이 몹시 안 좋아 보였다. 애써 다스리고는 있지만 격한 감정에 시달리고 있는 게 분명했다. 이미 예상했던 일이지만 패니는 너무나 마음이 아팠다.

마차가 도착했다. 그와 동시에 그가 다시 집으로 들어왔는데, 그래도 이모네 식구들과 잠시 시간을 보내면서 딸들을 담담히 떠나 보내는 부모의 모습을 (사실은 아무것도 보지 않았지만) 지켜볼 수 있었고, 그의 등장에 딸들은 아침 식탁에 앉는 것을 포기했다. 평소와 달리 분주히 움직인 결과 식사가 완전히 차려졌을 때는 이미 마차가 대문 앞을 떠나고 있었다. 패니가 아버지 집에서 한 마지막 식사는 맨 처음 했던 식사와 마찬가지였으니, 처음 식탁에 임했을 때나 마지막으로 식탁에서 물러날 때나 대접은 똑같았다.

포츠머스를 둘러싼 방벽을 뒤로하며 기쁨과 감사로 패니의 가슴이 얼마나 벅찼으며 수전의 얼굴에 얼마나 환한 함박웃음이 떠올랐을지는 쉽게 짐작할 수 있을 것이다. 그렇지만 몸을 앞으로 내밀고 있는 데다 보닛에 가려 그 미소를 볼 수는 없었다.

말 없는 여행이 될 것 같았다. 이따금 에드먼드의 깊은 한숨 소리가 패니의 귓가에 들려왔다. 단둘만 있었다면, 그는 아무리 굳은 결심을 했더라도 결국 속을 털어놓았을 것이다. 그렇지만 수전도 함께 있는지라 그는 혼자 생각에 잠겼고, 한 번씩 소소한 화젯거리를 꺼내기는 했으나 오래 끌고 가지는 못했다.

패니는 내내 걱정 어린 눈길로 그를 지켜봤고, 가끔 그녀와 눈이 마주치면 그의 다정한 미소가 되살아나는 것을 보며 마음의 위안을 얻었다. 그렇지만 그를 짓누르는 문제들에 대해서는 한마디도 듣지 못한 채 첫날의 여정은 끝이 났다. 다음 날 아침에는 조금이나마 이야기를 들을 수 있었다. 옥스퍼드에서 출발하기 직전, 수전이 창가에 앉아 여관을 떠나는 어느 대가족의 모습을 열심히 구경하는 동안 두 사람은 난롯가에 서 있었다. 에드먼드는 패니의 수척해진 안색에 깜짝 놀랐지만 그녀가 아버지 집에서 얼마나 하루하루 힘들게 보냈는지는 알지 못했기 때문에 이를 과도하게, 아니 전부 최근 사건 탓으로 돌리며, 패니의 손을 잡고 나지막하지만 많은 감정이 담긴 목소리로 말했다. "하기는…… 어찌 괴롭지 않겠니. 많이 힘들지. 한때 너를 사랑한다던 자가 어떻게 너를 버리고 이런 짓을! 그래도 네 경우는…… 호감을 갖게 된 지 얼마 안 되잖아……. 패니, 나는 어떻겠니!"

첫날의 여정은 하루 종일 걸렸고 그래서 옥스퍼드에 도착했을 때는 다들 녹초가 되어 있었다. 그러나 둘째 날은 훨씬 일찍 여정을 마쳤다. 그들은 평소 정찬 시간보다 한참 전에 맨스필드 인근에 도착했는데, 그토록 그리던 곳이 가까워지자 두 자매의 마음은 좀 무거워졌다. 패니는 이런 끔찍한 치욕을 겪고 있는 이모들과 톰의 얼굴을 보기가 두려워지기 시작했고, 수전은 자신이 보여 줄 수 있는 최고의 예절과 최근 접하게 된 맨스필드의 풍습에 대한 지식을 행동으로 옮길 때가 임박했다는 생각에 좀 불안했다. 잘 자란 티와 본데없이 자란 티, 지난날의 무례한 언행과 새로 익힌 얌전한 언행들이 눈앞에 어른거렸고, 은제 포크와 냅킨, 핑거볼*을 곰곰이 떠올렸다. 패니는 지난 2월 이후로 달라진 전원 풍경을 도처에서 눈에 담았지만, 맨스필드 파크에 들어서자 가장 예리한 눈으로 가장 선명한 기쁨을 맛보았다. 이곳을 떠난 지 석 달, 꼬박 석 달이 지나, 그사이 계절이 겨울에서 여름으로 바뀌었다. 어디를 보나 싱그러운 푸른 잔디밭과 초목이 펼쳐졌다. 그리고 나무들이 옷을 아직 다 입지는 않았지만 조만간 한결 아름다운 자태를 뽐낼 조짐을 보이며, 지금도 볼거리가 많지만 앞으로 한결 더 많은 것을 보게 되리라는 상상을 자극하는 흐뭇한 절기를 맞고 있었다. 그러나 이런 기쁨은 패니 혼자만의 것이었다. 에드먼드는 기쁨을 함께하지 못했다. 그녀는 그를 쳐다봤지만, 그는 어느 때보다 시름에 겨운 표정으로 의자에 몸을 파묻은 채, 마치 즐거움으로 가득한 풍경이 부담스럽고 이곳의 사랑스러운 정경들을 차마 못 보겠다는 듯 눈을 감고 있었다.

그 모습을 보자 패니는 다시 우울해졌고, 집에서 식구들이 겪고 있을 고통을 생각하니 바람이 잘 통하는 양지바른 곳에 자리 잡은 현대적 저택마저 우울해 보였다.

집에서 고통을 겪고 있는 식구 중 한 사람은 전례 없이 조바심을 치며 그들이 오기만을 학수고대하고 있었다. 패니가 숙연한 표정의 하인들을 지나치기 무섭게 레이디 버트럼이

* 식탁에서 디저트를 먹은 후 손가락을 헹구는 데 쓰는 유리 그릇.

'하기는…… 어찌 괴롭지 않겠니.'

패니를 맞으러 응접실에서 나왔고, 평소의 느긋한 기색이라곤 찾아볼 수 없는 걸음걸이로 다가와 그녀의 목을 끌어안으며 이렇게 말했다. "우리 패니! 이제야 내가 한숨 돌릴 수 있겠구나."

16

그간 집에 남아 있던 사람들은 모두 불행했으니, 세 사람 모두 자기가 가장 불행하다고 믿었다. 그렇지만 마리아를 가장 아꼈던 노리스 부인이야말로 가장 큰 고통을 겪고 있었다. 조카들 중에서 가장 마음에 들고 가장 애지중지하는 아이가 마리아였다. 뿌듯한 마음으로 즐겨 떠올리며 내놓고 자랑해 온 대로 마리아의 결혼은 부인의 작품이었는데, 이런 결말을 맞게 되니 그저 암담할 뿐이었다.

그녀는 완전히 딴사람 같았다. 말없이 멍하니 앉아 주변에서 돌아가는 일에 관심을 두지 않았다. 집에 남은 사람이라곤 동생과 큰조카뿐이니 온 집안을 쥐고 흔들 수도 있었지만 이 좋은 기회를 내팽개쳐 버렸다. 지시나 명령은 고사하고 도움 줄 생각조차 하지 못했다. 실제로 괴로운 일이 닥치자 설칠 기력이 마비되고 만 것이다. 그래서 레이디 버트럼에게도 톰에게도 아무런 도움을 주지 못했고 돕는 시늉조차 하지 않았다. 모자가 서로에게 도움이 되지 못했듯, 그녀도 그들에게 도움이 되지 않았다. 각자 하나같이 무기력하고 쓸쓸한 시간을 보낼 뿐이었다. 그리고 이제 다른 사람들이 도착하면서 그녀의 가장 비참한 처지만 더 두드러졌다. 같이 남았던 나머지 두 사람은 한결 마음을 놓았지만, 그녀에게만큼은 아무런 득이 되지 않았다. 이모가 패니를 반긴 만큼 톰도 에드먼드를 반겼다. 그러나 노리스 부인은 두 사람을 위안으로 여기기는커녕 분노에 눈이 먼 나머지 이번 사태의 원흉으로만 여기던 당사자가 눈앞에 나타나자 분통만 더 터졌다. 패니가 크로퍼드 씨를 받아들였다면 이런 일이 생겼을 리 만무하다는 것이었다.

수전 또한 영 눈엣가시였다. 몇 차례 쌀쌀맞은 눈으로 쳐다봤을 뿐 더는 눈치를 줄 기력도 없었지만, 부인에게는 수전이 염탐꾼이자 침입자, 가난뱅이 조카딸 등 모든 면에서 꼴 보기 싫은 존재일 뿐이었다. 다른 이모는 수전을 차분하고 다정하게 맞아 주었다. 레이디 버트럼은 수전에게 많은 시간을 할애하거나 많은 말을 건넬 여유는 없었으나, 패니의 동생이니 맨스필드에서 지낼 자격이 충분하다고 여겼으므로 기꺼이 입맞춤을 하며 살갑게 대해 주었다. 노리스 이모한테서는 퉁명스러운 대접밖에 기대할 게 없다는 점을 잘 알고 왔으므로, 수전은 레이디 버트럼의 환대가 황감할 뿐이었고, 불행한 환경에서 벗어나는 최고의 축복을 한껏 만끽하며 이렇게 행복을 누리게 되었으니, 다른 사람들이야 좀 무관심하게 대하더라도 얼마든지 견뎌 낼 자세가 되어 있었다.

그녀는 이제 홀로 있는 시간이 무척 많아졌고, 혼자 집과 정원을 둘러보면서 하루하루 아주 행복한 시간을 보냈다. 다른 때 같으면 관심을 기울였을 사람들도 조용히 틀어박혀 있거나 아니면 이 시점에 마음 달랠 곳이 자기 하나밖에 없는 사람에게 온 신경을 쏟고 있었다. 에드먼드는 형의 쾌유를 위해 노력하는 가운데 자신의 고통을 잊으려고 애썼고, 패니는 전부터 해 오던 온갖 소임에 더욱더 열심히 임하면서, 버트럼 이모가 자기를 많이 의지하고 계시니 아무리 해 드려도 부족하다는 생각으로 정성껏 이모의 수발을 들었다.

레이디 버트럼한테 유일한 위안거리는 패니한테 그 끔찍한 사건에 대해 이야기하는 것, 이야기하고 탄식하는 것뿐이었다. 레이디 버트럼한테 해 줄 수 있는 것은 참을성 있게 들어주고 다정한 공감의 목소리를 들려주는 것뿐이었다. 다른 위로는 생각할 수도 없었다. 사건이 사건이니만큼 어떤 위로도 불가능했다. 레이디 버트럼은 스스로 깊이 생각해 보지는 않았지만, 토머스 경의 영향으로 이 사건의 모든 중요한 점에 대해 바른 생각을 갖고 있었다. 따라서 얼마나 엄청난 일이 일어났는지 잘 알았고, 자행된 죄와 치욕을 가볍게 넘기려 하거나 패니가 그렇게 말해 주기를 바라지도 않았다.

레이디 버트럼은 감정이 예민한 편도 아니고, 한 가지를 오래도록 붙들고 있는 정신력도 가지고 있지 않았다. 어느 정도 시간이 지나면서, 패니는 이모의 생각을 다른 주제로 돌리거나 평소 하던 일에 다시 관심을 갖도록 만드는 게 불가능하지는 않다는 사실을 알게 되었다. 그렇지만 그런 레이디 버트럼도 이 사건을 떠올릴 때면, 이제 딸 하나를 잃었으며 이 치욕은 결코 씻을 수 없으리라는 한 가지 생각밖에 할 수가 없었다.

패니는 이모한테서 그간의 일들에 대해 상세히 들을 수 있었다. 이모의 이야기가 썩 조리 있는 편은 아니었지만, 토머스 경과 주고받은 몇 통의 편지와 패니 자신도 이미 알고 있는 일들, 합리적 추론을 종합한 결과, 이내 궁금했던 그간의 자초지종을 소상히 파악할 수 있었다.

러시워스 부인은 사귄 지 얼마 안 되는 어느 부부와 함께 부활절 휴가차 트위크넘으로 갔다. 이 부부는 쾌활하고 상냥한 매너에 아마도 그에 걸맞은 윤리와 분별력을 갖춘 모양이었으니, 바로 이 집에 크로퍼드 씨가 끊임없이 드나들었던 것이다. 그가 그 근처에 머물고 있었다는 것은 패니도 이미 아는 사실이었다. 당시 러시워스 씨는 모친과 며칠 함께 지내다 런던으로 모셔 올 생각으로 바스로 내려갔기 때문에, 마리아는 이 집에서 아무런 구애 없이 줄리아도 없는 홀가분한 시간을 보내고 있었다. 줄리아는 이삼 주 전에 윔폴가를 떠나 토머스 경의 한 친척집으로 간 터였다. 줄리아의 부모는 이제 보니 예이츠 씨를 좀 더 편하게 만나려는 심산이었구나 하는 생각이 들었다. 러시워스 일가가 윔폴가로 돌아오고 얼마 지나지 않아 토머스 경은 오래전부터 매우 막역한 사이였던 런던의 한 지인한테서 한 통의 편지를 받았는데, 그 집에 대해 여러 가지를 듣고 목격한 이 지인은 토머스 경에게 직접 런던으로 올라와 딸을 단속하라고 권유하면서, 이미 불미스러운 소문이 돌기 시작했고 아무래도 러시워스 씨가 불편해하는 것 같다고 했다.

토머스 경이 맨스필드의 어느 누구한테도 편지 내용을 알리지 않은 채 그 권유에 따를 채비를 하던 중, 같은 지인이 속달로 또 한 통의 편지를 보내 왔는데, 이 젊은이들의 상황이 이제 거의 수습 불가능한 지경에 이르렀다는 내용이었다. 러시워스 부인이 집을 나갔고, 엄청난 분노와 괴로움에 휩싸인 러시워스 씨는 매우 화가 나서 자신(하딩 씨)에게 조언을 청하러 왔었는데, 유감스럽지만 하딩 씨 자신이 보기에는 적어도 사람들 입방아에 오르내릴 경솔한 행위가 이미 저질러진 것 같다고 했다. 시어머니인 러시워스 노부인의 하녀가 떠들고 다니는 말이 심상치 않다, 자기도 러시워스 부인이 돌아오기를 바라며 조용히 무마하려고 백방으로 애를 쓰고는 있지만, 윔폴가에서 러시워스 씨 모친의 입김이 너무 세서 최악의 결과가 빚어질까 우려된다는 것이었다.

이 끔찍한 소식을 더 이상 식구들에게 쉬쉬할 수는 없었다. 토머스 경은 곧장 런던으로 출발했고, 에드먼드도 함께 가겠다고 나섰다. 나머지 식구들은 더없이 참담한 심경으로 집에 남았는데, 그 참담함도 이후 런던에서 온 다음번 편지들을 읽고 난 심경에는 비할 바가 못 되었다. 이제 더 이상 희망을 걸어 볼 여지도 없이 모든 사실이 온 천하에 알려지고 말았다. 러시워스 씨 모친의 하녀가 여기저기 떠들고 다녔는데, 안주인의 뒷배가 있었으므로 도무지 입을 다물려 들지 않았다. 러시워스가의 두 부인이 함께 지낸 시간은 얼마 되지 않았지만, 그사이에 이미 사이가 틀어진 상태였다. 시어머니가 며느리에게 앙심을 품은 것은 아들 때문에 속이 상해서이기도 했지만, 그 못지않게 자신을 대하는 며느리의 불손한 태도 때문이기도 했다.

이유야 어떻든 노부인은 막무가내였다. 그리고 아들은 언제나 끝까지 말하는 사람, 그를 꽉 틀어쥐고 입을 막아 버리는 사람 말에 따르는 위인이었다. 그렇지만 설령 노부인의 고집이나 아들에 대한 영향력이 덜했더라도 사태는 여전히 절망적이었을 것이다. 러시워스 부인은 돌아오지 않았고, 크로퍼드 씨와 함께 어디 숨어 있다고 볼 수밖에 없었으니, 부인이 집을 나간 바로 그날 크로퍼드 씨도 여행을 간다며 숙부 댁을 떠난 것이다.

그러나 토머스 경은 그 후로도 얼마간 런던에 머물렀다. 딸의 오명은 씻을 수 없겠지만 딸을 찾아내 더 깊은 악덕의 수렁에서 건져 낼 수는 있지 않을까 하는 희망에서였다.

이모부의 지금 심경을 생각하면 패니는 견딜 수가 없었다. 요즘 그에게 괴로움을 안겨 주지 않는 자식은 하나밖에 없었다. 누이동생의 행실에 충격을 받은 톰의 병세가 악화되고 그러면서 그간의 회복세가 꺾이자 레이디 버트럼조차 달라진 용태에 덜컥 겁이 나 하루가 멀다 하고 남편에게 걱정이 담긴 편지를 써 보냈다. 그리고 런던에 도착한 그에게 또 한 번 타격을 가한 줄리아의 출분 또한, 당장은 그 충격을 제대로 느낄 경황도 없겠지만, 얼마나 괴로운 일일지 패니는 잘 알았고 직접 보기도 했다. 그는 수차례 통탄스러운 심경을 적어 보냈다. 그렇지 않아도 탐탁지 않은 사윗감이지만, 이렇게 눈을 속여 가며 교제를 하고 하필이면 이 시점에 돌이킬 수 없는 짓을 저질러 버리다니, 줄리아의 소견머리가 심히 못마땅하고 그런 상대를 고른 줄리아가 한층 더 어리석어 보일 수밖에 없었다. 그는 줄리아의 출분을 최악의 시점에 최악의 방식으로 저지른 못난 짓이라고 했다. 그리고 줄리아가 부도덕하기보다는 어리석은 것이니만큼 그나마 마리아보다는 용서받을 여지가 있긴 하지만, 줄리아가 한 짓은 제 언니 못지않게 향후 최악의 결과를 불러올 수도 있다는 생각을 금할 수 없었다. 줄리아가 스스로 뛰어든 함정에 대한 그의 의견은 이랬다.

패니는 이모부를 생각하면 너무나 가슴이 아팠다. 이제 이모부한테 위로가 될 사람은 에드먼드밖에 없었다. 다른 자식들은 하나같이 애물단지일 터였다. 노리스 부인의 짐작과 달리, 패니는 이제 자기에 대한 이모부의 노여움이 가셨을 거라고 믿었다. 자신의 판단이 옳았다는 게 이제 확연히 드러나지 않았는가. 이모부도 크로퍼드 씨가 한 짓을 보았으니 그를 거절한 게 잘못이 아니라는 것을 깨달았을 것이다. 그러나 이것은 패니 자신한테야 대단히 중요할지 몰라도 토머스 경의 입장에서는 그다지 위로가 되지 않을 것이었다. 이모부의 노여움이 매우 무섭기는 했었다. 그러나 그녀의 정당성이 입증되었다고 한들, 그녀가 이모부에게 아무리 감사와 애정을 바친다 한들, 이모부께 무슨 도움이 되겠는가? 이모부가 기댈 곳은 에드먼드뿐이었다.

그렇지만 현재 에드먼드만큼은 부친을 힘들게 하지 않으리라는 그녀의 생각은 착각이었다. 물론 다른 자식들이 안겨 준 고통에 비하면 아무것도 아니었다. 그러나 토머스 경은 에드먼드의 행복이 누이동생과 친구가 저지른 짓 때문에 뿌리째 흔들리게 되었다고 생각했다. 에드먼드만큼은 한결같은 마음으로 연모하던 처녀와 얼마든지 잘될 수도 있었는데, 이 경멸스러운 오라비만 아니라면 모든 면에서 너무나 어울리는 배필인 이 처녀와 이번 일로 인해 헤어질 수밖에 없게 된 것이었다. 에드먼드와 런던에서 함께 지내면서 그는 아들이 가뜩이나 괴로운 일이 많은데 거기에 제 일까지 겹쳐 몹시 힘들어하는 것을 알게 되었다. 그는 아들의 심경을 눈으로 직접 보기도 하고 미루어 짐작도 했는데, 아들이 분명 크로퍼드 양과 한 번은 만난 것 같은데 만나고 나서는 더 괴로워하는 모양이라, 다른 이유가 없더라도 아들을 런던에서 떠나보내고 싶었다. 아들에게 패니를 제 이모에게 데려다주라고 시킨 것도 패니나 제 이모를 생각한 점도 있지만 아들한테도 위로가 될까 해서였다. 패니는 이모부의 속마음을 알지 못했고, 토머스 경은 크로퍼드 양의 숨겨진 성품을 알지 못했다. 크로퍼드 양이 아들과 나눈 대화를 들었다면, 2만 파운드가 아니라 4만 파운드의 지참금이 있다 해도 며느리로 받아들일 생각이 없었을 것이다.

에드먼드가 크로퍼드 양과 영영 헤어질 수밖에 없다는 것은 패니가 보기에도 거의 당연한 일이었다. 그렇지만 에드먼드도 같은 생각인지 알지 못한 채 혼자 그렇게 믿는 것만으로는 불충분했다. 그도 같은 생각일 것 같기는 했지만, 확인을 해 보고 싶었다. 그가 자기한테 흉금 없이 속을 털어놓는 것이 견디기 어려운 적도 많았지만, 이제는 그래 준다면 큰 위안이 될 것 같았다. 그러나 그런 일은 없을 모양이었다. 좀처럼 얼굴을 보기도 힘들고 둘만 있은 적은 한 번도 없었으니, 그가 단둘이 있는 자리를 일부러 피하는 것인지도 몰랐다. 이게 어떤 뜻일까? 온 집안에 불어닥친 재앙으로 자신에게 안겨진 특이하고도 괴로운 후과를 머리로는 받아들이면서도 너무나 뼈아픈 일이라 입에 담기도 싫은 것. 지금 그는 이런 마음인 게 틀림없었다. 뜻은 꺾었지만 너무나 힘들게 내린 결정이라 말을 할 수가 없는 것이다. 한참, 한참 시간이 지나기 전까지는 그의 입에서 크로퍼드 양의 이름이 나오거나 다시 그와 예전처럼 허심탄회한 대화를 나누는 것은 기대할 수 없을 것 같았다.

실제로도 한참 시간이 걸렸다. 두 사람이 맨스필드에 도착한 게 목요일인데, 에드먼드가 패니에게 이 이야기를 꺼내기 시작한 것은 일요일 저녁이었다. 일요일 저녁, 친구가 곁에 있다면 흉금을 털어놓기에 가장 적격인, 비가 추적추적 내리는 일요일 저녁에, 감동적인 설교를 듣고 눈물짓다가 잠이 든 어머니를 제외하고는 아무도 없는 방에 패니와 단둘이 앉아 있노라니, 그도 더 이상 입을 다물고 있을 수는 없었던 것이다. 무슨 말이 먼저였는지는 알 수 없으나 말문을 여는 통상적인 말들로 시작해, 잠시 이야기를 들어 줄 수 있느냐, 아주 짧게 끝내고 앞으로는 이런 부탁으로 힘들게 하지 않을 것이다, 다시는 되풀이하지 않겠다, 이 이야기는 절대로 다시 꺼내지 않겠다 등등을 다짐한 후, 그는 공감과 애정으로 들어 줄 게 틀림없는 상대에게 자신의 가장 큰 관심사인 사건들과 심경을 털어놓는 호사를 누렸다.

패니가 어떤 궁금증과 어떤 우려를 가지고 얼마나 열심히 들었을지, 얼마나 가슴 아파하고 또 얼마나 기뻐했을지, 그의 목소리의 동요에 얼마나 주의를 기울였을지, 그러면서도 다른 물건들만 응시하며 그에게 눈길을 돌리지 않으려고 얼마나 애를 썼을지는 미루어 짐작하실 수 있을 것이다. 시작부터 놀라웠다. 그는 크로퍼드 양을 만났다. 초대를 받고 찾아간 것이다. 레이디 스토너웨이한테서 꼭 방문해 달라는 쪽지를 받고는 마지막 만남, 지인으로서 마지막 만남의 자리를 갖자는 뜻으로 이해하고, 크로퍼드 양이 여동생 입장에서 얼마나 수치스럽고 참담할까 생각하며 그녀를 만나러 갔는데, 만나러 가는 그의 마음이 어찌나 부드럽고 헌신적인지, 패니는 이 만남이 정말로 마지막이 될 리가 없다는 불안감에 잠시 휩싸였다. 그러나 이야기가 계속되면서 이런 불안은 끝이 났다. 자기를 맞이하는 크로퍼드 양은 심각한, 확실히 심각하고 심지어 불안한 기색까지 보였다고 그는 말했다. 그러나 그가 뭐라고 한마디 하기도 전에 그녀 쪽에서 먼저 그 이야기를 꺼냈는데, 그는 그녀의 말투가 충격적이었다고 털어놓았다. “런던에 오셨다는 이야기는 들었어요. 만나 뵙고 싶었어요. 이 유감스러운 사건에 대해 이야기를 해 봐야겠죠. 우리 두 사람의 동기간들이 그런 일을 벌이다니, 세상에 이렇게 어리석은 짓이 어디 있겠어요?”라고 한 것이다. “나는 아무 대답도 하지 못했지만 표정에 다 써 있었겠지. 질책당하는 기분이었나 봐. 가끔 보면 정말 눈치가 빠르거든! 좀 더 심각한 표정과 목소리로 이렇게 덧붙이더군. ‘동생분을 깎아내리면서 헨리 오빠를 두둔할 생각은 없어요.’ 그러면서 이야기를 시작했는데, 이어서 뭐라고 했는지는, 패니, 차마 너한테는 전하지 못하겠다. 뭐라고 했는지 세세히 기억나지도 않고, 설령 기억이 난다 해도 구구절절 옮기고 싶지도 않아. 골자는 두 사람의 어리석음이 너무나 화가 난다는 거였어. 좋아한 적도 없는 여자한테 넘어가 흠모하는 여자를 놓치는 짓을 저지르고 만 오빠도 어리석다고 비난했지만, 이미 오래전에 자기한테 관심이 없다고 분명히 밝힌 남자인데 자기를 진심으로 사랑한다고 착각하고 그렇게 훌륭한 자리를 박차고 불구덩이로 뛰어드는 딱한 짓을 벌인 마리아야말로 어리석기 짝이 없다고 비난했지. 내 심정이 어땠겠어? 그런 소리를 하는 여자가 바로 여태까지 내가…… 고작 한다는 소리가 어리석다니! 그렇게 먼저 나서서 그렇게 편안히 아무렇지도 않게 그 이야기를 입에 올리다니! 아무 거리낌도, 끔찍해하는 기색도 없고, 여자라면…… 아니, 점잖은 사람이라면 마땅히 느낄 혐오감도 없이! 세상이 이렇게 만든 거야. 그렇게 풍부한 자질을 타고난 여성이 어디 있겠어, 패니? 세상이 망쳐 놓은 거야, 망쳐 놨어……!"

그는 잠시 생각에 잠겼다가 일종의 체념과도 같은 차분한 어조로 말을 이었다. "그래, 전부 털어놓고, 이 이야기는 다시 하지 말자. 그 사람한테 이번 일은 그저 어리석은 짓일 뿐이야. 들키기까지 하다니 참으로 어리석다는 거지. 조금만 자중하고 조심하면 될 것을, 마리아가 트위크넘에 있는 동안 리치먼드로 내려가 내내 머문 자기 오빠나 하녀 따위한테 꼬리를 밟힌 그 애나 다 한심하다는 거야. 간단히 말해, 들킨 게 문제라는 거지. 아아! 패니, 그 사람이 문제로 삼는 것은 죄를 저질렀다는 사실이 아니라 들켰다는 점이야. 그 사람이 문제로 삼는 것은 왜 그렇게 경솔하게 행동해서 사태를 극단으로 몰고 가 결국은 오빠가 훨씬 더 소중하게 생각하는 계획마저 다 포기하고 마리아하고 도망칠 수밖에 없게 만들어 버렸냐는 거야."

그는 말을 멈추었다. "그래서," 뭐라고 해 주기를 기다리는 것 같아 패니는 말했다. "그래서 오빠는 뭐라고 했어요?"

"아무 말도 못 했어. 아무 말도 제대로 할 수가 없었어. 너무 충격을 받아 얼이 빠진 사람처럼. 그 사람이 계속해서 네 이야기를 꺼내기 시작했지……. 그래, 이번엔 네 이야기를 시작했는데, 너를 잃게 되어 정말 안타깝다고, 그렇게 참한 이를……. 당연히 안타깝겠지. 아무튼 그럴 때는 아주 사리가 분명하더라고. 하긴 너의 진가는 언제나 제대로 알아봤지. '오빠는 앞으로 다시는 만나지 못할 그런 사람을 놓친 거예요. 패니라면 오빠를 붙잡아 주고 영원히 행복하게 해 줄 수 있었을 텐데.'라고 말하더군. 이루어질 수도 있었지만 이제는 결코 이루어질 수 없게 된 이 일을 이렇게 다시 끄집어내는 게 네게 고통보다는 기쁨이 되었으면 좋겠구나, 패니. 혹시 내가 그만 말했으면 하는 건 아니지? 만일 그렇다면 눈짓으로든 말로든 표시만 해 주렴. 그럼 당장 그만두마."

패니는 그런 눈짓도 말도 하지 않았다.

"다행이다!" 그가 말했다. "우리 모두 혹시나 했거든. 그렇지만 의뭉스러운 잔꾀를 모르는 사람한테는 고통을 면해 주시는 게 하느님의 자비로운 섭리인 것 같구나! 그 사람이 네 이야기를 할 때는 대단한 찬사와 따뜻한 애정이 느껴졌지. 그렇지만 그때조차 불순물이, 잘못된 생각의 기미가 엿보였으니, 한참 이야기를 하다가 이렇게 소리치는 거야. '어째서 패니가 오빠를 마다한 거예요? 모두 패니 잘못이에요. 고지식한 사람 같으니! 절대로 패니를 용서하지 않겠어요. 오빠의 마음을 받아 주었어야지요. 그랬다면 지금쯤 두 사람은 결혼식을 앞두고 있을 테니, 오빠도 너무나 행복하고 바빠서 다른 여자한테는 눈길도 주지 않았을 거고, 러시워스 부인과 관계를 회복하려고 애쓰지도 않았을 거예요. 일 년에 한 번씩 소더턴과 에버링엄에서 만날 때 잠시 의례적인 희롱을 주고받는 것으로 끝날 일이었다고요.' 이렇게 말이야. 그 사람이 이렇게 나올 거라고 너 상상이라도 해봤니? ……그렇지만 이제 마법이 깨졌어. 내가 드디어 눈을 뜬 거지."

"잔인하네요!" 패니가 말했다. "너무나 잔인해요! 그런 상황에서도 그렇게 가볍게 재담이나 하려 들다니, 그것도 오빠 앞에서! ……너무나 잔인해요!"

"잔인하다, 그렇게 생각하니? 나는 좀 생각이 다른데. 아니, 잔인한 성품은 아니야. 내 마음에 상처를 주려고 그런 것은 아닐 거야. 문제는 그보다 깊은 곳에 있지. 그런 말이 상처가 되는 그런 감정들이 존재한다는 사실을 전혀 알지 못하고 생각하지도 못한다는 것, 그런 이야기를 그런 식으로 하는 게 너무나 자연스러울 만큼 마음이 아주 뒤틀린 것, 그게 문제야. 그 사람은 여태껏 남들 입에서 들은 말을 한 것뿐이야. 남들도 다 그렇게 이야기할 거라고 생각한 거지. 문제는 성격적 결함이 아니야. 남한테 일부러 불필요한 고통이나 주는 사람도 아니고. 내가 나 자신을 속이는 것일지 몰라도 난 이렇게 생각할 수밖에 없어. 나를 위해서라면, 내 감정을 위해서라면 그 사람도 기필코…… 그릇된 삶의 원칙이 문제야, 패니. 섬세함이 무뎌지고 정신이 썩고 타락한 게 문제야. 어쩌면 나한테는 잘된 일인지도 모르지. 더 이상 속을 태울 일도 없을 테니……. 하지만 아니야. 그 사람에 대해 이런 생각을 갖느니, 그 사람을 잃는 고통이 더욱 커진다 해도 기꺼이 그 편을 택할 거야. 그 사람한테도 그렇게 말했지."

"정말요?"

"응, 헤어지면서 그렇게 말했어."

"얼마나 같이 있었는데요?"

"이십오 분쯤. 계속해서 이렇게 말하더군. 이제 남은 일은 두 사람을 결혼시키는 거라고. 그 말을 하는 목소리가 어찌나 침착한지, 패니, 난 흉내도 못 내겠다." 그는 이야기를 계속 이어 갔지만, 중간중간 말을 멈출 수밖에 없었다. "'우리 둘이 헨리 오빠를 잘 설득해서 동생분하고 결혼시켜야 해요.' 크로퍼드 양은 이렇게 말했다고 했다. "오빠도 체면이 있고 어차피 패니하고는 영영 틀어진 게 분명하니, 불가능한 일도 아닐 거예요. 패니에 대해서는 깨끗이 단념해야지요. 아무리 오빠라도 이런 마당에 패니 같은 사람하고 잘될 거라 기대하지는 못할 테니, 우리 앞에 넘지 못할 난관은 없을 거예요. 오빠가 제 말은 꽤 듣는 편이니까, 전적으로 그 방향으로 힘을 써 볼 생각이에요. 그리고 동생분도 일단 결혼을 하고 신망 있는 친정에서 적절한 지원을 해 준다면, 사교계에서도 어느 정도 입지를 회복할 수 있겠지요. 물론 어떤 그룹에서는 절대 끼워 주지 않겠지만, 근사한 만찬이나 대대적인 파티를 몇 번 베풀면 동생분과 친해지려고 달려드는 사람들이 언제나 있을 거예요. 그리고 요즘은 이런 문제에 좀 더 관대하고 솔직한 분위기잖아요. 한 가지 조언하자면, 부친께서는 가만히 계시는 편이 좋겠어요. 괜히 간섭하다가 스스로 손해 보실 일은 하지 마시고요. 그냥 흘러가는 대로 내버려 두시라고 설득해 보세요. 부친께서 공연히 끼어드는 바람에 동생분이 헨리 오빠의 그늘 밑을 떠나기라도 한다면, 계속 오빠 곁에 머물 때보다 두 사람이 결혼할 가능성이 훨씬 줄어들 거예요. 어떻게 해야 오빠를 움직일 수 있는지는 제가 잘 알아요. 토머스 경께서 오빠의 명예심과 인정을 믿게끔 해 주세요. 그러면 모든 게 잘 해결될 거예요. 그렇지만 따님을 데려가신다면, 가장 중요한 끈을 끊어 버리는 격이 되겠지요.'"

크로퍼드 양의 말을 그대로 전하고 난 에드먼드가 너무 괴로워하는 것 같아, 말없이 그러나 애타는 마음으로 지켜보고 있던 패니는 이런 대화를 나누게 된 것부터가 후회스러울 지경이었다. 그가 다시 입을 연 것은 한참이 지나서였다. 마침내 그는 말했다. "패니, 이제 거의 다 말했어. 그 사람이 한 말의 골자는 이미 다 전한 셈이야. 입을 열 수 있게 되는 즉시 이렇게 대답했지. 착잡한 심경으로 이 집에 들어섰지만, 여기서 더 괴로운 일을 만날 줄은 생각도 못 했다. 그렇지만 당신이 하는 말 한 마디 한 마디가 거의 모두 나한테는 더 깊은 상처다. 우리가 서로 알게 된 후로 견해 차이를 느낀 적도 많았고 중요한 문제들에 대해서도 그런 경우가 꽤 있었지만, 지금 보여 주신 것처럼 그렇게 큰 차이가 있을 줄은 꿈에도 상상하지 못했다. 당신의 오빠와 내 동생이 저지른 이 끔찍한 죄를 이런 식으로 취급하다니. 누가 더 유혹의 책임이 큰지는 굳이 따지지 않겠다, 그러나 그런 죄를 이런 식으로 이야기하다니. 당신은 온갖 비난을 퍼붓지만 당연히 해야 할 비난은 하지 않는다. 죄의 불행한 결과에 대해서도 도리 따위는 팽개친 채 잘못을 저지르고도 뻔뻔하게 나가면 얼마든지 제압하고 물리칠 수 있는 그런 것으로만 생각한다. 마지막으로 무엇보다 중요한 것은, 지금 나로선 당신 오빠란 사람을 생각하면 결혼을 시키기는커녕 오히려 막아야 할 판인데, 혹시 두 사람이 결혼을 할지도 모르니 계속 죄를 짓도록 묵인하고 타협하고 감수하자고 한다는 점이다. 이 모든 점을 볼 때, 대단히 괴로운 일이지만 내가 이제까지 당신을 잘 몰랐다는 생각이 든다. 지난 몇 달 동안 내가 마음속에 간직했던 사람은 적어도 정신적인 면에서는 크로퍼드 양이 아니라 내 상상의 산물이었던 것 같다. 어쩌면 나한테는 가장 다행스런 일인지도 모른다. 어차피 이제는 우정도, 감정도, 희망도 다 버려야 하는데, 더 이상 아쉬울 것도 없어지니까. 그렇지만 고백할 수밖에 없고 고백하고 싶다. 당신을 내가 여태까지 생각했던 그런 모습으로 되돌릴 수만 있다면, 이별의 고통이 아무리 더해진다 해도 단연코 그 편을 택하겠다. 당신에 대한 애정과 존경은 간직하고 갈 수 있을 테니까. 이게 내가 한 말이야. 이런 취지였지. 짐작하겠지만, 물론 지금 너한테 되풀이한 것처럼 차분하고 조리 있게 말하지는 못했지. 깜짝 놀라더라. 어찌나 놀라던지. 놀라는 것 이상이었지. 안색이 확 달라지더라고. 얼굴이 새빨개졌지. 내 상상인지 몰라도 복잡한 감정과 잠시나마 심한 갈등에 휩싸이는 듯 보였어. 진실을 인정하고 싶기도 하고, 수치스럽기도 하고. 그렇지만 결국은 습관, 습관이 이겼지. 웃을 수만 있다면 웃었겠지. 실제로 대답을 하면서 웃어 보이려고 했고. '어머나, 정말 근사한 설교네요. 지난번에 하신 설교의 일부인가요? 이런 속도라면, 머지않아 맨스필드와 손턴 레이시의 주민들을 모두 감화시키겠어요. 다음에 당신 소식을 들을 때는 무슨 대단한 감리교* 모임에서 설교가로 명성을 떨치거나 해외 선교사가 되어 있겠네요.' 이 말을 하면서 아무렇지 않은 듯 보이려고 애썼지만, 원하는 만큼 되지는 않았지. 나는 진심으로 행복을 빈다, 하루빨리 좀 더 올바른 생각을 하게 되시길 바란다, 우리가 얻을 수 있는 가장 귀한 깨달음, 자기 자신과 자신의 의무에 대한 깨달음이 고통의 교훈으로 주어지는 일은 없기를 충심으로 바란다는 말만 하고, 곧바로 방을 나왔어. 몇 걸음 가지 않아, 패니, 뒤에서 문이 열리는 소리가 나고, '버트럼 씨.' 하고 부르는 거야. 뒤를 돌아봤지. '버트럼 씨.' 그러면서 미소를 짓는데, 방금 오간 대화와 어울리지 않는 짓궂고 장난스러운 미소였어. 나를 굴복시키려고 다시 들어오라는 것처럼, 적어도 내 눈에는 그렇게 보였지. 나는 거부했어. 순간 충동적으로 거부하고 그대로 걸어 나왔지. 왜 돌아가지 않았을까 후회되는 순간도 가끔은 있어. 그렇지만 내가 옳았다는 걸 알아. 우리의 만남이 그렇게 끝나 버리다니! 무슨 만남이 그런지! 내가 어쩌다 그렇게 사람을 잘못 본 건지! 오빠도 여동생도 다 잘못 봤으니! 참고

---

* 17세기 중엽 존 웨슬리(John Wesley, 1703~1791)가 창설한 성공회 내부의 부흥 운동으로, 1795년 영국 정교회에서 분리해 나왔으며 정교회의 세속성에 대한 비판이나 설교와 기율, 선교 활동으로 유명했다.

크로퍼드 양이 “버트럼 씨.” 하면서 미소를 지었지만
에드먼드가 이를 무시했다.

들어 줘서 고맙다, 패니. 덕분에 마음이 많이 편해졌네. 자, 이제 이 이야기는 그만하자."

그리고 패니는 그의 말을 곧이곧대로 믿었기 때문에 한 오 분 동안은 정말로 그 이야기가 끝난 줄 알았다. 그러나 똑같은, 혹은 비슷한 이야기가 전부 다시 반복되었고, 레이디 버트럼이 잠에서 완전히 깨어나지만 않았다면 이 대화는 끝이 없었을 것이다. 두 사람은 레이디 버트럼이 깰 때까지 내내 크로퍼드 양 이야기만 했다. 얼마나 마음이 끌렸는지, 천성적으로 얼마나 아리따운 사람인지, 일찌감치 좋은 보호자 손에서 자랐다면 얼마나 훌륭한 사람이 되었을지. 패니는 이제 터놓고 말해도 될 테니 크로퍼드 양의 실제 성품을 좀 더 알려 줘도 괜찮겠다 싶어서, 크로퍼드 양이 그와 완전한 화해를 바란 데에는 그의 형의 건강 상태도 한몫했을지 모른다는 뜻을 넌지시 비추었다. 에드먼드에게는 듣기 좋은 말이 아니었고, 당연히 한동안은 이를 받아들이지 못했다. 크로퍼드 양의 애정만큼은 좀 더 사심 없는 것이었다고 믿는 편이 훨씬 좋았을 것이다. 그렇지만 그의 허영심은 이성에 오래 맞설 만큼 강하지는 않았다. 그는 톰의 병세가 그녀의 태도에 영향을 미쳤다는 점을 결국 인정했다. 다만 속으로는 다음과 같은 생각으로 위안을 삼았다. 상반된 습관으로 인한 숱한 장애물을 감안하면, 크로퍼드 양의 애정은 기대 이상으로 깊었고 그를 위해 바르게 행동하려고 애썼던 것만큼은 확실했다. 패니도 같은 생각이었다. 또한 이번의 실연이 그의 마음에 영원한 상처와 지워지지 않는 자국을 남길 수밖에 없다는 점에도 두 사람은 완전히 의견이 일치했다. 시간이 지나면 물론 괴로움이 좀 덜해지겠지만, 이런 일에서 완전히 벗어난다는 것은 절대로 불가능했다. 그리고 앞으로 또 다른 여성을 만난다는 것은……. 이런 생각은 떠올리는 것만으로도 화가 났다. 그가 의지할 것은 패니의 우애뿐이었다.

17

죄와 불행을 길게 곱씹는 일은 다른 사람들의 펜에 맡겨 두자. 유쾌하지 않은 그런 화제는 가급적 빨리 끝내고, 큰 잘못이 없는 사람들부터 어서 어느 정도 편안한 상태로 되돌려 놓고 나머지 사람들도 빨리 마무리 짓고자 한다.

다행히도 실제로 이 무렵 나의 패니는 그간의 모든 일에도 불구하고 분명 행복했으리라는 것을 나도 잘 안다. 주변 사람들의 괴로움에 가슴이 몹시 아팠지만, 혹은 스스로 그렇다고 생각했지만, 그래도 역시 행복한 사람이었음에 틀림없다. 패니의 마음속에는 기쁨의 샘이 생겨났고, 샘은 솟아나게 마련이다. 이제 맨스필드 파크로 돌아왔고, 식구들에게 도움이 되고 식구들의 사랑도 받고 있으며, 이제는 크로퍼드 씨도 괴롭히지 못할 것이었다. 토머스 경이 돌아온 후 패니는 이모부가 자신의 선택에 완전히 동의하고 자기를 좀 더 높이 평가하게 되었다는 모든 증거, 우울한 기분에 사로잡힌 사람이 드러내 보여 줄 수 있는 모든 증거를 보았다. 그리고 이 모두가 다 행복한 일이었지만, 이런 일들이 하나도 없었더라도 그녀는 여전히 행복했을 것이다. 에드먼드가 더 이상 크로퍼드 양의 기만에 넘어간 희생자가 아니었으니 말이다.

물론 에드먼드 본인은 조금도 행복하지 않았다. 그는 실망과 후회의 고통에 시달리고, 지난날에 대한 안타까움과 이제는 결코 이루지 못할 일에 대한 아쉬움에 괴로워했다. 패니도 이를 잘 알았고, 그래서 마음이 아팠다. 그렇지만 그 밑바닥에는 만족감이 자리하고 있고 따라서 금방 사그러들게 마련이며 모든 소중한 감정과 완벽한 조화를 이루는 슬픔이니만큼, 이런 슬픔이 주어진다면 아무리 큰 기쁨이라도 기꺼이 내주지 않을 사람이 별로 없을 것이다.

토머스 경, 한 어버이이자, 어버이로서 자신의 행동에 과오가 있었음을 깨달은 가엾은 토머스 경의 괴로움이 가장 오래갔다. 그는 딸의 결혼을 허락하지 말았어야 했고, 딸의 감정을 알 만큼 알면서도 결혼을 수락한 자신의 잘못이 크며, 자기가 그렇게 한 것은 편의를 위해 올바름을 저버린 행동이자 이기심과 세속적 지혜라는 동기에서 비롯된 행동이라고 생각했다. 이런 자책의 날이 무뎌지는 데는 얼마간 시간이 필요했다. 그렇지만 시간은 거의 만능의 해결사니, 비록 러시워스 부인 쪽에서는 그녀 때문에 당하는 괴로움에 위안이 될 만한 소식이 별로 없었지만, 다른 자식들한테서는 생각보다 큰 위안을 찾을 수 있었다. 줄리아의 결혼은 그가 처음에 생각했던 것만큼 절망적이지는 않았다. 그녀는 몸을 낮추며 용서를 구했고, 진짜 가족으로 받아들여지기를 바란 예이츠 씨는 토머스 경을 존경하며 그의 말에 따르고자 했다. 예이츠 씨는 심지가 굳은 위인은 아니었다. 그렇지만 앞으로 덜 경솔하고 최소한 웬만큼은 차분하고 가정적인 사람이 될 희망은 보였다. 그리고 어쨌든 우려했던 것보다 가진 재산이 좀 더 있고 채무도 훨씬 적다는 사실을 알게 된 데다 그가 토머스 경의 말을 귀담아들으며 사사건건 상의를 해 오자 한결 마음이 놓였다. 톰도 토머스 경에게 위로가 되었다. 그는 점차 건강을 회복했는데, 다행히 무분별하고 이기적인 예전의 습성까지 돌아오지는 않았다. 병을 앓은 덕분에 완전히 철이 든 것 같았다. 고통을 견뎌냈고, 생각하는 법도 배웠으니, 전에는 겪어 보지 못했던 두 가지 이로운 경험을 한 것이다. 그는 자기가 말도 안 되는 연극 공연을 들고 나와 위험스러운 교제를 조장했으니 윔폴가에서 벌어진 통탄할 사건에 공범이나 마찬가지라고 스스로를 탓했고, 이런 자책은 그의 마음에 깊은 흔적을 남겼으니, 이제 스물여섯 살밖에 안 된 데다 원래 지각이 아예 없는 축도 아니고 곁에서 이끌어 줄 좋은 사람들도 없지 않으니, 이런 다행스러운 효과는 오래 지속되었다. 그는 이제 자기만 아는 사람이 아니라 부친을 도우면서 착실하고 조용하게 살아가는 의젓한 모습으로 다시 태어났다.

이것은 실로 큰 위안이었다! 그리고 토머스 경이 이런 행복의 근원들에 의지할 수 있게 된 지 얼마 안 돼 이번에는 에드먼드가 부친의 안녕에 일조했다. 그에게도 부친의 애를 태운 점이 딱 하나 있었는데 이제 한결 좋아졌으니, 기분이 밝아진 것이다. 여름 내내 저녁마다 패니와 함께 산책을 하고 나무 밑에 앉아 있더니만, 스스로 마음을 다스려 그만하면 꽤 쾌활한 모습을 되찾았다.

이런 변화와 희망 덕분에 토머스 경의 마음도 조금씩 가벼

에드먼드와 패니는 여름 내내 저녁마다 함께 산책을 하고 나무 밑에 앉았다.

워지고 상실감도 무뎌져 부분적으로나마 자신과도 화해할 수 있었다. 물론 딸들을 잘못 키웠다는 확신에서 비롯된 괴로움은 결코 완전히 사라지지 않을 것이었다.

이미 늦었지만 그는 마리아와 줄리아처럼 아이들이 집에서 극과 극의 상반된 태도에 상시적으로 노출된다면 인격에 부정적인 영향을 받을 수밖에 없다는 것을 깨달았다. 지나치게 오냐오냐하고 뭐든지 잘한다고 떠받드는 아이들 이모의 태도와 자신의 엄한 훈육이 계속 부딪쳤던 것이다. 그는 노리스 부인의 단점을 자신의 상반된 태도로 상쇄할 수 있으리라고 여겼던 것이 얼마나 그릇된 판단이었는지 알게 되었다. 또한 아버지 앞에서는 감정을 억누르도록 가르친 결과 딸들의 기질을 전혀 파악하지 못했고, 또 딸들로 하여금 원하는 게 있으면 오로지 맹목적 애정과 과한 칭찬으로 마음을 사려 한 사람에게 달려가게 만들었으니, 결국 불행을 키웠을 뿐임을 확실히 깨달았다.

이것만도 심각한 실책이었다. 그러나 점차 이것도 잘못되었지만 자신의 교육 방침에서 가장 끔찍한 과오는 아니라는 생각이 들었다. 교육 방침 자체에 뭔가 중요한 게 빠져 있었다. 그렇지 않았다면 세월이 흐르면서 이런 실책의 부정적 영향도 많이 사라졌을 터였다. 그는 원칙이, 적극적인 원칙이 결여되었던 게 아닌가, 욕심과 감정을 유일한 방비책인 도리에 대한 의식으로 다스리는 법을 제대로 가르쳐 준 적이 없는 게 아닌가 하는 생각이 들었다. 딸들에게 이론적인 종교 교육은 시켰으나, 그것을 나날의 실천으로 옮기도록 요구하지는 않았다.

딸들에게 어릴 때부터 심어 준 빼어난 품위와 교양이라는 목표는 이런 면에서 아무런 도움을 주지도, 도덕적 심성을 심어 주지도 못했을 것이다. 그는 딸들을 착한 사람으로 키우려 했지만, 지력과 예의범절에만 신경을 썼지 성품에는 관심을 기울이지 못했고, 절제와 겸양의 필요성에 대해서는 딸들을 제대로 가르쳐야 할 사람들 중 누구도 가르침을 준 적이 한 번도 없는 게 아닌가 하는 생각이 들었다.

이런 교육상의 결핍을 그는 쓰라리게 후회했다. 지금 와서 생각하면 어떻게 그럴 수 있었는지 스스로도 이해가 되지 않았다. 딸들을 키우면서 물심양면으로 교육에 공을 들였지만, 딸들은 기본적인 의무도 이해하지 못하고 자기는 딸들의 성격과 기질을 알지도 못했다니, 그저 참담할 뿐이었다.

특히 러시워스 부인의 고집스럽고 격정적인 성격을 그는 그 유감스러운 결과를 보고서야 비로소 깨달았다. 아무리 설득을 해도 러시워스 부인은 크로퍼드 씨를 떠날 생각이 없었다. 그녀는 그와 결혼하게 될 거라고 생각했고, 그게 부질없는 기대임을 깨달을 때까지 그와 함께 지냈다. 그러나 그런 사실을 깨닫자 실망과 참담한 마음에 성질을 부리고 그에 대한 감정도 증오에 가까워지면서 두 사람은 한동안 서로에게 징벌 같은 존재가 되었고 결국은 자진해서 헤어지는 것으로 결론을 보았다.

그와 함께 사는 동안에도 그녀는 그가 패니와 누렸을 행복을 전부 망쳐 버린 원흉이라는 비난을 받았고, 그와 헤어질 때 그녀에게 위로가 될 만한 것은 고작해야 자기가 두 사람을 갈라 놓기는 했다는 사실밖에 없었다. 이런 심성을 가진 사람이 이런 상황에 처했으니 이보다 더한 불행이 어디 있겠는가?

러시워스 씨는 어렵지 않게 이혼 허가를 얻어 내고 그렇게 결혼 생활을 끝냈는데, 대단한 운이 따른다면 모를까 애당초 맺어질 때부터 더 나은 결과를 기대하기 힘든 결혼이었다. 여자 쪽에서는 남자를 경멸하고 다른 사람을 사랑했고, 그 사실을 남자도 아주 잘 알고 있었다. 어리석음으로 자초한 모욕이나 이기적 열정으로 자초한 실망이나 둘 다 동정을 얻기는 힘들다. 남편은 어리석은 처신으로 벌을 받았고, 그 아내는 더 큰 죄로 더 큰 벌을 받았다. 남자 쪽은 혼인 관계가 해소되었으니 당장은 굴욕적이고 불행하겠지만, 혹시라도 또 다른 아리따운 아가씨한테 반해 다시 결혼하게 된다면 제2의 인생을 도모해 볼 수도 있고, 좀 더 나은 인생이기를, 즉 또다시 속는다고 해도 좀 더 기분 좋고 운 좋은 기만이기를 기대해 볼 수도 있을 것이다. 반면 여자 쪽은 훨씬 심각한 심적 타격 속에서 비난과 은둔의 생활로 들어갈 수밖에 없으며, 이 경우에는 새로운 삶의 희망이든 망가진 평판의 복구든 제2의 봄이 찾아올 여지가 있을 리 없었다.

그녀를 어디에서 살게 할 것인가 하는 문제가 매우 우울하고 중요한 의제로 떠올랐다. 조카딸의 과실에 오히려 애착이 더해진 듯한 노리스 부인은 조카딸을 집으로 데려와 모두 너그럽게 받아 주기를 바랐다. 그러나 토머스 경은 들은 척도 하지 않았고, 그럴수록 패니를 향한 노리스 부인의 분노는 더 커졌다. 패니가 이 집에 있기 때문이라고 여긴 것이다. 그녀는 토머스 경이 꺼려 하는 것을 끝내 패니 탓으로 돌렸다. 설령 집에 젊은 처녀가 없었더라도, 마리아와의 접촉으로 위험해지거나 혹은 마리아의 평판 때문에 해를 입을 수 있는 젊은 아이들이 남자든 여자든 슬하에 없었더라도, 이웃에게 딸을 잘 대해 주기를 기대하는 그렇게 무례한 짓은 절대로 하지 않았을 것이라고 토머스 경이 직접 그녀에게 대단히 엄숙하게 밝혀도 아무 소용이 없었다. 토머스 경은 그래도 딸자식이니 앞으로 회개하기를 기대하면서, 마리아를 보호해 주고 모든 편의를 확보해 주며, 올바르게 처신하도록 격려하는 등 서로의 위치에서 허락되는 한 모든 지원을 해 줄 생각이었다. 그렇지만 거기까지였다. 그 이상은 해 줄 생각이 없었다. 마리아 스스로 평판을 망가뜨린 것인데, 돌이킬 수 없는 것을 돌이키려고 헛된 수고를 하며 악덕을 용인하거나, 혹은 치욕을 덜어 보자고 다른 남자 집안에 자신이 겪은 것과 똑같은 불행을 안겨 주는 일에는 어떤 식으로도 방조하지 않겠다는 것이었다.

결국 노리스 부인이 맨스필드를 떠나 그녀의 불운한 마리아를 돌보는 일에 전념하는 것으로 매듭이 지어졌다. 두 사람을 위해 다른 지방에 거처를 마련 중이었다. 멀리 떨어진 외딴 곳에서 사람들과 이렇다 할 교제도 없이 한쪽은 아무 애정도 없고 또 한쪽은 아무 판단력도 없는 두 사람이 한 집에 갇혀 지내게 되었으니, 두 사람의 성격이 서로에게 형벌이 될 것은 미루어 짐작할 만하다.

노리스 부인이 맨스필드를 떠나게 된 것은 토머스 경의 생활에 또 하나의 커다란 위안이 더해지는 부수적인 효과도 있었다. 안티과에서 돌아오던 날부터 처형에 대한 그의 평가는 계속 하락해 왔다. 그때부터 두 사람이 함께할 때마다, 일로든 담소 자리에서든 나날이 접하게 될 때마다, 그녀는 꾸준히 신용을 잃었고, 그는 세월이 처형한테 상당히 안 좋게 작용했거나, 아니면 자기가 이제까지 처형의 분별력을 상당히 과대평가한 것이 틀림없다고 확신하게 되었다. 여태까지 처형의 행태를 어떻게 그렇게 잘 참아 넘겼는지 스스로 놀라울 지경이었다. 그녀는 그에게 시시각각 재앙으로 느껴졌다. 그녀의 목숨이 다하기 전까지는 그칠 가능성이 없어 보이니 더욱 괴로운 재앙이었다. 그녀는 영원히 짊어져야 할 자신의 일부인 것 같았다. 그런 그녀에게서 벗어나게 되었으니 너무나 다행이라 그녀가 씁쓸한 기억을 남기지만 않았다면, 이런 좋은 일을 불러 온 재앙에 고마운 생각이 들 지경이었다.

맨스필드에 그녀가 떠나는 것을 안타까워하는 사람은 아무도 없었다. 그녀는 자기가 가장 사랑한 사람들한테서도 사랑을 받지 못했던 데다가, 러시워스 부인의 출분 이후로는 너무나 짜증을 부리며 가는 곳마다 사람들을 괴롭히고 다녔다. 패니조차 노리스 이모가 영영 떠나가는 마당인데도 눈물이 나오지 않았다.

줄리아가 마리아와 달리 최악의 사태를 모면할 수 있었던 것은 성격과 상황이 더 유리한 점도 어느 정도 있었지만, 그보다는 바로 이 이모의 총애를 한 몸에 받으며 응석받이로 버릇없이 자라지는 못했던 덕분이었다. 줄리아는 미모나 교양에서 2등일 뿐이었다. 그녀는 언제나 자기가 마리아보다 조금 못하다고 생각하며 살아왔다. 그러니 자연히 성격도 더 유순한 편이고, 성질이 급하기는 하지만 자제할 줄도 알았다. 그리고 언니만큼 심히 해로울 정도의 자만심을 키우도록 교육받지도 않았다.

그녀는 헨리 크로퍼드로 인해 실망을 겪었을 때도 이런 현실을 훨씬 잘 받아들였다. 그가 자기한테 마음이 없다는 것을 깨닫고 처음에는 속이 쓰렸지만 꽤 빨리 마음을 추스르고 다시는 그를 생각하지 않기로 결심했다. 그리고 런던에서 다시 만남이 시작되고 크로퍼드가 러시워스 부인 집에 빈번히 드나들자 기특하게도 거기서 발을 빼고, 또다시 그에게 깊이 빠져드는 일이 없도록 이때를 잡아 다른 지인들을 방문했다. 친척 집에 간 것도 바로 그런 이유에서였다. 예이츠 씨의 편의와는 아무 상관이 없었다. 얼마 전부터 그의 접근을 허락하기는 했지만 받아들일 생각은 거의 없었고, 그런 식으로 언니의 행실이 세상에 드러나지 않았다면, 그리고 그 사건으로 더욱 커진 아버지와 집에 대한 두려움에, 자기한테 불똥이 튀어 아버지의 단속이 훨씬 엄해질 게 틀림없다는 생각에, 무슨 수를 써서라도 눈앞에 닥친 이 끔찍한 사태를 피하고 보기로 성급한 마음을 먹지만 않았다면, 예이츠 씨는 결코 성공하지 못했을 공산이 크다. 예이츠 씨하고 도망을 친 것은 이기적인 우려 때문이지 그 이상의 나쁜 생각은 없었다. 그녀가 보기에는 그 수밖에 없었던 것이다. 마리아의 죄업이 줄리아의 우행을 유발한 셈이었다.

너무 이른 독립과 자라나면서 보았던 그릇된 본보기 탓에 나쁜 물이 든 헨리 크로퍼드는 인정사정없이 제 허영심만 채우는 괴벽에 너무 오래 탐닉했다. 그 허영심 덕분에 딱 한 번 분에 넘치는 뜻밖의 기회가 열렸고 행복의 길이 그 앞에 펼쳐졌다. 만일 그가 사랑스러운 한 여인의 마음을 얻는 것으로 만족할 수 있었다면, 패니 프라이스의 거부감을 극복해 내고 그녀의 존경과 애정을 얻기 위해 노력하는 과정을 충분히 큰 기쁨으로 여겼다면, 성공과 행복에 이를 가능성은 얼마든지 있었다. 그의 애정은 이미 상당한 효과를 발휘하고 있었고, 패니에게서 영향을 받은 덕분에 그 역시 패니에게 이미 어느 정도 영향을 미치고 있었다. 그가 좀 더 좋은 사람이 되었다면, 틀림없이 그 이상의 것도 얻을 수 있었을 것이다. 특히 다른 한 쌍의 결혼이 성사된 다음에는 그녀로서는 양심 때문에라도 첫사랑을 묻어 두어야 했을 테니, 이것도 그에게 큰 도움이 되었을 것이고 또한 그 결혼을 계기로 두 사람은 매우 자주 만나게 되었을 것이다. 그가 당당하게 밀고 나갔다면, 에드먼드가 메리와 결혼하고 적당한 시간이 지난 후에는 패니라는 상을, 그것도 대단히 자발적으로 수여된 상을 얻었을 것이다.

원래 예정한 대로, 그리고 스스로도 그러는 게 옳겠다고 생각한 대로, 포츠머스에서 돌아온 후 곧바로 에버링엄으로 내려갔다면, 그는 행복한 운명을 확정 지을 수도 있었을 것이다. 그러나 프레이저 부인의 파티로 말미암아 발이 묶여 버렸다. 주변에서 그가 반드시 참석해 줘야 한다고 추켜세우며, 거기서 러시워스 부인을 만날 수도 있다고들 했다. 그러자 호기심과 허영심이 한꺼번에 발동했고, 올바른 행동을 위해 희생을 감수하는 데 익숙하지 못한 그의 마음에는 눈앞에 놓인 쾌락의 유혹이 너무 컸다. 그는 노퍽행을 미루기로 하고, 그런 용건은 편지로도 얼마든지 처리할 수 있다, 아니 사실 별로 중요한 용건도 아니라고 결론짓고, 그대로 눌러앉았다. 러시워스 부인을 만난 그는 냉대를 당했는데, 그렇다면 이쪽에서도 정이 떨어져 옆에서 보기에도 서로 영 소원한 사이가 되어야 마땅했다. 그러나 그는 굴욕감을 느꼈고, 한때 자기 하기에 따라 울고 웃던 여자한테 냉대를 당한 것이 참을 수 없었다. 그렇게 오만하게 싫은 티를 내는 위세를 꺾어 놓아야 직성이 풀렸다. 패니 때문에 화가 나서 저러는 것이니, 잘 구슬러서 자기를 대할 때는 러시워스 부인이 아니라 마리아 버트럼이 되도록 되돌려 놓아야 했다.

이런 기분으로 그는 공격에 착수했다. 그리고 힘차고 끈질기게 접근한 끝에 곧 친한 교분이, 추파의 교환이, 가벼운 불장난이 다시 시작되었는데, 그의 원래 의도는 이것이 전부였다. 그러나 비록 분노에서 비롯됐지만 두 사람 모두를 구할 수도 있었을 러시워스 부인의 신중한 태도를 꺾어 이긴 결과, 그는 예상했던 것보다 훨씬 강렬한 그녀의 감정의 포로가 되고 말았다. 그녀는 그를 사랑했고, 그의 마음이 가장 소중하다고 말하는 그녀 앞에서 이제 와 구애를 거둬드릴 수도 없었다. 사랑 때문이라고 변명할 여지도 전혀 없고 그녀의 사촌 동생을 향한 마음에 추호의 흔들림도 없으면서, 허영심에 발목을 잡히고 만 것이다. 패니와 버트럼 집안에서 이 일을 알지 못하게 막는 것이 무엇보다 급선무였다. 러시워스 부인의 평판도 배려하기는 했겠지만, 그보다는 스스로의 평판을 위해서 비밀을 엄수할 필요가 있었을 것이다. 리치먼드에서 돌아왔을 때는 더 이상 러시워스 부인을 만나지 않아도 돼 다행이라고 여겼을 것이다. 이후 전개된 사태는 모두 그녀의 부주의 탓에 벌어졌고, 그는 결국 어쩔 수 없이 그녀와 함께 도망을 쳤는데, 이때도 패니 생각에 안타까웠지만, 불륜 소동이 막을 내렸을 때는 더욱 안타까웠다. 몇 달 동안의 대조적인 경험으로 패니의 상냥한 성품과 순수한 마음, 훌륭한 원칙의 가치를 더욱 깨닫게 된 것이다.

그가 저지른 죄의 몫에 합당한 크기의 벌, 공공연한 치욕의 벌이 따라야 맞겠지만, 알다시피 이것은 사회가 미덕을 위해 마련한 보호벽에 포함되지 않는다. 현세에서는 우리의 기대에 부응할 만큼 공평한 벌이 주어지지 않는다. 그렇지만 꼭 내세의 더 정의로운 처벌을 고대하노라 할 필요는 없으니, 헨리 크로퍼드 같은 분별력 있는 남자라면 적지 않은 울분과 회환의 벌을 스스로 가하고 있을 거라고 봐도 무방하지 않겠는가. 울분이 자책에, 회한이 참담함에 이르기도 했으니, 자신에게 보여 준 환대에 그런 식으로 보답하고, 한 가족의 화평을 깨뜨려, 가장 소중하고 경복할 만한 최고의 교분을 박탈당하고, 열정을 바쳤을 뿐 아니라 이성(理性)으로도 사랑했던 여성을 놓쳐 버린 데 대한 자책이자 참담함이었다.

버트럼 집안과 그랜트 집안에 상처를 입히고 서로 소원해지게 만든 이 사건 이후에도 두 집안이 바로 이웃으로 지내야 했다면 대단히 곤혹스러웠겠지만, 그랜트 부부가 일부러 여행을 몇 달 연장해 집을 비운 끝에 천만다행으로 영영 목사관을 떠날 필요 내지는 기회가 생겼다. 그랜트 박사는 이제 거의 희망을 놓았던 연줄을 통해 웨스트민스터 성당에 봉직하게 되었고, 덕분에 맨스필드를 떠날 구실과 런던에 거처를 마련할 핑계가 생기고 이주 비용을 충당할 만큼 수입도 늘어났으니, 떠나는 쪽에나 남는 쪽에나 매우 다행스러운 일이었다.

그랜트 부인은 워낙 사랑을 베풀고 받을 줄 아는 성품인지라 정든 정경들과 사람들을 떠나자니 좀 섭섭하기는 했겠지만, 바로 이런 행복한 성품 덕분에 어디에서 누구와 어울리든 즐길거리는 충분히 확보될 것이고, 거기다 메리를 불러들일 집까지 다시 생긴 것이다. 메리도 지난 반년 사이에 사람들이라면 충분히 사귀어 봤고 허영과 야망과 사랑과 실연도 충분히 맛봤기 때문에, 언니의 진심 어린 보살핌과 언니의 이성적이고 평온한 생활이 절실히 필요했다. 자매는 함께 살았고, 그랜트 박사가 한 주 사이에 거창한 부임 만찬을 세 차례나 치른 끝에 뇌졸중으로 사망한 후에도 계속 함께 살았다. 메리는 맏아들이 아니면 다시는 마음을 주지 않으리라 단단히 마음먹었지만, 그녀의 미모와 2만 파운드의 지참금에 끌린 위세 당당한 상속자들이나 나태한 법정 추정 상속인들 가운데서는 맨스필드에서 습득한 고상한 취향에 부합할 만한 남자를 금방 찾아내지 못했기 때문이었다. 맨스필드에서 그 진가를 알게 된 가정적 행복을 기약하거나 에드먼드 버트럼을 머리에서 지울 수 있을 만큼 인품과 태도가 뛰어난 남자를 찾아내는 데는 오랜 시간이 걸린 것이다.

에드먼드는 이 점에서 그녀보다 훨씬 유리했다. 그는 텅 빈 가슴을 안고 그녀에 이어 마음을 채워 줄 사람을 기다리고 소망할 필요가 없었다. 메리 크로퍼드를 아쉬워하며 패니한테 다시는 그런 여자를 만나지 못할 거라고 토로하기를 그만두기가 무섭게, 전혀 다른 유형의 여자도 괜찮지 않을까, 아니 훨씬 더 낫지 않을까 하는 생각이 들기 시작했다. 그 다정한 미소와 아리따운 태도를 볼 때 다름 아닌 패니가 메리 크로퍼드 못지않게 자신에게 소중하고 중요한 사람이 아닐까, 그리고 패니가 보여 주는 누이다운 따뜻한 우애라면 사랑하는 부부로 살아가는 데 충분한 기반이 되지 않겠냐고 패니를 설득하는 것도 가능하고 또 기대해 볼 만한 일이 아닐까 하는 생각이 든 것이다.

이번에는 구체적인 날짜들은 일부러 생략한다. 억누를 수 없는 열정에서 치유되고 변함이 없을 것만 같던 마음이 다른 상대로 옮아 가기까지 걸리는 시간은 사람마다 다를 수밖에 없다는 것을 잘 아는만큼, 구체적인 날짜들은 독자 여러분이 각자 내키는 대로 정하시면 되겠다. 다만 이 점만은 모두 믿어 주셨으면 좋겠으니, 에드먼드가 실제로 크로퍼드 양을 생각하지 않게 되고 패니와의 결혼을 패니 본인도 더 바랄 나위가 없을 만큼 간절한 마음으로 바라게 된 것은 그리되어 마땅한 바로 그 시점에서지, 단 한 주도 이르지는 않았다.

사실 그는 오래전부터 패니에게 깊은 관심을 가져 왔고, 그 관심은 연약하고 순진한 더없이 사랑스러운 매력에서 시작되어, 갈수록 훌륭하게 성장하는 모습에 탄복하면서 완성된 감정이었으니, 이런 마음의 변화만큼 자연스러운 일이 어디 또 있겠는가? 패니가 열 살 때부터 그는 언제나 그녀를 사랑하고 인도하고 보호해 주었고, 그의 보살핌은 그녀의 정신적 성장에 지대한 영향을 미쳤으며, 그녀가 편히 지낼 수 있었던 것도 그의 친절한 배려 덕분이었다. 그녀는 그에게 매우 각별하고 깊은 관심의 대상이었고, 그녀가 맨스필드의 어떤 식구보다 자신에게 의지하고 있기에 더욱 애착이 갔다. 그러니 이제와서 무엇이 더 필요하겠는가. 있다면, 반짝이는 진한 눈동자보다 부드러운 연한 눈동자를 선호하게 되는 일뿐이었다. 그런데 그가 늘 그녀와 함께 시간을 보내고, 늘 그녀에게 속내를 털어놓고, 그의 감정도 최근에 실연을 겪은 사람에게서 볼 수 있는 바로 그 적절한 상태에 놓여 있었던 만큼, 그 부드러운 연한 눈동자가 우위를 점하는 것은 시간 문제일 뿐이었다.

일단 이 행복의 길로 접어들고 그런 사실을 자각하게 되면서부터는 신중을 기하기 위해 속도를 늦추거나 멈출 이유가 없었다. 정말 이럴 만한 상대인가 의구심을 품거나 상반되는 취향을 걱정할 필요도 없고, 서로 다른 기질에서 색다른 행복의 기약을 읽어 낼 필요도 없었다. 에드먼드는 패니의 마음과 성향과 의견과 습관을 속속들이 알고 있었기 때문에, 그녀의 현재 모습에 대해 자신을 기만할 필요도, 차차 나아질 거라고 믿을 필요도 없었다. 최근에 사랑의 열병을 앓을 때에도 그는 패니가 정신적인 면에서 더 낫다는 것을 인정했었다. 그러니 지금은 어떻겠는가? 말할 것도 없이, 그녀는 그에게 과분한 존재일 따름이었다. 그렇지만 과분한 것이 손에 쥐어졌을 때 마다하는 사람이 없듯, 그는 이 축복을 손에 쥐기 위해 한결같이 열심히 노력했고, 그녀 쪽에서도 호의적인 반응을 길게 미룰 리가 없었다. 소심하고 자신감도 없고 사서 걱정을 하는 편이지만 패니처럼 다감한 성격에 상대에게 매우 강력한 성공의 징표를 가끔씩 보여 주지 않는 것 또한 불가능한 일이었다. 그에게 반갑고 놀라운 진실을 모두 털어놓은 것은 훨씬 나중의 일이었지만. 패니 같은 사람이 자기를 그렇게 오래 연모해 왔다는 것을 알게 된 그의 기쁨은 참으로 컸을 터이니, 그 기쁨을 그가 그녀나 자기 자신한테 대단히 강렬한 어휘로 표현했을 것은 당연한 일이다. 이렇게 기쁘고 행복한 일이 어디 있겠는가! 그렇지만 이루 말로 다 할 수 없는 행복은 다른 사람의 몫이었다. 희망을 품어 볼 엄두도 내지 못했던 사람에게서 사랑 고백을 받았을 때의 젊은 아가씨 심정을 어느 누가 감히 전할 수 있으랴.

서로의 마음을 확인한 연후에는 어떤 걸림돌도 없었으니, 가난도 부모도 장애가 되지 않았다. 이 혼사는 토머스 경이 이미 바라던 바였다. 야심과 재력 위주의 혼사에 질릴 대로 질리고, 원칙과 성품이라는 진정한 재화에 더 큰 가치를 두게 된 데다, 이제 자기한테 남은 가정적 행복을 가장 확실하게 모두 확보하고 싶은 마음도 컸고, 그간 두 젊은이가 각기 겪었던 갖은 실망을 보상해 주고 서로에게 위안이 되어 줄 가능성이 있다고, 아니 가능성 이상이라고 진정 흡족한 마음으로 생각해 온 것이다. 그래서 그는 결혼을 허락해 달라는 에드먼드의 청을 기꺼이 수락하고, 패니를 며느리로 맞는 것은 대단한 보물을 얻는 격이라고 믿어 마지않았으니, 이런 모습은 일찍이 이 가련한 어린 소녀를 데려오자는 이야기가 처음 나왔을 때 그가 보인 입장과는 완전히 딴판이었다. 시간은 인간의 계획과 결말 사이에 언제나 이런 차이를 빚어내, 당사자에게는 깨달음을, 그리고 이웃들에게는 재미를 준다.

패니는 실로 그가 바라던 며느리였다. 그가 베푼 자비로운 친절이 본인에게 가장 소중한 위안을 길러 낸 셈이다. 너그러운 베풂은 풍요한 보상으로 돌아왔고, 그가 패니에게 전반적으로 보여 준 선의는 이런 보상을 받을 만했다. 그가 패니의 어린 시절을 좀 더 행복하게 만들어 주지 못한 것은 사실이지만, 엄한 모습을 보이느라 어린 패니의 사랑을 얻지 못한 것은 순전히 판단 착오 탓이었다. 이제 서로를 깊이 알게 되면서 두 사람의 애정은 매우 강고해졌다. 패니가 편히 지낼 수 있도록 아낌없이 배려한 보금자리를 손턴 레이시에 마련해 준 뒤로, 그곳으로 그녀를 찾아가거나 아니면 집으로 불러들이는 것이 거의 일과처럼 되었다.

이기적인 이유에서나마 패니를 오래전부터 소중하게 여겨 온 레이디 버트럼만큼은 패니를 떠나보내고 싶을 리가 없었다. 아들이나 조카딸이 아무리 행복해진다 해도 이 결혼을 바랄 수는 없었다. 그렇지만 결국은 패니를 떠나보낼 수 있었으니, 패니의 자리를 대신할 수전 덕분이었다. 수전을 계속 데리고 있기로 했는데, 물론 본인도 좋아했다! 패니가 상냥한 성품과 깊은 감사의 정에서 그 자리에 적임자였다면 수전 역시 재빠른 눈치와 쓸모 있는 인물이 되고 싶은 마음에서 패니 못지않은 적임자였다. 이제 수전은 결코 남한테 내줄 수 없는 존재가 되었다. 처음에는 패니의 마음을 달래 줄 동생으로, 다음에는 패니의 보조자로, 그리고 마침내는 그 대리자로, 수전은 맨스필드에 자리를 잡았는데, 패니처럼 영구 체류자가 될 게 틀림없어 보였다. 수전은 좀 더 대담한 성격에 신경도 더 튼튼한지라 맨스필드에서 지내기가 모든 면에서 더 수월했다. 상대의 기질을 얼른얼른 파악해 내고, 그에 따라 바라는 게 생겨나도 천성적 소심함 탓에 억누르거나 하는 법이 없었기 때문에, 수전은 곧 모두에게 환영받고 모두에게 도움이 되는 존재가 되었다. 그리고 패니가 집을 떠난 후로는 이모를 시시각각 편안히 보살펴 드리는 패니의 소임을 자연스럽게 이어받았고, 점차 어쩌면 패니보다 더 사랑스러운 조카딸이 되었다. 수전의 유능함과 패니의 빼어남과 윌리엄의 훌륭한 처신과 높아지는 평판을 보며, 그리고 다른 식구들도 대체로 잘해 나가고 서로 잘 되게 도와주며 자신의 지지와 원조에 보람을 안겨 주는 모습을 보면서, 토머스 경은 이 모든 식구들을 위해 자기가 한 일을 뿌듯이 돌아보고, 젊은 시절 역경과 단련의 소중함, 그리고 인생은 노력과 인내임을 곱씹을 기회를 거듭거듭 갖게 되었다.

이처럼 참된 미덕과 참된 사랑이 그득하고 재산과 친구도 부족함이 없으니, 결혼한 두 사촌의 행복은 현세의 행복으로서는 더할 수 없이 확고해 보였다. 둘 다 가정적인 성품에다 시골의 즐거움에 애착을 가지고 있었으니, 두 사람의 가정에는 애정과 평안이 가득했다. 그리고 이 보기 좋은 그림에 화룡점

정 격인 일이 일어났으니, 그랜트 박사가 사망하면서 맨스필드 성직록을 얻게 된 것이다. 마침 결혼한 지도 꽤 시간이 지나 더 많은 수입이 필요하고, 부모님 댁에서 멀리 떨어져 사는 것이 불편하게 여겨지기 시작하던 참이었다.

이렇게 해서 그들은 맨스필드로 이사를 했고, 다른 두 전 주인이 살던 때만 해도 찾아갈 때마다 얼마간 조심스럽고 불안하고 괴로운 마음을 금할 수 없었던 맨스필드 목사관은, 맨스필드 파크의 시계(視界)와 관할권 안에 존재하는 다른 모든 것들이 오래전부터 그러했듯, 곧 패니의 마음에는 정겨운 곳이, 그리고 패니의 눈에는 완전무결한 곳이 되었다.

제인 오스틴의 언니 커샌드라가 1810년경 그린 제인 오스틴의 초상화.

여덟 남매 가운데 유일한 자매였고,
둘 다 평생 독신이었던 커샌드라와 제인은 각별한 사이였다.
제인 오스틴의 어머니가 "커샌드라가 목을 매달면 제인도 따라할 것"이라고 말할 정도였다.
제인 오스틴이 썼던 편지들의 대부분은 커샌드라에게 보낸 것이었다.

제인 오스틴 읽기

«I»

제인 오스틴의 생애

"똑똑함은 위험한 재능이다."

제인 오스틴은 1775년 12월 16일 영국 햄프셔(Hampshire)의 스티븐턴(Steventon)에서 태어났다. 교구 목사였던 아버지 조지 오스틴(George Austen)과 어머니 커샌드라 리(Cassandra Leigh)는 여섯 아들과 두 딸을 두었는데, 제인은 그들의 일곱 번째 아이였다. 열 명의 가족과 하인들이 함께 살았던 목사관은 늘 사람들로 북적거렸다.*

---

* 외과 의사의 아들로 태어나 어려서 고아가 된 제인 오스틴의 아버지는 형제와 친척들의 도움으로 옥스퍼드 대학을 마친 뒤 먼 친척의 영지인 스티븐턴에서 교구 목사직을 지내면서 학생들을 맡아 개인 지도를 하는 등 빠듯한 살림을 꾸리며 전형적인 지주 계급(gentry)의 삶을 산 사람이었다. 기록에 의하면 그는 잘생기고 가정적이며 자식들에게 너그러운 아버지로서, 교구 목사의 책무를 수행하는 한편으로 농사를 관장하고 독서를 즐겼다고 한다. 목사의 딸로 태어난 제인 오스틴의 어머니는 시를 즐겨 지었으며 당대 주부에게 흔했던 우울증에 시달린 것으로 알려져 있다. 제인의 형제들은 뇌성마비를 앓았던 둘째 오빠 조지와, 아버지의 교구 목사직을 마련해 주었던 나이트 씨 집안의 양자로 가서 막대한 영지와 재산을 물려받은 셋째 오빠 에드워드를 제외하면 모두 부모와 마찬가지로 물려받은 재산이 없는 지주가 자녀들의 전형적 진로를 밟았다. 첫째인 제임스는 아버지의 교구를 물려받은 목사였고, 다섯째인 프랜시스와 막내인 찰스는 해군 제독을 지냈으

오스틴 남매 중 요절한 사람은 한 명도 없었고, 두 오빠 에드워드와 프랜시스 윌리엄은 심지어 각각 아이를 열한 명이나 둔 대가족을 이루기도 했다. 제인은 평생 독신이었지만 두 살 터울인 언니 커샌드라와 다섯 오빠 제임스, 조지, 에드워드, 헨리 토머스, 프랜시스 윌리엄, 그리고 남동생 찰스, 약 서른 명의 조카들, 멀고 가까운 친척, 친구들에 둘러싸여 한가할 틈이 없었다. 제인은 이런 환경 때문에 글을 쓸 시간이 턱없이 부족하다고 불평하곤 했다지만, 대가족이 얽히고설킨 크고 작은 일상의 사건들은 그녀가 이후 창조할 인물과 이야기의 원천이었을 것이다. 특히 제인의 어머니는 아이들에게 남기는 메모의 문장에도 운율을 담았고, 가족 연극을 올리며 아이들에게 어릴 때부터 자신을 표현하는 법을 가르쳤다. 제인이 처음 가족 연극에 참여한 것은 여섯 살이 되던 1782년이었고, 그로부터 십여 년 후엔 리처드슨(Samuel Richardson)의 장편 소설 『찰

며, 넷째이자 제인 오스틴과 가장 가까운 오빠였던 헨리는 목사가 되기 위한 교육을 받은 뒤 민병대원, 실패한 은행가를 거쳐 결국 목사가 되었다. 제인의 두 살 위 언니인 커샌드라는 목사인 약혼자가 서인도제도에서 열병으로 죽은 뒤 독신으로 살았고 제인 또한 독신으로 살면서 집안 살림을 돌보는 틈틈이 작품을 집필한 것으로 알려져 있다. 오빠들이나 남동생이 옥스퍼드와 왕립 해군 사관 학교에서 목사나 장교가 되는 정식 직업 교육을 받은 것과 달리 제인은 언니 커샌드라와 함께 일곱 살 때부터 열 살 때까지 약 3년 동안 근처의 기숙 학교에 다닌 것이 공식 교육의 전부였다. 거기서 지주 집안의 아내에게 요구되는 과목인 음악, 미술, 자수, 외국어 등을 배웠는데, 티푸스의 유행으로 그것마저 그만두고 학교를 옮기는 등 우여곡절을 겪었다. 오늘날에 비해 훨씬 변변치 않았던 학교 교육마저도 이렇게 조금밖에 받지 못했지만 제인은 독서와 예술을 즐기는 가정 분위기의 영향을 받으며 자랐다. 1782년에서 1789년까지 거의 매년 형제자매와 친척, 친지 들이 함께 모여 토머스 프랭클린의 『마틸다』(1775), 리처드 B. 셰리든의 『경쟁자들』(1775), 헨리 필딩의 『비극 중의 비극 혹은 엄지 왕자의 삶과 죽음』(1731) 등 당대의 대표적인 희곡들을 공연한 것이 기록으로 남아 있다.(전승희, 「제인 오스틴의 삶과 문학 그리고 『오만과 편견』」에서)

스 그랜디슨 경의 역사(The History of Sir Charles Grandison)』(1753)를 각색한 희곡『찰스 그랜디슨 경』을 썼다.

1785년 제인은 언니 커샌드라와 함께 기숙학교에 들어가 철자법과 문법, 프랑스어와 음악 수업을 듣고, 이듬해 집으로 돌아왔다. 제인이 첫 장편 소설을 쓰기 시작한 해는 1790년으로 습작의 제목은 '사랑과 우정(Love and Friendship)'이었다. 1794년부터는「레이디 수전(Lady Susan)」과「엘리너와 메리앤(Elinor and Marianne)」을 쓰기 시작하는데, 그 해는 앤 래드클리프(Ann Radcliffe)의 고딕 소설『우돌포의 비밀(The Mysteries of Udolpho)』이 출판된 해였다. 당대 베스트셀러가 되었던 이 작품은 훗날『노생거 사원(Nothanger Abbey)』에 주인공 캐서린 몰런드의 취향을 설명해 주는 중요한 장치로 등장한다.

1795년 제인은 톰 르프로이(Tom Lefroy)를 만났다. 그녀의 일생에서 첫 연애로 알려진 톰과의 만남은 가족들의 반대로 결혼에 이르지는 못했고, 1976년 그가 스티븐턴을 떠난 뒤로 그들은 끝내 재회하지 못했다. (제인 오스틴의 생애를 그린 영화「비커밍 제인(Becoming Jane)」(2007년작)은 그들의 만남과 헤어짐을 마치 오스틴이 남긴 또 한 편의 소설처럼 로맨틱하게 극화했다.) 르프로이와의 결별은 제인의 자신만만하고 적극적이며 낙천적이었던 결혼관이 부와 신분의 격차를 인식하는 현실적인 것으로 바뀌는 데 영향을 미친다.* 톰 르프로이와 결별한 후 제인은 '첫인상(First Impression)'이라는 제목 아래 장편

제인 오스틴의 연인으로 알려진 톰 르프로이(Tom Lefroy, 1776~1869)(좌)와
제인 오스틴의 아버지 조지 오스틴(George Austen, 1731~1805)(우).

톰 르프로이와 결별 후 제인은 「첫인상」이라는 소설을
집필하기 시작하는데, 이 작품이 바로 훗날 그녀에게 작가로서의
첫 명성을 가져다주게 되는 『오만과 편견』이다.
조지 오스틴은 영국 성공회의 성직자이자 학자였다.
그는 제인의 재능을 일찍이 알아보고 「첫인상」이 완성되자 원고를 출판사에 보냈다.

소설을 집필하기 시작하는데, 이 작품이 바로 훗날 그녀에게 작가로서의 첫 성공과 명성을 가져다주게 되는 『오만과 편견(Pride and Prejudice)』이다.

열서너 살부터 글을 쓰기 시작한 제인은 스물두 살에 첫 장편 소설을 완성했지만, 그녀의 첫 책을 출판하게 되는 것은 서른다섯 살이 되어서였다. 아버지 오스틴 목사와 오빠들이 그녀의 원고를 가지고 여러 출판사의 문을 두드렸지만, 출판의 기회는 쉽게 열리지 않았다. 그럼에도 제인은 거의 이십 년 가까운 시간 동안 지치지 않고 소설을 썼다. 1798년에는 사년 전에 쓰기 시작한 「엘리너와 메리앤」의 퇴고를 마친다. 이 작품이 1811년 제인 오스틴에게 출판의 기회를 처음 가져다주는 『이성과 감성(Sense and Sensibility)』이다. 「엘리너와 메리앤」을 쓴 뒤 제인은 이어서 새 소설을 쓰기 시작한다. 이 소설은 처음에는 제목이 '수전'이었다가 나중에 제목이 '캐서린(Catherine)'으로 바뀌고, 최종적으로는 '노생거 사원(Nothanger Abbey)'이라는 제목을 달고 제인 오스틴 사후 1817년 출간된다.

1801년 아버지 오스틴 목사는 퇴임을 하고 가족들과 함께 바스(Bath)로 이주했다. 바스에서의 체험들도 그녀의 소설들에

---

* 톰 르프로이와의 관계가 급진전되던 때 제인이 언니 커샌드라에게 보낸 편지에 "다음 무도회에서 그이한테 청혼을 받을 것 같아. 그렇지만 그 하얀색 코트를 다시는 안 입겠다고 약속하지 않으면 거절할 거야." 하고 농담을 할 정도로 자신만만해했던 관계였던 만큼 결혼이 무산된 충격이 컸으리라 짐작된다.(전승희, 「제인 오스틴의 삶과 문학 그리고 『오만과 편견』」에서)

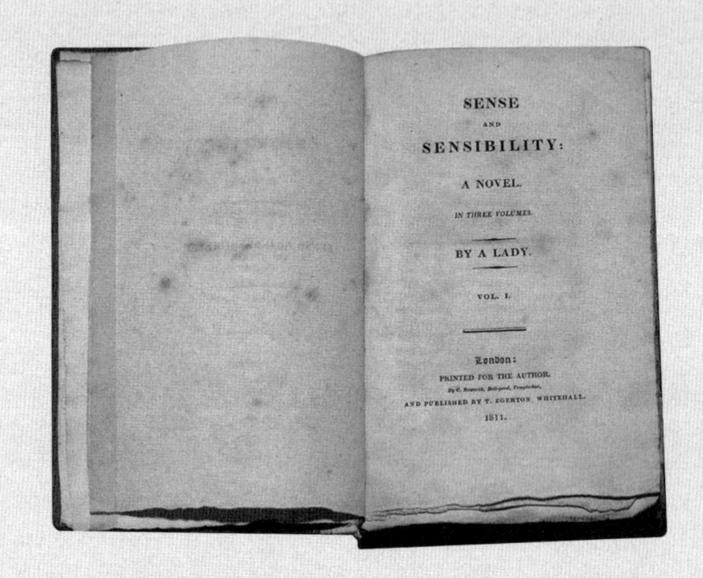

SENSE
AND
SENSIBILITY:
A NOVEL.
IN THREE VOLUMES.
BY A LADY.
VOL. I.
London:
PRINTED FOR THE AUTHOR,
By C. Roworth, Bell-yard, Temple-bar,
AND PUBLISHED BY T. EGERTON, WHITEHALL.
1811.

1811년 에저턴이 출판한 『이성과 감성』의 초판.

1811년 가을 어느 날, 잉글랜드 남부의 초턴이라는 작은 마을에 살던 서른다섯 살의
제인 오스틴은 사랑하는 조카 애너와 함께 근처 읍내 나들이를 갔다.
순회 도서관에 들른 그들은 진열대에 '한 숙녀(BY A LADY)'가 쓴
『이성과 감성』이라는 소설이 놓인 것을 보았다. 애너가 그것을 집어 들더니
"제목이 이 모양이니 엉터리가 틀림없어요." 하면서 바로 내려놓았다.
제인은 속으로 웃으면서 한마디도 하지 않았다.
자기의 첫 소설이 출판된 사실을 조카에게조차 알리지 않았던 것이다.
_윤지관, 「제인 오스틴과 『이성과 감성』」에서

중요한 밑거름이 되었다. 제인 오스틴이 가족과 함께 1806년까지 거주했던 바스에는 그녀의 삶과 작품을 기리는 제인 오스틴 센터(The Jane Austen Centre)가 1999년 개관했고, 매해 9월 세계에서 가장 큰 규모의 제인 오스틴 페스티벌이 개최되는데, 페스티벌 기간에는 퍼레이드, 무도회, 전시, 연극 공연, 강연 등 다채로운 행사가 열린다.

1802년 제인은 오랫동안 알고 지내던 친구의 남동생 해리스 비그위더(Harris Bigg-Wither)에게 급작스러운 청혼을 받았다. 해리스는 제인보다 여섯 살 연하였는데, 매우 부유했지만 연애에는 서툴고 따분한 사람이었다고 전해진다. 19세기에 미혼 여성은 아버지 또는 남자 형제에 의탁하고 살아갈 수밖에 없었다. 따라서 상당한 자산을 물려받은 해리스의 청혼은 제인에게 경제적으로 안락한 삶을 약속하는 기회였다. 제인은 얼떨결에 그의 청혼을 수락했지만, 하루 만에 마음을 돌려 거절했고, 일평생 독신으로 살았다. 상속받은 유산이 없는 여성에게 결혼이 아무리 유일한 생존의 조건이었더라도 사랑의 감정이 없는 결혼을 선택할 수는 없었던 것이다.*

---

* 그런 탓으로 1801년 아버지가 은퇴한 뒤에는 부모와 언니, 1805년 아버지의 사망 후에는 어머니와 언니와 함께, 1809년 나이트 집안의 상속자인 에드워드 오빠가 고향인 햄프셔의 초턴에 작은 집을 마련해 줄 때까지 바스의 작은 아파트와 친척 집 등을 전전하면서 지내야 했다. 이 기간 동안, 그리고 1817년에 사망할 때까지 제인은 우울증에 시달리는 어머니 대신 언니 커샌드라와 함께 수입이 변변치 않은 집안의 살림을 꾸리고, 여러 명의 올케가 아기를 낳을 때마다 불려가 도와주는 등 형제와 친척의 도움으로 사는 당대 독신녀의 전형적인 생활을 한 것으로 전해진다. 제인이 언니에게 보낸 편지는 굴뚝 청소부터 손님 접대용 고기에 대한 걱정 등에 이르기까지 소소한 살림살이에 대한 언급으

1803년에는 제인의 넷째 오빠 헨리가 런던의 크로스비 앤드 컴퍼니(Crosby & Company) 출판사와 「수전(Susan)」의 출판 계약을 맺는다. 출판사 대표였던 벤저민 크로스비는 계약금 10파운드를 지급하며 출판을 약속했지만 끝내 이 작품을 출간하지 않았다. 앞서 언급했던 대로 「수전」은 제인의 사후 『노생거 사원』으로 출간된다.

1805년 아버지가 갑작스레 사망한 후 제인의 어머니, 언니 커샌드라, 그리고 제인은 사우샘프턴의 캐슬 스퀘어로 이사했다가 1809년 셋째 오빠 에드워드가 마련해 준 초턴(Chawton)의 집으로 옮긴다. 이곳에서 제인은 『맨스필드 파크(Mansfield Park)』, 『에마(Emma)』, 『설득(Persuasion)』을 썼고, 『오만과 편견』, 『이성과 감성』을 수정하여 출간하게 된다. 제인 오스틴이 죽기 전까지 기거한 그 집은 1949년 제인 오스틴 박물관(Jane Austen's House Museum)으로 공식 개관하여 지금도 전 세계에서 찾아오는 방문객을 맞이하고 있다.

1810년 토머스 에저턴(Thomas Egerton)과 『이성과 감성』 출판 계약을 맺었고, 이듬해 이 작품이 제인 오스틴의 첫 책으로 세상에 나왔다. 이어 1813년에는 『오만과 편견』을 같은 출판사

로 가득 차 있고, 작가로 등단한 뒤 쓴 한 편지에서는 당대의 다른 여성 작가가 살림에 매달리는 한편 글을 써낸 것을 감탄하면서, 자기 같으면 양고기 덩어리와 장군 풀 소스로 꽉 찬 머리로는 창작이 불가능한 것 같다고 토로한 바 있다.(전승희, 「제인 오스틴의 삶과 문학 그리고 『오만과 편견』」에서)

제인 오스틴이 죽기 전까지 기거했던 초턴의 집은
1949년 제인 오스틴 박물관으로 공식 개관하여
지금도 전 세계에서 찾아오는 방문객을 맞이하고 있다.
이 집의 작고 고요한 방에서 제인 오스틴은 그녀를 둘러싼
세계의 어느 하나 놓치지 않았던 예민한 관찰자였고,
그녀의 상상으로 자라나는 이야기들에 가슴이 뛰었을 것이다.

에서 출판했다. 당시 판권을 110파운드에 팔았는데, 1800년대 초반 가정 교사의 평균 연소득이 25파운드 정도였음을 고려하면 적지 않은 금액이었다.* 1814년에는 『맨스필드 파크』가 출판되어 역시 초판이 매진되었고, 약 310~350파운드의 수익을 가져다주었다고 한다. 1815년 제인 오스틴은 『에마』를 탈고하고, 당시 런던에서 가장 영향력이 컸던 출판업자 존 머리와 계약을 맺는데, 훗날 조지 4세가 되는 섭정 왕자의 개인 도서관장이 작품을 헌정해 줄 것을 요청하여 『에마』를 왕자에게 헌정했다. 곧이어 「엘리엇가의 사람들(The Eliots)」을 쓰기 시작하는데, 이 작품은 『설득』의 모태가 된다. 1816년 벤저민 크로스비에게서 「수전」의 판권을 되찾았다. 1817년 「샌디턴(Sanditon)」을 쓰기 시작했으나 건강이 급격히 악화되어 침대를 벗어나지 못하는 생활이 이어지고, 7월 18일 마흔한 살의 나이로 숨을 거두었다. 그녀가 세상을 떠난 후 존 머리가 『노생거 사원』과 『설득』을 출판했다. 이때 처음으로 그녀의 작품이 '제인 오스틴'이라는 본명으로 출판되었다.**

---

* 당시 중산층 신사의 평균 연소득은 500파운드, 개인 마차를 소유할 정도의 재력을 갖춘 신사의 연소득은 대략 1,200파운드 정도였다. 연소득이 2,000파운드 이상이라면 상당한 재력가로 불릴 수 있었다.(소피 콜린스, 『인포그래픽 제인 오스틴』 참조)

** 제인 오스틴의 첫 책 『이성과 감성』의 표지에는 저자가 'By a Lady'로 표기되었고, 『오만과 편견』은 'By the Author of Sense and Sensibility', 『맨스필드 파크』는 'By the Author of Sense and Sensibility & Pride and Prejudice', 『에마』 역시 'By the Author of Pride and Prejudice, etc.'로 글쓴이가 표기됐다. 당시 여성의 글쓰기를 경시하는 분위기가 팽배했고, 중산층 집안에서는 딸의 문필 활동이 공개되는 것을 꺼렸기 때문에 이런 방법을 선택했던 것 같다.

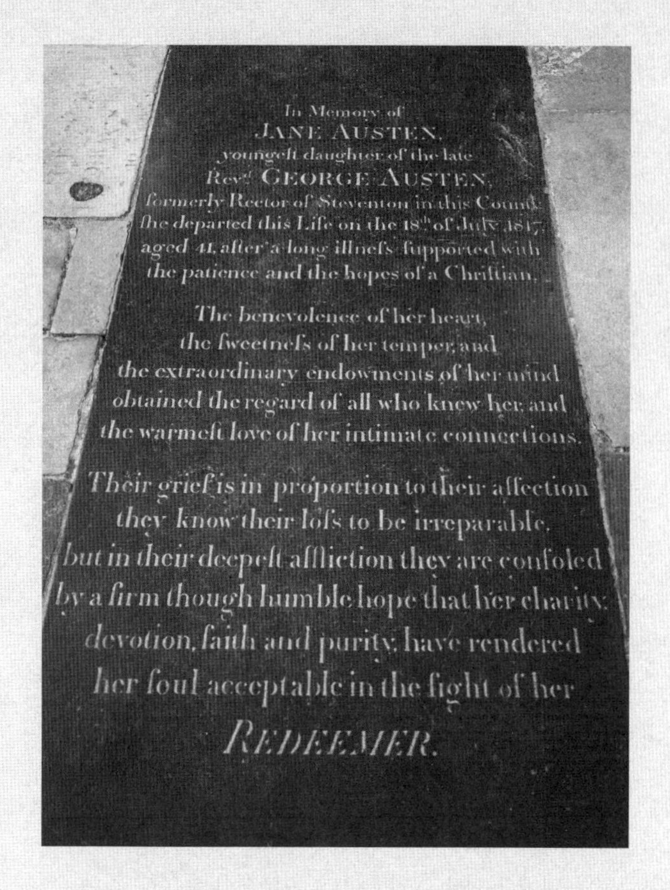

영국 윈체스터의 윈체스터 성당 안에 있는 제인 오스틴의 묘비.

"이 지역 스티븐턴 교구의 고(故) 조지 오스틴 목사의 막내딸, 제인 오스틴을 기리며.
그녀는 1817년 7월 18일, 오랜 병고 끝에 기독교인의 인내와 희망으로
41세를 일기로 세상을 떠났다. 그녀의 너그러운 마음, 온화한 성품,
그리고 탁월한 지적 능력은 그녀를 아는 모든 이로부터 존경받았고,
가까운 이들의 뜨거운 사랑을 받았다. 그녀를 향한 애정이 깊었던 만큼
그녀의 상실은 돌이킬 수 없는 아픔이 되었지만, 깊은 슬픔 속에서도
그녀의 자비와 헌신, 믿음, 순결이 그녀의 영혼을 구세주 앞에 받아들여지게 했으리라는
겸허하지만 굳건한 희망이 남겨진 이들을 위로한다."

«2»

제인 오스틴의 주인공들

『오만과 편견』_엘리자베스 베넷

엘리자베스 베넷은 웃음이 많고 거침이 없다. 그녀는 좋아하는 사람들과 장난하는 것을 즐기고 그녀가 속한 상류층 사람들의 부조리를 꿰뚫어 보는 것에서 큰 즐거움을 얻는다. 엘리자베스는 제인 오스틴의 소설에 등장하는 인물들 중에 가장 많이 웃는 사람일 것이다. 그녀의 자매들인 제인, 키티, 리디아와 어머니 베넷 부인은 엘리자베스의 유머를 잘 이해하지 못한다. 다만 아버지 베넷 씨만이 둘째 딸의 특출한 유머 감각을 좋아한다. 엘리자베스는 언니 제인에게 헌신적이지만, 제인은 인생에 관한 동생의 위트에 온전히 공감하지는 않는다. 어머니와 자매들의 무감각을 견뎌야 하는 것이 엘리자베스의 운명이다. 엘리자베스는 똑똑하고, 교양도 풍부하게 갖췄지만 그녀의 가장 큰 장점은 즐거운 대화를 이끄는 기술이다. 그녀는 비록 가진 것이 많지 않지만, 미래의 남편에 대해서는 매우 높은 기대를 품고 있다. 그녀와 동등한 존재, 즐거운 대화를 진심으로 나눌 수 있는 남자를 찾고 있다. 엘리자베스는 영국에서 가장 큰 재력가 가운데 한 사람인 다아시의 청혼도 한치의 망설임 없이 거절한다. 다아시가 오만하며 냉혹한 사람이라고 믿기 때문이다. 하지만 그녀는 또한 비록 매우 고통스럽더라도, 자신이 틀렸음을 깨달은 순간 잘못을 주저 없이 인정한다.

『에마』_에마 우드하우스

"아름답고, 총명하고, 부유한" 에마 우드하우스는 제인 오스틴이 창조한 주인공들 중에서도 가장 많은 특권을 가지고 태어난 인물이다. 낙천적인 성격에 여러 복을 한몸에 타고난 듯한 에마는 세상에 나와 스물한 해 가까이 아무 걱정 없이 자애로운 아버지 우드하우스 씨와 함께 안락한 삶을 누린다. 어머니는 오래전에 돌아가시고 언니 이저벨라가 결혼해 런던으로 이사한 뒤로 에마는 일찍 집안의 여주인이 되었다. 아버지 우드하우스 씨는 예민한 건강염려증 환자로, 딸에게 어떤 권위도 행사하지 못하며, 에마는 그런 아버지를 끝이 없는 인내심으로 보살핀다. 에마가 가장 좋아하는 일은 결혼 적령기의 사람들에게 완벽한 짝을 찾아주는 일인데, 그녀는 자신이 주변 사람들의 욕망을 누구보다 잘 이해하고 있다고 확신한다. (그 가운데는 에마와는 다르게 특권도 재능도 갖지 못한 해리엇 스미스도 포함된다.) 그러나 사실 에마는 타인의 감정을 넘겨짚기 일쑤이며, 세상을 자신이 상상하고 바라는 모습으로 꾸며내는 데만 열중하고 있다. '당신이 틀렸다.'고 그녀에게 말할 수 있는 유일한 인물은 오랜 친구인 나이틀리다. 두 사람 사이에는 강한 유대감이 있어, 서로 농담을 주고받는 동시에 논쟁도 할 수 있다. 하지만 에마는 늘 타인의 삶에 지나치게 몰두한 나머지, 그 유대감이 사랑일지도 모른다는 사실을 알아차리지 못한다.

『맨스필드 파크』_패니 프라이스

패니 프라이스의 어머니는 시쳇말로 가문에 먹칠을 하는 결혼을 하고 아이들을 줄줄이 낳아 결국에는 극심한 빈곤에 처한다. 여동생의 곤란한 처지를 딱하게 생각한 작은언니 버트럼 부인과 큰언니 노리스 부인이 조카들의 양육을 도와주기로 결정하여, 패니는 열 살 무렵부터 이모부인 토머스 경의 호화로운 저택 맨스필드 파크에서 사촌형제인 톰, 에드먼드, 마리아, 줄리아와 함께 자라게 된다. 토머스 경은 패니에게 큰 호의를 베풀고 있다고 생각하지만, 맨스필드 파크에서 버트럼 가족이 무심코 저지르는 행동이 연약하고 내성적인 그녀에게 얼마나 큰 상처를 주는지는 알아차리지 못한다. 패니는 과묵하지만 영리한 통찰력을 가져 주변 사람들을 예리하게 관찰한다. 런던에서 온 남매 헨리와 메리 크로퍼드가 버트럼가에서 함께 지내게 되는데, 세련되고 매력적으로 보이는 그들의 겉모습 안에서 냉정하고 위험한 이기적 마음을 간파하고 그들의 유혹을 물리칠 수 있는 사람도 오직 패니뿐이다. 한편 패니를 진정으로 아끼고 친절을 베푸는 유일한 버트럼가 사람은 사촌 오빠인 에드먼드뿐이다. 패니는 점차 그를 사랑하게 되지만, 그 마음을 드러낼 수는 없다는 것도 알고 있다.

『이성과 감성』_엘리너 대시우드

엘리너 대시우드는 열아홉 살밖에 되지 않았지만, 갑자기 과부가 된 어머니의 조언자가 될 자격이 충분할 만큼 냉철한 판단력을 겸비했다. 엘리너는 훌륭한 심성에 다정한 성격을 갖추었고, 불같은 감정을 차분하게 다스리는 법도 안다. 그것은 그녀의 어머니 대시우드 부인에게는 없는 자질이고, 동생 메리앤은 한사코 배우지 않으려 했던 지혜다. 그녀의 이복 오빠 존은 임종을 앞둔 아버지에게 새어머니와 여동생들을 잘 돌보겠다고 약속하지만, 아버지가 세상을 뜨자마자 그들을 궁지로 내몬다. 엘리너는 어머니와 두 여동생과 함께 데번셔에 사는 친척이 빌려준 집으로 이사하여, 그들의 호의에 기대어 살게 된다. 엘리너는 돈의 의미를 일찍 깨닫고, 그녀 자신과 여동생들이 결코 유리한 결혼을 할 입장이 아니라는 것도 안다. 엘리너는 놀라울 정도로 침착하고 자기 절제가 강하다. 열정적이고 충동적인 여동생 메리앤과 달리, 차분하고 이성적이며 쉽게 동요하지 않는다. 조심성은 그녀에게 타고난 성향처럼 보인다. 그러나 사실 엘리너는 매우 깊은 감정을 지닌 사람이며, 다만 그런 감정을 겉으로 드러내지 않는 것이 현명하다고 여길 뿐이다. 그래서 사랑의 감정을 느끼게 된 에드워드 페라스가 부도덕하고 계산적인 루시 스틸과 비밀리에 약혼했다는 사실을 알게 되었을 때조차 엘리너는 내면의 큰 고통을 감추며 겉으로는 평온한 태도를 유지한다.

『설득』_앤 엘리엇

앤 엘리엇은 스물일곱 살로, 제인 오스틴의 여주인공들 가운데 가장 나이가 많다. 그녀는 사려 깊고 다방면에 능한 인물로, 피아노를 아름답게 연주하고 외국어에도 능하며 시에 대한 섬세한 사랑을 지니고 있다. 그러나 그녀는 깊은 우울을 품고 살아간다. 열아홉 살이던 해, 앤은 젊은 해군 장교 프레더릭 웬트워스와 사랑에 빠졌다. 그는 앤에게 청혼했지만, 그녀는 멘토로 여기며 따랐던 러셀 부인의 설득에 따라 그와의 결혼이 경솔한 선택이라 여겨 이를 거절했다. 어린 시절 어머니를 잃은 앤은 러셀 부인에 의지해 왔지만, 그 결정만큼은 뼈저리게 후회하게 된다. 웬트워스에 대한 앤의 감정은 시간이 흘러도 바래지 않는다. 그러던 중 전쟁에서 이기고 부와 명성을 얻은 웬트워스가 대령이 되어 돌아와 앤이 사는 곳을 방문하게 된다. 그들이 헤어진 지 여덟 해, 앤은 수척해지고 빛을 잃었지만 웬트워스는 여전히 매력적이다. 앤은 그가 젊고 발랄한 루이자 머스그로브에게 빠져버린 듯한 모습을 지켜보아야 하며, 그럼에도 자신이 여전히 그를 사랑하고 있음을 절실히 깨닫는다.

『노생거 사원』_캐서린 몰런드

열일곱 살의 캐서린은 제인 오스틴의 여주인공들 가운데 가장 어리며, 공상을 즐기는 소녀의 면모를 지니고 있다. 시골 교구 목사의 열 남매 중 하나로 태어나 특별한 데는 없지만, 그럭저럭 행복하게 자라며 더 넓은 세상을 꿈꾼다. 그리고 그녀에게 기회가 찾아온다. 아이가 없는 이웃 앨런 부부의 초대로 그들과 함께 바스를 방문하게 된 것이다. 캐서린은 더할 나위 없이 들뜬다. 바스는 당대 영국에서 가장 유행에 민감한 도시이자, 여유 있는 계층이 모여 온천욕을 즐기고 유희를 만끽하는 도시다. 그곳에서 그녀는 무도회장, 연극 공연, 사교 모임들을 한껏 누린다. 캐서린은 순진한 한편 총명하고, 세상 물정에 어두운 것 같지만 놀랄 만큼 통찰력을 보이기도 한다. 젊은 신사 헨리 틸니는 그런 캐서린을 매혹적인 존재로 여긴다. 캐서린은 소설 읽기를 무척 좋아하며, 때때로 자신이 읽은 이야기 속 인물이나 사건을 현실과 혼동하기도 한다. 처음에는 만나는 사람들—이를테면 친구인 척하는 이저벨라 소프 같은 이들—을 모두 곧이곧대로 믿지만, 점차 사람들이 하는 말들이 늘 진실만을 담고 있는 것은 아니라는 것을 배워 나간다.

«3»

『이성과 감성』에서 『노생거 사원』까지

셰익스피어에 이어 '지난 천 년간 최고의 문학가', '영국인이 가장 사랑하는 작가'로 꼽히는 제인 오스틴의 소설들은 단순히 빅토리아 시대의 고전을 넘어 지금의 독자들에게도 여전히 생생한 공감을 불러일으키며 끊임없이 재해석되고 있다. 민음사의 세계문학전집으로 제인 오스틴의 장편 소설 여섯 편이 출간되어 있는데, 한 편도 빠짐없이 모두 영화, 드라마, 오마주 소설 등으로 수차례 다시 태어난 작품들이다. 제인 오스틴이 열아홉 살에 써 두었던 「엘리너와 메리앤」을 개작한 『이성과 감성』은 책으로 출판된 오스틴의 첫 작품이다. 전 세계적으로 가장 많은 독자들이 애독한 『오만과 편견』은 제인 오스틴의 첫 연애로 알려진 톰 르프로이와의 결별 후 '첫인상'이라는 제목으로 쓰기 시작했던 작품이다. 『이성과 감성』, 『오만과 편견』으로 소설가의 입지를 확고히 한 제인 오스틴이 전작들의 성공 공식에서 벗어나 새로운 시도를 한 작품이 『맨스필드 파크』다. 『에마』는 작가로서의 명성이 절정에 달했던 제인 오스틴이 토머스 에저턴 출판사를 떠나 당대 가장 영향력이 컸던 존 머리의 출판사에서 출간한 첫 작품이었다. 『설득』은 런던 문단과 사교계를 마다하고 가족들과 함께했던 제인 오스틴이 죽기 전에 완성한 마지막 소설이다. 『노생거 사원』은 그녀의 사후인 1817년 출간되었지만, 그녀가 이십 대에 탈고한 첫 소설로 이후 제인 오스틴에 펜 끝에서 태어날 여성 주인공들의 원형이 담긴 작품이다. 여섯 편의 소설이 출간된 순서에 따라 세계문학전집 판본들의 「작품 해설」에서 짤막한 개요를 발췌하여 소개한다.

『이성과 감성』

"세상을 알면 알수록 내가 진짜 사랑하는 사람을 영 못 만날 거라는 생각만 더 들어요. 원하는 게 너무 많으니까요!"

제목 그대로 이 작품은 인간성의 두 측면 '이성'과 '감성' 에 대한 탐구이다. 인간은 누구나 이성적인 면과 감성적인 면이 있고, 경우에 따라서 어느 한 면이 강하게 나타나는 인간 유형이 있기 마련이다. 제인 오스틴은 『이성과 감성』의 두 자매 여주인공 엘리너와 메리앤을 각각의 유형을 대변하는 인물로, 즉 언니는 이성을, 동생은 감성을 대변하는 인물로 설정하고, 이 두 인물을 통해 인간성의 두 속성이 어떻게 인간관계에서 발현되는지 면밀히 관찰한다. 나아가서 어떤 유형의 인간이 좀 더 바람직한 삶에 어울리는지 질문한다. 두 자매 모두 다정다감한 성격에 지성과 감수성을 타고났지만, 언니인 엘리너는 분별력 있고 무엇보다도 감정을 조절하는 능력이 탁월한 데 비해 동생인 메리앤은 자기 감정에 충실한 점이 장점이면서 그것이 지나칠 때는 절제하지 못하는 약점이 있다. 이 대비는 각자가 연애를 하는 방식에서 극명하게 나타난다. 내성적이

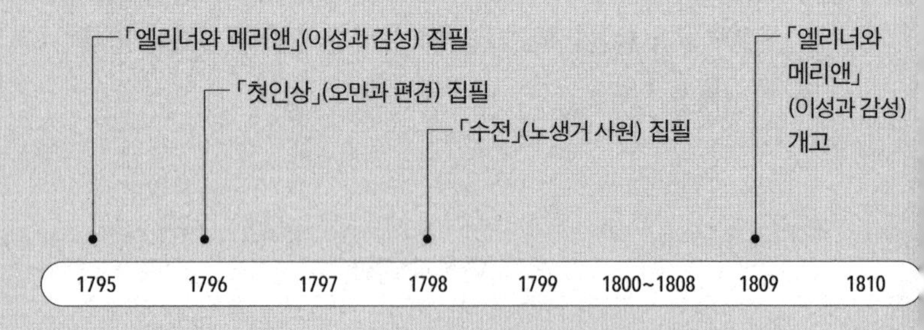

고 도덕적인 청년 에드워드를 사랑하는 엘리너는 사랑의 감정을 서서히 발전시키면서 그 감정의 정도를 늘 점검하고 거기에 충실하려는 데 비해, 메리앤은 멋지고 열정적이고 활동적인 청년 윌러비에게 첫눈에 반해 모든 순정을 바치고 열정적인 연애 감정에 휩싸인다. 엘리너의 연애는 남들이 겨우 눈치만 챌 수 있을 정도로 지지부진인 한편, 메리앤의 연애는 누구의 눈에도 서로 사랑에 빠져 있는 것이 명확할 정도로 적극적이고 숨김없다. 언니는 동생의 이 같은 처신이 남의 이목에 어떻게 비칠지 걱정하고, 동생은 동생대로 언니의 감정이 너무 미적지근하다고 탓한다. 두 자매 모두 이 사랑에서 일종의 배신을 경험하는데, 여기에 대한 대응에서도 둘의 태도는 현격하게 차이가 난다. 엘리너는 에드워드가 자신과 맺어지기 어려운 상황에 처해 있음을 알고 충격을 받는다. 그러나 그녀는

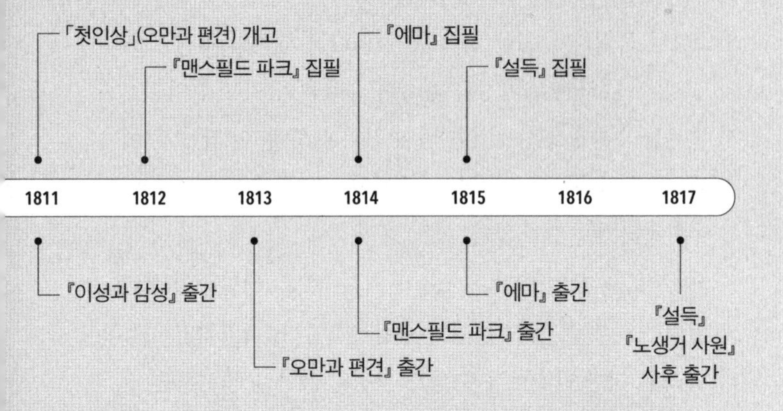

사태를 냉정하게 정리하고 자신의 고통을 속으로 삭이고 식구들에게 아무런 내색도 하지 않는다. 이에 반해 메리앤은 상대의 변심을 알게 되자 망연자실해 거의 제정신이 아닐 정도로 절망에 빠진다. 엘리너의 고통은 아무도 모르는 채 모든 가족이 메리앤을 걱정하고 엘리너 자신도 동생을 챙기기에 바쁘다. 더구나 엘리너는 사랑하는 사람이 다른 여자와 결혼할 수 있도록 주선해야 하는 곤혹스러운 처지에 빠진다.

분별력 있는 엘리너, 감성이 풍부한 메리앤. 이 둘 가운데 어느 인물이 더 독자의 사랑을 받을까? 『이성과 감성』은 메리앤의 '감정적인' 반응과 엘리너의 '이성적인' 반응 가운데 어느 쪽이 올바른 삶의 방식일지 묻는다. 이와 같은 문제의식을 고려하면, 후에 엘리너가 자신의 고통을 보상받아 원래의 연인과 결혼하는 반면 메리앤은 쓰라린 실연의 상처를 안고서 애

초에는 관심이 없었던 나이 많은 숭배자 브랜던 대령과 맺어지는 결말을, 작가가 메리앤의 지나친 감성에 경종을 울리고 엘리너의 분별력에 손을 들어 준 것이라고 해석할 여지는 있다. 그러나 메리앤의 열정과 좌절이 젊음의 열기를 뿜어내면서 독자들의 마음을 사로잡는 면이 있기 때문에, 이 작품이 '이성'과 '감성'이라는 두 대립항 가운데서 어느 쪽을 선택하고 있는지 확정하기는 쉽지 않다.

이 작품이 쓰인 19세기 초는 문학사적으로 낭만주의 시대로 일컫는 시기로, 당시 문학의 주된 경향은 18세기적인 이성과 합리에 대한 반발로 감수성과 감정의 표출을 중시하는 것이었다. 주로 시를 통해 이 같은 정서가 폭발적으로 일어났지만, 소설에서도 괴기스러운 소설이나 낭만적인 역사 로맨스 등이 유행을 타고 있었다. 바야흐로 감성의 해방이 이루어지던 바로 이 시기에, 제인 오스틴은 '이성'과 '감성'이 한쪽 방향으로 치우칠 때 어떤 문제가 발생하는지 찬찬히 고찰하는 소설을 써낸 것이다. 그리고 여기에 진지한 도덕적 성찰을 가함으로써, 현실 의식과 결합된 상상력의 진경을 보여 주었다. 제인 오스틴이, 그리고 『이성과 감성』이 지금까지도 간직하고 있는 호소력과 매력은 바로 이 작가의 리얼리스트로서의 성취에서 비롯한다.

_윤지관, 『이성과 감성』의 작품 해설에서

『오만과 편견』

"제가 장담하는데 당신은 저한테서 좋은 점을 하나도 찾지 못했어요. 그렇지만 사랑에 빠지면 그런 거야 문제될 것 없을 테지요."

제인 오스틴의 작품 중 가장 널리 독자들의 사랑을 받아 온 『오만과 편견』은 작가 스스로 "이 작품은 너무 가볍고 밝고 반짝거려서 그늘이 필요하다."라고 말했을 만큼 그녀의 작품 중에서 가장 밝은 작품으로 알려져 있다. 하지만 정작 이 작품의 전신인 「첫인상」 집필 당시 제인 오스틴은 그 전해인 1795년에 있었던 톰 르프로이와의 결혼이 좌절된 사건 이후 개인적으로 어렵고 힘든 시기를 보내고 있었다. 집필을 시작한 지 일 년여 만인 1797년 탈고한 원고가 십 년 이상 사장되어 있다가 1811~1812년에 현재의 형태로 완전히 새로 쓰여 1813년 발표되는데, 바로 그해에 매진되어 연말에 재쇄에 들어갔다. 출판 당시의 이런 인기는 현재까지 이백여 년 동안 큰 변동 없이 유지되고 있으니, 그간 꾸준히 학문적 연구의 대상이 되어 온 것은 물론 여러 작가들에 의해 다양한 형태의 속편이 쓰이기도 하고, 수차례 영화화되기도 했다.(이 작품의 모티프를 활용해서 현대화한 영화 「브리짓 존스의 일기」도 인기를 얻었다.) 그렇다면 『오만과 편견』이 이백여 년 동안 이렇게 변함없이 독자들의 사랑을 받아 온 이유는 무엇일까? 우선 눈에 띄는 것은 이 작품이 젊은 남녀의 연애와 사랑 이야기, 특히 자신의 실수나 현실적 조건으로 인한 난관을 넘어 사랑을 성취한 이야기로 보편적인 호소력을 갖는다는 사실이다. 더욱이 재산은 없어도 뛰어난 미덕을 지닌 두 여주인공이 행복하게도 사랑과 조건이 일치하는 결혼에 성공하는 '신데렐라 스토리'가 많은 이들의 소망을 대리 충족하는 기능을 했을 것이다. 그러나 이 작품이 단순히 그 같은 대다수 독자들의 꿈에 호소한 덕분에 성공했다고만은 볼 수 없다. 작중 현실은 여자가 착하고 아름답기만 하면 온갖 악인들의 방해를 물리치고 왕자와 결혼하게 되는 단순한 구도와는 거리가 멀기 때문이다.

무엇보다도 제인과 엘리자베스의 '신데렐라'적인 결혼은 작중에서 예외적인 현실이다. 두 여주인공 주변에 있는 다수의 여성들은 이런저런 이유로 사랑과 조건이 행복하게 일치하는 결혼의 가능성에서 근원적으로 차단되어 있다. 더욱이 신데렐라 이야기와 달리 이런 현실은 여성 인물들의 미덕과 단순한 비례 관계에 있는 것이 아니다. 엘리자베스의 친구이자 훌륭한 성품과 판단력을 가진 샬럿의 결혼은 당대 지주 집안 여성이 처한 곤경을 전형적으로 잘 보여 준다. 샬럿이 베넷가의 상속자이지만 터무니없이 우둔하고 젠체하는 콜린스 씨와의 결혼을 선택하는 이유는 미모나 재산이 받쳐 주지 않는 자신의 조건 때문이다. 이는 여성 해방 운동의 부분적인 성과에도 불구하고 아직도 자립이 용이하지 않고 사회 전반적으로 열등한 지위를 면하지 못하고 있는 오늘날 여성의 처지와도 무관하지 않다. 샬럿의 선택과는 정반대인 것이 엘리자베스의 막냇동생 리디아의 경우다. 그녀는 이성적 계산보다 본능적 충동을 앞세운 사랑의 도피 행각을 벌이는데, 리디아와 위

컴의 결혼은 기존의 규범에 대한 단순한 반발은 손쉬울지 모르나 바람직한 해결책은 아님을 보여 준다. 이런 예들에서 대다수 여성들의 처지를 더 전형적으로 대표하는 샬럿이나 리디아의 선택은 부분적으로는 그들의 성격이나 자질과 연관된다. 그러나 더 근본적인 요인은 여성들에게 사랑과 조건 사이의 선택을 강요하는, 그들이 사회·경제적으로 무능하다는 조건이다.

제인과 엘리자베스의 성공도 자세히 보면 그들의 미덕 덕분이라기보다 우연의 영향이 크다. 그리고 그들의 미덕은 미모와 착한 성품 같은 전통적인 미덕이 아니라, 지성과 활력 같은 근대적인 미덕이다. 가령 제인은 미모나 착한 성품이 전통적인 신데렐라적 여성상에 가깝지만, 바로 그런 착한 성격 때문에 사랑을 이루지 못할 뻔했다. 그녀와 빙리의 결혼은 엘리자베스나 다아시 등 가까운 사람의 도움을 통해서만 가능했고, 그 과정에서 우연도 무시 못 할 역할을 했다. 제인 오스틴이 활자화된 인물 중 가장 유쾌한 인물이라고, 좋아하지 않기가 어렵다고 한 엘리자베스가 꿈을 이룬 것은 미모나 착한 성품이 아닌 지력과 재치, 활력 덕분이다. 물론 그녀가 결국 다아시와 결혼하기 때문에 이 관계는 결혼을 여성의 성취로 보는 전통적 역할을 인정하는 것같이 보이기도 한다. 그러나 결혼을 하는 시점에서 두 사람은 어느 한쪽이 상대를 일방적으로 지배하는 관계가 아니라 서로의 장점을 인정하고 약점을 보완하는 동등한 파트너의 관계가 된다. 즉 얼핏 보아 신데렐라의 꿈을 그리고 있는 듯한 이 작품은 여성 인물들의 성격, 그들이 결혼하기까지 겪어야 하는 우여곡절, 그러고도 예외적으로밖에 주어지지 않는 사랑과 조건이 일치하는 결혼 등을 통해 근대의 여성이 처한 부당한 처지와 전통적인 가치와 새로운 가치의 충돌 등을 자세하고 진실되게 보여 주는 것이다. 또한 바로 이 같은 가치관의 이행을 가능케 해 줄 토대가 충분치 않은 상황이 정도나 양상의 차이는 있지만 여전히 지속되고 있기 때문에 작품이 발표된 이후 이백여 년이 흐른 지금도 많은 독자의 공감을 얻을 수 있다.

사랑과 결혼의 문제에서 외적 조건을 중시하는 전통적인 규범과 개인의 성품과 선택을 중시하는 새로운 개인주의적 가치관의 충돌, 그 사이에 낀 여성들의 곤경으로 나타나는 시대적 변화로 인해 작중 인물의 됨됨이는 계층과 무관한 것으로 그려진다. 남자 주인공인 다아시가 귀족 집안과의 연관이나 막대한 재산에도 불구하고 오만함을 버리고 진정한 자부심을 배운 뒤에야 사랑을 성취할 수 있듯, 재산이나 지위가 자동적으로 사람의 가치와 연결되지는 않는다. 귀족 계급인 다아시의 이모 캐서린 영부인의 권위주의는 공소하거나 가증스럽고 윌리엄 경은 우둔하다. 재산가인 빙리 집안에서도 빙리 한 사람만이 됨됨이가 괜찮을 뿐 그의 두 누이는 속에 든 것도 없으면서 오만하기만 하다. 변호사업이나 상업에 종사하기 때문에 베넷 집안보다 지위가 떨어지는 필립스 씨 부부나 가디너 씨 부부는 같은 시민 계급이라 하더라도 전자는 경망스럽고, 후자는 오히려 참다운 지주 계급의 미덕을 지닌 것으로 그려져 있다. 귀족 계급과 시민 계급의 중간쯤에 위치하는 베넷가의 가족도 아버지는 비교적 합리적인 인물인 반면 어머니는 우둔하고 제인과 엘리자베스는 지성과 활력을 겸비한 인물이지만 동생인 메리, 키티 그리고 특히 리디아는 지각없는 인물이다. 이런 인물들의 배치를 통해서 우리는 작가 제인 오스틴이 기존의 계급 중심의 질서에서 계급과는 무관한 개인의 자질과 성품을 중시하는 새로운 질서로 이동하는 사회의 모습을, 어느 한쪽을 일방적으로 미화하거나 단순화하지 않은 채 균형 잡힌 시각으로 제시하고자 한 것을 알 수 있다. 이런 제인 오스틴의 태도는 전통적인 질서와 가치 중에서 보존할 것은 보존하고 버릴 것은 버리며, 새로운 가치의 경박성을 경계하되 그 진취적인 정신은 받아들이는 영국적 '중용' 내지는 '타협'의 정신에 가깝다. 이런 태도는 물론 단순히 좋은 게 좋은 것이라는 식의 손쉬운 타협과 현실에 안주하는 태도가 아니라 현실의 문제점에 대한 근본적인 비판과 성찰의 태도다. 작품에 그려진 것과 같은 '타협'의 예외성이 다양한 인물의 배치와 플롯을 통해 솜씨 있게 제시되어 있는 것이다. 이 작품이 서구 소설 가운데서도 가장 고전적인 교양 소설로 평가받고 있는 것도 이런 까닭이다.

_전승희, 『오만과 편견』의 작품 해설에서

『맨스필드 파크』

"죄와 불행을 길게 곱씹는 일은 다른 사람들의 펜에 맡겨 두자."

제인 오스틴의 세 번째 작품인 『맨스필드 파크』는 그의 장편 소설 여섯 편 가운데 가장 문제적이고 논란이 많은 작품으로 알려져 있다. 다른 작품들에서 보기 힘든 오스틴의 남다르고 단순치 않은 특징들이 드러나 있기 때문이다. "너무 가볍고 밝고 반짝거려 그늘이 필요할 정도"인 『오만과 편견』에 비하면, 『맨스필드 파크』는 거의 그 반대편에 서 있는 작품처럼도 보인다. 오스틴은 1811년 10월 『이성과 감성』을, 그리고 1813년 2월 『오만과 편견』을 잇달아 내면서 여성 작가로 두각을 드러내기 시작했다. 이런 중요한 시기에 작가가 무언가 새로운 작품을 써 보겠다는 뜻을 밝히면서 1811년 2월부터 집필에 들어가 1814년 발표한 작품이 바로 『맨스필드 파크』이다.

이 작품이 오스틴의 소설 가운데 가장 '논쟁적'이라거나 '문제적'인 소설이라는 평, 혹은 가장 '심오한' 소설이라는 평가가 나오는 이유는 무엇일까. 우선 이 작품의 이야기 기본 틀 자체가 남다른 면이 있다. 주인공인 패니 프라이스는 오스틴의 다른 작품들과는 달리 천덕꾸러기로 핍박받는 어린 시절을 보내며 소극적이고 순종적인 여성으로 성장한다. 이것은 대개 유복한 집안의 딸이나 심지어 여주인(『에마』의 에마 우드하우스)이거나 다소 경제적으로 부족해도 밝고 독립적이고 당당한 여성(『오만과 편견』의 엘리자베스 베넷)이 주인공인 작가의 다른 소설들과는 다른 설정이다. 주인공의 신중한 성격이 두드러진다는 점에서 그나마 이 작품과 유사한 면이 있는 『설득』의 경우에도 그 객관적 처지는 전혀 다르다.

여주인공 패니 프라이스는 가난한 집안의 맏딸로 열 살 때 집을 떠나 대갓집인 이모부 버트럼 경의 집에서 자란다. 성격 자체가 내성적인 데다 눈칫밥을 먹어야 하는 신세 탓으로 패니는 매사에 소극적이 되고 자신을 내세우지 않는다. 둘째 이모인 레이디 버트럼은 원체 무심한 인물로 패니에게도 무관심하고, 특히 이 마을 교구 목사의 아내이자 남편을 여읜 후에도 마을에 살면서 이 집안의 살림에 깊이 관여하고 있는 큰이모로부터는 극심한 구박을 받는다. 아름다운 사촌언니들 마리아와 줄리아도 패니를 무시하고, 다만 이 집안의 둘째 아들인 에드먼드만이 패니를 딱하게 여기고 보살펴 줄 뿐이다. 그러나 이후 장성한 두 사촌언니들은 불륜을 저지르거나 사랑의 도피 행각으로 추락하고 마는 데 비해, 아름답고 진실한 인간으로 성장한 패니는 이모부 내외의 위안이자 자랑이 되며, 결국 남몰래 사랑해 온 에드먼드와 행복한 결혼을 하게 된다. 이 같은 이야기 구조 때문에 이 작품은 19세기의 신데렐라 이야기로 치부되거나 여성의 도덕적 미덕이 결국 보상을 받게 되는 구태의연한 도덕 소설로 이해되기도 한다. 무엇보다 주인공 패니가 당시 이상화되었던 수동적이고 순종적인 여성상을 보여 주고 이것이 사회적 보상으로 이어진 것을 두고 이 작품이 오스틴의 다른 소설들에 비해 반여성적인 면모가 엿보인다는 해석까지 있다. 사실 당돌하고도 지적인 주체적 여성의 전

형을 보여 주는 『오만과 편견』의 엘리자베스 베넷에 비하면 전통적 미덕을 대변한다고 여겨지는 패니 프라이스가 그리 매력적인 여주인공이랄 수는 없겠다. 제인 오스틴의 어머니조차 패니를 두고 '맥 빠진' 인물이라며 마음에 들어 하지 않았다는 이야기가 전해질 정도다. 그러나 면밀하게 읽어 보면 패니의 여주인공다운 점은 이러한 불리한 환경 속에서도 꿋꿋한 심지를 간직한 채 스스로를 연마해 나갔고, 늘 자신을 돌아보고 성찰하는 가운데 그 나름의 성장을 이루어 간 데 있다. 패니는 세속적인 이해관계에 얽매이지 않고 늘 양심과 도덕의 목소리를 경청할뿐더러 자신의 감정에도 일편단심이라고 할 정도로 충실하다. 누구나 선망하는 훌륭한 신랑감이라고 할 수 있는 헨리 크로퍼드의 청혼을 받고도 꿋꿋하게 이를 거부하고, 심지어 두렵기만 한 이모부의 진노를 감수하면서까지 자신의 진실에 충실할 수 있는 것도 그 때문이다. 이 작품이 한 소녀의 삶을 그 내면으로부터 그려 냈다는 점에서 어떤 다른 작품들보다 탁월하다는 점은 이처럼 난처한 처지에 놓인 주인공을 설정하고, 그가 처한 환경과 여러 가지 착잡하고 모순적인 감정을 섬세하게 묘사했기 때문이다. 그런 점에서 『맨스필드 파크』는 인물의 내면 심리를 묘사하는 작가의 역량이 가장 잘 드러난 작품이다.

_김영희, 『맨스필드 파크』의 작품 해설에서

『에마』

"완전한 진실에 접하게 되는 것은 인간에게 드문, 아주 드문 일이다. 뭔가 약간의 위장이나 약간의 오해가 개입되지 않는 일은 매우 드물다."

『에마』가 출간된 1815년에 제인 오스틴은 런던 문단에도 알려져, 당시 궁정의 요청으로 이 작품을 섭정 왕자에게 헌정하게 된다. 오스틴은 생전에 소설 네 권, 사후에 『설득』과 『노생거 사원』 등 총 여섯 권의 작품을 남겼는데, 네 번째 소설인 『에마』는 그녀의 길지 않았던 작가 생활의 절정기에 나온 작품이다. 오스틴은 당대 영국 문단의 대가 월터 스콧이 진작 높이 평가한 것처럼 "일상생활의 일들과 감정들과 인물들을 묘사하는" 재능이 탁월하고 나아가 "묘사와 정서의 진실을 통해서 일상의 평범한 일과 인물 들을 흥미롭게 만드는 빼어난 솜씨"를 지니고 있는데, 『에마』에서도 이 같은 역량이 유감없이 발휘되었다.

오스틴은 이 작품에서 작가 자신 빼고는 아무도 좋아하지 않을 주인공을 선택한 셈이라고까지 말했는데, 무척 흥미로운 발언이다. 물론 주인공 에마를 좋아하지 않는 독자도 있겠지만, 『이성과 감성』의 엘리너나 메리앤, 『오만과 편견』의 엘리자베스나 제인, 『맨스필드 파크』의 패니, 『설득』의 앤 등 다른 주인공들과 비교해 보면 에마가 독특한 성격과 매력을 지닌 주인공이라는 것이 드러난다. 실제로 주인공 에마 우드하우스는 많은 사랑을 받아 왔는데 그녀는 다른 주인공들과 한 가지 점에서 중요한 차이가 있다. 『이성과 감성』, 『오만과 편견』, 『맨스필드 파크』, 『설득』, 『노생거 사원』 등 여타 작품의 주인공들은 성격이나 처지가 조금씩 다르기는 하지만, 하나같이 결혼 적령기 여성으로 당시의 결혼 풍습에서 보자면 불리한 처지에 놓여 있다. 이들의 출신은 지주 계급이기는 하지만 부모로부터 물려받을 유산이 거의 없어서 독립적인 생활이 어렵거나 결혼을 통하지 않으면 생존 자체가 문제되는 절박한 지경에 처해 있다. 이들에 비하면 에마는 입장이 전혀 다르다. 마을 대지주의 상속녀로 자신의 지위에 만족하며 살고 있어서 결혼의 필요성을 전혀 느끼지 않고, 오히려 어디에 구속될 수도 있는 결혼 같은 것은 절대 하지 않겠다고 작심까지 한 여성이다. 아무래도 중간계급 여성이 다수일 당대 독자들에게 에마가 공감을 얻기는 어려웠을 법하다. (…) 뛰어난 중매쟁이를 자처하고 해리엇을 주변 남자들과 맺어 주려 하다 엄청난 오해와 판단 착오로 오히려 힘들게만 하거나, 경제적으로 무척 약자이지만 교양 있고 현명한 동갑내기 제인 페어팩스를 경쟁의식 때문에 제대로 대접하지 않거나, 가문이 몰락하여 어렵게 생활하는 이웃 아주머니 베이츠 양에게 모욕을 준다거나 하는 에마의 행동은 결코 바람직하지 않다. 그러나 에마에게는 이 같은 잘못과 착오를 반성하고 바로잡을 수 있는 인간성과 용기가 있다. 그렇게 잘나고 부족한 것 없는 젊은 여성이 스스로를 수치스러워하고 깨달음을 얻는 장면을 보면, 오스틴이 자신의 여주인공에게 속물적인 성향을 넘어서 변모하고

자 하는 자기 성찰의 능력과 순수한 마음을 부여하고자 했음을 알 수 있다. 이러한 점에서 『에마』는 한 미숙한 젊은이가 세상 경험을 통해 삶의 진정한 의미를 이해하고 성숙에 도달하는 서사를 지칭하는 교양 소설의 면모를 가진다. 이와 함께 에마가 지닌 젊은 여성다운 발랄함과 유쾌함, 낙관성과 생기는 작품에서 나이틀리 씨가 그랬듯 독자들을 즐겁게 하는 매력이 아닐까 한다. 실상 제인 오스틴도 에마 나이 무렵에 춤과 사교 모임을 좋아하고 친구들과 어울려 이야기하기를 즐겼다. 비록 자신은 나중에 이 모든 삶의 양상을 객관적으로 기록하고 관찰하는 리얼리스트가 되었지만, 그녀 작품 세계의 근원에는 젊음의 활력과 삶의 기쁨에 대한 믿음이 자리 잡고 있다고 해도 되지 않을까.

_윤지관, 김영희, 『에마』의 작품 해설에서

『설득』

"너무 늦은 게 아니라고, 당신의 그 귀한 감정이 영원히 사라져 버린 게 아니라고 말해 주시오."

『설득』의 여주인공 앤은 준남작인 월터 엘리엇 경의 둘째 딸로, 팔 년 전 장래가 촉망되지만 재산이 전혀 없는 해군 장교 웬트워스와 파혼한 뒤 주변 사람들을 돌보고 그들의 요구를 맞추며 쓸쓸한 '독신녀' 생활을 하고 있다. 앤은 아직도 마음

깊이 웬트워스를 사랑하고 있지만 그녀의 결정에 화가 났던 웬트워스는 재산을 모으고 승진한 뒤에도 다시 찾아와 청혼하지 않는다. 그러다 팔 년 뒤 나폴레옹 전쟁이 끝난 1814년 영국으로 돌아와 마침 우연히 엘리엇 영지에 세를 들게 된 크로프트 제독의 부인인 누이의 집에 머물게 된다. 앤은 불안한 기대로 설레지만 웬트워스는 앤을 제외한 다른 사람들 사이에서 까다롭지 않게 신붓감을 찾는다. 작품은 앤의 시각을 중점적으로 활용함으로써 앤이 웬트워스가 이웃의 젊고 활달한 여성들과 사귀는 과정을 가까이에서 지켜보며 말없이 견뎌야 하는 고통을 생생하게 전한다. 당대의 평론가 카바너는 앤의 관점에 대한 이 묘사가, 직업과 전문적 활동에서 배제된 채 결혼을 통해서만 존엄을 유지할 수 있었던 그 시대의 여성이 사랑하는 사람에게서 거부당했을 때 말없이 감내해야 했던 고통을 근대 소설로는 처음으로 진정하게 그려 냈다고 평했다.

제인 오스틴의 작품으로는 드물게 작중 사건들이 벌어지는 시기를 정확하게 못 박은 이 소설의 배경 연도인 1814년은 영국 근대사에서 의미심장한 해다. 나폴레옹 전쟁에서 프랑스와의 필사적인 대결 끝에 승리한 영국 해군이 금의환향한 때이기 때문이다. 그런 배경으로 인해 과시적인 생활을 하느라 생겨난 빚을 해결하기 위해 내놓은 엘리엇가의 저택에 크로프트 제독 부부가 세 들어 사는 상황이 가능했던 것인데, 앤이 보기에는 허영심 많고 어리석고 무책임한 아버지나 언니보다 그들 부부가 훨씬 더 켈린치 홀을 현명하게 운영할, 그 의무에 걸맞은 사람들이다. 재산을 많이 모으지 못해 소박하게 사는 하빌 대령도 세련된 매너는 조금 부족하지만 살림과 가족, 친구들을 보살피는 데서 보이는 규모 있고 인간미 넘치는 태도를 보면 진정한 신사이다. 그리고 앤의 또 다른 구혼자인 켈린치 홀의 미래 상속자 엘리엇 씨가 세련되고 완벽한 매너를 지닌 사기꾼에 지나지 않는다면, 앤이 선택하는 웬트워스 대령은 사소한 단점은 있지만 유능하고 정직하며 지도력 있는 신사이다. 새롭고 진정한 신사 계층으로서의 해군을 대표하는 크로프트 제독이나 하빌 대령, 웬트워스 대령은 이처럼 모두 현명함, 유능함, 정직함, 자연스러운 인간미 등의 자질을 가진 사람들인데, 이 점은 그들이 구지배층과는 달리 동등한 파트너십을 지향한다는 점으로도 나타난다. 구지배층에 속하는 사람들 중에서 앤의 유일한 친구라고 할 수 있는 레이디 러셀이 과거 앤의 불완전한 안내자였다면, 앤이 새로 사귀고 그녀의 시누이가 되는 크로프트 부인은 처음부터 앤의 전적인 존경을 얻으며, 작품의 말미에서는 그들의 관계가 더욱더 돈독해질 것임을 예상할 수 있다. 크로프트 부인을 그런 존재로 만드는 요소로 돋보이는 것은 그녀의 여성관이다. 그녀는 대화 중에 여성이 남성과 달리 선상 생활을 할 수 없는 존재라고 보는 것은 불합리하다고 주장하며, 자신이 남편과 함께 배 위에서 생활하며 경험을 공유하고 많은 곳을 여행할 수 있었던 것을 자랑스럽게 이야기한다. 하빌 대령 역시 앤이 집안 살림을 돌보는 그의 모습을 보고 잠시 놀랄 정도로 부인과 삶의 진정한 동반자로 사는 것으로 그려진다. 무엇보다도 웬트워스 대령이 아내에게 원하는 자질은 착하고 순종적이라는 전통적 미덕과는 거리가 멀다. 그가 약혼을 파기한 앤에게 분노한 것도 그녀가 자기주장을 하기보다 남의 말에 좌우되었기 때문이었다. 그가 찾는 아낫감은 주관이 뚜렷하고 현실적인 지혜와 능력이 뛰어난 여자이다. 루이자가 낙상을 했을 때 어쩔 줄 몰라 하는 그에게 앤이 현실적 도움을 제공하고, 그가 그 점을 주목하는 장면은 그런 사실을 잘 보여 준다. 전통적인 여성관이 남성 저자들(의 펜)에 의해 쓰였기 때문에 신뢰할 수 없다고 주장하는 앤과 펜을 떨어뜨리는 상징적 장면이 보여 주는 각성을 거치는 웬트워스의 결합은 당대의 한계 안에서나마 양성 간의 동등한 파트너십에 기반한 결혼관을 보여 주고 있는 것이다.

『설득』은 이처럼 구시대적 여성관을 비판하고 평등한 양성 관계를 긍정적인 모범으로 내세우며 기존 지배층의 무능과 새로이 대두하는 계층의 일부인 해군의 유능함을 대비함으로써 당시에 진행되고 있던 커다란 사회적 변화를 개인들의 연애와 결혼의 이야기를 통해 자연스레 알려 주는 소설이다. 이 변화가 바람직하다고 해도 결코 충분한 것은 아닌데, 『설득』의 결말은 그런 면도 잘 반영하고 있다. 가령 『오만과 편견』의 결말이 결혼과 함께 "영원히 행복(happily ever after)"한 미래의 전망으로 끝났다면, 『설득』의 결말은 그런 이상화된 결말과는 다소 차이가 있다. 해군 장교인 웬트워스는 언제라도 전쟁에 나가 다치거나 죽을 수 있는 불안한 위치에 있기 때문에 앤이 "시시때때로 불안과 걱정이라는 세금을 지불"해야 하기 때문이다. 이런 결말은 나아가 더 많은 자유와 평등에 대해 불안정이라는 대가를 치러야 하는 근대인의 삶에 대한 훌륭한 알레

고리로 읽힐 수도 있다. 사회의 근대화가 진행, 심화되는 시기에 개인들이 부딪치는 상황의 복합적인 결을 이렇듯 훌륭하게 포착한 『설득』이 독자들의 사랑을 지속적으로 받고 중요한 통찰을 제공하며 그들의 삶을 안내하는 것은 결코 놀라운 일이 아니다.

_전승희, 『설득』의 작품 해설에서

『노생거 사원』

"춤이나 결혼이나 선택권은 남자에게 있고, 여자에겐 거절권만 있어요."

오스틴은 1817년 '샌디턴'이란 제목의 새로운 장편을 쓰기 시작했으나 병이 깊어지면서 치료를 위해 초턴의 집을 떠나 인근 도시 윈체스터의 한 숙소에 머물렀다. 그러나 몇 달간 투병한 보람도 없이 7월 18일 마흔한 살의 나이로 숨을 거두었다. 유족들은 작가가 완성해 놓고 출간하지 못한 두 작품을 그해 말 넷째 오빠 헨리 오스틴의 서문을 붙여서 출간했다. 이 서문에서 헨리는 "마지막 순간까지 뚜렷하고 따스한 기억, 상상력, 기질, 애정을 유지"했던 작가를 추모하면서 그녀가 명성이나 돈과는 무관하게 살면서 작가로서의 사명에 얼마나 충실했는지 전하고 있다. 그해 유고작으로 출간된 작품이 『노생거 사원』과 『설득』이다. 같이 출간되었지만 두 작품이 완성된 시기는 전혀 다르다. 『설득』이 네 번째 소설인 『에마』를 출간하고 난 후인 1815년 작가가 발병하기 전에 완성한 마지막 작품이라면, 『노생거 사원』은 이십 대 후반의 젊은 시절에 쓴 사실상의 첫 장편 소설이다. (…) 이 작품은 삼십 대 중반의 소산인 『오만과 편견』, 『맨스필드 파크』, 『에마』와 같은 세련된 형식미를 갖추지는 못했지만, 거친 듯하면서도 젊음의 매력이 넘치는 풋풋함이 살아 있다.

이 작품의 주인공 캐서린은 유복한 시골 목사의 딸로 선머슴 아이처럼 자라다가 열일곱 살에 이웃의 재력가인 앨런 부부의 초청으로 유명한 휴양 도시이자 사교 모임이 활발하게 이루어지는 바스로 간다. 여기서 캐서린은 소프 집안의 두 남매를 알게 되고 이어서 틸니 집안의 남매와도 친교를 맺게 된다. 순진하고 무지한 캐서린은 나중에 제임스 오빠와 약혼하게 되는 이저벨라 소프의 사교적인 언행에 반하여 단짝 친구가 되고 한편으로 세속적인 존 소프의 애정 공세에 시달린다. 그러나 캐서린은 진실성 없는 이들의 행태를 곧 간파한다. 반면 독특한 화법으로 캐서린을 당혹스럽게 한 헨리 틸니에게는 첫 만남에서부터 호감을 느껴 사랑하게 되고 그 여동생인 엘리너의 숙녀다운 태도에 진정한 우정을 느낀다. 이 젊은이들과 어울리면서 캐서린은 올바른 처신이 무엇인지 고민하면서도 자신의 감정의 진실성을 있는 그대로 따르고 그것이 주위의 불편을 야기하더라도 양보하지 않는다. 여성의 경우 얌전빼기와 사교적인 언행이 일반화된 사회에서 헨리에 대한 애정을 거의 가감 없이 드러내는 캐서린의 행위는 당시의 남녀 관계에서 여성의 수동성을 전복시키는 면이 있다.

특히 『노생거 사원』에는 다른 어떤 작품에서도 직접적으로는 잘 표출되지 않는 작가의 생각이 거의 날것 그대로 드러나서 흥미롭다. 하나는 책, 특히 소설에 대한 작가의 생각이고 다른 하나는 당대의 정치적 상황과 가부장적 억압에 대한 문제의식이다. 소설 장르에 대한 작가의 자의식과 해석은 "어릴 적의 캐서린 몰런드를 한 번이라도 본 사람이라면 그녀가 타고난 여주인공감이라고는 도저히 생각하지 못했을 것"이라는 다소 도전적인 서두에서부터 드러난다. 당시에 유행하던 로맨스 계열의 주인공과는 외모와 출신, 품성 등 모든 면에서 상반되는 일종의 반-주인공(anti-heroine)으로 설정되어 소설에 대한 당대 독자들의 기대를 깨뜨리고 있는 것이다. 바스에서도 캐서린은 주인공으로서 남다른 면모로 주목을 받는 일도 없고 무슨 반전이 일어나지도 않는다. 작가는 기존 소설의 문법을 위반하면서 오히려 일상적인 일을 그리는 소설이 인간의 문제를 어느 글이나 책보다도 더 깊이 있게 다룰 수 있다는 생각을 직접적으로 피력한다. 소설 장르에 대한 자의식에서도 그렇지만, 젊은 시절의 작가가 당시의 가부장적 억압 구조에 대해 가지고 있던 강한 비판 의식도 이 소설에서 좀 더 직접적으로 드러난다. 여성이 수동적이 될 수밖에 없는 차별적인 여건과 남성 중심적인 사회의 면모가 여지없이 폭로되기로는 다른 작품들과도 맥을 같이하는데, 이 작품에서는 특히 틸니 장군이라는 가부장적 권위의 화신과도 같은 인물을 통해서 거의 악마화까지 되어 나타난다. 고딕 소설에 심취한 결과이기도 하지만 캐서린의 고딕적 환상은 가부장적 억압에 대한 반감과 공포심에 기인하고 있는 것이다. 비록 환상은 깨졌다 해도 틸니 장군의 억압은 어린 주인공을 무지막지하게 내치는 야만적인 행동을 통해 현실에서의 공포를 야기한다. 이와 아울러 헨리의 입을 통해서지만 당시 런던에서의 소요 사태 같은 당대 정치 현실에 대한 언급도 다른 작품에서는 보기 힘든 부분이다. 이 작품이 오스틴의 작품 가운데 가장 정치적인 작품이라고 해석되기도 하는 것은 이 때문이다.

_윤지관, 『노생거 사원』의 작품 해설에서

제인 오스틴의 조카 제임스 에드워드 오스틴 리(James Edward Austen-Leigh)가
1869년에 출간한 『제인 오스틴 회고록(A Memoir of Jane Austen)』에 수록된 초상화.

이 초상화 역시 제인의 언니 커샌드라가 스케치했다.
제인 오스틴이 마흔한 살의 짧은 생애를 사는 동안 남긴 불멸의 작품들은
소설이 "정신의 가장 위대한 능력이 발휘되고, 인간 본성에 대한 가장 철저한 지식,
그 다양한 면모에 대한 가장 기막힌 묘사, 생생하게 넘쳐흐르는 위트와 유머가
선택된 최상의 언어로 세상에 전달되는 것"(제인 오스틴, 『노생거 사원』)임을
지금도 우리에게 여실히 느끼게 해 주고 있다.

제인 오스틴 연보

1775년 12월 16일
영국 햄프셔주 스티븐턴의 사제관에서 교구 목사 조지 오스틴과 그의 아내 커샌드라 리 오스틴의 여덟 자녀 중 일곱째로 태어났다. 여섯 명의 오빠와 한 명의 언니(커샌드라), 그리고 한 명의 남동생이 있었다.

1783~1786년
언니 커샌드라와 함께 옥스퍼드, 사우샘프턴, 리딩의 기숙학교에 다녔다. 1783년에는 장티푸스를 심하게 앓았다.

1787~1794년
십 대부터 소설을 쓰기 시작했고, 이 시기에 습작한 작품들로는 「사랑과 우정」(1790), 「레슬리 성」(1792), 「레이디 수전」(1794) 등이 있다.

1795년
「엘리너와 메리앤」을 썼다. 훗날 이 작품을 개작하여 『이성과 감성』으로 출간했다.

1795~1796년
젊은 법률가 톰 르프로이가 스티븐턴 근처에 사는 친척을 방문했다. 제인은 톰을 무도회에서 소개받아 한동안 교제했으나 르프로이 집안의 반대로 결별했다.

1796~1797년
르프로이와 헤어진 후 「첫인상」을 썼다. 제인 오스틴의 아버지가 이 작품을 출판사에 보냈으나 거절당했고, 훗날 『오만과 편견』으로 개작하여 출간했다.

1798~1799년 「수전」을 썼다. 이 작품은 제인 오스틴 생전에는 끝내 출간되지 못하고, 사후에 『노생거 사원』으로 출간되었다.

1801년 아버지 오스틴 목사가 은퇴하여 가족이 스티븐턴을 떠나 바스로 이주했다.

1802년 오랜 친구의 부유한 남동생 해리스 비그위더의 청혼을 받아 즉흥적으로 수락했으나, 바로 다음 날 마음을 바꿔 번복했다.

1803년 오빠 헨리의 주도로 변호사 윌리엄 시모어가 「수전」의 판권을 10파운드에 런던의 크로스비 출판사에 판매했지만 출간되지는 않았다.

1804년경 소설 「왓슨가 사람들」 집필을 시작했으나 완성하지 못했다.

1805년 아버지 조지 오스틴 목사가 갑자기 사망했다. 제인은 어머니, 언니 커샌드라와 함께 오빠들의 지원에 의존하며 수년간 이사를 거듭했다.

1809년 나이트 집안의 상속자인 오빠 에드워드가 마련해 준 햄프셔주 초턴의 작은 집으로 이사했다. 「수전」의 판권만 사 놓고 출간을 지연시키고 있는 크로스비 출판사에 항의 편지를 보냈다.

1811년 첫 책 『이성과 감성』이 출간되었다. 작가의 이름은 '어느 숙녀(By a Lady)'로 기재되었다. 『맨스필드 파크』를 쓰기 시작했다.

1811~1813년 「첫인상」을 『오만과 편견』으로 개작했다.

1813년 『오만과 편견』이 출간되어 110파운드의 수익을 거두었다. 작가명은 '『이성과 감성』의 저자'로 기재되었다.

1814년 『맨스필드 파크』가 출간되어 곧바로 매진되었다. 『에마』 집필을 시작했다.

1815년	『에마』를 출간했다. 이 책은 훗날 조지 4세가 되는 섭정 왕자에게 헌정했다.
1815~1816년	「엘리엇가의 사람들」을 썼다. 이 작품은 제인 오스틴 사후에 『설득』으로 출간되었다. 이 시기부터 병세가 악화되었지만 글쓰기를 멈추지 않았다.
1816년	오빠 헨리가 「수전」의 판권을 다시 사들였다.
1817년	「형제들」(후에 『샌디턴』으로 출간)을 집필하기 시작했으나 병세 악화로 중단했다. 4월, 짧은 유언장을 작성하여 대부분의 재산을 '가장 사랑하는 언니 커샌드라'에게 남겼다. 5월, 치료를 위해 커샌드라와 함께 윈체스터로 이사했다. 7월 18일 윈체스터에서 마흔한 살의 나이로 눈을 감았고, 윈체스터 대성당에 안장되었다. 그해 12월 『노생거 사원』과 『설득』이 동시에 출간되었다. 이때 처음으로 '제인 오스틴'이라는 본명이 책에 인쇄되었다.
1869년	조카 제임스 에드워드 오스틴 리가 쓴 최초의 전기 『제인 오스틴 회고록(A Memoir of Jane Austen)』이 출간되었다.
1923년	채프먼 편집의 『제인 오스틴 소설 전집』이 다섯 권으로 옥스퍼드에서 출판되었다.
1949년	제인 오스틴이 살았던 초턴에 '제인 오스틴 하우스'가 개관했다.

옮긴이 김영희

서울대학교 영어영문학과를 졸업하고 동 대학원에서 박사 학위를 받았다. 현재 한국과학기술원 교수로 재직 중이다. 지은 책으로 『비평의 객관성과 실천적 지평』 등이, 옮긴 책으로 『에마』(공역), 『영국 소설의 위대한 전통』, 『미국의 아들』, 『가든파티』 등이 있다.

맨스필드 파크

1판 1쇄 찍음 2025년 6월 1일
1판 1쇄 펴냄 2025년 6월 15일

지은이 제인 오스틴
옮긴이 김영희

펴낸이 박근섭·박상준
펴낸곳 ㈜민음사

출판등록 1966. 5. 19. 제16-490호
서울시 강남구 도산대로 1길 62(신사동)
강남출판문화센터 5층 (06027)
대표전화 02-515-2000
팩시밀리 02-515-2007
홈페이지 www.minumsa.com

ISBN 978-89-374-2891-3 04840
978-89-374-2889-0(세트)